全本全注全译丛书

中华经典名著

余兴安等◎译注

经史百家杂钞 五

书牍 哀祭

中华书局

目录

第五册

左传

《左传》简介参见卷六。

郑子家与赵宣子书

【题解】

这是一份绝妙的外交照会。

春秋前期,大国争霸,小国成为大国争夺的对象,也往往成为大国出气的对象。这封信就是这种情况下的产物。晋灵公怀疑郑国与自己的对手楚国勾结,对晋有贰心,不肯会见郑国国君,郑国执政大夫子家于是写信给晋的执政大夫赵盾(即赵宣子),表明郑的态度。信中首先回顾并列举了郑小心侍奉晋的事实以及郑对其他小国的影响,然后话锋一转,强调小国亦有自己的尊严,大国应以礼相待,不能逼迫太甚,否则小国也会铤而走险。文章义正词严而又措辞委婉,不但在当时成功地完成它的使命,使晋与郑重修旧好,亦使后来读者不禁对子家和郑国肃然起敬。

寡君即位三年①,召蔡侯而与之事君②。九月,蔡侯入于敝邑以行。敝邑以侯宣多之难③,寡君是以不得与蔡侯偕。

十一月,克减侯宣多而随蔡侯以朝于执事④。十二年六月,归生佐寡君之嫡夷⑤,以请陈侯于楚而朝诸君⑥。十四年七月,寡君又朝,以蒇陈事⑦。十五年五月,陈侯自敝邑往朝于君⑧。往年正月,烛之武往朝夷也⑨。八月,寡君又往朝。以陈、蔡之密迩于楚而不敢贰焉⑩,则敝邑之故也。虽敝邑之事君,何以不免⑪? 在位之中,一朝于襄,而再见于君⑫。夷与孤之二三臣相及于绛⑬,虽我小国,则蔑以过之矣⑭。今大国曰:"尔未逞吾志⑮!"敝邑有亡⑯,无以加焉。古人有言曰:"畏首畏尾,身其余几⑰。"又曰:"鹿死不择音⑱。"小国之事大国也,德,则其人也;不德,则其鹿也,铤而走险⑲,急何能择? 命之罔极⑳,亦知亡矣。将悉敝赋以待于鯈㉑,唯执事命之。

【注释】

①寡君:此指郑穆公。

②蔡侯:蔡庄公。君:此指晋国。时晋国国君为晋襄公。

③侯宣多之难:侯宣多为郑臣,他因拥立穆公,所以恃宠专权作乱。

④克减:减少。谓内乱尚未除尽。执事:对晋国大臣的敬称。当时晋国掌权大臣是先且居。

⑤归生:子家的名字。郑文公之子,时为郑国执政大臣。寡君之嫡夷:郑穆公太子,名夷。

⑥请陈侯于楚而朝诸君:陈侯欲见晋君,又怕引起楚王的憎恨,故归生和太子夷替他向楚国请求。陈侯,此指陈共公。此时晋国国君为晋灵公。

⑦蒇(chǎn):完成。陈事:陈国朝晋之事。

⑧陈侯:陈灵公。

⑨烛之武:郑国大夫。往朝夷:去晋国朝见郑太子夷。

⑩密迩(ěr)：贴近，靠近。

⑪免：免罪。

⑫一朝于襄，而再见于君：襄，晋襄公。君，晋灵公。

⑬孤：指郑穆公。二三臣：指烛之武等。

⑭蔑：不能，没有。

⑮逞：放纵，满足。志：心愿。

⑯亡：同"无"。

⑰畏首畏尾，身其余几：此谓如果对首尾都有畏惧，那么即便留下身体中段也没有多少。用以比喻不能顾忌许多。

⑱音：同"荫"。庇荫之处。比喻郑再被逼迫，将不择所从之国。

⑲铤而走险：指因无路可走而采取冒险行动。这里指逼急了郑会庇荫于楚，像鹿赴险一样。铤，快走的样子。

⑳命：指晋国的命令。阙：没有。极：穷尽。

㉑赋：军队。鯈(chóu)：晋郑边境一地名。今地不详。

【译文】

我们郑国国君刚登位三年，就召请蔡侯和他一起事奉贵国国君。当年九月，蔡侯进入我国国境要去朝晋。我国因为当时发生了侯宣多之乱，所以国君不能与蔡侯同行。十一月，侯宣多之乱还未除尽就追随蔡侯急急去晋国朝见。十二年六月，我陪同国君的太子夷，在楚国请求陈侯去朝见贵国。十四年七月，我们国君又去朝见贵国，并达成陈侯朝晋的事宜。十五年五月，陈侯从我国出发去朝见贵国国君。去年七月，郑国大夫烛之武带领太子夷去朝晋。八月，我们国君又亲自前往贵国朝见。以陈、蔡两国地理位置那么靠近楚国却不敢对贵国怀有贰心，实在是因为郑国的存在。即便我国尽心尽力地事奉贵国，却依然不能免罪，这是为什么？我们国君在位期间，朝见贵国襄公一次，朝见在位的晋君两次。太子夷和几位大臣相继到达贵国国都绛，以郑这样的小国如此事奉晋已经无以复加了。现在大国却说："你们没有让我们满足心愿！"我国国力有穷尽的时候，没有能力再升级事晋之礼了。古人有言："首和尾都害怕，身子不怕的地方就太少了。"又说："鹿死时不能选择有庇荫的地方。"小国事奉大国，大国以德相待则以人道相事，如不能以德相待则像濒死之鹿一样，铤而走险，紧迫之际还有其他选择吗？贵国命令没有穷尽，我们郑国是事亦亡、不事亦亡，我们已经清楚这点了。既然如此，我们将集中全部兵力在两国边境儵地等候贵国军队，只看您的命令了。

　　文公二年六月壬申①，朝于齐。四年二月壬戌②，为齐侵蔡，亦获成于楚。居大国之间而从于强令，岂其罪也。大国若弗图，无所逃命。

【注释】

①文公二年六月壬申：郑文公二年，即前671年。壬申，六月二十日。

②二月壬戌：二月无壬戌，当为三月。壬戌，二十日。

【译文】

文公二年六月二十日，我们到齐国朝见。四年二月某日，我们帮助齐国攻打蔡国，也和楚达成了和议。处于大国之间而不得不屈从于大国的强硬号召，难道是我们的罪过吗？大国如果不能替我们考虑，我们也没地方逃命得存了。

吕相绝秦之辞

【题解】

　　鲁成公十一年，秦、晋盟于令狐（晋国地名，在今山西临猗西），但秦桓公归国后即背弃盟约，转而请求与楚结盟。晋厉公于是派吕相（即魏

相,晋大夫魏锜之子,因封邑在吕,故称吕相,后为晋卿)回顾秦、晋两国外
交史,历数秦对晋的种种不义行径,于是有了这篇绝交书。吕相的话有
理有据,文情并茂,极具说服力,是一篇绝妙的最后通牒。当然拘于时代、
见识以及各自利益,吕相之言力彰己功秦过,有些话并不符合史实。

　　昔逮我献公及穆公相好①,戮力同心②,申之以盟誓,重
之以昏姻③。天祸晋国④,文公如齐⑤,惠公如秦⑥。无禄⑦,
献公即世⑧,穆公不忘旧德,俾我惠公用能奉祀于晋⑨;又不
能成大勋⑩,而为韩之师⑪。亦悔于厥心,用集我文公,是穆
之成也⑫。

【注释】

①逮:自从。献公:晋献公。穆公:秦穆公。

②戮(lù)力:合力。

③昏姻:婚姻,献公之女嫁给穆公为夫人,即穆姬。

④天祸晋国:指晋献公时骊姬之乱。献公的夫人骊姬为了立自己
　　的儿子为太子,遂设计陷害杀死了太子申生,并逼迫其他公子逃
　　亡。天祸,上天降祸。

⑤文公如齐:后来继位为晋文公的公子重耳在骊姬之乱中逃亡,先
　　后到过狄、郑、齐等国。文公,晋文公,晋献公之子,名重耳。
　　往,到。

⑥惠公如秦:后来继位为晋惠公的公子夷吾在骊姬之乱中逃到了
　　秦国。惠公,晋惠公,晋献公之子,名夷吾。

⑦无禄:不幸。

⑧献公即世:晋献公死于前651年。即世,去世。

⑨俾(bǐ)我惠公用能奉祀于晋:秦穆公支持公子夷吾回国继位,是

为晋惠公。俾,使。用,因而。奉祀,主持祭祀,指立为国君。

⑩大勋:大功。

⑪韩之师:前645年,晋惠公回国即位后,背信弃义,没有兑现他当初对秦许下的诺言,秦穆公兴兵伐晋,战于韩原,晋大败,惠公被俘。按,韩之战是晋咎由自取,非秦之错。这是晋人强词夺理。

⑫"亦悔于厥心"几句:指秦穆公后悔自己的所作所为,所以放回了晋惠公。惠公死后,其子怀公即位。次年,前636年,秦穆公又护送公子重耳回国夺取君位,是为晋文公。厥,其,指秦穆公。集,安定,成全。指秦穆支持晋文公重耳回国即位为君。

【译文】

过去我献公和贵国穆公相友好,双方同心协力,用盟约来明确,用两国通婚来加深我们之间的关系。上天降祸给晋国,晋发生了骊姬之乱,公子重耳逃往齐国,公子夷吾逃到了秦国。不幸,献公去世了,贵国穆公不忘过去的恩惠,使我惠公能回国即位为君;但秦国又没能成就更大的功劳,却和我国在韩地交战。事后穆公又为自己的所作所为而后悔,成全了我文公回国即君位,这是穆公的成就。

    文公躬擐甲胄①,跋履山川②,逾越险阻,征东之诸侯,虞、夏、商、周之胤③,而朝诸秦,则亦既报旧德矣④。郑人怒君之疆埸⑤,我文公帅诸侯及秦围郑。秦大夫不询于我寡君,擅及郑盟⑥。诸侯疾之,将致命于秦⑦。文公恐惧,绥静诸侯⑧,秦师克还无害,则是我有大造于西也⑨。

【注释】

①躬擐(huàn):身披。躬,自身。擐,披。

②跋履:跋涉。

③胤：后代，后裔。东方诸侯国国君大都是虞、夏、商、周的后代。

④旧德：指秦穆公护送晋文公回国即位之事。

⑤郑人怒君之疆埸(yì)：怒，激怒，指挑衅，侵犯。疆埸，边境。按，实际情况是，晋认为郑国对自己有二心，所以围郑，郑并未侵略秦。这是晋在诬枉秦。

⑥秦大夫不询于我寡君，擅及郑盟：郑烛之武说秦穆公，论及晋强对秦不利，且许郑可做秦东进路上的"东道主"，秦遂与郑盟而独自退兵。询，问，商量。擅，擅自。

⑦诸侯疾之，将致命于秦：疾，憎恨。致命，拼死讨伐秦国。按，欲攻秦军的是狐偃，无所谓"诸侯"。

⑧绥静：安定，这里有说服的意思。

⑨大造：大的成功。

【译文】

　　我文公身披甲胄，跋山涉水，克服艰难险阻，率领东方的诸侯——虞、夏、商、周四代帝王的后裔，来朝见秦君，这也就将穆公护送文公回国即位的恩德报答了。郑人侵犯贵国的边境，我文公率领诸侯和秦一起包围郑。可秦大夫竟然不和我国国君商量，就擅自同郑订立了盟约。诸侯们对此事非常愤恨，要拼死讨伐秦。文公害怕诸侯生变，说服了他们，使秦军没受损失安全回国，这是我国有大功于秦的地方。

　　无禄，文公即世，穆为不弔①，蔑死我君②，寡我襄公③，迭我殽地④，奸绝我好⑤，伐我保城⑥，殄灭我费滑⑦，散离我兄弟⑧，挠乱我同盟，倾覆我国家。我襄公未忘君之旧勋，而惧社稷之陨，是以有殽之师，犹愿赦罪于穆公，穆公弗听，而即楚谋我⑨。天诱其衷⑩，成王殒命⑪，穆公是以不克逞志于我⑫。

【注释】

①不弔(dì)：不善。弔，善。

②蔑死我君：即"蔑我死君"，轻蔑故去的先君文公。

③寡：轻慢。

④迭我殽地：前627年，秦晋发生殽之战。此战发生在晋文公刚去世而尚未下葬之时。迭，同"轶"。侵犯。殽，又写作崤。按，秦经过晋之殽地是为伐郑，并未侵犯，相反，倒是晋军于崤山伏击了秦师，故"迭我殽地"亦为诬枉之辞。

⑤奸绝：断绝。

⑥保城：说法不一。杨伯峻《春秋左传注》认为保即城堡，子城；王伯祥《左传读本》注"不详何地"；北大《先秦文学史参考资料》认为是晋人保守的城邑；曾国藩也认为是晋地。

⑦殄(tiǎn)灭：尽灭。费(bì)滑：即滑国(在今河南偃师附近)。费是滑国都城，滑国为晋的同盟国。

⑧散离：拆散。兄弟：郑、滑为晋的同姓国，所以称兄弟。

⑨即楚谋我：楚臣斗克本囚于秦，秦败于崤山，遂释斗克，以求与楚结盟。即，亲近。此指秦放斗克到楚去达成和约。谋，策划。

⑩天诱其衷：即上天保佑晋国。诱，开。衷，心。

⑪成王殒命：楚成王欲废太子商臣，被商臣所杀。

⑫逞志：实现图谋。

【译文】

不幸，文公谢世，但穆公心怀叵测，蔑视我逝去的先君，轻视我襄公，侵犯我们晋国的殽地，断绝同我们的友好关系，攻伐我保城，灭了我们同姓的滑国，离散我们同姓兄弟间的关系，搅乱我们的同盟，颠覆我国。我襄公没有忘记秦君过去对我们的功劳，但又害怕国家被灭亡，因此迫不得已打了殽之战，但还是希望得到穆公的赦免，但穆公不听，反而谋求与楚达成和议，想要对付我国。苍天佑我，楚成王被杀，因此穆公的意图没有得逞。

穆、襄即世，康、灵即位①。康公，我之自出②，又欲阙翦我公室③，倾覆我社稷，帅我蟊贼，以来荡摇我边疆，我是以有令狐之役④。康犹不悛⑤，入我河曲，伐我涑川，俘我王官，翦我羁马，我是以有河曲之战⑥。东道之不通⑦，则是康公绝我好也。

【注释】

①康：秦康公，名罃，穆公与穆姬之子，晋国的外甥。灵：晋灵公。

②康公，我之自出：秦康公的母亲穆姬为晋献公之女，所以说康公为晋自出。

③阙翦：削弱。

④"帅我蟊（máo）贼"几句：前620年，晋襄公死后，群臣因太子夷皋（即晋灵公）年幼，欲立晋文公之子、襄公庶弟公子雍为君。时公子雍客居于秦，晋遂派人去接他回国，秦康公亦派兵护送。后襄公夫人极力要立太子夷皋，群臣只好依从，并派兵在令狐抵拒秦军和公子雍，史称"令狐之役"。蟊贼，本指吃庄稼的害虫，常喻害国害民之人，这里指晋公子雍。令狐，晋地名。在今山西临猗西。按，吕相所谓"帅我蟊贼，以来荡摇我边疆"云云与事实不符。

⑤悛（quān）：改悔。

⑥"入我河曲"几句：前615年，秦人欲报令狐之役，而有河曲之战。河曲，晋地名。在今山西永济东南，其地在黄河转折之处，故名"河曲"。涑（sù）川，河名。流经山西西南部，最后注入黄河。俘，劫掠，掳取。王官，晋地名。在今山西闻喜。翦，割断。羁马，晋

地名。在今山西永济。

⑦东道之不通：此指秦晋两国断绝邦交关系。东道，晋在秦的东
面，所以称"东道"。不通，不通邦交。

【译文】

穆公、襄公相继去世，康公、灵公即位为君。康公是我先君文公的
外甥，却要削弱我公室，颠覆我国家，带领公子雍回国争位，侵扰我边
疆，所以才有了令狐之役。康公至此仍不思改悔，侵入我河曲，攻打我
涑川，掳取我王官，占领我羁马，所以我们才打了河曲这场战役。秦、晋
不通邦交，乃是康公断绝同我国友好关系的缘故。

及君之嗣也①，我君景公引领西望②，曰："庶抚我乎③？"
君亦不惠称盟④，利吾有狄难⑤，入我河县⑥，焚我箕、郜⑦，芟
夷我农功⑧，虔刘我边垂⑨，我是以有辅氏之聚⑩。君亦悔祸
之延，而欲徼福于先君献、穆⑪，使伯车来命我景公曰⑫："吾
与女同好弃恶，复修旧德，以追念前勋。"言誓未就⑬，景公即
世，我寡君是以有令狐之会⑭。君又不祥⑮，背弃盟誓。白狄
及君同州⑯，君之仇雠，而我之昏姻也⑰。君来赐命曰："吾与
女伐狄。"寡君不敢顾昏姻，畏君之威，而受命于吏⑱。君有
二心于狄⑲，曰："晋将伐女。"狄应且憎⑳，是用告我㉑。楚人
恶君之二三其德也㉒，亦来告我曰："秦背令狐之盟，而来求
盟于我，昭告昊天上帝、秦三公、楚三王曰㉓：'余虽与晋出
入，余唯利是视㉔。'不榖恶其无成德㉕，是用宣之㉖，以惩不
壹㉗。"诸侯备闻此言，斯是用痛心疾首，昵就寡人㉘。寡人帅
以听命，唯好是求㉙。君若惠顾诸侯，矜哀寡人㉚，而赐之盟，
则寡人之愿也。其承宁诸侯以退㉛，岂敢徼乱㉜？君若不施

大惠，寡人不佞^㉝，其不能以诸侯退矣！敢尽布之执事^㉞，俾执事实图利之。

【注释】

①君：指秦桓公。嗣（sì）：嗣位，继承。

②景公：晋景公。引领：伸长脖子。

③抚：优抚。

④不惠：不肯与晋友好。称盟：结盟。

⑤利吾有狄难：利用我国有狄之难的时机。狄难，指前594年晋人灭赤狄潞氏国的战争。称为"狄难"，是吕相歪曲事实。

⑥河县：靠近黄河的县。

⑦箕（jī）：晋地名。在今山西蒲县东北。郜（gào）：晋地名。在今山西祁县西。

⑧芟（shān）：割除。农功：庄稼。

⑨虔、刘：都是杀害、屠杀之意。垂：同"陲"。边境。

⑩辅氏之聚：秦趁晋出兵灭赤狄而伐晋，晋聚集民众在辅氏地方打败秦师。辅氏，地名。在今陕西朝邑西北。

⑪儌（jiāo）：求取。

⑫伯车：秦桓公之子。名鍼，又称后子。

⑬言誓：盟誓。就：完成。

⑭令狐之会：前580年，秦晋两君决定在令狐地方相会盟誓，晋厉公先到，秦桓公却毁约不来。

⑮不祥：不善。

⑯白狄：狄族的一支，居住在今陕西北部一带。州：指雍州，在今陕西、甘肃二省及青海一部分地区。

⑰昏姻：即婚姻。晋文公流亡在狄时曾娶狄女季隗为妻。

⑱吏：秦国官吏。

⑲二心于狄：对狄人有了别的念头，即愿与狄友好。

⑳应：应对。

㉑是用：因此。

㉒二三其德：三心二意，反复无常。

㉓昭告昊天上帝、秦三公、楚三王：这是秦桓公盟楚之辞。昭告昊天上帝，按照周礼规定，诸侯不得祭天，订盟也不祭天神，楚人恨秦反复无常，所以这样讲。昭，明。昊天，皇天。秦三公，指穆公、康公、共公。楚三王，指成王、穆王、庄王。

㉔唯利是视：唯利是图。

㉕不穀：君主自称。无成德：反复无常。

㉖宣：揭露。

㉗不壹：言行不一的人。

㉘昵(nì)就：亲近。

㉙唯好是求：只求结为盟好。

㉚矜(jīn)哀：怜悯。

㉛承宁：止息，安定。

㉜傲乱：自求祸乱。

㉝不佞(nìng)：不才。

㉞布：宣布，陈述。

【译文】

到贵国国君即位时，我们国君景公引颈西望，说："可能要与我国友好了吧？"但贵国国君仍不肯与我国友好结盟，趁我国有狄人祸难的时机，侵入我河县，焚烧我箕、郜，割走、毁坏我们的庄稼，屠杀我国边境的百姓，我们这才有了辅氏地方聚众抗秦之事。贵国国君对两国间战祸的蔓延也感到后悔，想求先君献公、穆公在天之灵的护佑，派遣自己的儿子伯车来对我景公说："我和你发展友谊，捐弃前嫌，重修旧好，以追念我们先君的功绩。"盟约还未达成，景公去世，我们国君因此与贵国国君有令狐相会的约定。而贵国国君又有不善之心，背弃盟誓，未来赴约。白狄和秦国同处雍州，是秦国的世仇，但却是我们的姻亲。贵国国君派人前来传达说："我们和你们一起讨伐狄人。"我们国君不敢顾及姻亲关系，畏惧贵国国君的威严，而接受了使臣传达的命令。但贵国又对狄人表示友好，说："晋要攻打你们了。"狄人表面上虚与应对，心中却憎恨秦不讲信用，因此来告知我们。楚人也厌恶秦国国君的三心二意，反复无常，也来告诉我们说："秦国背弃了令狐盟约，而来请求和我们结盟，他们对皇天上帝、秦国的三位先君、楚国的三位先王宣告誓言说：'我虽然和晋国来往，但只是唯利是图。'我厌恶他们的没有信义，所以公之于众，以惩戒那些言行不一的人。"诸侯们都听到了这些话，并因此而痛心疾首，和寡人我亲近友好。寡人现在率领诸侯前来听命，只求结为盟好。国君您如果肯慈悲为怀，顾念诸侯，同情寡人，而赐给我们盟约，这就是寡人最大的愿望了。那样寡人将接受您的命令劝诸侯退去，哪敢自求祸乱？如果您不肯施恩结盟，寡人不才，恐怕就不能率领诸侯退走了！恕我斗胆将所有的话都告诉给您的左右执事了，望执事好好权衡一下利弊。

叔向诒子产书

【题解】

这封书信反映了春秋后期的社会变革。郑国柱石之臣、执政上卿子产铸刑鼎，将刑法公之于众，这本是一种历史的进步，却遭到了旧势力的反对，晋国大夫叔向即其中之一。他写这封信责备子产，力图说服子产依然按照文王的办法来统治人民，但没能奏效。毕竟子产的做法是顺应历史潮流的。

始吾有虞于子①，今则已矣。昔先王议事以制②，不为刑辟,惧民之有争心也③。犹不可禁御,是故闲之以义④,纠之以政,行之以礼,守之以信,奉之以仁⑤,制为禄位以劝其从⑥,严断刑罚以威其淫⑦。惧其未也,故诲之以忠,耸之以行⑧,教之以务⑨,使之以和⑩,临之以敬,莅之以强⑪,断之以刚。犹求圣哲之上⑫,明察之官⑬,忠信之长,慈惠之师,民于是乎可任使也,而不生祸乱。民知有辟⑭,则不忌于上⑮,并有争心,以征于书⑯,而徼幸以成之,弗可为矣。夏有乱政而作《禹刑》,商有乱政而作《汤刑》,周有乱政而作《九刑》⑰,三辟之兴,皆叔世也⑱。今吾子相郑国,作封洫⑲,立谤政⑳,制参辟㉑,铸刑书,将以靖民,不亦难乎?《诗》曰:"仪式刑文王之德,日靖四方㉒。"又曰:"仪刑文王,万邦作孚㉓。"如是,何辟之有?民知争端矣,将弃礼而征于书。锥刀之末㉔,将尽争之。乱狱滋丰,贿赂并行,终子之世,郑其败乎! 肸闻之㉕,国将亡,必多制,其此之谓乎!

【注释】

①虞:希望。

②议事以制:针对具体事情来制定刑法,不预先制定。

③争心:争讼之心。

④闲:防范。

⑤奉:奉养。

⑥劝其从:规劝人民服从教诲。

⑦淫:放纵。

⑧耸:警惧。

⑨务:专业技术知识。

⑩使之以和：驱使百姓而又让其心悦诚服。

⑪莅：临。

⑫上：圣哲之德。

⑬官：卿、大夫。

⑭辟：法。

⑮不忌于上：权力移给法律，所以民不畏上。

⑯书：法律条文。

⑰《九刑》：周朝衰微时，取文王、武王所审定的案件以为标准，而制定的刑书。

⑱叔世：衰微之世。

⑲封洫（xù）：田界和水沟。

⑳谤政：遭人毁谤的政策，指子产作丘赋。丘赋是按田亩征收的军赋制度，规定"方一里为井，十六井为丘，每丘出戎马一匹，牛三头"。

㉑参辟：指上述三个刑法。

㉒仪式刑文王之德，日靖四方：出自《诗经·大雅·文王》末章。仪式刑，效法。

㉓万邦作孚：意谓文王为天下所信。孚，信。

㉔锥刀之末：细微小事。

㉕肸（xī）：叔向名羊舌肸、杨肸。

【译文】

最初，我曾寄希望于您，现在已经彻底失望了。过去先王都是针对具体事情制定刑法，不预先制定出来，是担心百姓有争讼之心。即使如此仍不能禁止，所以用道义来防范，用政令来矫正，用礼仪来规范行为，用信用来进行统治，用仁爱来对待他们，制定出禄位来劝勉，鼓励他们服从教诲，用严厉的刑罚来威吓放纵的人。担心这些措施还不够，所以又教导他们忠诚，使其警惧自己的行为，教给他们专业技术知识，驱使百姓而又让其心悦诚服，严肃认真地对待他们，在他们面前保持威严，决定其事时要坚决果断。除此之外还要寻求圣哲的君上，明察秋毫的卿、大夫，忠诚守信的官吏，慈惠的师长，这样百姓才可任你驱使，而不滋生祸乱。百姓知道有法，认为权力已移给法律，就不会畏惧统治者，并滋生出争讼之心，他们凡事征引刑法以为依据，希图侥幸获得成功，所以立刑法是行不通的。夏朝在政局混乱时制定了《禹刑》，商朝政局混乱时制定了《汤刑》，周朝政局混乱时制定了《九刑》，三个刑法的诞生，都在衰微的末世。现在您主持郑国的政务，划定田界水沟，实施受人毁谤的政令，效法《禹刑》《汤刑》《九刑》，制定末世之刑法，铸刑法于鼎上，想用这样的办法来安定百姓，不是太难了吗？《诗经》上说："效法文王之德，天下安定。"又说："效法文王，天下信赖。"如果这样做的话，要刑法做什么呢？百姓知道了争讼的依据，就会丢弃礼法而征引法律条文，细微小事，也要诉诸刑法。违法事件将会增多，贿赂并行，在您有生之年，郑国将会衰败！肸听说，国家将要灭亡的时候，必然会频繁改制，这说的就是郑国现在的情况吧！

乐毅

乐毅，战国时中山人，为乐羊后代。被燕昭王任为亚卿，率兵攻齐，下七十余城，入齐都临淄，被封为昌国君。燕惠王即位，中齐反间计，他出奔赵国，被封为望诸君。后死在赵国。

报燕惠王书

【题解】

战国时，七国之中燕国较弱。燕昭王在位期间（前311—前279）求贤纳士，重用乐毅，战胜强齐，使燕强大起来。昭王死，其子惠王（前278—前272年在位）立，中了齐国的反间计，迫使乐毅出奔，燕国战败。惠王害怕乐毅乘机报复，写了一封信责难他，乐毅回了这封信。在信中乐毅赞扬了昭王的贤明，委婉地回答了惠王的责难。同时说明自己出奔是出于无奈，决不会做乘人之危的不义之事。全文一气呵成，磊落坦荡之气贯穿始终。

臣不佞^①，不能奉承王命，以顺左右之心，恐伤先王之明，有害足下之义^②，故遁逃走赵。今足下使人数之以罪^③，臣恐侍御者不察先王之所以畜幸臣之理^④，又不白臣之所以事先王之心，故敢以书对。

【注释】

①不佞（nìng）：不才。

②足下：书信中对对方的敬辞。

③数：列举。

④侍御者：惠王左右的大臣等。畜幸：重用信任。

【译文】

臣不才，不能遵从先王的遗教，满足您身边的人的心愿，深怕有损先王的英明，而且也损害了您的大义，所以逃奔到了赵国。现在大王派遣使者列举我的罪过，我担心侍奉在您左右的大臣不能了解先王重用、信任我的理由，也不能明白我尽心尽力侍奉先王的一片心意，所以才大胆用这封书信来回答。

臣闻贤圣之君不以禄私亲，其功多者赏之，其能当者处之。故察能而授官者，成功之君也；论行而结交者，立名之士也。臣窃观先王之举也，见有高世主之心，故假节于魏①，以身得察于燕②。先王过举③，厕之宾客之中④，立之群臣之上，不谋父兄⑤，以为亚卿⑥。臣窃不自知⑦，自以为奉令承教⑧，可幸无罪⑨，故受令而不辞。

【注释】

①假节于魏：乐毅曾在魏国任职，听说燕昭王招贤，于是借为魏昭王出使到了燕国。假，借。节，外交使臣所拿的符节。

②以身得察于燕：意谓通过了燕王的考察。察。考察。

③过举：破格提拔。

④厕：杂置，列入。

⑤父兄：与燕王同族的宗室大臣。

⑥亚卿：次于上卿的官职。

⑦窃不自知：意即相信自己。窃，私下里。不自知，犹言"不自量力""没有自知之明"，这里都是谦辞。

⑧奉令承教：奉行命令，接受任务。教，亦令也。

⑨幸：侥幸。

【译文】

我听说贤明圣达的君主不将爵禄私自赏给他的亲信，一定是功劳多的得到奖赏，有才能的得到爵位。所以根据才能而授予官职的，是能成就功名的君主；根据对方的德行来结交朋友的，是能成名于世的贤士。我暗自观察先王的所作所为，有超出世上一般君主之志愿，所以我才借魏王使节的身份进入燕国，为燕王所赏识使用。先王破格录用我，将我列入宾客之中，并提拔我居于群臣之上，不与宗室大臣商量，就任命我为亚卿。我也自不量力，自认为奉行命令接受任务，可以侥幸不犯错误，所以没有推辞就接受了任命。

先王命之曰："我有积怨深怒于齐，不量轻弱，而欲以齐为事。"臣曰："夫齐，霸国之余业而最胜之遗事也①。练于兵甲②，习于战攻。王若欲伐之，必与天下图之。与天下图之，莫若结于赵。且又淮北、宋地，楚、魏之所欲也③，赵若许而约四国攻之，齐可大破也。"先王以为然，具符节南使臣于赵④。顾反命⑤，起兵击齐。以天之道、先王之灵、河北之地随先王而举之济上⑥。济上之军受命击齐，大败齐人。轻卒锐兵，长驱至国⑦。齐王遁而走莒⑧，仅以身免；珠玉、财宝、车甲、珍器尽收入于燕。齐器设于宁台⑨，大吕陈于元英⑩，故鼎反乎磨室⑪，蒯丘之植植于汶篁⑫，国藩按：《说文》："篁，竹田也。"张平子《西京赋》："篠簜敷衍，编町成篁。"以篁与町对举，亦训田也。此云"汶篁"，亦指汶上之竹田也。后人以篁训竹，则此与《西京赋》皆不可通。自五伯已来⑬，功未有及先王者也。先王以为慊于志⑭，故裂地而封之⑮，使得比小国诸侯⑯。臣窃不自知，自以为奉令承教，可幸无罪，是以受命不辞。

【注释】

①霸国：指春秋时齐桓公为五霸之一，齐国实力强大，是处于领导地位的诸侯国，所以称齐为霸国。最胜之遗事：犹言"常胜国家的后代"。最，通"冣"。屡次。

②练：熟练，熟习。兵甲：兵器铠甲，这里即指作战。

③淮北、宋地，楚、魏之所欲也：淮北，淮河以北地区，指当时属于齐国的今江苏涟水、沭阳等一带地区，靠近楚国。宋地，原来宋国的地盘，今江苏铜山、河南商丘、山东曲阜之间的地区。前286年，齐、魏、楚灭宋，各得三分之一宋地。楚一直想夺取淮北地区，魏想夺取原来的宋地。

④具：准备。

⑤顾：不久。反命：归来复命。

⑥河北之地：黄河以北的齐国土地。济上：济水旁边。燕昭王曾亲到济上劳军。

⑦"济上之军受命击齐"几句：五国破齐于济西后，诸侯兵罢归，而燕军独追至于临淄。国，国都。指齐国都临淄。

⑧齐王：齐湣（mǐn）王。莒（jǔ）：本是春秋时一个小国，国都在今山东莒县。战国初期（约前431年）为楚所灭，后来地盘被齐国占有。

⑨宁台：燕国台名。在今北京西。

⑩大吕：钟名。代指齐国庙堂的乐器。元英：燕国宫殿名。

⑪故鼎：齐军掠夺走的燕国国宝。厯室：亦作"历室"，燕国宫殿名。

⑫蓟丘：燕国都城，在今北京。植：旗杆一类的东西，这里指旗帜。

　　汶篁：齐国汶水（今山东大汶河）边的竹林。

⑬五伯：春秋五霸。即齐桓公、晋文公、楚庄王、秦穆公、宋襄公。

⑭慊（qiè）于志：合乎他的志愿。慊，满足，满意。

⑮裂地而封之：指封乐毅为昌国君。

⑯比小国诸侯：大国的卿相与大国国内的封君，相当于小国的诸
侯，自春秋以来一直如此。比，相当。

【译文】

　　先王命令说："燕国与齐国有几代的深仇大恨，我们的力量虽弱，但我还想攻打齐国。"我回答说："齐国，是一个有着称霸的历史和多次取胜经验的国家，战术娴熟，善于进攻。大王如果要讨伐它，就一定要发动天下的力量来对付它。发动天下的力量对付它，最好的途径是和赵国结盟。况且淮北和原来宋国的土地，楚、魏两国都想夺到手。赵国如果同意结盟，再联合其余四国攻打它，可以大破齐国。"先王认为这行得通，就准备好符节，派我南下出使赵国。不久我就完成了使命回复先王，发兵攻打齐国。靠上天的保佑和先王的英明，黄河以北的土地随着先王大军的推进而被攻占，一直打到济水边。到达济水边的军队又奉令进攻齐军，大败齐军。士兵们轻装前进，披挂整齐，长驱直入一直进入临淄。齐王逃至莒地，仅免于死难；齐国的珠玉、财宝、车甲、珍器全部归燕所有。齐国的宝器陈设在燕国的宁台，大吕钟陈列于元英殿，被掠走的燕国宝鼎又运回到历室宫，燕国的旗帜飘扬在齐国的土地上。国藩按：《说文解字》上说："篁，是竹田。"张衡《西京赋》："篠簜敷衍，编町成篁。"将篁与町对举，也解释为田的意思。这里说的"汶篁"，也是指汶河边的竹田。后人把篁解释为竹子，那么这里与《西京赋》都说不通了。自春秋五霸以来，各国君主的功

勋没有能赶上先王的。先王认为满足了心愿,所以分地封爵,使我取得了相当于小国诸侯一样的地位。我也自不量力,自认为奉行命令接受任务,可以侥幸不犯错误,所以没有推辞就接受了任命。

　　臣闻贤圣之君,功立而不废,故著于《春秋》;蚤知之士①,名成而不毁,故称于后世。若先王之报怨雪耻,夷万乘之强国②,收八百岁之蓄积③,及至弃群臣之日④,余教未衰,执政任事之臣,修法令,慎庶孽⑤,施及乎萌隶⑥,皆可以教后世。

【注释】

①蚤:同"早"。

②夷:讨平,削平。万乘之强国:指齐国。当时以"乘"(即一车四马)的多少来表示国家的强弱。

③八百岁:指西周初年周武王封姜太公于齐,到前284年乐毅破齐,共约八百年。

④弃群臣:指燕昭王去世。

⑤庶孽:妾生的儿子。

⑥施(yì):延续。萌隶:百姓。

【译文】

　　我听说贤明的君主,建立功业并能保持住,所以能青史留名;有先见之明的贤士,成名而不有损于名声,所以为后世所称道。像先王这样报仇雪耻,征服了拥有千乘兵车的强大敌国,缴获了对手八百年的蓄积,直到去世那天,还留下告诫后代的遗诏,这都是执政大臣遵循的法令,处理王室事务的依据;将遗诏推行到民间,可以用来教育后代。

臣闻之,善作者不必善成,善始者不必善终。昔伍子胥说听于阖闾,而吴王远迹至郢①;夫差弗是也,赐之鸱夷而浮之江②。吴王不寤先论之可以立功③,故沉子胥而不悔;子胥不蚤见主之不同量④,是以至于入江而不化。夫免身立功,以明先王之迹,臣之上计也。离毁辱之诽谤⑤,堕先王之名⑥,臣之所大恐也。临不测之罪,以幸为利,义之所不敢出也。臣闻古之君子,交绝不出恶声;忠臣去国,不絜其名⑦。臣虽不佞,数奉教于君子矣⑧。恐侍御者之亲左右之说,不察疏远之行⑨,故敢献书以闻,惟君王之留意焉。

【注释】

①昔伍子胥说听于阖闾,而吴王远迹至郢:春秋时伍子胥因父兄为楚王所杀,逃至吴国,吴王阖闾听从他的计策,一举大败楚国,攻入郢都。郢,楚都,在今湖北江陵。

②夫差弗是也,赐之鸱(chī)夷而浮之江:吴王夫差不听伍子胥不许越国求和以及不要北上攻齐争霸中原的劝谏,又听太宰伯嚭谗言,赐死伍子胥并把他装在皮口袋里投入江中。鸱夷,皮口袋。

③先论:指伍子胥生前曾指出吴国如果不灭掉越国而去攻打齐国,终将为越所灭。

④量:肚量,气量。

⑤离:同"罹"。蒙受。

⑥堕(huī):败坏。

⑦絜:通"洁"。表白。

⑧数:屡次。

⑨疏远:被疏远者,乐毅指自己。

【译文】

我听说善于发起的人不一定善于完成，善于开端的人不一定善于结束。历史上吴王阖闾乐于接受伍子胥的意见，所以吴国能大败楚国，足迹远至于楚都郢；夫差不是这样，他赐伍子胥死，还将其尸抛入长江。吴王夫差没有意识到伍子胥以前的劝谏可以建功立业，所以杀死他而并不后悔；伍子胥没有早识别夫差与阖闾两代君主的不同气度，所以临死都不改变自己的主张。脱身免祸，保全功名，以此来昭示先王的业绩，这是我的上策。蒙受诋毁和侮辱，先王的名声被败坏，这是我最大的担心。面临不可预测的大罪，而又侥幸图谋私利，这样的事，从道义上讲，我是不敢做的。我听说古代的君子，即使绝交也不说对方的坏话；忠臣即使含冤而去，也不为自己进行辩白。我虽无才，但也受到君子的许多教诲。担心由于您身边的大臣轻信别人的话，而使您不能体谅被疏远者的行为，所以大胆地用书信来回复，只希望您能考虑一下我的话。

鲁仲连

鲁仲连，战国时齐人。鲁仲连是当时有名的义士，善出谋划策，常周游列国，排难解忧，却不肯仕宦，自称"吾与富贵而诎于人，宁贫贱而轻世肆志焉"。最后逃隐于海上。《史记》有《鲁仲连邹阳列传》。

遗燕将书

【题解】

公元前250年，燕攻下了齐国的聊城。燕国守将明知守不住，但怕归国被杀，不敢放弃，齐燕双方相持一年有余，战死者颇多。鲁仲连因此写了这封信，劝燕将效法管仲、曹沫，不"规小节""恶小耻"，放弃无望的守城之举。全文布局讲究，文辞淋漓酣畅，说理明晰透彻，具有很强的鼓动力和感染力。史载，燕将读到此信后，忧惧自杀，聊城乱，齐军遂收复聊城。

吾闻之，智者不倍时而弃利①，勇士不却死而灭名②，忠臣不先身而后君③。今公行一朝之忿，不顾燕王之无臣④，非忠也；杀身亡聊城⑤，而威不信于齐⑥，非勇也；功败名灭⑦，后世无称焉,非智也。三者,世主不臣⑧,说士不载,故智者不再计,勇士不怯死。今死生荣辱,贵贱尊卑,此时不再至,愿公详计而无与俗同! 以上动之以利害、死生、荣辱。

【注释】

①倍时:违背时势。倍,通"背"。

②却死:怕死。

③先身而后君:置自己于国君之上。

④燕王:此时的燕王名喜,燕孝王子,前222年为秦俘虏,燕国亡。

⑤亡聊城:失去聊城。聊城是齐地,在今山东聊城北。

⑥信:伸展,远达。

⑦功败:指失掉聊城。名灭:指不忠不勇。

⑧世主:国君。

【译文】

我听说,聪明的人不违背时势而放弃既得的利益,勇敢者不畏惧身死名灭,忠臣不会将私利置于国君之上。现在你为了发泄一时的愤怒,而不顾燕王手下无臣,是不忠;自己身死而又失去聊城,而威名并未在齐国传播,是不勇;失去聊城而又担不忠不勇之名,后世也不会称赞你,这是不智。不忠不勇不智的人,国君不会使用他们为臣子,游说之士也不会记载他们,所以聪明人不会犹豫不决,勇士不畏惧死亡。现在是决定死生荣辱、尊卑贵贱的时候了,这样的机会不会再有,希望你考虑周详而不要同世上的俗人一样失去机会! 以上用利害、死生、荣辱感动他。

　　且楚攻齐之南阳①,魏攻平陆②,而齐无南面之心③,以为亡南阳之害小,不如得济北之利大④,故定计审处之⑤。今秦人下兵,魏不敢东面⑥,衡秦之势成⑦,楚国之形危。齐弃南阳,断右壤⑧,定济北,计犹且为之也。且夫齐之必决于聊城,公勿再计。今楚、魏交退于齐⑨,而燕救不至。以全齐之兵,无天下之规⑩,与聊城共据期年之敝⑪,则臣见公之不能得也。以上齐必力争聊城。

【注释】

①南阳:指泰山南、汶水北一带地区。

②平陆:在今山东汶上县北。

③无南面之心:无南面反击楚、魏之心。

④济北:济水以北。聊城在济水北面。

⑤审:慎重。处:处理。此处意为选择。

⑥不敢东面:不敢向东攻齐。

⑦衡秦之势成:齐、秦连衡之势已形成。

⑧断:放弃。右壤:指平陆。平陆在齐的西面,古代以西为右,所以称右壤。

⑨交退:并退。

⑩无天下之规:诸侯中没有谋齐者。规,谋。

⑪期年:一整年。

【译文】

虽然楚国攻取了齐国的南阳,魏国攻占了平陆,但齐国并没有在南面反击楚、魏的意思,他们以为失去南阳给齐国带来的危害小,不如取得包括聊城在内的济北地区的好处大,所以定下大计方针而慎重地选择了后者。现在秦国出兵,魏国不敢向东攻齐,齐、秦连衡之势已然形成,楚国的形势非常危急。齐国放弃南阳和平陆,全力保全济北,这个决策已经定下了。齐国必然要决战于聊城,你不必再考虑这一问题了。现在楚、魏都从齐国撤退了,而燕国的救兵来不了。各国诸侯都不再进攻齐国,齐以全国之兵力来对付守了一整年的困乏的聊城燕军,我已经断定你是守不住的。以上分析齐必然力攻下聊城。

　　且燕国大乱,君臣失计,上下迷惑。栗腹以十万之众,五折于外①;以万乘之国,被围于赵,壤削主困,为天下僇笑②。国敝而祸多,民无所归心。今公又以敝聊之民③,距全齐之兵,是墨翟之守也④;食人炊骨⑤,士无反外之心,是孙膑之兵也⑥,能见于天下⑦。以上燕国内乱,燕将之能已众著。

【注释】

①栗腹以十万之众,五折于外:前251年,栗腹奉燕王喜之命率十万大军攻赵,栗腹被杀,赵军进围燕都。栗腹,燕相。五折,五次败北。

②僇笑:耻笑,羞辱。

③敝:困乏,疲惫。

④墨翟之守:燕将守城有方,可比墨翟。公输班欲攻宋,墨子请见,解带为城,以牒为械,公输班九设攻城之机变,墨子九拒之,公输班的兵械用尽了而墨子守城的方法还有余。

⑤食人炊骨:以人为食,以骨为柴。此句是说燕军困守聊城的艰辛。

⑥孙膑:战国时期著名军事家,齐人,善用兵,士卒无二心。

⑦能见于天下:才能已经为天下所见。

【译文】

况且燕国现在国内大乱,君臣无计可施,上上下下一片混乱。栗腹率领十万大军攻赵,屡次败北;燕一个万乘之国,被赵国所围攻,国土丧失,国君被困,为天下所耻笑。国家不强大祸乱多,人民已经没有了向心力。现在你又以聊城疲惫的守军来抗拒齐国全国的兵力，守城有方可比墨翟；以人为食以骨为柴，困守孤城如此艰辛，而士卒未生反叛之心，你确实是善于带兵有如孙膑，你的才能已为天下所见。以上写燕国内乱，燕将的才能已显扬于天下。

　　虽然，为公计者，不如全车甲以报于燕。车甲全而归燕，燕王必喜；身全而归于国，士民如见父母，交游攘臂而议于世①，功业可明。上辅孤主以制群臣，下养百姓以资说士，矫国更俗②，功名可立也。亡意亦捐燕弃世、东游于齐乎③？裂地定封，富比乎陶、卫④，世世称孤⑤，与齐久存，又一计也。此两计者，显名厚实也，愿公详计而审处一焉。以上劝之归燕或降齐。

【注释】

①交游攘臂：朋友之间彼此情绪激动地评议。交游，所交之友。攘臂，捋袖伸臂，形容情绪激动。

②矫国更俗：匡正国事，改变风俗。

③亡意：即无意。捐：离弃。弃世：不顾世事。

④陶：封地在陶的穰侯魏冉。卫：指商鞅，本姓卫。二人皆为豪富贵显。

⑤称孤：指做封君。

【译文】

　　即使如此，为你考虑，不如保全军队以报答燕国。军队完整地回到燕国，燕王一定非常高兴；士兵平安回国，士民会将你看作再生父母，朋友之间激动地评议你，你立下的功业可为天下所知。上辅佐孤主以制约群臣，下养活百姓以为游说之士的谈资，匡正国事，改变风俗，功名就立下了。如一定不愿回燕国，则不如离弃燕国东行到齐国去，你定会被分封土地做个封君，财富可与穰侯魏冉、商君卫鞅相比，世世代代做封君，和齐国一样久长，这是你又一条出路。这两条路，都能为你带来丰厚的名与利，希望你能周密地考虑而慎重地选择其中之一。以上劝燕将归燕或降齐。

　　且吾闻之，规小节者不能成荣名①，恶小耻者不能立大功。昔者管夷吾射桓公中其钩②，篡也③；遗公子纠不能死④，怯也；束缚桎梏⑤，辱也。若此三行者，世主不臣而乡里不通⑥。乡使管子幽囚而不出，身死而不反于齐，则亦名不免为辱人贱行矣。臧获且羞与之同名矣⑦，况世俗乎！故管子不耻身在缧绁之中⑧，而耻天下之不治；不耻不死公子纠，而耻威之不信于诸侯。故兼三行之过而为五霸首，名高天下而光烛邻国。曹子为鲁将⑨，三战三北，而亡地五百里。乡使曹子计不反顾，议不还踵，刎颈而死，则亦名不免为败军禽将矣⑩。曹子弃三北之耻，而退与鲁君计。桓公朝天下，会诸侯，曹子以一剑之任⑪，枝桓公之心于坛坫之上⑫，颜色不变，辞气不悖⑬，三战之所亡一朝而复之，天下震动，诸侯惊骇，威加吴、越。若此二士者，非不能成小廉而行小节也，以为杀身亡躯，绝世灭后，功名不立，非智也。故去感忿之怨⑭，立终身之名；弃忿悁之节⑮，定累世之功。是以业与三王争流，而名与天壤相毙也⑯。愿公择一而行之。以上言士不尚小廉、小节，当以管仲、曹沫为法。

【注释】

①规：矫正，此处有注重之意。

②管夷吾射桓公中其钩：管仲事公子纠，公子纠与公子小白争夺齐国君位，管仲为使公子纠成功，用箭射中小白带钩。管夷吾，即管仲，春秋时颍上（今安徽颍上）人，初事公子纠，后为齐桓公相，帮助齐桓公完成霸业。齐桓公，名小白，前685—前643年在位，春秋五霸之一。

③篡：用强力夺取。

④遗公子纠：齐桓公即位后，杀公子纠而囚管仲，在鲍叔牙的推荐下，管仲做了齐桓公的相，所以说他遗公子纠。遗，抛弃。

⑤束缚桎梏：指管仲被囚事。桎，脚镣。梏，手铐。

⑥通：往来交好。

⑦臧获：古代对奴婢的贱称。荆淮海岱之间，骂奴为臧，骂婢为获。燕国北郊男人娶婢被称为臧，女人嫁奴被称为获。

⑧缧绁（léi xiè）：捆犯人的绳索，引申为牢狱。

⑨曹子：即曹沫，也作曹沫，春秋时鲁将。与齐战，三战三败。前681年，齐桓公与鲁会盟于柯（在今山东东阿西南），曹沫执匕首劫齐桓公，迫其归还鲁地。

⑩禽：同"擒"。

⑪任：携带之物。

⑫枝：比划。坛坫（diàn）：盟会的台子。

⑬悖：乱。

⑭感忿：忿，应为"忽"字之讹。感忽，倏忽之间。

⑮忿悁：忿怒。

⑯与天壤相毙：与天地并存。

【译文】

　　而且我听说，注重小名节的人不能留下荣名，不能忍受小羞耻的人不能立下大功劳。过去管夷吾用箭射中齐桓公的带钩，是用强力去助公子纠夺君位；抛弃公子纠而事齐桓公，不能随公子纠去死，是怯懦怕死;被囚于牢狱,是耻辱。有这三种行为的人,国君不屑于任用其为臣,邻居同乡不与其来往交友。如果管子被囚于狱而不出来为齐桓公做事,身死于鲁国而不回到齐国去,那么他的名字也会列入被侮辱之人中而被人小看。奴婢都羞于和他相提并论,何况世俗人等呢!所以管子不以被囚于牢狱之中为耻,而以天下不能大治为耻;不以不随公子纠身死为耻,而以齐国的威信不能远达于各国诸侯为耻。因而不惜身负三种恶名辅佐齐桓公成为五霸之首,声名震天下,光辉照邻国。曹沫身为鲁国大将,三战三败,失地五百里。如果曹沫谋事不考虑将来,一往无前,自刭而死,那么他也将列入败军被俘将领的名单之中了。曹沫丢开三次败北的耻辱,而回到鲁国为鲁君考虑。齐桓公召集天下诸侯,与诸侯会盟,曹沫凭借随身携带的一把剑,在会盟台上剑指桓公的心脏劫持他,颜色不变,言语不乱,三战所失去的荣誉与土地,一下子就都索回了,天下为其勇气所震动,各国诸侯惊骇不已,鲁国的威名甚至远达南方的吴、越。如果这两个人,一定要顾全小清白而注重小名节,自杀身死,灭绝后代,不能立下功名,就是不智了。所以他们舍去一时的怨恨,留下了终身的英名;抛开了自己的愤怒,定下了累世的功业。因而他们的功业可以与夏、商、周三代的开国君主相媲美,他们的英名可与天地共存。希望你能正确地选择自己的道路。以上说士人不崇尚小廉、小节,应当以管仲、曹沫为榜样。

司马迁

司马迁简介参见卷八。

报任安书

【题解】

汉武帝天汉二年(前99),司马迁因替李陵降匈奴一事辩解而获罪下狱,被处宫刑。出狱后任中书令,掌管宫廷中机要。其友任安写信给他,希望他能在这个职位上为朝廷"推贤进士"。过了很久,司马迁才写了这封回信。

信中,司马迁历叙身世遭遇,倾诉了为著述《史记》,以超人的毅力"隐忍苟活"的满腔悲愤,对汉武帝的刚愎自用也不无微词。信中还提出了"人固有一死,死有重于泰山,或轻于鸿毛"的生死观,表现了作者积极的人生态度。全文结构严谨,感情真挚,夹叙夹议,错落有致。既是了解司马迁生平思想的重要史料,也是具有很高文学价值的散文名篇。

任安,字少卿,荥阳(今河南荥阳)人,曾任益州刺史、北军使者护军,后因戾太子事件被斩。

太史公牛马走司马迁再拜言①。少卿足下②：

曩者辱赐书③，教以慎于接物、推贤进士为务。意气勤勤恳恳④，若望仆不相师⑤，而用流俗人之言，仆非敢如此也！仆虽罢驽⑥，亦尝侧闻长者之遗风矣。顾自以为身残处秽⑦，动而见尤⑧，欲益反损，是以独郁悒而谁与语。谚曰："谁为为之？孰令听之？"盖锺子期死，伯牙终身不复鼓琴⑨。何则？士为知己者用，女为说己者容⑩。若仆大质已亏缺矣，虽材怀隋、和⑪，行若由、夷⑫，终不可以为荣，适足以见笑而自点耳⑬。书辞宜答，会东从上来，又迫贱事⑭，相见日浅⑮，卒卒无须臾之间得竭志意⑯。今少卿抱不测之罪，涉旬月，迫季冬⑰，仆又薄从上雍⑱，恐卒然不可为讳⑲，是仆终已不得舒愤懑以晓左右，则长逝者魂魄私恨无穷，请略陈固陋。阙然久不报⑳，幸勿为过。以上浑叙报书之迟。

【注释】

①太史公：即太史令，司马迁担任的官职。牛马走：像牛马一样受驱使的仆役。这是自谦之词。走，走卒，仆人。再拜：敬语。这一句中具列官职姓名，是古代书信的一种格式。

②少卿：任安，字少卿。曾为大将军卫青舍人，由于卫青的荐举，为郎中，后迁为益州刺史。征和二年（前91），奸人江充以"巫蛊"陷害皇后卫子夫与太子刘据，刘据愤而诛江充。时武帝在甘泉宫，以为刘据"谋反"，派丞相刘屈氂率兵讨伐。双方战于长安城中，死者数万。任安这时任北军使者护军，即皇帝特别派驻北军的官员，权力甚大。他已经接受了刘据的招呼，但又而按兵不动，左右观望。后太子兵败自杀，任安遂以"持两端"被武帝下狱诛

杀。事见《史记·田叔列传》。

③曩（nǎng）：从前。

④意气：指来信中的辞意和语气。

⑤望：怨。仆：自谦之称。不相师：不听指教。

⑥罢（pí）驽：才能低下。罢，同"疲"。驽，劣马。

⑦顾：只是。身残处秽：司马迁受宫刑，任中书令，与宦官同列，故以为耻。身残，指身受宫刑。处秽，处于污秽之地。

⑧尤：过错。

⑨盖锺子期死，伯牙终身不复鼓琴：锺子期、伯牙均为春秋时楚国人。伯牙弹琴，锺子期知音。锺子期死后，伯牙不再弹琴，认为世上没有知音的人了。

⑩说：同"悦"。

⑪隋、和：随侯珠、和氏璧。为古代最珍贵的珍宝玉石。

⑫由、夷：许由、伯夷。都是古代推为品德高尚的人。

⑬点：污点。

⑭迫贱事：忙于琐事。

⑮浅：少。

⑯卒卒（cù）：仓促匆忙的样子。卒，同"猝"。

⑰涉旬月，迫季冬：再过上十天半个月，就到十二月了。季冬，农历十二月。汉代法律规定在十二月处决犯人。

⑱薄：同"迫"。逼近。雍：雍州，在今陕西凤翔南。其地有五畤，汉代皇帝常到那里去祭祀。

⑲不可为讳："死"的委婉说法。指任安可能将被处死。

⑳阙然：空缺的样子。阙，同"缺"。久不报：很久没有回信。

【译文】

太史令、如牛马般的仆人司马迁再拜陈言。少卿足下：

以前，蒙您屈尊给我写信，嘱咐我要谨慎地待人接物，并把推荐贤才奖掖士子作为最要紧的事。辞意和语气诚恳真挚,好像在抱怨我不听从您的指教,却采用了一般人的意见,我是不敢这样的呀!我虽然才能低下,但也曾听说过年高德劭的人传下来的风范。只是认为身体残缺、地位卑贱,一举一动都会遭到指责,想做好事反而会把事情弄坏,所以我才抑郁独处,不与人交谈。谚语说:"为谁而干呢?又让谁来听呢?"锺子期死后,伯牙没有了知音,就终身不再弹琴。为什么呢?能人甘愿为赏识自己的人贡献才智,美女自愿为倾慕自己的人梳妆打扮。像我这样的人身体已经残缺了,即使怀抱着像随侯珠、和氏璧一样的才华,又有像许由、伯夷那样的品行,终究不可以自以为荣,否则反而会遭人耻笑而自取其辱。对您的来信本该及早回复,但正碰上我随皇上东巡归来,又忙于琐碎的事务,彼此相见的时间很少,忙忙碌碌地没有一点儿空闲让我向您倾诉我的心意。现在您遭到了后果不堪设想的大罪,再过一个月,就到十二月了,而我又将不得不随从皇上到雍地去,担心您的不幸会突然降临,那样的话我将永远不能向您抒发满腔的悲愤,您的在天之灵也会因得不到回信而抱恨无穷,现在就让我简略地陈述一些偏狭浅陋的意见吧。这么长时间没有给您回信,请不要见怪。以上笼统叙述回信迟晚的原因。

仆闻之,修身者,智之符也①;爱施者,仁之端也;取与者,义之表也;耻辱者,勇之决也;立名者,行之极也。士有此五者,然后可以托于世,而列于君子之林矣。故祸莫憯于欲利②,悲莫痛于伤心,行莫丑于辱先,诟莫大于宫刑。刑余之人,无所比数③,非一世也,所从来远矣。昔卫灵公与雍渠同载,孔子适陈④;商鞅因景监见,赵良寒心⑤;同子参乘,袁丝变色⑥,自古而耻之。夫以中材之人,事有关于宦竖,莫不伤气,而况于慷慨之士乎?如今朝廷虽乏人,奈何令刀锯之余荐天下之豪俊哉！

【注释】

①符：符信，标志，凭证。

②憯（cǎn）：同"惨"。

③比数（shǔ）：并列，计算。

④昔卫灵公与雍渠同载，孔子适陈：卫灵公和夫人出游，让宦官雍渠同坐一辆车，孔子乘后面的车。孔子感到耻辱，于是离开了卫国。

⑤商鞅因景监见，赵良寒心：商鞅见秦孝公是通过宦官景监的引荐，秦国的贤士赵良认为这是一件很不光彩的事。

⑥同子参乘，袁丝变色：宦官赵谈曾陪文帝同乘一辆车，袁盎谏阻，于是文帝让赵谈下车。同子，汉文帝的宦官赵谈。因与司马迁的父亲同名，所以避讳改称"同子"。袁丝，名盎（áng），字丝，汉文帝时官郎中。

【译文】

我曾听说，修身养性，是智慧的象征；乐于施惠，是仁义的基本表现；取予得当，是守义的标志；懂得耻辱，是勇敢的关键；树立名声，是事业的准则。士人具备了这五种品德，就可以立身处世，成为有道德的君子了。所以，祸害没有比贪利更悲惨的了，悲哀没有比伤心更痛苦的了，品行没有比祖先受辱更难堪的了，而耻辱没有比受宫刑更巨大的了。受过宫刑的人，不能和正常人并列，并非只当今之世如此，自古以来就是这样。从前卫灵公与宦官雍渠同乘一辆车子，孔子就离开卫国到陈国去了；商鞅靠景监的引荐而被秦孝公召见，贤人赵良就为之寒心；宦官赵谈陪汉文帝乘车，袁盎便发怒谏阻。自古以来就是鄙视宦官的。就是那些普通人，只要事情同宦官有关，没有不感到气馁的，何况那些慷慨有志之士呢？如今朝廷虽然缺乏人才，又怎么会让我这样受过宫刑的人来推荐天下的英俊豪杰呢？

　　仆赖先人绪业，得待罪辇毂下①，二十余年矣。所以自惟，上之不能纳忠效信，有奇策材力之誉，自结明主；次之又不能拾遗补阙，招贤进能，显岩穴之士；外之不能备行伍，攻城野战，有斩将搴旗之功②；下之不能积日累劳，取尊官厚禄，以为宗族交游光宠。四者无一遂，苟合取容，无所短长之效，可见如此矣。向者仆亦尝厕下大夫之列③，陪奉外廷末议④，不以此时引纲维⑤，尽思虑，今已亏形为埽除之隶⑥，在阘茸之中⑦，乃欲仰首伸眉，论列是非，不亦轻朝廷、羞当世之士邪？嗟乎！嗟乎！如仆尚何言哉！尚何言哉！**以上因言荐士而自述被刑之大辱。**

【注释】

①待罪：做官的谦辞。辇毂（niǎn gǔ）下：皇帝的车驾下。代指京城长安。

②搴（qiān）：拔取。

③厕：参加。下大夫：太史令官秩六百石，属下大夫。

④外廷：外朝。汉时称大司马、侍中等的议事之地为"中朝"，称丞相等的议事之地为"外朝"。

⑤引纲维：指根据国家的典章法纪以论列是非。纲维，总纲和四维，比喻法度。

⑥埽除之隶：指宦官。埽除，即扫除。

⑦阘茸（tà róng）：微贱。

【译文】

我凭借先祖留下的功劳，得以在京师做官，至今已二十多年了。我自己想，对上不能奉献自己的忠诚，获得奇谋异才的声誉，从而取得皇上的信任；其次又不能为皇上拾遗补阙，招纳贤才，引进能人，使那些隐身民间的能人得到重用；对外不能随着军队，攻取城池，歼敌野外，立下斩将夺旗的功劳；最次不能在平日积下功劳，获取高官厚禄，为宗族亲友增光。这四方面没有一方面有成就，只能随声附和，奉承恭从，毫无建树，于此可以看得很清楚了。过去，我也曾置身下大夫的行列，奉陪于外廷发表一些微议，并没有在那时伸张法度，奉献才智，到现在形体已经亏缺，成为打扫台阶的皂隶，处在下贱的地位，竟想昂首扬眉，议论是非，不是太轻视朝廷、太羞侮当今的士人了吗？唉！唉！像我这样的人还能说什么！还能说什么呢！以上因言及推荐士人而自述受官刑的大辱。

　　且事本末未易明也。仆少负不羁之才①，长无乡曲之誉②，主上幸以先人之故，使得奏薄伎③，出入周卫之中④。仆以为戴盆何以望天⑤，故绝宾客之知，忘室家之业，日夜思竭其不肖之才力，务壹心营职，以求亲媚于主上。而事乃有大谬不然者！

【注释】

①少负不羁之行：从小就没有出众的行为表现。颜师古注："不羁，言其材质高远，不可羁系也。负者，亦言无此事也。"负，亏欠，欠缺。

②乡曲：乡里。

③奏：进，献。伎：同"技"。

④周卫：周密的护卫，即宫禁。

⑤戴盆何以望天：当时谚语。戴盆与望天，二者不可兼得，形容忙于职守，识见浅陋，无暇他顾。

【译文】

况且事情的本末是不容易搞清楚的。我少年时没有出众的行为表现，长大后没有得到乡里人的称誉，幸蒙皇上顾念我祖上的缘故，使我能够贡献自己微薄的技能，出入宫廷之中。我认为头上戴着木盆怎么能够望见天空呢？所以，谢绝宾客的往来，忘记家庭的私事，日夜想着竭尽自己低劣的才力，一心一意地恪尽职守，以求得皇上的亲近和好感。然而，结局却大错特错，远超我的想象！

夫仆与李陵，俱居门下[①]，素非相善也。趋舍异路，未尝衔杯酒，接殷勤之余欢。然仆观其为人，自守奇士[②]，事亲孝，与士信，临财廉，取与义，分别有让，恭俭下人，常思奋不顾身，以徇国家之急[③]，其素所蓄积也，仆以为有国士之风。夫人臣出万死不顾一生之计，赴公家之难，斯已奇矣。今举事一不当，而全躯保妻子之臣，随而媒蘖其短[④]，仆诚私心痛之。且李陵提步卒不满五千，深践戎马之地，足历王庭[⑤]，垂饵虎口，横挑强胡，仰亿万之师[⑥]，与单于连战十有余日，所杀过半当[⑦]，虏救死扶伤不给，旃裘之君长咸震怖[⑧]，乃悉征其左右贤王，举引弓之民，一国共攻而围之。转斗千里，矢尽道穷，救兵不至，士卒死伤如积。然陵一呼劳军，士无不起，躬自流涕，沫血饮泣[⑨]，更张空弮[⑩]，冒白刃，北向争死敌者。陵未没时，使有来报，汉公卿王侯皆奉觞上寿[⑪]。后数日，陵败书闻，主上为之食不甘味，听朝不怡，大臣忧惧，不知所出。仆窃不自料其卑贱，见主上惨怆怛悼[⑫]，诚欲效其款款之愚[⑬]，以为李陵素与士大夫绝甘分少[⑭]，能得人之死力，虽古之名将，不能过也。身虽陷败，彼观其意，且欲得其当而报于汉。事已无可奈何，其所摧败，功亦足以暴于天下矣。仆怀欲陈之而未有路，适会召问，即以此指，推言陵之功，欲以广主上之意，塞睚眦之辞⑮。未能尽明，明主不晓，以为仆沮贰师⑯，而为李陵游说，遂下于理⑰。拳拳之忠，终不能自列，因为诬上，卒从吏议。家贫，货赂不足以自赎，交游莫救视，左右亲近，不为一言。身非木石，独与法吏为伍，深幽囹圄之中，谁可告愬者⑱？此真少卿所亲见，仆行事岂不然乎？李陵既生降，隤其家声⑲，而仆又佴之蚕室⑳，重为天下观笑。悲夫！悲夫！事未易一二为俗人言也。以上述推说李陵所以获罪之本末。

【注释】

①俱居门下：时李陵为侍中、建章（宫）监，司马迁为太史令，俱供职于宫门内。门下，宫门内。

②自守奇士：以奇士的操节自守。

③徇：同"殉"。献身。

④媒蘖（niè）：这里是夸大的意思。媒，同"酶"。酒曲。蘖，酒曲。

⑤王庭：指匈奴单于的大本营。

⑥仰：迎。

⑦所杀过半当：言陵军杀敌之数目，已超过自己人数的一半。过当，当时军功成语，谓即杀敌之数较之自己牺牲之数为多。

⑧旃：同"毡"。毛织品。

⑨沬（huì）：以手掬水洗脸。

⑩棬（quān）：弩弓。

⑪觞（shāng）：酒杯。上寿：这里指祝捷。

⑫惨怆怛（dá）悼：忧伤，悲苦。

⑬款款：忠诚的样子。

⑭绝甘分少：好的东西，自己不要；稀罕的东西，分给别人。

⑮睚眦(yá zì)：怒目相视。

⑯沮贰师：贰师将军李广利是汉武帝宠妃李夫人之兄，时为伐匈奴的统帅，率骑三万与匈奴右贤王战于祁连天山，武帝派李陵率偏师与之策应。结果李陵遇敌，全军覆没。司马迁替李陵辩解，武帝便认为是在诋毁李广利。沮，诋毁。贰师，贰师将军。

⑰理：大理，即廷尉，主管刑狱。

⑱告愬：求告诉说。愬，同"诉"。

⑲隤(tuí)：毁坏。

⑳佴(èr)：相次，随后。蚕室：受官刑后的人所住的严密而保温的房间。

【译文】

我和李陵，同在侍中曹任职，平时相处并不亲密。我们的爱好和志趣不同，所以未曾在一起喝酒，尽情地欢乐。但是，我观察李陵的为人，是一个守节操的奇士。他侍奉父母很孝顺，与士人交往守信用，处理钱财很廉洁，对待取舍讲义气，对尊卑长幼能分别以礼相待，态度恭谨，对人谦逊，常想着奋不顾身去排解国家的急难，他这些长期养成的好品德，我认为有国士的风范。一个臣子出于万死不顾一生的意念，投身国家的危难，这是很难得的。现在他办事一有不妥当，那些平时只顾保全性命和妻子儿女的臣子紧跟着就夸大他的过失，我私下实在感到痛心。况且李陵率领的步兵不足五千人，深入敌方骑兵势力范围，到达匈奴单于的大本营，在虎口垂饵诱敌，气势凌厉地挑战强悍的匈奴，迎战亿万敌军，与匈奴单于交战十多天，杀伤敌兵超过自己将士人数的一半，以致敌人连救死扶伤都来不及，匈奴各部君主首领都感到震惊恐惧，于是调集了左、右贤王的军队，征调所有会射箭的人，举全国之力进攻和围困李陵。李陵率军转战千里，箭矢用尽，退兵无路，援军迟迟不到，死伤的士卒堆积遍地。但只要李陵振臂一呼,勉励士卒,士卒无不奋身而起,流着眼泪,以血洗面,以泪解渴,拉开没有箭的空弓,冒着寒光闪闪的锋刃,一往无前地与敌人拼命。当李陵的军队还没有覆亡时,使者向朝廷报捷,朝中的公卿王侯都举杯向皇上祝贺。几天后,李陵兵败的战报传来,皇上为此食不甘味,上朝听政也闷闷不乐,大臣们感到担忧害怕,一个个不知道怎么办才好。我没顾及自己地位卑微,见皇上悲伤痛苦,实在想要献上自己诚挚的愚见。我认为李陵平常对待部下总是先人后己,因此能赢得别人以死力效劳,就是古代的名将也不能超过他。他现在因战败而身陷匈奴,但看他的意图,是想寻找一个适当的机会来报效汉朝。他投降匈奴的事已是无可奈何,但他曾击败强敌,功劳也足以布示天下。我想把心里想的禀告皇上但没有机会,恰恰碰上皇上召见,我就把这些意见告诉皇上,用以说明李陵的功劳,想以此来宽舒皇上的胸怀,堵塞指摘李陵的幽幽之口。我未能把我的意见完全说明白,皇上没有深察我的意图,反以为我在诋毁贰师将军,为李陵辩解,于是就把我交司法官审判。我的一片耿耿忠心,终于无法表白出来,因此判定我犯了诬上的大罪,而皇上最终批准了判决。我家里贫穷,没有财物可以用来赎罪,朋友不来营救,皇上身边的亲信,不为我说一句求情的话。我不是木头石块,却偏要让我同狱卒相处,被关押在幽暗的监狱里,谁能替我求情辩屈呀!这些正是您亲眼看到的,我的遭遇难道不是这样的吗?李陵既然已经投降了匈奴,败坏了他家族的声誉,而我也被关在蚕室中,更被天下人耻笑。可悲啊!可悲!这些事是不容易对俗人一一说清楚的。

　　仆之先人,非有剖符丹书之功①。文史星历,近乎卜祝之间,固主上所戏弄,倡优所畜②,流俗之所轻也。假令仆伏法受诛,若九牛亡一毛,与蝼蚁何以异?而世俗又不与能死节者次比,特以为智穷罪极,不能自免,卒就死耳。何也?

素所自树立使然也。人固有一死，死有重于泰山，或轻于鸿毛，用之所趋异也。太上不辱先，其次不辱身，其次不辱理色③，其次不辱辞令，其次诎体受辱④，其次易服受辱⑤，其次关木索、被箠楚受辱⑥，其次剔毛发、婴金铁受辱⑦，其次毁肌肤、断肢体受辱，最下腐刑，极矣！《传》曰："刑不上大夫。"此言士节不可不勉励也。猛虎在深山，百兽震恐，及在槛阱之中，摇尾而求食，积威约之渐也⑧。故士有画地为牢，势不可入；削木为吏，议不可对，定计于鲜也⑨。今交手足，受木索，暴肌肤，受榜箠，幽于圜墙之中。当此之时，见狱吏则头抢地，视徒隶则心惕息⑩，何者？积威约之势也。及已至是，言不辱者，所谓强颜耳，曷足贵乎？且西伯，伯也，拘于羑里⑪；李斯，相也，具于五刑⑫；淮阴，王也，受械于陈⑬；彭越、张敖，南面称孤，系狱抵罪⑭；绛侯诛诸吕，权倾五伯，囚于请室⑮；魏其，大将也，衣赭衣，关三木⑯；季布为朱家钳奴⑰；灌夫受辱于居室⑱。此人皆身至王侯将相，声闻邻国，及罪至罔加，不能引决自裁，在尘埃之中，古今一体，安在其不辱也！由此言之，勇怯，势也；强弱，形也。审矣，何足怪乎？夫人不能早自裁绳墨之外，以稍陵迟⑲，至于鞭箠之间，乃欲引节⑳，斯不亦远乎！古人所以重施刑于大夫者，殆为此也。

【注释】

①剖符丹书：古代君主给功臣立的凭证。剖符，把竹制的契约一分为二，君臣各执一块，上面写着同样的誓词。丹书，把誓词用丹砂写在铁制的契券上。凡持有剖符、丹书的大臣，其子孙犯罪可获赦免。

②倡优：乐工伶人。畜：同"蓄"。

③不辱理色：即今之所谓"不丢面子"。理色，面色。

④诎体：指身体被捆绑。诎，同"屈"。

⑤易服受辱：古时犯人要换穿赭(zhě)色囚衣，故云。

⑥关：穿，披带。木索：木枷和绳索。箠：鞭子，棍杖。楚：荆条。

⑦剔毛发：即髡(kūn)刑。剔，同"剃"。婴金铁：即钳刑。婴，环绕。

⑧积威约之渐：意即威约逐次加之，积久而至于此。威约，谓威势为人制约。渐，逐渐发展的过程。

⑨定计于鲜：意即明确地拿定主意。鲜，明。

⑩惕息：胆战心惊。

⑪"且西伯"几句：指周文王曾被商纣囚于羑(yǒu)里。西伯，周文王。伯，通"霸"。羑里，在今河南汤阴境内。

⑫五刑：秦汉时的五种刑罚：割鼻，斩左右趾，笞杀，斩首，将尸骨剁成肉酱。

⑬"淮阴"几句：韩信先为齐王，又为楚王，最后被刘邦猜忌，袭捕之于陈。淮阴，即淮阴侯韩信。陈，今河南淮阳。

⑭"彭越、张敖"几句：彭越是汉高帝刘邦的功臣，先为梁王，后被吕后捕杀。张敖是功臣张耳之子，刘邦的女婿，先为赵王，因其臣下贯高等欲杀刘邦而被捕下狱。

⑮"绛侯诛诸吕"几句：周勃诛除吕氏集团，迎立汉文帝，任丞相，后被诬告谋反，被汉文帝囚于请室。绛侯，汉初功臣周勃，封绛侯。请室，请罪之室，京城里拘押高级官员的处所。

⑯"魏其"几句：魏其侯窦婴在汉景帝时为大将军，是武帝的中表舅舅。为救朋友灌夫，得罪新贵田蚡，被诛。赭衣，犯人穿的红色衣服。三木，项、手、足皆带刑具。

⑰季布为朱家钳奴：季布是楚霸王项羽的大将，被刘邦缉捕。鲁人朱家为救他，将他髡钳为奴，藏在自己家里，后托人说情为他求

得赦免。

⑱灌夫受辱于居室：灌夫在汉景帝时立有军功，为中郎将，武帝时官太仆，因得罪武帝之舅田蚡被下狱，后被杀。居室，汉代少府所属的官署，亦称保宫，是拘留贵族罪犯的处所。

⑲陵迟：败坏，衰败。

⑳引节：为保持气节而自杀。

【译文】

我的祖先没有立下不朽的功勋而享有剖符丹书的特殊待遇，只掌管文史资料和天文历法，这是近乎卜官和巫祝之类的官职，本来就是被皇上戏弄、像乐工伶人一样养着，为世俗所轻视的。假使我受到法律的制裁被杀，就像九牛身上丢失一根牛毛，与蝼蚁之死有什么不同呢？而世人又不会把我比之于坚持节操而死的人，只认为我是主意想尽，罪大恶极，无法避免，只有一死罢了。为什么呢？是由于平素自己所处的低贱的地位所造成的。人本来都有一死，有的死得比泰山还重，有的死得比鸿毛还轻，这是因为死的目的不同。首先不能让祖先受侮辱，其次不能让身体受侮辱，其次不能让脸面受侮辱，其次不能受别人言辞的侮辱，其次不能被捆绑受侮辱，其次不能穿上赭色囚服受侮辱，其次不能戴上刑具、被人杖打受侮辱，其次不能被剃光头发、套上铁环受侮辱，其次不能被毁坏肌肤、砍断肢体受侮辱，最下等的是遭受宫刑，这是最受辱的啊！《礼记》上说："刑罚不能加于大夫以上。"这是说士大夫的节操不可以不勉励。猛虎在深山的时候，百兽都惊恐害怕，等到它掉进了陷阱、关进了笼子，就摇着尾巴向人乞食，这是长期的威力制约渐渐使它驯服的结果。所以，即使在地上画个圈作监牢，气节之士势必不肯进去；用木头削制成狱吏，气节之士也不会受它的审讯，他们的主意非常明确。现在手足交叉，戴上木枷，暴露肌肤，遭受杖打，被关押在监狱之中。在这个时候，见了狱吏就叩头，见到狱卒就胆战心惊不敢出声，为什么呢？这是长期用威刑管制之后必然出现的情势。到了这种地步，还说自己是没有受辱的人，那可真是厚脸皮了，还有什么尊贵可言呢？况且，西伯周文王，是诸侯的首领，却被拘禁在羑里；李斯，是秦朝的丞相，却受遍五刑；淮阴侯韩信，封为楚王，却在陈地被拘捕；彭越、张敖，曾南面称王，却被下狱判罪；绛侯周勃，诛灭诸吕，权势超过五霸，却被关进请室；魏其侯窦婴，曾为大将军，后来却穿上了赭色囚服，戴上了枷锁；楚将季布给朱家为奴受髡钳的刑罚；灌夫因为得罪丞相田蚡而被关进居室受侮辱。这些人都位至王侯将相，声名远播邻国，等到犯了罪受处罚，不能果断自杀，结果跌落在肮脏的尘埃之中，古往今来都一样，不及早自杀怎能不受辱啊！由此说来，勇敢和胆怯，坚强和懦弱，都是具体形势造成的。明白了这一点，还有什么可奇怪的呢？何况一个人如果不能在被捕之前及早自杀，等到志气逐渐衰颓，受鞭打之刑的时候，才想到保全气节而自杀，不是已经晚了吗？古人之所以加刑于大夫时特别慎重，大概就是这个原因。

　　夫人情莫不贪生恶死，念父母，顾妻子，至激于义理者不然，乃有所不得已也。今仆不幸，早失父母，无兄弟之亲，独身孤立，少卿视仆于妻子何如哉？且勇者不必死节，怯夫慕义，何处不勉焉①？仆虽怯懦，欲苟活，亦颇识去就之分矣，何至自沉溺缧绁之辱哉②！且夫臧获婢妾由能引决③，况仆之不得已乎？所以隐忍苟活、幽于粪土之中而不辞者，恨私心有所不尽，鄙陋没世而文采不表于后世也④。以上自述隐忍受辱，思引决而不果自裁之故。

【注释】

①"且勇者不必死节"几句：意谓真正的勇士不一定就为"名节"问题而死，怯懦的人为得一个好名声往往会勉力而行，轻易赴死。

②缧绁(léi xiè)：捆绑犯人的绳索。

③臧获：奴婢。

④鄙陋：瞧不起，以之为耻。没世：身死之后。

【译文】

　　人之常情是贪生怕死，思念父母，顾念妻儿，至于那些被正义和真理激励起来的人不这样做，那是有不得已之处。现在，我很不幸，双亲早亡，没有兄弟，独自一人孤独地生活。少卿，您看我对妻子儿女的态度怎样呢？勇敢的人不一定为了名节而死，懦夫仰慕高义，为了名节反而随处都在勉励自己轻易赴死。我虽然怯弱，想苟活下去，也颇懂得舍身取义的道理，为什么让自己关在监狱中遭受侮辱呢？就是奴才婢妾还能够下定决心自杀，更何况我处在不得已的境况中呢？我之所以暗暗地忍受，苟活偷生，关闭在粪土一样肮脏的监狱里而不肯死去，是抱恨自己的理想还没有完全实现，会为死后我的文章不能流传于后世而感到耻辱。以上自述隐忍受辱，想自尽而没有自尽的原因。

　　古者富贵而名磨灭，不可胜记，惟倜傥非常之人称焉①。盖文王拘而演《周易》②；仲尼厄而作《春秋》③；屈原放逐，乃赋《离骚》；左丘失明④，厥有《国语》；孙子膑脚⑤，兵法修列；不韦迁蜀，世传《吕览》⑥；韩非囚秦，《说难》《孤愤》⑦；《诗》三百篇，大抵贤圣发愤之所为作也。此人皆意有所郁结，不得通其道，故述往事，思来者⑧。乃如左丘明无目、孙子断足，终不可用，退而论书策，以舒其愤，思垂空文以自见⑨。

【注释】

①倜傥：卓异，不同寻常。

②文王拘而演《周易》：相传周文王被拘于羑里时，推演八卦为六十

四卦。演，推衍，发展。

③仲尼厄而作《春秋》：孔子周游列国，其主张不获世用，又在陈、蔡受围攻和绝粮之苦，返回鲁国据鲁国国史而修定《春秋》一书，以微言大义寄托自己的政治见解，为后王立法。

④左丘：即左丘明。相传《国语》和《左传》的作者，复姓左丘，名明。

⑤孙子膑（bìn）脚：孙膑是战国时期的军事家，庞涓忌其才能而将其刖足。最后孙膑于马陵道破杀庞涓。膑，古代割去髌骨（膝盖骨）的一种刑罚。

⑥不韦迁蜀，世传《吕览》：吕不韦为秦国宰相时，招集门下宾客著《吕氏春秋》，并非迁蜀后所做。不韦，吕不韦。迁蜀，吕不韦受嫪毐集团叛乱事牵连，被秦王嬴政罢免丞相，不久将其举家流放蜀地。《吕览》，即《吕氏春秋》。

⑦韩非囚秦，《说难》《孤愤》：韩非是韩国的诸公子，作有《说难》《孤愤》等。秦王读到这些文章后，非常欣赏，乃召韩非入秦。韩非入秦后，被李斯等诬陷下狱，后被杀。说韩非被囚后才做《说难》《孤愤》与事实不符。

⑧思来者：意为希望将来的人能理解自己的志向。

⑨空文：指文章著作而言，与"行事"对称。

【译文】

自古以来，富贵而名声已经磨灭的人，多得没法记载，只有那些豪迈不羁、异常卓越的人才名垂后世。周文王被拘禁而推演《周易》；孔子遭受困厄而写出了《春秋》；屈原被放逐，于是创作了《离骚》；左丘明失明，才编写《国语》；孙膑受膑刑，才著述《孙膑兵法》；吕不韦谪迁蜀地，世上才流传《吕氏春秋》；韩非子被囚禁在秦国，才有《说难》《孤愤》；《诗经》三百篇，大都是贤士圣人为抒发胸中的愤懑而作的。这些人都是情意郁结，不得舒展，所以就追述往事，希望未来的人了解他们的志向抱负。就好像左丘明失明，孙膑断脚，他们认为永远不可能被起用了，才退而避世著书立说，以抒发他们心中的愤懑，希望留下著作来表现自己的观点和抱负。

　　仆窃不逊，近自托于无能之辞，网罗天下放失旧闻①，略考其行事，综其终始，稽其成败兴坏之纪②。上计轩辕，下至于兹，为十表，本纪十二，书八章，世家三十，列传七十，凡百三十篇。亦欲以究天人之际③，通古今之变，成一家之言。草创未就，会遭此祸，惜其不成，是以就极刑而无愠色。仆诚以著此书，藏之名山，传之其人，通邑大都，则仆偿前辱之责，虽万被戮，岂有悔哉！然此可为智者道，难为俗人言也。
以上言著书以偿前辱之责。

【注释】

①失：通"佚（yì）"。散失。

②稽：考查。纪：统绪，纲要。

③究天人之际：探求天地自然与人类社会的关系。

【译文】

　　我私下里不自量力，近来借助笨拙的文笔，搜罗天下轶闻旧事，略微征考古人事迹，综览历代史事，考察历史上成败兴衰的规律。上自轩辕黄帝，下迄当代，写了表十篇，本纪十二篇，书八篇，世家三十篇，列传七十篇，总共一百三十篇，想以此来探究自然和人事之间的关系，弄通古今历史的变化规律，成为有独立见解的一家之言。书稿还没有完成，正好遇上那场大祸，痛惜书没有写成，因此即使受到最严酷的刑罚也毫无怨色。我如果著成这部书，藏在名山之中，传给能够理解它的后人，散布在大都市里，那么我就偿还了先前忍受侮辱的旧债，即使被诛万死，也不会后悔的！然而，这些话只能讲给智者听，却无法让俗人明白。

以上说著书来偿还先前忍受侮辱的旧债。

　　且负下未易居①，下流多谤议②。仆以口语遇遭此祸，重为乡里所戮笑，以污辱先人，亦何面目复上父母之丘墓乎？虽累百世，垢弥甚耳！是以肠一日而九回，居则忽忽若有所亡，出则不知其所往。每念斯耻，汗未尝不发背沾衣也！身直为闺阁之臣③，宁得自引深藏岩穴邪？故且从俗浮沉，与时俯仰，以通其狂惑④。今少卿乃教以推贤进士，无乃与仆私心刺谬乎⑤？今虽欲自雕琢，曼辞以自饰，无益，于俗不信，适足取辱耳。要之，死日然后是非乃定。

　　书不能悉意，略陈固陋。谨再拜。

【注释】

①负下：居于下流。此指身负罪名。

②下流：下贱。

③闺阁之臣：宫廷内的臣仆，宦官，指时为中书令而言。闺阁，宫中小门。指皇帝内廷深宫。

④通其狂惑：自我宽解内心的愤怒与矛盾。

⑤刺（là）谬：违背。

【译文】

　　再说，负罪的人难以立身处世，下贱的人常常被诽谤非议。我因为表达了一些观点就遭遇这场大祸，深为乡里人辱骂耻笑，玷污了祖先，还有什么脸面到父母的坟墓前去祭奠呢？即使历经百代，这种侮辱也只会日益加重。因此，我感到好像肠子一日九回转似的痛苦，在家里恍恍惚惚，若有所失，外出时不知道自己要到哪里去。每当想起那种耻辱，冷汗就从背上渗出，浸湿了衣服。自己只是一个宫闱之臣，哪里能够引荐隐居深山中的贤士呢？所以只好随波逐流，从俗随时，以自我宽解内心的愤怒与矛盾。现在少卿您嘱咐我推举贤士，不正与我的心意相违背吗？现在即使想美化自己，用美妙的言辞为自己解脱，也无济于事，世俗的人不会相信，不过是自取侮辱罢了。总而言之，到我死之后，是非才能论定。

　　信中不能尽表心意，只大略陈述一下多年来的陋见。谨再拜。

杨恽

  杨恽（？—前54），字子幼，华阴（今属陕西）人。其母为司马迁的女儿，父杨敞曾任汉昭帝时的丞相。汉宣帝时，恽以父荫补常侍郎。后因告发霍光的子孙霍禹等谋反有功，升中郎将，封平通侯，官至光禄勋。为人轻财好义，廉洁无私，且以才能见称，颇有治绩，但自矜其能，不能容物。与太仆戴长乐不合。有人上书告发戴长乐，戴以为系杨恽指使，遂上书告恽诽谤朝廷，无人臣礼，恽被贬为庶人。后逢日食，有人归咎于杨恽骄奢不悔所致，恽被下狱，又在家中搜出他给孙会宗的信（即本文），宣帝大怒，判以大逆不道，腰斩处死，妻儿被流放。孙会宗也因此而被罢官。

报孙会宗书

【题解】

  据《汉书》卷六十六《杨恽传》记载，杨恽失爵家居，以财自娱。他的朋友、安定太守孙会宗给他写了一封信，劝他不当治产业、通宾客、博取声誉，以免招祸。杨恽写了这封回信为自己的行为辩解。文章嬉笑怒骂，锋芒毕露，发泄了心中的牢骚与不满，并且讥刺朝政，表白了与"卿大夫之制"决裂的意向。论者以为与司马迁《报任少卿书》桀骜不驯的风格如出一辙。

　　恽材朽行秽,文质无所底①,幸赖先人余业得备宿卫,遭遇时变以获爵位②,终非其任,卒与祸会。足下哀其愚,蒙赐书,教督以所不及,殷勤甚厚。然窃恨足下不深惟其终始,而猥随俗之毁誉也③。言鄙陋之愚心,若逆指而文过④;默而息乎,恐违孔氏"各言尔志"之义⑤,故敢略陈其愚,唯君子察焉!

【注释】

①底:引致,达到。

②时变:指宣帝地节四年(前66)霍光子孙霍禹等谋反事。爵位:指杨恽因告发有功,得封平通侯。

③猥:苟,随便。

④逆指:违反孙会宗来信的旨意。

⑤孔氏:孔子。各言尔志:语出《论语·公冶长》:"颜渊、季路侍,子曰:'盍各言尔志。'"

【译文】

　　我才能低下,行为卑污,外部表现与内在才质都没修养到家,侥幸靠先辈留下的功业才得以充当宫廷侍卫,又恰巧碰上平息霍氏谋反因而被封侯爵,但始终不能称职,结果遭了祸殃。您哀怜我的愚笨,承蒙赐与书信再三指明我存在的不足之处,情意十分恳切。但是我私下却埋怨您没有深究事情的原委,而轻率地附和世俗的毁誉。直说出我浅陋的看法吧,又好像与您唱反调而使自己显得文过饰非;沉默不说吧,又恐怕违背了孔子提倡的"每个人都应当直说自己志向"的原则。因此还是大着胆子简略地谈谈我的愚见,请您仔细明辨吧。

　　恽家方隆盛时，乘朱轮者十人①。位在列卿②，爵为通侯③，总领从官④，与闻政事，曾不能以此时有所建明⑤，以宣德化，又不能与群僚同心并力，陪辅朝廷之遗忘，已负窃位素餐之责久矣。怀禄贪势，不能自退，遭遇变故，横被口语⑥，身幽北阙⑦，妻子满狱。当此之时，自以夷灭不足以塞责，岂意得全首领，复奉先人之丘墓乎？伏惟圣主之恩，不可胜量。君子游道⑧，乐以忘忧；小人全躯，说以忘罪。窃自思念，过已大矣，行已亏矣，长为农夫以没世矣。是故身率妻子，戮力耕桑，灌园治产，以给公上⑨，不意当复用此为讥议也。

【注释】

①朱轮：以丹漆涂车轮，为显贵者乘坐的车子。汉制，公卿列侯和二千石以上的官员可乘朱轮车。

②位在列卿：光禄勋为汉九卿之一。

③通侯：即"彻侯"，爵位名。汉制，刘姓功臣封侯者为诸侯，异姓功臣封侯者为列侯，亦称彻侯。后因避汉武帝讳，改称通侯。

④总领从官：指官至光禄勋。光禄勋领宿卫之士。

⑤建明：对国事有所建议及陈述。

⑥横被：横遭。口语：议论，告发。

⑦北阙：宫廷北边的楼观。杨恽被拘于此，是临时性关押。

⑧游道：游于道，指优游于道义之中。

⑨以给公上：交纳赋税。

【译文】

　　我们杨家正当兴盛的时候，做大官乘坐朱轮车的有十人。我位在九卿之列，爵封通侯，总领宫内的侍卫官，参与国家大事，却不能在那时对国事有所建议,来宣扬圣上的德政,又不能与同僚齐心协力,以补救朝廷的缺失,已经多次受到窃踞官位白食俸禄的指责了。我贪恋禄位权势,不能自觉引退,终于遭逢变故,无故遭人指责,自己被幽禁在北阙,连妻子儿女都被关进了监狱。这个时候,自己觉得合族抄斩也不足以抵偿罪责,哪里能想到保住性命,还能到祖先的坟墓去奉祀呢?我感念圣主的恩德,真是无法计量。君子沉浸在道义之中,快乐得忘记了忧愁;小人保全了性命,便高兴得忘记了罪过。我暗自思量:过失已经很大了,品行已经亏缺了,永远当一个农夫到死算了。因此我就亲率妻子儿女,努力耕田种桑,灌溉田园,经营产业,用来向政府交纳赋税,哪想到又因此受到指责和非议。

　　夫人情所不能止者,圣人弗禁,故君父至尊亲,送其终也,有时而既①。臣之得罪,已三年矣。田家作苦,岁时伏腊②,烹羊炮羔③,斗酒自劳。家本秦也,能为秦声。妇,赵女也,雅善鼓瑟。奴婢歌者数人。酒后耳热,仰天拊缶而呼乌乌④。其诗曰:"田彼南山,芜秽不治,种一顷豆,落而为萁⑤。人生行乐耳,须富贵何时!"是日也,拂衣而喜,奋袖低昂,顿足起舞,诚淫荒无度,不知其不可也。恽幸有余禄,方籴贱贩贵,逐什一之利,此贾竖之事,污辱之处,恽亲行之。下流之人,众毁所归,不寒而栗。虽雅知恽者,犹随风而靡,尚何称誉之有?董生不云乎⑥:"明明求仁义,常恐不能化民者,卿大夫之意也;明明求财利,常恐困乏者,庶人之事也⑦。"故"道不同,不相为谋",今子尚安得以卿大夫之制而责仆哉!

【注释】

　　①送其终也,有时而既:意谓为君父守丧不过三年,其哀有时而尽。

　　既，尽。

②伏：伏日，夏至后的节日。腊：腊日，冬至后的节日。

③炮（páo）：烹饪之法，指裹起来烧烤。

④拊缶（fǒu）而呼乌乌：秦人素有击缶而歌的风俗。李斯《谏逐客书》："夫击瓮叩缶弹筝搏髀，而歌呼呜呜快耳目者，真秦之声也。"缶，一种瓦制的打击乐器，击之为歌舞打节拍。

⑤"田彼南山"几句：意在讥讽朝廷朝政荒乱，贤人被逐。其，豆茎。

⑥董生：董仲舒。

⑦"明明求仁义"几句：引自董仲舒《对贤良策》三。明明，董钟舒原文作"皇皇"，即"遑遑"，匆忙而惶恐的样子。《汉书·杨恽传》作"明明"，疑别有所本。

【译文】

　　大凡人的感情所不能抑止的，圣人也不会加以禁止。所以，给最尊贵的君王和最亲近的父亲送终服丧，也有结束的时候。我获罪以来，已经三年了。农家的劳作很辛苦，一年中逢上伏日、腊日的节日，便烹大羊烤小羊，喝上一斗酒，自我慰劳一番。我家本属故秦地方，因此我善唱秦地的歌曲。我妻子是赵地的女子，平素擅长弹瑟。奴婢中也有几个会唱歌的。酒后耳根发热，仰首苍天，信手击缶，便呜呜地唱了起来。歌词是："辛勤种田在南山，荆棘野草除不尽。种下豆子一百亩，豆子落下只剩茎。人生在世及时行乐吧，等待富贵谁知道要到何时！"碰到这样的日子，我兴奋得挥动衣袖，顿足起舞，的确是纵情欢乐，不加节制，但我不知道这有什么不可以的。我幸而还有一些积余的俸禄，正经营贱买贵卖的生意，追求十分之一的利润，这是商人才干的事情，备受轻视的所在，而我却亲自去做了。地位低下的人，是众人诽谤的对象，令人不寒而栗。就是一向了解我的人，尚且随风倒，还会有谁来赞誉我呢？董仲舒不是说过吗："匆忙而惶恐地求仁义，常常担心不能感化老百姓，这是卿大夫的心情；匆忙而惶恐地求财利，常担心穷困贫乏，这是平民百姓的事情。"所以"志趣不同就无法默契",现在您怎么能用卿大夫的要求来责备我呢?

　　夫西河魏土①,文侯所兴②,有段干木、田子方之遗风③,漂然皆有节概④,知去就之分。顷者,足下离旧土,临安定⑤,安定,山谷之间,昆夷旧壤⑥,子弟贪鄙,岂习俗之移人哉?于今乃睹子之志矣。方当盛汉之隆,愿勉旃⑦,毋多谈。

【注释】

①西河魏土:战国时魏地的西河,辖境在今陕西东部黄河西岸区,与汉代的西河郡并非一地。孙会宗是西河郡人,杨恽把其家乡说成是魏地,意在与安定郡对照,寓讽刺之意。

②文侯:魏文侯。战国时魏国的第一位君主,著名贤君。

③段干木:战国魏文侯时人,隐居不仕,为文侯敬重。田子方:与段干木同时代人,为文侯所优礼。

④漂然:同"飘然"。

⑤安定:郡名。故治在今宁夏固原。

⑥昆夷:即西戎,西部少数民族。

⑦旃(zhān):文言助词"之焉"的合音。

【译文】

　　您的故乡西河郡是战国时魏国的土地,是魏文侯兴举大业的地方,尚有段干木、田子方的遗风。他们都有高远的节操与气概,懂得出仕与隐逸的分寸。前不久,您离开故乡,去到安定郡任太守。安定地处山谷之间,是西戎的故地,那里的人贪婪鄙野,难道是当地的风俗改变了您的品性吗?现在我才看清您的志向。现在正当大汉兴旺隆盛时期,希望您自己努力,不多谈了。

王生

　　王生，西汉宣帝时为太子庶子，生卒年不详。当时还有一同名者，龚遂任渤海太守时为议曹，后遂迁任水衡都尉，王生任水衡丞。是否一人，未审。

遗盖宽饶书

【题解】

　　史载，盖宽饶在宣帝时举为方正，后任司隶校尉，为人刚直公廉，不避权势。然而喜欢陷害人，结怨过多；又好批评朝政，冒犯宣帝之意。这封信就是针对这个情况写的。作者不避嫌疑，直言规劝，晓以大义，告以险危，其人格精神，卓然自见。

　　明主知君絜白公正，不畏强御①，故命君以司察之位②，擅君以奉使之权③，尊官厚禄已施于君矣。君宜夙夜惟思当世之务，奉法宣化，忧劳天下，虽日有益，月有功，犹未足以称职而报恩也。自古之治，三王之术各有制度④。今君不务循职而已，乃欲以太古久远之事匡拂天子，数进不用难听之语以摩切左右⑤,非所以扬令名全寿命者也。方今用事之人皆明习法令,言足以饰君之辞,文足以成君之过,君不惟蘧氏之高踪⑥,而慕子胥之末行⑦,用不訾之躯⑧,临不测之险,窃为君痛之。夫君子直而不挺⑨,曲而不诎。《大雅》云:"既明且哲,以保其身。"狂夫之言⑩,圣人择焉,惟裁省览。

【注释】

①强御:强暴逞势的人。

②司察:指盖宽饶被擢为司隶校尉。司隶校尉掌纠察京师百官及所辖附近各郡,为监察官,故曰"司察"。

③奉使:奉命巡察,纠正风俗。

④三王:夏禹、商汤、周文、武王。

⑤摩切:规劝,此指责备。

⑥蘧氏:蘧伯玉,春秋时卫国大夫。《论语·卫灵公》:"君子哉蘧伯玉! 邦有道,则仕;邦无道,则可卷而怀之。"又,庄子说其行年五十而知四十九年之非。

⑦子胥:伍子胥,知吴王不可谏而不能止,后被诛。

⑧不訾(zī):贵重之极。訾,通"赀"。

⑨挺:顶撞。

⑩狂夫:愚钝之人。

【译文】

　　贤明的君主知道您廉洁公正、不畏强暴,所以命您担任司隶校尉的职位,授予您奉使巡察的权力,尊显的官职、优厚的俸禄都已给予您了。您应当早晚专心思考当今事务,依法宣导教化人民,为天下大事忧劳,即使日日有进步,月月有成绩,尚不足以胜任职务而报答皇上的恩惠。自古以来治理国家,三王的方法各有准则。现在您不按职责办事也就罢了,还想用上古久远的事情匡正和辅佐天子,多次上奏无用而难以接受的话语来责备皇上左右的人,这不是显扬功名、保全性命的办法。现在执政的官员都通晓法令,言语足以颠倒您的辞令,文章也足以罗织您的错误,您不效仿蘧伯玉知仕隐是非的高尚作风,却企慕伍子胥不知进退的低下行为,用至贵的身躯临近不可测量的险地,我心中为您感到痛惜。君子刚直但不顶撞,委婉但不退缩。《诗经·大雅》中说:"知识渊博又明理,保全身体和节操。"愚钝人的话,即使是圣人也善加采择,请裁断虑察。

刘歆

刘歆简介参见卷十二。

移让太常博士书

【题解】

此文为刘歆向汉哀帝建议除儒家经典原著之外，学官也应讲习《春秋左氏传》《毛诗》《礼记》《古文尚书》之事后，与当时的五经博士议论、辩难所作。

刘歆在书中首先历数了儒家经典由盛至衰、经义衰微散乱的过程及作者的忧虑，接着盛推所发现的《古文尚书》《礼记》（新发现部分）及《左传》的价值，指出汉以来一些迂儒的弊病，最后对诸位博士的顽固态度进行指责。文章表现了作者勇于求新求是的精神。气势猛烈，步步深入，一气呵成。

昔唐、虞既衰，而三代迭兴[①]，圣帝明王，累起相袭，其道甚著。周室既微，而礼乐不正，道之难全也如此。是故孔子忧道之不行，历国应聘，自卫反鲁，然后乐正，《雅》《颂》乃得其所。修《易》序《书》,制作《春秋》,以纪帝王之道。及夫子没而微言绝②,七十子终而大义乖。重遭战国,弃笾豆之礼③,理军旅之陈,孔氏之道抑,而孙、吴之术兴④。陵夷至于暴秦,燔经书,杀儒士,设挟书之法,行是古之罪⑤,道术由是遂灭。

【注释】

①三代:指夏、商、周。

②微言:精深微妙的言辞,即以简明平易的言辞表达深广的内容。

③笾(biān)豆:本指用竹子和木头做成的食具。竹制的叫"笾",木制的叫"豆"。古人常用于祭祀之礼。

④孙、吴:古代军事家孙武和吴起。

⑤是古:认为古代是正确的。

【译文】

以前唐尧、虞舜衰落,夏、商、周三代交替兴起,圣达贤明的君王,一代一代继承下来,他们的治国之道十分显著。到了周朝王室衰微的时候,礼制音乐就已不是很纯正了,高深的学问很难保证系统完整。因此孔子担心学术不能推广施行,便周游列国希求聘用,最后从卫国回到了鲁国,这样乐礼才得到纠正,《雅》《颂》才各自得到了恰当的地位。孔子还整理《周易》,给《尚书》作序,编写《春秋》,以总结帝王治理天下的规律。及至孔子去世,微言大义便失去了传人,孔子弟子七十贤人死,儒家的大道理就背离了正道。后又遭遇战国时期的纷乱,祭祀之礼被废弃,人们热心于布阵行军之术,孔子的理论受到压制,相反的是孙武、吴起的用兵之法兴起。衰落到残暴的秦代,烧毁儒学的经典著作,残杀钻研儒学之士,订立惩罚私藏书籍的法律,对认为古代正确的人施行处罚,儒学的学术从此便断了道统。

汉兴，去圣帝明王邈远①，仲尼之道又绝，法度无所因袭，时独有一叔孙通②，略定礼仪。天下唯有《易》卜，未有它书。至孝惠之世，乃除挟书之律，然公卿大臣绛、灌之属，咸介胄武夫，莫以为意。至孝文皇帝，始使掌故朝错从伏生受《尚书》③。《尚书》初出于屋壁④，朽折散绝，今其书见在，时师传读而已。《诗》始萌芽⑤，天下众书往往颇出，皆诸子传说，犹广立于学官⑥，为置博士。在汉朝之儒，唯贾生而已⑦。至孝武皇帝，然后邹、鲁、梁、赵，颇有《诗》《礼》《春秋》先师，皆起于建元之间⑧。当此之时，一人不能独尽其经，或为《雅》，或为《颂》，相合而成。《泰誓》后得，博士集而读之。故诏书称曰：礼坏乐崩，书缺简脱，朕甚闵焉⑨。时汉兴已七八十年，离于全经，固已远矣。以上历数周末及汉初经之不绝如缕。

【注释】

①邈：遥远。

②叔孙通：秦时为博士，后追随刘邦。汉兴，制定朝仪，拜为太常，后为太子太傅。

③掌故：官名。汉时掌管旧的典籍。朝错：即晁错。伏生：名胜，济南人。曾为秦博士。以《尚书》教齐鲁之间。年九十余，不能行，文帝遂使晁错前往受学。

④《尚书》初出于屋壁：秦时焚书，伏生藏《尚书》于壁中，挟书令废始出，仅存二十九篇。

⑤《诗》始萌芽：《史记·儒林列传》：“言《诗》于鲁则申培公，于齐则辕固生，于燕则韩太傅。”

⑥学官：此处指学校。

⑦贾生：贾谊，西汉政论家、文学家。

⑧建元：汉武帝年号，前140—前135年。

⑨闵：通"悯"。伤心。

【译文】

　　汉代兴起，距离古代圣明的帝王已十分遥远，而孔子的学说又已断绝不传，因而治国的礼法制度便失去了依据。当时只有一位叔孙通，大略地制定了一些礼仪。天下普遍流传的只有一部用于占卦的《易经》，再就没有其他的书籍。到了惠帝时代，才废除了有关私藏书籍的法律条文，但朝廷中的公卿大臣像绛侯周勃、灌夫之类的人，都是戴盔披甲的武将，没有谁把这种状况放在心上。到了文帝在位时，才让晁错以掌故的身份去跟随伏生学习《尚书》。《尚书》是在房子的夹壁墙中发现的，书简朽烂、折断、散乱的地方很多，这部书现在仍然保存着，被各代的儒师传讲阅读。这时，研究《诗经》的学问开始出现，处于萌芽状态，而天下的书籍陆续重见天日，但都属于各家学派的传述解释，即使这样也在学校中都有一席之地，并为这些学说设立了博士。在朝廷中称得上儒士的，只有一个贾谊而已。此后，到了武帝朝，邹、鲁、梁、赵等地涌现了众多研究《诗经》《礼记》《春秋》的先辈大师，都是在建元年间崭露头角。在这个时候，一个人不能独自全面贯通地研究那些经典著作，有人传《雅》，有人治《颂》，相互结合才能成为一门系统的学问。《尚书·泰誓》一篇是后来发现的，诸位博士聚集一起去研读它。所以武帝发诏令说："礼乐制度毁坏崩溃，书简大量残缺脱漏，对此我非常痛心！"这时汉朝建立已有七八十年，未见全本的经典本来就已经很久远了。以上历数周末到汉初，儒家经典不绝如缕。

　　及鲁恭王坏孔子宅①，欲以为宫，而得古文于坏壁之中，逸《礼》有三十九，《书》十六篇。天汉之后②，孔安国献之③，遭巫蛊仓卒之难④,未及施行。及《春秋》,左氏丘明所修,皆古文旧书,多者二十余通,藏于祕府,伏而未发。孝成皇帝闵学残文缺,稍离其真,乃陈发祕藏,校理旧文,得此三事,以考学官所传,经或脱简⑤,传或间编⑥。传问民间,则有鲁国桓公、赵国贯公、胶东庸生之遗学与此同⑦,抑而未施。此乃有识者之所惜闵,士君子之所嗟痛也。以上言得《礼》《书》《左传》三事之可贵。

【注释】

①鲁恭王:汉景帝之子,封于鲁。

②天汉:汉武帝年号,前100—前97年。

③孔安国:字子国,伏生的学生。鲁恭王所发现的《古文尚书》等都以古文字写成。孔安国全部改写成今文(隶书),奉诏令对《尚书》作传,定为五十八篇。

④巫蛊仓卒之难:汉武帝时,方士神巫大多集中在京师,女巫出入宫禁,教后宫美人邀宠避灾,把木制小人埋在地下进行祭祀。征和二年(前91)武帝病,江充言病因在巫蛊,在宫中挖掘。江充因与太子不合,虚言在太子宫中得到的木人特别多,太子害怕,举兵攻杀江充。汉武帝认为太子造反,遂派兵捕杀,两军在长安城混战,太子失败自杀。

⑤脱简:部分简策遗失。

⑥间(jiàn)编:旧编烂绝,重新为之编次,致使前后错乱。

⑦鲁国桓公:《史记·儒林列传》:"而鲁徐生善为容。孝文帝时,徐生以容为礼官大夫。传子至孙徐延、徐襄。……延及徐氏弟子公户满意、桓生、单次,皆尝为汉礼官大夫。"当即徐氏弟子桓生。赵国贯公:赵人,从贾谊受学,为河间献王博士。胶东庸生:庸

谭,通《古文尚书》,是孔安国的再传弟子。

【译文】

到了鲁恭王拆毁孔子的旧宅,想要建自己的宫殿时,在残墙断壁中发现了古文字写成的书籍,其中有散失了的《礼记》三十九篇,《尚书》十六篇。武帝天汉年以后,由孔安国献上朝廷,恰好又遇到了朝廷中发生的巫蛊事件,没来得及立于学官。再说《春秋》,左丘明所修撰的传注,都是古文字书写的,增补的有二十多处,收藏在朝廷秘府,未能在天下流传。成帝担心学术残缺,文字不全,渐渐远离其本来面目,就陈列发布朝廷秘藏的珍本,校勘整理旧的书籍,发现了这《礼记》《尚书》和左氏《春秋》三部著作,对照它们来考察学官传讲的内容,发现经典原文有的中间脱失了简册,对经文的解释也有编辑零乱不接的现象。成帝又派人到民间调查,就有了鲁国桓公、赵国贯公、胶东庸生传下的学说,与古文《礼记》《尚书》和左氏《春秋》相同,只是没能传播开来。这种局面实在是令有高远见识的人士怜惜伤心,令有学问的人嗟叹不已啊! 以上说得到古文逸《礼》古文《尚书》《左传》很可贵。

　　往者缀学之士,不思废绝之阙,苟因陋就寡,分文析字,烦言碎辞,学者罢老[1],且不能究其一艺,信口说而背传记,是末师而非往古。至于国家将有大事,若立辟雍、封禅、巡狩之仪[2],则幽冥而莫知其原。犹欲保残守缺,挟恐见破之私意,而无从善服义之公心。或怀妒嫉,不考情实,雷同相从,随声是非,抑此三学,以《尚书》为备,谓《左氏》为不传《春秋》,岂不哀哉! 以上言时人无识抑此三学。

【注释】

①罢:通“疲”。

②辟(bì)雍：本为西周天子为教育贵族子弟设立的大学。取四周有
　　水，形如璧环为名。《白虎通》："辟雍所以行礼乐，宣德化也。辟
　　者，璧也。象璧圆，以法天也。雍者，雍之以水，象教化流行也。"

【译文】

　　以前许多搞学问的人，不去考虑学问系统的缺失，只是因陋就简，
埋头于支离破碎的文字分析，语言烦琐零乱，把自己弄得疲惫不堪，直
到年老也不能系统深入地弄通一部经典著作，只是相信老师的口头传
说而背离解释经文的经典文本，固执地附和一些末流经师的意见，而
否定往古的真知灼见。一旦国家将要举行大的典礼，如制定辟雍、封
禅、巡狩的礼仪，这些人就糊里糊涂，不知道这些礼仪的源流。就这样
还要抱守残缺不全的知识，坚持唯恐被别人点破而难以下台的私心，而
没有服从道义和向真正有学问的人学习的想法。有的人心怀妒意，不
去深入考察真实情况，没有主见，只要大多数人观点相同便盲目随从，
附和别人，不明是非。他们贬抑逸《礼》、古文《尚书》和《左传》，认为《尚
书》只有二十八篇，不肯承认孔壁中发现的古文《尚书》，认为左丘明的
《春秋左氏传》不是解释《春秋》的传注。这些不是令人悲哀吗？以上说当
代学者没有见识，贬抑这三种学问。

　　今圣上德通圣明①，继统扬业，亦闵文学错乱，学士若
兹。虽昭其情，犹依违谦让②，乐与士君子同之，故下明诏，
试《左氏》可立不，遣近臣奉指衔命③，将以辅弱扶微，与二三
君子比意同力④，冀得废遗。今则不然，深闭固距，而不肯
试，猥以不诵绝之，欲以杜塞余道，绝灭微学。夫可与乐成，
难与虑始，此乃众庶之所为耳，非所望士君子也！以上言博士
意，不欲立《左氏》。

【注释】

①今圣上：指哀帝。

②依违：不擅自决断。颜师古注："依违，言不专决也。"

③近臣：此指刘歆。《汉书·楚元王传》："哀帝令（刘）歆与五经博士讲论其义。"

④比意同力：齐心协力。比，合。

【译文】

当今圣上仁德普施天下，见识神明无比，继承传统，发扬光大前代天子的伟业，也痛心儒学理论错杂零乱，痛心搞学问的人像前面所说的那几种情况。圣上虽然清楚地了解现实状况，还不擅自决断，虚心谦让，很高兴和诸位君子共同考虑，所以才下了圣明的诏令，讨论《左传》能否立于学官，派我奉旨进行辩论，将要来扶助已经衰微了的儒学研究，和几位君子同心尽力，希望能使衰微和遗失了的学问重新兴盛并确立它崇高的地位。谁知现在情形完全不是这样，你们几位紧闭尊口，固执拒绝，不肯讨论这个问题，随随便便地以没读过这几部古文著作为借口来回绝，想用这种做法来杜绝堵塞别的途径，使本来就已衰微了的学术彻底灭绝。能共享成功的果实，却难以共谋创业，这是众多世俗百姓的做法，我不希望各位君子也这样！以上说五经博士的意图是不想让《左传》立于学官。

　　且此数家之事，皆先帝所亲论，今上所考视，其古文旧书，皆有征验，外内相应，岂苟而已哉！夫礼失求之于野，古文不犹愈于野乎？

【译文】

这几部古文经典的事，都是先帝亲自提到，当今天子所论证重视的问题,那些用古文字写成的旧书,都有大量事实作证,而且与现在所行的经典大体相当,哪里是随意普通的东西! 古人早说过:礼仪遗失了,便要去民间访问寻求。古文写成的典籍难道不比去民间访求更可靠吗?

　　往者博士,《书》有欧阳①,《春秋》公羊②,《易》则施、孟③,然孝宣帝犹复广立穀梁《春秋》、梁丘《易》、大小夏侯《尚书》④,义虽相反,犹并置之。何则? 与其过而废之也,宁过而立之。传曰:"文、武之道,未坠于地,在人。贤者志其大者,不贤者志其小者⑤。"今此数家之言,所以兼包大小之义,岂可偏绝哉? 若必专己守残,党同门,妒道真⑥,违明诏,失圣意,以陷于文吏之议,甚为二三君子不取也。以上言数家之言不可偏绝。

【注释】

①欧阳:欧阳生,字伯和,事奉伏生。

②公羊:公羊高,战国时齐国人。

③施、孟:施仇、孟喜,二人同时随田王孙学《易》。

④穀梁:穀梁赤,战国时鲁国人。梁丘:梁丘贺,向京房学习《易经》。大小夏侯:大夏侯指夏侯胜,小夏侯指夏侯建。

⑤"文、武之道"几句:语见《论语·子张》

⑥党同门,妒道真:《汉书》颜师古注:"党同师之学,妒道艺之真也。"意即诸博士以师门结党,嫉妒学问掌握了真谛的人。

【译文】

　　以前五经博士中,《尚书》有欧阳生,《春秋》有公羊高,《周易》有施仇、孟喜,但宣帝还广泛地置立穀梁的《春秋》、梁丘的《周易》、大小夏侯的《尚书》，他们所讲述的义理虽然观点相反，仍一并置立。这是为什么呢？与其因见解上有些失误而废止，还不如一并保留错误的观点创立新的学科。孔子的弟子子贡说："周文王、武王的治国理论之所以未被后人抛弃，还在于人：见识高的记下了大的方面，见识差一些的记下了小的道理。"现在这几家古文学派的言论，全面包容了大大小小的道理，怎么能够偏废呢！假如一定要固执己见，死守残缺不全的学说，以同一师门的人结成小团体，而嫉恨掌握儒学真义的人，违抗天子的圣明诏书，未理解天子的本意，从而把自己置于被文吏们非议的境地，我认为你们这样做是非常不可取的。以上说几家古文学派的言论不能够偏废。

马援

马援简介参见卷十。

与杨广书

【题解】

　　隗嚣(？—33)，字季孟，天水成纪(今甘肃秦安)人。王莽末年，被当地豪强拥立，据有天水、武都、金城(均在今甘肃)等郡。隗嚣本有才识，但在东汉方兴之际，听从部将王元等人意见，认为天下成败未知，而"天水完富，士马最强"，想割据一方，因此首鼠两端，既把长子送入刘秀朝为人质，又想依附四川的公孙述。马援在给隗嚣部将杨广的这封信中，摆出国势家事两方面的实际情况，真诚坦率地进行劝说。可谓晓之以理，动之以情，令人感动。

　　春卿无恙①，杨广，隗嚣将。春卿，广字也。**前别冀南**②，**寂无音驿**③。**援间还长安**④，**因留上林**⑤。**窃见四海已定，兆民同情，而季孟闭拒背畔**⑥，**为天下表的。**季孟，嚣字。**常惧海内切齿，思相屠裂，故遗书恋恋，以致恻隐之计。乃闻季孟**

归罪于援,而纳王游翁诮邪之说⑦,游翁,王元字。自谓函谷以西⑧,举足可定,以今而观,竟何如邪?

【注释】

①春卿:隗嚣将杨广,字春卿。

②冀:县名。在今甘肃甘谷东。

③音驿:书信传递。

④间:近日。

⑤上林:苑囿名。在长安西。

⑥季孟:隗嚣的字。

⑦王游翁:隗嚣将王元,字游翁。

⑧函谷:关名。在今河南新安东。

【译文】

　　春卿近来安好。杨广,是隗嚣的部将。春卿,是杨广的字。上次在冀南分别后,杳无音信。我最近回到长安,便留在了上林。我私下看到天下已经平定,百姓都有安居的心愿,而季孟却割据一方,背离天下人心,成为天下人憎恨的目标。季孟,是隗嚣的字。我时常担心四海之内人人都对他咬牙切齿,恨不得将他碎尸万段,所以深怀依恋之情写信以表达我同情的心意。听说季孟怪罪我,却采纳王游翁奉承邪辟的主张,游翁,是王元的字。自认为函谷关以西的广大地方,举足之间便可平定。以现在的情形看,结果如何呢?

　　援间至河内①,过存伯春②,伯春,嚣子恂之字。见其奴吉从西方还,说伯春小弟仲舒望见吉,仲舒,嚣次子字。欲问伯春无它否,竟不能言,晓夕号泣,婉转尘中。又说其家悲愁之状,不可言也。夫怨仇可刺不可毁,援闻之,不自知泣下也。

【注释】

①河内：汉郡名。相当于今河南黄河南北两岸的地方。

②伯春：隗嚣长子，名恂，字伯春。时入侍刘秀朝，实际上作为人质，后被刘秀所杀。

【译文】

我近来到过河内，见到了伯春，伯春，是隗嚣长子隗恂的字。看到他的仆人吉从西边回来，说伯春的小弟仲舒见到吉后，仲舒，是隗嚣次子的字。想问问伯春有没有其他变故，不料他竟说不出话来，昼夜号哭，辗转于尘土之中。又说到他家人悲愁的情状，简直不可言状。仇家之间可以互相指责但不能毁谤，我听到这种情况后，不禁流下泪来。

援素知季孟孝爱，曾、闵不过①。夫孝于其亲，岂不慈于其子？可有子抱三木②，而跳梁妄作③，自同分羹之事乎④？季孟平生自言，所以拥兵众者，欲以保全父母之国而完坟墓也，又言苟厚士大夫而已。而今所欲全者，将破亡之；所欲完者，将毁伤之；所欲厚者，将反薄之。季孟尝折愧子阳而不受其爵⑤，今更共陆陆，国藩按：《汉书·萧望之传》："不肯碌碌，反抱关为？"与此"陆陆"字，词意正同。欲往附之，将难为颜乎？若复责以重质，当安从得子主给是哉？往时子阳独欲以王相待，而春卿拒之；今者归老，更欲低头与小儿曹共槽枥而食⑥，并肩侧身于怨家之朝乎？男儿溺死何伤，而拘游哉？今国家待春卿意深，宜使牛孺卿与诸耆老大人共说季孟⑦，孺卿，嚣将牛邯字也。若计画不从，真可引领去矣⑧。前披舆地图，见天下郡国百有六所，奈何欲以区区二邦以当诸夏百有四乎⑨？

【注释】

①曾、闵：曾参、闵子骞，为孔子弟子，以孝著称。

②三木：刑具，加在犯人颈、手、足上。

③跳梁：跋扈，强横。

④分羹之事：魏文侯遣乐羊攻中山，中山君杀乐羊之子烹之，送羹给乐羊，乐羊饮尽一杯。

⑤子阳：公孙述之字。时割据四川地。

⑥共槽枥(lì)而食：指做同僚领俸禄。槽枥，养马之所。此指并肩共处。

⑦牛孺卿：牛邯的字。系隗嚣属下。大人：豪杰。

⑧引领：犹引退。

⑨二邦：指凉州、朔方。

【译文】

　　我一向知道季孟孝顺慈爱，曾参和闵子骞也赶不上他。孝顺于双亲，哪里不慈爱于儿子的呢？可哪有儿子戴着刑具，而自己强横妄为，就像乐羊喝了儿子的肉汤一样的事情呢？季孟平常说："之所以兴兵起事，是想保全家乡，护好父母的坟墓。"又说："只是为了厚待士大夫而已。"而现在想要保全的，将要使之破亡；想要护好的，将要使之毁弃；想要厚待的，将要使之受损。季孟曾经挫辱子阳而没有接受他的封爵，现在一事无成，曾国藩按：《汉书·萧望之传》："不肯碌碌，反抱关为？""碌碌"与这里的"陆陆"，词意相同。想去依附于子阳，恐怕将有伤颜面吧？假如再要求献上重礼、人质，要从哪里再找个儿子做人质呢？过去子阳想封以王位，而春卿拒绝了；现在老而归服，又想低头和小儿辈们为同僚领俸禄，和他们并肩跻身在仇家的朝堂吗？男儿溺死水中有何关系，难道反而还要害怕游泳吗？现在国家对您情意深厚，应该让牛孺卿和其他受人尊敬的长者豪杰一起劝说季孟，孺卿，隗嚣部将牛邯的字。若不听从计划，你们真的可以离他而去。前日看地图，看到天下的郡国共有一百零六所,为何想用区区两个小郡来与其他一百零四个为敌呢?

　　春卿事季孟,外有君臣之义,内有朋友之道。言君臣邪,固当谏争;语朋友邪,应有切磋。岂有知其无成,而但萎腰咋舌、叉手从族乎[①]? 及今成计,殊尚善也;过是,欲少味矣。且来君叔天下信士[②],君叔,来歙字。朝廷重之。其意依依,常独为西州言[③]。援商朝廷,尤欲立信于此,必不负约。援不得久留,愿急赐报。

【注释】

①萎腰(něi):软弱。咋(zé)舌:咬住舌头。谓因害怕而不敢说话。

②君叔:来歙的字。来歙,初事刘玄,旋归刘秀,任太中大夫,说隗嚣归汉。后嚣叛,他以精兵袭破其众,尽取陇西。

③西州:指天水诸郡。

【译文】

　　春卿你事奉季孟,表面上有君臣的名义,其实有朋友的道义。从君臣道义来说,本应该据理劝谏;从朋友关系来说,应该讨论研求。哪里有明知他不能成功,却只是软弱咬舌,拱手而跟着被杀的呢? 趁现在打定主意,是最好不过的;错过机会,想如此也没有多大意义了。况且来君叔是天下有名的讲信用的人,君叔,来歙的字。朝廷十分倚重他。他心意诚恳,常常为西州讲话。我与朝廷商定,更想于此事上树立信义,一定不会背负盟约。我不能长久停留,希望你赶快给予答复。

朱浮

朱浮，生卒年不详。字叔元，东汉时沛国萧（今安徽萧县）人。初从汉光武帝，为大司马主簿，后为幽州牧，封舞阳侯，为大将军。朱浮"年少有俊才"，喜交社会名士。事迹详见《后汉书·朱浮传》。

与彭宠书

【题解】

此文是作者写给彭宠的一封信。彭宠，字伯通，东汉时南阳宛（今河南南阳）人。曾任渔阳（今北京密云）太守。封建忠侯，为大将军。王莽新政结束后，朱浮与彭宠在是否多置官属上政见不合，朱浮上书汉光武帝，双方矛盾激化。建武二年（26）彭宠不听朝廷劝阻发兵攻打朱浮，朱浮写此信劝其不要谋反。信起笔于"顺"与"逆"的智、愚之论，进而述及朝恩之厚，晓以利害，既旁征博引，又径指是非，信写得既直理晓畅，又含情甚笃，但遗憾的是，仍未能使彭宠听从劝阻。

盖闻智者顺时而谋，愚者逆理而动。常窃悲京城太叔①，以不知足而无贤辅，卒自弃于郑也。伯通以名字典郡②，有佐命之功③，临民亲职，爱惜仓库；而浮秉征伐之

任④,欲权时救急⑤。二者皆为国耳。即疑浮相谮⑥,何不诣
阙自陈⑦,而为灭族之计乎⑧?

【注释】

①京城太叔:春秋时郑庄公的弟弟共叔段。庄公因母亲姜氏请求,
　将京(今河南荥阳)为共叔封地,并称为"京城太叔"。段发兵与
　庄公争位,失败而逃至共(今河南辉县),故又称其为共叔段。

②以名字典郡:指彭宠因名望而出任渔阳太守。典郡,主管郡事。

③佐命之功:刘秀、王郎争夺河北时,彭宠归顺刘秀,并为刘秀平定
　河北提供将领、士兵、粮草,立下大功。佐命,辅助王室。命,王
　命,天命。

④秉征伐之任:掌管军政大权。

⑤权时救急:权衡时势,匡救急难。

⑥谮(zèn):谗毁,诬陷。

⑦诣:到。阙:官廷的大门,指朝廷。

⑧灭族之计:指反叛朝廷的举动。

【译文】

　　我曾听说过聪明的人会顺应时代的潮流来谋划,愚蠢的人却会逆
情悖理地去做事。为此我私下常常为春秋时的郑国京城太叔而感叹,
他由于不知满足又没有贤良帮助他,最终自己被郑国所抛弃。可您伯
通,名声远扬,主持一郡政事,并有协助君王开创基业的大功,体恤百
姓,躬亲职守,爱护钱粮府库;而我朱浮主持征伐之任,也是想审时度
势,匡救急难。我们两人都是为了国家政权啊。即使您怀疑我诬陷您,
您为什么不到京城去自己陈述,而去干那反叛朝廷、夷灭三族的事呢?

　　朝廷之于伯通,恩亦厚矣。委以大郡,任以威武,事有

柱石之寄①，情同子孙之亲。匹夫媵母②，尚能致命一飧③，岂有身带三绶④，职典大邦，而不顾恩义、生心外叛者乎？伯通与吏民语，何以为颜？行步拜起，何以为容？坐卧念之，何以为心？引镜窥景，何以施眉目？举厝建功，何以为人？惜乎！弃休令之嘉名⑤，造枭鸱之逆谋⑥；捐传叶之庆祚⑦，招破败之重灾；高论尧、舜之道，不忍桀、纣之性，生为世笑，死为愚鬼，不亦哀乎！

【注释】

①柱石：喻为国家的重要依靠力量。《汉书·霍光传》："延年曰：'将军为国柱石。'"

②媵母：原指随嫁或陪嫁女，这里指一般的女人。

③致命一飧（sūn）：为回敬一顿饭，乃至于牺牲自己的生命。致命，效命。飧，简单的饭食。

④三绶：任三个官职。指彭宠为渔阳太守、建忠侯、大将军。绶，丝带，用来拴印，借指官级。

⑤休令：美好。

⑥枭鸱：比喻不驯良的人，不忠不孝之臣。枭，传说中一种凶猛的鸟。鸱，鹞鹰，不孝之鸟。

⑦传叶：传世。庆祚：吉祥，福祥。

【译文】

朝廷对于伯通您，可谓恩义厚重啊！朝廷将重要的州郡托付于您，任命您为大将军统辖军旅，将您视为国家柱石，朝廷对您的情感如同父母对待子孙一样深重。即使一般平民百姓，还懂得回报一餐饭食的恩情，难道身任三职，经管重镇的人，却不顾恩义，一心要背叛朝廷？假使真是这样，您伯通与下属官员百姓讲话时，还有什么脸面呢？您的举止行动,拜往迎来,又有什么样的礼仪面貌呢? 坐卧起居想到这问题时,您又怎么对得起本心呢? 起身对镜,照视自己时,您又怎么能舒眉欢笑呢? 谈及行动安排,建功立业,您又怎么去做人表率呢? 可惜啊! 丢弃了令人羡慕的美名,却去干那些枭鸱都不如的叛逆勾当;捐弃了流芳百世的福祥,却去招致破灭的下场;时常高谈尧、舜的行为道德,却不去克制像夏桀、商纣一样的习性,活着为世人所讥笑,死后也会成为愚鬼蠢魂,多么可怜啊!

伯通与耿侠游①,俱起佐命,同被国恩。侠游谦让,屡有降挹之言②;而伯通自伐③,以为功高天下。往时辽东有豕,生子白头,异而献之。行至河东,见群豕皆白,怀惭而还。若以子之功高,论于朝廷,则为辽东豕也。今乃愚妄,自比六国。六国之时,其势各盛,廓土数千里④,胜兵将百万⑤,故能据国相持,多历年所。今天下几里? 列郡几城? 奈何以区区渔阳而结怨天子? 此犹河滨之民⑥,捧土以塞孟津⑦,多见其不知量也。

【注释】

①耿侠游:名况,字侠游。曾任上谷郡太守。东汉创建时耿况与彭宠同归附于刘秀。后彭宠约耿况同反,耿况不应。

②降挹:谦逊。

③自伐:矜持,自大。

④廓土:拓土。廓,扩张,开拓。

⑤胜兵:犹精兵。

⑥河滨:黄河之滨。

⑦孟津:渡口名。在今河南孟州南。

【译文】

伯通您与耿侠游两人一起辅佐王室,同时承受皇恩。耿侠游为人谦和礼让,经常言出谦逊;可伯通您却时常自我吹嘘,认为自己功盖天下。从前,辽东有一头猪,生下一只白头小猪仔,辽东人见了以为很神奇,就要献上朝廷。等到了河东郡时,看见猪的头都是白色的,于是自己暗自羞愧,就回去了。如果凭着您的功劳同朝廷评功论赏的话,那么就像那辽东郡的猪一样,太普通了。现在您愚蠢狂妄地自比战国时期的六国。战国时期的六国,各个国家势力都相当强盛,拓土几千里,精兵上百万,所以能凭借国势相抗衡,经历了许多年。现在国家的城池、土地有多少?州府郡县有多少?您怎么能只凭着一个小小的渔阳郡,去得罪当今皇帝呢?这就像黄河边上的人,捧着一把土要堵住孟津渡口一样,是多么地不自量啊!

　　方今天下适定,海内愿安,士无贤不肖,皆乐立名于世。而伯通独中风狂走①,自捐盛时。内听娇妇之失计,外信谗邪之谀言,长为群后恶法②,永为功臣鉴戒,岂不误哉?定海内者无私仇③,勿以前事自疑。愿留意顾老母少弟,凡举事无为亲厚者所痛,而为见仇者所快④。

【注释】

①中风狂走:发疯一样到处乱跑。

②群后:指众诸侯。恶法:坏榜样。

③定海内者:指君王皇帝,这里指光武帝刘秀。

④见仇:敌视,相仇视。

【译文】

现在国家刚刚安定下来,国内人人希望稳定,士人不论是贤良还是不肖,都期待在当世创立功业。可是伯通您却像发疯一样乱跑乱撞,自甘被盛世抛弃。在家里听信受宠妇人的错误主意,在外面偏听奸佞之徒不靠谱的言语,您这样做将会永远成为方面大吏的坏榜样,永远作为忠臣贤士引以为鉴的对象,难道不是最大的错误吗? 作为统定国家的君王,他没有个人的怨敌,请不要拿以前的事情自相猜疑。还希望您做事要考虑顾及一下自己的老母和小弟,但凡做事一定不要让亲朋好友痛心,让那些仇视自己的人愉快。

冯衍

冯衍，生卒年不详。字敬通。京兆杜陵（今陕西西安东南）人。东汉辞赋家。衍素有大志，遭新莽之难，初投刘玄，后归光武帝，但不受重用，一直坎坷潦倒，约卒于章帝建初初年。晚年作《显志赋》自伤不遇，假史实以讽喻时政，借追慕古人而抒发抑郁之情，常被后世文人引作怨、恨的事例。其赋多用骚体，词意每仿效楚辞，但因名过其实而显空洞。然而他继王褒《洞箫赋》之后，多用骈偶辞句，对魏晋六朝骈俪文风影响较大。明代张溥辑有《冯曲阳集》，收入《汉魏六朝百三名家集》。

奏记邓禹

【题解】

奏记为汉时朝官对王公、州郡百姓或僚佐对长官陈述的书面意见。更始二年（24），尚书仆射鲍永行大将军事，衍为偏将军，与鲍永关系甚好。后刘玄战败，冯衍于建武初为扬化大将军掾，辟邓禹府，多次奏记于邓禹，陈政言事，提出谏言，此文即其中之一篇（见《东观记》）。而王先谦却以为建武初冯衍"未辟邓禹府，禹亦未至并州，至败兵未降见黜后始诣邓禹"，所以认为该奏记为冯衍计说鲍永所写（见《后汉书集解》）。

全文结构严谨,音韵和谐,用典使事,层层推进,慷概论事,切中时弊。行文虽整齐缛密,却不乏生动形象。

　　衍闻明君不恶切悫之言①,以测幽冥之论②;忠臣不顾争引之患③,以达万机之变④。是故君臣两兴,功名兼立,铭勒金石⑤,令问不忘⑥。今衍幸逢宽明之日,将值危言之时⑦,岂敢拱默避罪而不竭其诚哉? 以上浑写献言之意。

【注释】

①切悫(què):恳切,诚挚。

②幽冥:深远,暗昧。

③争引:引事谏争。

④万机:朝廷、国家日常纷繁的政务。

⑤勒:刻。金石:指钟鼎碑碣。

⑥令问:好名声。

⑦危言:直言。

【译文】

　　我听说贤明的君主不嫌恶恳切诚挚的谏诤,从而测度深远而暗昧的论说;忠贞的大臣不顾忌引事谏诤的祸患,从而通达朝廷纷繁政务的变化。所以君主和大臣都发奋图强,功业英名均得以建立传扬,铭刻在钟鼎碑碣上,好名声使人不能遗忘。现在我有幸得遇宽容明达之世,又正值可以充分表达言论之时,怎么能拱手缄默避免罪责而不竭尽我的忠诚呢? 以上笼统写准备献言。

　　伏念天下离王莽之害久矣①。始自东郡之师②,继以西海之役③,巴、蜀没于南夷④,缘边破于北狄⑤。远征万里,暴兵累年⑥，祸挐未解⑦，兵连不息，刑法弥深，赋敛愈重。众强之党⑧，横击于外，百僚之臣，贪残于内。元元无聊⑨，饥寒并臻⑩；父子流亡，夫妇离散；庐落丘墟⑪，田畴芜秽；疾疫大兴，灾异蜂起。于是江湖之上，海、岱之滨⑫，风腾波涌，更相骀藉⑬。四垂之人⑭，肝脑涂地，死亡之数，不啻太半⑮。殃咎之毒，痛入骨髓，匹夫僮妇，咸怀怨怒。皇帝以圣德灵威，龙兴凤举，率宛、叶之众⑯，将散乱之兵，歃血昆阳⑰，长驱武关⑱，破百万之陈⑲，摧九虎之军⑳，雷震四海，席卷天下，攘除祸乱，诛灭无道，一期之间㉑，海内大定。继高祖之休烈㉒，修文、武之绝业，社稷复存，炎精更辉㉓，德冠往初，功无与二。天下自以去亡新㉔，就圣汉，当蒙其福而赖其愿。树恩布德，易以周洽，其犹顺惊风而飞鸿毛也㉕。以上陈中兴之盛。

【注释】

①离：遭受。

②东郡之师：王莽时，翟义在东郡起兵讨伐王莽。东郡，郡治在今河南濮阳。

③西海之役：新莽元年(9)，西羌庞恬等怨莽，以兵攻西海。西海，郡名。西汉末于今青海附近置西海郡。

④巴、蜀没于南夷：王莽时，贬钩町王为侯，引起西南蛮夷尽反，杀益州大尹。王莽先后调遣巴、蜀、犍为，乃至天水、陇西、广汉军民数十万击益州，前后六年，死者数万，而不能胜。巴、蜀，皆汉郡名。

⑤缘边破于北狄：王莽始建国三年(11)，匈奴入侵云中(郡名，治今内蒙古托克托)掳掠人畜，不可胜计，边陲为之虚耗。

⑥暴兵：用兵。

⑦挐(ná)：牵引。

⑧党：古代地方组织，五百家为党。

⑨元元：民众，百姓。

⑩臻：至。

⑪庐：屋舍。落：村落。

⑫岱：泰山之别称，此指高山。

⑬骀(tái)藉：践踏，蹂躏。

⑭垂：通"陲"。边境。

⑮啻：仅仅，只有。

⑯宛、叶：均为地名。今河南南阳、叶县一带。

⑰歃血昆阳：光武帝与王莽曾在昆阳交战，大破之。歃血，即喋血，
　　流血。昆阳，在今河南叶县东。

⑱武关：在今陕西商州东，战国秦之南关。

⑲陈：同"阵"。

⑳九虎：王莽拜将军九人，皆以虎为号。

㉑期：一年。

㉒烈：事业，功绩。

㉓炎精：火神之名。汉以火德王。

㉔新：王莽的国号。

㉕蜚：通"飞"。

【译文】

　　我私下以为天下百姓遭受王莽的祸害够久了。从翟义在东郡起兵
讨伐王莽开始，接着庞恬等领兵攻打西海郡，巴、蜀被南方蛮夷所吞并，
北方边陲因匈奴入侵掳掠人畜甚多而虚耗。远征万里，连年用兵，祸乱
此起彼伏未能解除，战争连续不断没有停息，刑罚法律越来越严酷，赋
税征敛越来越苛重。众多强横的党徒，在外横行攻杀，许多官吏大臣，
在内贪婪残暴。民不聊生，饥寒交迫；父子流亡，夫妇离散；屋舍村落残

垣断壁，田园耕地荒芜萧索；疾病瘟疫肆意横虐，灾祸变难蜂拥而起。于是在江河湖泊之上，大海之滨高山之边，起兵造反的强盗有如狂风翻腾波涛汹涌，相互攻击蹂躏。境内百姓，肝脑涂地，死亡人数，超过大半。天灾人祸的毒害，令人痛入骨髓，男女老幼，都心怀怨恨和忿怒。皇帝以圣明仁德和威灵，龙兴凤举，统率宛、叶两地的军队，带领散乱的士兵，血战破敌于昆阳，长驱直入到武关，击破百万敌军的战阵，摧毁王莽九虎大将的部队，如同响雷震彻四海，席卷天下，攘除祸乱，诛灭无道，仅一年的时间，国内大为安定。继承高祖皇帝旷世之丰功，重建文帝、武帝绝代之伟业，汉统得以重新确立，炎精更加辉煌，仁德超过往初，功绩举世无双。百姓从此离弃王莽的统治，臣服于圣明的汉朝，应当使之蒙受福泽，令其愿望得以满足。播洒恩泽，广布功德，换取天下的安宁，就像鸿毛顺着大风而飞扬一样容易。以上陈述中兴盛况。

　　然而诸将掳掠，逆伦绝理，杀人父子，妻人妇女，燔其室屋①，略其财产。饥者毛食②，寒者裸跣③，冤结失望，无所归命④。今大将军以明淑之德⑤，秉大使之权，统三军之政，存抚并州之人⑥，惠爱之诚加乎百姓，高世之声闻乎群士，故其延颈企踵而望者，非特一人也。且大将军之事，岂特珪璧其行、束修其心而已哉⑦？将定国家之大业，成天地之元功也。昔周宣中兴之主，齐桓霸强之君耳，犹有申伯、召虎、夷吾、吉甫⑧，攘其螫贼⑨，安其疆宇。况乎万里之汉，明帝复兴，而大将军为之梁栋，此诚不可以忽也。以上诸将无纪律，故以王者之师望邓禹。

【注释】

①燔：烧。

②毛：无。为湖南、广东、福建的土语。

③跣：光着脚。

④归：依赖，依靠。

⑤淑：善良。

⑥并州：治所在今山西太原西南。

⑦岂特珪璧其行、束修其心而已哉：范晔《后汉书·冯衍传》李贤注云："言当恢廓规摹，不可空自清絜，徒约束修身而已。"珪璧其行，指注重自身品行，使之如玉珪、玉璧一样纯粹洁净。束修，约束修养。

⑧申伯：周宣王之舅，周之贤臣。姜姓之诸侯。周宣王封之于申，以为藩屏。召虎：周初召公奭的后人，姬姓，谥穆公。他拥立周宣王，又平定淮夷，是宣王中兴的名臣。《诗经·大雅·江汉》对他大为赞美。夷吾：管仲。吉甫：尹吉甫，周宣王之臣。兮氏，名甲。奉周宣王命与南仲出征猃狁，获大胜，后又发兵南征，对淮夷征取贡物，深受周王室的倚重。

⑨蟊贼：吃禾苗的害虫。比喻对人和国家有害的人。

【译文】

可是诸多将士掳掠人财，忤逆人伦，灭绝天理，杀害人家的父子，奸淫人家的妻女，焚烧他们的房舍，抢夺他们的财产。百姓们饥饿的人无以果腹，寒冷的人无以蔽体，冤恨已结，失其所望，命运无所寄托。现在大将军以英明善良的美德，秉持大使的职权，统辖三军的政务，安抚并州的百姓，把恩惠和爱护的诚信给予百姓，您崇高的声誉在将士中传颂，所以伸着脖子踮着脚尖而盼望的，何止一人啊！而且大将军的事功，难道只是保持珪璧一样高洁的行为、约束修养心性而已吗？应该是安邦定国的大业绩，成就天地间的大功勋啊。以前周宣王作为中兴的君王，齐桓公成为春秋时的霸主，还要有申伯、召虎、夷吾、吉甫帮助他们攘除蟊贼，安定疆宇。更何况疆土万里的汉朝，圣明的皇帝复兴汉统,大将军作为其栋梁,这实在是不能疏忽的。以上因为其他将帅部队没有纪律,所以期望邓禹为王者之师。

　　且衍闻之:兵久则力屈,人愁则变生。今邯郸之贼未灭①,真定之际复扰②。而大将军所部,不过百里,守城不休,战军不息,兵革云翔③,百姓震骇,奈何自怠,不为深忧。夫并州之地,东带名关,北逼强胡,年谷独熟,人庶多资,斯四战之地、攻守之场也。如其不虞,何以待之? 故曰:德不累积④,人不为用;备不豫具,难以应卒。今生人之命,县于将军;将军所杖,必须良材。宜改易非任,更选贤能。夫十室之邑,必有忠信。审得其人,以承大将军之明,则虽山泽之人,无不感德,思乐为用矣。然后简精锐之卒,发屯守之士,三军既整,甲兵已具,相其土地之饶,观其水泉之利,制屯田之术,习战射之教,则威风远畅,人安其业矣。若镇太原⑤,抚上党⑥,收百姓之欢心,树名贤之良佐⑦,天下无变,则足以显声誉;一朝有事,则可以建大功。惟大将军开日月之明,发深渊之虑,监六经之论⑧,观孙、吴之策,省群议之是非,详众士之白黑⑨,以超《周南》之迹⑩,垂《甘棠》之风⑪,令夫功烈施于千载,富贵传于无穷。伊、望之策⑫,何以加兹? 以上劝禹镇抚并州,招纳名贤。

【注释】

①邯郸之贼:指王郎。他自称是汉成帝之子刘子舆。更始元年(23)十二月,西汉宗室刘林和赵之大豪李育等立他为汉帝,定都邯郸。邯郸为战国赵国都城,即今河北邯郸。

②真定之际复扰：谓真定王刘扬起兵附王郎事。刘扬，汉景帝七代
　　孙，袭爵为真定王，时被王莽所废，故反。

③兵革云翔：指战事不断，部队调遣频繁。翔，盘旋。

④德不累积：《后汉书·冯衍传》作"德不素积"。

⑤太原：郡名。治今山西太原。

⑥上党：郡名。治今山西长子西南。

⑦树：培养。

⑧监：通"鉴"。借鉴。

⑨白黑：贤与愚。

⑩超《周南》之迹：指超越周公的功绩。《周南》，《诗经》十五国风之
　　一。汉儒以为其为王者之风，故系之周公，后遂为周公代称。

⑪垂《甘棠》之风：指继承召公遗风。《甘棠》，《诗经·召南》篇名。
　　传说周武王时，召伯巡行南国，曾憩甘棠树下，后人思其德，因作
　　甘棠诗。此以《甘棠》代指召公。

⑫伊、望：伊尹、吕望。伊尹，商初大臣，辅佐商汤打败夏桀建立商
　　朝。吕望，即姜太公。辅佐周文王、武王灭商建立周朝。被封于
　　齐，为周代齐国的始祖。

【译文】

　　并且我听说：军队战斗久了力量就会衰弱，人一忧愁病变就容易发
生。现在邯郸的王郎尚未被消灭，真定王刘扬又来骚扰。但是大将军
统率的军队部署不过百里之地，守城的士兵得不到休整，作战的部队无
法歇息，战事不断，部队调遣频繁，百姓震惊恐惧，怎能自己懈怠，而不
为之深深忧虑。况且并州这个地方，东连名关，北近强胡，谷物每年成
熟一次，人口众多，百姓富足，这是一个四面受敌的要地，攻守兼具的场
所。如果出现意外，拿什么去应对呢？所以说：不积累恩德，别人就不
会效死力；不事先准备好装备，就难以应付敌军的突袭。现在众人的性
命如何保全，都悬系于将军；将军所倚重的，必须是贤良的人才。您应

该撤换不胜任的人,另选贤能之士。即使只有十户人家的城邑,必有忠贞诚信之士。如果真能选用这样的人才,来秉承大将军的贤明,那么虽然是山泽之地的百姓也没有不感恩戴德,乐意为您所用的了。然后再挑选精锐的军卒,征发驻防的士兵,三军既已得到整顿,盔甲兵器都已备办,审度那里的土地富饶与否,观测那里的水泉丰美与否,制定屯田的方法,教习战斗射杀的本领,那么就会威风远扬,百姓安居乐业。您可镇守太原,安抚上党,赢得百姓的欢心,培养贤能的辅臣。如果天下没有变乱,则足以彰显美名高誉;一旦有事变发生,就可以建立丰功伟绩。希望大将军开启圣明,深谋远虑,借鉴六经的道理,学习孙武、吴起的兵法,省察社会议论的是与非,详查众人的贤与愚,以超越周公的事迹,垂承召公的遗风,使功绩恩泽千载,富贵绵延不尽。伊尹、吕望的谋略,又怎能比您高明呢? 以上劝邓禹镇抚并州,招纳贤才。

李固

　　李固(94—147)，字子坚。东汉汉中南郑(今属陕西)人。少好学，常不远千里，步行寻师，究览典籍，结交名士，名震一时，但屡荐不仕。后经公卿推荐，上疏直陈外戚、宦官专权之弊，拜为议郎。历任荆州刺史、太山太守、大司农、太尉等职。因极力反对外戚宦官专权，为外戚梁冀所诬，被杀。事见《后汉书·李固传》。

与黄琼书

【题解】

　　黄琼，字世英，江夏安陆(今属湖北)人。顺帝永建二年(127)因公卿推荐，被朝廷征辟。黄琼随公车行至缑氏(今河南偃师东南)，称病不前。有司劾其不敬，皇帝下诏命地方官"以礼慰遣"。李固素仰慕黄琼，遂写了这封信敦劝黄琼应诏出仕。

　　闻已度伊、洛①，近在万岁亭②，岂即事有渐③，将顺王命乎?

【注释】

①伊、洛：伊水、洛水，均在河南境内。

②万岁亭：在河南登封境内。

③即事：当前之事。指黄琼应聘之事。渐：开端。

【译文】

听说您已经渡过伊水、洛水，接近万岁亭，莫不是应聘之事已有端绪，您将顺应朝廷的征命了吗？

盖君子谓伯夷隘，柳下惠不恭①，故传曰："不夷不惠，可否之间②。"盖圣贤居身之所珍也。诚遂欲枕山栖谷，拟迹巢、由③，斯则可矣；若当辅政济民，今其时也。自生民以来，善政少而乱俗多，必待尧、舜之君，此为志士终无时矣。

【注释】

①君子谓伯夷隘，柳下惠不恭：语出《孟子·公孙丑上》。君子，此处指孟子。伯夷，殷末孤竹国公子，反对周武王伐纣，认为不当以臣伐君。殷亡后，与其弟叔齐不食周粟，饿死首阳山。孔、孟认为伯夷、叔齐"非其君不事"，是太狭隘。柳下惠，春秋时鲁国人。曾任鲁典狱官，三次被黜退罢官，而不肯辞鲁远去。孔、孟认为柳下惠"不羞污官，不卑小官"，又太不自尊。不恭，此指不知自重。

②不夷不惠，可否之间：语出扬雄《法言·渊骞篇》。意谓君子立身，既不必像伯夷那样过分清高，也不要如柳下惠一般自卑自贱，贵在不激不随、采取折衷的立场。

③巢、由：巢父、许由。相传为尧时的两位隐士。尧欲禅让天下给他们，均不肯接受。

【译文】

孟子认为:"伯夷太狭隘,柳下惠又不知自重。"所以书传上说:"君子立身,既不必像伯夷那样过分清高,也不必如柳下惠一般自卑自贱,而应不激进也不随波逐流。"这是圣贤立身处世所珍视的。假使真想退隐山林,模仿巢父、许由的所作所为,当然是可以的;若是要辅佐朝政,救济黎民,现在正是时候。自从有人类以来,一向修明的政治少而混乱的社会多,若是非要等到有如尧、舜一样的君主时才出仕,那么有志之士将会永无时机了。

常闻语曰:"峣峣者易缺①,皦皦者易污②。"《阳春》之曲,和者必寡③;盛名之下,其实难副。近鲁阳樊君被征初至④,朝廷设坛席⑤,犹待神明。虽无大异,而言行所守亦无所缺。而毁谤布流、应时折减者,岂非观听望深、声名太盛乎?自顷征聘之士,胡元安、薛孟尝、朱仲昭、顾季鸿等,其功业皆无所采,是故俗论皆言处士纯盗虚声⑥。愿先生弘此远谟⑦,令众人叹服,一雪此言耳。

【注释】

①峣峣(yáo):指山势高峻,此处喻指人的清高不俗,刚直不阿。

②皦皦(jiǎo):指玉石的洁白,此处喻指人之高洁。

③《阳春》之曲,和者必寡:宋玉《对楚王问》:"客有歌于郢中者。其始曰《下里》《巴人》,国中属而和者数千人;其为《阳阿》《薤露》,国中属而和者数百人;其为《阳春》《白雪》,国中属而和者不过数十人……是其曲弥高,其和弥寡。"《阳春》,古代楚国的歌曲名。是艺术性较高难度较大的音乐。

④鲁阳:地名。今河南鲁山。樊君:指樊英。易学家、术数名家,字

　　季齐。著有《易章句》,世称樊氏学。

　⑤坛席:筑坛设座席。表示礼遇隆重。

　⑥处士:不入仕途之士。虚声:有虚名而无实者。

　⑦谟:计谋,谋略。

【译文】

　　我曾听说:"清高刚直易被折损,清白高洁易受污染。"《阳春》之曲深高,应和者必定很少。盛名重压之下,其才干作为越难相配。最近鲁阳的樊英被征召,刚到的时候,朝廷设置坛席,待之犹如神明。樊英虽然没有大的作为,但言行操守也没有什么亏缺。然而诋毁诽谤流传开来,声誉受损,岂不是因为声望太高、名气太大之所致吗?最近被征聘的人士胡元安、薛孟尝、朱仲昭、顾季鸿等,其功业都没有可称道的,所以社会舆论都说不愿出仕的人都不过是盗取声誉,徒有虚名。但愿先生您弘扬高远的谋略,让大家佩服,消除社会上的诋毁之言。

孔融

孔融（153—208），字文举，汉末鲁国（今山东曲阜）人，孔子的二十世孙。幼时敏慧过人，有异才。二十岁时进入仕途，历任侍御史、虎贲中郎将、北海相、将作大匠、少府等职。为人正直无私，不畏豪强，先后忤犯何进、董卓等权臣，受到排挤。后因反对曹操，被罗致罪名，遇害。孔融一生政绩不显，但文章名震天下，是"建安七子"之一，其文辞"体气高妙，有过人者"（曹丕语），后人以为可同扬雄、班固相提并论，但其实颇有不如。

论盛孝章书

【题解】

这是孔融任少府时，于汉献帝建安九年（203）写给曹操的一封推荐盛孝章的信。盛孝章，名宪，孝章是其字，会稽（今浙江绍兴）人，曾任吴郡太守，因病辞官家居。孙策平吴后，对当时名士深为忌恨，盛孝章素有高名，遂受到孙策及其继位者孙权的迫害。孔融与孝章友善，知其处境危急，遂写信向当时大权在握的曹操求援。曹操征孝章为骑都尉，制命未至，孝章已被孙权所害。此信作于孔融与曹操关系尚为不错时期。文章叙述了盛孝章的艰难处境，从交友之道和为国家求才两个方面来劝说曹操对盛孝章伸出援助之手，辞意恳切，有一定的感染力和说服力。

岁月不居①，时节如流，五十之年，忽焉已至。公为始满，融又过二。海内知识②，零落殆尽，惟有会稽盛孝章尚存。其人困于孙氏，妻孥湮没③，单子独立，孤危愁苦，若使忧能伤人，此子不得永年矣。《春秋传》曰④："诸侯有相灭亡者，桓公不能救，则桓公耻之⑤。"今孝章实丈夫之雄也，天下谈士依以扬声⑥，而身不免于幽絷，命不期于旦夕，是吾祖不当复论损益之友⑦，而朱穆所以绝交也⑧。公诚能驰一介之使，加咫尺之书⑨，则孝章可致，友道可弘矣。

【注释】

①居：停留。

②知识：相知相识，指有交谊的人。

③妻孥（nú）：妻子儿女。湮（yān）没：埋没，指丧亡。

④《春秋传》：阐明《春秋》经义的书。这里指《春秋公羊传》。

⑤"诸侯有相灭亡者"几句：语出《春秋公羊传·僖公元年》。僖公元年（前659），狄人出兵灭邢。齐桓公当时居霸主地位，未能发兵救援，自己感到羞耻。文章以曹操比桓公，暗示曹操手握天下大权，拯救盛孝章是其义不容辞的责任。

⑥谈士：评议清谈之士。汉末士大夫有品评人物的习俗，知名之士可以只言片语评定人物高下。

⑦吾祖：指孔子。损益之友：《论语·季氏》："孔子曰：益者三友，损者三友。友直、友谅、友多闻，益矣。友便辟、友善柔、友便佞，损矣。"损，于己有损。益，于己有益。

⑧朱穆：字公叔，东汉时人。因感于世风浇薄，不讲友道，曾著有《崇厚论》《绝交论》两篇文章，表示对世风的不满。

⑨咫（zhǐ）尺之书：短书，短信。咫，古以八寸为咫。

【译文】

岁月不知停歇，时光如水消逝，五十岁的年龄在不知不觉中已经来临。您是刚满，我已超过两岁了。世上的相识相知，有如初冬花木凋谢殆尽，只有会稽的盛孝章还活着。他受到东吴孙氏政权的困辱，妻子儿女都已丧亡，只剩他一个人孤苦伶仃，处境危险，心绪愁苦。假使忧愁能损伤人的健康，那么孝章恐怕是不会长寿了。《春秋传》上说："诸侯之间有相互吞并的，齐桓公未能救助，则桓公深以为耻辱。"孝章的确是当今大丈夫中的豪杰。天下评议清谈之士，常要依靠他来宣传自己的名声，而他本人却不能免于幽禁，朝不保夕，那么我的祖上孔子是不该再谈论朋友好坏的问题，也难怪朱穆要写《绝交论》了。您如果能赶紧派遣一个使者，带上一封短信前往东吴，就可以把孝章招来，而交友之道也可以发扬光大了。

今之少年，喜谤前辈，或能讥评孝章；孝章要为有天下大名①，九牧之人所共称叹②。燕君市骏马之骨，非欲以骋道里，乃当以招绝足也③。惟公匡复汉室，宗社将绝④，又能正之，正之之术，实须得贤。珠玉无胫而自至者，以人好之也⑤，况贤者之有足乎？昭王筑台以尊郭隗⑥，隗虽小才，而逢大遇，竟能发明主之至心，故乐毅自魏往⑦，剧辛自赵往⑧，邹衍自齐往⑨。向使郭隗倒悬而王不解，临难而王不拯，则士亦将高翔远引，莫有北首燕路者矣⑩。

【注释】

①要：总之，总括来说。

②九牧：九州之牧。这里指九州，即"天下"。

③"燕君市骏马之骨"几句：《战国策·燕策》郭隗（wěi）先生曰："臣闻古之君人，有以千金求千里马者，三年不能得。涓人言于君曰：'请求之。'君遣之。三月，得千里马；马已死，买其首（一作骨）五百金，反以报君，君大怒曰：'所求者生马，安事死马而捐五百金？'涓人对曰：'死马且买之五百金，况生马乎？天下必以王为能市马，马今至矣！'于是不能期年，千里之马至者三。"燕君，燕昭王。绝足，绝尘之足，指千里马。

④宗社：宗庙和社稷。代指国家政权。

⑤珠玉无胫而自至者，以人好之也：语出《韩诗外传》卷六。盍胥谓晋平公曰："夫珠出于江海，玉出于昆山，无足而至者，犹主君之好也。士有足而不至者，盖主君无好士之意耳。"此处正面用其意，意谓只要有好士之心，贤者自然会来投。

⑥昭王筑台以尊郭隗：《战国策·燕策》记，燕昭王为报齐国破燕之仇，请郭隗推荐贤士。郭隗说："今王诚欲致士，先从隗始。隗且见事，况贤于隗者乎？岂远千里哉？"于是昭王为他修建宫室，并且以师礼相待。又相传昭王在易水东南筑黄金台，置千金于台，招纳天下贤士。昭王，燕昭王。郭隗，燕昭王的谋臣。

⑦乐（yuè）毅：魏将乐羊后裔，燕昭王任为上将军，曾率五国军队为燕伐齐，破齐都临淄，下七十余城。

⑧剧辛：战国时赵国人，有贤才，与乐毅一起合谋破齐。

⑨邹衍：战国时齐国人，阴阳家代表人物。主要学说是五行学说、"五德终始说"和"大九州说"，又是稷下学宫著名学者，因他"尽言天事"，当时人们称他"谈天衍"。在燕主要从事的是发展生产的工作。王充在《论衡·寒温篇》中说："燕有寒谷，不生五谷。

邹衍吹律,寒谷可种。燕人种黍其中,号曰黍谷。"

⑩首:向。

【译文】

现在的年轻人喜欢说前辈的不是,或许还会有人讥讽评论孝章;孝章总的来看是一个名满天下、为天下人所称赞叹服的人。燕昭王购买骏马的尸骨,并不是想要它在道路上驰骋,而是要通过它来招致真正的千里马。当今您正在拯救和恢复汉室,使将要倾覆的政权重新安定下来,安定天下的办法,关键是要得到贤才。珠玉没有长脚却能不请自来,是因为有人喜欢它们,更何况贤能之士是手足俱全的呢? 燕昭王筑高台来尊崇郭隗,郭隗只是小有才能,却得到这么厚的礼遇,终竟能显示明主的至诚之心,因此乐毅自魏国前来效力,剧辛自赵国前来效力,邹衍自齐国前来效力。假使当时郭隗处于危困之中而昭王不去解救,那么贤士们将会远走高飞,不会有人向北到燕国来了。

凡所称引,自公所知,而复有云者,欲公崇笃斯义①,因表不悉②。

【注释】

①崇笃:崇尚笃信。

②不悉:不能详尽。旧时书信结尾常用的套语。

【译文】

上面所讲的一些事情,自然是您熟知的,之所以要再说一说,无非是想提请您对交友之道加以重视罢了。借孝章的事情顺便表达一下我的想法,不一一详说了。

阮瑀

阮瑀（yǔ，？—212），汉末文学家，"建安七子"之一。字元瑜，陈留尉氏（今属河南）人。阮瑀自幼聪颖过人，就学于东汉著名学者蔡邕，善解音律，能鼓琴。建安初辞疾避役，不受曹洪征召；后为曹操司空军谋祭酒，管记室，后为仓曹掾属。在任期间曾随大军征战刘表、刘备、马超、韩遂，后病死。阮瑀擅长军国文书，与陈琳齐名，当时的军国文檄多出自二人之手，曹丕于《典论·论文》中盛赞"琳、瑀之章表书记，今之隽也"。也能诗，今存十二首。《隋书·经籍志》著录有《阮瑀集》五卷，今大部分亡佚，明人辑有《阮元瑜集》。

为曹公作书与孙权

【题解】

本篇是一篇书信体散文。赤壁大战，曹军大败而还，但曹操欲统一天下的雄心并未就此泯灭。时三足鼎立的形势已基本形成，为了破坏孙刘联盟，曹操命阮瑀写此信，借以拉拢孙权。阮瑀在信中围绕劝孙权"虚心回意"这一中心展开议论，信中详述曹孙两族的旧好，以情动之；剖析双方所处的形势，以理服之；承认对方在江南的统治权，以利诱之；并将双方交恶的原因归于"佞人构会"，欲尽释前嫌。本文笔意开阔，论证翔实,引古论今,颇有说服力。行文之间委婉深切,辞藻华美,多用排比,句式整齐,有骈文的特色。曹丕在《与吴质书》中云:"元瑜书记翩翩,致足乐也。"

　　离绝以来①,于今三年,无一日而忘前好②。亦犹姻媾之义③,恩情已深;违异之恨,中间尚浅也。孤怀此心,君岂同哉? 每览古今所由改趣,因缘侵辱,或起瑕衅④,心忿意危⑤,用成大变。若韩信伤心于失楚⑥,彭宠积望于无异⑦,卢绾嫌畏于已隙⑧,英布忧迫于情漏⑨,此事之缘也。孤与将军,恩如骨肉,割授江南,不属本州⑩,岂若淮阴捐旧之恨⑪;抑遏刘馥⑫,相厚益隆,宁放朱浮显露之奏⑬,无匿张胜贷故之变⑭,匪有阴构贲赫之告,固非燕王、淮南之衅也。而忍绝王命,明弃硕交⑮,实为佞人所构会也⑯。夫似是之言,莫不动听,因形设象,易为变观。示之以祸难,激之以耻辱,大丈夫雄心能无愤发? 昔苏秦说韩,羞以牛后⑰;韩王按剑,作色而怒,虽兵折地割,犹不为悔,人之情也。仁君年壮气盛,绪信所婴⑱,既惧患至,兼怀忿恨,不能复远度孤心⑲,近虑事势,遂赘见薄之决计⑳,秉翻然之成议㉑。加刘备相扇扬㉒,事结衅连,推而行之。想畅本心,不愿于此也。

【注释】

　①离绝:指建安十三年(208)冬赤壁之战后曹孙关系的恶化隔绝。

　②前好:指曹孙交恶之前的友好关系。孙策曾与曹操共事于汉,曹
　　操曾表孙策为讨逆将军,封为吴侯,表孙权为讨虏将军,领会稽
　　太守。

③姻媾：互相结亲。孙策下江东，曹操把侄女许配给孙策之弟孙匡，又为儿子曹彰娶孙策堂兄孙贲之女。

④瑕衅(xìn)：玉石上的斑点和裂缝，比喻缺点嫌隙。

⑤心忿意危：心里愤愤不平且自虑身危。

⑥韩信伤心于失楚：韩信是刘邦的名将，封楚王。高祖六年(前201)，刘邦谓韩信谋反，废为淮阴侯，韩信为此而郁愤不已。

⑦彭宠积望于无异：彭宠在刘秀讨平河北王郎的过程中功勋卓著，但始终未能封王，积怨已久，遂举兵反叛。

⑧卢绾嫌畏于已隙：卢绾与刘邦同乡同日生，非常亲密，以功封为燕王。后来刘邦迫害诛杀异姓诸侯王，韩信、彭越相继被杀。为求自保，卢绾暗中与已投降匈奴的陈豨勾结，事发后率众叛降匈奴。

⑨英布忧迫于情漏：英布为刘邦名将，封为淮南王。因为韩信、彭越被杀，他怕牵涉自己，暗中调兵戒备。后因怀疑中大夫贲赫与宠姬通奸，欲捕之。贲赫遂往长安上书告他谋反，英布便族诛贲赫，起兵反叛。

⑩割授江南，不属本州：指将江南从扬州分割出来送给孙权。割授，割赐。本州，即扬州。江南旧属扬州。

⑪淮阴捐旧之恨：指失去故有封地和爵位。捐，除去。

⑫刘馥：沛国人，当时为扬州刺史。

⑬朱浮：刘秀平定河北后拜大将军领幽州牧，守蓟城。与彭宠有矛盾，在刘秀面前说彭宠的坏话，逼反了彭宠。

⑭张胜：卢绾的大臣，为保卢绾燕王之位，为其暗中联络匈奴。卢绾不知张胜用心，向刘邦告发张胜，要族诛之，后来被张胜说服，改称是他人谋反，为张胜开脱。贷故：因为过去的恩情而宽免他。

⑮硕交：金石般的情谊，硕，通"石"。《史记》记载苏秦谓齐王曰：

"此弃仇雠而得石交也。"

⑯构会:挑拨离间。

⑰苏秦说韩,羞以牛后:事出《战国策·韩策》,苏秦以合纵抗秦游
　　说韩王,曰:"宁为鸡口,无为牛后。"苏秦,战国时纵横家,以合纵
　　之计闻名。牛后,牛屁股。

⑱绪信:依从信赖。绪,顺。嬖(bì):宠爱的人。

⑲度:体谅,揣度。

⑳赍:怀着。见薄:被疏远。

㉑翻然:很快而彻底地。

㉒扇扬:煽动。

【译文】

　　自从我们恩断义绝以来,到现在已有三年了,我没有哪一天忘记了
以前的友好关系。这也是由于彼此有姻亲的情义,恩爱友情已经很深,
而违弃离异的怨恨,在心中还浅。我有这样的心意,难道您不是这样
吗?常常看到古往今来人们所以改变自己志向的原因,或是因为受到
欺凌侮辱,或是由于产生瑕疵间隙,心中忿恨且自虑身危,因而形成剧
变。比如韩信由于失去楚王之位而郁愤失意,彭宠因为没有受到光武
帝的特殊礼遇而积怨,卢绾因小小的疑忌而生嫌隙畏惧,英布对于阴谋
泄漏而心忧困窘,这些都是事端发生的因由。我和将军恩深犹如骨肉
同胞,割赐江南之地给您,不再归属扬州,难道您会像淮阴侯韩信那样
有为失去故地封爵而生的怨恨?我抑制刘馥举兵伐吴的多次请求,以
使我们的厚情更加隆盛,宁可搁置像朱浮告发彭宠阴谋那样的奏告,也
不像燕王卢绾包庇张胜那样宽恕故臣的变诈,更没有像贲赫密告英布
谋反那样的陷害于您,本来就没有像卢绾、英布那样的嫌隙。而您所以
狠心断绝君王的恩命,明确放弃坚牢的情谊,这实际上是奸佞小人挑拨
离间的结果。貌似正确的语言,没有不动听的;依照形迹而制造假象,
容易改变人们的看法。以祸患危难警示对方,用奇耻大辱激励对方,大

丈夫雄心万丈，怎能不奋发？以前苏秦游说韩王，以处于牛屁股的地位来羞辱他，使得韩王手握剑把，脸色一变怒气冲天，即使是损兵折将割裂国土也不后悔，这是人之常情。您正值年壮气盛，依从听信宠爱小人之言，既畏惧祸患的来临，又心怀忿恨，这样就不能再体谅远方的我的心意，正确考虑目前的事态形势，于是抱着疏远我的决心，坚决改变我们此前的友好协议。再加上刘备的煽动挑拨，使得事端并起而嫌隙不断，互相推动发展。我很想畅叙自己的心意，不愿事情发展到这种地步。

孤以薄德，位高任重，幸蒙国朝将泰之运①，荡平天下，怀集异类②，喜得全功，长享其福。而姻亲坐离，厚援生隙，常恐海内多以相责，以为老夫包藏祸心，阴有郑武取胡之诈③，乃使仁君翻然自绝。以是忿忿，怀惭反侧。常思除弃小事④，更申前好，二族俱荣，流祚后嗣⑤，以明雅素中诚之效⑥。抱怀数年，未得散意。以上言欲敦姻好。

【注释】

①泰：太平。

②怀集：安抚集附。异类：异族，即少数民族。

③郑武取胡：事出《韩非子·说难》。郑武公欲取胡国，以女儿嫁之，后询众臣何以攻取，大夫关其思献计，武公佯怒杀之，消除了胡国的戒心，武公乘机袭取之。郑武即春秋时郑武公，胡即胡国。

④小事：指忿恨。

⑤祚（zuò）：福。

⑥雅素：平素。

【译文】

我德行浅薄,居于高位而肩负重任,有幸适逢本朝即将强盛安泰的气运,扫荡安定天下,怀远集附异族,很高兴得到全功,可以长享幸福。然而我们姻亲反目离异,亲密的互助之情产生嫌隙,我常常担心四海之内的人士拿这件事来责备我,认为我包藏有祸害之心,暗地里有郑武公袭取胡国的阴谋,因此才使您断然与我绝交。我为此而愤愤不平,心怀惭愧而反侧不安。我常想消除那些小的隔阂,重新申扬以前的友好,使你我二族共同荣显,为子孙后代造福,以此表明我平素为人行事的可信。我怀有这样的想法有许多年了,只是一直没有能尽抒心意。以上说希望加深彼此姻亲和睦的关系。

昔赤壁之役①,遭离疫气,烧船自还,以避恶地②,非周瑜水军所能抑挫也。江陵之守,物尽谷殚③,无所复据,徙民还师,又非瑜之所能败也。荆土本非己分④,我尽与君,冀取其余,非相侵肌肤⑤,有所割损也。思计此变,无伤于孤,何必自遂于此⑥,不复还之?高帝设爵以延田横⑦,光武指河而誓朱鲔⑧,君之负累,岂如二子?是以至情,愿闻德音。

【注释】

①赤壁之役:即赤壁大战。赤壁,地名。今属湖北,周瑜大破曹操于此。

②恶地:险恶之地。

③江陵之守,物尽谷殚(dān):赤壁大战后,曹操带领败军归还,令曹仁留守江陵,与周瑜相抗。一年多后,物尽粮绝,曹仁弃城而归。江陵,今属湖北。殚,尽。

④荆土本非己分:荆州是曹操从刘表那里夺得的,不是他本来就有

的。荆土，即荆州。

⑤相侵肌肤：语出《列子》。孟孙阳谓禽子曰："有侵若肌肤获万金者，若为之乎？"曰："为之。"

⑥遂：止，指占据。

⑦高帝设爵以延田横：刘邦灭了项羽，田横与其随从五百人逃入海岛，刘邦为免隐患，派人招引他，说田横来后，大可封王，小可封侯。延，招引。田横，秦末及楚汉战争时期诸侯齐王田荣之弟。田荣死后，他是齐国实际掌权者。

⑧光武指河而誓朱鲔（wěi）：据《后汉书·岑彭传》载，朱鲔杀光武帝刘秀的哥哥，后来据守洛阳以抗刘秀。刘秀招降他，许以释怨，指河而誓曰，河水在此，吾不食言。朱鲔，东汉时淮阳（今属河南）人。

【译文】

以前的赤壁之战，我军遭受瘟疫之气，于是烧掉战船回师，以便躲避险恶之地，并非周瑜的水军所能抑制挫败的。江陵的守军，也是由于物资粮食耗尽，无法再继续据守，才迁徙民众一道回师，也不是周瑜所能打败的。荆州的土地，原本不是我所有的，我全部让给您，希望能取得荆州之外的地方，并不希望彼此侵害肌肤而两败俱伤。认真思考这一事变，对我没有伤害，又何必硬占荆州，不归还给您呢？高帝刘邦曾设官爵招引田横，光武帝曾手指黄河向朱鲔起誓，您所承担的过错，又哪能和田横、朱鲔相比？因此我最大的心愿，就是希望听到您美好的回音。

　　往年在谯①，新造舟船，取足自载，以至九江②，贵欲观湖溆之形③，定江滨之民耳④，非有深入攻战之计。将恐议者大为己荣，自谓策得，长无西患，重以此故，未肯回情。然智者之虑，虑于未形⑤；达者所规，规于未兆。是故子胥知姑苏之有麋鹿⑥；辅果识智伯之为赵禽⑦；穆生谢病，以免楚难⑧；邹阳北游，不同吴祸⑨。此四士者，岂圣人哉？徒通变思深，以微知著耳。以君之明，观孤术数⑩，量君所据，相计土地，岂势少力乏，不能远举，割江之表⑪，晏安而已哉⑫？甚未然也。若恃水战，临江塞要，欲令王师终不得渡，亦未必也。夫水战千里，情巧万端。越为三军，吴曾不御⑬；汉潜夏阳，魏豹不意⑭。江、河虽广，其长难卫也。以上言魏之势力足以并吞吴国。

【注释】

①谯（qiáo）：县名。在今安徽亳州。

②九江：郡名。后汉时郡治阴陵，在今安徽定远西北。

③潔：即巢湖，在今安徽境内。

④江滨之民：指扬州沿江郡县之民。曹操担心江滨郡县为孙权所夺，令百姓迁往内地，百姓恐慌，自庐江、九江、蕲春、广陵十余万人皆东渡江，江西遂虚。

⑤未形：尚未显形。

⑥子胥知姑苏之有麋鹿：《史记·淮南衡山王列传》载伍子胥谏吴王说："臣今见麋鹿游姑苏之台也。"预料到吴国将亡，宫室将为丘墟。子胥，即伍子胥，春秋吴国大夫。麋鹿，兽名。俗称四不像。

⑦辅果识智伯之为赵禽：辅果知道智伯必为赵国所灭，智伯不听，最后为赵军所杀。辅果，智氏之族。

⑧穆生谢病，以免楚难：楚元王刘交礼待穆生，常为之设甜酒。后刘戊继位，免去甜酒，日益疏远，穆生于是称病辞官。后来刘戊

谋反得祸,穆生得以幸免。穆生,西汉楚元王刘交的中大夫。

⑨邹阳北游,不同吴祸:邹阳开始在吴王刘濞手下做官,刘濞谋反,邹阳上书劝谏不听,便北投梁孝王。邹阳,西汉文学家。

⑩术数:方法、道理和谋略。

⑪江之表:长江以南地区。

⑫宴安:安逸。

⑬越为三军,吴曾不御:据《左传·哀公十七年》,越王伐吴,吴在太湖傍水设防,越王派兵迷惑吴左右二军,集中三军半夜暗中涉水,突然攻击吴中军,吴军大败。

⑭汉潜夏阳,魏豹不意:韩信进击魏王豹。魏王豹盛兵蒲坂(今山西永济西),塞临晋(今陕西大荔),韩信于是在临晋集结大部队,准备船只渡河,实则伏兵从夏阳用木罂缶渡河,袭安邑,遂俘虏了魏王豹。夏阳,古县名。在今陕西韩城南。

【译文】

往年我在谯县,新造的舟船,只求足够我军使用,以便到达九江,重在观览巢湖风光的形胜,安定江边一带的民众罢了,并没有深入贵地攻战的计划。只是恐怕您的谋士们为要夸耀自己,自认为计策成功,从此长久地消除西方的祸患,更因为这一点原因,使您不肯回心转意重修旧好。但明智者的思虑,贵在事态尚未显形之时;通达者的谋划,贵在未得事情征兆之时。所以伍子胥能预知繁华的姑苏之台将变成麋鹿出没的荒凉之地,辅果能预见智伯将被赵国擒获;穆生称病辞职,免除了与楚王共同覆灭的灾难;邹阳弃官北游,没有同遭吴王之祸。这四位贤士,难道都是圣人吗?只是能通达变化深思熟虑,从细微的迹象预见大的事变罢了。以您的明智,审视我的谋略,比较计量一下您所据之地,再比一下我所据之地,难道是我势单力薄,不能远征举兵,才割让江南,安于现状的吗?情况绝非如此。倘若您依仗水战优势,凭借长江险要之地,指望使王师始终无法渡江,也未必能如愿。水战战线长达千里,军情机巧变化万端。从前越军兵分三路偷渡,吴国无法抵御;汉军暗渡夏阳,魏豹意料不到而落败。长江虽然宽广,因其过长而难以守卫啊。
以上说魏的势力足以并吞吴国。

　　凡事有宜,不得尽言,将修前好而张形势①,更无以威胁重敌人②。然有所恐,恐书无益。何则?往者军逼而自引还,今日在远而兴慰纳③,辞逊意狭,谓其力尽,适以增骄,不足相动。但明效古④,当自图之耳。昔淮南信左吴之策⑤,隗嚣纳王元之言⑥,彭宠受亲吏之计⑦,三夫不寤,终为世笑。梁王不受诡、胜⑧,窦融斥逐张玄⑨,二贤既觉,福亦随之。愿君少留意焉。若能内取子布⑩,外击刘备,以效赤心⑪,用复前好,则江表之任,长以相付,高位重爵,坦然可观⑫。上令圣朝无东顾之劳,下令百姓保安全之福,君享其荣,孤受其利,岂不快哉?若忽至诚,以处侥幸,婉彼二人⑬,不忍加罪,所谓“小人之仁,大忠之贼”,大雅之人⑭,不肯为此也。若怜子布,愿言俱存,亦能倾心去恨,顺君之情,更与从事,取其后善。但禽刘备,亦足为效。开设二者⑮,审处一焉⑯。以上劝权立功自效。

【注释】

①将:欲。张:伸展,此处引申为展望。

②重:威重。

③慰纳:宽慰。纳,容纳,有宽容之意。

④效:呈献。

⑤淮南信左吴之策:淮南王刘安谋反,日夜与左吴等按照地图,研

究行兵方略。淮南，西汉时淮南王刘安。左吴，刘安的谋士。

⑥隗（wěi）嚣纳王元之言：两汉之际，更始年间，隗嚣趁天下大乱亡
归天水，招聚百姓，自称西州上将军，派长子到刘秀处，表示归
附。他的部将王元游说他："天水完富，天下士马最强，元请一丸
泥，东封函谷，此万世一时也。"隗嚣听信其言，遂反。

⑦彭宠受亲吏之计：据《后汉书》，彭宠不满于刘秀对自己的待遇，
刘秀征召彭宠，彭宠听从妻子及亲信官吏的话，不应召，起兵反
叛，后被手下人所杀。

⑧梁王不受诡、胜：西汉梁孝王刘武怨袁盎谏阻景帝立自己为继位
者，乃与羊胜、公孙诡使人刺杀袁盎。武帝派人追查知为梁使，
派人捕公孙诡、羊胜。梁孝王听韩安劝谏，交出了二人，二人自
杀。梁王使韩安国因长公主谢罪，平息了此事。梁王，指梁孝王
刘武。诡，公孙诡，任梁孝王的中尉。胜，羊胜，梁孝王的谋臣。

⑨窦融斥逐张玄：窦融遥闻光武帝刘秀即位，欲归附。隗嚣使辩士
张玄游说他割据一方，窦融不听，终归刘秀。刘秀赐融玺绶为凉
州牧，封安丰侯，后迁大司空。窦融，字周公，扶风（今陕西兴平东
南）人。

⑩子布：张昭的字，是孙权的重要谋臣，先辅佐孙策，又辅佐孙权，
坚持抗曹。

⑪赤心：赤诚之心。

⑫坦然：宽广、开阔的样子。

⑬婉：亲爱。二人：指刘备和张昭。

⑭大雅：对有德而卓识者的美称。

⑮开设：设置，谋划。

⑯审处：审察决断。

【译文】

凡事都有适宜的限度，不能一一详尽言说，我只是想重修旧好而展

望各自的形势，没有以武力来迫胁于您的意图。但我又有所担心，怕写这封信不会有效用。为什么呢？因为从前我举兵进逼而自己退军，现在我居于远方反而致以慰问，且辞意谦逊意愿轻狭，如果据此认为我实力已尽，恰好会助长您的骄傲，不足以感动您的修好之心。我只在此开列古人事例，您应当自己思考一下。从前淮南王听信左吴之计，隈嚣接纳王元的进言，彭宠接受亲吏的计谋，这三个人不明事理，最终为世人所讥笑。梁孝王不容纳公孙诡、羊胜，窦融斥责逐退张玄，两位贤者既然觉悟，福也相随而至，希望您对此稍加留意。如果能对内拿下张昭，对外进攻刘备，以此表明你的赤诚之心，因此恢复以前的友好，那么江南的重任，可长久加以托付，高官显爵，显著可观。对上而言可使朝廷免除东顾之忧劳，对下而言可使百姓保持安宁稳定的幸福，您享受其荣华，我也得到利益，难道不是愉快的事吗？如果忽略我的一片至诚之心，怀有侥幸之心，亲近张昭、刘备二人，不忍心加以惩处，这种行为正是前人所说的"小人的仁爱，是对大忠的伤害"呀，有远见卓识的人是不肯做这样的事的。如果您怜惜张昭，愿意与他共存亡，那我也能真心捐弃旧恨，依从您的心意，让他继续为您做事，希望他以后获得善功。只要擒获刘备，也足以证明您的诚意。设置以上两个方案，您审察决断选取其一。以上劝孙权立功归附。

　　闻荆、扬诸将并得降者，皆言交州为君所执①，豫章距命，不承执事②，疫旱并行，人兵损减，各求进军，其言云云。孤闻此言，未以为悦。然道路既远，降者难信，幸人之灾，君子不为。且又百姓，国家之有，加怀区区③，乐欲崇和④，庶几明德⑤，来见昭副⑥，不劳而定，于孤益贵。是故按兵守次⑦，遣书致意。古者兵交，使在其中⑧。愿仁君及孤，虚心回意，以应诗人补衮之叹⑨，而慎《周易》牵复之义⑩。濯鳞清流⑪，飞翼天衢⑫，良时在兹，勖之而已⑬。

【注释】

①交州：当时辖广东、广西及越南西部地区，治所在番禺（今广州）。此指交州刺史孙辅。《文选》李善注："《吴志》曰：孙辅，字国仪，假节交州刺史，遣使与曹公相闻，事觉，权幽絷之，数岁卒。"

②豫章距命，不承执事：豫章，郡名。治今江西南昌。豫章郡属扬州刺史部，此指扬州刺史刘繇。距命，拒不从命。执事，差使，工作。《文选》李善注引《吴志》："刘繇，字正礼，避乱淮浦，诏遣为扬州刺史。繇不敢之州，遂南保豫章。"

③区区：亲爱之意。

④崇和：崇尚和顺。

⑤庶几：近似。

⑥见：表示他人行为及于己。昭：贤明。副：辅佐。

⑦次：停留。

⑧古者兵交，使在其中：《文选》李善注："《左氏传》曰：晋栾书伐郑，郑使伯蠲行成，晋人杀之，非礼也。兵交，使在其间，可也。"

⑨补衮：《诗经·大雅·烝民》："衮职有阙，维仲山甫补之。"意指规谏帝王的过失。古代帝王穿绘有衮龙纹饰的礼服。

⑩牵复：用《周易·小畜》九二爻辞"牵复，吉"之意，意谓牵引使之回复是吉利的。本句暗喻曹操此信是对孙权的"牵复"。

⑪濯：洗涤，引申为畅游。鳞：鱼。

⑫天衢：天空。

⑬勖（xù）：勉励。

【译文】

听说荆州、扬州众将收容许多投降的人，都说交州刺史被您拘执囚禁，刘繇据守豫章拒不从命，不秉承您的旨意担任扬州刺史，疫病与旱灾同时发生，人口士卒都有减损，我方人马纷纷要求进军，所谈大致如此。我听到这些言论，并不以为是高兴的事。即因道路相距遥远，投降者的言辞难以尽信，同时庆幸他人的灾祸，也非君子所为。况且百姓乃是国家所有，以诚挚的爱心加以爱护，乐于崇尚和睦，才近似于昭明之德。希望得到您的明允佐助，使我不必劳动大军而安定天下，对我来说是更加可贵的。所以我屯兵驻守原地，发送此信向您致意。古时两军交战，使者可在其间往返。希望您能体谅我的心意，虚心接纳回心转意，借以应和诗人对善于弥补帝王过失的赞叹，慎重审思《周易》中所言牵引回复为吉利的含义。鱼儿畅游清流，鸟儿振翅天空，良好的时机就在此刻，您要勉力而行呀。

王粲

王粲简介参见卷四。

为刘荆州与袁谭书

【题解】

此书为建安八年(203)王粲依附于刘表时所作。当时刘表任荆州刺史。四世三公的河北袁绍,有三个儿子:袁谭、袁熙和袁尚。袁绍死前未明定谁继承其位,其下臣有亲谭者,有亲尚者。袁绍死后,以审配为代表的一些人,假称袁绍遗命立袁尚继位。自此兄弟之间产生矛盾。袁尚发兵征袁谭,袁谭向曹操借兵拒尚。正在此时,刘表以此书谏袁谭,后又另作书,规劝袁尚。书中博古论今,阐明利害关系,规劝兄弟以和为贵,千万不要兵戎相见,要精诚团结,共同对付敌人曹操。书中言辞恳切,句句感人,条理清晰,很有说服力。

天降灾害,祸难殷流①。初交殊族②,卒成同盟③,使王室震荡④,彝伦攸斁⑤。是以智达之士,莫不痛心入骨,伤时人不能相忍也。然孤与太公⑥,志同愿等。虽楚、魏绝邈⑦,

山河迥远⑧，戮力乃心⑨，共奖王室⑩，使非族不干吾盟⑪，异类不绝吾好⑫，此孤与太公无贰之所致也⑬。功绩未卒，太公殂陨⑭。贤胤承统以继洪业⑮，宣奕世之德⑯，履丕显之祚⑰，摧严敌于邺都⑱，扬休烈于朔土⑲，顾定疆宇⑳，虎视河外㉑，凡我同盟㉒，莫不景附㉓。何悟青蝇飞于竿旌㉔，无忌游于二垒㉕，使股肱分成二体㉖，胸胳绝为异身㉗。初闻此问㉘，尚谓不然，定闻信来㉙，乃知阏伯、实沈之忿已成㉚，弃亲即仇之计已决，旃斾交于中原㉛，暴尸累于城下。闻之哽咽，若存若亡㉜。昔三王、五伯，下及战国，君臣相弑，父子相杀，兄弟相残，亲戚相灭，盖时有之。然或欲以成王业，或欲以定霸功，皆所谓逆取顺守而傲富强于一世也㉝。未有弃亲即异㉞，兀其根本㉟，而能全躯长世者也。

【注释】

①天降灾害，祸难殷流：指董卓之乱。189 年董卓进兵洛阳，废少帝，立献帝，奸淫掳掠，国家和人民蒙受灾难。殷流，横溢。

②初交殊族：开始交结异族。殊族，异族。本文指董卓与羌人相交。《后汉书·董卓传》："少尝游羌中，尽与豪帅相结。"

③卒成同盟：指董卓与羌人豪帅勾结，终于结盟，用胡羌之人，助其作乱。

④震荡：震动，动摇。

⑤彝伦攸斁：天地人之常道。古代常指人和人的关系。攸：语助词。斁（dù）：败坏。

⑥孤：封建时代侯王对自己的谦称。本文中刘表自称。太公：指袁绍，字本初，东汉末汝南汝阳（今河南商水西北）人。出身于四世三公的大官僚家庭，初为司隶校尉，后据有冀、青、幽、并四州，是

当时众多的割据势力之一。建安五年(200)在官渡(今河南中牟东北)被曹操打败，不久病死。

⑦楚：指荆州。魏：指冀州。绝：极，非常。邈：远。

⑧迥：远。

⑨戮力：并力，合力。乃：其。

⑩奖：辅助。

⑪非族：少数民族。干：冒犯。

⑫异类：与我殊异的族类，也是指少数民族。

⑬无贰：没有二心。

⑭殂陨：死亡。

⑮贤胤：指袁谭、袁尚，是敬称。胤，后代。承统：继承先人的传统。洪业：大业。

⑯奕世：累世，一代接一代。

⑰丕显：大而显赫。祉：福禄。

⑱摧严敌于邺都：《后汉书·袁绍传》："曹操度河攻谭，谭告急于尚，尚乃留审配守邺，自将助谭，与操相拒于黎阳。自九月至明年二月，大战城下，谭、尚败退。操将围之，乃夜遁还邺。操进军，尚逆击破操，操军还许。"严敌，厉害的敌人。邺，地名。在今河北临漳西南。

⑲休烈：美盛的业绩。休，美。烈，业。朔土：北方的土地。

⑳顾定：还视而定。形容夺取土地的轻易。

㉑虎视：形容威武如虎雄视。河外：地域名。历代所指不同，本文指黄河以北。

㉒同盟：此处指与袁、刘志同道合，结成联盟的地方实力派。

㉓景附：密切依附，如影随形，即归附。

㉔青蝇：《诗经·小雅》有《青蝇》一篇。《诗序》言为周大夫刺幽王之作。诗有"营营青蝇，止于樊，岂弟君子，无信谗言"之语。后

因以"青蝇"比喻谗言小人。

㉕无忌：费无忌，又作费无极。《史记》载，费无忌得宠于楚平王，为太子建少傅，不受太子宠信，无忌日夜在平王跟前谗言太子，平王欲诛太子，太子亡奔宋。二垒：指谭、尚兄弟。垒，防护军营的墙壁或建筑物，此指两股势力。

㉖股肱：这里指袁氏兄弟。股，大腿。肱，手臂。

㉗膂(lǚ)：脊梁骨。绝：断开。异身：两身。

㉘问：言，话。

㉙定闻：确实的消息。

㉚阏(è)伯、实沈之怨：指兄弟相伐之事。《左传·昭公元年》："昔高辛氏有二子，伯曰阏伯，季曰实沈，居于旷林，不相能也。日寻干戈，以相征讨。"

㉛旃斾(zhān pèi)：泛指旌旗。本文指战旗。

㉜若存若亡：好像生死不知。形容痛心得不知如何是好。

㉝徼(jiāo)：求取。

㉞即：就，靠近。

㉟兀：动摇。

【译文】

　　天降灾害，祸难横流。董卓开始结交异族羌人，终于结为同盟，使王室动摇，伦常败坏。智慧明达之士，无不感到痛入骨髓，这种创伤是世人所不能容忍的。我和你父亲的志愿是一样的。虽然荆州与冀州千里相距，江河迂回，关山重隔，但仍合力共助王室，使得外族不敢侵犯我们同盟，不敢与我们断绝友好关系，这都是我与你父亲团结一致、没有二心的结果。但是，事业尚未完成，你父亲就去世了。你兄弟二人继承先人传统，继续宏图大业，并发扬了传袭几代的美德，享受那显赫的福禄，在邺城摧毁了强敌，在北方建立了盛大的业绩，轻而易举地平定了疆土，如虎雄视黄河以北，凡是与我们联盟的，无不归附。想不到谗言小人青蝇般在军旗间往来到处游荡,如费无忌一样游说于两军之间,使骨肉兄弟分离。开始听到这种话,我还说不能这么严重,等到确切的消息传来后,才知道如阏伯、实沈兄弟相伐的局面已成,抛弃亲情变为仇敌的心意已定,战旗交于中原,尸体堆叠城下。我听到这种情况悲痛气塞,说不出话,痛心得无以复加。以前的夏禹、商汤、文王三王,齐桓公、晋文公、楚庄王、宋襄公、秦穆公五霸以及之后的战国时期,君臣父子相弑,兄弟亲戚相残的大有人在。然而他们或是想成就三王之业,或是要创立五霸之功,都是所谓叛逆夺取、顺义守位,而使国家富强起来。没有能够舍弃亲人投靠外人,动摇根本,却能长寿而安的。

　　昔齐襄公报九世之仇①,士匄卒荀偃之事②,是故《春秋》美其义,君子称其信。夫伯游之恨于齐③,未若大公之忿于曹也;宣子人臣承业④,未若仁君之继统也⑤。且君子违难⑥,不适仇国,交绝不出恶声⑦,况忘先人之仇,弃亲戚之好,而为万世之戒、遗同盟之耻哉? 蛮、夷、戎、狄,将有诮让之言⑧,况我族类而不痛心邪?

【注释】

①齐襄公报九世之仇:指齐襄公的九世祖哀公因纪侯向周王进谗言而被杀,齐襄公灭纪为其报仇。《公羊传·庄公四年》:"远祖者几世乎? 九世矣;九世犹可以复仇乎? 虽百世可也。"即言此事。

②士匄卒荀偃之事:士匄完成荀偃未竟事业。《左传·襄公十五年》:晋荀偃将中军,士匄佐之。伐齐济河,荀偃病重,及卒而目不瞑,不受含。栾盈曰:"其为未卒事于齐故也乎?"士匄抚之曰:"主苟终,所不嗣事于齐者,有如河。"乃瞑受含。

③伯游：荀偃的字。

④宣子：士匄谥号。

⑤仁君：指袁谭。

⑥违难：避难。《左传·庄公四年》："纪侯大去其国,违齐难也。"杜
　预注："违,辟(避)也。"

⑦恶声：骂言之声。《庄子·山木》："则必以恶声随之。"成玄英疏：
　"恶声,骂辱也。"

⑧诮让：谴责。

【译文】

　　当年齐襄公报九世之仇,士匄完成荀偃未竟事业,所以《春秋》中赞
美他们为人之义,君子们称赞他们诚实信用。荀偃对齐的仇恨,不及你
父亲对曹操的憎恨,士匄以人臣完成荀偃未竟的事业,远不如你对父业
的继承。且君子避难不投奔敌国,绝交也不说难听的话,何况忘掉前辈
的仇恨,舍弃亲戚的交好,而成为被后人戒鉴、同盟者以为耻辱的人呢?
蛮、夷、戎、狄都将会谴责,何况我们自家人,能不痛心吗?

　　　夫欲立竹帛于当时①,全宗祀于一世②,岂宜同生分谤、
争校得失乎③? 若冀州有不弟之慠④,无惭顺之节,仁君当降
志辱身⑤,以济事为务⑥。事定之后,使天下平其曲直⑦,不
亦为高义邪? 今仁君见憎于夫人⑧,未若郑庄之于姜氏⑨;昆
弟之嫌,未若重华之于象敖⑩。然庄公卒崇大隧之乐⑪,象敖
终受有鼻之封⑫。愿捐弃百痾⑬,追摄旧义⑭,复为母子昆弟
如初。今整勒士马⑮,瞻望鹄立⑯。

【注释】

①竹帛：竹简和白绢,古代供书写之用,故又指书籍、史册。

②宗祀：古代在宗庙中的祭祀，有时就指宗庙。

③同生：弟兄。分谤：互相指责毁谤。争校：争执，计较。

④冀州：指袁尚。袁尚曾任冀州刺史。不弟(tì)：对兄长或长辈不恭顺。慠：同"傲"。傲慢。

⑤降志辱身：委曲求全的意思。降志，降低心意。辱身，屈辱自身。

⑥济事：成全大事。

⑦平：通"评"。

⑧见憎于夫人：指袁谭被袁氏后妻所嫉恨。《后汉书·袁绍传》："谭长而惠，尚少而美。绍后妻刘有宠，而偏爱尚，数称于绍。"

⑨郑庄之于姜氏：指郑庄公与其母武姜的关系。《左传·隐公元年》载，郑武公的夫人武姜生长子时难产，起名寤生，一直讨厌他。寤生为长子，武姜却想立小儿子叔段为太子，武公不同意。武公死后，寤生继位，即庄公。后来叔段与武姜密谋偷袭庄公，最后被庄公打败，叔段逃亡，庄公把武姜放逐。郑庄，郑庄公，春秋时郑国国君。

⑩重华之于象敖：指舜与其弟象敖的关系。传说舜父与象敖常想杀舜，而舜对弟弟一直很好，登帝位后，还将有鼻给他为封地。重华，虞舜的号。象敖，舜后母之子，舜的异母弟。

⑪大隧之乐：《左传·隐公元年》载，庄公放逐姜氏于城颍，并发誓说："不及黄泉，无相见也。"但后来又为此事后悔。这时颍考叔给庄公出主意并说："君何患焉，若阙地及泉，隧而相见，其谁曰不然？"庄公听了这些话，便与姜氏在隧道中相见了。见时二人都赋了诗，庄公诗为："大隧之中，其乐也融融。"姜氏和诗为："大隧之外，其乐也泄泄。"此后母子和好。

⑫象敖终受有鼻之封：舜称帝后，封象敖于有鼻国。有鼻，古地名。一作有庳，又名鼻墟、鼻亭，在今湖南道县北。

⑬疴(kē)：病，这里指不快。

⑭追摄：追取。追，寻求。摄，摄取。

⑮整勒士马：整顿兵士，训练战骑。勒，统率。士马，兵马。

⑯鹄立：如鹄鸟之延颈而立，形容盼望之极。

【译文】

要想死后载入史册，活时保全宗祀，怎么能兄弟之间相互指责毁谤计较得失呢？如果袁尚对兄长不恭，不惭愧，也不想顺从你，你应当委曲求全以成全大事。平定曹操的事完了以后，让天下人来评论是非，不也是件高尚的事情吗？现在刘夫人嫉恨你，但不及郑庄公和母亲姜氏的积怨之深；你兄弟之间怨恨，也不及重华与异母弟弟象敖那么严重。然而庄公终有在隧道中与亲母重逢言归于好之乐，象敖最终也受有鼻国之封。愿你们兄弟丢掉各种不快，追寻旧日的情义，恢复母子兄弟关系。我现在整顿好军容，翘首盼望佳音。

魏文帝

魏文帝曹丕(187—226)，字子桓，沛国谯(今安徽亳州)人，曹操次子。建安十六年(211)任五官中郎将、副丞相。二十二年(217)立为魏太子。延康元年(220)春正月曹操死，他继任丞相及魏王，同年十月代汉自立，国号魏。在位七年，死后谥为文帝。有《魏文帝集》留世。曹丕有名的《典论》是中国文学批评史上的典范之作，对后世影响深远。曹丕的作品以气、情盛，文中多纤丽之质，情感细腻、纤美。

与朝歌令吴质书

【题解】

本文是曹丕写给文友吴质的信，但却极似一首抒情小赋，意境深远，文辞清丽。追忆旧时游历时，情景交融，十分精彩。作品时而写欢乐，时而写悲情，感情真挚感人，如闻其声，如见其人，是一篇抒情至文。此信虽短，却情意绵绵，文采飞扬，使天地为之动情。

五月十八日丕白：

季重无恙①！涂路虽局，官守有限，愿言之怀，良不可任。足下所治僻左②，书问致简，益用增劳。每念昔日南皮之游③,诚不可忘。既妙思六经,逍遥百氏,弹棋间设,终以六博,高谈娱心,哀筝顺耳。驰骋北场,旅食南馆,浮甘瓜于清泉,沉朱李于寒水。白日既匿,继以朗月,同乘并载,以游后园。舆轮徐动,参从无声,清风夜起,悲笳微吟,乐往哀来,怆然伤怀。余顾而言,斯乐难常,足下之徒,咸以为然。今果分别,各在一方。元瑜长逝④,化为异物,每一念至,何时可言? 方今蕤宾纪时⑤,景风扇物,天气和暖,众果具繁。时驾而游,北遵河曲,从者鸣笳以启路,文学托乘于后车。节同时异,物是人非,我劳如何! 今遣骑到邺,故使枉道相过。行矣,自爱! 丕白。

【注释】

①季重:吴质的字。

②僻左:手足便右,以左为僻,所以幽猥称僻左。

③南皮:县名。今属河北。

④元瑜:阮瑀字。生平事迹详见前文阮瑀《为曹公作书与孙权》作者小传。

⑤蕤宾:原义为古乐十二律中的第七律。古人律历相配,十二律与十二月相适应,谓之律应。蕤宾位于午,在五月,故代称农历五月。

【译文】

五月十八日,丕告白:季重先生安然无恙吧? 我们相去虽不太远,但因为职守限制,交往并不频仍,而思念之情,实难忍受。先生治地偏僻,相见时难,书信问候,徒增劳思。每当想起以前南皮之游,其情其景实在难忘。一同精研细读六经,浏览披阅诸子百家之作,闲暇中作弹棋游戏,对局下棋,难分胜负。高谈阔论心情爽,幽沉筝声耳目清。策马

驰骋北场，豪饮狂食南馆。让甜瓜漂浮于清泉之上，让朱李浸沉于寒水
之中。太阳隐踪，朗月浮现，同乘车辆，遍游后园。车轮徐徐滚动，随从
寂静无声，夜里清风乍起，呜咽筋声微鸣。音乐远去悲哀涌来，怆然伤
怀。我曾回首说道，这快乐难以长久啊，先生等人，都说是这样。现在
果然分别了，而且是天各一方。阮瑀去世，长眠地下，每每想到这些，还
有什么可说的！现在又到了五月，东南风吹拂万物，天气和暖，果树繁
茂。这时我驾车出游，往北而去河曲，侍从鸣筋开路，太子文学驾车在
后。但节同而时异，物是而人非，我的出游又有什么意义呢！今遣人到
邺，特意让他绕道朝歌，以便寄信一封，倾诉衷肠。当祝先生自珍自爱！
丕告白。

与吴质书

【题解】

　　这也是魏文帝曹丕给文友吴质的一封信。信中追想二人曾游乐的
情景，也表达二人深厚友情，并感叹人生短暂，乐少苦多，时不永在。其
心情是深郁的。这封信婉转哀切，情真隽永，结构严谨。作品的语言也
显得清丽中有力度，浅白中见深厚，给人以无限的自然、亲切之感。

　　二月三日丕白：

　　岁月易得，别来行复四年。三年不见，《东山》犹叹其
远①，况乃过之，思何可支！虽书疏往返，未足解其劳结。

【注释】

①《东山》：《诗经》篇名。周公东征将归，作此诗以慰军士之久
　　役者。

【译文】

二月三日丕告说：岁月易逝，分别又近四年了。三年不见，《东山》诗还叹息人们离别的时间长，况且我们已经超过了三年呢？思念之情怎么能忍受！虽然书信往来，但也难解忧闷。

昔年疾疫，亲故多离其灾，徐、陈、应、刘①，一时俱逝，痛可言邪！昔日游处，行则连舆，止则接席，何曾须臾相失？每至觞酌流行，丝竹并奏，酒酣耳热，仰而赋诗，当此之时，忽然不自知乐也。谓百年已分，可长共相保；何图数年之间，零落略尽，言之伤心！顷撰其遗文，都为一集。观其姓名，已为鬼录；追思昔游，犹在心目，而此诸子，化为粪壤，可复道哉！

【注释】

①徐、陈、应、刘：指徐幹，字伟长；陈琳，字孔璋；应玚，字德琏；刘桢，字公幹，均属"建安七子"成员。

【译文】

前些年因为疾疫，亲朋故友多遭病灾，徐幹、陈琳、应玚、刘桢相继去世，我的悲痛之情怎么能用言语表达！昔日游历处，行时车车连缀，止时席席接并，什么时候有片刻离别？每当传杯敬盏，弦乐齐奏，酒酣耳热之时，大家昂头赋诗，在当时，全然不知道这有多么快乐。原认为有百年之寿的命份，可长久相互扶持；谁料想数年之间，像凋谢的花一样相继都去世了，说来真令人伤心啊！不久前编定他们的遗文，并为一卷。看到他们的姓名，知道其已上了死人的名录；追思往昔游历，仿若历历在目，然而这些人已成粪土尘埃，还能说些什么呢！

　　观古今文人，类不护细行，鲜能以名节自立。而伟长独怀文抱质，恬淡寡欲，有箕山之志①，可谓彬彬君子者矣。著《中论》二十余篇，成一家之言，辞义典雅，足传于后，此子为不朽矣。德琏常斐然有述作之意，其才学足以著书；美志不遂，良可痛惜。间者历览诸子之文，对之抆泪②，既痛逝者，行自念也。孔璋章表殊健③，微为繁富。公幹有逸气，但未遒耳④。其五言诗之善者，妙绝时人。元瑜书记翩翩，致足乐也。仲宣续自善于辞赋⑤，惜其体弱，不足起其文，至于所善，古人无以远过。昔伯牙绝弦于锺期，仲尼覆醢于子路⑥，痛知音之难遇，伤门人之莫逮。诸子但为未及古人，自一时之隽也。今之存者，已不逮矣。后生可畏，来者难诬，恐吾与足下不及见也。

【注释】

①箕山：指许由。相传尧欲让君位与他，他逃至箕山下，农耕而食。

②抆（wěn）：擦。

③孔璋：陈琳字。生平事迹详见陈琳《为袁绍檄豫州》作者小传。

④遒（qiú）：有力，强健。

⑤仲宣续自善于辞赋：《文选》李善注曰："言仲宣最少，续彼众贤。"续，一作独。

⑥醢（hǎi）：肉、鱼等制成的酱。

【译文】

纵观古今文人，往往大多不顾细枝末节，少有以名誉节操著称于世的。然而徐幹人品文采兼备，恬淡少欲，有许由隐居箕山的志趣，可称内外相映的君子啊。著有《中论》二十多篇，成一家之说，辞义典雅，足以留传后世,这人可以永垂不朽啊!应场文采斐然,有著书立说的宏愿,其才学足当此任,可美好志愿难以实现,实在令人痛惜!得闲遍观这些人的文章,对之泪下,既是伤悼亡人,又是自悼啊。陈琳章表气势磅礴,但稍有冗繁之弊。刘桢有飘逸之气,但缺乏道劲罢了,他那些优秀的五言诗,当时无人与之比肩。阮瑀的公文翩然多姿,令人愉悦。王粲继承辞赋传统,自有所长,可惜他文体虚弱,不能振兴文风,至于他擅长的文辞,古人难有超过他多少的。从前锺子期死后伯牙不再弹琴,孔夫子听说子路被剁成肉酱,便将家中的肉酱倒掉不吃,这是伤痛知音难得,悲惋弟子难求。这些人虽比不上古人,但也是一世俊秀。现在活着的人,已经很少有人超过他们了。后生可畏,将来的人难以轻视,恐怕我和您都来不及见到这些了。

年行已长大,所怀万端,时有所虑,至通夜不瞑,志意何时复类昔日?已成老翁,但未白头耳。光武言:"年三十余,在兵中十岁,所更非一。"吾德不及之,年与之齐矣。以犬羊之质,服虎豹之文;无众星之明,假日月之光,动见瞻观,何时易乎?恐永不复得为昔日游也。少壮真当努力,年一过往,何可攀援?古人思炳烛夜游①,良有以也。顷何以自娱?颇复有所述造不?东望於邑②,裁书叙心。丕白。

【注释】

①炳烛:秉烛。

②於邑:叹息声。

【译文】

我年岁已大,思绪万端,忧虑常上心头,以致通夜难眠,志向何时再能恢复如初?已经成为老人,只是没有白头罢了。光武帝说:"年岁三十多了,在军队里十多年,经历的事件非同一般。"我的德行比不上光武帝,年岁与他却相差无几。有着犬羊的性情,却披着虎豹的皮毛;无众星的明亮,只能借助日月的光辉,一举一动都被奉为楷模,这种局面何时会有所改变呢?恐怕永远不能像往常那样快游了。少壮时真是应该好好努力,年岁一过,就什么都抓不住了。古人思慕秉烛夜游,确是有它的原因啊!近日有什么可以使自己快活的呢?又有好多文章吗?向东怅望不得,唯有用信表心。丕告白。

曹植

曹植简介参见卷七。

与吴季重书

【题解】

　　吴季重，即吴质，与曹植交好。该书铺陈辞藻，秉笔而成。以追忆往日酒宴之尽兴恣肆，引起对朋友的怀念，慨叹今时隔绝难聚。同时又挥毫点批文章、音乐、政治诸事，寥寥数言之间，既充分表现了作者待人诚挚、无所顾忌的性格特点，也使人感觉到文辞间洋溢着的傲凌万物之意气。

　　此书作于吴质为朝歌令四年，即建安二十（215）或二十一年（216）时。

　　植白。季重足下：

　　前日虽因常调①，得为密坐，虽燕饮弥日②，其于别远会稀③，犹不尽其劳积也④。若夫觞酌凌波于前⑤，箫笳发音于后，足下鹰扬其体⑥，凤叹虎视⑦，谓萧、曹不足俦⑧，卫、霍不足侔也⑨。左顾右盼，谓若无人，岂非吾子壮志哉⑩？过屠门而大嚼⑪，虽不得肉，贵且快意。当斯之时，愿举太山以为肉，倾东海以为酒，伐云梦之竹以为笛，斩泗滨之梓以为筝⑫，食若填巨壑，饮若灌漏卮⑬，其乐固难量，岂非大丈夫之乐哉？然日不我与，曜灵急节⑭，面有逸景之速⑮，别有参、商之阔⑯。思欲抑六龙之首⑰，顿羲和之辔⑱，折若木之华⑲，闭濛汜之谷⑳。天路高邈㉑，良久无缘，怀恋反侧，如何！如何！

【注释】

①常调：谓守土之官在一定时期向执政者述职。

②弥日：终日。

③别远会稀：别离多相会少。

④劳：忧。

⑤觞、酌：俱谓酒杯。凌波：即乘波。前：坐客前。

⑥鹰扬：大展雄才。

⑦凤叹虎视：凤以喻文，虎以喻武，叹犹歌，取美壮之意。

⑧萧、曹：萧何、曹参，皆西汉开国元勋，汉初相继为丞相。俦：与后"侔"同为匹敌意。

⑨卫、霍：卫青、霍去病。皆汉武帝时名将。

⑩吾子：谓吴质。按，此述吴质骄豪自恣状。

⑪过屠门而大嚼：桓谭《新论》曰："人闻长安乐，则出门西向而笑；知肉味美，则对屠门而大嚼。"

⑫梓：木名。木质细密。叶似桐，夏开淡黄花。

⑬漏卮（zhī）：《淮南子》曰："今夫霤水足以溢壶榼，而江河不能实漏卮。"卮，圆酒器。

⑭曜灵急节：谓岁月如梭，瞬间即亡。曜，日、月及金、木、水、火、土

　　　　五星合称七曜,旧时分别用来称一个星期的七天。

⑮面:相见,会面。逸:又作过。奔驰迅速。

⑯参、商:二星名。此出彼没,两不相见,常喻人的分离难聚。
　　阔:远。

⑰抑:按。

⑱顿:舍,丢弃。

⑲折若木之华:《文选》李善注:"言折取若木以拂击蔽日,使之还却
　　也。"若木,古代神话中的树名。生于昆仑山,其花赤色有光下照
　　于地。

⑳濛汜:传说中的日落之地。

㉑高邈:高远。

【译文】

曹植告白。季重足下:

前些日子由于常调之事,得以和您亲近相处,但纵然终日宴饮为
欢,对我们久别偶聚的忧思之苦还是不能完全弥补。想当初,觞筹交错
于微波之前,有箫茄之声鸣响席后,足下您大展雄才,凤吟佳音,虎视眈
眈,可谓萧何、曹参难以相提并论,卫青、霍去病不能并相匹敌。左顾右
望之间,旁若无人,难道不是君子壮志满怀时的模样吗! 路经屠门,放
口大嚼,即便所食无肉,也甚为逍遥自在。这样时候,希望举泰山为肉,
尽东海为酒,伐云梦之竹为笛,砍泗滨之梓为筝,吃饭像填塞巨壑,喝酒
似灌注漏卮,如此快乐实在难以测度,难道不是大丈夫才有的快乐吗?
只可惜时不我与,光阴迅疾,聚首只是瞬息,分离却有如参、商那样远
隔。我想要按抑六龙之首,夺弃羲和的马辔,折断若木之华,关闭濛汜
之谷。路远茫茫,长期不能会面,思念你辗转反侧,这该怎么办? 这该
怎么办?

得所来讯①,文采委曲②,晔若春荣,浏若清风③。申咏

反覆④，旷若复面⑤。其诸贤所著文章，想还所治⑥，复申咏之也。可令憙事小吏⑦，讽而诵之⑧。夫文章之难，非独今也，古之君子，犹亦病诸⑨。家有千里⑩，骥而不珍焉；人怀盈尺⑪，和氏无贵矣⑫。夫君子而知音乐，古之达论，谓之通而蔽⑬。墨翟不好伎⑭，何为过朝歌而回车乎？足下好伎，值墨翟回车之县，想足下助我张目也⑮。

【注释】

①来讯：来信。

②委曲：佳丽美冶之貌。

③晔（yè）若春荣，浏若清风：上句言辞藻之美，下句谓内容之佳。晔，盛。春荣，春花。浏，清。

④申咏：再三歌诵。申，重。

⑤旷：明明白白。

⑥所治：此指朝歌。

⑦憙（xǐ）事：爱好此事。

⑧讽而诵之：背文曰讽，以声节之曰诵。

⑨病：难，以……为难。诸："之乎"合音。

⑩千里：千里马。

⑪盈尺：盈尺之璧。

⑫和氏：指和氏璧。

⑬通而蔽：谓其不知文。

⑭伎：女乐。

⑮张目：扩展视野。

【译文】

接到您的来信，文采艳丽，繁绮有如春花，清朗有如细风。反复诵读,就好像看到您在面前。诸位贤德所写文章,愿回到朝歌后,再三阅读它们,可以让爱好此事的书记官,讽诵以听。文章难作,并不只在当今,古代君子,也认为这是一件不易之事。家里有千里驹,骥就不会为人所奇珍;每人都怀抱满尺的玉璧,和氏璧就不足为贵了。君子知晓音乐诸事,古代通达之论,说他精通于此却有所蔽。墨翟不好女乐,为什么路过朝歌却回返不前?足下您爱好女乐,正好前往墨翟回车的地方,希望足下启发我以扩展视野。

　　又闻足下在彼,自有佳政。夫求而不得者有之矣,未有不求而得者也。且改辙易行,非良、乐之御①;易民而治②,非楚、郑之政③。愿足下勉之而已矣。适对嘉宾,口授不悉④。往来数相闻。曹植白。

【注释】

①良、乐之御:王良、伯乐为御者。二人分别为春秋战国时期赵、秦两国善相马者。

②易民而治:《战国策》:"赵造曰:'臣闻之,圣人不易民而教,知者不变俗而动。'"

③楚、郑之政:《文选》李善注:"《史记》曰,循吏,楚有孙叔敖,郑有子产,而二国俱治,是不易之民也。"

④口授:口述令人书写。不悉:不详尽。

【译文】

　　又听说足下在那里,政绩尚佳。努力追求却得不到是有的,但绝没有不去努力唾手而得的事情。况且改换平素的道路,不是王良、伯乐的御车之术;改变百姓的习惯来治理,不是楚、郑二国的治政方式。唯愿足下您尽其所能罢了。正好接会嘉宾,口述此信并不能道尽详情。来往多写信以便了解近况。曹植告白。

与杨德祖书

【题解】

杨德祖，即杨修（173—219），德祖是字；弘农华阴（今属陕西）人。聪敏好学，富于几决；建安中，举孝廉，除郎中，后为曹操主簿。由于才气太高，好卖弄聪明，见忌于曹操，终为所杀。他和曹植一直友善互慕。

本文作于建安二十一年(216)，时曹操始进爵魏王，作者封临淄侯，年二十五。

文中畅谈其文学主张，认为作家当能自知谦虚；批评家当实知高下，不凭主观意气。另外还提出应重视民间文学。全篇论说简洁有力，句式骈散并用，语言自然流畅。

植白：

数日不见，思子为劳①，想同之也。仆少小好为文章，迄至于今，二十有五年矣②。然今世作者③，可略而言也：昔仲宣独步于汉南④，孔璋鹰扬于河朔⑤，伟长擅名于青土⑥，公幹振藻于海隅⑦，德琏发迹于此魏⑧，足下高视于上京⑨。当此之时，人人自谓握灵蛇之珠⑩，家家自谓抱荆山之玉⑪。吾王于是设天网以该之⑫，顿八纮以掩之⑬，今悉集兹国矣。然此数子，犹复不能飞轩绝迹⑭，一举千里。以孔璋之才，不闲于辞赋⑮，而多自谓能与司马长卿同风⑯，譬画虎未成反为狗也⑰。前书嘲之，反作论盛道仆赞其文。夫锺期不失听⑱，于今称之⑲。吾亦不能妄叹者，畏后世之嗤余也⑳。

【注释】

①为劳:成病。劳,病。

②二十有五年:植生于初平二年(191),至建安二十一年(216),正二十五岁。

③作者:谓创作文章之人。

④仲宣:王粲字。独步:谓一时无二。汉南:汉水之南,指襄阳。谓王粲依刘表之时。

⑤孔璋:陈琳字。鹰扬:鹰飞高空,超越同辈。河朔:黄河北,指冀州。谓陈琳任袁绍记室之时。

⑥伟长:徐幹字。擅名:独享盛誉。青土:徐幹居北海郡,《禹贡》之青州,故云青土。

⑦公幹:刘桢字。振:扬。藻:文章。海隅:刘桢是东平宁阳人,宁阳属齐,故云海隅。

⑧德琏:应玚字。此魏:或作北魏、大魏。应玚为曹操任命为丞相掾属。

⑨足下:谓杨修。高视:含蔑视意。上京:谓许(今河南许昌),汉献帝所居。杨彪为献帝尚书令,后为太常,居许,时修亦在许,故曰上京。

⑩灵蛇之珠:《淮南子》称随侯之珠。高诱注:随侯见大蛇伤断,以药敷而涂之。后蛇于大江中,衔珠以报之,因曰随侯之珠。

⑪荆山之玉:楚人和氏得玉璞于楚山,奉而献之。文王使玉人治璞得宝,即为和氏璧。

⑫吾王:曹操。该:包容,包括。

⑬顿八纮:整理八方。纮,绳。地有八方,故用八纮。掩:掩取。

⑭飞轩绝疾:高飞迅疾。

⑮闲:习熟。

⑯多:重。司马长卿:即司马相如,汉武帝时辞赋家。同风:风格

相同。

⑰譬画虎未成反为狗:马援《诫子严书》:"效杜季良而不成,陷为天下轻薄子,所谓画虎不就反类狗者也。"

⑱锺期不失听:《列子·汤问》:"伯牙善鼓琴,锺子期善听。……伯牙所念,锺子期必得之。"失听,错误理解乐曲蕴藉之情意。

⑲称:誉。

⑳嗤:笑。

【译文】

植白:

几天没有见面,思您甚苦,您也一定这样吧。我小时候爱好写文章,到现在,二十五岁了。对于当代作家,大概也可以略略评述了。当年各地最优秀的作家,在汉南有王仲宣,在河朔有陈孔璋,在青州有徐伟长,在海隅有刘公幹,在大魏有应德琏,在上京就是您。那时候,人人都自视为稀世奇才,像执取灵蛇的明珠,怀抱荆山宝玉那样自宝自珍。我的父王于是设下天网,安置八纮,把这些作家都罗致一处,现在完全聚于本国之内。不过这几位先生的文学造诣,还不能算最优秀,并未达到登峰造极的地步。比如陈孔璋的才气,他本不擅长辞赋,然而他却常自以为风格与司马相如一样,这恰可比拟为画虎不成反类犬。前些日子我曾写信讽刺他,谁知他反写文章极力说我称赞他的作品。从前锺子期听了俞伯牙的琴声,能分辨出什么意思,到如今人们尚称道他,我也不能妄言,怕的是后世笑话我。

世人之著述,不能无病。仆常好人讥弹其文,有不善者,应时改定。昔丁敬礼常作小文①,使仆润饰之。仆自以才不过若人②,辞不为也。敬礼谓仆:"卿何所疑难③? 文之佳恶④,吾自得之,后世谁相知定吾文者邪⑤?"吾常叹此达言⑥,以为美谈。昔尼父之文辞⑦,与人通流⑧;至于制《春秋》,游、夏之徒乃不能措一辞⑨。过此而言不病者,吾未之见也。盖有南威之容⑩,乃可以论其淑媛;有龙泉之利⑪,乃可以议其断割。刘季绪才不能逮于作者⑫,而好诋诃文章⑬,掎摭利病⑭。昔田巴毁五帝、罪三王⑮,呰五霸于稷下⑯,一旦而服千人。鲁连一说⑰,使终身杜口⑱。刘生之辩,未若田氏;今之仲连,求之不难,可无息乎? 人各有好尚,兰茝荪蕙之芳⑲,众人所好,而海畔有逐臭之夫;《咸池》《六茎》之发⑳,众人所共乐,而墨翟有非之之论㉑,岂可同哉?

【注释】

①丁敬礼:丁廙,字敬礼。博学多闻,与曹植友善。因赞同曹操立曹植为嗣,曹丕禅汉后将其诛杀。

②若人:此人。

③卿:谓曹植。疑难:顾虑,为难。

④佳恶:好坏。一说当为"佳丽"。

⑤相知:《太平御览》"相"作"将"。

⑥达言:通达知理的言语。

⑦尼父:指孔子。

⑧通流:共行。《史记》:"孔子在位听讼,文辞有可与人共者。"

⑨游、夏:子游、子夏。孔子弟子,以文学著称。

⑩南威:古代美女。《文选六臣注》:"《战国策》曰:晋平公得南威,三日不听朝,遂推而远之曰:后世必有以色亡国者。"

⑪龙泉:利剑名。原作"龙渊",唐避李渊讳而改。《文选六臣注》:"《战国策》,苏秦说韩王曰:韩之剑戟龙渊、太阿,陆断牛马,水击鸿雁。"

⑫刘季绪：刘修，刘表之子，官至东安太守，著诗、赋、颂六篇。

⑬诋诃：诋毁，呵责，指责。

⑭掎摭(jǐ zhí)利病：指摘优缺。

⑮田巴：齐诡辩家。毁、罪：毁谤，责备。

⑯訾：即"訾"，口头毁谤。稷下：齐都临淄城门名。当时学者聚集于此，为战国齐国学术讨论中心。

⑰鲁连：鲁仲连。战国末期齐国人。善口辩，为人有高节，功成而不受禄。《史记》有传。

⑱杜：塞。

⑲兰茝苏蕙：皆香草名。

⑳《咸池》：黄帝之乐名。《六茎》：颛顼乐名。

㉑墨翟有非之之论：墨子有《非乐》一文。

【译文】

任何人的著作，不能没有毛病。我常爱听人家批评我的文章，有不好处，可以随时改好。以前丁敬礼曾经写了篇小文章，叫我给他润饰，我觉得才华并不比他高，推辞没有接受。敬礼对我说："您有什么疑虑呢，文章是好还是坏，全由我来承担，后世之人有谁知道是您改定的呢？"我常称许这样明白深刻的话，以为美谈。古时孔子的文辞，也可以同别人商量修改，只有他所作的《春秋》例外，就是子游、子夏也不能给他改动一个字。除此而外，要说文章没有毛病的，我还没有见到过。要有南威那般容貌，才有资格谈论女人的美丽；要有龙渊那般锋芒，才有资格讲说利剑断割的锐利。刘季绪的才气，尚不及那些作家，却好随便批评文章，胡乱挑剔好坏。古代田巴在稷下，诋毁五帝、三王、五霸的时候，一天即折服千人，可遇到鲁仲连一发言，就驳得他一生闭嘴。刘先生的巧辩，不如田氏，如今仲连一类人也并非没有，他还能不住口吗？人各有所好，像兰、茝、苏、蕙这些香草的芳香，是众人都喜欢闻的，然而海边上却竟有愿意天天闻臭味的家伙；像《咸池》《六茎》这些音乐的声调,是众人都爱听的,然而墨翟竟有批评它的言论,人的好恶爱憎,又怎么可以相同呢?

　　今往仆少小所著辞赋一通①。相与夫街谈巷说②,必有可采;击辕之歌③,有应《风》《雅》;匹夫之思④,未易轻弃也。辞赋小道,固未足以揄扬大义、彰示来世也⑤。昔扬子云先朝执戟之臣耳⑥,犹称壮夫不为也⑦。吾虽德薄⑧,位为蕃侯⑨,犹庶几勠力上国⑩,流惠下民⑪,建永世之业⑫,留金石之功⑬;岂徒以翰墨为勋绩、辞赋为君子哉⑭?若吾志未果,吾道不行,则将采庶官之实录⑮,辩时俗之得失,定仁义之衷⑯,成一家之言。虽未能藏之于名山,将以传之于同好。非要之皓首⑰,岂今日之论乎?其言之不惭⑱,恃惠子之知我也⑲。明早相迎,书不尽怀⑳。植白。

　　【注释】

　　①往:送去。

　　②相与:据何焯疑二字有误。

　　③击辕之歌:车夫耕者击打车辕时的民歌。

　　④匹夫之思:乃曹植自谓所作。

　　⑤揄扬:阐发。彰示:显示。

　　⑥扬子云:扬雄。西汉名赋家。先朝:西汉。执戟之臣:谓官职卑下。

　　⑦壮夫不为:扬雄晚年时称辞赋乃"雕虫篆刻,壮夫不为也"。

　　⑧德薄:资性低下。

　　⑨蕃侯:谓自己封临淄侯。

　　⑩庶几:希望。勠力:努力。上国:汉朝。

⑪流惠：延及恩泽。

⑫永世：长世。业：功业。

⑬金石：谓钟鼎碑铭。

⑭翰墨：笔墨，喻创作文章。

⑮庶：疑作"史"。

⑯衷：中。

⑰要：求。

⑱其言之不惭：《论语·宪问》："其言之不怍。"怍、惭同义。

⑲恃：赖。惠子：惠施。战国著名刑名学家，常与庄子辩论。《庄子·徐无鬼》载，惠子死后，庄子说："自夫子之死也，吾无以为质矣，吾无与言之矣！"曹植以庄周自拟，而以惠施比杨修，可见友谊之笃厚。

⑳怀：思。

【译文】

现在把我从前作的一篇辞赋送您看看。我以为街巷的谈论，一定有可取处；田野俚曲，也有合乎《风》《雅》的诗篇；那么，一个平常人的想法，也就不好轻于舍弃了。不过辞赋总是小技，不足以用它阐扬大道，垂示将来。从前扬子云是前朝一个侍郎，他都说大丈夫不弄这种雕虫末道。我虽德薄，但已经做了作为国家屏障的列侯，还得时时努力报效国家，给百姓谋福，建立永久事业，在金石上刻留功绩，哪能只拿文章作勋业，以会写辞赋就算作君子？如果我的志向达不到，我的计划不能施行，那就要采集史官的史实记录，分析时俗利弊得失，以仁义的中正至善之道为标准，阐述自己的意见，就算没有保存传世的价值，也得贡献给同好们看看。但这一定要到年老白头才可以，哪里是今天谈论的事？我言语放肆，好在惠子知我，不会见怪。言未尽意，明早迎接您时再说。植白。

吴质

吴质（177—230），字季重。汉末济阴（今属山东）人。曾为五官将，出为朝歌长，官至振威将军，假节都督河北诸军事，封列侯。吴质才学渊博，文采斐然，为朝廷上下所礼爱；他与曹丕、曹植关系甚密，尤与曹丕为好。

答魏太子笺

【题解】

魏太子，即曹丕，后为魏文帝。曹丕为太子时，魏郡大疫，太子与质书，质以此笺为答。笺中对贤友因疾疫早逝表示哀悼，对"建安七子"除孔融、王粲外，均做了简要的评价。将阮瑀、陈琳与汉朝的东方朔、枚皋相提并论，认为他们同属"不能持论"者；将徐幹比作汉朝的司马相如，因二者皆"以著书为务"；对于曹丕，笺中多有溢美之词。

笺中还表明了自己虽已近暮年，但忠诚效劳之心未变。全文情真意切，言辞中肯，文采华美。

二月八日庚寅①，臣质言：

奉读手命②，追亡虑存③，恩哀之隆④，形于文墨。日月冉冉⑤,岁不我与⑥。昔侍左右,厕坐众贤⑦。出有微行之游⑧,入有管弦之欢⑨,置酒乐饮,赋诗称寿⑩。自谓可终始相保⑪,并骋材力⑫,效节明主⑬。何意数年之间⑭,死丧略尽⑮。臣独何德,以堪久长。

【注释】

①二月八日:该文作于219年农历二月初八。

②奉:恭敬地捧着,拿着。手命:手书,此处指曹丕来信。

③追:追念。虑:思念,挂念。

④恩哀:恩泽和哀思。

⑤冉冉:渐进的样子。

⑥岁不我与:时不再来。语出《论语·阳货》。岁,指时间,光阴。

⑦厕:通"侧"。旁边。众贤:指建安七子及邯郸淳、繁钦、路粹、丁仪、丁廙、杨修、荀纬等人。

⑧微行:不使人知其尊贵身份,便装出行。

⑨管弦:管乐和弦乐,总指音乐。

⑩称寿:祝酒。

⑪保:依靠。

⑫骋:发挥。

⑬效节:效忠。

⑭意:料到。

⑮略:几乎,大概。

【译文】

二月八日庚寅之时,臣下吴质拜呈:

您的来信已恭读,信中追念亡友,怀想健在旧朋,恩典之重,哀思之深,溢于笔端。光阴似箭,时不再来,岁月不饶人啊。想从前曾侍奉于您的左右,跻身于诸位才高德重的贤才之中。出游时,便装而行,在宫内,则有乐舞相伴,并摆酒畅饮,赋诗祝酒。总以为可以永远相互依靠,一同施展才力,报效明主。哪料到几年之间,竟死丧殆尽。唯独臣下不知有何德行,竟能苟活至今。

　　陈、徐、刘、应①,才学所著,诚如来命,惜其不遂②,可为痛切。凡此数子,于雍容侍从③,实其人也④。若乃边境有虞⑤,群下鼎沸⑥,军书辐至⑦,羽檄交驰⑧,于彼诸贤,非其任也⑨。往者孝武之世,文章为盛。若东方朔、枚皋之徒,不能持论⑩,即阮、陈之俦也⑪。其唯严助、寿王⑫,与闻政事,然皆不慎其身,善谋于国,卒以败亡⑬,臣窃耻之。至于司马长卿⑭,称疾避事,以著书为务,则徐生庶几焉⑮。而今各逝,已为异物矣⑯。后来君子,实可畏也⑰。

【注释】

①陈:陈琳,字孔璋。徐:徐幹,字伟长。刘:刘桢,字公幹。应:应场,字德琏。四人与王粲、阮瑀、孔融同称"建安七子"。

②不遂:壮志未酬之意。遂,尽。

③雍容:谓容仪温文。

④人:杰出的人才。

⑤有虞:有忧患,有战事。

⑥群下:即群小,指众小国。鼎沸:形容水势汹涌,如鼎中沸腾的开水。比喻形势纷扰动乱。

⑦辐至:辐辏。车辐集中于轴心。喻人或物聚集一处。

⑧羽檄:即羽书。紧急军书急速若飞鸟。

⑨任:堪,胜。

⑩持论：立论，提出主张。

⑪阮、陈：阮瑀、陈琳。俦（chóu）：类。

⑫严助：原名庄助，汉会稽吴（今江苏苏州）人。郡举贤良，武帝以为中大夫，常与大臣等辩论政事，与东方朔、司马相如、吾丘寿王同为帝所亲幸。曾使南越，后拜会稽太守。淮南王刘安谋反，严助因与刘安交好被诛。寿王：吾丘寿王，汉赵（今河北邯郸）人，字子赣。从董仲舒受《春秋》，武帝时拜东郡都尉，后征入为光禄大夫。后坐事被诛。

⑬善谋于国，卒以败亡：指严助、吾丘寿王虽善于为国家谋划，却以败亡被诛。

⑭司马长卿：司马相如。

⑮徐生：徐幹。庶几：相近，差不多。

⑯异物：指死亡的人。

⑰后来君子，实可畏也：文帝《与吴质书》有云："今之存者，已不逮矣。后生可畏，来者难诬，恐吾与足下不及见也。"故吴质笺中有此句。

【译文】

陈琳、徐幹、刘桢、应场，才学向来著称于世，确如您来信所说，可惜他们壮志未酬身先死，实在令人痛心万分。这几位先生，容仪温文，作为您的侍从，实在是最杰出的人选了。如果边境不安定，众小国骚乱，战事风起云涌，军书往来频繁，对他们来说，也就难以为任了。从前汉武帝时代，文章之风盛行，像东方朔、枚皋等人，不能提出政治方面的主张，与阮瑀、陈琳属同一类。只有严助、吾丘寿王能参与政事，然而他们都言行不慎，虽然善谋国事，最终却死于非命，我以之为耻。至于司马相如，托病避事，专事著书，徐幹与他差不多。如今，他们都已作古，人死物化。后来的年轻人，实在可畏啊！

伏惟所天①，优游典籍之场，休息篇章之囿②，发言抗论③，穷理尽微④，摛藻下笔⑤，鸾龙之文奋矣⑥。虽年齐萧王⑦，才实百之。此众议所以归高⑧，远近所以同声。然年岁若坠，今质已四十二矣，白发生鬓，所虑日深，实不复若平日之时也。但欲保身敕行⑨，不蹈有过之地，以为知己之累耳。游宴之欢，难可再遇，盛年一过，实不可追。臣幸得下愚之才，值风云之会⑩，时迈齿载⑪，犹欲触匈奋首⑫，展其割裂之用也⑬。不胜偻偻⑭。以来命备悉，故略陈至情。质死罪死罪⑮。

【注释】

①伏惟：俯伏思惟，下对上的敬辞。常用于奏疏或信函中。所天：在封建社会里君权、族权、夫权高于一切，故诗中常以"所天"指帝王、父或夫。此处指曹丕。

②优游典籍之场，休息篇章之囿：优游，悠闲自得。场、囿，项代曰："场、囿，讲艺之处。"

③抗论：立论。

④穷理尽微：穷究事物的义理以至于最幽深微妙之处。

⑤摛（chī）藻：铺张辞藻。

⑥鸾龙：鸾乃凤凰之类的神鸟。以龙飞凤舞喻文采飞扬。奋：振。

⑦萧王：即汉光武帝刘秀，更始帝刘玄时封萧王。

⑧归高：推崇。

⑨敕（chì）行：正行。

⑩风云之会：指好的际遇。

⑪时迈齿载（dié）：谓年老。迈，往。载，通"耋"。老。

⑫触匈奋首：指愿冒刀锋当胸之险，也要尽力报德。匈，同"胸"。

⑬展其割裂之用：亦冒死报德之意。

⑭偻偻(lóu)：勤恳，恭谨。

⑮死罪：奏章、书札中的套语，意为"冒死"。

【译文】

伏想殿下，徜徉于典籍之所，沉湎于文章之地，阐发言论，能言善辩，探究事物的义理以至于幽深微妙之处，下笔有神，文采飞扬。您虽然与当年的萧王一样年已三十，才干胜他百倍。这正是众望所归，同声拥戴的原因。然而，时光飞逝，今年我已四十二岁，鬓生华发，忧虑日深一日，确实已今不如昔了。如今只想律己正行，不犯过失，以免成为知己者的烦恼！游玩宴乐，难得再有，壮年一过，不可追回。臣下以愚顽之才而忝遇良好际遇，实为平生大幸，虽然年岁渐老，还愿昂首挺胸，不畏风险，竭力报答殿下的大恩大德。谨致无比恭敬之意。因来信已拜读，所以回信略表衷情。吴质冒死敬上。

在元城与魏太子笺

【题解】

吴质于建安二十二年(217)迁元城令，赴任途中经过邺城时，曹丕为其设宴饯行；到任之后，吴质与曹丕此笺。

笺中由元城所处位置联想到历史上之人物事件，思古发幽，借古喻今，表达了自己不愿久离京城，盼望早日返回的心意。文章言赅意长，情深意切，耐人寻味。

臣质言：

前蒙延纳①，侍宴终日，耀灵匿景②，继以华灯。虽虞卿适赵③，平原入秦④，受赠千金⑤，浮舫旬日⑥，无以过也。小器易盈⑦，先取沉顿⑧，醒寤之后，不识所言。

【注释】

①延纳：接纳。

②耀灵匿景：意即日落西山。耀灵，太阳，也写作曜灵。景，通
　"影"。

③虞卿适赵：《史记·平原君虞卿列传》："虞卿者，游说之士也。蹑
　跻檐簦说赵孝成王。一见，赐黄金百镒，白璧一双；再见，为赵上
　卿，故号为虞卿。"

④平原入秦：《史记·范睢蔡泽列传》："秦昭王闻魏齐在平原君所，
　欲为范睢必报其仇，乃详为好书遗平原君曰：'寡人闻君之高义，
　愿与君为布衣之友，君幸过寡人，寡人愿与君为十日之饮。'平原
　君畏秦，且以为然，而入秦见昭王。"

⑤受赠千金：指虞卿受黄金百镒。千金，谓其多。

⑥浮觞（shāng）旬日：指平原君与秦昭王十日之饮。浮，罚人饮酒，
　此泛指饮酒。觞，以酒劝人或自饮。

⑦小器易盈：即器小而易满。此自谓酒量小而易醉。

⑧取：致。沉顿：疲惫不振。

【译文】

臣下吴质拜呈：

上次承蒙接见，陪侍殿下宴乐一日，日落西山时仍未尽兴，又于辉
煌灯火之下继续畅饮。即使当年虞卿到赵国而获赠百镒黄金，平原君
赴秦国与秦昭王畅饮十日，也比不上这次的盛宴啊！只是我酒量太小，
先自醉倒，待酒醒时，已忘记醉中所言。

　　即以五日到官。初至承前①，未知深浅②。然观地形，察

土宜③，西带常山④，连冈平、代⑤，北邻柏人⑥，乃高帝之所忌也⑦。重以泜水⑧，渐渍疆宇⑨，喟然叹息，思淮阴之奇谲，亮成安之失策⑩。南望邯郸⑪，想廉、蔺之风⑫；东接巨鹿⑬，存李齐之流⑭。都人士女⑮，服习礼教⑯，皆怀慷慨之节，包左车之计⑰。而质暗弱，无以莅之⑱。若乃迈德种恩⑲，树之风声⑳，使农夫逸豫于疆畔㉑，女工吟咏于机杼，固非质之所能也。至于奉遵科教㉒，班扬明令㉓，下无威福之吏，邑无豪侠之杰㉔，赋事行刑㉕，资于故实㉖，抑亦懔懔有庶几之心㉗。

【注释】

①承前：继续前者，如前。

②深浅：指好坏。

③土宜：不同性质的土壤，适宜不同种类生物的生长。此指地理形势。

④常山：山名。即恒山，在今山西浑源东，汉避文帝刘恒讳，改为常山。

⑤冈：山脊，山岭。平、代：均为县名。汉属代郡。

⑥柏人：县名。在今河北隆尧西北。

⑦高帝之所忌：汉高祖刘邦征东垣，还过赵国，赵王张敖的臣下贯高等在柏人准备刺杀他，被刘邦察觉。

⑧重（chóng）：再。泜（zhī）水：即今槐河。

⑨渐渍：浸润。渍，浸，沤。疆宇：国土。

⑩思淮阴之奇谲，亮成安之失策：汉三年（前204），韩信、张耳东下井陉击赵。赵王歇、成安君陈馀聚兵二十万于井陉口拒敌。广武君李左车献计深沟高垒勿与战，而以奇兵三万从间路绝敌辎重，使其前不得斗，退不得还。成安君不用其策。韩信选二千轻

骑,人持一汉赤帜,嘱其趁赵军空壁争利冲入,拔其帜以立汉帜。
遂使万人先行。背水陈。平旦,与赵大战,韩信、张耳佯逃,赵空
壁争汉鼓旗,逐信、耳。信所出奇兵飞驰入赵壁,拔赵帜,立汉
帜。赵军不得信、耳,欲归壁,见壁皆汉帜,大惊,以为汉已破赵,
遂大乱。汉兵夹击,破赵军,斩成安君泜水上。淮阴,即淮阴侯
韩信。奇谲,出奇制胜。亮,谅解,原谅。成安,即陈馀。秦末,
赵封陈馀为成安君。失策,失计,谋划不当。

⑪邯郸:地名。属今河北,曾为赵国都城。

⑫廉、蔺:廉颇、蔺相如。赵国贤将良相。二人不计名位,同心协力
　辅佐赵王。风:风度,作风。

⑬巨鹿:县名。今属河北。秦末著名战役巨鹿之战的发生地。

⑭李齐:赵国贤将。据《史记·张释之冯唐列传》,李齐在巨鹿之战
　中曾有出色表现,但具体事迹不详。

⑮都人士女:指男女百姓。

⑯服习:反复练习,熟悉。

⑰包:怀有。左车之计:即广武君李左车在井陉之战中所献坚壁清
　野,断其后路之计。

⑱莅(lì):临。

⑲迈德:勉行其德。种恩:播种恩惠。

⑳树:树立。风声:好的风气或风教。

㉑逸豫:安乐。疆畔:田边。

㉒奉遵:遵奉,遵循。科:法令,条律。教:教化。

㉓班扬:颁布宣扬。

㉔杰:同"桀"。凶暴。

㉕赋事:行事,处理事情。

㉖资于故实:依历史惯例行事。

㉗抑:连词,表示转折,相当于"则""然"。懔懔(lǐn):危惧的样子。

庶几：也许可以。表示希望或推测之词。心：心力。

【译文】

我于五日抵达元城就职。初来乍到，一切沿袭前任旧规，不知妥当与否。随后观察地形，调查地方情况，发现元城西面与常山相连，山势与平、代二县一脉相承，北面邻接柏人县，这是当年汉高祖所忌惮的地方。加上泒水浸渍土地，不禁令人喟然长叹，回想当年淮阴侯韩信出奇制胜，成安君陈馀失算败亡的史事。南面对着邯郸，让人想起廉颇、蔺相如的贤德风范；东面与钜鹿接壤，李齐之辈的美好德行又在眼前。这里的男女百姓遵循礼教，都有豪爽的人品，聪慧的头脑，而吴质我却愚顽懦弱，难以为人尊长啊。如果要勉行其德，播种恩惠，树立良好的风气，使农夫乐于耕耘，织女安于纺织，这是我力所难及的。至于遵奉法律进行教化，颁布命令予以宣扬，杜绝作威作福的基层官吏，根除乡里横行霸道的暴徒，处理事情、执行刑罚都按历史惯例行事，只要勤勉谨慎，还是可以做得到的。

往者严助释承明之欢，受会稽之位①；寿王去侍从之娱，统东郡之任②，其后皆克复旧职，追寻前轨③。今独不然，不亦异乎？张敞在外，自谓无奇④；陈咸愤积，思入京城⑤。彼岂虚谈夸论、诳耀世俗哉⑥？斯实薄郡守之荣⑦，显左右之勤也。古今一揆⑧，先后不贸⑨，焉知来者之不如今⑩？聊以当觐⑪，不敢多云。质死罪死罪。

【注释】

①严助释承明之欢，受会稽之位：严助在汉武帝时为中大夫，后拜会稽太守。释，舍去。承明，汉代承明殿旁有承明庐，乃侍臣值宿所居之屋。后因以入承明庐为入朝或在朝为官的典故。

②寿王去侍从之娱,统东郡之任:吾丘寿王少时因善于下棋而被召为待诏,令跟董仲舒学习《春秋》。因聪明好学,任侍中中郎。后犯法被免职。东郡盗贼起,拜为东郡都尉。寿王,吾丘寿王。统,总领。

③其后皆克复旧职,追寻前轨:指严助、吾丘寿王后皆又返回京城。

④张敞在外,自谓无奇:《汉书》记张敞为胶东相,与朱邑书曰:'值敞远守剧郡,驭于绳墨,匈臆约结,固亡奇也。'"无奇,不奇怪。

⑤陈咸愤积,思入京城:《汉书》记,陈咸,字子康,为南阳守。"咸数赂遗(陈)汤,予书曰:'即蒙子公力,得入帝城,死不恨。'后竟征入为少府。"愤积,愁闷,郁积。

⑥虚谈:虚伪地说。夸论:夸夸其谈。诳(kuáng):欺骗,迷惑。

⑦薄:轻视,鄙薄。

⑧揆(guǐ):尺度,准则。

⑨贸:变易。

⑩焉知来者之不如今:出自《论语·子罕》,原句为"后生可畏,焉知来者之不如今"。来者,此处指后来接任者。今,则指吴质自己。

⑪聊:姑且。觐:古代诸侯秋朝天子称觐。此处乃会面之意。

【译文】

以前严助放弃在朝为官的欢娱,远赴会稽担任太守;吾丘寿王舍去随侍皇侧的快乐,出任东郡都尉。之后他们都官复原职,返回京城。如今唯独我不是这样,这与他们不是很不一样吗?张敞在胶东任职时,自言胸臆不畅并不值得奇怪;南阳太守陈咸愁闷郁积,梦寐以求能进京城。难道他们是假话连篇,夸大其词,欺骗世人吗?这其实是轻视郡守的荣耀,而盼望能殷勤侍奉于皇上左右啊。此情此理,古今相同,先后无异,怎知后任者比不上现任者呢?见信如见面,不敢多言。臣吴质冒死敬上。

答东阿王书

【题解】

本文乃吴质回复曹植《与吴季重书》之书函。

文中先述说对知遇之恩的感戴，将曹植比为平原君、孟尝君、信陵君，而自谦无毛遂、冯谖、侯生之贤；又表明自己无曹植之高志，巧妙抽身于曹丕、曹植权力之争，接着对曹植及众贤作品表示赞赏；最后道出望能得以擢升以尽心效力之意。全文言辞委婉，文采华美，多用典故，是骈文中的佳作。

质白：

信到，奉所惠贶①，发函伸纸，是何文采之巨丽，而慰喻之绸缪乎②！夫登东岳者，然后知众山之逦迤也③；奉至尊者，然后知百里之卑微也④。自旋之初⑤，伏念五六日，至于旬时。精散思越⑥，惘若有失⑦。非敢羡宠光之休⑧，慕猗顿之富⑨。诚以身贱犬马，德轻鸿毛，至乃历玄阙⑩，排金门⑪，升玉堂⑫，伏虚槛于前殿⑬，临曲池而行觞⑭。既威仪亏替⑮，言辞漏渫⑯。虽恃平原养士之懿⑰，愧无毛遂耀颖之才⑱；深蒙薛公折节之礼⑲，而无冯谖三窟之效⑳；屡获信陵虚左之德㉑，又无侯生可述之美㉒。凡此数者，乃质之所以愤积于胸臆、怀眷而悒邑者也㉓。

【注释】

①惠贶(kuàng)：称人馈赠的敬词。此处指惠赐之书信。

②慰喻：用好话慰解。绸缪：指情意殷勤。

③逦迤：曲折绵延。

④百里：古时一县辖地约百里，故以百里为县之代称。此处指
县令。

⑤旋：返还，归来。

⑥越：消散。

⑦悯：失意。

⑧宠光：恩宠荣耀。休：美善，喜庆。

⑨猗(yī)顿：春秋鲁人。以经营畜牧及盐业，十年之间，成为豪富，
赀拟王侯。因发家于猗氏，故名猗顿。

⑩玄阙：天帝所在之处。后世泛指宫殿。

⑪排：推移。金门：即汉代的金马门。学士待诏之处。

⑫玉堂：汉代殿名。

⑬虚槛(jiàn)：雕空的栏杆。虚，洞孔。

⑭临曲池而行觞：即曲水流觞，指引水环曲成池，在上流放置酒杯
使之顺流而下，酒杯停在谁跟前，谁即取饮。行，流。觞，酒杯。

⑮威仪：指庄严的容貌举止。亏替：减损，衰败。

⑯漏：通"陋"。简陋，粗俗。渫(xiè)：污浊。

⑰平原：即平原君赵胜。战国赵武灵王之子，以养士著称，乃战国
"四公子"之一。懿：美，美德。

⑱毛遂：战国赵平原君的食客。耀颖：显现拔尖的才能。颖，锥芒。

⑲薛公：即孟尝君。因其曾封于薛地，故又称薛公。以养士著称，
战国"四公子"之一。折节：降低身份，屈己下人。此处指孟尝君
答应门下客冯谖所提出的食鱼、乘车及奉养老母等三个要求。

⑳冯谖(xuān)：孟尝君的门客，齐人。家贫而有智谋，曾为孟尝君
谋划狡兔三窟的计策。

㉑信陵：即信陵君魏无忌。有食客三千，以"仁而下士"著称。战国
"四公子"之一。虚左：古时乘车以左位为尊，空着以待贵宾，谓
之虚左。信陵君为结交侯嬴，曾亲自驾车虚左迎之。

㉒侯生：即侯嬴。战国时隐士，家贫，年七十，为大梁夷门的守门小吏，后被信陵君迎为上客。为信陵君献窃符救赵之计。可述之美：指侯嬴成就信陵君名声功业的计谋行动。

㉓愤积：愁闷，郁积。怀眷：回想。悁邑（yuān yì）：忧郁。

【译文】

吴质禀白：

您的来信已收到，手捧您惠赐的书信，轻启信函，铺展信纸，其文采是何等的瑰丽，而慰问又是何等的情真意切啊！只有登上过东岳泰山的人，才知道众山的平缓；只有侍奉过地位最尊贵的人，才知道县令地位的卑微。回到朝歌最初的日子里，我沉思冥想了五六日，直到十天的时间，精神涣散，神思恍惚，若有所失。我并不敢歆美恩宠的荣耀，也不敢艳美猗顿的巨富，实在是因为自己的地位低如犬马，自己的德行轻如鸿毛，却得以经过玄武阙，推开金马门，登上白玉堂，俯伏在前殿的雕槛上，面对曲池取饮浮流的杯酒。自觉已是容仪衰减，言辞粗俗。我虽仰仗着您如平原君一样养士的美德，却自愧没有毛遂脱颖而出的才华；我虽深蒙您如孟尝君一般屈己下人的礼遇，却没有像冯谖三窟之计的报效；我虽数次荣获您像信陵君那样空出左位礼待的恩德，却没有侯生那样可述的美行。这些都是吴质我胸臆愁结，念念不忘，忧郁烦闷的原因啊。

若追前宴，谓之未究①，倾海为酒，并山为肴，伐竹云梦，斩梓泗滨②，然后极雅意，尽欢情，信公子之壮观，非鄙人之所庶几也。若质之志，实在所天，思投印释韨③，朝夕侍坐，钻仲父之遗训④，览老氏之要言⑤，对清酤而不酌⑥，抑嘉肴而不享，使西施出帷，嫫母侍侧⑦，斯盛德之所蹈、明哲之所保也⑧。若乃近者之观，实荡鄙心，秦筝发徽⑨，二八迭奏⑩，埙箫激于华屋⑪,灵鼓动于座右⑫,耳嘈嘈于无闻⑬,情踊跃于鞍马。谓可北慑肃慎,使贡其楛矢⑭;南震百越,使献其白雉⑮,又况权、备⑯,夫何足视乎?

【注释】

①究:穷,极。

②"倾海为酒"几句:此为概括引述曹植信中所言。海,东海。山,泰山。云梦,泽名。在今湖北境内。泗滨,泗水之滨。

③黻(fú):通"绂"。系印的丝带。

④仲父:仲尼,即孔子。

⑤老氏:老子。要言:至理名言。

⑥清酤(gū):清酒,美酒。

⑦嫫(mó)母:传说为黄帝第四妃,貌甚丑而有淑德。

⑧蹈:实行。明哲:犹言明智,谓洞察事理。

⑨秦筝:秦国的拨弦乐器,其所奏之乐,以慷慨激昂著称。发徽:指演奏。徽,琴徽。

⑩二八:古乐舞分为二列,每列八人。

⑪埙(xūn):古代吹奏乐器。多属陶制,故又称陶埙。

⑫灵鼓:古乐器,祭地祇用之。此泛指鼓。

⑬耳嘈嘈于无闻:指众音盈耳几乎丧失听觉。

⑭谓可北慑肃慎,使贡其楛(hù)矢:周武王灭殷后,四方来贡,肃慎国曾进贡楛矢。肃慎,古民族名。古代居于我国东北地区。楛矢,木箭。楛,木名。质硬,宜作箭杆。

⑮南震百越,使献其白雉:周成王时,德政远播,交趾之南的越裳国曾进献白雉。百越,对我国古时居住在东南地区各个越族部落的总称。越裳是其一支。白雉,白色的野鸡。雉,俗称野鸡,羽毛色杂。白雉罕见,故珍贵而作贡品。

⑯权、备:指东吴君主孙权与西蜀君主刘备。

【译文】

您信中回溯上次的宴饮,认为还没有尽兴,说要倾倒东海以为酒,高举泰山以为肉,砍伐云梦之竹以为笛,斩断泗滨之梓以为筝,然后才算穷素旧之意,尽欢乐之情,这诚然是公子您的豪迈情怀,但并不是我的奢望追求。若论我的志愿,其实是想奉养老父,我总想投印去官,早晚陪侍老父身旁,钻研孔子的遗训,观览老子的至言,面对美酒而不饮,俯视佳肴而不用,使西施般的美女退出帷帐,让嫫母般的贤妇侍奉身边,这是有德者的所作所为,明智者的保身方法。至于不久前观赏的乐舞,确实激荡我的心灵。秦筝起奏,乐队轮流演奏,陶埙竹箫的乐声在殿内激扬,灵鼓的声音在周围轰响,众声盈耳以致听觉几乎失灵,情绪激奋如纵马奔驰。这种气势向北可降服肃慎,使其贡奉楛木之箭;向南可震慑百越,使其进献纯白野雉。更何况孙权、刘备,他们哪里值得重视呢?

　　还治讽采所著①,观省英玮②,实赋颂之宗、作者之师也③。众贤所述,亦各有志。昔赵武过郑,七子赋诗④,《春秋》载列⑤,以为美谈。质小人也,无以承命。又所答赧,辞丑义陋,申之再三,赧然汗下⑥。此邦之人,闲习辞赋⑦,三事大夫⑧,莫不讽诵,何但小吏之有乎⑨?

【注释】

①治:指治所朝歌县。讽:背诵。采:搜集。

②观省(xǐng):细看。英玮:此处指精妙美好的作品。英,精粹。玮,美好。

③宗:正宗。师:学习的榜样。

④赵武过郑,七子赋诗:《左传·襄公二十七年》载晋赵武过郑,郑
　伯享之,子展、伯有、子西、子产、子大叔、印段、公孙段相陪。赵
　武遂请七子赋诗以观其志。赵武,又称赵孟、赵文子,时为晋国
　上卿,执政。

⑤《春秋》:这里指《左传》。

⑥赧(nǎn)然:指因惭愧而面赤。

⑦闲:通"娴"。熟练。

⑧三事大夫:三事,即三司,指司徒、司马、司空。大夫,官职之称。

⑨但:只。小吏:自指。

【译文】

　　返回治所朝歌后,我遍读了您的大作,仔细品味作品中的精妙之
处,深感这实在是辞赋颂文的正宗,撰文者学习的榜样啊! 各位贤士所
写的作品,也都各言其志。从前赵武经过郑国时,七位大夫赋诗言志,
《春秋左氏传》中有所记载,成为一大美谈。吴质我见识浅薄,难以承受
君命所托。我的复函,也是辞义简陋。君命申述再三,令我不禁面红耳
赤,愧然汗下! 这个城邑的人,熟习辞赋,执掌三司的大夫都能诵读辞
赋,哪里是只有小吏我才能如此呢!

　　重惠苦言,训以政事,恻隐之恩①,形乎文墨。墨子回
车②,而质四年虽无德与民,式歌且舞③。儒、墨不同,固以久
矣,然一旅之众④,不足以扬名;步武之间⑤,不足以骋迹⑥。
若不改辙易御⑦,将何以效其力哉? 今处此而求大功,犹绊
良骥之足⑧,而责以千里之任;槛猿猴之势⑨,而望其巧捷之
能者也。不胜见恤,谨附遣白答⑩,不敢繁辞。吴质白。

【注释】

①恻隐:关切同情。

②墨子回车：墨子主张"非乐"，闻地名朝歌而回转车子。

③无德与民，式歌且舞：《诗经·小雅·车辖》："虽无德与女，式歌且舞。"该诗是迎娶新娘的婚歌，意谓虽无美德给与您，却希望您能唱歌跳舞欢乐尽兴。此处意指自己虽无美德施予百姓，希望百姓能唱歌跳舞尽情欢乐。

④一旅：《左传》："有田一成，有众一旅。"杜预注："五百人为旅。"

⑤步武：古以六尺为步，半步为武。指相距甚近。

⑥骋迹：施展抱负之意。骋，发挥。迹，业绩。

⑦改辙易御：改变车轮的行迹，变换驾驶的方向。此处借喻希望能改变朝歌令的职务，晋升更重要的职务。

⑧绊（bàn）：约束，拘系。骥：千里马。

⑨槛猿猴之势：《淮南子》曰："置猿槛中，则与豚同；非不巧捷也，无所肆其能也。"槛，笼子。此指关进笼子。势，势能。

⑩附：捎，寄。遣：派遣，此处指送信者。

【译文】

您恩惠深厚，苦口良言，以勤勉政事相教诲，关切眷顾的恩情，洋溢于笔墨之间。墨子听说朝歌的县名就掉车离去，而我在朝歌任职四年，虽然没有美德施予百姓，却希望他们都能歌舞欢乐。儒家、墨家对音乐的不同主张，本就由来已久了，然而辖众只有五百人，不足以传扬美名；活动范围仅咫尺之间，不足以施展抱负。如果不能改变现在的状况，我又怎能为您尽忠效劳呢？如今我处于如此卑微的地位，却责求我建立大功，就好像拘系千里马之足，却要求其奔驰千里；又好比把猿猴关在笼子里，却企望其能发挥灵巧敏捷的才能一样啊。不胜感激足下之体恤，顺请信使捎回此函，谨作禀复。不敢赘言。吴质敬呈。

杨修

杨修(175—219),汉末文学家。字德祖,弘农华阴(今属陕西)人。累世为汉大官。杨修好学能文,才思敏捷,曾任曹操主簿。因为曹植谋划魏太子地位,又因善用智谋,还因是袁术外甥,不被曹操信任,被借故诛杀。有作品七篇传于世。

答临淄侯笺

【题解】

这是杨修给曹植的一封回信。信中对曹植的文采风度诸方面多有褒扬之处,其赞扬当然不免有夸饰之辞,但也巧妙地提出了自己对文学创作诸问题的认识。文章语言委婉机智,简凝而爽快,可窥杨修为人、为文之风格。

临淄侯,即曹植。曹植时被封临淄侯,故称。

修死罪死罪①:

不侍数日,若弥年载。岂由爱顾之隆,使系仰之情深邪?损辱嘉命②,蔚矣其文,诵读反覆,虽讽《雅》《颂》,不复过此。若仲宣之擅汉表③,陈氏之跨冀域④,徐、刘之显青、豫⑤,应生之发魏国⑥,斯皆然矣。至于修者,听采风声,仰德不暇,自周章于省览,何遑高视哉⑦?

【注释】

①死罪死罪:古时奏章和书札的习惯用语。

②损辱嘉命:书札常用敬语,意思是您给我来信,有辱您的身份。嘉,美。命,指来信。

③仲宣:王粲的字。汉表:汉南,即荆州之地。王粲曾依刘表寓于荆州。

④陈氏:指陈琳,字孔璋。冀域:河北之地。陈琳曾依附踞于河北的袁绍。

⑤徐:徐幹,字伟长。刘:刘桢:字公幹。青、豫:青州、豫州。徐幹寄身高密,高密属青州。刘桢寄身许都,许都在豫州之地。

⑥应生:指应场,字德琏。魏国:应场是汝南人,汝南属魏国。

⑦高视:曹植《与杨德祖书》中有"足下高视于上京"之句,系曹植对杨修的褒扬。

【译文】

杨修我罪该万死。

与您分别不长时间,仿佛过了一年多了,难道是由于您对我格外顾惜,而使我对您的敬仰之情如此之深厚吗?承蒙来信,您寄来的文章才气横溢,反复吟咏,即使《雅》《颂》,也不过如此罢了。像王仲宣独步荆州,陈孔璋雄踞冀州,徐伟长、刘公幹显扬于青州、豫州,应德琏发迹于魏国,都是这样啊!至于我杨修,观瞻您的风采,仰慕您的品德,以致目不暇接,还忙于遍览文章典籍,岂谈得上"高视上京"?

伏惟君侯^①，少长贵盛，体发、旦之资^②，有圣善之教，远近观者，徒谓能宣昭懿德，光赞大业而已，不复谓能兼览传记，留思文章。今乃含王超陈^③，度越数子矣。观者骇视而拭目，听者倾首而竦耳，非夫体通性达，受之自然，其孰能至于此乎？又尝亲见执事握牍持笔^④，有所造作，若成诵在心，借书于手，曾不斯须少留思虑。仲尼日月，无得逾焉^⑤，修之仰望，殆如此矣。是以对《鹖》而辞^⑥，作《暑赋》，弥日而不献，见西施之容，归憎其貌者也。

【注释】

①君侯：古时称列侯为君侯。

②发：姬发。周武王名。旦：姬旦。周公名。

③含王超陈：称颂曹植的文章超越王粲、陈琳等人。

④执事：书札中对对方的敬称。这里指曹植。

⑤仲尼日月，无得逾焉：《论语·子张》："叔孙武叔毁仲尼。子贡曰：'无以为也！仲尼不可毁也。他人之贤者，丘陵也，犹可逾也；仲尼，日月也，无得而逾焉。'"此以喻曹植文章之美。

⑥《鹖》：《鹖鸟赋》，曹植曾作是赋，又命杨修作，杨修辞不为。

【译文】

伏想君侯您，少时尊贵已极，承周武王、周公旦的天资，得圣人教诲，四面八方知道的都只说您足以发扬光大仁德，兴旺祖宗基业，却不知道您还博览史传书籍，留意于文章之事。您已经胜过王粲、陈琳，超越上述诸位了。看见您的人惊异而拭目观望，听说您的人侧首倾听，不是天性通达，得力自然，谁能达到这样的程度呢？我还亲自看见您拿书握笔，每每创作时有如心有成稿，手写书成，一挥而就，很少思考。古人说孔子可与日月争辉，不可逾越，我仰慕您，就是这样的啊！所以您作

《鵩鸟赋》，而我不敢作，只作了《暑赋》，但也竟日不敢给您看。就好像见到西施的容貌，回来总是嫌自己的貌丑一样。

　　伏想执事不知其然，猥受顾锡，教使刊定①。《春秋》之成，莫能损益。《吕氏》《淮南》②，字直千金。然而弟子箝口、市人拱手者③，圣贤卓荦，固所以殊绝凡庸也。今之赋颂，古诗之流，不更孔公，《风》《雅》无别耳④。修家子云⑤，老不晓事，强著一书⑥，悔其少作。若此仲山、周旦之俦⑦，为皆有愆邪？君侯忘圣贤之显迹⑧，述鄙宗之过言⑨，窃以为未之思也。

【注释】

①猥受顾锡，教使刊定：指曹植将所著词赋寄予杨修，请其修改一事。参见曹植《与杨德祖书》。猥，辱，谦辞。顾锡，眷顾赐命。

②《吕氏》：《吕氏春秋》。《淮南》：《淮南子》。

③市人拱手：《吕氏春秋》《淮南子》著成后，都曾置千金延示众人，以求增删一字，但没有人能应承。

④"今之赋颂"几句：按，唐开元时吕延济、刘良等《六臣文选注》之吕延济注："更，经也。修言今植之赋颂乃与古诗相类，虽不经孔子删定，与《诗》之《风》《雅》无异焉。"

⑤修家子云：扬雄，字子云，与杨修同姓，故云。

⑥强著一书：指《法言》。书中认为作辞赋是雕虫小技。

⑦仲山：仲山甫，周宣王时的卿士。旧注谓仲山甫作《周颂》，而《周颂》作于周成王之时，仲山甫是周宣王时人，不可能是其所作。周旦：周公姬旦。据《毛诗序》，《诗经·豳风·鸱鸮》为周公所作。

⑧圣贤之显迹：此当指仲山甫与周公所作诗文。

⑨鄙宗：鄙人之宗亲。这里指扬雄。过言：过头话。

【译文】

伏想您一定不知我的实际才能，将所著辞赋寄给我，让我删修。《春秋》写成后，无法增减；《吕氏春秋》和《淮南子》写成后，也曾置千金以求增删一字，可弟子们不能改动它，市井人也只能拱手敬仰，可见圣贤卓然超绝，迥别于凡庸的所在了。您的赋颂，继承古诗遗韵，虽不经孔子删削，一样具有《风》《雅》韵致。我家宗亲子云，老不明事，写了《法言》一书，悔恨少时所作辞赋为雕虫小技。如此说来，像仲山甫、周公旦一样的人，不都有了不足的地方了吗？君侯您忽略了圣贤的显赫事迹，而追述我的宗亲扬雄的过激之辞，我私下认为您没有慎重考虑啊！

　　若乃不忘经国之大美，流千载之英声，铭功景钟①，书名竹帛，斯自雅量，素所畜也，岂与文章相妨害哉？辄受所惠，窃备蒙瞍诵咏而已②，敢望惠施，以忝庄氏③。季绪璅璅，何足以云④。反答造次，不能宣备。修死罪死罪。

【注释】

①景钟：语出《国语·晋语》："昔克潞之役，秦来图败晋功，魏颗以其身却退秦师于辅氏，亲止杜回，其勋铭于景钟。"

②蒙瞍：盲者。

③敢望惠施，以忝庄氏：曹植《与杨德祖书》中有"其言之不惭，恃惠子之知我也"之句，以惠施喻杨修。杨修在这里表示自己才智不足，不敢以曹植知音自居。庄氏，庄周，喻指曹植。

④季绪：刘季绪，名修，刘表之子。《与杨德祖书》中有"刘季绪才不逮于作者，而好诋诃文章，掎摭利病"之句。璅璅（suǒ）：人品猥

琐。瓅,同"琐"。

【译文】

　　至于不忘记治国的大德,英名流传千古,在景钟上铭志功业,在竹帛上写下英名,这是您的度量平素蓄养所致,怎么会与文章互相损害呢? 蒙您惠赐大作,正可以备我这等暗昧之人诵读吟咏,哪里敢希望成为惠施那样的人,从而成为君侯您的知音呢? 刘季绪人品猥琐,好写诋诃文章,何足道哉? 回信唐突不恭,不能尽意,真是罪该万死。

薛综

薛综(? —243)，三国东吴人。少明经，善属文。及长，枢机敏捷，长于辞令。吴主孙权召为五官中郎，再任合浦、交趾太守。吴赤乌中，官至太子少傅。著诗赋杂论凡数万言，名为《私载》，还注过张衡的《二京赋》。

与诸葛恪书

【题解】

这封信是薛综在东吴平服山越的战役胜利后写给将军诸葛恪的。文章意在表彰诸葛恪的武功，语言优美传神，生动流畅，欢悦之情溢于言表。

山越恃阻①，不宾历世，缓则首鼠，急则狼顾。皇帝赫然，命将西征。神策内授，武师外震。兵不染锷②，甲不沾汗。元恶既枭③，种党归义，荡涤山薮，献戎十万。野无遗寇，邑罔残奸。既埽凶慝，又充军用。黎蒸稂莠④，化为善草；魑魅魍魉⑤，更成虎士。虽实国家威灵之所加，亦信元帅临履之所致也。虽《诗》美"执讯"⑥,《易》嘉"折首"⑦,周之方、召⑧,汉之卫、霍⑨,岂足以谈?功轶古人,勋超前世,主上欢然,遥用叹息。感《四牡》之遗典⑩,思"饮至"之旧章⑪,故遣中台近官⑫,迎致犒赐,以旌茂功⑬,以慰劬劳⑭。

【注释】

①山越:秦汉以后,居于江淮的少数民族,总称百越,其居于山区的又称山越。

②锷(è):刀刃。

③枭:斩首悬以示众。也泛指斩杀。

④藜(lí)蓧(tiáo)稂(láng)莠(yǒu):泛指野草、恶草。藜,蒺藜。蓧,羊蹄草。稂,狼尾草。莠,狗尾草。

⑤魑魅(chī mèi)魍魉(wǎng liǎng):泛指妖魔鬼怪,比喻坏人与邪恶势力。魑,山神。魅,怪物。魍魉,水神。

⑥《诗》美"执讯":《诗经·小雅·出车》:"执讯获丑,薄言还归。"

⑦《易》嘉"折首":《周易·离卦》上九爻辞:"王用出征,有嘉折首。"

⑧方:方叔,西周周宣王时卿士,曾率兵车三千辆南征荆楚,北伐猃狁。召:召伯,此指召穆公姬虎。周宣王时,淮夷不服,宣王命召虎领兵出征,平定淮夷。

⑨卫、霍:卫青和霍去病。皆西汉名将。

⑩四牡:《诗经·小雅·四牡》,写出使官吏思归的心情。

⑪"饮至"之旧章:指《诗经·鲁颂·泮水》,此诗是歌颂鲁僖公平定淮夷之武功的叙事诗,其中描写了凯旋之后的庆功、献俘等有关于"饮至"礼的情景。饮至,古代出征奏凯,至宗庙祭祀宴饮庆功之礼。

⑫中台:尚书。

⑬旌：表彰。

⑭劬：劳苦。

【译文】

　　山越依凭险阻地势，不来归服已有多年，若置之不理就首鼠两端，动摇不定，若以兵压境就会像恶狼反顾，伺机报复。皇帝一旦盛怒，命令大将西征，朝堂上授予神圣的策命，雄壮的军容震动了边境。刀刃没有染过血迹，盔甲未曾沾污汗水，首恶已被正法，党羽已称服，扫荡山泽，献获十万俘虏。乡野没有留下盗寇，城邑没有一个奸徒。既平定了骚乱的祸害，又充实了军队的需用。藜苗粮莠，变化为有益的禾苗；魑魅魍魉，变成了勇敢的士卒。虽然确实是国家威信日益增加所致，但也实在是元帅亲自出征的结果。虽然《诗经》赞美"捉来敌人审讯"，《周易》嘉许"只杀掠其首脑"，周代的方叔和召虎，汉代的卫青和霍去病，哪里值得一谈！您的功劳胜过古人，业绩超迈前世。主上高兴之极，禁不住遥望慨叹。感念官员《四牡》中出使思归的旧制，思想《泮水》中战胜而归饮于宗庙的章法，因此派尚书和其他心腹官员，迎接犒劳，以表彰大功，以慰劳勤苦。

高崧

高崧，生卒年不详。字茂琰。少好学，善史书。司空何充称其明惠，为扬州时，引崧为主簿，举州秀才，除太学博士。因父去世，丁忧去职。后官至侍中，因事被免职，归卒。

为会稽王昱与桓温书

【题解】

晋永和七年(351)十二月，桓温率兵东下，军于武昌，欲扩充势力，朝廷大惧。抚军大将军、会稽王司马昱令高崧写了这封信。信中劝谕桓温，"异常之举"，"不可易之于始而不熟虑"；要"先思宁国，而后图其外"。文章交代事理客观公正，谕之以祸福，婉转含蓄，简洁流畅。

寇难宜平①，时会宜接，此实为国远图，经略大算。能弘斯会②，非足下而谁！但以比兴师动众，要当以资实为本。运转之艰，古人所难，不可易之于始而不熟虑，顷所以深用为疑③，惟在此耳。然异常之举，众之所骇，游声噂嗒④，想足下亦少闻之。苟患失之，无所不至。或能望风振扰，一时崩散。如此则望实并丧,社稷之事去矣。皆由吾暗弱⑤,德信不著,不能镇静群庶,保固维城⑥,所以内愧于心,外惭良友。吾与足下虽职有内外,安社稷、保家国,其致一也。天下安危,系之明德。当先思宁国,而后图其外,使王基克隆⑦,大义弘著,所望于足下。区区诚怀,岂可复顾嫌而不尽哉?

【注释】

①宜:应当。

②弘:光大,弘扬。

③顷:近来。深用为疑:深以为疑,深深疑虑。

④噂(zǔn)喈:议论纷杂。

⑤暗弱:不明智而懦弱。

⑥维城:国家的藩篱。

⑦克隆:稳固而兴盛。

【译文】

盗寇祸乱应当平定,时运机会应当承接,这确实是治国的远谋和经国的大计。能把握这个机会的,除了足下还有谁呢? 但说到大规模用兵,关键是以充实的资用供给为根本。转运输送的艰险,古人就认为十分困难,决不可不深思熟虑而轻易行动,我近来深深疑虑的,就在于此。如此不同寻常的行动,众人都被惊骇了,议论之声嘈杂喧闹,我想足下也会稍有耳闻。如果一味担心会失去什么,就没有做不出的事情。或者有可能势旺气盛,但很快就会分崩离散。这样一来,您的名望和实力都将丧失,而国家大事也不可挽回了。这些都是由于我的不明智和懦弱,道德和威信未能表现,不能使百姓安定,做好国家的藩篱,所以在内于心有愧,在外羞颜于友。我和你虽然职务有内外之别,但安定社稷、保卫国家,其目的是一样的。天下的安危,靠明智而有道德的人。应当

　　首先考虑安内，然后图议对外，才能使国家的基业稳固兴盛，伟大的道义弘扬光大，这才是我期望足下去承当的。一片诚心，哪能再因顾忌嫌疑而不畅所欲言呢？

王羲之

王羲之(321—379),字逸少,东晋琅邪临沂(今属山东)人,居住于会稽山阴(今浙江绍兴)。我国古代最著名的书法家,人称"书圣"。他所作的简牍杂识,随意挥洒,自然有致,虽寥寥数行,其情意若千幅纸所不能尽。他也是有名的文学家,其文采犹若其字。曾任右军将军,世称"王右军"。

与会稽王笺

【题解】

本文是作者写给会稽王的一封信。东晋穆帝永和八年(352),会稽王司马昱及晋将殷浩、荀羡等决心北伐以恢复中原。王羲之曾为殷浩举荐,故分别作书与浩及会稽王昱,力陈武功之不可恃,劝谏罢兵自守,治理内政,休养百姓,不能耗竭国家以取败亡。会稽王昱与殷浩不听。不久殷浩大败,司马昱始叹服。

文章分析透辟,言辞恳切,忧国忧民之心溢于言表。

古人耻其君不为尧、舜,北面之道①,岂不愿尊其所事,比隆往代②,况遇千载一时之运?顾智力屈于当年③,何得不权轻重而处之也④？今虽有可欣之会，内求诸己，而所忧乃重于所欣。《传》云："自非圣人，外宁必有内忧⑤。"今外不宁，内忧已深。古之弘大业者，或不谋于众，倾国以济一时之功者，亦往往而有之。诚独运之明足以迈众⑥，暂劳之弊终获永逸者可也。求之于今，可得拟议乎？

【注释】

①北面之道：指做臣子的规矩。古代君主面南而坐，臣面朝北而拜。

②比隆：比拟盛大、隆重。

③顾：思量。屈：不及，逊色。

④权：衡量。

⑤自非圣人，外宁必有内忧：语出《左传·成公十六年》。

⑥迈：超过。

【译文】

古代的人总是唯恐他们的君主不是尧、舜，做臣子的都希望他侍奉的君王能与古代的圣君比美，何况遇到千年一逢的运气呢？只是考虑智谋能力不如古代，怎不衡量轻重认真对待呢？现在虽然有可喜的机会，可是反躬自省，所忧虑的竟比所欢喜的要深重。《左传》说："自己不是圣人，外面安宁，内部必有忧戚。"现在外面并不平静，内在的忧患却很深。古代建立大功业的人，有的并不和众人协商，以一国为赌注来成就一时功勋的事是常常有的。假如的确是运筹英明，超越众人，一时暂受劳苦，最终获得永久的安逸，这也未尝不可。而如今的打算，能够与之相提并论吗？

夫庙算决胜①，必宜审量彼我，万全而后动。功就之日，便当因其众而即其实。今功未可期，而遗黎歼尽，万不余一。且千里馈粮②，自古为难，况今转运供继，西输许、洛③，北入黄河，虽秦政之弊，未至于此，而十室之忧，便以交至。今运无还期，征求日重，以区区吴、越经纬天下十分之九④，不亡何待！而不度德量力，不弊不已，此封内所痛心叹悼而莫敢吐诚。·

【注释】

①庙算：朝廷或帝王对战事进行的谋划。古人出师先定谋于宗庙。
　孙子云："庙算多者胜。"

②馈（kuì）：运送的意思。

③许、洛：许昌和洛阳，皆在今河南境内。

④经纬：谋划。

【译文】

　　求取胜利，运筹帷幄，一定要审思度量敌我双方，有万全之计之后才付诸行动。获得成功之时，就顺应人心分享胜利的果实。现在成功不能预测，可士卒败亡，万不剩一。况且转战千里而运输军粮，古人就以为不容易，何况现在辗转运送，往西输入许昌、洛阳，向北进入黄河，即使秦王朝政策的危害，也不曾像这样厉害，反而小民造反的忧患，已经纷沓而至了。现在运粮无归期，征税一天天沉重，凭区区吴、越之地，谋算十分之九的天下，除了灭亡还有什么可指望的呢！不度德量力，不到民疲财尽不肯停止，这是下面的人所忧心如焚的，只是没有人敢讲真话。

　　往者不可谏，来者犹可追，愿殿下更垂三思，解而更张①，令殷浩、荀羡还据合肥、广陵②，许昌、谯郡、梁、彭城诸军皆还保淮③，为不可胜之基，须根立势举，谋之未晚，此实当今策之上者。若不行此，社稷之忧可计日而待。安危之机，易于反掌，考之虚实，著于目前，愿运独断之明，定之于一朝也。

【注释】

①解而更张：语出自西汉董仲舒策，意思是不合适的应该改变。

②广陵：今江苏江都。

③谯郡：今安徽亳州。

【译文】

过去的事不可能改正了，将来的事还可以补正，希望殿下屈尊再三思量我的见解，改弦易辙，命令殷浩、荀羡退军守合肥、广陵，许昌、谯郡、梁地、彭城诸军都退守淮水，建立不可被战胜的根基，等到根基稳固气势高涨，再谋划北伐也不算晚，这实在是当今最好的计策。如果不这样做，社稷的倾危指日可待。安危的选择，易如反掌，用心研判形势，就会一目了然。盼运用圣明独断的精神，立即做出决断。

地浅而言深①，岂不知其未易。然古人处间阎行阵之间②，尚或干时谋国，评裁者不以为讥，况厕大臣末行③，岂可默而不言哉？存亡所系，决在行之，不可复持疑后机。不定之于此，后欲悔之，亦无及也。

【注释】

①地浅而言深：地位低下而所议深重。

②间阎：村陌巷落。

③厕：通"侧"。即侧身。

【译文】

我地位卑下而所议的事情重大，怎能不知道这样未必起到什么作用。可是古人即使处身于村落之中或行伍之间，还有为国出力，为国谋划的，掌握舆论的人也不会讥笑，何况我跻身大臣的末列，怎能沉默不言呢？生死存亡全系于此，关键在于行动，不能再放不下疑虑贻误时机。不在此时决定，以后即使想悔恨，也就来不及了。

　　殿下德冠宇内，以公室辅朝，最可直道行之，致隆当年，而未允物望，受殊遇者所以寤寐长叹，实为殿下惜之。国家之虑深矣，常恐伍员之忧不独在昔①，麋鹿之游将不止林薮而已②。愿殿下暂废虚远之怀，以救倒悬之急，可谓以亡为存，转祸为福，则宗庙之庆，四海有赖矣。

【注释】

①伍员（yún）：即伍子胥。

②麋鹿之游将不止林薮：伍子胥被夫差逼令自杀前曾说过将看见麋鹿游于姑苏之台的话，意指吴定被越灭亡。

【译文】

殿下的德行海内无双，以宗室之亲辅弼朝廷，最方便于正道直行，达到古人的高度，可是却未孚众望，作为得到您特别看重的人，我是昼夜长叹，实在为殿下叹惜。国家的忧患已经很重了，我常担心伍子胥所忧虑的灾祸，并不仅仅出现在古代；麋鹿的游荡，将不在山林之间了。希望殿下暂时放弃缥渺辽远的理想，挽救国灭家亡的危机。这样就可以说是以亡为存，转祸为福，那么王室就有福气，天下就有指望了！

遗殷浩书

【题解】

本文是作者给殷浩的一封信。东晋穆帝永和八年(352)，晋将殷浩北伐，王羲之作书与会稽王司马昱、殷浩加以劝谏。详见《与会稽王笺》题解。

知安西败丧①，公私愊怛②，不能须臾去怀。以区区江左，所营综如此③，天下寒心，固以久矣，而加之败丧，此可熟念。往事岂复可追，愿思弘将来，令天下寄命有所，自隆中兴之业。政以道胜宽和为本，力争武功，作非所当，因循所长，以固大业，想识其由来也。

【注释】

①安西：东晋安西将军谢尚。

②愊怛：悲恸。

③营综：经营综理。

【译文】

获悉安西将军谢尚战败，损兵折将，臣僚百姓无不愊惜悲恸，久久不能忘怀。以小小的江左之地，经营治理成如此模样，天下久已为之寒心，再加上新近战败，这值得反复思量。过去的事哪能再去补救，只愿您一心谋划光大未来，使天下人能够安身托命，中兴大业自然能够日益隆盛。为政以契合规律为好，以宽容团结为本，强求武功，不是您应当做的事情，只有发扬自己的长处，才能巩固中兴大业，料想您必明了个中缘由。

自寇乱以来，处内外之任者，未有深谋远虑，括囊至计，而疲竭根本，各从所志，竟无一功可论，一事可记，忠言嘉谋弃而莫用，遂令天下将有土崩之势，何能不痛心悲慨也？任其事者，岂得辞四海之责？追咎往事，亦何所复及，宜更虚己求贤，当与有识共之，不可复令忠允之言常屈于当权。今军破于外，资竭于内，保淮之志非复所及^①，莫过还保长江，都督将各复旧镇，自长江以外，羁縻而已^②。任国钧者^③，引咎责躬，深自贬降，以谢百姓。更与朝贤思布平正，除其烦苛^④，省其赋役，与百姓更始。庶可以允塞群望，救倒悬之急。

【注释】

①保淮之志：即前《与会稽王笺》中提到的"许昌、谯郡、梁、彭城诸军皆还保淮"之计。淮，淮水，即今淮河。

②羁縻：牵制。

③国钧：权柄。

④烦苛：即烦多苛刻的徭役。

【译文】

自从遭到外侵动乱以来，肩负内外重任的人，没有深谋远虑，采取最可行的计谋，只是虚耗国家的根基，大家都各行其是，最终没有一件功劳可以评说，没有一件有意义的事迹可以记述，忠言妙计被抛却而无人理睬，于是使得天下将有土崩瓦解的危险，怎能不让人痛心疾首呢？主事的臣子，怎么能推卸所有人对他们的责难呢？追悔往事，又有什么用，应该虚己求贤，应该与有识之士商议，不能再让忠诚恳切之论总被当权者埋没。现在大军败于外敌，资源耗尽于国内，保有淮水的意图已不再可能实现，最好还是退守长江，将领各回本镇守卫，长江以外，只能采取羁縻怀柔的策略。掌握国权的人，引咎自责，深刻自贬，以此来向百姓谢罪。再与朝中贤人思考平正法令，废除烦多苛刻的徭役，减去他们的赋税劳役，同百姓一起从头开始，或许可以满足人们的愿望，解救倒悬的危难。

　　使君起于布衣，任天下之重，尚德之举，未能事事允称。当董统之任而丧败至此，恐阖朝群贤未有与人分其谤者。今亟修德补阙，广延群贤，与之分任，尚未知获济所期。若犹以前事为未工，故复求之于分外，宇宙虽广，自容何所？知言不必用，或取怨执政，然当情慨所在，正自不能不尽怀极言。若必亲征，未达此旨，果行者，愚智所不解也。愿复与众共之。

【译文】

　　使君您出身布衣百姓，肩负天下重任，崇尚德义的举动，未能件件得当。身处统帅的重任而惨败到这种程度，恐怕满朝大臣当中没有人肯分担责任的。现在迅速修养德义，补正阙失，广泛招引贤人，与他们分担重任，还不能知道何时才有好运降临。如果仍然以为以前的事只是没做好，再次分外追求，天下虽然广大，又何地可以容身呢？我知道您一定不会听从我的话，或许还会引起执政者怨怪，可是情谊和大义所在，正是我不得不把话说清楚的原因。如果您一定要亲征，不领会我的意思，最终付诸行动，是我万万所不理解的。希望您还是能与大家共同商量。

　　复被州符，增运千石，征役兼至，皆以军期，对之丧气，罔知所厝①。自顷年割剥遗黎②，刑徒竟路③，殆同秦政④，惟未加参夷之刑耳⑤。恐胜、广之忧⑥,无复日矣。

【注释】

①厝:通"措"。安置。

②黎:庶民。

③竟:穷,终,充满。

④殆:几乎。秦政:秦朝的苛政。

⑤参夷之刑:即诛灭三族的暴刑。

⑥胜、广之忧:指陈胜、吴广起义。

【译文】

又接到知州的符令,追加运送上千石的军粮,同时开始征兵,都以军法为限,对此灰心丧气,不知所措。最近以来,盘剥幸存的黎民百姓,犯人塞满道路,有如秦代的暴政,只不过还没推行夷灭三族的酷刑罢了。我担心陈胜、吴广造反的忧患,用不了几天就会出现了!

报殷浩书

【题解】

本文是作者回复殷浩荐召一事的信。王羲之深受殷浩赏识。殷浩拜扬州刺史时,荐召王羲之为护军将军。王羲之不乐于在朝居官,以此书坚辞,但又表示愿赴边地任职。这说明王氏仍是心系国事,并非一味追求隐逸清闲的生活。

吾素自无廊庙①,直王丞相时②,果欲内吾③,誓不许之,手迹犹存,由来尚矣,不于足下参政而方进退。俟儿婚女嫁,便怀尚子平之志④,数与亲知言之,非一日也。若蒙驱使，关、陇、巴、蜀皆所不辞。吾虽无专对之能，直谨守时命，宣国家威德，固当不同于凡使，必令远近咸知朝廷留心于无外⑤，此所益殊不同居护军也⑥。汉末使太傅马日磾慰抚关东⑦，若不以吾轻微，无所为疑，宜及冬初以行，吾惟恭以俟命。

【注释】

①无廊庙：即没有居官的志向打算。廊庙，即朝廷。

②直：通"值"。王丞相：即王导。

③果：坚决。内：通"纳"。

④尚子平：后汉时人，隐居不仕。

⑤无外：普天之下都是帝业，所以称天下为无外。

⑥护军：晋有护军将军之官，当时议者准备授王羲之，羲之坚辞不就。

⑦马日磾：东汉献帝时太傅，持节宣慰天下。关东：函谷关以东。

【译文】

我从来没有在朝廷做官的志向，当王丞相在世时，执意要招纳我，我坚决不答应，当日的书信都还在，可知我这念头由来已久了，不以足下是否参政作为进退的标准。等到儿子结婚、女儿出嫁后，就想同尚子平一样隐居不仕，我多次同亲朋好友说这些，不是一天两天了。如有差遣，即使到关外、陇东、巴、蜀之地，也在所不辞。我尽管没有奉使随机应对的才能，但牢牢守住朝廷的命令，宣扬国家的威信和德义，一定不同于一般的使者，必定要让远近都知道朝廷关怀天下，这好处与当护军将军大大不同。汉末曾派太傅马日磾抚慰关东，如果不认为我卑微，没什么不放心的，应该让我趁冬天刚到就出发，我会恭敬地等候命令。

与尚书仆射谢安书

【题解】

本文是作者致东晋名臣谢安的一封信。尚书仆射为官名。信中，作者讨论了漕运、课考官吏等国家政务，主张减免重刑死罪，而代之以劳役，严于治吏，宽以待民。表现了作者的参政意识和某些积极进步的思想。

　　顷所陈论，每蒙允纳，所以令下小得苏息，各安其业。若不耳，此一郡久以蹈东海矣①。

【注释】

①此一郡：指会稽。

【译文】

　　从前每有所陈述评论，都承蒙接受称赞，因此使百姓稍得休养生息，各自安心生产。如非这样，会稽郡早就完了！

　　今事之大者未布，漕运是也①。吾意望朝廷可申下定期②，委之所司，勿复催下，但当岁终考其殿最③。长吏尤殿，命槛车送诣天台④。三县不举，二千石必免，或可左降，令在疆塞极难之地。

【注释】

①漕运：从水路运输粮食，供应京城或军需。

②申：表明。

③殿最：考课官吏的等级，上等为最，下等为殿。

④天台：即廷尉，负责百官课罚。

【译文】

现在还有一件大事没有梳理妥当，那就是漕运。我的意见是，希望朝廷可以明确规定期限，责成有关部门负责，不要再催促下级，只在年终考核他们工作的优劣。地方官吏考核列末等的，要用囚车送他们进廷尉受审。有三个县政事不举，必须罢免年禄二千石的州官。有的可以贬职，让他们到边塞最偏远的地方去。

又自吾到此，从事常有四五①，兼以台司及都水御史行台文符如雨②，倒错违背，不复可知。吾又瞑目循常推前，取重者及纲纪③，轻者在五曹④，主者苟事，未尝得十日，吏民趋走，功费万计。卿方任其重，可徐寻所言。江左平日，扬州一良刺史便足统之，况以群才而更不理，正由为法不一，牵制者众，思简而易从，便足以保守成业。

【注释】

①从事：州刺史的从属官吏。

②台司：指三公等宰辅大臣。都水御史：西晋时立都水台设都水使者，管理山泽苑池，河湖水泉，农田灌溉和渠道堤防的修守。都水御史或即指此。行台：魏晋时期尚书台临时在外设置的分支机构。

③纲纪：古代公府及州郡主簿。

④轻：轻捷。曹：相当于郡县主管之下设立的办事科。

【译文】

又及，自从我到这里，州郡属员一般有四五个人，加上各台司及都水御史行台的公文多得像下雨一样，这些公文往往颠倒错乱，无法弄清楚。我闭眼思求常理及过去的做法,拣选重要事务交给主簿,将次要一些的交给五曹办理,各曹负责人处理事务,从来不超过十天,吏卒百姓去执行,所取得的功效数以万计。阁下正肩负重任,可以慢慢查核我所讲的。在平时,江左地区,一个好的刺史就足以管理扬州。现在有众多的贤能之人,政事却理不顺,那是由于各自为政,到处牵制掣肘。安排得简明就容易做事,就足以保持成业。

仓督监耗盗官米,动以万计,吾谓诛翦一人,其后便断,而时意不同。近检校诸县,无不皆尔。馀姚近十万斛①,重敛以资奸吏,令国用空乏,良可叹也。

【注释】

①馀姚:今浙江余姚。斛:古代量器,古代以十斗为一斛,近代以五斗为一斛。

【译文】

仓督监往往浪费盗取官粮,常常数以万计,我以为杀一足以儆百,以后自然刹住这股歪风,可是当时多有不同的意见。近来检查各县,无不如此。余姚县有近十万斛官米,都是重重盘剥人民而来,却便宜了贪赃枉法的官吏,以致国家的用项匮乏,实在令人叹惜!

自军兴以来,征役及充运,死亡叛散不反者众。虚耗至此,而补代循常,所在凋困,莫知所出。上命所差,上道多叛,则吏及叛者席卷同去。又有常制,辄令其家及同伍课捕①。课捕不禽②,家及同伍,寻复亡叛。百姓流亡,户口日减,其源在此。又有百工医寺③,死亡绝灭,家户空尽,差代无所,上命不绝。事起或十年、十五年,弹举获罪无懈息,而无益实事，何以堪之！谓自今诸死罪原轻者及五岁刑，可以充此。其减死者，可长充兵役；五岁者，可充杂工医寺，皆令移其家以实都邑。都邑既实，是政之本，又可绝其亡叛。不移其家，逃亡之患复如初耳。今除罪而充杂役，尽移其家，小人愚迷，或以为重于杀戮，可以绝奸。刑名虽轻，惩肃实重，岂非适时之宜邪？

【注释】

①同伍：同一伍的人。古时军队五人为伍，户籍五家为伍。

②禽：同"擒"。

③百工医寺：各类工匠及医事机构人员。寺，古时官府中的一些办事机构称"寺"。

【译文】

自从发兵以来，被征当兵和运输的人，死去逃跑散失而不再回来的很多。徒劳的浪费到这种程度，仍按常规抽补丁壮，四处凋敝疲困，没有人知道到哪儿去挖掘人力财力。上级下令将抽补的丁壮送到军前，上路后纷纷逃亡，甚至吏卒和逃亡的人合伙席卷物资一起逃亡。又有制度规定，常命令各家及其伍里邻居课查拘捕。拘查不到，家属及其伍里邻居不久又叛逃了。百姓流失亡命，户口一天天减少，其根源就在于此。又有各类工匠及各类医事服务机构人员，死去逃亡，家家户户都再无一人了，差役无处着落，人丁无处抽补，尽管如此，上面的命令仍旧不断。事发之后有的达十年、十五年，检举告发使之坐罪的无休无止，实际上却于事无补，这怎么能够忍受呢！我以为判死刑从轻发落的人和被判五年刑期的人，可以充补此数。那些判死刑从轻发落的可以长期充当兵役，五年徒刑的可以充当各类工匠及医事人员，都命令迁移他们的家属来充实城镇。城镇充实，是政治的根本，又可以杜绝他们的逃亡。不迁移他们的家属,逃亡的祸患还会像从前一样。现在减除罪行而充当杂役,全部迁移其家属,一般百姓不明白事理,有的认为比诛杀还严重,反倒可以禁绝犯罪。刑罚尽管轻,惩诫的效果却大,这难道不是合乎时宜的么?

诚谢万书

【题解】

本文是作者告诫谢万为人为官道理的一封短信。区区数十字,谆谆告诫谢万虚己下士、以近致远之道。

以君迈往不屑之韵①,而俯同群辟②,诚难为意也。然所谓通识,正自当随事行藏,乃为远耳。愿君每与士之下者同,则尽善矣。食不二味③,居不重席④,此复何有,而古人以为美谈。济否所由⑤,实在积小以致高大,君其存之。

【注释】

①迈往不屑:超脱孤傲、不屑于俗事琐务。韵:气质。

②群辟(bì):诸臣。辟,泛指臣下,职官。

③二味:两种以上的菜肴。指食膳丰富。

④重席:层叠的座席。指居住安适。

⑤济:成功。

【译文】

以您超逸不群的气质,却与寻常官吏共事,实在难以称心如意。然而我们所讲的通达明识,也就是随着事情而调整举止进退,这也是为了能够达到远大的境界。希望您能够常常同最下级的士人和谐相处,那么就尽善尽美了。不讲究奢华的吃喝，不追求舒适的住处，这在现在已不算什么，可是古代人却认为是美德。成功与否，也就在于从微德小事做起以树立高尚品德、承担重任，您要好好思量，谨慎行事啊！

与吏部郎谢万书

【题解】

本文是作者给谢万的又一封信，只不过这封信是作者在给谢万讲自己安然归隐的志向和颐养天年的田园家室之乐，拟于先贤，自足自乐。吏部郎，为古代官名。

古之辞世者①，或被发佯狂②，或污身秽迹③，可谓艰矣。今仆坐而获免，遂其宿心，其为庆幸，岂非天赐？违天不祥！

【注释】

①辞世者：指避世隐居不仕的贤人。

②被发佯狂：披散头发，不戴帽子，假装疯狂。被，同"披"。

③污身秽迹：故意把身体弄得很脏，玷污自己的行迹。

【译文】

古代隐居避世的人，有的竟至于披散头发假装疯子，有的自污名声，可以说是很艰辛的。现在我安坐家中就已免遭不幸，顺了自己的夙愿，真是可喜可贺，怎能说不是天赐的呢？违抗天命是不吉祥的呀！

顷东游还，修植桑果。今盛敷荣①，率诸子，抱弱孙，游观其间，有一味之甘，割而分之，以娱目前。虽植德无殊邈②，犹欲教养子孙以敦厚退让，戒以轻薄，庶令举策数马③，仿佛万石之风④，君谓此何如？

【注释】

①敷：布，施。荣：茂华。

②邈：辽远。

③庶：庶几，差不多。举策数马：西汉石奋之子石庆做太仆时，为皇帝驾车外出，皇帝问驾车的马有几匹，石庆用马鞭一一点数马匹后，才举手示意说："六匹。"喻指谨慎老成。

④万石之风：指西汉石奋一门谨慎恭敬的家风。万石，此指万石君石奋。他与四个儿子都官至二千石，汉景帝称之为万石君。

【译文】

前段时间从东方游玩回来，种植了一些桑树、果树。现在它们枝繁花盛，我带着儿子们，抱着小孙子，在其间游玩观赏，有一点美味，也要分给大家同享，让大家欢乐起来。尽管我没有建树伟大的德行，还是想教养子孙要温和厚道退让，戒除轻薄浮华，或许将来能像石庆举起马鞭数马一样细心谨慎，有几分当年石奋教子的风范，您认为怎么样呢？

比当与安石东游山海①，并行田视地利，颐养闲旷。衣食之余，欲与亲知时共欢宴，虽不能兴言高咏，衔杯引满，语田里所行，故以为抚掌之资②，其为得意，可胜言耶！常依陆贾、班嗣、杨王孙之处世③，甚欲希风数子④，老夫志愿尽于此也。

【注释】

①安石：东晋名臣谢安，字安石。

②抚掌：犹言笑谈。

③陆贾、班嗣、杨王孙：都是处世放达的人。陆贾，汉初人。曾在汉高祖和文帝期间两次赴南越说服赵佗去王号归附汉朝。老年称病辞官，变卖了出使南越时所得的财物共计千金，均分给五个儿子。自己则坐着华贵的车辆，带着舞伎侍从和价值百金的宝剑，轮流到五个儿子家里居住，每家住十天，约定将来死在哪个儿子家里，那个儿子就得到他的这些随身之物。班嗣，东汉人。班固的伯父。尊崇老庄特别是庄子思想，欣赏与赞美庄子提倡的"自然"，鄙视"贯仁谊之羁绊，系名声之缰锁"（《汉书·叙传》）。杨王孙，西汉人，学黄老之术，家业千金，重养生，临终前立下遗嘱，要求裸葬，认为死亡是生命发展过程中的自然变化。

④希风：指企慕，效法。

【译文】

当时我与谢安东行游山观海，并肩走在田间观看农地，颐养身心，安闲清逸。饱食穿衣之外，还想同亲朋好友不时地共进筵宴，即使不能大发议论引吭高歌，但满杯畅饮，闲话家常趣事，都当作助兴的谈资，那种恬然满足，怎能说得尽呢！常常模照陆贾、班嗣和杨王孙的处世作风，很想能够像这些贤人一样，老夫的志向都在这里了。

卢谌

卢谌(284—350)，字子谅，晋范阳涿(今河北涿州)人。敏而有思理，善属文。事刘琨为司空从事中郎，刘琨败投幽州刺史段匹磾，段匹磾任卢谌为幽州别驾。刘琨被害后，卢谌往投辽西段末波。辽西破，为石虎所得，以为中书侍郎、国子祭酒。冉闵诛石虎，谌随军遇害。所撰《祭法》《庄子注》及文集十卷传于世。

赠刘琨书 附诗一首

【题解】

这是一封长信，几近诗体，寄寓着对个人身世、朋友亲情、国家时运的深重叹息。全篇以抒情为主，叙事、议论融为一体，包含了丰富的人情事理。行文开合自由，起落从容有致。与刘琨回书并读，更觉佳篇相配，美文双绝。

故吏从事中郎卢谌①，死罪死罪！谌禀性短弱，当世罕任。因其自然，用安静退。在木阙不材之资，处雁乏善鸣之分②。卷异蓬子③，愚殊甯生④。匠者时眄，不免膳宾⑤。尝自思惟，因缘运会，得蒙接事，自奉清尘，于今五稔⑥。谟明之效不著⑦，候人之讥以彰⑧。大雅含弘，量苞山薮⑨。加以待接弥优，款眷逾昵⑩，与运筹之谋，厕宴私之欢。绸缪之旨⑪，有同骨肉⑫，其为知己，古人罔喻。昔聂政殉严遂之顾⑬，荆轲慕燕丹之义⑭，意气之间，靡躯不悔。虽微达节⑮，谓之可庶，然苟曰有情，孰能不怀？故委身之日，夷险已之⑯。事与愿违，当忝外役⑰，遂去左右，收迹府朝。盖本同末异，杨朱兴哀；始素终玄，墨翟垂涕⑱。分乖之际，咸可叹慨；致感之途⑲，或迫乎兹。亦奚必临路而后长号、睹丝而后歔欷哉？是以仰惟先情⑳，俯览今遇，感存念亡，触物眷恋。《易》曰："书不尽言，言不尽意㉑。"然则书非尽言之器，言非尽意之具矣，况言有不得至于尽意，书有不得至于尽言邪？不胜猥㳇㉒！谨贡诗一篇，抑不足以揄扬弘美，亦以摅其所抱而已㉓。若公肆大惠㉔，遂其厚恩㉕，锡以咳唾之音㉖，慰其违离之意，则所谓《咸池》酬于《北里》㉗，夜光报于鱼目。谌之愿也，非所敢望也。谌死罪死罪。

【注释】

①故吏：汉代凡举孝廉、秀才，皆向郡国长称故吏。另，人臣上书当昧犯死罪，故称故吏。

②在木阙不材之资，处雁乏善鸣之分：指自己无才，不堪任使。《庄子·山木》："庄子行于山中，见大木，枝叶盛茂，伐木者止其旁而不取也。问其故，曰：'无所可用。'庄子曰：'此木以不材得终其天年。'庄子出于山，舍于故人之家，故人喜，令竖子杀雁而烹之。竖子请曰：'其一能鸣，其一不能鸣，请奚杀？'主人曰：'杀不能鸣

者。'明日,弟子问于庄子曰:'昨日山中之木,以不材得终其天
年,今主人之雁,以不材死,先生将何处?'庄子曰:'周将处乎材
与不材之间。材与不材之间,似之而非也,故未免乎累!'"

③卷异蘧子:指自己不能像蘧伯玉一样韬光晦知,不与时政。卷,
收。这里指收藏自己的才智。蘧子,春秋卫人,名瑗,字伯玉。
孔子在卫,常住其家。《论语·卫灵公》中说:"君子哉,蘧伯玉,
邦有道则仕,邦无道则可卷而怀之。"

④愚殊甯生:指自己不能像甯武子一样佯愚避祸,进退自如。甯武
子,春秋卫大夫,名俞。卫君有道,他竭忠尽智以辅政,卫君无
道,他装愚作傻,周旋其间,保其身而济其君。《论语·雍也》说:
"甯武子,邦有道则知,邦无道则愚。其知可及也,其愚不可
及也。"

⑤匠者时眄(miǎn),不免䭀(zhuàn)宾:《文选》李善注:"言在木阙不
材,故匠者时眄,在雁乏善鸣,故不免馔宾也。"《庄子》惠子谓弟
子曰:"吾有大树,人谓之樗,……匠者不顾。"眄,斜眼看,表示看
不上。䭀,同"馔"。进食。

⑥稔:年。

⑦谟明:谋略美善。

⑧候人之讥:指被讥讽为不称职的小人。《诗经·曹风》中有《候
人》一诗,《毛诗序》:"《候人》,刺近小人也。"写候人讥讽不称职
之人。候人,掌管迎送宾客的小官。

⑨苞:通"包"。包含,包容。

⑩款眷:爱慕眷恋。

⑪绸缪:缠绵亲密。

⑫骨肉:父子。

⑬聂政殉严遂之顾:战国时韩大夫严遂因与韩相韩傀结仇,闻聂政
之名,与之结交,求其为己报仇。聂政初不许,后待母亡姐嫁,即

独自一人仗剑入韩，刺杀韩傀，报严遂知遇之恩后自杀。聂政，战国时韩国人，著名侠士。

⑭荆轲慕燕丹之义：战国时，燕太子丹欲刺杀秦王，得荆轲，遂厚待之，极力满足他的各种意愿。荆轲赴秦，刺杀秦王不果，被杀。荆轲，战国时卫国人，著名侠士。燕丹，战国后期燕王喜之太子，名丹。

⑮达节：谓不拘常规而合于节义。《左传·成公十五年》："圣达节，次守节，下失节。"杨伯峻注："最高道德为能进能退，能上能下，而俱合于节义。"

⑯夷险已之：安危置之度外。夷，安。险，危。已，止。此指不予考虑。

⑰当忝外役：卢谌随刘琨投幽州刺史段匹磾，段以卢谌为幽州别驾。

⑱"盖本同末异"几句：《淮南子》载杨朱见到四通八达的道路而痛哭，认为它可以向南，也可以向北；墨子见到未染色的熟丝而哭泣，认为它可以被染成黄色，也可以被染成黑色。杨朱，春秋战国时的哲学家。墨翟，即墨子。春秋战国时的哲学家，墨家学派的创始人。

⑲致：会。

⑳先情：先父之情。

㉑书不尽言，言不尽意：见《周易·系辞上传》第十二章。

㉒猥（wěi）懑：众多愤懑。猥，多，繁多。

㉓摅（shū）：抒发，表达。

㉔肆：展，表现。

㉕遂：竟，完。

㉖咳唾之音：《庄子·渔父》："窃待于下风，幸闻咳唾之音以卒相丘也。"后以称美他人的言语、诗文等。谓珠玉良言。

㉗《咸池》：黄帝时乐曲名。指最高雅美妙的音乐。《北里》：指委靡
　　粗俗的曲乐。

【译文】

　　司空从事中郎卢谌冒昧陈言，罪不容赦，罪不容赦！我禀性懦弱，
难以胜任当世之务，所以顺其自然，安心退让自处。在树木里属于不成
材、没用处一类，在大雁里属于不善鸣叫的一分子。不同于蘧伯玉"邦
无道，可卷而怀之"的君子风度，也不同于宁武子"邦无道则愚"的进退
自如。匠人从来不正眼看这树，不善鸣叫的大雁免不了成为待客之食。
曾经自己思量，借着缘分和机会的到来，得以蒙受官职，自奉事于车驾
之后，现今已有五年。没能收到出谋划策的功效，而不称职的小人的讥
议却已传扬开来。您胸怀广博，气量能够含污纳垢，对我更加接待优
厚，诚心照顾愈发亲近，让我参与大事的运筹谋划，参加家宴享受家的
快乐。亲密之意，如同父子，作为知己，古人也无法相比。过去聂政殉
身于严遂的知遇，荆轲企慕太子丹的仁义；意气相投，粉身碎骨也无反
悔。虽然不是上圣达节之举，也可说未失法度。何况人是有感情的，谁
能不感念恩遇呢？所以我自跟随您之日起，就将安危置之度处，可是事
与愿违，这就要去侍从段匹磾，离开您的左右，告别您的府朝了。正像
杨朱见歧路而哀哭，墨翟见素绢染黑而垂泪一样。分离的时候，都要叹
息感慨呀；令人感慨的地方，也许有更急于此者。为何一定要临近路途
以后才长久地哭号，看到素绢以后才要歔欷呢？因此上有先父的恩情，
下得到您的恩遇，感念活着的和逝去的，触物而生深深的眷恋之意。
《周易》上说："文章无法完全表达所要说的话；言语也不能完全表达心
中的意念。"那么文章本来就不是完全表达言语的工具，言语也不是完
全表达意念的工具了，何况言语还有不能够表达尽意念的，而文章也有
不能表达完言语的地方呢？不胜烦怨之至！恭敬地呈上一首诗作，或
许不足以颂扬您的盛大美德，也就用以抒发一下我自己的怀抱罢了。
假如您能施以恩惠，光大恩德，赐以良言，慰藉我别离时的心情，那就是

所谓用《咸池》雅乐来酬答《北里》俗曲，用夜光珠来回报鱼眼珠了。这只是我的愿望，并非敢于期望的。谌死罪死罪！

　　濬哲维皇①，绍熙有晋②。振厥弛维③，光阐远韵④。有来斯雍，至止伊顺⑤。三台摛朗⑥，四岳增峻⑦。伊陟佐商⑧，山甫翼周⑨。弘济艰难⑩，对扬王休⑪。苟非异德，旷世同流。加其忠贞，宣其徽猷⑫。伊谌陋宗，昔遘嘉惠⑬。申以婚姻，著以累世。义等休戚，好同兴废。孰云匪谐？如乐之契！王室丧师⑭，私门播迁⑮。望公归之，视险忽艰。兹愿不遂，中路阻颠⑯。仰悲先意⑰，俯思身愆⑱。大钧载运⑲，良辰遂往。瞻彼日月，迅过俯仰。感今惟昔，口存心想。借曰如昨，忽为畴曩⑳。畴曩伊何，逝者弥疏。温温恭人㉑，慎终如初㉒。览彼遗音㉓，恤此穷孤㉔。譬彼樛木，蔓葛以敷㉕。妙哉蔓葛㉖，得托樛木。叶不云布，华不星烛。承侔卞和，质非荆璞㉗。眷同尤良，用乏骥骒㉘。承亦既笃，眷亦既亲；饰奖驽猥㉙，方驾骏珍㉚。弼谐靡成㉛，良谋莫陈。无觊狐、赵，有与五臣㉜。五臣奚与？契阔百罹㉝。身经险阻，足蹈幽遐。义由恩深，分随昵加。绸缪委心，自同匪他。昔在暇日，妙寻通理。尤彼意气，使是节士㉞。情以体生，感以情起。趣舍罔要，穷达斯已。由余片言，秦人是惮㉟。日磾效忠㊱，飞声有汉。桓桓抚军㊲，古贤作冠。来牧幽都，济厥涂炭。涂炭既济，寇挫民阜。谬其疲隶，授之朝右㊳。上惧任大，下欣施厚。实祗高明㊴，敢忘所守。

【注释】

①濬哲:深邃的智慧。皇:此指晋怀帝司马炽。

②绍:继承。熙:兴盛。

③厥:其。弛:废。维:纲纪。

④阐:开。韵:德音和美。

⑤有来斯雍,至止伊顺:语本《诗经·周颂·雍》:"有来雍雍,至止肃肃。"来,指前来助祭的诸侯。雍,和睦的样子。伊顺,恭顺。伊,是。

⑥三台摛(chī)朗:三台星舒朗明亮。此指三公辅政宽舒清明。三台,星名。北斗魁下六星两两而比,故谓三台,又称三能。《文选》李善注:"《汉书》曰:北斗魁下六星,两两而比,曰三能也。色齐为和,不齐为乖。……《春秋汉含孳》曰:三公象五岳在天,法三能。台与能同也。"《晋书·天文志上》:"三台六星,两两而居……在人曰三公,在天曰三台。"摛朗,舒朗明亮。摛,舒展。

⑦四岳增峻:四岳更加险峻。此指四方诸侯守土严整。四岳,五岳中除嵩山以外四山。又指四方诸侯长。

⑧伊陟:伊陟是商初重臣伊尹之子,商王太戊继位后,任用伊陟为相。伊陟劝帝修德,帝从之,殷复兴,诸侯归之。

⑨山甫:即仲山甫,西周宣王的大臣。封于樊,亦称樊仲、樊仲山父、樊穆仲。辅佐宣王,使周中兴。尹吉甫尝作《烝民》之诗以称扬其德。

⑩弘济艰难:广为救济艰难时运。语本《尚书·顾命》:"今天降疾殆,弗兴弗悟,尔尚明时朕言,用敬保元子钊弘济于艰难。"弘济,广为救助。

⑪对扬王休:报答颂扬王的美德。语本《诗经·大雅·江汉》:"虎拜稽首,对扬王休,作召公考,天子万寿。"对扬,古代常语,屡见于金文。凡臣受君赐时多用之,兼有答谢、颂扬之意。对,报答。

扬,颂扬。休,美。

⑫徽猷:美政。又可说高明谋略。

⑬遘:遇。

⑭王室丧师:指永嘉之乱。永嘉五年(311),匈奴人建立的前赵政
权君主刘聪遣军攻晋,歼灭十万晋军,又杀太尉王衍及诸王公。
随即攻入京师洛阳,俘获晋怀帝,杀王公士民三万余人。

⑮私门播迁:指卢谌一家在永嘉之乱后逃出洛阳。播迁,散失
迁徙。

⑯中路阻颠:谓卢父在北依刘琨途中被刘粲所掳遇害。

⑰先意:先父的心意。

⑱愆:罪过,灾祸。

⑲大钧:自然。载运:运行。

⑳畴曩:往日,旧时。

㉑恭人:指刘琨乃谦恭之人。

㉒慎终如初:《老子》曰:"慎终如始,则无败事。"

㉓遗音:亡父之言。

㉔穷孤:谓自身。

㉕譬彼樛木,蔓葛以敷:《诗经·周南·樛木》曰:"南有樛木,葛藟
累之。"以葛、藟依附樛木比喻自己依附刘琨。樛木,弯曲的树
木。此处喻指刘琨。蔓葛,葛藤。此处是卢谌自喻。敷,通
"傅"。附着,联结。

㉖妙(miǎo):通"眇"。细小,微小。

㉗承侔(móu)卞和,质非荆璞:意即自己承受了卞和宝爱和氏璧一
样的厚爱,却没有和氏璧一样的美质。侔,齐等,相当。卞和,春
秋时期楚国人,得到璞玉,先后两次献给楚厉王、楚武王,都被当
作石头而处以刖刑,楚文王即位,卞和抱其璞哭于荆山下,楚文
王使人剖其璞,果得美玉,即以其所献之玉制成和氏璧。荆璞,

指和氏璧。

㉘眷同尤良,用乏骥骒:意即您像王良爱惜骏马一样的眷顾我,我
　　却没有骏马的才质。尤良,即王良。春秋时晋国善御者。后常
　　用作善御者的代称。《文选》李善注:"《左氏传》曰:'晋赵鞅纳卫
　　太子于戚,将战,邮无恤御简子。'杜预曰:'邮无恤,王良也。'尤
　　与邮同,古字通。"骥骒,指良马。

㉙驽猥:劣马。喻指庸劣之材。

㉚方驾:并驾齐驱。此指比肩,媲美。

㉛弼谐:辅佐协调。

㉜无觊狐、赵,有与五臣:意即自己虽然没有狐偃、赵衰那样的才
　　干,但希望能像追随晋公子重耳的五位臣子一样忠贞。狐、赵,
　　指狐偃、赵衰。他们是公子重耳流亡期间最重要的谋臣。五臣,
　　指狐偃、赵衰、颠颉、魏武子、司空季子,皆在公子重耳十九年流
　　亡期间自始至终追随着他。

㉝契(qiè)阔百罹(lí):历经各种艰难劳苦。契阔,勤苦,劳苦。《诗
　　经·邶风·击鼓》:"死生契阔,与子成说。"毛《传》:"契阔,勤苦
　　也。"罹,遭受。

㉞节士:有节操的人。

㉟由余片言,秦人是惮:由余是春秋时人。其先晋人,亡入戎,能晋
　　言。《史记·秦本纪》记载,由余奉使入秦见穆公,穆公以为贤,
　　说:"邻国有圣人,敌国之忧也。今由余贤,寡人之害,将奈之
　　何。"欲使其离开戎王而为己所用。遂以女乐赠戎王,戎王受而
　　悦之。由余数谏不听,遂奔秦。

㊱日䃅:金日䃅,西汉匈奴人,字翁叔。匈奴休屠王太子。武帝元
　　狩中,从浑邪王将众降汉。以霍去病房获休屠王祭天金人,故赐
　　姓金氏。初为马监,后为侍中,入侍左右,数十年无过失,拜车骑
　　将军。莽何罗谋反,日䃅缚而诛之,以功封秺侯。武帝死,与霍

光同受遗诏辅昭帝。卒谥敬。

㊲桓桓：勇武、威武的样子。抚军：将军称号。此指幽州刺史段匹
　　磾，时为幽州刺史、假抚军大将军。

㊳谬其疲隶，授之朝右：卢谌随刘琨投奔幽州刺史段匹磾，匹磾以
　　卢谌幽州别驾。疲隶，贱臣。此为卢谌的谦称。朝右，指别驾。

㊴祇：敬。

【译文】

　　当今皇上智慧明达，承继振兴大晋皇朝。振起颓病松弛朝纲，
开启光明德音远扬。众诸侯雍容和睦，到此都恭顺严正。三公辅
政舒展清明，四方诸侯守土严整。像伊陟辅商复强，像仲山甫佐周
中兴。广为拯济艰难的时运，报答称扬君王的美政。如果同古代
贤人一样具备美德，那么旷代久远也并无二致。超越他们的忠贞，
宣扬他们的谋略。卢谌生于寒门小户，当初便得优遇惠顾。既得
以结为姻亲，通家之好延续几代。共同承受喜乐忧愁，一起面对兴
亡盛衰，谁说彼此不相和谐？就像音乐般相和相契！及至王师被
刘聪所败，我的家人流离播迁。望着您的方向归附，不顾路途艰险
周转。父母之愿望未能实现，中途就为刘粲所害。上为先祖的心
意悲伤，下为自身之疾苦忧虑。天道自然运行，良辰因而逝去。看
那太阳月亮，俯仰之间已经驰过。感叹过去和如今，在心头久久思
想。仿佛就在昨天，实际已很久远。遥遥岁月意味着什么？逝者
的影子日渐淡薄。而您这样温雅恭谦，对我总能始终如一。接受
我亡父的遗言，抚恤我孤苦之人。譬之于一棵大树，蔓草和葛藤攀
附上升。细小的葛蔓啊，能托身于大树之躯。只惭愧枝叶纤弱不
能如浓云成阴，花朵疏落不能如星光灿烂。您像卞和宝爱和氏璧
一样厚爱我，我却没有和氏璧一样的美质。您像王良爱惜骏马一
样眷顾我，我却没有骥騄的才情。承受您的恩情已很深厚，您对我
的眷顾更是亲近。饰美奖与驽马陋才，与骏马珍宝并驾同待。辅

佐谐和不能成功，高明谋略未有陈述。未寄望如狐偃和赵衰立下大功，但愿意像五臣同赴危厄。为什么愿意向五臣看齐？只因为经历过百般忧患艰辛。身经险阻并艰难，足踏黑暗与荒远。情义由恩遇而深，节操随亲近而高。亲密无间以心相委，自不同于其他人等。过去闲暇时日，寻求妙理大道。过失在于意气用事，要使自己树立凌云之志。情义由亲身体会而生，感念因真情实义而起。接近或舍弃无所要求，穷困和显达任其所止。由余数言，致使秦人忌惮；金日䃅效忠，以致扬名汉史。抚军匹䃅雄姿威武，匹敌古贤冠绝同侪。镇守幽州之地，拯济涂炭生民。涂炭之民已经拯济，敌寇败挫百姓富盛。谬奖我这下级小臣，授予我别驾之任。在上我惧怕难当重任，在下高兴蒙受厚恩。实则感念尊贵的明主，怎敢忘却自己职守。

　　相彼反哺^①，尚在翔禽。孰是人斯，而忍斯心^②。每凭山海^③，庶觌高深。遐眺存亡，缅成飞沉^④。长徽已缨^⑤，逝将徙举^⑥。收迹西践，衔哀东顾^⑦。曷云涂辽？曾不咫步。岂不夙夜？谓行多露^⑧。绵绵女萝，施于松标^⑨。禀泽洪干^⑩，晞阳丰条^⑪。根浅难固，茎弱易凋。操彼纤质，承此冲飙^⑫。

【注释】

①反哺：小乌鸦长大后反哺于母。

②斯心：此指知恩图报之心。

③山海：谓刘琨志量如山之高，如海之深。

④缅：邈远。飞沉：飞升和沉落。

⑤长徽：绳索。缨：捆绕。

⑥逝：发语辞。徙举：迁徙，移动。此指离开刘琨身边到段匹䃅那里作别驾。

⑦收迹西践，衔哀东顾：此指自己被迫离开刘琨，虽在段匹䃅身边，仍然惦念故主。《文选》刘良注："收彼西践之迹，衔悲哀在东而顾也。"收迹，停步。西，此指刘琨，其曾为并州刺史。东，此指段匹䃅，其为幽州刺史。并州在西，幽州在东。

⑧岂不夙夜？谓行多露：语出《诗经·召南·行露》。意谓自己也想回到刘琨身边，但惧怕段匹䃅怀疑自己。《文选》吕向注："岂不能早夜而行，恐彼多露濡己。畏匹䃅疑其二心也。"

⑨松标：松树之末梢。

⑩禀：受。泽：恩惠。洪干：粗大的树干。

⑪晞阳：沐浴于阳光，晒太阳。比喻沐受恩德。晞，曝，晒。

⑫冲飙：狂风。是处喻乱时。

【译文】

看小乌鸦还有反哺之举，那只是个鸟禽。怎可能作为人，而能忘却报恩之心。每当靠近您，我就能感受到您的志向如山海般高深。您远察存亡之理，遥见时势之飞沉。现在我像被长绳所系，将要离开您的身畔。不能踏上西去之路，我含着哀痛在东面将您顾盼。说什么路途辽远，我心只在咫尺之间！难道不能日夜兼程？可是路上太多秋露风寒。微弱纤细的女萝啊，缠绕依附着松柏的枝梢。因粗壮树干而禀受恩泽，从丰茂枝条沐受光耀。可惜它根基浅薄难以稳固，枝叶纤弱最易凋零。凭着那纤弱质体，要承受狂风肆暴。

纤质实微，冲飙斯值。谁谓言精，致在赏意①。不见得鱼，亦忘厥饵②。遗其形骸，寄之深识。先民颐意③，潜山隐机④。仰熙丹崖⑤，俯澡绿水。无求于和，自附众美⑥。慷慨遐踪，有愧高旨。爰造异论⑦，肝胆楚越⑧。惟同大观⑨，万殊一辙⑩。死生既齐，荣辱奚别？处其玄根⑪，廓焉靡结⑫。福为祸始，祸作福阶。天地盈虚，寒暑周回⑬。夫差不祀⑭，衅在胜齐⑮。句践作伯⑯，祚自会稽⑰。邈矣达度⑱，唯道是杖⑲。形有未泰，神无不畅。如川之流，如渊之量⑳。上弘栋隆㉑，下塞民望㉒。

【注释】

①谁谓言精，致在赏意：《庄子·秋水》："可以言论者，物之粗者也；可以意致者，物之精者也。"

②不见得鱼，亦忘厥饵：《庄子·外物》："筌者所以在鱼，得鱼而忘筌；蹄者所以在兔，得兔而忘蹄；言者所以在意，得意而忘言。"饵，这里指筌，用竹或草编制的捕鱼器具。

③颐意：养意。

④潜山：隐居山林。隐机：靠着几案，伏在几案上。《庄子·齐物论》："南郭子綦隐几而坐，仰天而嘘，嗒焉似丧其耦。"

⑤熙：晒。

⑥无求于和，自附众美：《文选》李善注："《庄子》曰：'古之治道者，智与恬交相养，而和理出其性。'又曰：'无不亡也，无不有也，澹然无极而众美从之。'"

⑦异论：谓刘琨被谤议。《文选》李善注引臧荣绪《晋书》："众人谓琨诗怀帝王大志。"

⑧肝胆楚越：比喻虽近犹远，虽亲犹疏。肝胆同体，喻亲近；楚越敌国，喻对立或疏远。《文选》李善注："《庄子·德充符》仲尼谓常季曰：'自其异者视之，肝胆楚越也。'高诱《淮南子》注曰：'肝胆

喻近也，楚越喻远也。'"

⑨大观：远见卓识。

⑩万殊一辙：《文选》李善注引《文子》曰："圣人由近知远，以万异为一同也。"又引《淮南子》曰："万殊为一也。"

⑪玄根：自然之根本。

⑫廓焉靡结：体道虚通，心无怨结。廓，空。

⑬天地盈虚，寒暑周回：意谓物极必反。《周易》曰："天地盈虚，与时消息。"又曰："寒往则暑来，暑往则寒来。"

⑭夫差不祀：指夫差被越王句践所杀，吴国灭亡。

⑮衅：征兆，迹象。胜齐：吴王夫差打败越国之后，不听伍子胥之劝，发兵北上伐齐，得胜而回。他向伍子胥炫耀，伍子胥则说："王勿喜。"

⑯句践作伯：句践灭吴后，周元王使人赐胙，命为方伯。

⑰祚：福，福运。

⑱达度：大度。

⑲杖：根据，依据。

⑳如川之流，如渊之量：《诗经·大雅·常武》曰："如山之苞，如川之流。"《孔子家语》齐大夫子与适鲁，谓孔子："乃今而后知泰山之为高，渊海之为大。"

㉑栋隆：屋梁高大厚实，比喻能担负重任。

㉒塞：满。民望：民之所望。

【译文】

纤弱质体确实微弱啊，正值狂风暴雨。谁说精妙之言，便都可以意会？没有得到鱼，也忘了鱼筌。遗弃形骸区别，寄托远见深识。古人怡养心性，潜藏山林靠着案几。上在丹崖之上向阳，下于绿水之中沐浴。不求和人而人自和，不附从美而美自附。可叹古贤高远的踪迹不能追从，有愧于高人的旨意。于是你遭到诽谤议论,肝胆相照的朋友日渐疏远。幸赖您远见卓识,视万异为同一,生死都已等齐,荣辱有何分别? 明此自然至理,体道虚通,心中便没有怨结。福为祸的开始,祸是福的台阶。天地盈而又虚,寒暑周转变递。夫差骄纵亡国,征兆现于胜齐一事。句践受命为伯,福运始自被困会稽。高远啊你的胸怀气度,这是依据大道而行。形体虽为人所屈,而神智却无不通达明晓。像大河巨流,像深渊宏量,上是国家的栋梁,下是百姓的希望。

刘琨

刘琨简介参见卷十二。

答卢谌书 <small>附诗一首</small>

【题解】

公元 316 年，匈奴人刘聪先后攻陷洛阳、长安。刘琨父母被害，刘琨弟与卢谌妹新婚不久，亦遇大难。经此劫乱后，卢谌意前往段匹䃅处，行前给刘琨一信，并附诗一首。这是刘琨复卢谌的信及诗。

诗文谈及两家之难，郁愤悲痛，同时对卢谌的友情及美德称颂不已，并衷心祝他事业有成。文章及诗情感真挚，深切感人，历来为人所重。

琨顿首：损书及诗①，备辛酸之苦言，畅经通之远旨。执玩反覆，不能释手，慨然以悲，欢然以喜。昔在少壮，未尝检括②，远慕老、庄之齐物，近嘉阮生之放旷，怪厚薄何从而生？哀乐何由而至？自顷辀张③，困于逆乱，国破家亡，亲友凋残。负杖行吟，则百忧俱至；块然独坐④，则哀愤两集。时复相与举觞对膝,破涕为笑,排终身之积惨,求数刻之暂欢。譬由疾疢弥年⑤,而欲一丸销之,其可得乎? 夫才生于世,世实须才。和氏之璧,焉得独曜于郢握⑥? 夜光之珠⑦,何得专玩于随掌? 天下之宝,当与天下共之。但分析之日⑧,不能不怅恨耳。然后知聃、周之为虚诞⑨,嗣宗之为妄作也⑩。昔骐骥倚辀于吴坂⑪,长鸣于良、乐⑫,知与不知也。百里奚愚于虞而智于秦⑬,遇与不遇也。今君遇之矣,勖之而已⑭! 不复属意于文,二十余年矣。久废则无次,想必欲其一反,故称指送一篇⑮,适足以彰来诗之益美耳。琨顿首顿首。

【注释】

①损:对别人来信、赠诗或馈物的敬辞。意谓损及对方而劳惠赠。

②检括:检点约束。

③辀(zhōu)张:惊惧的样子。

④块然:孤独。

⑤疢(chèn):热病。

⑥郢:春秋时楚国国都,在今湖北江陵。

⑦夜光之珠:此指随侯珠,古代传说中的明珠。

⑧分析:判别。

⑨聃:老聃,即老子。周:庄周,即庄子。

⑩嗣宗:阮籍字嗣宗。

⑪辀:车辕。吴坂:古地名。即虞坂,在春秋虞国(今山西平陆)境内,又称颠轸坂,道狭而险。

⑫良:王良。又名尤良、邮无恤,是春秋时期晋国人,善长驾驭马车。乐:伯乐。又名孙阳,是春秋时期秦国人,以善相马著称。

⑬百里奚:春秋时人,原为虞国大夫,不得重用,后到秦,助秦穆公

成就霸业。

⑭勖（xù）：勉励。

⑮称指：称其意旨。

【译文】

刘琨顿首致意：承蒙您赐信和诗，充满了辛酸和痛苦，充分展示了通晓百家经书深远大义的能力。我再三拜读，不忍释手，读到令人感慨之处心中悲痛，看到您欢欣鼓舞也心随欢喜。当初我在年少时，不知道检点约束，远的羡慕老子、庄周的物我齐一，近的欣赏阮籍的放荡不羁，不知道自爱自轻、哀乐之情由何而来。自从被逆乱所困扰，国破家亡，亲友死生离别。散步吟诗时，则百般忧愁一起涌出；单身独坐时，则悲哀忧愤纷至沓来。也曾一起相聚，开怀畅饮，破涕为笑，强颜作欢，以排解心中之悒郁、忧愁，求得一时半刻的欢乐。但实际是自欺欺人，犹如已患病多年，却想用一丸药治愈，这怎么可能呢？人才生于世间，而世间也需要人才。犹如和氏璧，哪能只在楚国人手中才放出光芒？夜光之珠，又岂能只玩弄于随侯的掌中？天下的宝物，应由普天下的人共同享有。只是在鉴别判定之日方得见，不能不让人遗憾。由此可知老子、庄子的物我齐一，只是装装样子，阮籍的放荡，也只是荒诞的行为而已。当年千里马拉车上吴坂，对着王良、伯乐长鸣，这就是识马与不识马的区别。百里奚在虞时无人知晓，到了秦国却成了名相，这就是被赏识与不被赏识的差距。现在您也遇到了好机会，自应勉励自己。我疏于作文已二十多年。荒废已久，写来很乱，料想您也想让我作一回复，故应您诗中的意旨和了一首，只是恰好足以彰显您的诗更胜一筹罢了。刘琨致意。

厄运初遘①，阳爻在六②。乾象栋倾，坤仪舟覆③。横厉纠纷，群妖竞逐。火燎神州，洪流华域。彼黍离离，彼稷育育④。哀我皇晋，痛心在目。天地无心，万物同涂。祸淫莫验，福善则虚。逆有全邑⑤，义无完都⑥。英蕊夏落⑦，毒卉冬敷⑧。如彼龟玉，韫椟毁诸⑨。刍狗之谈，其最得乎⑩？咨余软弱，弗克负荷⑪。愆釁仍彰⑫，荣宠屡加⑬。威之不建，祸延凶播⑭。忠陨于国，孝愆于家。斯罪之积，如彼山河。斯釁之深，终莫能磨。郁穆旧姻⑮，嫌婉新婚⑯。裹粮携弱，匍匐星奔。未辍尔驾⑰，已堕我门。二族偕覆，三孽并根⑱。长惭旧孤，永负冤魂。亭亭孤干，独生无伴。绿叶繁缛⑲，柔条修罕⑳。朝采尔实，夕捋尔竿。竿翠丰寻，逸珠盈碗㉑。实消我忧，忧急用缓。逝将去乎？庭虚情满。虚满伊何？兰桂移植。茂彼春林㉒，瘁此秋棘㉓。有鸟翻飞，不遑休息㉔。匪桐不栖㉕，匪竹不食。永戢东羽㉖，翰抚西翼㉗。我之敬之，废欢辍职。音以赏奏，味以殊珍，文以明言，言以畅神。之子之往，四美不臻㉘。澄醪覆觞，丝竹生尘，素卷莫启，幄无谈宾。既孤我德，又阙我邻。光光段生㉙，出幽迁乔㉚。资忠履信，武烈文昭。旀弓骍骍，舆马翘翘㉛。乃奋长麾，是帑是镳。何以赠子？竭心公朝。何以叙怀？引领长谣。

【注释】

①遘(gòu)：遇，遭遇。

②阳爻在六：指《周易·乾》之第六爻。其爻辞曰："亢龙有悔。"比喻天子有穷厄之灾。

③乾象栋倾，坤仪舟覆：乾、坤，指天地。《文选》李周翰注："栋，屋也。天覆如屋，地载如舟。天地倾覆，喻晋之崩乱。"

④彼黍离离,彼稷育育:《诗经·王风·黍离》:"彼黍离离,彼稷之苗。"育,生长,成长。《毛诗序》:"《黍离》,闵宗周也。周大夫行役,至于宗周(西周),过故宗庙宫室,尽为禾黍,闵周室之颠覆,彷徨不忍去,而作是诗也。"后遂用作感慨亡国之词。

⑤逆:叛逆之人。此处指刘聪。

⑥义:此处指晋朝。

⑦英蕊:花,鲜艳的花。此处指晋朝。

⑧毒卉:恶草。此处指匈奴人刘聪建立的汉国。

⑨如彼龟玉,韫椟毁诸:语出《论语》"虎兕出于柙,龟玉毁于椟中,是谁之过与"。韫,藏。椟,柜、函一类的藏物器。《文选》张铣注:"龟玉谓国宝也。……国宝在于天子,以贤为匮匣,而今毁之者,辅佐之过也。"

⑩刍狗之谈,其最得乎:《老子》曰:"天地不仁,以万物为刍狗;圣人不仁,以百姓为刍狗。"意即天地不爱万物,类似于祭祀之后丢弃刍狗。刍狗,古代祭祀时用草扎成的狗。此处是感慨晋盛衰之际人们对其由尊崇而至轻贱践踏的变化。

⑪克:能够。

⑫愆疊(xìn)仍彰:《文选》刘良注:"谓忠不能存国,孝不能存家,是瑕过重明也。"愆,过失,过错。疊,瑕隙。仍,重。彰,明。

⑬荣宠屡加:指刘琨被封为太尉并州刺史。

⑭凶播:遭凶祸而迁徙。

⑮郁穆旧姻:指卢谌一家。刘琨是卢谌的姨父。郁穆,和美。

⑯嬿婉新婚:卢谌之妹与刘琨之弟刚结婚。嬿婉,和美。

⑰辍:停止。

⑱二族偕覆,三孽并根:《文选》李善注曰:"王隐《晋书》曰:'刘聪围晋阳,令狐泥以千余人为乡导。琨来救猗卢,未至,太原太守高乔反应聪逐琨。琨父母年老,不堪鞍马步担,不免为泥所害。'何

法盛《晋录》曰：'刘粲悉害谌父母。'"二族，指刘琨、卢谌两家。三孽，指刘琨兄长的三个儿子。一说指刘聪、刘曜、刘粲三人。

⑲缛：繁茂。

⑳罕：贵重。

㉑逸珠：优异的珍珠。逸，谓过于众类。

㉒春林：此处喻段匹磾。

㉓秋棘：刘琨自喻。

㉔遑：闲暇，余裕。

㉕匪：通"非"。

㉖戢：收敛。

㉗翰：高飞。

㉘四美：四种美好之事。指音乐、珍味、文章、言谈。臻：到，至。

㉙光光：显赫威武的样子。《汉书·叙传下》："子明光光，发迹西疆，列于御侮，厥子亦良。"

㉚出幽迁乔：语出《诗经·小雅·伐木》："出自幽谷，迁于乔木。"迁乔，升迁。

㉛旍（jīng）弓骍骍（xīng），舆马翘翘：此指段匹磾招贤纳士。《左传·庄公二十二年》引逸《诗》："翘翘车乘，招我以弓。"旍弓，征聘贤士的旌旗和弓。语本《孟子·万章下》："（招）大夫以旌。"旍，通"旌"。骍骍，弓调和后呈弯曲状。《诗经·小雅·角弓》："骍骍角弓，翩其反矣。"朱熹集传："骍骍，弓调和貌。"

【译文】

恶运刚刚发生，就像《乾》卦的上爻一样。亢龙有悔，天地倾覆，各处逆贼横行无忌。神州大地烽烟不绝，灾难不断。宗庙倾覆长满庄稼，晋朝遭遇令人痛心。天地无心爱育万物，万物归宿全都一样。骄纵为祸的未见天道报应，积福行善的尽成虚妄。逆贼刘聪疆土完整无损，而晋朝却无完好的城邑。待放的花苞在夏季凋

落，有毒的花卉在冬季四处蔓延。好像龟玉，藏在木匣中也避免不
了被毁的命运。晋朝的命运，不正像刍狗一样吗？我本软弱，难以
承受重要使命，过失仍很明显，但屡次得到褒奖。声威未能建立起
来，灾难降临到我头上。对国未能尽忠，于家未能尽孝。我的罪
孽，真如山高河广。如同深深的瑕隙，再也无法磨平。您与我之间
有和美的姻亲关系，您的妹妹和我的弟弟正是燕尔新婚。大难临
头，携带粮食，扶老携幼，出外逃难。车驾还未停，灾难已降临我
家。两家都遭劫难，三子同根，同时遇难。常常惭愧未能保护他
们，使我无法摆脱内疚。只剩了您一支，犹如孤零零的树干，没有
一个伙伴。但绿叶繁茂，枝条柔嫩美好，早上采果实，晚上捋树枝。
树枝青翠盈长八尺，果实如优异的珍珠满满一碗。您的才德如翠
竿逸珠，使我减少了不少忧愁。您将要离去，少了朋友，让人哀痛
愤懑。为何人去心伤？就像兰花、桂树被人移植而去，那春天的树
林更加茂盛，而这秋天的枣树更显憔悴。您就像尽情翱翔的凤凰
无暇休息，非梧桐不栖息，非嫩竹不食用。收敛翅膀永不东飞，直
上云霄只向西行。我对您敬重有加，甚至中止欢宴，放下政务。音
乐是用来欣赏演奏的，味道是用来区分美味佳肴的，文章是用来阐
明道理的，道理是用来疏导心神的。随着您的离去，这四美也就离
我而去了。清香的美酒封觞入库，丝竹乐器落满灰尘，书卷无心展
启，家中没有了知心朋友。您既辜负了我的感情，又让我少了邻
居。豪迈的段匹磾，出自鲜卑，归附大晋，凭借一腔忠诚信义，创下
了赫赫武功、过人文德。旌旗飘飘，弓如满月，战车隆隆，健马飞
驰。挥舞长鞭，揽辔控马。我拿什么送给您呢？唯有为国尽忠。
我拿什么述说我的思念？引颈西望，默诵此诗。

丘迟

丘迟(464—508),字希范,吴兴乌程(今浙江吴兴)人。齐代文学家丘灵鞠之子。初仕齐,任殿中郎。入梁,官至司空从事中郎将。他的诗文作品,明人辑有《丘司空集》。

与陈伯之书

【题解】

南朝梁天监四年(505)冬,梁武帝萧衍的弟弟临川王萧宏领兵北伐,受到北魏平南将军陈伯之的阻挡。丘迟时在萧宏军中任咨议参军、领记室,受命以私人名义写了这封信,劝陈伯之来降。陈伯之本是南朝人,齐末任江州刺史,萧衍起兵时招降了他,任他做镇南将军、江州刺史,502年,他听信离间之言,起兵反梁,投了北魏,但并未受特别重用。陈见到丘迟信后,便于506年春天率部八千人归降。陈伯之的归降自有种种原因,但这封信文辞委曲婉转,刚柔相济,声情并茂,确有打动人心之处。此文被认为是丘迟著作中"最有声者"(明·张溥《汉魏六朝百三家集》)。

迟顿首①。陈将军足下②:

无恙,幸甚幸甚! 将军勇冠三军,才为世出,弃燕雀之小志,慕鸿鹄以高翔。昔因机变化,遭遇明主^③,立功立事,开国称孤^④。朱轮华毂,拥旄万里^⑤,何其壮也!如何一旦为奔亡之虏^⑥,闻鸣镝而股战^⑦,对穹庐以屈膝,又何劣邪!

【注释】

①顿首:叩头,古代书信开头或结尾处的客气话。

②陈将军:即陈伯之。足下:书信中对人的敬称。

③遭遇明主:指陈伯之在齐末任江州刺史,萧衍起兵时招降了他,任他做镇南将军、江州刺史一事。明主,这里指梁武帝萧衍。

④开国称孤:陈伯之曾被梁封为丰城县开国公。孤,王侯自称。

⑤朱轮华毂(gǔ),拥旄(máo)万里:此指陈伯之拥有一方诸侯的气派和权力。朱轮,古代王侯显贵所乘的车子用朱红漆轮,故称。华毂,饰有文采的车毂。常用以指华美的车。毂,车轮中心圆木。拥旄,持旄。借指统率军队。旄,古代用牦牛尾装饰的旗子。《诗经·鄘风·干旄》:"孑孑干旄,在浚之郊。"毛传:"孑孑,干旄之貌。注旄于干首,大夫之旃也。"

⑥一旦为奔亡之虏:此指陈伯之投降北魏。虏,奴隶,仆役。

⑦鸣镝(dí):响箭。《史记·匈奴列传》:"冒顿乃作为鸣镝,习勒其骑射,令曰:'鸣镝所射而不悉射者,斩之。'"此指北魏的命令。因北魏是鲜卑族政权,对汉人政权来说,与匈奴同属蛮族,固用以类比。

【译文】

丘迟叩拜。陈将军足下:

知您近来安好,使我不胜欢欣!将军勇武冠于三军,才干当世无双,摒弃燕雀的狭小胸襟,向慕鸿鹄的高远志向。当年曾因应时机而变通,遭遇英明的君主,建功立业,得以封为开国公,南面称孤。乘坐华丽的车舆,统率雄兵坐镇一方,这是何等的雄壮啊! 怎么一下子就成了逃亡的奴仆,听到响箭之声就两腿打颤,见到胡人的帐篷就卑躬屈膝,这又是何等的下作啊!

    寻君去就之际①,非有他故,直以不能内审诸己,外受流言,沉迷猖獗,以至于此。圣朝赦罪责功,弃瑕录用,推赤心于天下,安反侧于万物②,将军之所知,不假仆一二谈也③。朱鲔涉血于友于④,张绣剚刃于爱子⑤,汉主不以为疑,魏君待之若旧。况将军无昔人之罪,而勋重于当世。夫迷涂知返,往哲是与⑥;不远而复,先典攸高⑧。主上屈法伸恩,吞舟是漏⑨。将军松柏不翦⑩,亲戚安居,高台未倾⑪,爱妾尚在,悠悠尔心,亦何可言!

【注释】

①寻:推究。

②反侧:不安心的样子。

③仆:作者自谦之称。

④朱鲔(wěi)涉(dié)血于友于:此句与下文"汉主不以为疑"说的是一件事。光武帝攻洛阳,朱鲔拒守。光武帝遣人劝降,朱鲔因曾参与更始帝刘玄杀害光武帝哥哥的活动不敢投降,光武帝复遣人晓喻他说:"夫建大事不忌小怨,今降,官爵可保。"朱鲔,新莽末淮阳人。初随王匡等起事,属新市兵。后拥立刘玄,拟封胶东王,以高祖有约,非刘氏不王,让不受,徙任左大司马。东汉立,建武元年(25),降于光武帝,拜平狄将军,封扶沟侯。后任少府。涉血,即"喋血",流血。友于,兄弟。这里指刘秀的哥哥。

⑤张绣剚(zì)刃于爱子:此句与下文"魏君待之若旧"说的是一件

事。曹操进攻宛城时,张绣投降,不久复反,在交战中杀死了曹操的长子曹昂和侄子曹安民。两年后又投降,曹操不计过往,封他为列侯。张绣,东汉末武威祖厉(今甘肃会宁)人。张济族子。初为县吏。东汉末,纠合邑中少年,从济征伐,以功迁建忠将军,封宣威侯。济死,领其众,与刘表合。后降曹操,拜扬武将军。恨曹操纳张济妻,掩袭操。官渡之战,从贾诩计,复降操,力战有功,迁破羌将军。卒谥定。剚刃,用刀剑刺入。剚,插。

⑥往哲:从前的圣贤。与:许,赞许。

⑦不远而复:迷途未远而知返。《周易·复》初九爻辞:"不远复,无祗悔,元吉。"

⑧先典:古代的典籍。此指《周易》。攸:所。

⑨吞舟是漏:本谓大鱼漏网,后常以喻罪大者逍遥法外。吞舟,指能够吞舟的大鱼,常以喻人事之大者。漏,漏网。

⑩松柏不翦:指先人的坟墓没有被破坏。松柏,指祖坟。墓地多植松柏,故以松柏代指坟墓。翦,同"剪"。削。

⑪高台未倾:指家宅安好。

【译文】

推究您离梁投魏之时,并不是有什么别的缘故,只是由于不能内心里自我审察,又听信外界的流言蜚语,一时迷惑错乱,以至于此。现今梁朝赦免臣下的罪过只求其建立功劳,不计较缺点过失而予以录用,以赤诚之心待天下之人,使彷徨动摇的人得以安心,这一切都是将军所了解的,不需要我一一细谈了。当年朱鲔曾杀死汉光武帝刘秀的哥哥,张绣曾杀死曹操的爱子,而光武帝并不因此疑忌朱鲔,曹操对待张绣也同过去一样。何况将军您并没有像这些人一样严重的罪过,而功勋却见重于当世。迷途知返,这是先代贤哲所赞许的;错路走出不远而能马上归来,更为古代经典所推崇。当今皇上轻于法度而重施恩惠,法网宽松到罪大者都能逍遥法外。将军在南朝的祖坟未受到破坏,亲人们也都很平安，房屋完好，爱妾健在，您好好想想，还有什么可说的呢！

今功臣名将，雁行有序。佩紫怀黄①，赞帷幄之谋；乘轺建节②，奉疆埸之任，并刑马作誓③，传之子孙。将军独靦颜借命④，驱驰毡裘之长⑤，宁不哀哉？夫以慕容超之强，身送东市⑥；姚泓之盛，面缚西都⑦。故知霜露所均，不育异类；姬汉旧邦⑧，无取杂种。北虏僭盗中原，多历年所，恶积祸盈，理至焦烂⑨。况伪孽昏狡，自相夷戮，部落携离⑩，酋豪猜贰。方当系颈蛮邸，悬首藁街⑪，而将军鱼游于沸鼎之中，燕巢于飞幕之上，不亦惑乎？

【注释】

①紫：紫绶，系官印的丝带。古代高级官员用作印组，或作服饰。黄：黄金印。

②轺（yáo）：使节所用之车。节：符节，使者所持的信物。

③刑马作誓：此处指梁武帝与功臣名将立誓约，保证将爵位传其子孙。刑马，杀马。古代诸侯杀白马饮血以会盟。

④靦颜：犹厚颜。借命：苟且偷生。

⑤毡裘：胡人的衣服，这里借指胡人。

⑥夫以慕容超之强，身送东市：东晋末南燕国君慕容超曾大掠淮北，刘裕北伐，灭南燕，俘获慕容超，押赴建康（今南京）斩首。慕容超，鲜卑族，字祖明。慕容德兄子。慕容德无子，立超为太子嗣位。东市，原是汉代处决犯人之处，后来泛指刑场。

⑦姚泓之盛，面缚西都：刘裕北伐破长安，灭后秦，姚泓出降。刘裕把他押赴建康斩首。姚泓，十六国时后秦国君，字元子。羌族。继位后改元永和。王室贵族姚愔、姚济、姚恢相继起兵叛。诸羌

及并州胡数万人叛。刘裕乘机北伐。永和二年(417),东晋军临长安,姚泓出降,被杀于建康。面缚,双手反绑于背而面向前。古代用以表示投降。西都,长安。

⑧姬汉:周朝和汉朝。借指汉族建立的国家。姬,周天子的姓。借指周朝。

⑨焦烂:崩溃灭亡。

⑩携离:四分五裂。

⑪系颈蛮邸,悬首藁(gǎo)街:指俘获斩杀北魏君主,将其首级悬挂在藁街的蛮夷邸示众。蛮邸,亦称蛮夷邸,汉代在都城内为接待邻族、邻国的宾客而设的馆舍。《汉书·元帝纪》:"(建昭三年)秋,使护西域骑都尉甘延寿、副校尉陈汤挢发戊己校尉屯田吏士及西域胡兵攻郅支单于。冬,斩其首,传诣京师,悬蛮夷邸门。"藁街,汉代京城的街名。蛮夷邸即设在此街。

【译文】

现在梁朝的功臣名将,各有任命封赏,职位高下森然有秩。身佩紫色绶带,手握黄金大印,参与筹划军机大事;乘轻车,竖旌节,担负保卫疆土的重任,并且杀白马饮血立誓,爵位可以传给子孙。唯独将军您厚颜偷生,为居毡帐着皮裘的拓跋族君长奔走效劳,岂不是太可悲了吗?南燕慕容超是多么的强大,但最终被解送建康刑场斩首;后秦的姚泓也曾嚣张一时,最后也在长安面缚出降。由此可见,普天之下,虽霜露均布,却不养育异类;在中原周汉的故土,岂容外族猖狂。北魏在中原僭称正统已有很多年,积恶多端,灾祸满盈,理应溃败灭亡。何况北魏伪政权昏聩狡诈,内部互相残杀,部落分崩离析,酋长之间互相猜忌。他们用不了多久就要受缚到京城蛮邸,被斩下首级悬在藁街示众。您现在就如鱼游于沸腾的锅里,如燕子筑巢于摇荡的帐幕之上,不是太令人迷惑不解了吗?

暮春三月,江南草长,杂花生树,群莺乱飞。见故国之旗鼓,感平生于畴日①,抚弦登陴,岂不怆悢②?所以廉公之思赵将③,吴子之泣西河④,人之情也,将军独无情哉?想早励良规⑤,自求多福。

【注释】

①见故国之旗鼓,感平生于畴日:畴日,昔日。《文选》刘良注:"北至寒,故以江南物色、旧乡之美感动之。"

②抚弦登陴(pí),岂不怆悢:弦,弓。陴,城上女墙。怆悢,悲伤。《文选》李善注:"袁宏《汉献帝春秋》臧洪报袁绍书曰:'每登城勒兵,望主人之旗鼓,感故国之绸缪,抚弦搦矢,不觉流涕之覆面也。'"

③廉公之思赵将:廉颇遭受谗言,离赵去魏,身在异国,却始终想复为赵将。廉公,廉颇。

④吴子之泣西河:吴起为魏将守西河。魏武侯听信谗言,召他回去。吴起知道自己一走,西河就要被秦军占领,所以临走时望西河而泣。后果如其言。吴子,吴起。

⑤早励良规:尽早采取好的规划。励,振奋。

【译文】

暮春三月时节,江南芳草蓁盛,繁花开满枝头,群莺穿梭飞舞。看到故国军队的旌旗鼓角,感慨追忆那逝去的时日,携弓登城望远之际,怎能不黯然神伤?正因为如此,廉颇逃亡在魏时总想着能重为赵将,吴起临别西河时伤心泪下。这是人之常情,难道唯独将军您没有这种感情吗?望您尽早妥善安排,自己争取幸福的前途。

当今皇帝盛明,天下安乐。白环西献①,楛矢东来②;夜郎、滇池③,解辫请职;朝鲜、昌海④,蹶角受化⑤;唯北狄野心,掘强沙塞之间⑥,欲延岁月之命耳。中军临川殿下⑦,明德茂亲,总兹戎重,吊民洛汭,伐罪秦中⑧,若遂不改,方思仆言。聊布往怀,君其详之。丘迟顿首。

【注释】

①白环西献:西方的部落送来白玉环。《竹书纪年》记载:舜时,西王母来献白玉环和玉佩。

②楛(hù)矢东来:东方的部落献来楛木矢。《孔子家语》说:周武王时,东北的肃慎来献装有石制箭头的楛木矢。

③夜郎:指夜郎国。存在于战国至西汉时。在今贵州西部、北部与云南东北部、四川南部一带。汉初与南越、巴、蜀皆有贸易往来。汉武帝元鼎六年(前111)于其地置牂牁郡。滇池:此指滇国。在今云南东部滇池地区。战国时楚将庄蹻至其地称滇王。西汉武帝元封二年(前109)置益州部。

④昌海:西域国名。此泛指西域各国。

⑤蹶角:叩头。受化:接受教化。

⑥掘强:同"倔强"。强硬直傲,不屈于人。

⑦中军临川殿下:指中军将军临川王萧宏。殿下,对王侯的尊称。

⑧吊民洛汭,伐罪秦中:此指讨伐北魏。当时北魏建都洛阳,统一了北方。洛汭,洛水汇入黄河处。此指洛阳。秦中,关中,今陕西中部地区。洛阳与关中是北方两大政治中心,此代指北魏。

【译文】

当今皇上神圣英明,百姓安居乐业。西方的部落献来白玉环,东方的部落献来楛木矢;夜郎、滇池诸国,解散发辫,改着汉人装束,请求封职;朝鲜、昌海诸国,叩头归服,接受教化。唯有北方各族野心勃勃,逞强于沙漠边塞之间,他们不过是企图苟延岁月罢了。中军将军临川王殿下,德行彰明,又是当今皇上的至亲,主持这次北伐的军机重任,将要在洛水隈曲处慰问受难的人民,去秦中讨伐有罪的敌人,您若犹豫因循而不知悔改,就请仔细考虑一下我的这番话。聊以此信表达往日的情谊,希望您详加省察。丘迟拜上。

韩愈

韩愈简介参见卷二。

与孟尚书书

【题解】

孟尚书即孟简。《旧唐书·宪宗纪》载:元和十三年五月,"以户部侍郎孟简检校工部尚书、襄州刺史、山南东道节度使"。故信中称孟简为"孟尚书"。元和十四年,韩愈由谏迎佛骨事贬潮州,和当地僧人大颠交游甚好,人们传言他信奉了佛教;十四年冬韩愈迁到袁州,第二年,孟简写信提到这事,韩愈于是写这封信回答他。

此文理足气盛,浩如江海,虽千转百折,雄肆之气不变,当属韩愈散文中一流作品,可以和《原道》相并而读。

愈白:行官自南回①,过吉州②,得吾兄二十四日手书数番,忻悚兼至③。未审入秋来眠食何似,伏惟万福④!

【注释】

①行官:唐制,刺史、节度使有行官,主将命,往来京师及邻道。此

处指韩愈任袁州刺史之行官。

②吉州：治庐陵县，今江西吉安。元和十五年，太子宾客分司孟简
　　贬作吉州司马。

③忻悚（xīn sǒng）：恐惧。忻，同"欣"。

④伏惟：下对上陈述己见时所用敬辞。

【译文】

　　韩愈启白：行官从南绕回，路过吉州，得到兄长您二十四日亲写的信札，使我喜惧同生。不知入秋以来您睡眠饮食如何，在此恭祝您多福！

　　来示云①：有人传愈近少信奉释氏②，此传之者妄也。潮州时③，有一老僧，号大颠④，颇聪明，识道理。远地无可与语者，故自山召至州郭，留十数日。实能外形骸，以理自胜，不为事物侵乱。与之语，虽不尽解，要自胸中无滞碍。以为难得，因与往来。及祭神至海上，遂造其庐。及来袁州⑤，留衣服为别，乃人之情，非崇信其法，求福田利益也⑥。孔子云："丘之祷久矣⑦。"凡君子行己立身，自有法度，圣贤事业，具在方册⑧，可效可师⑨。仰不愧天，俯不愧人，内不愧心⑩，积善积恶，殃庆自各以其类至⑪。何有去圣人之道，舍先王之法，而从夷狄之教，以求福利也？《诗》不云乎："恺悌君子，求福不回⑫。"《传》又曰："不为威惕，不为利疚⑬。"假如释氏能与人为祸祟，非守道君子之所惧也，况万万无此理。且彼佛者，果何人哉？其行事类君子邪？小人邪？若君子也，必不妄加祸于守道之人；如小人也，其身已死，其鬼不灵。天地神祇，昭布森列，非可诬也。又肯令其鬼行胸臆、作威福于其间哉？进退无所据，而信奉之，亦且惑矣。

【注释】

①来示云:来信说。示,敬称他人来信。

②少:稍,略微。

③潮州:治海阳县,今广东潮阳。

④大颠:《景德传灯录》卷十四曰:"潮州大颠和尚,初参石头(希迁大师),言下大悟,后辞往潮州灵山隐居,学者四集。"灵山在潮阳县西。

⑤袁州:治宜春县,今江西宜春。

⑥福田:《法苑珠林·福田篇》:"《优婆塞戒经》云:佛言世间福田凡有三种,一报恩田;二功德田;三贫穷田。"世间法言,广植福田,可得种种善报。

⑦孔子云:"丘之祷久矣":见《论语·述而》篇。意谓修德明心即为祷祝荐神。

⑧方册:书籍。方,板。册,借作策意,策,简也。

⑨效、师:仿效,师法。

⑩"仰不愧天"几句:《孟子·尽心上》曰:"仰不愧于天,俯不怍于人。"意谓心地光明坦荡,无所愧疚。

⑪积善积恶,殃庆自各以其类至:《周易·坤·文言传》曰:"积善之家必有余庆,积不善之家必有余殃。"

⑫恺悌君子,求福不回:见《诗经·大雅·旱麓》。不回,不违背祖先之德。《毛诗》中"恺悌"亦作"岂弟"。

⑬不为威惕,不为利疚:见《春秋左传》哀公十六年"不为利诣,不为威惕"。疚,不安。惕,恐惧担心。

【译文】

来信说,有人传言韩愈近来有点信奉佛教了,这是传言的人胡说。在潮州的时候,有一个年老僧人,法号大颠,很聪明,懂得道理。我处于偏僻之所没有谈得来的人,所以就把他从山中召请到州城中,留住了十来天。他的确能够将名利形骸置于一旁,自得理趣,不被杂事外物侵入扰乱心境。和他谈话,虽然不完全理解,但也觉心胸无所滞碍,清明高远。我因此认为此乃难得之人,便和他来往。等前去海上祭拜神灵时,就登访他的住所。到迁移袁州时,又留赠衣服作为告别之礼,这是人之常情,并非尊崇信仰他们的教法,谋求福田和种种善报。孔子说:"丘之祷久矣。"凡是君子行事修身,都自有一定之规。圣贤所事之业,全都列记在书籍之中,可以效仿师从。抬头不觉有愧于天,俯身不觉有愧于人,内视不觉有愧于良心,积累善恶,福祸就自然随之而来。哪里能抛弃圣人之道,丢弃先王法度,却去追随于蛮邦的教法,来谋求福田和善报呢?《诗经》不是说了吗?"恺悌君子,求福不回。"《春秋左传》也说:"不为威惕,不为利疚。"倘若佛教能够给人们制造祸福,就不会被守循大道的君子所畏惧,况且也绝没有这样的道理。再说他们的佛,究竟是什么样的人呢?他做事像君子还是小人呢?如果是君子,一定不会随意把灾祸降加给遵循大道的人;如果是小人,他的身体已经死灭,他的鬼魂也自然不会灵验。天地神祇,都清清楚楚地布列四周,无法欺骗瞒哄,又怎肯让他的鬼魂任意在此作威作福呢?进一步说,退一步言,都毫无根据,却信奉他,也真让人疑惑不解。

　　且愈不助释氏而排之者,其亦有说。孟子云:"今天下不之杨则之墨①。"杨、墨交乱,而圣贤之道不明,则三纲沦而九法致②,礼乐崩而夷狄横,几何其不为禽兽也?故曰:"能言距杨、墨者,皆圣人之徒也③。"扬子云云:"古者杨、墨塞路,孟子辞而辟之,廓如也④。"夫杨、墨行,正道废,且将数百年,以至于秦,卒灭先王之法,烧除其经,坑杀学士,天下遂大乱。及秦灭,汉兴且百年,尚未知修明先王之道。其后始除挟书之律⑤,稍求亡书⑥,招学士,经虽少得,尚皆残缺,十亡二三。故学士多老死，新者不见全经，不能尽知先王之事，各以所见为守，分离乖隔，不合不公⑦，二帝、三王、群圣人之道于是大坏⑧，后之学者无所寻逐，以至于今，泯泯也⑨。其祸出于杨、墨肆行而莫之禁故也。孟子虽贤圣，不得位，空言无施，虽切何补⑩？然赖其言，而今学者尚知宗孔氏，崇仁义，贵王贱霸而已。其大经大法，皆亡灭而不救，坏烂而不收，所谓存十一于千百，安在其能廓如也！然向无孟氏，则皆服左衽而言侏离矣⑪。故愈尝推尊孟氏，以为功不在禹下者⑫，为此也。汉氏已来，群儒区区修补⑬，百孔千疮，随乱随失⑭，其危如一发引千钧，绵绵延延⑮，浸以微灭⑯。于是时也，而倡释、老于其间，鼓天下之众而从之。呜呼，其亦不仁甚矣！释、老之害，过于杨、墨；韩愈之贤，不及孟子。孟子不能救之于未亡之前，而韩愈乃欲全之于已坏之后，呜呼，其亦不量其力，且见其身之危，莫之救以死也。虽然，使其道由愈而粗传，虽灭死万万无恨！天地鬼神，临之在上，质之在旁⑰，又安得因一摧折，自毁其道，以从于邪也？

【注释】

①今天下不之杨则之墨：见《孟子·滕文公下》："天下之言不归杨则归墨，杨、墨之道不熄，孔子之道不著。"

②三纲：君为臣纲，父为子纲，夫为妻纲。九法：九畴之法。敦(dù)：败坏。

③能言距杨、墨者，皆圣人之徒也：见《孟子·滕文公下》。距，即"拒"。

④"扬子云云"几句:见扬雄《法言·吾子篇》。辟,开启,开辟,亦即
　　驳斥意。廓如,谓其广大可通。

⑤除挟书之律:废除关于藏书治罪的律令。秦律,敢有挟书者族。

⑥稍求亡书:《汉书·艺文志》:"汉兴,改秦之败,大收篇籍,广开献
　　书之路。迄孝武世,书缺简脱,礼坏乐崩……于是建藏书之策,
　　置写书之官,下及诸子传说,皆充秘府。至成帝时,以书颇散亡,
　　使谒者陈农求遗书于天下。"

⑦"故学士多老死"几句:此谓古文学者和今文学者之争。

⑧二帝:尧、舜。三王:夏、殷、周之禹、汤、文王。

⑨泯泯:纷乱意。

⑩空言无施,虽切何补:只是言教却无从实施,尽管急切又有什么
　　用处呢?

⑪左衽:谓夷狄之人。衽,衣襟。侏离:蛮夷语声。

⑫故愈尝推尊孟氏,以为功不在禹下者:《孟子·滕文公下》曰:"昔
　　者禹抑洪水,而天下平;周公兼夷狄,驱猛兽,而百姓宁;孔子成
　　《春秋》,而乱臣贼子惧。我亦欲正人心,息邪说,距诐行,以承三
　　圣者。"推孟子于禹同本于此处。

⑬区区:小意。

⑭随乱随失:随即被整理随即又遗失。

⑮绵绵延延:危长而不绝。

⑯浸:逐渐。

⑰质:评断。

【译文】

　　而且韩愈不赞助佛教却拼力排斥它,也有自己的道理。孟子说:
"今天下不之杨则之墨。"杨朱、墨子之说交替杂出使圣贤之道不昭明,
三纲沦落九法败坏,礼乐制度崩溃而蛮夷之术横行,离禽兽还能差多远
呢? 所以说:"能言距杨、墨者,皆圣人之徒也。"扬雄说:"古者杨、墨塞

路,孟子辞而辟之,廓如也。"杨、墨之道行于天下,大道沦废,几近数百年之久,直至秦代,终于毁灭了先王法度,烧除经典,坑杀儒士,天下于是大乱。等秦代灭亡,汉朝兴起至于百年,还不知道修习彰明先王之道。这之后才开始废除藏书治罪的律令,逐渐下令搜寻亡失的书册,招徕习儒之士,经典虽说稍稍获得了一些,可还是残少缺失有十分之二、三。这样,由于习学儒术的人大多或死或老,新修的人又看不到完整的经书,不能全然了解先王的法度、史实,各自抱守片面之见,彼此分隔背离,既不全面也不客观。二帝三王、诸多圣人之道就这样被破坏得十分厉害,以至于后来的修习者没有可以探究追随的,直到今天,还是纷乱不明。祸根就在于杨、墨学说泛滥天下却控制不住。孟子即使贤能圣明,但不能获得合适的职位,只好空论言教而无以实施,尽管急切努力又有什么用处呢?但是幸而有他的言论,当今的修习者还懂得宗奉孔子,崇尚仁义,推重王道一统,鄙薄割据称霸。可那些述行大道的经典法度还都是灭亡得不到拯救,坏烂得不到辑录,只能说存留了千分之十,百分之一,哪里有什么扬雄所说的大道畅通无阻啊!然而如果没有孟子,人们恐怕将更要统于夷族异道了。所以我曾经推崇尊重孟子,认为他的功劳不在大禹之下,就是这个原因。汉朝以后,群儒小修微补,整个儒道百孔千疮,一时被整理一时又散失,危险得像用一根头发牵引千钧重物,就这样绵延断续,逐渐临于衰微灭亡。在这种时候,却去倡导释、老之说,鼓动天下民众追从。唉,这也太不道德了!释、老的危害要超过杨、墨,我韩愈的贤能比不上孟子。孟子尚且不能在大道尚未亡失以前有所补救,韩愈却想在大道已经崩坏之后力挽危势。唉,那也太不自量力了,并且在他由此而身处危境时,没有谁肯拼力以死相救啊!即便如此,让大道由我韩愈传延其基本轮廓,哪怕此身灭死也绝无遗憾。天地鬼神,在天上看着,在身旁评断,我又怎能因为一次挫折,就放弃所追寻的大道,信奉邪法呢?

籍、湜辈虽屡指教①,不知果能不叛去否②。辱吾兄眷厚,而不获承命③,惟增惭惧,死罪死罪④! 愈再拜。

【注释】

①籍、湜:指张籍、皇甫湜。

②果:终究。叛去:谓其事佛弃儒。

③不获承命:不能受命。

④死罪死罪:谓不能承受孟简之命,与之相违,故称此以自谢。

【译文】

张籍、皇甫湜这些人我虽然屡屡指点教导,可不知是否终究不背离所教。承蒙您对我眷顾厚爱,我却不能听从诲命,只能增添惭惧之心,死罪死罪! 韩愈再拜。

与鄂州柳中丞书

【题解】

柳中丞,名绰。以御史中丞出为湖南观察使。元和十年(815)徙鄂岳观察使,讨伐吴元济时,诏发鄂岳兵五千,听命安州刺史李听帐下,柳绰说:"朝廷谓吾儒生不知兵邪?"请求自行率兵,引兵渡江后,作战谋划如古代名将,每战辄胜。

此文作于元和十年(815),时韩愈任知制诰。信中对柳绰慷慨从戎大加赞颂,同时又诫之以"临敌重慎,诚轻出入"。关怀之情亦跃然纸上。

淮右残孽①,尚守巢窟,环寇之师②,殆且十万③。瞋目语难④,自以为武人不肯循法度⑤,颉颃作气势⑥,窃爵位,自尊大者,肩相摩,地相属也⑦。不闻有一人援枹鼓、誓众而前者⑧,但日令走马来求赏给⑨,助寇为声势而已!

【注释】

①淮右残孽:指淮蔡吴元济。

②环寇之师:谓随从围绕贼寇的叛军。

③殆且:将近。

④瞋目语难:瞪着眼睛难以相语。

⑤不肯循法度:不肯遵守法令制度。

⑥颉颃(xié háng):倔强高慢。颉,鸟飞向上。颃,鸟飞向下。

⑦肩相摩,地相属(zhǔ):肩膀相碰撞摩擦、领地相连接。此谓叛乱迭起。

⑧援:拿。枹(fú):鼓槌。誓众:出征前告诫将士,表决心。

⑨走马:仆从,下属。赏给:封赏供给。

【译文】

淮蔡残孽吴元济,仍旧盘踞于巢穴之中,随从贼寇吴元济的叛军,几近十万之多。而像这样难以和颜相语,自认为勇武之人,不肯遵循国家法制,高慢倔强张扬气势,偷取爵位自尊自大的家伙,实在是摩肩擦踵,领地相接连成一片啊。没有听说有一个人拿着鼓与槌誓师进前讨伐的,只是每天让下属到朝中要求封赏供给,帮助贼寇增加他们的声威势力而已。

阁下书生也,《诗》《书》《礼》《乐》是习,仁义是修,法度是束①,一旦去文就武,鼓三军而进之。陈师鞠旅②,亲与为辛苦;慷慨感激③,同食下卒④;将二州之牧⑤,以壮士气;斩所乘马,以祭踬死之士⑥,虽古名将,何以加兹? 此由天资忠孝,郁于中而大作于外⑦,动皆中于机会⑧,以取胜于当世,而为戎臣师⑨。岂常习于威暴之事⑩,而乐其斗战之危也哉?

【注释】

①法度是束:遵守法度。是,代词,用以提前并复指宾语表示强调。

②陈师鞠旅:谓告誓军队。陈,宣示,公布。师,二千五百人为师。鞠,告。旅,五百人为旅。

③感激:因有所感而致情绪激动。

④同食下卒:与下卒吃同样的食物。谓其与下同甘共苦。

⑤二州之牧:指岳州、安州。牧,地。

⑥斩所乘马,以祭踶(dì)死之士:柳绰所乘马踶杀围人,绰乃杀马祭之。踶,踏。

⑦郁:盛积。

⑧中于机会:适应时机运势。

⑨戎臣:武将。

⑩威暴:威武杀暴。

【译文】

阁下本一介书生,熟习《诗》《书》《礼》《乐》,修行仁义道德,遵循法令制度。忽然弃文从武,召集三军前往讨贼。晓喻全军,亲自和他们同甘共苦;慷慨激昂,与士卒同吃同住;率领二州之民,以增强士气;斩杀所乘之马,以祭被踢死的士兵,即使古代名将,又能比您强出多少呢?这全因天资忠信仁孝,积蓄于内心而光大发扬于外,行军举动都合乎时机运势,故而在当世首屈一指,成为武将所师法的对象。难道是经常从事威武杀暴之事,又对战斗时危险情势乐而不疲吗?

　　愈诚怯弱,不适于用①,听于下风②,窃自增气③,夸于中朝、稠人广众会集之中,所以羞武夫之颜④,令议者知将国兵而为人之司命者⑤,不在彼而在此也。

【注释】

①不适于用:不合适于任用。自谦之言。

②听于下风:谓听闻胜利之捷报。

③增气:增添豪气。

④所以:用来。

⑤为人之司命者:即司人命者。司,掌管。

【译文】

韩愈我确实胆怯懦弱,百无一用,只能望听捷报,而即使这样,也使我豪气暗增,常在皇宫内廷和人多会聚的地方夸耀您的功劳智勇,用来羞落武将的脸面,让议论军政大事的人们知道率领国家大军、决定众人性命安危的,不在别处就在这里。

临敌重慎①,诚轻出入②,良食自爱,以副见慕之徒之心③,而果为国立大功也④。幸甚⑤,幸甚!

【注释】

①重:亦"慎"意。

②轻出入:草率出兵行师。

③副:慰。见慕之徒:谓韩愈等人。

④果:终。

⑤幸甚:信尾用语。

【译文】

临敌请务必慎重,不要轻率出兵举师,好好吃饭、爱护自己,以不辜负那些倾慕者的心意，并最终为国创立大功。幸甚，幸甚！

再与鄂州柳中丞书

【题解】

韩愈前有《与鄂州柳中丞书》。前书得到答复，故而又上书以论伐蔡之事。

如同前书，此文先言淮右贼寇之祸，然后以诸武夫之束手无策与柳绰以儒率军、克敌致胜作对比，盛赞柳绰功勋；而后勉励他继续努力，并提出自己的一些建议。

全文气势高扬，慷慨激昂，然而又可见韩愈稳重谨慎、不失于冒进的性格，使读者读来不仅为文中气势感染，同时还会敬佩于韩愈忧虑国事的赤诚之心。

愈愚，不能量事势可否。比常念淮右以靡弊困顿三州之地①，蚊蚋蚁虫之聚②，感凶竖煦濡饮食之惠③，提童子之手④，坐之堂上⑤，奉以为帅，出死力以抗逆明诏⑥，战天下之兵。乘机逐利，四出侵暴，屠烧县邑，贼杀不辜⑦。环其地数千里，莫不被其毒，洛、汝、襄、荆、许、颍、淮、江为之骚然⑧。丞相公卿士大夫劳于图议，握兵之将，熊罴貔虎之士⑨，畏懦蹜蹜⑩，莫肯杖戈为士卒前行者⑪。独阁下奋然率先，扬兵界上，将二州之守，亲出入行间⑫，与士卒均辛苦⑬，生其气势⑭。见将军之锋颖⑮，凛然有向敌之意⑯；用儒雅文字章句之业，取先天下武夫，关其口而夺之气⑰。愚初闻时，方食，不觉弃匕箸起立⑱。岂以为阁下真能引孤军单进，与死寇角逐,争一旦侥幸之利哉? 就令如是,亦不足贵,其所以服人心,在行事适机宜,而风采可畏爱故也。是以前状辄述鄙诚⑲,眷惠手翰还答⑳,益增忻悚㉑。

【注释】

①比:近来,最近。淮右:即淮西,唐方镇淮南西道的简称。靡:倒。三州之地:申、光、蔡三州。

②蚋(ruì):蚊类昆虫。

③凶竖:对人蔑称。指吴少阳。煦濡:即犹煦沫,以唾沫湿润,谓施与之微薄。濡,沾湿。

④童子:犹言竖子,指称吴少阳之子吴元济。

⑤坐之堂上:使之坐于堂上。

⑥明诏:圣旨。

⑦不辜:无辜。辜,罪。

⑧洛:今河南洛阳。汝:今河南临汝。襄:今湖北襄阳。荆:今湖北江陵。许:今河南许昌。颍:今安徽阜阳。淮:今河南淮阳。江:今江西九江。骚然:不安状。

⑨貙(chū):大如豹,文如狸。

⑩蹴踖(cù sù):忧愁不安。蹴,同"慼"。

⑪杖:执拿。

⑫出入行间:出入军旅。

⑬均:同等。

⑭生:使……生。

⑮颖:物之细长部分、尖锐部分。

⑯凛然:严肃,使敬畏。

⑰关:使关。

⑱匕箸:羹匙筷子。

⑲状：用以陈述事件事迹之文体。

⑳手翰：亲笔写信。翰，书信。

㉑忻悚：喜与惧。忻，同"欣"。悚，恐惧。

【译文】

韩愈愚钝，不能度量事情时势之可否。近来时常念及淮蔡叛地，凭贫乏疲惫的三州之地，一群蚊蚋蚁虫般的人，由于感念贼子唾沫星点般饮食赐惠，就提携鼠辈之手，让他坐于高堂，尊奉他为统帅，出效死力违抗圣旨，与天下之兵为敌。乘机捞取好处，四下骚扰凌暴，烧杀县邑，滥杀无辜。邻绕淮蔡的数千里土地，没有不受他们毒害的，洛、汝、襄、荆、许、颍、淮、江，都因此恐慌不安。丞相、公卿、士大夫忙于图谋议论，然而那些执握兵权的将领，熊黑貔虎般的武士，却胆怯畏惧，忧愁不安，不肯提戈前行，身先士卒。只有阁下奋然率先，举兵临于叛地边界，统二州之所有，亲自出入于军旅之间，和士卒同甘苦，以激励他们的斗志。他们看到将军的锋锐之气，于敬畏之中自然产生对敌的心意；您以儒雅风度和文字章句这样的学业，胜过天下武将，使他们闭口气短。我刚刚听说时正在吃饭，不觉之间放下碗筷站了起来。哪里是以为阁下您真能带领孤军单进，和顽寇争斗，夺取一时侥幸的胜利？即使能够这样，也不足为贵，之所以摄服人心，在于您行事适机应时，风采又令人敬畏爱重。所以前番写信就陈述了我的诚意，蒙您亲笔回书答复，使我更增欢喜与惶恐。

　　夫一众人心力耳目①，使所至如时雨，三代用师②，不出是道。阁下果能充其言③，继之以无倦，得形便之地，甲兵足用④，虽国家故所失地，旬岁可坐而得，况此小寇，安足置齿牙间⑤？勉而卒之⑥，以俟其至⑦，幸甚幸甚。

【注释】

①一：使……齐，使……一致。

②三代：夏、商、周。

③充：充任，实践。

④甲兵：代指军需。

⑤齿牙：指口头谈论。

⑥勉：勉力。卒：毕，尽。

⑦其：指灭寇之日。

【译文】

使众人齐心听令，则兵之所到有如急雨之势，夏、商、周三代用兵，也都超不出这样的方式。阁下您若真能实践此言，加上努力不懈，占据形势便利的地方，军兵物资充足，那么即使国家过去沦失的土地，一年时间也可唾手而得，何况这样的小寇，哪里值得一谈？努力做好这些事，就能坚持到胜利的到来。幸甚，幸甚。

夫远征军士，行者有羁旅离别之思，居者有怨旷骚动之忧；本军有馈饷烦费之难，地主多姑息形迹之患①。急之则怨，缓之则不用命②；浮寄孤悬③，形势销弱④，又与贼不相谙委⑤，临敌恐骇，难以有功。若召募土人，必得豪勇，与贼相熟，知其气力所极⑥，无望风之惊⑦，爱护乡里，勇于自战⑧。征兵满万，不如召募数千。阁下以为何如？倘可⑨，上闻行之否？

【注释】

①姑息：无原则的宽容。

②不用命：不从命。

③浮寄孤悬：谓孤军寄于异地，无所依托。

④销弱：渐弱。

⑤谙（ān）委：熟悉。委，知，知道。

⑥气力所极：谓其弱点，局限。

⑦望风之惊：谓略闻对方风声就惊慌害怕。

⑧自战：为己而战。

⑨倘：或许，可能。

【译文】

　　就远行出征的军队而言，为夫而在军的有羁旅离别之愁思，居家为妻的则有怨旷骚动之哀伤；在编军兵有粮饷供给种种费用的困难，当地军兵则多纵敌苟安之心。督率将士太紧就怨恨，太缓又不听从命令；孤军驻扎于不熟之地，使得有利形势渐被削弱，又和贼寇彼此不相了解，临敌之时军士恐惧害怕，只怕难有胜战。如果召募当地百姓，必能获得豪勇之士，他们熟知敌情，了解敌人的弱点与局限，不会动不动就受到惊吓，又爱护家乡，所以必会勇力为自己奋战。征兵满万，不如就地召募数千人，阁下您认为如何？倘若可行，上报实行否？

　　计已与裴中丞相见①。行营事宜②，不惜时赐示及。幸甚！不宣③。

【注释】

①裴中丞：裴度，时宪宗遣视淮西师。

②行营：出征军队。此谓柳绰时赐书示以行营之事。

③不宣：信尾套语。表示不一一述说。

【译文】

　　此计已和裴中丞商量提及。愿阁下别怕浪费时间将行营诸事赐教告知于我。幸甚！不宣。

与崔群书

【题解】

崔群，字敦诗，贝州武城人（今山东武城），与韩愈同年进士，其时在宣州（今安徽宣城）任观察判官。

这篇书信作于贞元十八年（802），时韩愈三十五岁。主要谈了三部分：先请崔群不要过分虑及得失，以致心情忧郁，应该好好保养身体；再叙情义，比崔群为"凤凰芝草""青天白日"，表示钦佩其人格，又刻意说明这种赞美之辞乃从交友经验和圣人之道得出，非阿谀可比；最后代崔群鸣不平，言及"贤者恒不遇，不贤者比肩青紫"的不合理现象。结尾又表自己愿与崔群偕隐终老嵩山之意。全篇平易朴实，词句晓畅，情意真挚。

自足下离东都①，凡两度枉问②，寻承已达宣州③。主人仁贤④，同列皆君子⑤，虽抱羁旅之念⑥，亦且可以度日。"无入而不自得"⑦，"乐天知命"者⑧，固前修之所以御外物者也⑨，况足下度越此等百千辈⑩，岂以出处近远累其灵台邪⑪！宣州虽称清凉高爽，然皆大江之南，风土不并以北，将息之道⑫，当先理其心，心闲无事，然后外患不入。风气所宜，可以审备⑬，小小者亦当自不至矣⑭。足下之贤，虽在穷约⑮，犹能不改其乐，况地至近，官荣禄厚⑯，亲爱尽在左右者邪！所以如此云云者，以为足下贤者，宜在上位，托于幕府⑰，则不为得其所，是以及之，乃相亲重之道耳，非所以待足下者也。

【注释】

①东都：洛阳。

②两度枉问：两次写信问候。枉，表自谦，委屈对方之意。

③寻承：不久接到消息。寻，不久，旋即。承，奉。宣州：今安徽宣城。

④主人：指时宣歙观察使崔衍。崔群任其帐下判官。

⑤同列：指幕僚们。时李博亦在衍帐下。李博与崔群、韩愈同在陆贽主试下登"龙虎榜"。

⑥羁：寄托意。旅：客。

⑦无入而不自得：出《礼记·中庸》。谓没有什么地方能够不逍遥自乐的。入，往。

⑧乐天知命：《周易·系辞》语。

⑨前修：前辈善人。御外物：指不被外在情况的变化、事物的得失羁绊。

⑩度越：超越。度，同"渡"。

⑪累：牵累。灵台：指心。

⑫将息：养身。将，养。

⑬审备：按情况不同有所准备。

⑭小小者：意谓小疾。

⑮穷约：穷乏贫苦。

⑯官荣禄厚：崔群任观察判官，从五品，据《唐会要》，每月料钱五十贯文，每月杂给准时估，不得过二十文。

⑰托：寄身。

【译文】

自从您离开洛阳，先后两次写信问候我，不久又接到消息说已经抵达宣州。主人仁爱贤良，同事都是谦谦君子，即使心中仍然时时生出寄居他乡、漂泊无定的感觉，也还可以生活下去。"无入而不自得"，"乐天知命",正是前辈善人能够驾御外物应时而变的原因,何况您要超过这成百上千的前人,又怎么会因用废宠谪一类事牵累心境呢!宣州虽然说是清凉高爽,但全然在大江南面,气候风俗都和北方不同,养身之道,应该首先调理心情,心情安闲自在,病患才不会侵入体内。适应气候风俗,随着不同情况有所准备,即使小病也不会沾染到身了。您品德贤明,即使处于穷困贫苦的地步,也能不改变自得其乐之心,何况现居之地离京师很近,而且官荣禄厚,亲人都在身边呢?我之所以如此唠叨,是认为您乃贤人,应当居于高位,现在托身幕府,就不能算是得到合适的位置,由此涉及这事说一些话,是彼此推重友爱之道而已,并非就认为足下应当如此。

　　仆自少至今,从事于往还朋友间,一十七年矣,日月不为不久;所与交往相识者千百人,非不多,其相与如骨肉兄弟者,亦且不少。或以事同[①],或以艺取[②],或慕其一善,或以其久故;或初不甚知,而与之已密,其后无大恶,因不复决舍;或其人虽不皆入于善,而于己已厚,虽欲悔之亦不可。凡诸浅者固不足道,深者止如此[③]。至于心所仰服,考之言行而无瑕尤[④],窥之阃奥而不见畛域[⑤],明白淳粹,辉光日新者,惟吾崔君一人!仆愚陋,无所知晓,然圣人之书,无所不读,其精粗巨细,出入明晦,虽不尽识,抑不可谓不涉其流者也。以此而推之,以此而度之,诚知足下出群拔萃。无谓仆何从而得之也!与足下情义,宁须言而后自明邪?所以言者,惧足下以为吾所与深者多,不置白黑于胸中耳[⑥]。既谓能粗知足下,而复惧足下之不我知,亦过也。

【注释】

①事同：从事的工作一样。

②艺取：取其长于某项技艺。

③凡诸浅者固不足道，深者止如此：所有那些交往很少的人当然不
　值得提起，即使过从甚密的也不过这样。深者，指前文"以事同"
　"以艺取""慕其一善"等等这些人。

④瑕：玉之疵病。尤：过失。

⑤阃（kǔn）奥：意谓内室，喻幽秘。阃，亦作"捆"，门限。奥，室之西
　南隅。畛（zhěn）：田上道路。域：界限。

⑥不置白黑：指不辨是非。

【译文】

　　鄙人从少年到现在，在来来往往的朋友之中应付周旋，有十七年
了，日子不能说不长；所交往相识的人们成千上百，不能说不多，其中彼
此对待像骨肉兄弟的，也有不少。有的因为从事的工作一样，有的因为
他长于某项技艺，有的是因为敬慕他某一方面的好品德，有的则是相互
交往久熟的缘故；有的起初不很了解，和他交往密切之后也没有什么过
分的恶行，所以就没再断绝割舍往来；有的人虽然不全然属于善辈，可
和自己交情已经深了，纵然想后悔也不可能了。所有那些交往很少的
人当然不值得提起，即使过从甚密的也不过这样。至于心中敬仰佩服，
考核其言行没有一点过失缺瑕，细究其学问精微幽深而没有边际，明明
白白，淳朴纯粹，如星辉日光，每日自新的，就只有我的崔君一个人。鄙
人愚昧浅陋，一无所知，但圣人的书没有不读的，其中宏观精微，浅显深
奥的道理，虽然没有全部识透，或许也不能说没有一一涉猎过了。由此
推断，由此测度，确实可以知道您是出类拔萃的。不要说鄙人从哪里得
出这样的结论！和您的情义，难道还必须说了之后才明白吗？之所以
这样说，是怕您认为我交往深密的人杂多，心中没有是非观念罢了。既
然已说能略略了解您，却又怕您不了解我，这也是我的不对。

比亦有人说，足下诚尽善尽美，抑犹有可疑者。仆谓之曰："何疑？"疑者曰："君子当有所好恶，好恶不可不明。如清河者，人无贤愚，无不说其善，伏其为人①，以是而疑之耳。"仆应之曰："凤凰芝草，贤愚皆以为美瑞；青天白日，奴隶亦知其清明。譬之食物，至于遐方异味②，则有嗜者，有不嗜者；至于稻也，粱也，脍也③，炙也④，岂闻有不嗜者哉？"疑者乃解。解，不解，于吾崔君无所损益也。

【注释】

①伏：同"服"。

②遐方：远方。

③脍（kuài）：细切肉。

④炙：烤肉。

【译文】

近来也有人说，您确实尽善尽美，或许还有些让人怀疑之处。鄙人问他："怀疑什么？"怀疑的人说："君子应该有所爱好和厌恶，有所好恶就不能不自省。像清河那样，人们无论贤良愚昧，没有不说好的，都敬服他的为人，我由此产生怀疑罢了。"鄙人回答说："凤凰芝草，贤良愚昧的人都视之为吉祥美好的征兆；青天白日，奴隶也懂得它们清彻光明。譬如食物，若是远方异味，则有嗜食的，有不嗜食的；至于稻米，谷粱，细切肉，烤肉，难道有不嗜食的？"怀疑的人于是不说了。说，还是不说，对我崔君也没有什么损害增益的。

自古贤者少，不肖者多①。自省事已来②，又见贤者恒不遇，不贤者比肩青紫③；贤者恒无以自存，不贤者志满气得；贤者虽得卑位，则旋而死，不贤者或至眉寿。不知造物者意

竟如何④,无乃所好恶与人异心哉? 又不知无乃都不省记,
任其死生寿夭邪? 未可知也。人固有薄卿相之官、千乘之
位而甘陋巷菜羹者⑤。同是人也,犹有好恶如此之异者,况
天之与人! 当必异其所好恶无疑也! 合于天而乖于人何
害⑥? 况又时有兼得者邪? 崔君,崔君,无怠,无怠!

【注释】

①不肖:指没有继承先祖好品性者。肖,类似。

②省事:通达人情事故。

③青紫:谓高官显贵。汉制,印绶公侯用紫,九卿用青。

④造物者:指天。

⑤薄:以之为薄。千乘之位:古大国出兵则千乘,即马四千匹。千
　　乘,大诸侯位,此指王侯。陋巷:简陋的房室。巷,房子。

⑥乖:背离。

【译文】

自古以来贤良的人少,不成器的人多。自我懂事以来,又发现贤良
的人永远不得赏识,不贤良的人一个个高官厚禄;贤良的人永远无法养
活自己,不贤良的人总是志得意满;贤良的人即使获得卑下的职务,不
久就夭亡,不贤良的人生命有到寿考之年的。不明白造物主心意究竟
怎样,莫非它的好恶和人心不一样? 也许它根本就无知无觉,任凭这些
人生死夭寿? 不能明白呵。人本来就有看轻卿相之官、千乘之位,甘心
在简陋房屋中吃粗茶淡饭的。同样是人,还有好恶这么不一样的,何况
天和人呢! 毫无疑问两者的好恶必不相同! 那么和上天的好恶相同:
做一个乐于贫贱、淡泊自得的贤士,而与人们汲汲于富贵功名的心意相
背离,又有什么不好呢? 况且还是有可能两者兼得、淡于名利却又仕途
通达的呢! 崔君崔君,不要懈怠不要懈怠!

　　仆无以自全活者，从一官于此①，转困穷甚，思自放于伊、颍之上②，当亦终得之。近者尤衰惫：左车第二牙，无故动摇脱去；目视昏花，寻常间便不分人颜色；两鬓半白，头发五分亦白其一，须亦有一茎两茎白者。仆家不幸，诸父诸兄皆康强早世③，如仆者又可以图于久长哉？以此忽忽④，思与足下相见，一道其怀。小儿女满前，能不顾念？足下何由得归北来？仆不乐江南⑤，官满便终老嵩下⑥，足下可相就⑦，仆不可去矣⑧。珍重自爱，慎饮食，少思虑，惟此之望！愈再拜。

【注释】

①从一官于此：时愈任四门馆博士。

②伊、颍：伊水与颍水。古以游伊、颍表归隐之意。

③皆康强早世：愈长兄会，死年四十二；仲兄介，入仕即卒，未详其年；叔父云卿子弇，三十五死吐蕃；俞，五十多岁死；叔父绅卿子岌，五十七死。

④忽忽：神志不安的样子。

⑤江南：指宣城。

⑥嵩：嵩山。在河南登封北。

⑦相就：会面，相见。

⑧去：离开。

【译文】

　　鄙人无从保全养活自己，在这里做官，越加困厄穷苦，心中思量辞官归隐，也肯定会有那一天的。近来尤其衰老疲惫：左牙床第二颗牙，毫无原由地摇动脱落了；视力昏花，平时就分辨不了别人容颜；两鬓已一半花白，头发也白有五分之一，胡须也有一两缕白的。鄙人家中不辜,各位父兄都壮年早逝,像鄙人这样的又哪里可以期望活得久长呢?因此常常心神不宁,想与您见面,说一说大家的心意。小孩子们满堂皆是,怎能不顾惜眷恋呢?您什么时候重回北方,我不愿意再居江南,任期到了就去嵩山养老。您随时可以来此相见,我是走不了了。请珍重自爱,注意饮食,少思虑事情。希望您这样!韩愈再拜。

答崔立之书

【题解】

崔立之,字斯立。贞元四年(788)进士。唐制,士子经礼部考试合格,即登进士第,再经吏部考试,才能依次授官。韩愈贞元八年(792)中进士,三试吏部却不被授官。斯立写信勉励他,因此韩愈写这封信回复。

文章前段历述自己多次参加礼部、吏部考试的过程与由来;中段引屈原、孟轲、司马迁、司马相如、扬雄以自况,抒发悲愤不平之情;后段写自己的怀抱志向。笔端感情丰沛,语言铿锵有声,是韩愈的一篇极用意之作。

斯立足下①:仆见险不能止②,动不得时,颠顿狼狈③,失其所操持④,困不知变,以至辱于再三。君子小人之所悯笑,天下之所背而驰者也。足下犹复以为可教,贬损道德⑤,乃至手笔以问之,扳援古昔⑥,辞义高远,且进且劝,足下之于故旧之道得矣⑦!虽仆亦固望于吾子⑧,不敢望于他人者耳,然尚有似不相晓者,非故欲发余乎?不然,何子之不以丈夫期我也⑨。不能默默,聊复自明⑩。

【注释】

①斯立：即崔立之。贞元六年(790)举博学宏辞科，然名位不显。

②仆：自谦词。

③颠顿：颠沛困顿。

④操持：指品德操守。

⑤贬损：抑制，压低。

⑥扳（pān）援古昔：援引经典。

⑦故旧之道：指儒道。

⑧固：固执，执意。

⑨何子：即"子何"。期：希望。

⑩聊复：姑且回信。自明：指表明自己的志向。

【译文】

斯立足下：鄙人遇到险阻却不知休止，每每有所行动却选错时机，颠沛困顿，狼狈万分，做事不合素来的品德操守，境遇窘迫艰难时又不懂得随机应变，以致再三地承受耻辱。我实在是大家共相怜悯嘲笑、和天下人背道而驰的人。而足下您还认为值得教诲，贬低伤损您高尚的道德，乃至亲笔写信问候我，引经据典，辞高义远，既鼓励我又劝勉我，足下深得故旧之道啊！即使鄙人也固执地渴望于朋友您的理解，而不求于他人，但您好像还有些不很了解我的地方，这不是特意引发我的言辞吗？否则，为什么您不用伟丈夫的标准来期望我。我难以默不作声，姑且回信表明自己的志向。

　　仆始年十六七时，未知人事，读圣人之书，以为人之仕者皆为人耳，非有利乎己也。及年二十，时苦家贫，衣食不足，谋于所亲，然后知仕之不唯为人耳。及来京师，见有举进士者，人多贵之。仆诚乐之，就求其术①，或出礼部所试赋、诗、策等以相示②，仆以为可无学而能，因诣州县求举③。有司者好恶出于其心④，四举而后有成，亦未即得仕⑤。闻吏部有以博学宏辞选者⑥，人尤谓之才，且得美仕，就求其术。或出所试文章，亦礼部之类，私怪其故，然犹乐其名，因又诣州府求举。凡二试于吏部，一既得之，而又黜于中书⑦，虽不得仕，人或谓之能焉。退自取所试读之，乃类于俳优者之辞⑧，颜忸怩而心不宁者数月⑨。既已为之，则欲有所成就，《书》所谓"耻过作非"者也⑩，因复求举，亦无幸焉。乃复自疑，以为所试与得之者不同其程度，及得观之，余亦无甚愧焉。夫所谓博学者，岂今之所谓者乎？夫所谓宏辞者，岂今之所谓者乎？诚使古之豪杰之士，若屈原、孟轲、司马迁、相如、扬雄之徒，进于是选，必知其怀惭乃不自进而已耳。设使与夫今之善进取者，竞于蒙昧之中⑪，仆必知其辱焉。然彼五子者，且使生于今之世，其道虽不显于天下，其自负何如哉？肯与夫斗筲者决得失于一夫之目⑫，而为之忧乐哉？故凡仆之汲汲于进者⑬，其小得，盖欲以具裘葛⑭，养穷孤⑮；其大得，盖欲以同吾之所乐于人耳。其他可否，自计已熟，诚不待人而后知。今足下乃复比之献玉者⑯，以为必俟工人之剖，然后见知于天下，虽两刖足不为病⑰，且无使劚者再克⑱。诚足下相勉之意厚也，然仕进者岂舍此而无门哉？足下谓我必待是而后进者，尤非相悉之辞也。仆之玉固未尝献，而足固未尝刖⑲，足下无为为我戚戚也。方今天下，风俗尚有未及于古者，边境尚有被甲执兵者，主上不得怡，而宰相以为忧。仆虽不贤，亦且潜究其得失⑳，致之乎吾相，荐之乎吾君，上希卿大夫之位，下犹取一障而乘之。若都不可得，犹将耕于宽闲之野㉑，钓于寂寞之滨㉒，求国家之遗事，考贤人哲士之终始，作唐之一经，垂之于无穷㉓，诛奸谀于既死，发潜德之幽光㉔。二者将必有一可㉕！足下以为仆之玉凡几献，而足凡几刖也？又所谓勃者，果谁哉？再克之刑，信如何也㉖？

【注释】

①术：举进士的方法。

②赋：铺陈扬丽之韵文。诗：指唐进士试中格律诗。策：论述处理问题方略的文体。

③求举：请求举荐。

④有司：主持者。此指主试官。

⑤得仕：唐制，礼部中进士后，例应参加吏部释褐考试，中者任官。

⑥博学宏辞：科举名目。唐玄宗开元十九年设。是年举王昌龄、陶翰等。

⑦黜：废免。

⑧俳优：古宫廷内以诙谐戏耍娱人者。

⑨颜忸怩（niǔ ní）：面容羞惭。

⑩《书》所谓"耻过作非"者也：写自己以为羞耻不愿写的文字。

⑪竞于蒙昧之中：指在低得好像尚未启蒙开化的水平上竞争高低优劣。

⑫斗筲（shāo）者：学识浅陋者。一夫：考官。

⑬汲汲：急切状。

⑭裘葛：裘为冬服，葛乃夏衣，泛指衣食。

⑮孤：幼而丧父。此处韩愈自指。

⑯献玉者:指春秋楚人卞和。相传卞和得一美玉,愿献诸厉、武王
　　而不得纳,反以为诈,截其双脚。至文王即位,卞和抱璞哭于荆
　　山,文王乃使人剖璞得玉,世称和氏璧。

⑰刖(yuè):砍掉脚的酷刑。

⑱劲(qíng)者:指同试中强者。克:取胜。

⑲固:本来,固然。

⑳潜究其得失:深刻研究考察它的得失。

㉑宽闲之野:宽阔闲静的旷野。

㉒寂寞之滨:空廓寂静的河边。

㉓作唐之一经,垂之于无穷:指著书立说,像古代经书一样流传
　　后世。

㉔诛奸谀于既死,发潜德之幽光:指笔诛已死的奸贼小人,阐扬标
　　榜深藏大德者的光芒。

㉕二者将必有一可:指上述求官立功和著书扬德事,有一个能够做
　　成功。

㉖再克之刑,信如何也:再施以("几刖"的)刑法,还能怎么样呢?

【译文】

　　鄙人年方十六七的时候,还不通世事,读圣人的著作,以为凡人做
官求仕都是为别人,不是给自己谋求利益。等到二十岁,时常被家境贫
寒所苦,衣服饮食不够用,时时向亲戚朋友处求借,这样开始明白做官
不单单为了别人啊。等前来京师,见一些考中进士的人,往往被人们尊
敬。鄙人这时确实乐意做这样的事,于是前去求教他们中试的技巧。
有的人拿出礼部应试时写的赋、诗、策等给我看,鄙人认为不学习也能
写出来,因而到所居州县里请求长官举荐。主持考试的人喜爱、厌恶都
出自于他们的私心,四次应试才终于通过,但也没有马上得到官职。听
说吏部有用博学宏辞科选拔得中的,人们尤其以这些人为才子,而且能
得到好职务,我就前去求教他们。有的人出示应试时写的文章,也是礼

部应试的那种文章，我暗中奇怪，可还是乐于获取功名，因此再次到州府请求长官举荐。总计两次就试于吏部，其中一次已经得中，却被中书省废免了，虽然没能得到一官半职，有人说我还是很厉害的。回去后自己拿自己应试的文章细读，简直类似俳优们滑稽调笑的辞语，因而脸色怛怛且心底里自责不安有好几月。但既已走这条路，就想要有所成功，正如《尚书》所说，去写一些自己以为羞耻而不愿写的文字。由此又去求举荐，可仍然不够幸运。于是又怀疑自己的水平，以为考试不中的和得中的人程度终究不一样，等得到那些中举的文章并且阅读后，我也就没有什么好羞愧的了。所谓学识广博的人，难道是当今所说的"博学"那种人吗？所谓辞采宏丽的人，难道是当今所说的"宏辞"那种人吗？倘若真让古代豪俊杰出的人，比方说屈原、孟轲、司马迁、司马相如、扬雄这些人，来参加这样的选考，可想而知他们也一定会心怀惭愧，不肯再求功名了啊。设想使他们与现在那些善于进取求仕的人，在蒙昧无知的水平上竞争高低，鄙人知道他们一定会深觉耻辱的。但是这五个人，假如生在当今时代，他们的才学志向即使在天下得不到显扬，他们会如何自视呢？他们肯和才识浅陋的家伙们在一个人的眼皮底下一决优劣，并且为此担忧或快乐吗？因此鄙人之所以急切于求取功名，从小的方面而言是想置备衣食，养护自己；从大的方面而言是想把我的快乐安适推及别人罢了。无论其他外在的条件，自己已经考虑成熟，实在不需要别人来指教才能了解这一点。现在足下把我比作献玉的人，觉得一定要等工匠解剖以后才能使天下人了解，即使像卞和那样两度脚被削砍也不要紧，而且让我努力不让强者再度成功。足下勉励的心意确实深厚，可难道做官求仕除了这就没有别的路径了吗？足下说我必定要等到这般程度之后才能得登仕途，更是不了解我的话了。鄙人的玉本来就没曾献过，脚也没被砍过，足下不必为我心感痛惜。当代之天下，风气习俗还有比不上古代的，边境还有身穿战甲手拿兵器的人，皇上不能宽心安怡，宰相也整日忧心忡忡。鄙人即便不够贤能，也将深刻究取其中的得失,敬告我们的宰相,献给我们的君王,目标是获取卿大夫的官职,差一些也拿到一个守卫边境要塞的职务。若果都得不到,还可以在宽阔闲静的原野耕作,在空廓寂寥的河边垂钓,然后搜寻国家正史所遗漏之事,考证贤士英杰的生平大节,著成唐朝的一代经典,流传于后世直至永远,笔诛口伐死去的奸贼谀人,张扬标榜隐士大德的光芒。两种事中必定有一种做得成!足下认为鄙人的玉要献多少次,脚又要被砍多少次?您所说的强者究竟又是谁呢?再怎么施以刑法,还能怎么样呢?

　　士固信于知己①,微足下无以发吾之狂言②。愈再拜。

【注释】

①固:坚决。

②微:无。

【译文】

士子坚决相信自己的知心朋友,没有足下也无从引发我张狂的言语。韩愈再拜。

答吕䓕山人书

【题解】

此文作时不考,自文意判断,当属韩愈仕途通达时作品,约元和十三、十四年(818、819)任刑部侍郎,或长庆二、三年(822、823)任吏部侍郎时写的。

吕䓕求韩愈引荐未果,写信指责他"不能如信陵君执辔"。韩愈针对此点给以答复,先言自己尊尚儒道,并不想如信陵君"以取士声势倾天下"。接着阐明自己与信陵君所取之士不同,自己是想求"趋死不顾利害去就之人"以拯世风。最后指明吕窗之责"未中节",至此又转而肯定吕窗"不肯阿曲以事人"的品格,表示要向朝廷推荐他。

全篇脉络清晰,论说自然合理,态度坦率诚恳,可窥韩愈风骨。

　　愈白:惠书责以不能如信陵执辔者①。夫信陵,战国公子,欲以取士声势倾天下而然耳。如仆者,自度若世无孔子,不当在弟子之列②。以吾子始自山出,有朴茂之美③,意恐未砻磨以世事④。又,自周后文弊⑤,百子为书⑥,各自名家⑦,乱圣人之宗⑧,后生习传,杂而不贯⑨。故设问以观吾子:其已成孰乎⑩,将以为友也;其未成孰乎,将以讲去其非而趋是耳⑪。不如六国公子,有市于道者也⑫。

【注释】

①惠书:敬称对方来信。信陵:即信陵君,名无忌,战国时魏公子,以礼贤下士称。与齐孟尝君田文、赵平原君胜、楚春申君黄歇共称"四公子"。执辔:握马缰。据《史记·信陵君列传》:信陵君恭请魏大梁夷门守者侯嬴,亲为之执辔。

②自度若世无孔子,不当在弟子之列:谓己只以孔子为师,不作他人弟子。也就是说自己以儒道为重,不想效信陵君博取礼贤下士的声势来倾动天下。

③朴茂:诚实厚重。

④砻(lóng)磨:砻、磨同义,即磨炼意。

⑤周后文弊:《论语·子罕》:"文王既没,文不在兹乎?"文,礼乐制度。弊,败坏。

⑥百子为书:诸子百家著书立说。

⑦名家：自称一家。名，动词。

⑧圣人之宗：儒道的根本。宗，宗旨，根本。

⑨杂而不贯：驳杂不能贯通。

⑩孰：通"熟"。成熟谓得圣人之道。

⑪讲去其非而趋是：通过谈论去除思想中谬误的东西使之归于正途。

⑫有市于道：言信陵君诸人以交友之道为谋获声势的手段。市，买。道，交友之道。

【译文】

韩愈启白：承蒙来信责备我不能效信陵君为侯嬴执辔那样谦恭地接待您。信陵君是战国公子，想用这种善于取士的声势使天下倾倒佩服。而像鄙人，自己思量起来，除了孔子，还不愿成为他人弟子。由于您刚刚从山中出世，所以心怀诚实厚重的良好愿望，恐怕尚未历经世俗事务的磨炼。此外，从周代以后礼制沦丧，诸子百家纷纷立说，各成一派，扰乱了圣人之道的宗旨，以致后人学习传授的圣人道理，全都驳杂不通。所以我才提出问题来观察您：如果您的思想学问确实已达大道，就将您当做我的朋友；如果还有不很正确的地方，就通过和您的谈论将之引归正途。我不像六国公子，把交友之道当做买卖来做。

　　方今天下入仕①，惟以进士、明经及卿大夫之世耳②。其人率皆习熟时俗③，工于语言，识形势④，善候人主意⑤，故天下靡靡⑥，日入于衰坏，恐不复振起。务欲进足下趋死不顾利害去就之人于朝⑦，以争救之耳⑧，非谓当今公卿间，无足下辈文学知识也⑨。不得以信陵比。

【注释】

①入仕：做官。

②明经：唐科举科目，试经学。卿大夫之世：唐承魏晋之风，卿大夫
　　子孙以门族，可直登仕为官。

③率皆：一律都。

④识形势：指善能审时度势，见风使舵。形势原谓地形起伏之势，
　　此喻官场人事、条件。

⑤候：伺望。

⑥靡靡：顺随的样子。

⑦去就：离开，前往。指得用，失势。

⑧争：同"诤"，直言规劝。救：阻止。

⑨非谓当今公卿间，无足下辈文学知识也：说明"务欲进"吕醫不为
　　他的文学知识，而是他"趋死不顾利害去就"的品格。文学知识，
　　文章，学问，知识，见解。

【译文】

　　当今天下能做官的，只有那些考取进士、明经和出身公卿之家的
人。这类人一律都熟习时俗风气，巧于辞令，能够审时度势，揣测迎合
主上的心意，所以天下普遍随风而倒，道德日渐衰落败坏，只怕再难以
振起。韩愈我力求推荐您这样能舍弃生命、不顾个人利害得失的人到
朝廷，是为了诤谏补救主上的疏失，而不是说现在的公卿大臣中就没有
具备您那样水平之文章、学问、知识和见识的人。您不能用信陵君和我
相比。

　　然足下衣破衣①，系麻鞋②，率然叩吾门③，吾待足下，虽
未尽宾主之道，不可谓无意者。足下行天下，得此于人盖
寡④，乃遂能责不足于我，此真仆所汲汲求者⑤。议虽未中
节⑥，其不肯阿曲以事人⑦，灼灼明矣。方将坐足下三浴而三
熏之⑧，听仆之所为，少安无躁⑨。愈顿首⑩。

【注释】

①衣：动词，穿着。

②系：拴缚。麻鞋以绳拴系脚上。

③率然：猝然。

④盖：表推测，恐怕。

⑤汲汲：急切，唯恐不及。

⑥中节：适度，恰当。

⑦阿曲：逢迎巴结。

⑧三浴而三熏：再三熏香沐浴，表示以礼待人，十分尊重。

⑨少：稍。无：勿，不要。

⑩顿首：表敬意，身份相同或平辈间用。

【译文】

如此而言，足下身着破旧衣裳，穿着麻鞋，突然之间前来叩敲我的家门，我接待足下，即便没有完全尽到主人的责任，也不能说对您毫不在意。足下行走于天下，从别人处得到这样的接待恐怕很少，但对我更加求全责备，这实在是鄙人急切希求的。您的评议虽然不够恰当正确，可不愿逢迎巴结事奉别人的品格，反而完全显露出来了。正打算招待足下，我将三浴三熏地重礼对您，唯请能够听从鄙人的安排，安心等候不要急躁。韩愈拜上。

答李翊书

【题解】

本文写于唐德宗贞元十七年(801)。这篇书信体的论说文，是韩愈文论中颇有代表性的一篇。他结合自己学写文章的经验教训，回答了李翊提出的如何习文的问题，阐明了关于古文创作的一些见解。

韩愈提倡文道合一和文以载道，此文强调的中心也还是这点。他指出文章的根本在于道，文章的思想内容要蕴含着一定的哲理意识。韩愈把作家品德修养的重要性，提到相当的高度。他认为文章是作家品格的反映，作家要想写出好的文章，必须加强品德修养。全文论述透彻，气势充畅；层层深入，波澜起伏；比喻形象生动，语言婉转含蓄。

六月二十六日，愈白，李生足下：生之书辞甚高，而其问何下而恭也？能如是，谁不欲告生以其道？道德之归也有日矣①，况其外之文乎②！抑愈所谓望孔子之门墙而不入于其宫者，焉足以知是且非邪？虽然，不可不为生言之。

【注释】

①归：属于。有日：不久。

②其外：韩愈认为文章应表现道德，故称。其，道德。

【译文】

六月二十六日，韩愈启白，李翊足下：您的书信文辞很好，可为什么请教我时那样谦虚恭敬呀！您能这样，谁不希望把自己懂得的道理告诉您？您将成为有道的人为时不会太久，能写好表现道德的文章更不用说了！不过我也还只是望见了孔子的门墙，还未进入宫室，哪能分辨是和非呢？即使是这样，但我还是不能不给您说几句。

生所谓立言者是也①，生所为者与所期者甚似而几矣②。抑不知生之志，蕲胜于人而取于人邪③？将蕲至于古之立言者邪？蕲胜于人而取于人，则固胜于人而可取于人矣。将蕲至于古之立言者，则无望其速成，无诱于势利④，养其根而俟其实⑤，加其膏而希其光。根之茂者其实遂，膏之沃者其光晔⑥。仁义之人，其言蔼如也⑦。

【注释】

①立言：著书立说，传于后世。

②期：期望。几：接近。

③蕲（qí）：求，希望。取于人：为他人所取用。

④无诱于势利：即不要被势利所引诱。当时人们为追逐势利，获取富贵，多作时文，不作古文。韩愈则不然，他希望人们作古文，不要为势利所引诱。

⑤俟：等待的意思。

⑥晔（yè）：指灯光明亮。

⑦蔼如：和气温顺。如，词尾，相当于"然"。

【译文】

您所谈到的著书立说，您所作的和您所期望的已经很相似很接近了。但不知您的志向是希望超过别人被人们所取用，还是希望达到古之著书立说的境界呢？希望超过别人而且被人们所取用，则本来就已超过了别人而可以被人们取用了；希望达到古代著书立说的程度，那就不要希望能很快成功，不要为势利所引诱，要培养好根基而等待它结果，多给灯里加油才能指望它发出更亮的光。根发达的果实才会饱满，油多的灯发出的光才会明亮。仁义的人，他的文辞言语就自然会循循善诱，和顺可亲。

抑又有难者，愈之所为，不自知其至犹未也，虽然，学之二十余年矣。始者非三代、两汉之书不敢观，非圣人之志不敢存。处若忘，行若遗，俨乎其若思，茫乎其若迷①。当其取于心而注于手也②，惟陈言之务去③，戛戛乎其难哉④。其观于人,不知其非笑之为非笑也⑤。如是者亦有年,犹不改,然后识古书之正伪⑥,与虽正而不至焉者,昭昭然白黑分矣,而务去之⑦,乃徐有得也。当其取于心而注于手也,汩汩然来矣⑧。其观于人也,笑之则以为喜,誉之则以为忧⑨,以其犹有人之说者存也。如是者亦有年,然后浩乎其沛然矣⑩。吾又惧其杂也,迎而距之⑪,平心而察之,其皆醇也⑫,然后肆焉⑬。虽然,不可以不养也。行之乎仁义之途,游之乎《诗》《书》之源,无迷其途,无绝其源,终吾身而已矣。

【注释】

①"处若忘"几句:形容韩愈专心致志读书的情形。处,静居。行,行动。俨乎,俨然,严肃。茫乎,茫茫然。若迷,好像迷惑不清,找不出头绪。

②取于心:即取之于心,犹言在心里要捕捉文章的内容。注于手:用手书写出来好像流水倾注一样畅快。

③惟陈言之务去:即务去陈言,去掉陈旧言辞。

④戞戞(jiá):此处形容用力。

⑤非笑:讥笑。

⑥正:指内容纯正的文章。伪:指缺乏实际内容而专事形式摹仿的驳杂作品。

⑦而务去之:指去掉上文所说的古书之伪及意思"虽正而不至焉"的弊病。

⑧汩汩(gǔ):流水声,这里是以急速的流水比喻写文章得心应手,文思勃发。

⑨笑之则以为喜,誉之则以为忧:有人讥笑我的文章我就高兴,称赞我的文章我就忧愁。

⑩然后浩乎其沛然矣：以浩荡澎湃的大水比喻文章充沛，气势博
　大。正如韩愈弟子皇甫湜（shí）所说："韩吏部之文如长江秋注，
　千里一道。"

⑪迎而距之：对文章中不纯正的成份加以剔除。距，同"拒"。

⑫醇：同"纯"，纯净。

⑬肆：这里是挥笔放手写下去的意思。

【译文】

　　不过这里又有较麻烦的事，我自己所做的，还不知是否已经达到古
之著书立说者的境界，虽然没法肯定，但我学习大道也已有二十多年
了。开始学时非三代、两汉的书不敢看，不是圣人的文章不敢存。读书
时，若静处则忘乎所以，若行走则若有所失，若严肃时则似有所思，茫然
时就像迷路一样。当我在心里捕捉好文章的内容然后倾注于手笔时，
一定努力除去陈旧言辞，实在很困难吃力。拿给别人看时，对别人的讥
笑也毫不理会。这样坚持多年而不改，才能识别古书的纯正与驳杂，以
及虽然纯正但未尽善尽美之作，心中明白清楚就如同黑白分明一般，然
后努力着远离这些驳杂的和未臻完境的书所犯的毛病，于是才渐渐有
所得。当从心底捕捉文章的内容并写出来时，犹如流水般得心应手，文
思勃发。这时的文章被人观看，若有人讥笑我就高兴，若有人称赞我就
忧愁，因为文章中还有人们的陈言旧辞存在。这样又过若干年，所作文
章才内容充沛，气势博大。我又担心文章杂而不纯，便自觉剔除那些芜
杂不纯的地方，静心细察，内容都纯正了，然后挥手放心写下去。虽然
如此，还不可以不继续修养、丰富自己。行走在仁义的路途上，悠游在
《诗》《书》的源泉里，不迷失方向，不断绝源泉，准备终身坚持下去了。

　　气，水也①；言，浮物也②。水大，而物之浮者大小毕浮。
气之与言犹是也，气盛，则言之短长与声之高下者皆宜。虽
如是，其敢自谓几于成乎？虽几于成，其用于人也奚取焉？

虽然,待用于人者,其肖于器邪:用与舍属诸人。君子则不然,处心有道,行己有方,用则施诸人,舍则传诸其徒,垂诸文而为后世法。如是者,其亦足乐乎? 其无足乐也?

【注释】

①气,水也:借水作譬语,犹言文章的气势如水势。

②言,浮物也:文章的语言就像水面上漂浮的东西一样。

【译文】

文章的气势如水势,文章的语言就像水面上漂浮的东西一样。水大,东西不论大小都能浮起来。文章的气势与语言关系也是如此,其气势盛大,言词的长短与声调的高低就会适宜。虽然如此,难道就能以为接近成功了吗? 即使接近成功了,自己被别人任用,那接近成功的文章也未必被人采用。而且,等待为人所用的人,就如同器具用物一样,取用和舍弃都由别人决定。君子则不这样,他们内心有修养,行动有准则,为人所用时,把自己的道德修养行动准则加惠于别人;不为人所用时,把自己的道德修养、行动准则传给学生,使按照道德写出来的文章可流传下去,为后世效法。这样,是令人快意还是不足为快呢?

有志乎古者希矣①! 志乎古必遗乎今,吾诚乐而悲之。亟称其人②,所以劝之,非敢褒其可褒,而贬其可贬也。问于愈者多矣,念生之言不志乎利,聊相为言之。愈白。

【注释】

①希:同“稀”。

②亟(qì)称其人:一再称赞志于古的人。亟,屡次。

【译文】

有志学古人立言的人太少了！立志学古人立言必定被今人所遗弃，我为志于古的人欢乐，又为他们被今人遗弃而悲伤。我一再称赞志于古的人，意在勉励他们，并不是要褒扬其可褒扬之处，贬斥其可贬斥之处啊。求教于我的人有很多，看您的言谈立志很高，而不志于求利，所以才给您讲了以上一些话。韩愈启白。

答刘正夫书

【题解】

刘正夫，又作严夫，刑部侍郎刘伯刍之子。

这篇书信是和刘正夫论文章之事，要点主要有三：一，"师古圣贤人，师其意不师其词"。也就是说文要载道，但是不能泥于词句；二，"文无难易，惟其是尔"。指文章内容、形式都要做到恰到好处；三，"能自树立不因循"。反对因循，提出要有所创新和独到之见。这些看法对现今我们作文仍很有助益。据方成硅先生考证，这封书信作于元和六年（811）至八年（813）之间。韩愈时年四十四至四十六岁之间。

愈白。进士刘君足下：辱笺教以所不及[①]，既荷厚赐，且愧其诚然[②]。幸甚，幸甚！

【注释】

①辱笺：表自谦之辞。笺，书牍。
②诚然：实在如此。

【译文】

韩愈启告进士刘君足下：承蒙您来信对我的不足之处给予指教，受到您高情厚谊的赐教，并使我惭愧地认识到自己确实这样。荣幸得很！荣幸得很！

凡举进士者，于先进之门①，何所不往。先进之于后辈，苟见其至②，宁可以不答其意邪③？来者则接之，举城士大夫莫不皆然，而愈不幸独有接后辈名④。名之所存，谤之所归也。

【注释】

①先进：犹言先辈。后中举者对先中举者的称谓。

②苟见其至：假如见到后辈前来。其，指后辈。

③宁：难道。

④而愈不幸独有接后辈名：《唐书》本传说："愈颇能诱励后进。"但当时提倡古文，收召后进颇招非议。韩愈书中辩白奖掖后进是诸士大夫都做的平常事，以免"植党营私"之罪，招致意外灾祸。

【译文】

凡是应举进士的人，没有不去一一拜访前辈门庭的。前辈对待后辈，如果看见他们到来，又哪里会不报答他们一番诚意呢？只要有来访的就接见，全城读书做官的人都是这样，可唯独我不幸获得了引接后辈的名声。名声存在的地方，就是毁谤集中的地方啊！

有来问者，不敢不以诚答。或问："为文宜何师①？"必谨对曰："宜师古圣贤人。"曰："古圣贤人所为书具存②，辞皆不同，宜何师？"必谨对曰："师其意，不师其辞。"又问曰："文宜易宜难③？"必谨对曰："无难易，惟其是尔。"如是而已，非固开其为此，而禁其为彼也。

【注释】

①宜何师：应当以什么为师。"宜何师"，等于"宜师何"。师，意动用法。

②具存：全都存在。具，通"俱"。

③易：用字用意简单浅显。难：指用僻字生典，艰深奥曲。

【译文】

有前来询问的，我不敢不诚诚恳恳地回答。有人问："写文章应该以谁为师呢?"我一定郑重认真地回答说："应该以古圣前贤为师。"对方说："古圣前贤所写的书仍然留存，可是言辞各自不同，应该以什么为师呢?"我一定郑重认真地回答说："学习他们的精神，不学他们的文章辞句。"又问道："文章应该平易还是应该艰深?"我一定郑重谨慎地回答："没有什么艰深平易的固定准则，只求写得适当、准确罢了。"像这样就够了，并不一成不变地启发他这样写、禁止他那样写。

夫百物朝夕所见者，人皆不注视也，及睹其异者，则共观而言之。夫文岂异于是乎？汉朝人莫不能为文，独司马相如、太史公、刘向、扬雄为之最①。然则用功深者，其收名也远②，若皆与世沉浮，不自树立③，虽不为当时所怪，亦必无后世之传也。足下家中百物皆赖而用也，然其所珍爱者必非常物。夫君子之于文，岂异于是乎？今后进之为文，能深探而力取之，以古圣贤人为法者，虽未必皆是，要若有司马相如、太史公、刘向、扬雄之徒出④，必自于此，不自于循常之徒也。若圣人之道，不用文则已，用则必尚其能者⑤。能者非他，能自树立，不因循者是也⑥。有文字来⑦，谁不为文，然其存于今者，必其能者也。顾常以此为说耳。

【注释】

①刘向：原名更生，字子政，汉宗室，卒于成帝年间。代表作《列女传》《新序》《说苑》。向主阴阳五行说，著《尚书洪范五行传论》；校阅中秘群书，撰成《别录》，为我国目录学之祖。

②收名：所收获的名誉。

③不自树立：自己不能有所建立。

④要若：倘使，假如。

⑤尚其能者：崇尚效法那些有才能的人。

⑥因循：守旧不变。

⑦有文字来：从产生文字以来。

【译文】

每天都见到的东西，大家都不会留意去看，等到看那与众不同的东西，大家就会一起围观并且谈论它。文章之道难道会和这不一样吗？汉朝人没有不能写文章的，却只有司马相如、太史公、刘向、扬雄出类拔萃。他们因为下的功夫多，所以获取的名声久远。如果他们都随波逐流，没有自己独特的创建，即使当时不会被人们埋怨责怪，也绝不会传名后世的。您家里各种器物，都是生活必须依赖使用的，但是属于您珍爱的，必定不会是寻常之物。君子对于文章的好恶，难道不是一样的吗？现在后辈中写文章能够深刻探究，并且努力求胜，效法古圣贤人的，即使不一定都能成为圣人，但若有司马相如、太史公、刘向、扬雄这样的人产生，就一定会从这些人当中产生，而不是那些因袭常法的人们。遵从圣人之道，不使用文章便罢了，若使用文章就一定要崇尚取法那些有才智的人。有才智并不在于其他，主要就是有所创建，不因袭守旧，落于常套。从有文字以来，谁不写文章，但其中能留存到现在的，一定是那些有才智者的文章。我愿意经常提出这样的说法。

　　愈于足下忝同道而先进者^①，又常从游于贤尊给事^②，既辱厚赐，又安得不进其所有以为答也。足下以为何如？愈白。

【注释】

①忝：惭愧，有辱没意，客气话。同道：同为进士。

②贤尊给事：指刘子夫父刘伯刍。给事，官名，给事中的省称。

【译文】

韩愈我惭愧和您同为进士而先得中举，又经常和您父亲给事中大人交往，既然蒙您厚意赐教，又哪里敢不倾我所知来回答您呢？您认为怎么样？韩愈启白。

答尉迟生书

【题解】

这是一篇谈如何作文的文章。作者首先指出"实之美恶，其发也不掩"，要求作者有良好的道德修养；接着又谈到"本深而末茂"，要求作者把根基打得深厚；然后又说"辞不足不可以为成文"，指出语言修养的重要。全文提出了较为完整的文学观点，直至今天，仍具有一定借鉴意义。

愈白：尉迟生足下①：夫所谓文者，必有诸其中②，是故君子慎其实，实之美恶，其发也不掩③。本深而末茂，形大而声宏，行峻而言厉，心醇而气和。昭晰者无疑，优游者有余④。体不备不可以为成人⑤，辞不足不可以为成文。愈之所闻者如是，有问于愈者，亦以是对。

【注释】

①尉（yù）迟：复姓。生：对读书人的称呼。足下：同辈人之间的
　敬称。

②必有诸其中：一定要有充实的内涵。

③掩：遮盖，掩蔽。

④昭晰者无疑，优游者有余：内心道理清楚，表现出来就果断无疑；
　内心充实，表现出来就从容不迫。

⑤体：指五官四肢。

【译文】

　　韩愈启白：尉迟生足下：所谓文章，必须有充实的内涵。因此君子
重视内心的美与恶，内心之美与恶总会表现出来，是掩饰不住的。内心
本质深厚充实，表现出来的文章必定辞采丰茂；形魄伟大，声音就宏亮；
行为高尚，语言就有力；心地纯洁，气度就平和。内心道理清晰，表达出
来就会果断明白；内心充实，表现出来就会从容不迫。一个人五官四肢
不全，不能算作一个完整的人；一篇文章语言文彩不足，也不能算作一
篇完整的文章。我了解的道理就是这样，有人问到我，也都是这样
回答。

　　今吾子所为皆善矣，谦谦然若不足，而以征于愈①，愈又
敢有爱于言乎②？抑所能言者，皆古之道。古之道不足以取
于今，吾子何其爱之异也？

【注释】

①征于愈：问到我。

②爱：吝惜。

【译文】

　　如今您做得都很好，谦虚地认为自己还不够，而来向我请教，我又

怎敢吝惜不告诉呢？但我所能说的，都是古代的道理。古代的道理不能被现在取用，您怎么这样特别爱重呢？

贤公卿大夫在上比肩，始进之贤士在下比肩，彼其得之①，必有以取之也。子欲仕乎？其往问焉，皆可学也②。若独有爱于是，而非仕之谓，则愈也尝学之矣，请继今以言③。

【注释】

①彼其得之：官位和爵禄都已得到。

②皆可学：是反语，有讽刺和牢骚之意。

③请继今以言：请让我今后慢慢告诉你。

【译文】

贤明的公卿大夫高高在上，比肩而坐，新进的贤士们在下层共事，他们官位和爵禄的获得，必定有其他猎取的办法和手段。您想做官吗？前去问他们，必有可以学习的。如果独独喜爱这些，而不是为了做官，那么我也曾学习过，请让我以后再慢慢告诉你。

与冯宿论文书

【题解】

冯宿，字拱之，婺州东阳人。与韩愈同年进士。

此篇韩愈论及好作品反遭冷落，滥造之文偏被喝彩的不合理状况，以为真正宏伟之作往往被时人所讥嘲，所以修学文章，必须懂得耐住寂寞，沉潜历时不变的大道。其中显然流露一些韩愈自己的郁郁不平之气，但同时也可见他矢志求学之心。从文中张籍"弃俗尚"语可知其尚未举仕，推而可知此书作于贞元十三年(797)，当时韩愈在汴州，年三十。

　　辱示《初箧赋》，实有意思。但力为之，古人不难到，但不知直似古人①，亦何得于今人也？仆为文久，每自测意中以为好②，则人必为恶矣。小称意③，人亦小怪之④；大称意，即人必大怪之也。时时应事作俗下文字⑤，下笔令人惭，及示人，则人以为好矣。小惭者亦蒙谓之小好，大惭者即必以为大好矣，不知古文直何用于今世也！然以俟知者知耳。

【注释】

①直似：即使相似。

②自测意中：心中盘算，自己判断。

③称意：满意。

④怪：责怪埋怨。

⑤应事：应酬世事。

【译文】

　　承蒙您向我展示了《初箧赋》一文，确实有蕴意可思之处。只要努力下功夫，古人作文的境地并不难到达。然而我难以明白即使和古人相似了，又能从今人处获得什么好评价？鄙人著书为文时间已经很长了，常常自己在心里测度所写的东西，自认为好的，人们就必定认为糟糕。稍有满意的，人们就小有埋怨；十分得意的，人们就一定会大加责难。时而应酬世事写一些俗气低下的文章，动笔写时我都觉得惭愧，等拿去给别人看，人们却认为精彩。我微感惭愧的，就被人称赞略有好处；极为惭愧的，那就一定会被认为精彩之至。实在不知古文对于当今之世有什么用处！这要等待有智慧的人去理解了。

　　昔扬子云著《太玄》①，人皆笑之，子云之言曰："世不我知，无害也，后世复有扬子云，必好之矣。"子云死近千载，竟

未有扬子云,可叹也！其时桓谭亦以为雄书胜老子②。老子
未足道也,子云岂止与老子争强而已乎？此未为知雄者。
其弟子侯芭颇知之③,以为其师之书胜《周易》。然侯之他
文,不见于世,不知其人果如何耳④。以此而言,作者不祈人
之知也明矣⑤,直百世以俟圣人而不惑⑥,质诸鬼神而不疑
耳。足下岂不谓然乎?

【注释】

①扬子云:即扬雄。扬雄晚年弃辞赋而喜《周易》,效法《周易》撰
　《太玄》,人皆讥嘲。

②其时桓谭亦以为雄书胜老子:《汉书·扬雄传》载:桓谭推许扬雄
　之言:"昔老聃著虚无之言两篇,薄仁义,非礼学,然后世好之者
　尚以为过于五经,自汉文、景之君及司马迁皆有是言。今扬子之
　书文义至深,而论不诡于圣人,若使遭遇时君,更阅贤知,为所称
　善,则必度越诸子矣!"桓谭,字君山,能文章,笃好古学,著书二
　十九篇,号《新论》。

③侯芭:钜鹿人,尝从扬雄问奇字。扬雄去世后,为之守丧三年。

④果:果真,究竟。

⑤祈:求。

⑥直百世以俟圣人而不惑:见《礼记·中庸》:"故君子之道……质
　诸鬼神而无疑,百世以俟圣人而不惑。"

【译文】

过去扬子云撰成《太玄》,人们都讥笑他,子云的回答是:"当今之世
不了解我,没什么关系,后代再生像我扬子云一样的人,一定会喜好它
的。"子云死去已逾千年,终究也没有扬子云一样的人出现,令人叹息
啊！那时桓谭也认为扬雄的作品胜过《老子》。老子并不值得称道,子

云难道只能和老子争争优劣就罢了吗？这还不是理解扬雄的人说的。扬雄的弟子侯芭十分理解扬雄，认为他老师的著作胜过《周易》，可是侯芭其他文章后世不传，不知道这个人究竟怎么样。由此说来，作者不求人们理解是很明白的了，即使默默百年等待圣人而不被俗众理解也不觉得迷惑，交给鬼神评断也仍没有什么疑虑不定之心。您难道不觉得是这样吗？

近李翱从仆学文①，颇有所得，然其人家贫多事，未能卒其业。有张籍者②，年长于翱，而亦学于仆，其文与翱相上下，一二年业之，庶几乎至也。然闵其弃俗尚而从于寂寞之道③，以争名于时也。

【注释】

①李翱：字习之。从学于韩愈。有文集十一卷行于世。撰有《韩公行状》《祭吏部韩侍郎文》。

②张籍：和州乌江人。出生寒微，愈荐为太常寺太祝，历任水部员外郎、国子司业等职，长期病眼，乃至贫病交加。然性狂狷，论议好胜人，其思想意识上排斥佛、老，与韩愈接近。

③寂寞之道：指效学古人为文之道。

【译文】

近来李翱跟随鄙人学习文章之道，很有些进益收获。但是他家境贫寒又多受事故牵累，没能够完成他的学业。另有张籍，年岁比李翱大，也随鄙人学习，他的文章和李翱几乎相当。再教授一二年，大致就能达到他所能达到的极致水准了。然而我忧虑他抛弃时俗爱好来参与这种寂寞的事，是为了追求当今的声誉名望。

久不谈，聊感足下能自进于此，故复有发愤一道。愈再拜。

【译文】

很久不曾细谈，因有感于您能够自己奋进到这种地步，所以复信下定决心向您倾诉一番。韩愈再拜。

答窦秀才书

【题解】

窦秀才，名存亮。此文作于贞元二十年（804），韩愈时以言事忤上，被黜为阳山县令。

窦秀才给韩愈写信，请求到其谪守之地"相从问文章"。其时韩愈正心情孤寂，满腹愁绪，故复信自称"学不得其术"，认为秀才其来不值。虽然措词委婉曲折，实借以发泄不平之气。

愈白：愈少驽怯①，于他艺能，自度无可努力，又不通时事，而与世多龃龉②。念终无以树立，遂发愤笃专于文学。学不得其术，凡所辛苦而仅有之者，皆符于空言，而不适于实用，又重以自废，是故学成而道益穷，年老而智愈困。今又以罪黜于朝廷③，远宰蛮县④，愁忧无聊，瘴疠侵加⑤，惴惴焉无以冀朝夕⑥。

【注释】

①驽怯：低能，怯弱。驽，劣马。

②龃龉(jǔ yǔ)：不合。

③黜于朝廷：为朝廷贬黜。

④远宰蛮县：远迁治理荒蛮县邑。

⑤瘴疠：内病为瘴，外病为疠，多生于南方暑湿之地。

⑥惴惴：忧惧。

【译文】

韩愈启白：韩愈我从幼时起就才低性懦，对于其他技艺，暗自忖度无从努力，兼之不通时世诸事，和世人多有不合。考虑到终究会没有能树立的事业，于是发愤专注于文学上面。修习文学却不得要领，所有那些辛苦钻研后稍有所获的，都等同于空言，不适合在现实中应用，再加上自己懈怠，所以学有所成，前途却更加艰难，年岁渐老，智力也是不进反退。现在又因得罪为朝廷所贬黜，远到蛮荒县邑主持政务，整日忧愁苦闷无所事事，内病外毒交加，惶惶然不敢对将来抱有什么希望。

足下年少才俊，辞雅而气锐，当朝廷求贤如不及之时①，当道者又皆良有司，操数寸之管②，书盈尺之纸，高可以钓爵位，循序而进③，亦不失万一于甲科④。今乃乘不测之舟⑤，入无人之地，以相从问文章为事。身勤而事左⑥，辞重而请约，非计之得也⑦。虽使古之君子，积道藏德⑧，遁其光而不曜⑨，胶其口而不传者⑩，遇足下之请恳恳⑪，犹将倒廪倾囷⑫，罗列而进也⑬，若愈之愚不肖，又安敢有爱于左右哉⑭！

【注释】

①求贤如不及之时：谓当今朝廷求贤若渴，好像等不及了。

②数寸之管：谓毛笔。

③循序而进：意稳步慢行。

④甲科：唐初明经，有甲、乙、丙、丁四科。进士有甲乙二科。

⑤今乃乘不测之舟：现在乘舟犯险而来。

⑥身勤：常就问于愈也。左：不当，偏颇。

⑦非计之得：谓其不往求科举，却前来从问文学之事，乃不得计，不合算。

⑧积道藏德：隐居以自养其德。

⑨曜（yào）：散发光芒、光辉。

⑩胶：粘住，封闭。

⑪恳恳：诚恳貌。

⑫倒廪倾囷（qūn）：倾其所有。廪，米仓曰廪。囷，廪之圆者。

⑬进：奉上，谓教授。

⑭有爱：有所吝惜。左右：敬称对方。

【译文】

　　您年纪正少，文才超群，辞句高雅而又气势雄锐，当前正是朝廷求贤若渴的时候，把持政事的又都是贤良官员，您操拿数寸笔管，于满尺之纸上尽书高论，若从上而言甚至可以钓获爵位，即便只是稳步慢行，也必能高中甲第无疑。现在却乘舟犯险而来，到这荒无人烟的地方，以追随请教文章为要务，身体辛劳但所做不当，恭维的话多而所求甚少，这实在是不太合算啊。即便古时君子，隐居修行，掩盖他们的光芒，封闭他们的口，不传授大道的，遇到您这样恳切相请，还会倾其所有，条列分明地奉与您，像韩愈我这样愚钝不贤，又怎敢有所吝惜而不肯给您的呢！

　　顾足下之能，足以自奋；愈之所有，如前所陈，是以临事愧耻而不敢答也。钱财不足以贿左右之匮急①，文章不足以发足下之事业②。稇载而往③，垂橐而归④，足下亮之而已⑤。

【注释】

①匮急：匮乏急用。

②发：启发。

③稇（kǔn）：用绳索捆束。

④橐（tuó）：袋子，盛财物用。

⑤亮：明鉴，明察。

【译文】

以我看，依靠您的才能，足够奋起自强；韩愈我所知晓的，只有如前陈述，所以事到临头就羞愧自惭不敢说什么了。我的钱财不足以缓解您的匮乏急用，文章又不足以光大您的事业。让您满载前来，却空囊而归，您就原谅我吧。

与卫中行书

【题解】

卫中行，字大受。御史中丞卫晏之子。贞元九年进士。

此书略加阐述了韩愈关于道德与命运这个哲学命题的看法。认为君子之吉与小人之凶确属本质的必然，可另一方面君子、小人的吉凶还取决于处世断事之明智与否，以及由天而定的一些偶然性。据此韩愈提出自己的人生原则："贤与不肖存乎己，贵与贱、祸与福存乎天，名声之善恶存乎人。存乎己者，吾将勉之；存乎天、存乎人者，吾将任彼而不用吾力焉。"这是可以为世人借鉴的。

文中还可以见到韩愈所以汲汲于功名的原因：非为富贵，而是因为想要行济世之志于天下。由文识人，读者从此文中所识的分明是古代的真正君子。

大受足下：辱书，为赐甚大①，然所称道过盛②，岂所谓诱之而欲其至于是欤③？不敢当！不敢当！其中择其一二近似者而窃取之④，则于"交友忠而不反于背面"者⑤，少似近焉⑥，亦其心之所好耳⑦。行之不倦⑧，则未敢自谓能尔也⑨。不敢当！不敢当！

【注释】

①为赐：指赐教。

②所称道：对我的称颂褒扬。

③诱：诱导。是：指卫中行所称道者。

④其中：谓卫中行所称道之言中。

⑤交友忠而不反于背面：此或为卫中行书之语或为其书之意。谓对朋友忠信，不一分手就背叛情谊。

⑥少：稍稍。

⑦其：我的。

⑧行：实践。

⑨尔：这样。

【译文】

大受足下：承蒙来信，赐教大有道理，只是对我称颂太过，莫非这就是所谓诱导他使他以为已经到达那种境界了吗？不敢当！不敢当！在您的誉辞中窃取一、二条大略符合我的为人的，那么好像还稍稍符合"交友忠而不反于背面"这句话，而这也是我内心一直赞成的。但要能一直坚持做下去，就不敢自夸了。不敢当！不敢当！

至于"汲汲于富贵，以救世为事"者①，皆圣贤之事业，知其智能谋力能任者也，如愈者，又焉能之？始相识时，方甚贫,衣食于人。其后相见于汴、徐二州,仆皆为之从事,日月有所入,比之前时,丰约百倍②,足下视吾饮食衣服,亦有异乎？然则仆之心或不为此汲汲也,其所不忘于仕进者,亦将小行乎其志耳。此未易遽言也③。

【注释】

①汲汲于富贵,以救世为事:亦卫中行之语或意。汲汲,迫不及待状。事,事业,职责。

②丰约:丰厚。

③易:容易。遽:匆忙,急速。

【译文】

至于"汲汲于富贵,以救世为事",这都是圣人贤者的大事业,显然可知唯他们的智慧、算谋、能力方堪担此大任,像韩愈之流又哪里可能去行此救世济人之事？刚刚和您认识的时候,还很穷,衣食都需求之于人,此后在汴、徐二州相见时,我都在为别人做幕僚,经常能够有所收入,比起以前,生活丰厚要有百倍了,您看到我的饮食衣服,不是也有些不同了吗？然而我的本心可能还不是为了这些而急不可耐,我所以不忘怀去做官升职,也只是想略略实现自己的志向罢了。这不是一两句就容易说清楚的。

凡祸福吉凶之来,似不在我①。惟君子得祸为不幸②,而小人得祸为恒③;君子得福为恒,而小人得福为幸。以其所为似有以取之也,必曰"君子则吉,小人则凶"者不可也。贤、不肖存乎己,贵与贱、祸与福存乎天,名声之善恶存乎人。存乎己者,吾将勉之④;存乎天、存乎人者,吾将任彼而不用吾力焉⑤。其所守者⑥,岂不约而易行哉⑦？足下曰"命之穷通，自我为之"，吾恐未合于道，足下征前世而言之⑧，则知矣。若曰"以道德为己任，穷通之来⑨，不接吾心⑩"，则可也。

【注释】

①在：取决于，在于。

②不幸：谓偶然。

③恒：恒久、必然的。

④勉：努力。

⑤任彼：随任它们。彼，谓存乎天、存乎人者。

⑥所守者：所操守关注的。

⑦约：简单。

⑧征：征引。

⑨穷通：穷蹇通达。

⑩接：扰乱，接涉。

【译文】

所有祸福凶吉的降临，似乎并非取决于我。君子蒙难属于偶然之不幸，小人遇祸则是必然；君子获福属于绝对必然，小人得福则属偶然之幸运。得失似乎还依他们的行事作为而定，绝对地讲"君子则吉，小人则凶"是不行的。贤与不贤取决于自己，贵与贱、祸与福取决于天，名声的好坏取决于人。取决于自己的，我会努力为之；取决于天、取决于人的，我会听天由命而不自己操心费力。这样我所操守关注的，不是简单而且易行了吗？您谈到"命之通达与否，由我而为"，我恐怕这并不符合于大道，倘若您征引前代事实来说明此事，就能明白了。如果说成"以道德为己任，穷通之来，不接吾心"，就比较恰当了。

　　穷居荒凉，草树茂密，出无驴马，因与人绝①，一室之内，有以自娱②。足下喜吾复脱祸乱③，不当安安而居④，迟迟而来也。

【注释】

①因：由此。

②一室之内，有以自娱：谓唯读书自娱。

③复脱祸乱：言董、张二公卒而军乱，故喜其脱祸。

④安安：心安于环境或习惯。

【译文】

　　落魄于此荒凉之地，草木茂密，人家很少，出行外游又无驴马，由此几乎与人世隔绝，自处一室之内，只能读书自娱。您既贺喜我又逃脱一场祸乱，就不该一如既往地呆在原地，迟迟不来看我啊。

与孟东野书

【题解】

　　孟东野，名郊，湖州武康（今浙江德清千秋镇）人，唐代诗人，有诗集传世。此文作于唐德宗贞元十六年（800）三月，这时韩愈三十三岁，孟郊五十岁。

　　韩愈在徐州作幕僚时，不大得意，即书中所说："默默在此行一年矣。"孟郊也是"混混与水相浊"。两人境遇相似，志趣相投，故能相互理解，虽各处异地，却极想会面共谈。两人前前后后交往当中诗文相酬很多，韩愈文集中载有联句十一首，其中就有九首是和孟郊唱和所作。本文娓娓道来，情真意切，让人感动。

　　与足下别久矣，以吾心之思足下，知足下悬悬于吾也①，各以事牵，不可合并②。其于人人③，非足下之为见，而日与之处④，足下知吾心乐否也！吾言之而听者谁欤，吾唱之而和者谁欤？！言无听也，唱无和也，独行而无徒也，是非无所与同也，足下知吾心乐否也！

【注释】

①悬悬：思念，放不下。

②各以事牵，不可合并：各自被人事所牵累，不能相处在一起。

③人人：普通人，众人。

④日与之处：每天和普通人相处。

【译文】

　　和您相别已经很久了，用我思念您的心意来猜测您，料知您也在放不下我，只是各自都被事务牵累，不能相处到一起。至于那些一般人，不能和您有一样的见识，而每日又要和他们相处，您是可以想见我心中的苦与乐的！我说有谁来听呢，我唱有谁来和呢？！说无人伴听，唱无人相和，独自一人而没有同类知己相伴，是是非非无人可与探讨，您可以想见我心中的苦与乐啊！

　　足下才高气清，行古道，处今世。无田而衣食①，事亲左右无违②，足下之用心勤矣，足下之处身劳且苦矣！混混与世相浊，独其心追古人而从之。足下之道，其使吾悲也。

【注释】

①无田而衣食：没有田可以耕种，还要谋吃谋穿，意思是靠写文章来谋生。

②无违：不失礼，此处指孝顺。

【译文】

您才高气清，践履古道，以之与当今世人相处。无田可耕，却要谋衣谋食；侍奉双亲，能不忤逆，您用心已到极致，而您对待自己却是不惜劳苦啊！委曲求全与浊世相处，唯独内心追慕古人效法古人，您的作法，使我悲哀。

去年春，脱汴州之乱①，幸不死，无所于归，遂来于此②。主人与吾有故③，哀其穷，居吾于符离睢上④。及秋，将辞去，因被留以职事⑤，默默在此，行一年矣。到今年秋，聊复辞去。江湖，余乐也，与足下终，幸矣！

【注释】

①脱汴州之乱：贞元十五年二月，驻在汴州的宣武军节度使董晋死了，韩愈随灵柩离开。才走了四天，汴州的军士就把留守的陆长源杀了，故有此说。汴州，今河南开封。

②此：指徐州。

③主人：指当时徐泗濠节度使张建封。有故：有旧交情。

④符离：今安徽宿县符离集。睢上：睢水的旁边。

⑤因被留以职事：指张建封委任韩愈为节度推官。

【译文】

去年春季，我逃脱汴州的叛乱，侥幸不死，没有地方可去，所以就来到了这里。主人张建封与我有交情，哀怜我的穷困，把我安排在符离睢水边。等到秋天，准备离去时，因被挽留而担任一官半职，所以在这儿默默无闻地待着，都快一年了。到今年秋天，我打算告辞离去。泛舟于江湖之上，是我的梦想，能和您相伴终老，方为幸事！

　　李习之娶吾亡兄之女①,期在后月②,朝夕当来此③。张籍在和州居丧④,家甚贫。恐足下不知,故具此白,冀足下一来相视也。自彼至此虽远,要皆舟行可至,速图之,吾之望也!春且尽,时气向热,惟侍奉吉庆⑤。愈眼疾比剧⑥,甚无聊,不复一一。愈再拜。

【注释】

①李习之:名翱,唐宗室,曾跟从韩愈学古文,有《李文公集》。亡兄:指亡故的从兄韩弇。

②后月:下两月。

③朝夕:形容时间短。

④张籍:字文昌,和州乌江(今安徽和县)人,从韩愈学诗,有《张司业集》。居丧:尊亲属死亡,守丧居家不出。

⑤侍奉:指孟郊奉养老母。吉庆:为他母亲祝福。

⑥比:近来。剧:加剧。

【译文】

　　李习之娶我已故兄长的女儿,聘期定在两个月后,说不定哪天就到了这里。张籍在和州守丧,家里很贫穷。怕您不了解情况,才写了这封书信,希望您前来一晤。从您那儿到我这儿虽然路途遥远,估计一路都能乘舟直达,赶紧做好安排,这是我的企盼!春季将尽,天气变热,只愿您侍奉双亲吉祥喜乐。我眼病近来加剧,什么事也做不了,不再一一叙述了。韩愈再拜。

答刘秀才论史书

【题解】

刘秀才,或云名轲,字希仁。韩集之中只见于此一处。韩愈当时为史馆修撰，刘撰书以勉，韩愈于是答复此书，称作史没有人祸，必有天殃。论述的观点偏颇，自柳宗元处已被指出："前获书言史事，云具与刘秀才书，及今乃见书稿，私心甚不喜。"

全篇历数史官之不幸，而后陡转，自称衰惫无能，才能不足以担此大任，文章言辞间屡屡称今为盛世，然而前有撰史多祸之文，后继鬼神质临之语，可见"盛世"之实质：倘若据实录之，不但难写而且有祸；想要有所欺瞒又惧怕鬼神、不忍于良知，故而只得避不为此。

文中韩愈不喜撰史而好事功，抱怨不得其位之心亦足见矣。

　　韩愈白，秀才刘君足下：辱问见爱^①，教勉以所宜务，敢不拜赐。愚以为，凡史氏褒贬大法，《春秋》已备之矣^②。后之作者，在据事迹实录，则善恶自见。然此尚非浅陋偷惰者所能就^③，况褒贬邪?!

【注释】

①辱问：表自谦之词。

②《春秋》已备之矣：谓史家书法，《春秋》已全然具备了。《春秋》，鲁史，据传由孔子据鲁旧史削修而成。以其道春为生物之始，而秋为成物之终，故名曰《春秋》。《春秋》笔法，尊于道统而不明论褒贬，谓之"微言大义"，以"为贤者讳，为尊者讳，为亲者讳"。备，全备。

③此：指据实而录，使读者自知善恶。

【译文】

　　韩愈启白，秀才刘君足下：承蒙您关爱问候，指点勉励我去做应该做的事，我哪里敢不拜谢您的赐教啊。我认为，大凡史家著书所用重要的褒贬手法，《春秋》就已经完全具备了。后代史书作者，只需依据事实真实录写，善恶就自然地显露出来。但是这还不是浅薄懒惰的人能够做到的，更何况寓褒贬于微言之中呢?!

　　孔子圣人，作《春秋》，辱于鲁、卫、陈、宋、齐、楚，卒不遇而死①；齐太史氏兄弟几尽②；左邱明纪《春秋》时事以失明③；司马迁作《史记》，刑诛④；班固瘐死⑤；陈寿起又废⑥，卒亦无所至；王隐谤退，死家⑦；习凿齿无一足⑧；崔浩、范晔赤诛⑨；魏收夭绝⑩；宋孝王诛死⑪；足下所称吴兢⑫，亦不闻身贵，而今其后有闻也。夫为史者，不有人祸，则有天刑，岂可不畏惧而轻为之哉!

【注释】

　①"孔子圣人"几句：孔子始官于鲁，终以桓子受齐女乐而道不得行离鲁适卫；居子路妻兄颜浊邹处，卫灵公初尚善待，后以谮薄之，子乃又去。后适宋，与弟子习礼大树下，宋司马桓魋欲杀之，拔其树，孔子去；乃适郑，不久居于陈，以晋楚之争强时凌于陈而去之。楚既而使人聘孔子，往封七百里地，子西比之文、武王，恐夺楚之国民，昭王于此止而不用。后季康子币迎孔子归鲁，然终不能用。遂修书编诗，不遇而死。

　②齐太史氏兄弟几尽：《左传》襄公二十五年："太史书曰：'崔杼弑其君，崔子杀之，其弟嗣书而死者二人……南史氏闻大史尽死，执简以往，闻既书矣。"

　③左邱明纪《春秋》时事以失明：司马迁《报任安书》曰："左氏失明，厥有《国语》。"据传《春秋左氏传》乃左丘明著作。左邱明，即左丘明。

　④司马迁作《史记》，刑诛：汉武帝天汉二年，李陵降匈奴，司马迁盛

言陵忠，武帝以迁诬罔，下迁蚕室。

⑤班固瘐（yǔ）死：和帝永元初，洛阳令种兢以事捕班固，固死狱中。瘐，囚以饥寒而死。

⑥陈寿起又废：陈寿，字承祚，仕蜀汉为观阁令史，遭父丧，有疾，使婢侍药，乡党以为贬议，后以母忧，母遗言葬洛阳，寿遵其志，又坐不归葬，竟被贬议。

⑦王隐谤退，死家：王隐，字处叔。晋太兴初年，官著作令，为虞预所斥，竟以谤黜归死于家。

⑧习凿齿：字彦威，襄阳人。以脚疾居里巷。

⑨崔浩：字伯深，后魏人，著《国书》三十卷。太武帝太平真君十一年，以罪夷其族。范晔：字蔚宗，南朝宋人，删众家《后汉书》为一家之作。文帝元嘉二十二年，谋反伏诛。赤：或作赤族。

⑩魏收：字伯起，著《后魏书》一百三十卷。北齐后主武平三年卒，无子，夭。

⑪宋孝王：事高齐为北平王文学，撰《关东风俗传》三十卷。周大象初，预尉迟迥事诛死。

⑫吴兢：唐人。撰梁、齐、周史各十卷，《陈史》五卷，《隋史》二十卷，天宝八年卒。

【译文】

孔子身为一代圣人，削录《春秋》，却仍旧在鲁、卫、陈、宋、齐、楚诸国蒙受污辱，到死不被重用；齐国太史氏兄弟几乎尽亡；左丘明以当时之事传纪《春秋》从而失明；司马迁撰作《史记》，遭受刑罚残害；班固因于狱中，饥寒交加而死；陈寿复职却又被废弃，最终也没有什么大的成就；王隐因为诽谤之言被黜免，死在家中；习凿齿缺了一只脚；崔浩、范晔被诛灭全族；魏收中年而亡；宋孝王被杀死；您所称道的吴兢，也没听说获得高官，他的后代现在也无所闻达。举凡撰史的人，不是遭遇人祸，就会有天灾挫害，哪里能够不有所畏惧而随便就去从事这么重大的工作呢?!

　　唐有天下二百年矣,圣君贤相相踵①,其余文武之士,立功名、跨越前后者,不可胜数②,岂一人卒卒能纪而传之邪③?仆年志已就衰退,不可自敦率④。宰相知其无他才能,不足用,哀其老穷,龃龉无所合⑤,不欲令四海内有戚戚者,猥言之上⑥,苟加一职荣之耳⑦,非必督责迫蹙⑧,令就功役也⑨。贱不敢逆盛指⑩,行且谋引去⑪。且传闻不同,善恶随人所见⑫。甚者附党⑬,憎爱不同,巧造语言,凿空构立善恶事迹⑭,于今何所承受取信⑮,而可草草作传记,令传万世乎?若无鬼神,岂可不自心惭愧;若有鬼神,将不福人⑯。仆虽骏⑰,亦粗知自爱,实不敢率尔为也。

【注释】

①相踵(zhǒng):一个接着一个。踵,脚后跟。

②胜:尽。

③卒卒:即"猝猝",匆忙仓促。

④不可自敦率:不能够勉力率而为之。敦,勉力。

⑤龃龉(jǔ yǔ):上下齿不相配合,喻意见不合。

⑥猥言之上:苟且向皇上进言。猥,曲。

⑦苟:暂时,勉强。

⑧迫蹙(cù):逼迫紧促。

⑨令就功役:谓使之成就事业,有所作为。

⑩贱:卑贱。愈谦称。逆:接受。指:意图,意思。

⑪行且:行将,将要。引去:退避离开。

⑫且传闻不同,善恶随人所见:此谓书史之时,难得事实真相。

⑬附党：朋党相结。

⑭凿空：穿凿凭空。

⑮于今何所承受取信：在当今有什么能被凭依作为信实呢？

⑯福：护佑，降福。

⑰骇（ái）：即"呆"，痴傻。

【译文】

　　大唐据有天下已二百年了，圣明君主、贤德丞相代代相接续，剩下那些文武官员，建立功名、超越前人后代的，也难以数尽，难道一个人在仓忙中就能给这么多贤士英才树碑立传吗？鄙人已经年老志衰，没能力逞强了。宰相知道我没有别的什么才能，不值得任用，只是哀悯我年老窘迫，又话不投机和别人弄不到一块儿，他不想让四海以内有忧愁悲苦的人，苟且向皇上进言，勉强赐给了一个职位以改变我的不幸罢了，并非一定要督促逼迫于我，让我成就这项事业。我身份低贱，不敢抵制他们隆厚的心意，不久就会想法引退归隐。而且史事记载各自不同，或善或恶会根据作者的不同而不同。更有甚者朋党勾结，爱憎各异，巧言编造，凭空穿凿附会编织出一些忠善或者奸恶的事迹。处于当今，哪里有什么凭依以作为信实，我又怎可草率匆促地为人作传，记录历史，让它传留万年呢？倘若没有鬼神，难道自己不觉得心中惭愧？倘若有鬼神，就不会降下福佑。鄙人即便痴傻，也大略明白应自重自爱，实在不敢草率从事。

　　夫圣唐巨迹及贤士大夫事①，皆磊磊轩天地②，决不沉没③。今馆中非无人，将必有作者勤而纂之④。后生可畏，安知不在足下？亦宜勉之！愈再拜。

【注释】

　　①巨：伟。

②磊磊:光明正大。轩:飞扬高举。

③决:一定,必定。

④纂(zuǎn):编纂著述。

【译文】

　　圣唐伟业以及贤明士大夫的事迹,都光明正大地飞扬于天地之间,必定不会沉没不闻。现在史馆并非没有贤才,必将会有作者辛勤努力编纂唐史。后辈值得敬畏佩服,我怎么敢肯定这重任将不是由足下您完成呢? 也应该多加努力呵! 韩愈再拜。

上兵部李侍郎书

【题解】

　　李侍郎,即李巽,当时从江西观察使入朝为兵部侍郎。

　　此书作于贞元二十一年(805)十二月,韩愈时任江陵府法曹参军。初时愈以事贬为连州阳山县令,后以顺宗即位大赦,俟命郴州不久,得移江陵府法曹。所以书中言"动遭谗谤,进寸退尺",所指就是贬任阳山县令事。

　　全文之首欲扬而先抑,讲自己不通时务,故屡不幸,然而正由于这样所以精于文章之事,乃致于无所不通。可惜没有知己赏识,因而至今没有成就。下面又进而推许李巽的德识,标举当今的时势,表明自己想要有所作为,只希望李巽能辨出自己的"牛角之歌,堂下之言"。篇尾以书文献之。韩愈汲汲于功名的心意通篇可见。

　　十二月九日,将仕郎守江陵府法曹参军韩愈①,谨上书侍郎阁下:愈少鄙钝,于时事都不通晓,家贫不足以自活,应举觅官,凡二十年矣。薄命不幸,动遭谗谤②,进寸退尺,卒无所成③。性本好文学，因困厄悲愁，无所告语④，遂得究穷于经传、史记、百家之说⑤，沉潜乎训义⑥，反复乎句读，砻磨乎事业⑦，而奋发乎文章。凡自唐、虞已来⑧，编简所存⑨，大之为河海，高之为山岳，明之为日月，幽之为鬼神，纤之为珠玑华实⑩，变之为雷霆风雨，奇辞奥旨⑪，靡不通达⑫。惟是鄙钝，不通晓于时事，学成而道益穷，年老而智益困，私自怜悼⑬，悔其初心⑭，发秃齿豁，不见知己⑮。

【注释】

①将仕郎：文散官名，唐时为从九品下。守：官制用语。唐时官位低而职事高者称守某某官。法曹参军：官名。唐时为府、州官的司法佐官。

②动：动辄，动不动。

③卒：终究。

④无所告语：没有地方倾诉。

⑤究穷：探究到底。

⑥沉潜：沉心潜研。

⑦砻：磨。

⑧唐：陶唐氏，古史传说中部落，居于平阳（今山西临汾），尧乃其领袖。虞：远古部落，居于蒲阪（今山西永济蒲州镇），舜乃其领袖。

⑨编简：战国至魏晋，书均写于削制成的狭长竹片上。

⑩玑：珠不圆者。

⑪奥：深奥难解。

⑫靡：通"无"。

⑬怜悼：哀怜伤怀。

⑭初心：起初的意向、选择。

⑮知己：赏识自己者。

【译文】

十二月九日，将仕郎、守江陵府法曹参军韩愈，恭谨地上书侍郎阁下：韩愈自幼浅陋愚钝，对于当今时尚全然不懂，家境贫寒难以生存，所以应试科举，求觅官职，如此已历二十年之久。只是命薄不幸，动辄遭受谗言诽谤，进一寸退一尺，最终还是无所成就。我本性爱好文学，再加上由于困窘苦厄时时悲愁，无人倾诉，于是得以钻研深究经传、史书和百家之说，潜心于训释古义，一遍遍学习标点断句，在文学事业上反复锻炼，而于文章创作上振奋高起。从尧舜以来，所存书简，瀚如河海，高如山岳，明如日月，幽如鬼神，编织如珠玑宝物，变化如雷霆风雨，所有这些妙辞深意，我没有不通晓明白的。只是由于愚钝浅陋，不通世事，所以学业有所成就，前途反而更加艰难，年纪逐渐老大而智慧却逐年衰退，心中自怜自伤，后悔当初的选择，以致发落齿脱，也没遇见知己之人。

夫牛角之歌①，辞鄙而义拙；堂下之言②，不书于记传。齐桓举以相国，叔向携手以上，然则非言之者难为，听而识之者难遇也。伏以阁下③，内仁而外义，行高而德巨④，尚贤而与能⑤，哀穷而悼屈，自江而西，既化而行矣。今者入守内职⑥，为朝廷大臣，当天子新即位，汲汲于理化之日⑦，出言举事⑧，宜必施设⑨。既有听之之明⑩，又有振之之力⑪，宁戚之歌，鬷明之言，不发于左右⑫，则后而失其时矣。谨献旧文一卷，扶树教道⑬，有所明白；南行诗一卷，舒忧娱悲，杂以瑰怪之言，时俗之好，所以讽于口而听于耳也。如赐览观，亦有可采⑭。干黩严尊⑮，伏增惶恐。愈再拜。

【注释】

①牛角之歌：《琴操》："宁戚饭牛车下，扣牛角而歌曰：'南山矸，白石烂，生不逢尧与舜禅，短布单衣才至骭，长夜漫漫何时旦。'齐桓公为之，举为相。"

②堂下之言：《左传·昭公二十八年》："叔向适郑，鬷蔑恶，欲观叔向，从使之收器者而往，立于堂下，一言而善。叔向将饮酒，闻之曰：'必鬷明也。'下，执其手以上……曰：'子若无言，吾几失子矣。'"鬷明，名蔑，字然明。郑人。

③伏：趴着。表敬辞。

④巨：方刚正直。

⑤与：通"举"，提拔进用。

⑥入守内职：调入京城担任朝内职务。

⑦汲汲：急切求取状。

⑧出言举事：颁布诏书，有所作为。

⑨宜：当然，无怪。

⑩听之之明：谓新帝。

⑪振之之力：谓侍郎等重臣。

⑫左右：敬指对方。

⑬扶树教道：扶立建树教化之道。

⑭亦有可采：或者也有可取之处。

⑮干黩：冒犯亵渎。严尊：敬称李侍郎。

【译文】

牛角之歌，言辞确实鄙陋且意义简单；堂下之言，也不被记载在传记当中。然而齐桓公举宁戚为相国，叔向携鬷明之手请为上宾，可见不是这样的言语难讲，而是能听又懂的人难遇。敬知阁下您内怀仁爱，外行义举，行为高尚而道德方正，尊崇贤才，提拔能士，哀悯不遇，追念冤屈，从大江以西，人们都已受您教化而风行道德之事了。现在您又调任内廷要职，担任朝廷大臣，正值天子刚刚即位，努力进勉以求举国教化的时候，行诏理政，当然一定会有些新的措施。既有皇上听谏清明，又有您这样的大臣辅佐得力，宁戚之歌，酅明之言，不在现在向您抒发，那么以后就没有机会了。恭献旧文一卷，于扶立培育教化之道，有所领悟阐明；南行诗一卷，可以舒解忧愁自娱释悲，其中也有一些瑰丽奇异文字、时俗故事，可以朗诵听玩，消磨时光。如蒙阅览遍观，应该也有可取之处。冒犯亵渎大人您，使我暗增惶恐之心。韩愈再拜。

柳宗元

柳宗元简介参见卷二。

寄京兆许孟容书

【题解】

本文是柳宗元被贬永州任上时写给许孟容的一封信。在信中,作者略述了被贬之后的情况,解释了得罪被谤的原因,然后诉说了自己身无子嗣,故乡又无宗族子弟祭扫先人之墓、照料藏书的悲哀。信中还引证古人事迹以对比作者今日自身难得获免和艰于著述的状况。最后作者以哀婉的语气,表白了想迁往北方任职的愿望。整封信写得凄婉动人,令人伤感。

许孟容,字公范,长安(今陕西西安)人,曾做过京兆尹,故题中称许京兆孟容。

宗元再拜五丈座前:伏蒙赐书诲谕,微悉重厚,欣踊恍惚①,疑若梦寐,捧书叩头,悸不自定②。伏念得罪来五年③,未尝有故旧大臣肯以书见及者。何则?罪谤交积,群疑当道,诚可怪而畏也。以是兀兀忘行④,尤负重忧,残骸余魂,百病所集,痞结伏积⑤,不食自饱。或时寒热,水火互至,内消肌骨,非独瘴疠为也。忽奉教命,乃知幸为大君子所宥,欲使膏肓沉没⑥,复起为人。夫何素望,敢以及此。以上罪谪后情况。

【注释】

①踊:跃动。

②悸:心动。

③得罪:指柳宗元因王叔文案被贬永州刺史。

④兀兀:不动的样子。

⑤痞结伏积:指腹中结块。

⑥膏肓:古代医学称心脏下部为膏,隔膜为肓。病入膏肓,极言不可救药。

【译文】

宗元再次向五先生敬礼:承蒙您赐信教诲我,使我深切体会到您的深情厚义,我欢欣得恍恍惚惚,怀疑这一切只是一个梦。捧着您的来信叩头,心思动荡难以稳定下来。我想到自从获罪受贬五年来,从来没有朋友和相识的大臣肯给我写信。为什么呢?罪过和诽谤交加,众多心怀不信任的人在朝廷掌权,确实令人惊恐和担心。所以寂寂然忘记了走动,更加重了我的忧惧。我身体已很差,几乎是苟延残喘,无数疾病交加而至,腹中结块,往往不吃饭就饱了。不时发寒发热,体内之水火相继涌来,只觉得肌肉与骨头都在被销蚀,这并不仅仅是边地瘴疠之气所造成的。这时,意外收到您的来信,我才知道自己有幸为高尚的君子所宽容,想让我这病入膏肓日渐沉沦的人,重新振作起来做人。我有怎样的德能,竟如此有幸?以上是获罪被贬后的情况。

宗元早岁，与负罪者亲善^①，始奇其能，谓可以共立仁义，裨教化。过不自料，懃懃勉励^②，唯以中正信义为志，以兴尧、舜、孔子之道，利安元元为务^③，不知愚陋，不可力强其素意如此也。末路陁塞臲卼^④，事既壅隔，很忤贵近^⑤，狂疏缪戾，蹈不测之辜，群言沸腾，鬼神交怒。加以素卑贱，暴起领事，人所不信。射利求进者，填门排户，百不一得，一旦快意，更造怨讟^⑥。以此大罪之外，诋诃万端，旁午构扇^⑦，使尽为敌雠，协心同攻，外连强暴失职者以致其事。此皆丈人所闻见，不敢为他人道说。怀不能已，复载简牍。此人虽万被诛戮，不足塞责，而岂有赏哉？今其党与幸获宽贷，各得善地，无公事，坐食俸禄，明德至渥也^⑧，尚何敢更俟除弃废痼，以希望外之泽哉？年少气锐，不识几微，不知当不，但欲一心直遂，果陷刑法，皆自所求取得之，又何怪也？ 以上得罪被谤之由。

【注释】

①负罪者：指王叔文。

②懃：同"勤"。

③元元：庶民百姓。

④臲(niè)卼：不安的样子。

⑤很：违背。忤：触犯。近：指宠臣、近戚、宗室等接近皇帝的人。

⑥讟(dú)：诽谤。

⑦午：散布。构：诽谤。扇：通"煽"。造谣。

⑧渥：厚。

【译文】

宗元我早年同王叔文这负罪的人相亲善，开始时是佩服惊奇他的才能，以为可以同他一起修立仁义，有益于教化天下。太自不量力，殷勤勉励，希望以中正信义为志向，以复兴尧、舜和孔子的大道、让百姓安居乐业为要务，竟然不知道自己愚昧浅薄，不能勉强。其本意也就是如此而已。穷途末路，艰难险阻，事业很快就被中断，违背触犯了权臣贵戚，狂妄傲慢错谬，终于犯了无法估量的大罪，群言沸沸扬扬，鬼神共怒。再加上出身卑微贫贱，猛然崛起治理政务，人们根本就不信任。想追求利益和进身之阶的人，纷纷奔走于他家以致大门堵塞，但真正达到目的的人又很少，所以一旦倒台就称心快意，纷纷造谣诽谤。这样，在弥天大罪之外，更加上了种种诋毁与诟骂，在各处散布流言，造谣中伤，煽风点火，使人们都成了仇人敌手，同心协力攻击他，在外面还联络那些因为强横残暴而丢官的人，终于导致了那场事变。这些都是先生您耳闻目睹的事情，我本来不敢对别人讲述，但心怀骨鲠，不能克制，所以又写到了信上。这人即使被斩杀一万次，也不足以抵补罪责，他哪里还能求什么赏赐呢？现在他的党羽幸运地被加以宽恕，各自得以身处不错的地方，没有公务缠身，白拿俸禄，圣上的大德已经无比深厚了！我怎么还敢再等待朝廷收回弃用、禁锢的诏令，希图望外的恩泽呢？我年轻气盛，不懂微妙的关系，不知道恰当与否，只想一心一意实现抱负，终致身被刑法，这都是咎由自取，又有什么奇怪怨责的呢！以上是我获罪被诋毁的原因。

　　宗元于众党人中，罪状最甚。神理降罚，又不能即死，犹对人言语，求食自活，迷不知耻，日复一日，然亦有大故。自以得姓来二千五百年，代为冢嗣。今拘非常之罪，居夷獠之乡①，卑湿昏雾②，恐一日填委沟壑③，旷坠先绪④，以是恒然痛憾⑤，心骨沸热。茕茕孤立⑥，未有子息。荒陬中少士人女子⑦，无与为婚，世亦不肯与罪人亲昵，以是嗣续之重⑧，不

绝如缕。每当春秋时飨^⑨，子立捧奠，顾昒无后继者，懔懔然
歆歔惴惕，恐此事便已，椎心伤骨，若受锋刃！此诚丈人所
共悯惜也。以上无子嗣。

【注释】

①夷獠之乡：指西南诸少数民族。

②雾：晦暗的样子。

③填委沟壑：指死亡。

④绪：后裔子孙。

⑤怛然：悲痛的样子。

⑥茕茕：孤单无依的样子。

⑦陬：边隅。按，此时柳宗元原配夫人早卒，柳宗元尚未续弦。

⑧重：忧虑。

⑨飨：进食。这里指供奉祖先。

【译文】

  我柳宗元在众多的党羽之中，罪情最为严重。神明和天理降下处罚，我又不能一死了断，还在和别人讲话，挣钱活命，执迷不悟，不知耻辱，一天又一天这样苟延残喘，是有很大的原因的。自从有了柳家以来，两千五百年了，代代都是柳家长门长子。现今身负特别严重的罪过，居住在西南少数民族当中，地低潮湿，昏暗阴沉，我担心有一天会死去，断绝了先人的宗脉，所以感到痛苦焦灼，五内如焚。我孤身一人，没有子嗣，荒凉的边地很少读书人的女子，没有可以与之婚配的对象，世人也不肯同我这罪人结亲。因此，对于传宗接代的忧虑，一直萦绕在我心头。每逢春秋两季祭奠先人的时候，我孤零零捧着奠祭物品，张望顾盼，见不到能接续香火的人，常常痛苦万端乃致歆歔不已！恐怕这事情就是这样子了，痛入心髓，若被刀割！这实在是男人都悲哀怜惜的啊！

以上说自己没有子嗣。

　　先墓在城南，无异子弟为主，独托村邻。自谴逐来，消息存亡不一至，乡间主守者固以益怠。昼夜哀愤，惧便毁伤松柏，刍牧不禁，以成大戾①。近世礼重拜扫，今已阙者四年矣②。每遇寒食③，则北向长号，以首顿地。想田野道路，士女遍满，皂隶佣丐，皆得上父母丘墓；马医夏畦之鬼④，无不受子孙追养者。然此已息望，又何以云哉！城西有数顷田，树果数百株，多先人手自封植，今已荒秽，恐便斩伐，无复爱惜。家有赐书三千卷，尚在善和里旧宅，宅今已三易主，书存亡不可知。皆付受所重，常系心腑，然无可为者。立身一败，万事瓦裂，身残家破，为世大僇⑤，复何敢更望大君子抚慰收恤，尚置人数中邪！是以当食不知辛咸节适，洗沐盥漱，动逾岁时，一搔皮肤，尘垢满爪。诚忧恐悲伤，无所告诉，以至此也！以上不能展视先人坟墓、书籍。

【注释】

①戾：罪责。

②阙：通"缺"。

③寒食：指清明节。

④马医：指兽医。夏畦：夏日耕田的人，指农夫。五十亩田地为畦。

⑤僇（liáo）：耻辱。

【译文】

　　先人的坟墓在城南，因为没有其他支脉的子弟可以负责，只好托付给了村里的邻居。自从我被贬放逐到此地以后，什么消息也没有收到过。家乡负责看守的人，肯定越来越怠慢。我日日夜夜悲伤忧愤，害怕坟地的松柏树木被毁伤，进来的牲畜也不驱赶，早晚铸成我的大罪。近代的礼法重视祭拜扫墓，可我已经四年无法这样做了！每逢清明节，我就面对北方不停地哭号，给先人磕头。想那田野道路，到处是扫墓的男男女女，小吏和乞丐，都能够祭扫父母的坟墓；兽医农夫的鬼魂，都能受到子孙后代的祭奠。但我已没有了这种希望，又能说什么呢？城西有几顷田产，种了数百棵果树，大多是先人亲手栽种照料过的，现在已日渐荒芜污秽，更担心被砍伐，再没有人去照料它们。家中有赠书三千卷，还留在善和里老宅子里，那宅第至今已经更换了三个主人，不知书还在不在。那些书都是赠者和我所珍惜的，常常牵挂在心里，但我已经无可奈何了。一个人一旦倒台，一切都跟着完蛋，自身受损，家庭破碎，成为人生的大耻辱，我怎么还敢再希望大君子抚慰收留我，使自己再做人呢？因此进食的时候我觉不出滋味咸淡，往往长年累月不洗漱，一抓肌肤，满手都是尘土泥垢。我确确实实忧惧悲哀，无人诉说，以致到了这种地步！以上说自己不能展视先人坟墓、书籍。

　　自古贤人才子，秉志遵分，被谤议不能自明者，仅以百数！故有无兄盗嫂、娶孤女云挝妇翁者①，然赖当世豪杰，分明辩别，卒光史籍。管仲遇盗，升为功臣；匡章被不孝之名②，孟子礼之。今已无古人之实，而有其诟，欲望世人之明己，不可得也！直不疑买金以偿同舍③；刘宽下车，归牛乡人④。此诚知疑似之不可辩，非口舌所能胜也。以上被谤议不能自明。

【注释】

①无兄盗嫂：汉人直不疑相貌很美，有人中伤他与嫂子通奸，但直

不疑没有兄长。娶孤女云挝妇翁者：第五伦三娶孤女，却有人中

伤他打岳父。

②匡章：齐人。人们都说他不孝，孟子却很敬重他。

③直不疑买金以偿同舍：直不疑为郎中，同舍中有回乡的，误把同

伴的金钱带走。失金的人怀疑直不疑窃其金，直不疑偿还了。

后来回乡者归来，真相大白，失主很惭愧。

④刘宽下车，归牛乡人：刘宽外出，有人失牛，于刘宽车驾认之，宽

让其牛而步行返回。后失主得其牛，惭愧归宽之牛。

【译文】

　　自古以来的贤人才子，坚持志向遵守本分，被诽谤议论却无法自己

澄清的，何止百十来人！所以有所谓的没有兄长却被指责与嫂子通奸

的人，有娶孤女为妻却被诋毁殴打岳父的人，然而依赖当世的豪杰，分

明是非得到辩护，终于青史留名。管仲曾遇过强盗，却擢升为功臣；匡

章有不孝的恶名，孟子却很敬重他。我现在已经没有古人的纯正却有

恶名，再想世人能够明白自己，已不可能做到了！直不疑用自己的金钱偿

还同住的人；刘宽下车，把自己的牛交给乡下人，这实在是明白怀疑无

法辩明，不是口舌言辞所能胜任的。以上说自己被诽谤议论不能证明自己。

　　郑詹束缚于晋①，终以无死；锺仪南音②，卒获反国；叔向

囚虏③，自期必免；范痤骑危④，以生易死；蒯通据鼎耳⑤，为

齐上客；张苍、韩信伏斧锧⑥，终取将相；邹阳狱中⑦，以书自

活；贾生斥逐⑧，复召宣室⑨；兒宽摈死⑩，后至御大夫；董仲

舒、刘向下狱当诛⑪，为汉儒宗。此皆瑰伟博辩奇壮之士，能

自解脱。今以恓怯溉涩⑫，下才末伎⑬，又婴恐惧痼病⑭，虽

欲慷慨攘臂，自同昔人，愈疏阔矣！以上贤者被罪，终得解脱。

【注释】

①郑詹:郑大夫。晋文公重耳流亡过郑,郑伯不礼之。詹请郑伯以礼待重耳,不然则杀之,以绝后患,郑伯不从。后晋文公归晋,索要郑詹,欲烹杀之,终以詹忠礼而释之。

②锺仪:楚国人,被囚于晋。晋侯命仪操琴助乐,仪操楚音。范文子因以为仪不忘祖国,以晋大夫身份请归释锺仪。

③叔向:晋大夫,羊舌氏。事见《左传·襄公二十一年》。

④范痤:魏人。赵以地换魏王杀痤。吏捕痤急,痤上屋骑梁说使者,被囚,后上书信陵君而获免。

⑤蒯通:范阳人。曾教韩信反汉,及信被诛,汉高帝欲烹杀通。通以说辞得免。

⑥张苍:阳武人。初从沛公刘邦,有罪当斩,王陵请沛公释之,后为汉文帝相国。韩信:初归汉,有罪当斩,临刑时见滕公而呼曰:“上不欲就天下乎,何为斩壮士?”滕公使释之,后拜大将。

⑦邹阳:临淄人,从梁孝王游,为人所谤下狱,阳上书自陈清白,获释并为梁孝王上客。

⑧贾生:指贾谊。贾谊多才,所欲行又急切求速,终为晁错等谤,迁长沙王太傅。

⑨宣室:西汉长安未央宫前正室。贾谊既迁长沙王太傅,后被汉文帝召回,在宣室问鬼神之事。

⑩兒宽:汉武帝时人,得罪武帝,悬危,后复被赦,受任用。

⑪董仲舒:汉武帝时儒生,因私著灾异书,汉武帝获之以问董之门生,门生以为悖乱狂妄,仲舒下狱待诛,后被赦,官至太中大夫。刘向:汉人,与萧望之俱下狱,望之自杀,后向被赦而任用。董、刘二人俱为西汉鸿儒。

⑫恇:怯懦。洟涊:污垢。

⑬伎:才能。

⑭婴：触染。

【译文】

郑詹被捆绑在晋，最终被赦免；锺仪操琴发南方的音声，终于获释回祖国；叔向被关押，自己知道会被赦免；范痤逃到了屋梁上，终于转危为安；蒯通扶着鼎耳准备被烹杀，后来却成为齐相国曹参的上客；张苍、韩信几乎被斩首，最后却成为大将、宰相；邹阳身陷大牢，通过上书被赦免；贾谊被贬职到长沙国，后来又被汉文帝召回未央宫宣室；兒宽濒临死亡，后来竟位至御史大夫；董仲舒、刘向，被关入大牢将要处死，却最终成为汉代儒学大师。这些都是伟岸博大神奇壮烈的人，所以能转危为安，得到解脱。现在我怯懦愚昧，才能低下，又加上恐惧和治不好的疾病，即使想慷慨举臂，努力效仿先贤，也只能显得越发狂妄迂腐罢了！以上说贤者因罪而受惩治，最终得以解脱。

贤者不得志于今，必取贵于后，古之著书者皆是也。宗元近欲务此，然力薄才劣，无异能解，虽欲秉笔觊缕①，神志荒耗，前后遗忘，终不能成章。往时读书，自以不至觚滞②，今皆顽然无复省录③。每读古人一传，数纸已后，则再三伸卷，复观姓氏，旋又废失。假令万一除刑部囚籍，复为士列，亦不堪当世用矣！以上不复能著书。

【注释】

①觊（luó）缕：委屈，勉强。
②觚（dǐ）滞：凝滞。
③顽然：愚笨痴呆的样子。

【译文】

贤人不能够在今生得志，一定会被后人尊崇，古代著书立说的人都是这样。我近来想做这种事,可是才能低下,没有什么奇特的能力和见解,即使想勉强拿起笔来,可是神情恍惚,忘前忘后,总成不了文章文采。过去读书,自认为从不中断受阻,现在却都因为愚笨呆滞不再记得清了。每次读古人的一篇传记,几页之后就得再三翻看前面,再找姓名,可是很快又会忘记。即使我侥幸被从刑部罪人名册中删除,重归士大夫行列,也不堪为人们所任用了! 以上说不再能著书。

伏惟兴哀于无用之地,垂德于不报之所,但以通家宗祀为念。有可动心者,操之勿失。不敢望归扫茔域,退托先人之庐,以尽余齿①。姑遂少北,益轻瘴疠,就婚娶,求胤嗣②,有可付托,即冥然长辞,如得甘寝,无复憾矣! 以上求北归。

【注释】

①余齿:残年,残生。

②胤:后代。

【译文】

我在这边远荒凉的地方,对一切都不存妄想,只是念念不忘传递先人的香火而已。有打动我这枯寂之心的,就牢牢把握不敢错过。不敢幻想回到故乡祭扫先人的坟茔,寄身于先人的房屋来度此残生,只希望稍微往北迁徙一些,稍稍避一些瘴疠之气,成就一门婚姻,一旦有了后代,便可以有了交待和托付,那么即使默默辞世,就像获得了酣然而眠的解脱一样,我便再也没有遗憾了! 以上请求北归。

书辞繁委,无以自道,然即文以求其志,君子固得其肺肝焉。无任恳恋之至①! 不宣。宗元再拜。

【注释】

①无任:不胜。

【译文】

书信写得很繁乱,很难表达自己的胸臆,但却也算是借文章来表达心情,君子也便明白了自己的肺腑之情。对您有无限的恳切怀恋! 不再赘言了。宗元再拜。

与萧翰林俛书

【题解】

本文是作者写给萧俛的一封信。萧俛,字思谦,唐德宗贞元年间中进士,唐宪宗元和六年为翰林学士。故题中作"萧翰林俛"。信中,作者借鼓励萧俛努力致仕之机,陈述自己穷迫的情形与被贬黜的来由,表现自己心情的寂然和无可奈何。久处边隅,作者几乎已经适应那里炎毒的气候,也几乎已经绝望,并由此试图获得心灵的宁静,然而,忧郁之情仍是不绝如缕。于是,作者通过颂扬唐王朝的所谓功德,哀婉地表达了自己意欲稍作北迁的卑微愿望。文章行文凄婉曲折,读来令人歔欷。

思谦兄足下:昨祁县王师范过永州①,为仆言得张左司书,道思谦蹇然有当官之心②,乃诚助太平者也。仆闻之喜甚,然微王生之说③,仆岂不素知耶④? 所喜者耳与心叶,果于不谬焉尔。

【注释】

①祁县:今湖南祁阳。永州:今湖南零陵。

②蹇然:艰难困厄的样子。

③微：无。用于假设否定。

④素：平素。

【译文】

　　思谦兄足下：昨天祁县王师范路过永州，对我说收到了张左司的信，信中称思谦虽艰难困苦仍有当官的志向，真是有助益于太平盛世的人。我听了很高兴，即使没有王师范的话，我不同样早就知道这些吗？我所高兴的，是自己所想的和听到的一致了，终于没有猜错呀。

　　仆不幸，向者进当臲卼不安之势①，平居闭门，口舌无数，况又有久与游者，乃岌岌而操其间②！其求进而退者，皆聚为仇怨，造作粉饰，蔓延益肆。非的然昭晰③，自断于内，则孰能了仆于冥冥之间哉？然仆当时年三十三，甚少。自御史里行得礼部员外郎④，超取显美，欲免世之求进者怪怒媢嫉⑤，其可得乎？凡人皆欲自达，仆先得显处，才不能逾同列，名不能压当世，世之怒仆，宜也！与罪人交十年，官又以是进，辱在附会。圣朝弘大，贬黜甚薄，不能塞众人之怒，谤语转移，嚣嚣嗷嗷⑥，渐成怪民。饰智求仕者，更言仆以悦仇人之心，日为新奇，务相喜可，自以速援引之路。而仆辈坐益困辱，万罪横生，不知其端。伏自思念，过大恩甚，乃以至此。悲夫！人生少得六七十者，今已三十七矣，长来觉日月益促，岁岁更甚，大都不过数十寒暑，则无此身矣。是非荣辱，又何足道？云云不已，只益为罪。兄知之，勿为他人言也。

【注释】

①臲卼(niè wù)：不安的样子。

②炎炎：不稳定、危险的样子。

③的然：明白的样子。

④御史里行：官名。

⑤媢：嫉。

⑥嚣嚣嗷嗷：声音嘈杂。

【译文】

我很不走运，从前我身处动摇危险之中，平时闭门呆在家里，外面议论的人已经多不可数，何况还有相交已久的人，居心叵测地操纵其间！那些曾想进身而被辞退的人，都积聚成为仇恨怨怒，搬弄是非，添油加醋，一日日蔓延扩散起来。如果不是能自己辨别是非的人，谁能了解在幽暗中的我呢？那时我才三十三岁，还很年轻，从御史行列提拔成为礼部员外郎，破格取得显贵美差，再想避免那想往上爬的人的愤恨嫉妒，怎么可能呢？一般的人都想显达，我先得到显耀的地位，可才能并不能超过同行，名声也不能威震当时，世人憎恨我是难免的啊！我同负罪的王叔文相交十年，我又因此得以加官进位，遭受侮辱就在于攀附支持他。圣明的朝廷度量弘大，对我的贬黜很轻，不足以平息人们的愤怒，诽谤不断升级，喧闹聒噪不休，我也就成了怪物。自作聪明追求官位的人，更用中伤我来取悦我的仇人，诋毁一天天花样翻新，他们刻意互相推许，好以此拓展晋升的路子。可我们这些人越来越困窘屈辱，无数罪名冒出来，实在是莫名其妙。我自己思索，也许因为罪行严重而圣恩隆重，所以才至于这样。可悲啊！人生很少活到六七十岁，我现已三十七岁了，最近觉得时间的流逝更快了，这种感觉一年比一年更强烈，最多不过数十个寒暑，世间就不再有我这个人了。是非荣辱，又何足道？喋喋不休，只能增添罪过。仁兄明白，就不要同别人说了。

　　居蛮夷中久，惯习炎毒，昏眊重腿①，意以为常。忽遇北风晨起，薄寒中体，则肌革惨懔，毛发萧条，瞿然注视，怵惕以为异候②，意绪殆非中国人。楚、越间声音特异，鸠舌啁噪③，今听之怡然不怪，已与为类矣。家生小童，皆自然哓哓④，昼夜满耳，闻北人言，则啼呼走匿，虽病夫亦怛然骇之⑤。出门见适州闾市井者，其十有八九，杖而后兴。自料居此尚复几何，岂可更不知止，言说长短，重为一世非笑哉！读《周易·困卦》，至"有言不信，尚口乃穷也"，往复益喜，曰："嗟乎，余虽家置一喙⑥，以自称道，诟益甚耳！"用是更乐瘖默⑦，思与木石为徒，不复致意。

【注释】

①眊（mào）：不明。腄（zhuì）：足部肿大。

②怵惕：戒惧，惊惧。异候：怪异的征兆。

③鸠（jué）：鸟名，即伯劳。啁（zhào）噪：鸟声喧噪。

④哓哓（xiāo）：众口杂乱呼叫。

⑤怛然：惊惧的样子。

⑥喙：嘴。

⑦瘖（yīn）：哑。

【译文】

在边远之地住久了，也就渐渐习惯了热气之毒，两眼昏花双脚肿大，我以为这不过平常小事。若忽然在早晨刮起了北风，我就会寒气侵迫体内，肌肤惨白怕冷，毛发也少了生气，我会惊惧地东张西望，以为是怪异的征候，总以为自己已经不是中原的人了。楚、越之地口音特别怪异，像伯劳鸟的喳喳鸣叫，现在听起来却很舒服，一点儿也不觉得奇怪，我已经成为他们中的一员了。家仆生的小孩子讲话自然而然是此地口音，从早到晚充斥耳朵，一听到北方人说话，孩子们都哭叫着东跑西躲，即使病人也惊惧害怕。想出门看看城乡赶市集的人，我十有八九要扶了手杖才行。想来居住在这儿的日子已经不多了,我怎能反而不知道适可而止,仍在说长道短,只是为世人增加笑料呢! 读《周易·困卦》到"说话不能取信于人,光凭着一张嘴就会更加困穷了",反复咀嚼备觉欣悦,说:"啊呀,我即使在家里自言自语,自我表扬,那也只会招来更多骂声罢了!"因此便更喜欢沉默不语,只想与木石为伍,不再表达什么。

　　今天子兴教化,定邪正,海内皆欣欣怡愉,而仆与四五子者独沦陷如此①,岂非命欤? 命乃天也,非云云者所制,余又何恨? 独喜思谦之徒,遭时言道,道之行,物得其利。仆诚有罪,然岂不在一物之数耶? 身被之,目睹之,足矣,何必攘袂用力②,而矜自我出耶? 果矜之,又非道也,事诚如此! 然居理平之世③,终身为顽人之类,犹有少耻,未能尽忘。傥因贼平庆赏之际④,得以见白,使受天泽余润,虽朽枿败腐⑤,不能生植,犹足蒸出芝菌⑥,以为瑞物。一释废锢,移数县之地,则世必曰罪稍解矣。然后收召魂魄,买土一廛为耕氓⑦,朝夕歌谣,使成文章。庶木铎者采取⑧,献之法宫,增圣唐《大雅》之什,虽不得位,亦不虚为太平之人矣。此在望外,然终欲为兄一言焉。

【注释】

　　①四五子者:指与柳宗元同遭贬逐的人,如刘禹锡等"八司马"。

　　②袂(mèi):袖子。

　　③理平之世:即治平盛世。因避唐高宗李治讳改为"理"。

　　④傥:通"倘",如果,假使。

　　⑤枿:伐木所剩下的部分。

⑥芝菌：真菌类植物，生于朽木，色泽鲜艳，古人以为吉祥之草。

⑦廛(chán)：一个农夫所耕种的土地。甿：农夫。

⑧木铎：木铃，古代用以宣扬教化、采集民风民意。

【译文】

当今天子大兴教化，划定奸邪小人与正人君子，四海之内无不欢欣快乐，可我与那四五个同道却独独落到这步田地，岂不是命运吗？命运由老天掌管，并不是喋喋不休者所能改变的，我还怨恨什么呢？我只是为思谦这样的人欢喜，生逢其时就要讲大道，大道如被推行，万物都能受益。我固然有罪，然而，难道作为人类一分子，我就不算万物之一吗？身受恩泽，亲眼所见，这已经足够了，何必振臂高呼想自己出头呢？如果这样就又背离了大道。事情的确就是这样！可是生在太平盛世，至死作顽冥不化的人，还是有一点耻辱之心，没有全部忘光。倘若趁着荡平贼寇欢庆封赏，能够将我们的情形转奏朝廷，使我们也沾一沾天恩的荣光，虽然我们像死树根腐木头，不再能生枝叶，还是可以发挥余热长出芝菌的，那也算吉祥之物。一旦从废弃禁锢中获释，往北方迁移几个县的地段，那么世人一定会说对我的惩罚稍有缓解了。然后我收拾自己残病的身体，买一点土地做农夫，早晚吟诗作歌，使它们连缀成章，或许观民风采诗歌的人会收集到，献给朝廷，为大唐的盛世增添一些光彩，即使不能获得一官半职，也不枉在太平盛世走一遭了。这是份外的奢求，但最后还是想对仁兄说一说。

与李翰林建书

【题解】

此书信写于元和四年(809)，当时柳宗元谪居永州已五个年头。在信中他向友人李建谈了自己的病况、心情以及自己读书、写作的情况，同时回答了朋友问询之事。信写得悲怆凄厉，很真实地反映了作者当时的思想感情。

　　杓直足下①：州传遽至②，得足下书，又于梦得处得足下前次一书③，意皆勤厚④。庄周言："逃蓬蘽者⑤，闻人足音，则跫然喜⑥。"仆在蛮夷中，比得足下二书及致药饵⑦，喜复何言?! 仆自去年八月来，痞疾稍已⑧。往时间一二日作，今一月乃二三作。用南人槟榔、余甘⑨，破决壅隔⑩，太过，阴邪虽败⑪，已伤正气，行则膝颤，坐则髀痹⑫。所欲者补气丰血，强筋骨，辅心力。有与此宜者，更致数物⑬，得良方偕至，益善。

【注释】

①杓直：李建的字。陇西人，与兄李逊客居荆州石首县。贞元中以进士第二人补校书郎。曾为翰林学士。柳宗元在题目中用李翰林是追呼前官名。

②传(zhuàn)：乘传驿奔走的使者。

③梦得：刘禹锡的字。

④勤厚：殷切深厚。

⑤蓬蘽(diào)：飞蓬和灰蘽，二种草名，此指荒草丛。

⑥跫(qióng)然：脚步声响的样子。

⑦比：接连地。药饵：药物。

⑧痞(pǐ)疾：胸腹间阻塞不舒的疾病。已：痊愈。

⑨南人：南方人，南方医生。

⑩壅隔：指体内气血不通。

⑪阴邪：指寒、湿等致病邪气。

⑫髀(bì)痹：大腿、股部疼痛、麻木。

⑬数物：数种药物。

【译文】

杓直足下：州里传递文书的人来到县里，我从他那里收到你的来信，又从刘梦得那里得到你上次写给我的一封信，两封信都情意殷切深厚。庄周说过："逃居荒草丛中的人，听到人的脚步声就十分高兴。"我在蛮夷之地，接连得到你寄来的两封信和你送来的药物，除了高兴还能说什么呢?! 我从去年八月以来，胸腹间气阻不顺的疾病稍微好了一些，往日间隔一两天发作一次，现在一个月才发作两三次。因为我服用南方医生介绍的槟榔、余甘来治疗气血不通，但过了头，寒气、湿气等邪气虽说消退了，却也伤了阳气，走起路来膝头发颤，坐下来大腿发麻。现在所需要的是补足气血，强健筋骨，保养心神体力。有和我的症状适用的药物，请再送几种来，能同时得到好药方，就更好了。

　　永州于楚为最南，状与越相类①。仆闷即出游，游复多恐。涉野则有蝮虺大蜂②，仰空视地，寸步劳倦；近水即畏射工沙虱③，含怒窃发，中人形影，动成疮痏④。时到幽树好石，暂得一笑，已复不乐。何者？譬如囚拘圜土⑤，一遇和景⑥，负墙搔摩，伸展支体⑦，当此之时，亦以为适。然顾地窥天，不过寻丈，终不得出，岂复能久为舒畅哉？明时百姓，皆获欢乐；仆士人，颇识古今道理，独怆怆如此⑧，诚不足为理世下执事⑨！ 至比愚夫愚妇又不可得⑩，窃自悼也。

【注释】

①越：同"粤"。

②蝮虺（fù huǐ）：毒蛇。

③射（yè）工、沙虱（shī）：《抱朴子·登涉》："又有短狐，一名蜮，一名射工，一名射影，其实水虫也……口中有横物角弩，如闻人声，缘

口中物如角弩,以气为矢,则因水而射人。""又有沙虫……其大
如毛发之端,初着人便入其皮里……其与射工相似,皆煞人。"

④痏(wěi):疮伤。

⑤圜(yuán)土:牢狱。

⑥和景:和暖的阳光。

⑦支:同"肢"。

⑧怆怆(chuàng):悲伤的样子。

⑨理世:治世,太平时代。下执事:下等执事,很小的官吏。

⑩愚夫愚妇:老百姓,匹夫匹妇。

【译文】

永州属楚地的最南面,情况和粤地相似。我烦闷时就出外游览,游
览时心里又很恐惧。走到野地,那里有毒蛇、大蜂,抬头防备大蜂,低头
提防毒蛇,寸步难行;走近水边就害怕射工、沙虱,它们含着怒气,偷偷
发射,击中人的身体或影子,动不动就给人造成创伤。有时来到幽静的
树林中和美好的山石旁,暂时能笑笑,笑罢也就不再高兴了。为什么
呢?就好比一个囚犯关在牢狱里,一遇到暖和的阳光出来,就靠着墙壁
摩擦搔痒,伸展肢体,在这种时候,也认为很舒适,但是看看地、望望天,
都不过丈把宽,终究不能出去,他又怎么能长久地心情舒畅呢?生活在
清明时代的老百姓,都能获得快乐;我作为一个读书做官的人,很懂一
些古今治理天下的道理,偏偏如此地悲伤,我的确不够格做一个太平盛
世的下等官吏!甚至想要像一名普通老百姓那样生活也做不到,我只
能暗自悲伤呀。

仆曩时所犯①,足下适在禁中②,备观本末③,不复一一
言之。今仆癃残顽鄙④,不死幸甚。苟为尧人⑤,不必立事程
功,唯欲为量移官⑥,差轻罪累,即便耕田艺麻⑦,取老农女为

妻⑧,生男育孙,以供力役,时时作文,以咏太平。摧伤之余,气力可想。假令病尽,己身复壮,悠悠人世,不过为三十年客耳。前过三十七年,与瞬息无异,复所得者,其不足把玩,亦已审矣⑨。杓直以为诚然乎?

【注释】

①曩(nǎng):从前。

②禁中:指宫中。

③本末:指王叔文集团如何兴起、失败的来龙去脉。

④癃(lóng):手脚不灵活。顽鄙:指头脑迟钝。

⑤尧人:唐尧时代的百姓。

⑥量移:贬到远方任职的官吏,酌量移至比较接近京城的地方任职。

⑦艺:树,种。

⑧取:同"娶"。

⑨审:明显。

【译文】

　　我从前遭遇的种种事情,你恰好正在宫中任职,对于事情的始末经过全都清楚,不再一一谈它了。现在我身体衰残、头脑迟钝、手脚不灵活,没死就已很幸运了。如果我能成为唐尧时代的一个百姓,我也不一定去干一番事业和建立功勋,只希望能酌情调到稍稍靠近内地的地方任职,略为减轻一点处罚,我就能耕田种麻,娶老农的女儿为妻,生儿养孙,用来供给官府的劳役,时常写点文章来颂扬太平。人在受到摧残、损伤以后,气力如何是可以想得到的。即使我的病完全好了,身子又强壮起来,悠悠人生,至多不过能作三十年过客罢了。从前过去的三十七年,和一眨眼、一呼一吸的工夫没有差别,以后所能得到的岁月,还不够人珍重享受的，也已经是确切无疑的了。杓直，你认为确实是这样吗？

　　仆近求得经史诸子数百卷①，尝候战悸稍定②，时即伏读，颇见圣人用心、贤士君子立志之分③。著书亦数十篇，心病，言少次第，不足远寄，但用自释。贫者，士之常，今仆虽羸馁④，亦甘如饴矣⑤。

【注释】

①经史诸子：经书、史书及诸子百家著作。

②战悸：心惊肉跳。

③用心：指志愿。分（fēn）：本分，指自己的才能和身分。

④羸馁（léi něi）：瘦弱气馁。

⑤饴（yí）：用米、麦制成的糖。

【译文】

　　我近来求得经史诸子百家的书籍八百卷，常常等腿颤心悸停止以后，就时时拿来阅读，很能看出圣人的用心和那些贤明的士大夫君子立志的本分。我著的书也有几十篇，因为精神状态不好，言语缺少条理，不值得从老远的地方寄给你，只是用来自我解闷。贫穷，是读书人的常事，如今我虽然瘦弱挨饿，也觉得日子过得蜜糖一般。

　　足下言已白常州煦仆①，仆岂敢众人待常州耶！若众人，即不复煦仆矣。然常州未尝有书遗仆②，仆安敢先焉？裴应叔、萧思谦③，仆各有书，足下求取观之，相戒勿示人。敦诗在近地④，简人事⑤，今不能致书，足下默以此书见之。勉尽志虑⑥，辅成一王之法，以宥罪戾⑦。不悉⑧。某白。

【注释】

①常州：指常州刺史李逊，李建之兄。煦：这里是关照的意思。

②遗（wèi）：给予。

③裴应叔：指裴埙（xūn），河东闻喜人，为作者姨丈的弟弟。萧思谦：即萧俛，贞元中登进士第。元和六年，为翰林学士。

④敦诗：崔群的字。崔群，元和初为翰林学士，中书舍人。近地：指地近皇帝居处，崔群时为翰林学士。

⑤简人事：与人们来往少。

⑥勉尽志虑：尽心尽力。

⑦宥（yòu）：宽容。罪戾（lì）：罪过。

⑧不悉：书信末尾常用语，不详写了的意思。

【译文】

　　你说已告诉常州刺史关照我，我哪里敢同对待平常人的态度对待常州刺史呢！如果他是个平常人，就不会再来关照我了。但是常州刺史未曾写信给我，我怎么敢先给他写信呢？裴应叔、萧思谦，我给他们各自写过书信，你可以找他们要来看看，请相互叮嘱不要给他人看。敦诗在宫中任职，很少和人们来往，现在不能写信给他，你悄悄将此信给他看看。望他竭尽心志，辅助天子成为帝王效仿的楷模，以赦免我们这些人的罪过。不详写了。宗元告白。

答韦中立论师道书

【题解】

　　这封信是给韦中立的回信。韦中立的信是要拜柳宗元为师。柳宗元在回信中力辞为师之名并且详说了作文之道。

　　这封信写于唐宪宗元和八年（813），是柳宗元论文中的一篇代表作，可与韩愈《答李翊书》相媲美。作者用谈心的方式和对方谈师道、论文章,写得恣肆汪洋、曲折多变、条理清晰、笔锋犀利,颇有说服力。

二十一日,宗元白:辱书云欲相师①,仆道不笃②,业甚浅近③,环顾其中,未见可师者。虽尝好言论,为文章,甚不自是也。不意吾子自京师来蛮夷间④,乃幸见取⑤。仆自卜固无取⑥,假令有取,亦不敢为人师。为众人师且不敢⑦,况敢为吾子师乎?

【注释】

①辱:谦词。

②笃(dǔ):深厚。

③业:学业。

④吾子:古代对男子的一种尊敬而亲切的称呼,这里指韦中立,韦中立即韦七,韦彪之孙,于元和十四年中进士第。京师:指长安。蛮夷间:指永州。

⑤见取:被取法,指韦中立要拜作者为师。

⑥卜:估计。

⑦众人:指普通人。

【译文】

二十一日,宗元启:承蒙您来信说要拜我为老师,我懂得的道理不深,学业又十分浅薄,看看自己,没发现有值得您学习的地方。我曾很爱发表议论和写文章,但是却实在不敢自以为是。未想到您从京城来到这蛮夷居住的地区,竟认为我有可取法的地方。我自己估量,确实没有可以供人取法的,假使有可以供人取法的,我也不敢当人家的老师。当一般人的老师尚且不敢,何况当您的老师呢?

　　孟子称"人之患在好为人师"。由魏、晋氏以下，人益不事师。今之世不闻有师，有辄哗笑之①，以为狂人。独韩愈奋不顾流俗，犯笑侮，收召后学，作《师说》，因抗颜而为师。世果群怪聚骂，指目牵引，而增与为言词。愈以是得狂名，居长安，炊不暇熟，又挈挈而东②，如是者数矣。屈子赋曰："邑犬群吠，吠所怪也③。"仆往闻庸蜀之南④，恒雨少日，日出则犬吠，余以为过言。前六七年，仆来南，二年冬⑤，幸大雪，逾岭被南越中数州⑥，数州之犬，皆苍黄吠噬⑦，狂走者累日⑧，至无雪乃已，然后始信前所闻者。今韩愈既自以为蜀之日，而吾子又欲使吾为越之雪，不以病乎？非独见病，亦以病吾子。然雪与日岂有过哉？顾吠者犬耳。度今天下不吠者几人，而谁敢衒怪于群目，以召闹取怒乎？

【注释】

①哗笑：嘲笑声大而杂乱。

②挈挈（qiè）：急迫的样子。一作"挈淅"。挈，携带。淅，淘米。而东：指到东都洛阳。

③邑犬群吠，吠所怪也：见《楚辞·九章·怀沙》，原文是："邑犬之群吠兮，吠所怪也。"

④往：往昔，从前。庸蜀：泛指四川。

⑤二年：指唐宪宗元和二年。

⑥岭：指五岭。被（pī）：覆盖。南越：泛指广东、广西一带。

⑦苍黄：同"仓黄"，张惶失措的样子。噬（shì）：咬。

⑧累日：连日，连续几天。

【译文】

孟子说，人的毛病就在于喜欢充当别人的老师。从魏、晋以后，人们更加不愿拜人为师了。当今世上没有听说有给人当老师的事,有的话,人们总是大声嘲笑他,认为他是狂妄的人。只有韩愈奋然不管世人的习俗如何,冒着他人的讥笑和侮辱,招收后辈学生,写了《师说》,态度严正不屈地当起老师来。社会上果然有些人聚在一起责怪辱骂他,他们指手划脚、互丢眼色、拉扯示意,而且添油加醋地议论他。韩愈因此有了狂妄的名声,他留在长安,有时连饭都来不及煮熟,又急急忙忙地奔向东方,像这样子有好几次了。屈原赋中说过:"村镇上的狗成群地叫,是因为它们见到了自己感到奇怪的东西。"我从前听说在庸和蜀故地以南经常下雨,很少出太阳,太阳一出来狗就叫,我还以为这是过分夸大的话。前六七年,我来到南方,在元和二年冬天,偶然下了场大雪,大雪越过五岭,覆盖了南粤好几个州,几个州的狗都仓皇失措,又叫又咬,发狂般地奔跑,接连闹了好几天,直到雪化了才停止,这样我才相信以前听到的话。现在韩愈已经自己把自己变成了蜀地的太阳,而您又打算让我变成粤地的雪,这不是招人诟病吗?这样不仅我会遭人诟病,也会连累了您。然而大雪和太阳难道有过错吗?只不过乱汪乱叫的是狗罢了!算一算,如今天下不像狗那样叫的人有几个,而谁又敢在众人眼前炫耀他独特的地方,来招惹喧扰、自讨谴责呢?

　　仆自谪过以来①,益少志虑②。居南中九年③,增脚气病,渐不喜闹,岂可使呶呶者早暮哜吾耳、骚吾心④?则固僵仆烦愦⑤,愈不可过矣。平居望外,遭齿舌不少,独欠为人师耳。

【注释】

①谪过:谪降,贬官。

②志虑:指雄心壮志。

③南中：泛指南方。

④呶呶（náo）：喧哗不休。咈（fú）：骚扰，拂逆。骚：扰。

⑤僵仆：指不灵活。烦愦（kuì）：烦恼昏乱。

【译文】

我自从遭到贬谪以来，越发意志消沉。在南方住了九年了，添了脚气病，渐渐不爱人喧闹，怎么能让那些喧闹不休的人早晚来刺激我的耳朵、扰乱我的心思呢？本来我就伛偻麻痹、心烦意乱，那样就越发不能过日子了。平常遭到意外的攻击已经不少，现在只差为人师而受人指责了。

抑又闻之，古者重冠礼①，将以责成人之道②，是圣人所尤用心者也。数百年来，人不复行。近有孙昌胤者，独发愤行之。既成礼，明日造朝③，至外庭，荐笏④，言于卿士曰："某子冠毕⑤。"应之者咸怃然⑥。京兆尹郑叔则怫然曳笏却立⑦，曰："何预我耶？"廷中皆大笑。天下不以非郑尹而快孙子⑧，何哉？独为所不为也。今之命师者大类此。

【注释】

①冠礼：周代男子二十岁时举行冠礼。

②责：责求。

③造朝：到朝廷去。

④荐笏（hù）：将笏插在衣带中。荐，插。笏，古代臣子朝见皇帝时拿的手板。

⑤某子：孙昌胤自称。

⑥怃（wǔ）然：茫然不知所措，莫名其妙。

⑦京兆尹：官名。郑叔则：贞元初为太常卿，又曾为京兆尹、东都留

守,后被贬。怫然:不高兴的样子,嗔怒。

⑧非郑尹而快孙子:非和快这里都是动词,这句的意思是:以郑尹
的话为非而以孙昌胤之子的行冠礼为快。

【译文】

我又曾听说过,古代的人很重视成人加冠的礼仪,用这来要求男子
懂得做人的道理,这是圣人特别仔细考虑过的事。几百年以来,人们不
再遵行这种礼仪了。近来有个名叫孙昌胤的人,独自发愤要举行这种
仪式。他给孩子完成冠礼后,第二天上朝,到了外廷,他把笏板插进绅
带,对在场的官员说:“我儿子已经行过冠礼了。”应声的人都茫然若失,
莫明其妙。京兆尹郑叔则变了脸色,拖着笏板向后退立,说:“这与我们
有什么相干!”房中的人都大声发笑。天下的人不认为京兆尹郑叔则的
话不对,也不为孙昌胤之子能行冠礼而感到高兴,这是为什么? 这是因
为孙昌胤做了别人都不做的事。现在要别人做老师大都像这个样子。

吾子行厚而辞深,凡所作皆恢恢然有古人形貌①,虽仆
敢为师,亦何所增加也? 假而以仆年先吾子,闻道著书之日
不后,诚欲往来言所闻,则仆固愿悉陈中所得者。吾子苟自
择之,取某事去某事,则可矣。若定是非以教吾子②,仆材不
足,而又畏前所陈者,其为不敢也决矣。吾子前所欲见吾
文,既悉以陈之,非以耀明于子③,聊欲以观子气色诚好恶何
如也。今书来,言者皆大过④。吾子诚非佞誉诬谀之徒⑤,直
见爱甚故然耳⑥。

【注释】

①恢恢然:宽广的样子,这里指气魄宏大。

②定是非:指确定前人道理的是非。

③耀明：炫耀，显露。

④大过：指夸奖得太过份。

⑤佞(nìng)誉诬谀：阿谀奉承的意思。

⑥直：只不过。

【译文】

您品行淳厚而写文章的造诣又很深，凡是您写的文章，都气势宏大，具有古代作者的风貌。即使我敢当老师，又能给您增加什么益处呢？假如因为我出生得比您早，懂道理、写文章的时间不比您晚，真想彼此往来交换各自的学问，那我确实愿意把我心中所有的见解都说出来。您自己选择，要哪一点，不要哪一点，就行了。如果要我确定前人的道理孰是孰非，用这来教诲你，我的才能不够，而且又害怕前面所讲的情况，那不敢当您的老师是一定的了。您前次所要看的我的文章，我已经都给您送去了，我不是用它们在您面前炫耀自己，只是姑且用它们来试一试，想从您的脸色看看您究竟喜爱什么，厌恶什么。现在您的信来了，中间夸奖我的话都说得太过分。您实在不是一个用花言巧语奉承人、讨好人的人，只不过是过分喜爱我才这样做的。

　　始吾幼且少，为文章以辞为工①。及长，乃知文者以明道，是固不苟为炳炳烺烺②，务采色、夸声音而以为能也③。凡吾所陈，皆自谓近道，而不知道之果近乎，远乎？吾子好道而可吾文，或者其于道不远矣。故吾每为文章，未尝敢以轻心掉之，惧其剽而不留也④；未尝敢以怠心易之，惧其弛而不严也；未尝敢以昏气出之⑤，惧其昧没而杂也⑥；未尝敢以矜气作之⑦，惧其偃蹇而骄也⑧。抑之欲其奥⑨，扬之欲其明，疏之欲其通，廉之欲其节⑩，激而发之欲其清⑪，固而存之欲其重，此吾所以羽翼夫道也⑫。本之《书》以求其质⑬，本之

《诗》以求其恒[14]，本之《礼》以求其宜，本之《春秋》以求其断[15]，本之《易》以求其动，此吾所以取道之原也。参之《穀梁氏》以厉其气[16]，参之《孟》《荀》以畅其支[17]，参之《庄》《老》以肆其端[18]，参之《国语》以博其趣[19]，参之《离骚》以致其幽[20]，参之太史以著其洁[21]，此吾所以旁推交通而以为之文也。凡若此者，果是耶？非耶？有取乎？抑其无取乎？吾子幸观焉，择焉，有余以告焉。苟亟来以广是道[22]，子不有得焉，则我得矣，又何以师云尔哉[23]？取其实而去其名，无招越、蜀吠怪，而为外廷所笑，则幸矣！宗元复白。

【注释】

①辞：文辞。工：巧。

②炳炳烺烺（lǎng）：形容光采，相当于说漂亮。

③采色：指华丽的词藻。声音：指和谐的声韵。

④剽：轻捷，引申为浮滑。

⑤昏气：指不清醒的头脑。

⑥昧没：不明朗的样子。

⑦矜气：骄气。

⑧偃蹇：形容骄傲。

⑨抑之：抑制，不尽情发挥。奥：深奥，这里指含蓄。

⑩廉：收敛，指删削繁冗。

⑪激：指扬去污浊。

⑫羽翼：辅助，维护。

⑬质：朴实。

⑭恒：常，久，作者认为《诗经》有永恒的情理。

⑮断：判断，指有褒有贬，能判断是非。

⑯参:参酌。《穀梁氏》:指《春秋穀梁传》,是《春秋》三传之一。厉其气:炼其文气。

⑰支:同"枝"。

⑱肆:放纵。端:端绪。

⑲博:大,扩展。趣:情味。

⑳致:穷尽。

㉑著:彰明,作动词用。洁:指《史记》语言精炼。

㉒亟:屡次。

㉓又何以师云尔哉:又何必挂着老师的名义呢?

【译文】

　　起初我还很年轻,写起文章来,总认为词藻华美就好。到了年纪大的时候,才知道文章是阐明一定的道理的,因此再也不随随便便把文章写得光彩灿烂,不把讲究词藻、夸耀声韵的和谐当做本领了。凡是我送给您看的文章,都是自己认为接近"道"的,却不知道它们是真的接近"道"呢,还是离"道"很远呢? 您崇尚"道"而又肯定我的文章,或许它们离"道"不远了吧。我每写一篇文章,未曾敢用轻忽之心来对待它,怕的是文章浮滑而不沉凝;未曾敢用怠惰之心从事写作,怕的是文章松散而不严谨;未曾敢在文章中表现出昏沉之气,怕的是文章意思不明而显得杂乱;未曾敢以骄傲的态度来写作,怕的是文章盛气凌人而显得傲慢。要有所抑制,使文章含蓄深刻;要有所发挥,使文意显得明朗;要疏通文意,使文章气势通达顺畅;要精炼文字,使得言词简约;要涤荡渣滓,使得文笔洁净;要有所集聚和保留,使得文章厚重,这就是我在文章中用来帮助阐明道理的方法。以《尚书》为基础而学习它的朴质,以《诗经》为基础而学习它所表达的永恒长存的情理,以《周礼》《仪礼》《礼记》为基础而学习它们所阐发的人们的行为如何才算合适的道理,以《春秋》为基础而学习它判断是非的能力,以《周易》为基础而学习它所阐述的事物变化的道理,这就是我用来获得文章内容的源泉。参酌《穀梁传》

用来磨砺文气，参酌《孟子》《荀子》使文章条理顺畅通达，参酌《庄子》《老子》使文思恣肆奔放，参酌《国语》用来增强文章的情趣，参酌《离骚》而使文章含义幽深，参酌太史公的《史记》而发扬它简洁的特点，这就是我能够由彼及此推论而来、融会贯通从而写出文章的诀窍。凡是我讲的这些，究竟是对呢？不对呢？有可取之处呢？还是没有可取之处呢？希望您察看一下、区别一下，有空的时候请告诉我。如果我们经常来相互研讨以拓展作文章的方法，您没有什么收获，我却会有收获，又为什么要用老师这个称呼呢？得到它的实际效果而去掉它的名称，就不会招来粤、蜀的狗对着怪象狂吠，也不会受到外廷臣子的讥笑，这样就太幸运了！宗元又述。

答韦珩示韩愈相推以文墨事书

【题解】

韦珩是韦正卿之子，韦夏卿之侄，深得韩愈的赏识。韦珩向韩愈请教作文之法，韩愈写信给韦珩，谓自己文章不如柳宗元，要韦珩向柳宗元请教，并鼓励韦珩努力写作。韦珩将韩愈信寄给柳宗元并求教为文之法，柳宗元给韦珩写了这封回信。

韩愈与柳宗元，并称"韩柳"，作文不相上下，二人平时相互推许。在这篇文章中，柳宗元即对韩愈之文作了较高评价。

足下所封示退之书[1]，云欲推避仆以文墨事[2]，且以励足下。若退之之才，过仆数等[3]，尚不宜推避于仆，非其实可知，固相假借为之辞耳[4]。退之所敬者，司马迁、扬雄[5]。迁于退之固相上下。若雄者，如《太玄》《法言》及《四愁赋》，退之独未作耳，决作之[6]，加恢奇[7]，至他文过扬雄远甚。雄之遣言措意⑧,颇短局滞涩⑨,不若退之倡狂恣睢⑩,肆意有所作⑪。若然者⑫,使雄来尚不宜推避,而况仆耶? 彼好奖人善,以为不屈己,善不可奖,故慊慊云尔也⑬。足下幸勿信之⑭。

【注释】

①退之:韩愈字退之。

②推避:推重他人,自己退让。仆:我,谦称。

③数等:几倍。

④为之辞:作此言。

⑤司马迁、扬雄:均为汉时文学家。

⑥决:一定。

⑦恢奇:壮伟奇特。

⑧遣言:使用、驾驭语言。

⑨滞涩:不流畅。

⑩猖狂:放肆。恣睢(zì suī):自由无拘束。

⑪肆意:任意,随意。

⑫若然者:如此说来。

⑬慊慊(qiè):心内不满足。

⑭幸:希望。

【译文】

　　您把韩愈的信寄给我看,说韩愈想推荐我教您写文章,并以此勉励您。说起韩愈的才能,超过我几倍,他还是不应该推重我而自己回避,可知这并不是实际情况,本来就是想借你这件事来奖掖我的说辞罢了。韩愈所敬仰的人,是司马迁和扬雄。司马迁比起韩愈,本来不相上下。与扬雄相比,他的作品如《太玄》《法言》及《四愁赋》,韩愈只是没作罢了，一定要让他作赋，会更加宏伟奇丽，至于其他文章更是超过扬雄很多。扬雄驾驭语言、命意，颇为短促凝滞难懂，不如韩愈作文自由挥洒、酣畅淋漓。如此说来，即使扬雄他都不应推避，更何况我呢？他喜欢夸奖别人的好处，认为不委屈自己，别人的好处就不能得到赞扬，韩愈所以自谦的原因在此而已。希望您不要相信他。

　　且足下志气高，好读《南》《北史》书①，通国朝事，穿穴古今②，后来无能和③。而仆稚骏④，卒无所为⑤，但趑趄文墨笔砚浅事⑥。今退之不以吾子励仆，而反以仆励吾子，愈非所宜。然卒篇欲足下自挫抑⑦，合当世事宜固当，虽仆亦知无出此⑧。吾子年甚少，知己者如麻，不患不显⑨，患道不立尔。此仆以自励，亦以佐退之励足下。不宣。宗元顿首，再拜。

【注释】

①《南》《北史》书：《南史》与《北史》。

②穿穴：钻研，深究。

③和：一作"加"，超过之意。

④而仆稚骏（zhì ái）：而我幼稚呆痴。

⑤卒无所为：指政治上一事无成。

⑥趑趄（zī jū）：徘徊不进的样子。浅事：小事。

⑦卒篇：篇末，指信的结尾处。自挫抑：自己控制，削减锐气。

⑧无出此：指不离乎此。

⑨显：显赫有名。

【译文】

　　况且您志趣高雅，喜欢读《南史》《北史》，通晓本朝典故旧闻，钻研古今之事，年轻人没有能赶得上的。而我幼稚呆痴，政治上最终一事无成,只能在文墨笔砚这样的小事上徘徊。现在韩愈不以您来勉励我,反而以我来勉励您,更加不合适。但他篇末要您自我控制,削减锐气,以符合当今社会潮流,的确是恰当的,即使是我也没有更高妙的话了。您年龄还少,了解您的人已很多了,不必忧虑将来不显达,怕只怕不能树立自己的安身立命之道罢了。这是我用来自勉的,也用来帮着韩愈勉励您吧。不一一细说了。宗元顿首,再拜。

李翱

李翱(772—841),字习之。陇西成纪(今甘肃天水秦安)人。一说
赵郡人。十六国时期西凉武昭王李暠之后。唐代哲学家、文学家。韩
愈的侄婿。贞元十四年(798)登进士第,授校书郎。历任国子博士、史
馆修撰、户部尚书、襄州刺史、充山南东道节度使等职。李翱自幼勤学,
好古文,性格鲠峭,议论无所屈。曾从韩愈学古文,其文辞浑厚,长于言
理,是唐代除韩愈、柳宗元之外的一大古文家。李翱在哲学上的建树是
提出"复性"说,开后来宋明理学之先声。著作有《李文公集》十八卷等。

答独孤舍人书

【题解】

功名仕途是古时文人最关心的,李翱在本文中却表现出一种豁达
的态度。文章言辞恳切,流畅顺达,在不长的篇幅中既表示了对朋友的
理解,又解释了自己的作为。

足下书中有"无见怨怼,以至疏索"之说①,盖是戏言,然
亦似未相悉也。荐贤进能,自是足下公事,如不为之,亦自
是足下所阙,在仆何苦,乃至怨怼?仆尝怪董生大贤②,而著

《仕不遇赋》，惜其自待不厚。凡人之蓄道德才智于身，以待时用，盖将以代天理物，非为衣服饮食之鲜肥而为也。董生道德备具，武帝不用为相，故汉德不如三代，而生人受其颠顿③，于董生何苦，而为《仕不遇》之词乎？仆意绪间自待甚厚，此身穷达，岂关仆之贵贱耶？虽终身如此，固无恨也，况年犹未甚老哉？去年足下有相引荐意，当时恐有所累，犹奉止不为，何遽不相悉？所以不数附书者，一二年来，往还多得官在京师，既不能周遍，又且无事，性颇慵懒，便一切画断，只作报书。又以为苟相知，固不在书之疏数；如不相知，尚何求而数书？或惟往还中有贫贱更不如仆者，即数数附书耳。近频得人书，皆责疏简，故具之于此，见相怪者，当为辞焉。

【注释】

①怨怼（duì）：埋怨。疏索：冷淡，稀疏。

②董生：指董仲舒。

③颠顿（qiáo cuì）：即憔悴。

【译文】

您的信中有"不要有怨气，从此冷淡起来"的话，这应该是在开玩笑，但也是似乎对我不十分了解。举荐贤才、引进能人，本来就是您分内之事，如果您未这样做，也自然是您的不足，对我何妨，以至于埋怨呢？我曾奇怪，像董仲舒那样贤能的人却写了《仕不遇赋》，可惜他太不自重了。人们修身养性，增强自身才智，准备随时能被起用，是为代天管理万物，而不是为了吃得好穿得好而努力啊。董仲舒德才兼备，汉武帝却未能用他为相，因此汉代的德治就不及夏、商、周，百姓因此遭受困顿,与董仲舒又有什么关系,他又何必要写《仕不遇赋》呢? 我自己对这类事看得很开,这辈子的通达与穷困,与我自身的贵贱又有什么关系? 即使终生如此,也没什么可怨恨的,何况年纪还不算太老呢? 去年您就有意推荐,当时恐怕有些不方便,还听了我的劝阻而作罢,为何忽然就不了解了呢? 之所以几次都没让人捎信,是因为这一二年来,与我熟识的人多数在京师做官,既不能一一拜访,再加上没有什么事,本人生性太懒,便一切从简,只是复信而已。我又认为如果彼此都很了解,就不在通信的多少;如果不相知,又何必书信频繁呢? 若是在交往中有比我更贫贱的人,就得常常致信了。近来收到好几封信,都责怪我书信太少,故在此列出原由,如见到责怪我的,请替我一一解释吧。

答王载言书

【题解】

　　这是古文运动中影响很大的一篇文章。李翱透彻地发挥了韩愈反对因袭、力主创新的主张,提出"创意造言,皆不相师",对后世产生了很大影响。显然他的主张比起韩愈的"师其意,不师其辞"又进了一步。文章逻辑严密,举例得当,一气呵成,令人叹服。

　　翱顿首:足下不以翱卑贱无所可,乃陈词屈虑,先我以书,且曰:"余之艺及心不能弃于时,将求知者,问谁可,则皆曰'其李君乎'。"告足下者过也,足下因而信之又过也。果若来陈,虽道备德具,且犹不足辱厚命,况如翱者,多病少学,其能以此堪足下所望博大而深宏者耶? 虽然,盛意不可以不答,故敢略陈其所闻。

【译文】

李翱拜上：您不认为我卑贱且无足称道，铺张文辞，竭尽心智先致书信，并且说："我不愿在文业和思想上落伍，想寻求可指导自己的智者，问谁行，大家都说'只有李翱'。"给您说这话的人错了，您相信他的话，又错了。如真像您说的那样，即使具有良好的道德修养，也还不足以满足您的厚望，何况像李翱这样的，身体多病、疏于学业，又怎能以这样的水准当得你所期望的博大深厚之辈呢？即使这样，您的盛情使我不能不回应，因此大胆说说我的看法。

盖行己莫如恭，自责莫如厚，接众莫如弘，用心莫如直，进道莫如勇，受益莫如择友，好学莫如改过，此闻之于师者也。相人之术有三：迫之以利而审其邪正，设之以事而察其厚薄，问之以谋而观其智与不才，贤不肖分矣，此闻之于友者也。列天地，立君臣，亲父子，别夫妇，明长幼，浃朋友，六经之旨也。浩乎若江海，高乎若丘山，赫乎若日火，包乎若天地，掇章称咏，津润怪丽，六经之词也。创意造言，皆不相师。故其读《春秋》也，如未尝有《诗》也；其读《诗》也，如未尝有《易》也；其读《易》也，如未尝有《书》也；其读屈原、庄周也，如未尝有六经也。故义深则意远，意远则理辩，理辩则气直，气直则辞盛，辞盛则文工。如山有恒、华、嵩、衡焉，其同者，高也，其草木之荣，不必均也。如渎有淮、济、河、江焉[①]，其同者，出源到海也，其曲直、浅深、色黄白，不必均也。如百品之杂焉，其同者饱于肠也，其味咸酸苦辛，不必均也。此因学而知者也，此创意之大归。

【注释】

①济：古代"四渎"之一，源出今河南济源县王屋山，下游入黄河处
　屡有变迁。其他三者为黄河、长江、淮河。

【译文】

　　人的行止应该恭敬，自责应该深刻，接人待物应该宽宏，使用心力
要端正，进修道业要勇往直前，受益莫过于会选择朋友，好学莫过于善
于改正自己的错误，这些道理都是从老师那里得来的。观察人的办法
有三种：以利来引诱他，看他的正邪；让他去办事，考察他宽厚还是刻
薄；让他出谋策划，看他机智还是无能。这样贤能与不肖之人就可以分
辨出来了，这是从朋友那里得来的。排列祭祀天地的位序，制定君尊臣
卑的规则，阐述父子之间的亲情关系，厘清夫妇之间的内外之别，明确
兄弟之间的长幼顺序，融洽朋友之间的道义情谊，这是"六经"的要旨。
浩浩如江海，高耸如大山，赫赫如烈火，包孕如天地，赋诗作文，圆润华
丽，这就是"六经"的文辞。"六经"各书都各有独特的思想，各有自己的
语言风格，都未互相照抄照搬。因此，读《春秋》就和读《诗经》的感觉不
一样；读《诗经》与读《周易》就不一样；读《周易》与读《尚书》不一样；读
屈原、庄周的文章，与读"六经"又不一样。因此，含义高深则寓义深远，
寓义深远则有说服力，有说服力则理直气壮，理直气壮则文辞丰富，文
辞丰富则文章精致。就好像山有恒山、华山、嵩山、衡山一样，它们的共
同点是高，但草木繁茂的程度，则不一定一样。就像河有淮河、济水、黄
河、长江一样，相同之处是一路奔腾入海，但其曲直、深浅、色彩不一定
相同。如同百样食品，其共同之处是能使人吃饱，但其咸、酸、苦、辛等
味不一定相同。这是经过学习才能知道的，这就是树立独特思想的
要义。

　　天下之语文章，有六说焉：其尚异者，则曰文章辞句奇
险而已；其好理者，则曰文章叙意苟通而已；其溺于时者，则

曰文章必当对；其病于时者，则曰文章不当对；其爱难者，则曰文章宜深不当易；其爱易者，则曰文章宜通不当难。此皆情有所偏，滞而不流，未识文章之所主也。义不深不至于理，言不信不在于教劝，而词句怪丽者有之矣，《剧秦美新》、王褒《僮约》是也；其理往往有是者，而词章不能工者有之矣，刘氏《人物表》、王氏《中说》、俗传《太公家教》是也。古之人能极于工而已，不知其词之对与否、易与难也。《诗》曰："忧心悄悄，愠于群小。"此非对也。又曰："遘闵既多，受侮不少。"此非不对也。《书》曰："朕圣谟谂行，震惊朕师。"《诗》曰："菀彼桑柔，其下侯旬；捋采其刘，瘼此下人。"此非易也。《书》曰："允恭克让，光被四表，格于上下。"《诗》曰："十亩之间兮，桑者闲闲兮，行与子旋兮。"此非难也。学者不知其方，而称说云云，如前所陈者，非吾之敢闻也。

【译文】

　　天下人说到写文章，有六种说法：喜欢标新立异的，则说文章只是辞句奇特险怪而已；喜欢讲理的，则说文章只需把道理讲出来即可；喜欢赶时髦的，则说文章必须讲究对偶；诟病赶时髦的，则说文章不应该讲究对偶；喜欢艰深的，则说文章应写得难一些，不应该太浅近；喜欢浅近的，则说文章应写得容易看懂，不应过于艰深。这都是有所偏好，思想呆板，没有看到写文章最主要的方面。含义不深则讲不透道理，您说的话无人相信也不在于教诲和劝说，而只知道追求辞句新奇华丽的古已有之，《剧秦美新》、王褒的《僮约》就是如此；道理说得很对、但文章做得不精致的也有，刘氏的《人物表》、王氏的《中说》、俗传的《太公家教》就是。古人作文章，只要作得巧就好，而不管其是否对偶、文辞是艰深还是浅近。《诗经》中说："忧心悄悄，愠于群小。"这就不是对偶。又说：
"遘闵既多，受侮不少。"这就不是不讲究对偶。《尚书》有："朕堲谗说殄
行，震惊朕师。"《诗经》说："菀彼桑柔，其下侯旬；捋采其刘，瘼此下人。"
这就不是浅近之文。《尚书》说："允恭克让，光被四表，格于上下。"《诗
经》说："十亩之间兮，桑者闲闲兮，行与子旋兮。"这就不是艰深之文。
学习的人不知其规律所在，出现各种各样的说法，就如前面所举的一
样，这是我不敢赞同的。

　　六经之后，百家之言兴，老聃、列御寇、庄周、鹖冠、田穰
苴、孙武、屈原、宋玉、孟轲、吴起、商鞅、墨翟、鬼谷子、荀况、
韩非、李斯、贾谊、枚乘、司马迁、相如、刘向、扬雄，皆足以自
成一家之文，学者之所师归也。故义虽深，理虽当，词不工
者不成文，宜不能传也。文、理、义三者兼并，乃能独立于一
时，而不泯灭于后代，能必传也。仲尼曰："言之无文，行之
不远。"子贡曰："文犹质也，质犹文也，虎豹之鞟，犹犬羊之
鞟。"此之谓也。陆机曰："怵他人之我先。"韩退之曰："唯陈
言之务去。"假令述笑哂之状，曰"莞尔"，则《论语》言之矣；
曰"哑哑"，则《易》言之矣；曰"粲然"，则谷梁子言之矣；曰
"攸尔"，则班固言之矣；曰"辗然"，则左思言之矣。吾复言
之，与前文何以异也？ 此造言之大归。

【译文】

　　"六经"以后，百家文风涌现，老子、列御寇、庄周、鹖冠子、田穰苴、
孙武、屈原、宋玉、孟轲、吴起、商鞅、墨翟、鬼谷子、荀况、韩非、李斯、贾
谊、枚乘、司马迁、司马相如、刘向、扬雄等，其文章都能自成一家，成为

众人学习的对象。所以，蕴义虽深，道理虽然很正确，文辞不精致就不会是好文章，当然不能流传后世。只有文彩、道理、蕴义并重的，才能既独领一代风骚，又不消失在历史长河之中，才必定能一直流传下去。孔子说："说话没有文彩，就不会传播到远方。"子贡说："形式就是内容，内容也离不开形式，如同虎豹的皮与狗羊的皮一样。"说的就是这个道理。陆机说："很怕我说的别人已经说过了。"韩愈说："那些陈旧的言辞必须除去。"如果要描写微笑的样子，写成"莞尔"，则《论语》已这样用过；写成"哑哑"，则《周易》已经用过；写成"粲然"，则穀梁子已经用过；写成"攸尔"，则班固已经用过；写成"靦然"，则左思已经用过。我再这样去写，与前人又有什么不同呢？这是造词的要义。

　　吾所以不协于时而学古文者，悦古人之行也。悦古人之行者，爱古人之道也。故学其言，不可以不行其行；行其行，不可以不重其道；重其道，不可以不循其礼。古之人相接有等，轻重有仪，列于经传，皆可详引。如师之于门人，则名之；于朋友，则字而不名；称之于师，则虽朋友亦名之。子曰："吾与回言①。"又曰："参乎②，吾道一以贯之。"又曰："若由也③，不得其死然。"是师之名门人验也。

【注释】

①回：指孔子学生颜渊。姓颜，字子渊，名回。

②参：指孔子学生曾参。姓曾，名参，字子舆。

③由：指孔子学生子路。姓仲，名由。

【译文】

　　我之所以不愿与时下的风气妥协而去学古人，是因为喜欢古人的行为方式。喜欢古人的行为方式，是因为爱古人的道德修养。所以学习古人的文章,不能不践行他们的行为举止;学习他们的行为举止,不能不尊行他们的道德修养;尊行他们的道德修养,不能不遵循他们的礼仪。古代的人见面讲究辈分,主次之间讲究礼节,记载在"经书"和释经的"传"中,都能详细引证。如老师对于自己的学生,则称呼其名;对朋友,则称呼其字而不叫名;在老师面前提到别人,则即使是朋友也以名相称。孔子说:"吾与回言。"又说:"参乎,吾道一以贯之。"又说:"若由也,不得其死然。"这就是老师对学生称呼名而不称呼字的例证。

夫子于郑,兄事子产;于齐,兄事晏婴平仲。《传》曰:"子谓子产有君子之道四焉①。"又曰:"晏平仲善与人交②。"子夏曰:"言游过矣③。"子张曰:"子夏云何?"曾子曰:"堂堂乎张也。"是朋友字而不名验也。子贡曰:"赐也何敢望回④?"又曰:"师与商也孰贤⑤?"子游曰:"有澹台灭明者⑥,行不由径。"是称于师,虽朋友亦名验也。孟子曰:"天下之达尊三:曰德、爵、年,恶得有其一以慢其二哉?"足下之书曰:"韦君词、杨君潜。"足下之德与二君未知先后也,而足下齿幼而位卑,而皆名之。《传》曰:"吾见其与先生并行,非求益者,欲速成也。"窃惧足下不思,乃陷于此。韦践之与翱书,亟叙足下之善,故敢尽辞,以复足下之厚意,计必不以为犯!李翱顿首。

【注释】

①子产:春秋时郑国大夫公孙侨。

②晏平仲:春秋时齐国大夫,名婴。

③言:此处指子游。姓言,名偃。

④赐：子贡自称。子贡姓端木，名赐。

⑤师：指子张。姓颛孙，名师。商：指子夏。姓卜，名商。

⑥澹（tán）台灭明：人名。澹台，姓；灭明，名。

【译文】

孔子到郑国，把子产当兄长对待。到齐国，把晏婴当兄长对待。《论语·传》中写道："孔子说子产有君子的四种美德。"又说："晏婴善于与人交往。"子夏说："言子游太过分了！"子张说："子夏说什么？"曾子说："子张相貌堂堂。"这就是朋友间称呼字而不称呼名的证据。子贡说："我怎么敢想赶上颜回？"又说："师（子张）与商（子夏）谁更有才能？"子游说："有个叫澹台灭明的，行事不随便。"这就是如果在老师面前提到别人，即使是朋友也称呼名的证据。孟子说："天下最尊贵的是三样：德行、爵位、年龄。为何拥有其中之一（指爵位）就怠慢另两类人呢？"您的信中说："韦君词、杨君潜。"您的德行与韦、杨二君相比不知谁高谁低，而您年龄小，地位又低，却对他二人都以名相称呼，《传》上说："我见他与先生并肩而行，显然不是来求教的，而是想尽早出人头地。"我深怕您考虑不周，会在这种地方栽跟头。韦践之给我来信，再三向我述说您的完美，所以敢畅怀直言，以不辜负您的厚意，想来不会认为冒犯了您！李翱拜上。

欧阳修

欧阳修简介参见卷二。

与尹师鲁书

【题解】

本文是作者写给尹师鲁的一封信,作于宋仁宗景祐三年(1036)作者被贬之后。

据《欧阳修年谱考》,景祐三年,欧阳修因切责司谏高若讷而被降为峡州夷陵县令。当时被贬的还有尹师鲁和余靖等人。欧阳修与尹师鲁志同道合,过从甚密,两人被贬后的书信往来,便是一个明证。在此信中,欧阳修既表露了对自己及朋友遭贬的愤愤之情,又抒发了荣辱不滞于怀的坦荡心胸,对友人的殷殷关切之情,更是溢于言表。

尹师鲁,名洙。河南人,曾任太子中允。事详见《祭尹师鲁文》《尹师鲁墓志铭》等。范仲淹贬官时,尹洙抗疏补救,触怒宰相,被贬为郢州监酒税。

　　某顿首。师鲁十二兄书记:前在京师相别时[①],约使人如河上[②],既受命,便遣白头奴出城,而还言不见舟矣。其夕,又得师鲁手简,乃知留船以待,怪不如约,方悟此奴懒去而见绐③。

【注释】

①京师:首都,京城。

②如:通"入"。到,去。

③见绐(dài):被欺骗。绐,欺哄。

【译文】

我这里向你致礼了。师鲁十二兄:前些时候在京城里分别时,约定派人到河上去。既然已约好,便派了一个白发老仆出城了,可他回来说没看见河上有船只。这天晚上又收到你送来的便条,才知道师鲁你在船上住着专等来人,还因为我不如约前来感到奇怪呢。这时我才觉察,是那老奴懒散没有去,我被他哄骗了。

临行,台吏催苟百端,不比催师鲁人长者有礼,使人惶迫不知所为。是以又不留尺书在京师,但深托君贶①,因书道修意以西。始谋陆赴夷陵②,以大暑,又无马,乃作此行。沿汴绝淮③,泛大江,凡五千里,用一百一十程④,才至荆南⑤。在路无附书处,不知君贶曾作书道修意否? 及来此,问荆人⑥,云去郢止两程⑦,方喜,得作书以奉问。又见家兄,言有人见师鲁过襄州⑧,计今在郢久矣。师鲁欣戚不问可知,所渴欲问者,别来安否? 及家人处之如何,莫苦相尤否? 六郎旧疾平否?

【注释】

①君贶:王拱辰的字。

②夷陵：今湖北宜昌。

③沿汴绝淮：沿汴河到达淮河。汴河故道，由河南省旧郑州、开封，
　　流经江苏省合泗水入淮河。

④程：俗说"站"。

⑤荆南：今湖北江陵一带。

⑥荆：楚的别称，指今湖北地区。

⑦郢：州名，今湖北钟祥。

⑧襄州：今湖北襄阳。

【译文】

　　临上路的时候，部台属吏百般刁难催促，完全不像催送您的那样有长者风度，让人感到惶恐急切，不知道干什么才好。因为这样急促，在京城也没有留下书信给你，只能嘱托王拱辰给你写信时说我向西走了。最初计划从陆路奔赴夷陵，因为赶上大暑，又没有马匹，才走了这条路线。沿着汴河横流淮河，泛舟长江，总计五千里路，用了一百一十个日程，才到达了荆南。在路途上没有地方寄发书信，不知道王拱辰是否已给你写信转达我的意思。等来到这里，问起楚地人，说是离郢州只有两天的路程，这才高兴地写信向你问候。又见到了我哥哥，说有人曾看见师鲁路过襄州，估计早已到郢州了。师鲁您的喜与悲，我是不用问就知道的，现在我急于想了解的是：分手以后你的身体是否安泰？家里人是怎么样安排的？没有因家人埋怨而苦恼吧？六郎的旧病痊愈了吗？

　　修行虽久，然江湖皆昔所游，往往有亲旧留连，又不遇恶风水，老母用术者言①，果以此行为幸。又闻夷陵有米、面、鱼，如京师，又有梨、栗、橘、柚、大笋、茶荈②，皆可饮食，益相喜贺。昨日因参转运，作庭趋，始觉身是县令矣。其余皆如昔时。

【注释】

①术者：即方术之人。

②茶荈(chuǎn)：茶之老者谓"荈"。

【译文】

我走的时间虽然很长，但沿途的江河湖泊都是以前所游历过的，到处都有亲戚故旧热情招待，又没有遇上不好的天气，正像家母转述算命先生所说，这一路果然安然无事。又听说夷陵这地方有米、面、鱼，和京城的一样，还有梨、栗子、桔子、柚子、竹笋、茶等，都能满足日常食用，于是越发为您庆贺了。昨天因为谒见转运使，庭趋参拜（下属见上司之礼），才觉察自己已是一个县令了。其他的都和以前一样。

师鲁简中言，疑修有自疑之意者，非他，盖惧责人太深以取直尔。今而思之，自决不复疑也。然师鲁又云阖于朋友①，此似未知修心。当与高书时②，盖已知其非君子，发于极愤而切责之，非以朋友待之也，其所为何足惊骇？洛中来，颇有人以罪出不测见吊者，此皆不知修心也。师鲁又云非忘亲，此又非也。得罪虽死，不为忘亲。此事须相见，可尽其说也。

【注释】

①阖：暗，不公开，不了解。

②与高书：给高若讷写信，代指欧阳修与高若讷的一场官司。

【译文】

师鲁你的信中说，疑心我有自我起疑之意，这没有别的，大概是怕过于苛责他人以博取忠直名声罢了。现在想来，今后坚决不再自疑了。可是师鲁你说我"对朋友不了解"，这可能是你还不了解我的心意。当初我给高若讷写信时，就已经了解到他本不是什么正人君子，我出于极端的愤怒，才严厉地指责他，而不是以朋友的身份来对待他的。对其所作所为你又有什么值得震惊的呢？我由洛阳来到这里，很有一些人因为我遭受意外的处罚来安慰我，这都是不了解我的想法啊。师鲁你又说我"不顾及父母"，这又不对了。我即使获罪，就是死了，也不算是不顾及父母。这些事情须等我们两人见面以后，才可以全部说透。

　　五六十年来，天生此辈，沉默畏慎，布在世间，相师成风。忽见吾辈作此事，下至灶间老婢①，亦相惊怪，交口议之。不知此事古人日日有也，但问所言当否而已。又有深相赏叹者，此亦是不惯见事人也。可嗟世人不见如往时事久矣！往时砧斧鼎镬，皆是烹斩人之物，然士有死不失义，则趋而就之，与几席枕藉之无异。有义君子在旁，见有就死，知其当然，亦不甚叹赏也。史册所以书之者，盖特欲警后世愚懦者，使知事有当然而不得避尔，非以为奇事而诧人也。幸今世用刑至仁慈，无此物，使有而一人就之，不知作何等怪骇也。然吾辈亦自当绝口，不可及前事也，居闲僻处，日知进道而已。此事不须言，然师鲁以修有自疑之言，要知修处之如何，故略道也。

【注释】

　　①灶间老婢：言指无见识的家庭老妇。

【译文】

　　五六十年以来，上天就生就了这样一批人，深沉怕事，充斥在这社会上，相互效仿，沿袭成风。忽然间看到我们这一批人，做这样的事情，就连灶房里的老仆妇，也会感到大惊失色，交头接耳地议论开来。而不知道像这样的事情，在古时候可以说天天都可能出现，只是要看看所说的是否正确罢了。也有些人对此赏识赞叹，这也是一些没有经事的人。可叹世人不见如往古时一般的事情已经太久了！古时的砧、斧、鼎、镬，都是行刑杀人的器物，可是就有仁人志士宁可自己一死，也不愿失去道义，自己主动赴刑，和去吃饭、睡觉没什么差别。旁边如有那持守道义的君子，看到义士就义，明白他本该如此，也不会因此过于赞叹激赏。史书上之所以记载这些情节，只不过是想警示后世那些愚钝懦弱的人，让他们知道，有些事本该如此而不能逃避罢了，并不是认为这就是奇事而去刺激大家。值得庆幸的是现在用刑已经达到了很仁慈的程度，不再使用那些刑具，假使有，又有人慷慨就义，不知道人们又闹出什么样的奇谈怪论啊。然而我们还是应该牢牢闭上嘴巴，不要谈这些旧事了，身任闲职，远离京师，每天只知道进德修业就可以了。这些事情本不必说的，可是你以为我有自疑之言，要知道我如何对待这些事，所以略谈一谈。

　　安道与余在楚州①，谈祸福事甚详，安道亦以为然。俟到夷陵写去，然后得知修所以处之之心也。又常与安道言："每见前世有名人，当论事时，感激不避诛死，真若知义者。及到贬所，则戚戚怨嗟②，有不堪之穷愁，形于文字，其心欢戚无异庸人，虽韩文公不免此累③。"用此戒安道，慎勿作戚戚之文。师鲁察修此语，则处之之心又可知矣。近世人因言事亦有被贬者，然或傲逸狂醉，自言"我为大，不为小"。故师鲁相别，自言益慎职，无饮酒，此事修今亦遵此语。咽喉自出京愈矣，至今不曾饮酒，到县后勤官，以惩洛中时懒慢矣。夷陵有一路，只数日可至郢，白头奴足以往来。秋寒矣，千万保重。不宣。

【注释】

①安道：余靖的字。余靖同欧阳修、尹洙同时遭贬。楚州：今江苏
　　淮安。

②戚戚：忧心的样子。

③韩文公：指唐代的韩愈。他也时常遭贬。

【译文】

　　余靖和我在楚州相见时，深入讨论了祸福之间的变化关系，他也赞
同我的说法。等到你接到我在夷陵给你去的信后，你就能了解到我能
泰然处之的心态。我又曾和余靖谈及："每每看到前世有名望的人，每
当上书谏言的时候，感情激动得连死都不怕，真像是通达道义的人。等
到了被贬上任的地方，就又悲悲切切地怨恨叹息，好像有无法承受的没
落忧愁，表现在文章里，那心中的乐与忧，和普通人没有两样，即使像韩
愈韩文公那样的人也不能免除别人因此对他的诟病。"我用这话来告诫
余靖，千万不要写那些哀哀怨怨的文章。师鲁你如能体察我这话的内
在含意，那么你就能了解我对待这些事情的心态了。近代人有因为上
书言事而被贬放逐的，就有人表现出狂妄不羁的样子，整日狂饮烂醉，
自我吹嘘说"我只能干大事业，做不来小事"。所以同你分别的时候我
说，"应该谨慎工作，不要饮酒"。这事我直到今天还谨遵不渝。我的嗓
子自从离开京城就好了，到现在也不曾饮酒。到任以后勤于公事，以此
来纠正当初在洛阳时的懒散习性。夷陵有一条路，只需几天就可以到
郢州，白头老仆完全可以往来办事儿。秋天寒起来了，你千万要保重身
体。恕不尽言。

曾巩

曾巩简介参见卷二。

谢杜相公书

【题解】

这是曾巩写给杜相公的一封信，意在表达对他的感激之情。文中作者叙述了自己昔日处于困苦之中时杜相公所给予的热忱抚助，赞颂了他出于自然，爱育天下人才的美德。

伏念昔者①，方巩之得罪，罚于河滨，去其家四千里之远。南向而望，迅河大淮，埭堰湖江，天下之险，为其阻厄。而以孤独之身，抱不测之疾，茕茕路隅②，无攀缘之亲、一见之旧，以为之托，又无至行③，上之可以感人利势④，下之可以动俗。惟先人之医药⑤，与凡丧之所急，不知所以为赖，而旅榇之重大⑥，惧无以归者。明公独于此时，闵闵勤勤⑦，营救护视，亲屈车骑，临于河上，使其方先人之病，得一意于左右，而医药之有与谋。至其既孤，无外事之夺其哀，而毫发

之私,无有不如其欲,莫大之丧,得以卒致而南。其为存全
之恩、过越之义如此!

【注释】

①伏念:俯伏思想,下对上的敬词。

②茕茕(qióng):孤零零的样子。

③至行:常人所不及的德行。

④利势:利益和权势。

⑤先人:指去世的父亲。

⑥旅榇(chèn):在居旅之地停放的灵柩。

⑦闵闵:忧愁的样子。

【译文】

回想过去,正当我获罪被贬到河滨,离家四千里之遥。向南望去,
黄河奔涌,淮水浩荡,土坎堤堰环绕分割江河湖泊,正是天下险要之地,
阻断了我回的路。我孤独一人,身患疾病,孤零零地徘徊在路边,既没
有可攀的亲戚、一见如故的旧友作为寄托,又没有常人所不及的德行和
威权,对上感动官绅士子,对下可以征用民夫。只有先父急需的大夫和
药物以及丧事所需一应物事,不知道依靠何人办理,而在旅居之地停放
的沉重灵柩,使我害怕无法运回家乡!明公却在这个时候,心怀忧愁,
殷勤照看,常常亲自驱车马到河上,使我在父亲患病时能一心一意左右
服侍,并可与您一同商议治病用药之事。父亲去世后,不让别的事情影
响为父尽哀,而对于我的任何要求,没有不让我如愿以偿的,因而使这
么重要的丧事,最终能够回到南方的家乡去办理。您对我顾恤成全的
恩德和超越常人的情义是何等深厚啊!

　　窃惟明公相天下之道①,吟颂推说者穷万世,非如曲士

汲汲一节之善②。而位之极、年之高，天子不敢烦以政，岂乡间新学危苦之情、蘩细之事③，宜以彻于视听而蒙省察？然明公存先人之故，而所以尽于巩之德如此！盖明公虽不可起而寄天下之政，而爱育天下之人材，不忍一夫失其所之道，出于自然，推而行之，不以进退，而巩独幸遭明公于此时也！

【注释】

①窃：自己的谦称。

②曲士：孤陋寡闻的人。

③乡间：乡里。蘩（cóng）细：繁多琐碎。蘩，聚集。

【译文】

　　我想明公扶佑全天下人的美德大义，颂扬、推崇的人即使历经万世也会层出不穷，而不是像那些孤陋寡闻的人只追求一时的善德善行。明公位高年长，天子不敢以政事相烦扰，然而，明公仅仅因为顾恤先父，就尽心尽力给与我如此大的恩德！您虽然不能再担当国家政事了，但却关心爱护天下的人才，不忍心让一个人迷失他所走的道路，您这样做完全是出于天性，推广践行不因自身的荣辱进退而有所改变，我真庆幸自己在这个时候遇到了明公！

　　在丧之日，不敢以世俗浅意越礼进谢。丧除，又惟大恩之不可名，空言之不足陈，徘徊迄今，一书之未进。顾其惭生于心，无须臾废也，伏惟明公终赐亮察①！夫明公存天下之义而无有所私，则巩之所以报于明公者，亦惟天下之义而已。誓心则然，未敢谓能也。

【注释】

①伏惟：同"伏念"。

【译文】

我为父亲守丧时，不敢以世俗的浅薄人情，超越礼规去表达对明公的感激之情。居丧完后，又心想明公对我的大恩大德是不可能用言语表达的，空话更不值得一说，徘徊至今，连一封书信也未敢献呈。但惭愧之情不断滋生，任何时刻都无法停止，望明公能赐以体谅、明察！明公有胸怀天下的大义，没有任何私心杂念，我能报答明公的，也只能是践行胸怀天下的大义而已！我心中这样发誓，但也不敢说必然能做到。

苏洵

苏洵简介参见卷二。

上韩枢密书

【题解】

这是一篇书信体的军事论文。文中重在讲述武备之重要，从养兵不用则思为变，谈到宋太祖、太宗之兵能发能收，并进而阐述了将帅之道，如将边兵贵宽，将京兵贵严，天子尚仁，将帅尚威等等，具有一定的军事理论价值。全文论述雄健，文字流畅，笔锋犀利。

韩枢密，即韩琦，字稚圭，北宋著名大臣，仁宗嘉祐年间曾任枢密使，执掌全国兵权，故称。

太尉执事①：洵著书无他长，及言兵事，论古今形势，至自比贾谊②。所献《权书》，虽古人已往成败之迹，苟深晓其义，施之于今，无所不可。昨因请见，求进末议，太尉许诺，谨撰其说。言语朴直，非有惊世绝俗之谈、甚高难行之论，太尉取其大纲，而无责其纤悉。以上陈进言大旨。

【注释】

①太尉：即韩琦。韩琦时任枢密使。因枢密使与秦汉太尉之职同，故称"太尉"。执事：供役使的人。在书信中常用作对方的敬称，表示不敢直指、其人。

②贾谊（前201—前169）：西汉洛阳人，我国古代著名的政治思想家和辞赋作家。

【译文】

太尉阁下：苏洵著书没有别的长处，说起军事，论述古今形势，暗自觉得可与贾谊相媲美。所献拙作《权书》，虽然只是古人所历事件成败的轨迹，假如能深深体味其中的精义，并运用在当今军事上，是没有什么不可以的。昨日借着请求您接见之机，谈一点微不足道的见解，太尉颇为赞赏，我便以自己的见解为基础撰写了这本书。言语朴实率直，没有惊世绝俗的见解，更没有高远难行的论点，希望太尉您只择取其中的主要观点，而不要追究其中细小枝节了。以上陈述进言的主要意思。

盖古者非用兵决胜之为难，而养兵不用之可畏。今夫水，激之山，放之海，决之为沟塍，壅之为沼沚，是天下之人能之。委江、河，注淮、泗，汇为洪波①，潴为太湖②，万世而不溢者，自禹之后未之见也。夫兵者，聚天下不义之徒，授之以不仁之器，而教之以杀人之事。夫惟天下之未安，盗贼之未殄，然后有以施其不义之心，用其不仁之器，而试其杀人之事。当是之时，勇者无余力，智者无余谋，巧者无余技。故其不义之心变而为忠，不仁之器加之于不仁，而杀人之事施之于当杀。及夫天下既平，盗贼既殄，不义之徒聚而不散，勇者有余力，则思以为乱；智者有余谋，则思以为奸；巧者有余技，则思以为诈，于是天下之患杂然出矣。盖虎豹终日而不杀,则跳踉大叫③,以发其怒;蝮蝎终日而不螫,则噬啮草木以致其毒④。其理固然,无足怪者。以上言养兵不用则思为变。

【注释】

①汇:回旋。

②潴(zhū):积聚。

③跳踉(liáng):跳跃。

④噬啮(niè):啃咬。

【译文】

大凡古代的人并不是把如何调兵遣将夺取胜利作为困难的事情,而是对养兵千日却又无处施展感到忧虑。对现在的人来说,水,从山谷中激荡而出,奔腾着汇入大海,决开它可以浇灌农田,阻塞它就成为湖泊,这样的事,天下人都能做到。积聚长江、黄河之水,注入淮河、泗河,回旋成大波大浪,停聚而形成大湖,历经万世而不漫溢的,从大禹之后再也没有出现了。至于军队,就是聚集天下没有道义的人,给予这些人无仁爱可言的兵器,并教练他们如何杀人。只有趁天下尚未安定,盗贼尚未铲除干净,之后才有理由行施他们不讲道义的心肠,使用毫无仁爱的兵器,而干杀人的勾当。这种时候,勇猛的人都会竭尽全力,智慧的人都会绞尽脑汁,灵巧的人都会发挥全部技能。因此,在这种情况下,他们本不讲道义的心肠就变成了对国家的忠诚,把毫无仁爱的兵器使用于毫无仁爱之心的人身上,把杀人的勾当用于那些应当被处死的人身上。到了天下已经平定,盗贼已经被铲除干净,那些不讲仁义的人聚拢在一起而不予以遣散。勇猛的人无事可做,就会想着以这种气力去作乱;智慧的人无处施展计谋,就会想着以这种计谋去干违法的勾当;灵巧的人无处施展技能,就会想着以这种技能去进行欺诈,由此,天下的祸患便纷纷出现了。虎豹一天逮不着猎物，就会用暴跳、咆哮，来发泄它心中的愤怒；蛇蝎一天螫不着人，就会噬咬草木来排泄多余的毒液。这其中的道理本来就如此，没有什么可奇怪的。以上说养兵不用就想作乱。

　　昔者，刘、项奋臂于草莽之间，秦、楚无赖子弟，千百为辈、争起而应者不可胜数。转斗五六年，天下厌兵，项籍死，而高祖亦已老矣。方是时，分王诸将，改定律令，与天下休息。而韩信、黥布之徒相继而起者七国①，高祖死于介胄之间而莫能止也。连延及于吕氏之祸，讫孝文而后定。是何起之易而收之难也？刘、项之势，初若决河，顺流而下，诚有可喜。及其崩溃四出，放乎数百里之间，拱手而莫能救也。呜呼！不有圣人，何以善其后？太祖、太宗②，躬擐甲胄，跋涉险阻，以斩刈四方之蓬蒿。用兵数十年，谋臣猛将满天下，一旦卷甲而休之，传四世而天下无变。此何术也？荆楚、九江之地不分于诸将，而韩信、黥布之徒无以启其心也。以上言刘、项之兵一动而不能休，太祖、太宗之兵能发能收。

【注释】

①韩信(？—前196)：汉初诸侯王，淮阴(今江苏清江西南)人。初属项羽，后归刘邦，汉朝建立，封为楚王，后降为淮阴侯。黥(qíng)布(？—前195)：即英布。汉初诸侯王，六县(今安徽六安东北)人。因坐法黥面，故称黥布。前为项羽九江王，楚汉战争中归汉，封淮南王。二人皆反叛被杀。

②太祖：即赵匡胤。太宗：即赵光义。

【译文】

从前，刘邦和项羽举事于山林草莽之中，秦、楚两地的无赖子弟，成百上千地结成团伙、争相起来响应的数不胜数。辗转征战了五六年，天下的人都开始厌恶战争，项羽死了，高祖刘邦也已衰老了。正当这个时候，高祖分封各路将领为王，修改制定了新的法令，和百姓共同休养生息。可是韩信、黥布之流，相继起兵，反叛的有七个诸侯，高祖本人就是死于战事之中也不能够阻止他们。一直延续到后来吕后引起的祸患，直到汉孝文帝时才得以平息。什么原因使战争如此容易兴起，而平息它却如此艰难呢？刘邦、项羽所处的形势，刚开始犹如决堤的大河，顺着流势奔腾而下，确实有可喜的局面。到了它崩溃后流向四面八方，奔泄到方圆几百里之间时，束手无策没有谁能力挽狂澜了。唉！没有圣人出世，拿什么圆满处理这种局面呢？我朝太祖、太宗亲自披铠甲、戴头盔，越过重重艰难险阻，铲除四方的割据势力。转战数十年，谋臣猛将遍布天下，一旦刀枪入库，结束战争，传历四世之后，天下也未发生变乱。这是用的什么计略呢？荆楚、九江这样的战略要地，不分封给各个将领，使韩信、黥布这样的叛逆之徒，丧失了萌生反叛之心的基础。以上说刘邦、项羽发动的战争兴起后就停不下来，太祖、太宗发动的战争则能发能收。

虽然，天下无变而兵久不用，则其不义之心蓄而无所发，饱食优游，求逞于良民。观其平居无事，出怨言以邀其上；一日有急，是非人得千金，不可使也。往年诏天下缮完城池，西川之事，洵实亲见。凡郡县之富民，举而籍其名，得钱数百万，以为酒食馈饷之费。杵声未绝，城辄随坏，如此者数年而后定。卒事，官吏相贺，卒徒相矜，若战胜凯旋而待赏者。比来京师，游阓陌间，其曹往往偶语，无所讳忌。闻之土人，方春时，尤不忍闻。盖时五六月矣，会京师忧大水，锄耰畚筑①，列于两河之壖②。县官日费千万③，传呼劳问之声不绝者数十里，犹且睅睅狼顾④，莫肯效用。且夫内之如京师之所闻，外之如西川之所亲见，天下之势，今何如也？　以上言兵久不用，不义者思逞。

【注释】

①耰（yōu）：无齿之耙，用于击碎土块、平整土地。

②壖（ruán）：城郭旁或河边的空地。

③县官：汉时指皇帝。

④睅睅（juàn）：侧目而视。

【译文】

虽然如此，天下没有变乱，军队就长期无用武之地，那么这些人的不义之心不断累积却无处发泄，吃饱了饭整日游逛，就会把矛头指向守法百姓。我们经常可以看到，平常没什么事时，他们口出怨言来要挟上级；一旦真的发生紧急情况，这帮人不是每人得到千金重赏，是差遣不动的！过去天子诏令各地修补城池，发生在西川的事情，我曾亲眼所见。大凡各郡县富民，动员起来，按人户出钱，能有数百万贯，以此作为施工时酒饭、工钱的支出。可是杵地的声音尚未响完，城楼跟着就溃塌了，如此多年才能最终完成。竣工后，官吏们相互庆贺，士卒们相互夸耀，犹如打仗获胜凯旋后等候奖赏的勇士。最近我们来到京师，走在民间百姓之中，见人们常常聚众议论，百无禁忌。听了听当地人的谈话，正是春耕播种时节，实在听不下去了。那时是五六月份，恰遇京城正担忧发大水，锄头、木耙、背篓排列在河两边，正在修筑堤坝。天子每日耗资千万，工地上传呼慰劳的喊声此起彼伏，数十里间连绵不绝，仍有许多人东张西望，不肯踏实干活。换句话说，如果内地都是像我在京师所听到的那样，外地都是像我在西川所亲眼看到的那样，天下的形势，现在会怎么样呢？

御将者,天子之事也;御兵者,将之职也。天子者,养尊而处优,树恩而收名,与天下为喜乐者也,故其道不可以御兵;人臣执法而不求情,尽心而不求名,出死力以捍社稷,使天下之心系于一人,而己不与焉。故御兵者,人臣之事,不可以累天子也。今之所患,大臣好名而惧谤。好名则多树私恩,惧谤则执法不坚。是以天下之兵豪纵至此,而莫之或制也。顷者,狄公在枢府①,号为宽厚爱人,狎昵士卒,得其欢心,而太尉适承其后。彼狄公者,知御外之术,而不知治内之道,此边将材也。古者兵在外,爱将军而忘天子;在内,爱天子而忘将军。爱将军所以战,爱天子所以守。狄公以其御外之心,而施诸其内,太尉不反其道,而何以为治？或者以为兵久骄不治,一旦绳以法,恐因以生乱。昔者郭子仪去河南,李光弼实代之②,将至之日,张用济斩于辕门③,三军股栗。夫以临淮之悍而代汾阳之长者,三军之士,竦然如赤子之脱慈母之怀,而立乎严师之侧,何乱之敢生！以上言将边兵贵宽,将京兵贵严。

【注释】

①狄公:名青,字汉臣,汾州西河(今山西汾阳)人,北宋大将。皇祐五年(1053)拜枢密使同平章事,后被排挤罢职。

②李光弼:唐朝柳州人,平安史之乱有功,与郭子仪齐名,唐代宗时封临淮郡王。

③张用济:与李光弼同时人,谋驱逐李光弼,不遂,李光弼斩之。

【译文】

统领将军是天子的职权,统领军队则是将军的职责。天子处于尊贵的地位,过着优裕的生活,建立恩德,收取功业,是给天下人带来喜悦和欢乐的人,因而做天子的是不可以统领军队的。作为大臣执行法令而不希求别人的感戴,用尽心智而不谋求个人名誉,使出全身的力量来捍卫国家,促使天下人的心系挂在天子一人身上,可是自己却不能这么做。所以统领军队是大臣们的事情,不能以此来烦劳天子。现在令人担忧的是,大臣喜欢名誉却害怕别人诽谤。喜欢名誉,就会到处建立自己的恩德;害怕别人的诽谤,执行法令就会不坚决。因此天底下的士卒恣情放纵到这样的地步,就没有谁能加以遏制了。近来,狄公任枢密使,一向被誉为宽厚爱人,亲近士卒,得到他们的拥戴,而太尉您恰好接替他的职务。狄公那个人懂得在边塞驾驭军队的方法,却不懂在京师整治军队的办法,这是守边将帅之才。古时候,军队戍守边塞,拥戴将帅却忘记了天子;在京师,拥戴天子却忘记了将帅。拥戴将军是作战的保证,拥戴天子则是防守的保证。狄公是以他驾驭守边军队的思路,行施到京师军队的身上,太尉您如不采用相反的办法,又怎么能管好军队呢? 或许您认为军队长期骄纵又不加以惩处,一旦用法纪加以约束,恐怕因此产生动乱。从前,郭子仪调离河南,李光弼接替了他的职务,到任之日,就将张用济斩首于辕门,三军将士无不吓得两腿打颤。用临淮王李光弼的强悍来取代汾阳王郭子仪的仁厚,三军将士反而恐惧得如同婴孩脱离了慈母的怀抱,站立在严厉的师长身旁,谁还胆敢作乱呢?!
以上说驾驭守边之兵贵在宽容,驾驭京城之兵贵在严格。

　　且夫天子者,天下之父母也;将相者,天下之师也。师虽严,赤子不敢以怨其父母;将相虽厉,天下不敢以咎其君,其势然也。天子者,可以生人,可以杀人,故天下望其生;及其杀之也,天下曰:“是天子杀之。”故天子不可多杀;人臣奉天子之法,虽多杀,天下无所归怨。此先王所以威怀天下之术也。

【译文】

　　天子是天下人的父母,将相是天下人的师长。师长虽很严厉,做儿子的不敢以此埋怨为他们择定师长的父母;将相虽很严厉,天下人不敢以此归咎他们的天子,这其中的情势就是如此。天子既可以让人活下来,也可以杀人,因此天下人希望天子让人活下来;到了天子去杀人,全天下的人都会说:"这是天子杀的。"所以天子不可以多杀人;做大臣的奉行天子的法令,虽然杀得多,天下人却没法归怨于什么人。这才是先王所以在天下人中享有威望的办法呀!

　　伏惟太尉,思天下所以长久之道,而无幸一时之名;尽至公之心,而无恤三军之多言。夫天子推深仁以结其心,太尉厉威武以振其惰。彼其思天子之深仁,则畏而不至于怨;思太尉之威武,则爱而不至于骄。君臣之体顺,而畏爱之道立,非太尉吾谁望耶?　以上言天子尚仁,将帅尚威。

【译文】

　　在我看来,太尉您一心探求天下所以长盛久远的途径,又没有企图博取一时的美名;克尽为国为公之心,而无需体恤三军将士的无理要求。天子切实地推行仁爱来凝聚人心,太尉磨砺军队的威武来剔除他们的惰性。人们惦念天子深厚的仁爱,就会敬畏而不至于怨恨;惦念太尉治军的威武,就会拥戴而不至于骄纵。君臣之间的体统顺畅,又树立敬畏和拥戴之道,不指望太尉,我又能指望谁呢?　以上说天子崇尚仁爱,将帅崇尚威武。

上欧阳内翰书

【题解】

　　这封书信写于嘉祐元年(1056),苏洵偕二子苏轼、苏辙赴京应进士试。作此文意在自通于欧阳修,希冀自己在十年学道粗成、群贤重聚京师之际,能见用于世。文中论及欧阳修、孟子、韩愈及李翱、陆贽文章的成就与风格,称颂较为精到公允。又自叙读书时不畏"年既已晚",只要坚持不懈,"始觉其出言用意",而后"读之益精,而其胸中豁然以明",很有启发性和教育意义。全篇文辞婉转曲折,波澜起伏,而又精致绵密。

内翰,宋代对翰林的称呼,时欧阳修为翰林学士。

洵布衣穷居①,常窃自叹,以为天下之人,不能皆贤,不能皆不肖。故贤人君子之处于世,合必离,离必合。往者天子方有意于治②,而范公在相府③,富公为枢密副使④,执事与余公、蔡公为谏官⑤,尹公驰骋上下⑥,用力于兵革之地。方是之时,天下之人,毛发丝粟之才⑦,纷纷然而起,合而为一。而洵也,自度其愚鲁无用之身,不足以自奋于其间,退而养其心,幸其道之将成⑧,而可以复见于当世之贤人君子。不幸道未成,而范公西⑨,富公北⑩,执事与余公、蔡公分散四出⑪,而尹公亦失势,奔走于小官⑫。洵时在京师,亲见其事,忽忽仰天叹息⑬,以为斯人之去,而道虽成,不复足以为荣也。既复自思,念往者众君子之进于朝,其始也,必有善人焉推之;今也,亦必有小人焉间之。今之世无复有善人也则已矣,如其不然也,吾何忧焉?姑养其心,使其道大有成而待之,何伤?退而处十年,虽未敢自谓其道有成矣,然浩浩乎其胸中若与曩者异⑭。而余公适亦有成功于南方,执事与蔡公复相继登于朝,富公复自外入为宰相⑮,其势将复合为一。喜且自贺,以为道既已粗成⑯,而果将有以发之也。既又反而思其向之所慕望爱悦之而不得见者,盖有六人焉,今将往见之矣。而六人者,已有范公、尹公二人亡焉⑰,则又为之潸然出涕以悲⑱。呜呼! 二人者,不可复见矣! 而所恃以慰此心者,犹有四人也,则又以自解。思其止于四人也,则又汲汲欲一识其面⑲,以发其心之所欲言。而富公又为天子之宰相,远方寒士未可遽以言通于其前;而余公、蔡公远者又在万里外⑳,独执事在朝廷间,而其位差不甚贵㉑,可以叫呼扳援㉒,而闻之以言。而饥寒衰老之病,又痼而留之㉓,使不克自至于执事之庭。夫以慕望爱悦其人之心,十年而不得见,而其人已死,如范公、尹公二人者。则四人者之中,非其势不可遽以言通者,何可以不能自往而遽已也? 以上述愿见之诚。

【注释】

①布衣:古代庶人服麻织布衣,指没有官职的人。

②天子:指宋仁宗赵祯。

③范公:即范仲淹。宋仁宗庆历三年(1043),授参知政事(副宰相)。

④富公:即富弼。宋仁宋庆历三年授枢密副使。

⑤执事:指欧阳修。余公:指余靖。庆历三年为右正言(谏官)。蔡公:指蔡襄。庆历三年为谏官。

⑥尹公:指尹洙。庆历初,尹洙以太常丞知泾州(今甘肃泾川),又以右司谏知渭州(今甘肃陇西),兼领原路经略公事。

⑦毛发丝粟:这里形容才能细小平凡。

⑧幸:希冀。

⑨范公西:指庆历四年(1044),范仲淹因夏竦进谗,而出为陕西、河东宣抚使。

⑩富公北:指庆历四年,夏竦作诽谤之语中伤富弼,弼惧,出为河北宣抚使。

⑪执事与余公、蔡公分散四出:庆历四年,欧阳修为范、富罢职一事慨然上疏,遭嫌忌。翌年,出知滁州(今安徽滁县)。余靖出知吉州(今江西吉安)。蔡襄亦因表奏不准,因乞出知福州(今福建福州)。

⑫而尹公亦失势,奔走于小官:尹洙因与边臣争议,徙迁知庆州、晋州、潞州,至贬监均州(今湖北光化)酒税。

⑬忽忽:忧愁的样子。

⑭浩浩:广大的样子。曩(nǎng):从前。

⑮"而余公适亦有成功于南方"几句:宋仁宗皇祐五年(1053),余靖因平息侬智高叛乱有功而迁工部侍郎。仁宗至和元年(1054),欧阳修迁翰林学士。同年,蔡襄迁龙图阁直学士,知开封府。至和二年(1055),富弼复入为同中书门下平章事(宰相)。

⑯粗成:稍有所成。

⑰范公、尹公二人亡焉:范仲淹卒于皇祐四年(1052)。尹洙卒于庆历七年(1047)。

⑱潸(shān)然:流泪的样子。

⑲汲汲(jí):心情急切的样子。

⑳而余公、蔡公远者又在万里外:余靖当时尚留广西,蔡襄出知泉州。

㉑差(chà):稍微,比较。

㉒扳(pān)援:攀引。

㉓痼(gù):老病。

【译文】

　　我作为穷巷陋室中的平民,曾经私下感叹,认为天下的人不能都是贤达的,也不能都是不肖的。因此,贤士君子们相处在世上,聚合在一

起又必定会分离，分离之后必定又会聚在一起。过去天子刚刚谋求盛
世的时候，范公任宰相，富公是枢密副使，您和余公、蔡公任谏官，尹公
则奔波于两地，在边塞要地奋斗。那时，天下的人即使有微小的才能，
也争先恐后地站出来，拧成一股绳为国效力。而我呢，暗自掂量自己愚
笨任性无用之身，尚不足以在他们中间有所作为，便归隐家中滋养自己
的身心，希冀道行修养将有所成就时，才能再晋见当代的贤士、君子。
不幸的是我的道行尚未修养完成，范公却被排挤到陕西等地任职，富公
调任河北，您和余公、蔡公被分散派往各地，而尹公也受到贬谪，不断在
一个个微小的职位上迁徙、奔波。我当时住在京师，亲眼看到这些事
情，为此忧伤地仰天长叹，认为你们这些人远走之后，即使我道行修成，
也不足以自以为荣了。此事过后我又思量，想当初这么多君子进入朝
廷中任职，一开始必定有好人举荐他们；现在到了如此地步，也必定有
小人在离间他们。当今之世不会再有好人了也就算了，如果不是这样，
我又有什么可忧伤的呢？我暂且滋养身心，使道行取得大的成就而等
待时机，还要忧伤什么？归隐家中待了十年，虽不敢自称道行取得了成
就，然而开阔了的胸怀毕竟和从前不一样了。余公也恰好在南方取得
了优良的政绩，您和蔡公又相继回到朝中，富公又从外地回到京师做了
宰相，看形势，众君子又将拧成一股绳。我为此感到喜悦并为自己庆
贺，认为道行修炼已经略微取得了成绩，而自己也真的将有用武之地
了。既而又转念一想，我平时一直仰慕、喜爱却又见不到面的，共有六
个人，现在将要去拜见他们了。可是六个人中，已经有范公、尹公二人
不在人世了，就又为他们悲伤得流下眼泪。唉呀！有两个人已不能再
见到了！而赖以慰藉我忧伤的心灵的，还有四人健在，就又以此宽解自
己。想到他们只剩下四个人了，就又迫不及待想要见他们一面，以抒发
心中想说的话。而富公又贵为天子的宰相，我一个来自远方的穷秀才，
不可能突然跑到他面前去说一大堆话；余公和蔡公远在万里之外供职，
只有您尚留在朝廷中，而您的职位也还不十分显贵，还可以打打招呼或

由人引见而向您倾诉肺腑之言。可是饥寒衰老，又老病缠身，使我不能来到您的庭堂上。怀着仰慕和敬爱他们的心意，十年过去了还不能相见，可是有些人已去世了，如范公、尹公两人。而健在的四人当中，没有依仗威势不允许别人仓促请求面谈的，为什么不可以自己前往拜见而了却心愿呢？**以上讲述希望拜见的诚意。**

　　执事之文章，天下之人莫不知之，然窃自以为洵之知之特深，愈于天下之人①。何者？孟子之文，语约而意尽，不为巉刻斩绝之言②，而其锋不可犯；韩子之文，如长江大河，浑浩流转③，鱼鼋蛟龙，万怪惶惑，而抑遏蔽掩，不使自露，而人望见其渊然之光、苍然之色，亦自畏避，不敢迫视；执事之文，纡余委备④，往复百折，而条达疏畅，无所间断。气尽语极，急言竭论，而容与闲易⑤，无艰难劳苦之态。此三者，皆断然自为一家之文也；惟李翱之文⑥，其味黯然而长，其光油然而幽，俯仰揖让，有执事之态；陆贽之文⑦，遣言措意，切近的当，有执事之实。而执事之才，又自有过人者。盖执事之文，非孟子、韩子之文，而欧阳子之文也。夫乐道人之善而不谄者，以其人诚足以当之也。彼不知者，则以为誉人以求其悦己也。夫誉人以求其悦己，洵亦不为也！而其所以道执事光明盛大之德而不自知止者，亦欲执事之知其知我也。**以上论赞欧阳公之文。**

【注释】

①愈：胜过。

②巉（chán）刻斩绝：形容文辞锐利尖刻。巉，山势险峻。

③浑浩流转：形容文章气势盛壮，如江河汹涌澎湃。

④纡余委备：文辞曲折详备。司马相如《上林赋》："纡余委蛇。"刘
　　良注："屈曲貌。"委，委曲，曲折。备，详尽完备。

⑤容与闲易：指文章从容舒缓。《后汉书·冯衍传》注："容与，犹从
　　容也。"

⑥李翱：字习之，唐代著名散文家。唐德宗贞元十四年(798)进士。

⑦陆贽：字敬舆，唐德宗时翰林学士。

【译文】

　　您的文章，天下人没有不了解的，然而我内心自认为我对您文章的
了解是很深的，超过了天下所有的人。为什么这么说呢？孟子的文章，
语辞精炼而表意详尽，虽不用锐利尖刻的文辞，但文中逼人的锋芒还是
凛然不能相对；韩子的文章，如长江黄河一般汹涌澎湃，鱼鳖蛟龙等万
千种诡异神怪的景象被巧妙地掩藏起来，而不让它们直接显露出来，可
是人们还是看到潜藏于文中的深邃的光芒及苍然的色彩，并油然升起
敬仰之情，不敢靠近去看；您的文章，文辞从容舒缓，曲折详备，千变万
化可又条理清晰、疏朗、畅达，无一处不连贯。语意表达尽了，言辞也用
到了头。语言紧凑，论述详备，可又从容闲适，毫无为文艰难、写作劳苦
的感觉。这三方面的特点，都毫无疑问地使您的文章成为独立的一家
一派；只有李翱的文章，其中滋味绵绵悠长，其中光彩自然流畅，委婉、
巧妙，具有您的风格；陆贽的文章，遣词达意，贴近得当，具有您的厚重。
但您的才能又自有胜过别人的地方。您的文章毕竟不是孟子、韩愈的
文章，而就是欧阳子的文章。乐于指出别人的长处又不谄媚的人，这个
人的真诚是完全当之无愧的。那些不了解的人，就会认为赞誉别人是
为了以此博取别人的喜爱。若要赞誉别人来求得别人喜爱自己，我是
不会这样做的！而我之所以称赞您光明盛大的德行，却没有自己停笔
的原因，也是想要您知道您了解我了。以上论述、赞美欧阳公的文章。

虽然，执事之名满于天下，虽不见其文，而固已知有欧阳子矣。而洵也，不幸堕在草野泥涂之中①，而其知道之心又近而粗成，欲徒手奉咫尺之书，自托于执事，将使执事何从而知之，何从而信之哉？洵少年不学，生二十五岁，始知读书，从士君子游。年既已晚，而又不遂刻意厉行②，以古人自期。而视与己同列者，皆不胜己，则遂以为可矣。其后困益甚，然后取古人之文而读之，始觉其出言用意，与己大异。时复内顾，自思其才，则又似夫不遂止于是而已者。由是尽烧其曩时所为文数百篇，取《论语》《孟子》、韩子及其他圣人、贤人之文，而兀然端坐，终日以读之者七八年矣。方其始也，入其中而惶然，博观于其外，而骇然以惊。及其久也，读之益精，而其胸中豁然以明，若人之言固当然者，然犹未敢自出其言也。时既久，胸中之言日益多，不能自制，试出而书之。已而再三读之，浑浑乎觉其来之易矣，然犹未敢以为是也。近所为《洪范论》《史论》凡七篇，执事观其如何？噫嘻！区区而自言，不知者又将以为自誉以求人之知己也。惟执事思其十年之心如是之不偶然也而察之！ 以上自述文学本末。

【注释】

①草野泥涂：荒野乡村。指没有官职的人居住的地方。涂，道路。

②刻意厉行：锻炼意志，磨炼德行。

【译文】

虽说您的大名已誉满天下，即使没看到您的文章，却早就知道有欧阳子这个人了。可是我很不幸，混迹于荒野乡村当中，而我所修炼的道行，又快要略微有成。我想空手捧着信札，来请您帮忙，可又觉得让您从什么地方能了解我、相信我呢？我年轻时不学习，长到二十五岁才开始知道读书，与贤士、君子交往。年龄已经很大了，可又不抓紧锻炼意志，砥砺德行，以古人为榜样。看到和自己有相同经历的人，却都没有超过自己，于是就认为自己做得可以了。这之后困惑越来越多，然后取古人的文章来读，才开始觉察出他们用什么词表达什么含义，和自己有很大区别。我不时地审视自己，思忖自己的才能，又好像不仅只是超过有相同经历的就到头了。由此全部烧毁以前所写的数百篇文章，找来《论语》《孟子》、韩愈以及其他众多圣人、贤士的文章，挺腰端坐，一天到晚阅读这些文章，就这样坚持七八年了。刚开始阅读时，文中有许多地方令我迷惑，大量阅读参考资料后，我又惊诧得目瞪口呆。随着时间的流逝，对这些文章的研读也更加精深，而我的胸中也就豁然明亮起来，好像人们的言辞本来就该如此，可我还是不敢吐出自己的言辞来。花费的时间越来越多，我胸中的言辞也一天比一天增多，以至情不自禁，便尝试着释放出来并写成文章。过后反复阅读这些文章，文思泉涌，感觉这些文辞来得是那样容易，然而还不敢认为就该这么写。最近我写了《洪范论》《史论》，共七篇，请您看看它们到底怎么样？唉！很不起眼的一些个人言论，不了解的人又会以为是自我夸耀，以此求得别人了解自己了。只好请您念在我十年来的努力取得的一点儿成绩绝非偶然的分儿上抽空看看了。以上自述写文章的始末。

苏轼

苏轼简介参见卷二。

答李廌书

【题解】

李廌，字端叔。工文，尤工尺牍。初以文字交好苏轼。哲宗绍圣元年（1094），从苏轼入定州幕府。后因与轼交好累迁。终朝请大夫。

该书答于元丰三年冬，此时两人尚未谋面，然而书信往还已有数番。苏轼方以"乌台诗案"贬至黄州。信中先就李廌来书作答，认为对方对自己推许过当，不敢承当，实际却是借以抒发被贬后的自怨不满之情。然后略述自己得罪之事，愈显其不平之辞。信尾则表示欲混迹渔樵自得其乐，其中已稍见苏轼研修佛理之端倪。

　　轼顿首再拜：闻足下名久矣，又于相识处，往往见所作诗文，虽不多，亦足以仿佛其为人矣①。寻常不通书问，怠慢之罪，犹可阔略②，及足下斩然在疚③，亦不能以一字奉慰；舍弟子由至，先蒙惠书，又复懒不即答。顽钝废礼，一至于此，而足下终不弃绝。递中再辱手书④，待遇益隆⑤，览之面热汗下也⑥。

【注释】

①仿佛其为人矣：想象到你的为人了。

②阔略：宽大，原谅。阔，宽。略，不计较。

③斩然在疚：谓居丧处于忧痛中。斩，即斩衰，粗麻布制的丧服，服三年。在疚，居父母之丧。

④递：公家驿递。

⑤待遇益隆：指李端叔第二次来信更显情深意厚。

⑥面热汗下：形容羞愧异常。

【译文】

苏轼顿首再拜：久闻足下大名，又在熟人的家里经常见到您作的诗词文章，虽然看见的不多，也足以从中窥到您的为人了。我平常不写信慰问您，这种怠慢的罪过，还可宽恕，直到在您披麻居丧之时，我亦未能用一字相加劝慰；我的弟弟子由到我这儿来，蒙您写信先通知我，可是我又因为懒惰而未及时答复。我顽顿不顾礼节到了这个地步，您却始终没有抛弃我、甚至断绝友情。我在驿递之中又得到您的书信，您待我越来越深厚，我看了以后，脸上发热，汗也流了下来。

足下才高识明，不应轻许与人①，得非用黄鲁直、秦太虚辈语②，真以为然耶？不肖为人所憎③，而二子独喜见誉，如人嗜昌歇、羊枣④，未易诘其所以然者⑤。以二子为妄则不可，遂欲以移之众口，又大不可也⑥！

【注释】

①许与:赞许。

②得非:岂不是,莫非。用:听信。黄鲁直:名庭坚,字鲁直,号山谷道人、涪翁。分宁(今江西修水)人。黄庭坚居"苏门四学士"之首,以诗文、书法和苏轼并称"苏黄"。秦太虚:即秦观,字少游(1049—1110),北宋词人,和苏轼关系很深,是"苏门四学士"之一。语:指黄、秦称赞苏轼的话。

③不肖:自谦之称。

④昌歜(chù):即昌蒲根。羊枣:果实小而圆的一种枣,味劣。

⑤未易诘其所以然者:很难问出他们为什么爱吃这些东西的理由。

⑥遂欲以移之众口,又大不可也:承上用食物的嗜好为喻,谓倘欲因少数人嗜好怪味而要求大家都嗜好怪味,这大不可以。移,改变。口,指嗜好、口味。

【译文】

您才能出众,见解高明,不应轻易赞许他人,莫非听信了黄鲁直、秦太虚等人的话,真以为我像他们说的那样?敝人为人所憎恶,而唯独这二人喜欢称扬我,就好像人爱吃昌歜、羊枣一样,很难问出他们爱吃的理由。认为黄、秦二人是虚妄胡言,不可以;要把他们的看法加于众人之口,则更是不可以了!

轼少年时,读书作文,专为应举而已。既及进士第,贪得不已,又举制策①,其实何所有?而其科号为"直言极谏"②,故每纷然诵说古今,考论是非,以应其名耳。人苦不自知,既以此得,因以为实能之,故诶诶至今③,坐此得罪几死④,所谓"齐虏以口舌得官"⑤,真可笑也。然世人遂以轼为欲立异同⑥,则过矣。妄论利害,搀说得失⑦,此正制科人习气^⑧。譬之候虫时鸟,自鸣自已,何足为损益^⑨？轼每怪时人待轼过重,而足下又复称说如此,愈非其实。

【注释】

①举制策：通过了殿试的策论考试。举,旧时以科举取士之称,亦指赴试或考中。制策,宋初考试制度,最重要的是进士、制科,制科即考中进士后再参加皇帝亲自选拔的殿试,以策论为主,所以又叫制策。嘉祐六年(1061),苏轼26岁时,复试制科,入第三等。

②直言极谏：制策中的一科。即敢于坦率而不保留地对朝政提出谏诤。

③詉詉(náo)：言语多杂状。

④坐此：因此。指多言而有"乌台诗案"事。

⑤齐虏以口舌得官：典出《史记·刘敬列传》。刘敬本姓娄,后来汉高祖赐姓刘,齐人,汉高祖拟建都洛阳,刘敬建议建都关中,汉高祖采纳其议,遂任其为郎中。后汉高祖征匈奴,刘敬看出匈奴的狡诈,反对汉高祖出兵。汉高祖急于立功,骂敬"齐虏以口舌得官"。齐,刘敬的籍贯。虏,奴隶,此处为辱骂之语。以口舌得官,指刘敬由于一次口头建议(定都关中)得到官爵。

⑥欲立异同：想要标新立异。异同,偏义复词,即异。

⑦搀：插嘴。

⑧制科人：参加制科考试的人。

⑨何足为损益：哪里会对事情有所助益或损害。

【译文】

　　我少年时期读书作文,只是为了一心应付科举考试罢了。考中进士之后,贪心不已,又参加殿试的策论考试,实际上有什么呢？因考试科名为"直言极谏",所以每次都大量地引述古今之事,考察论述是非得失,也只是为了符合科名而已。人们往往为没有自知之明所累,既然已因口舌之能应了举,于是就认为自己确实能够以此来辅佐国政,所以喋喋不休直到今日,因此获罪几乎丧失生命,这就是所谓的"齐鲁奴才凭借一张嘴得到官位",实在令人可笑。但世人于是就认为我想要建立异说,那实在错了。乱论利害、混谈得失,这恰是制科人的习气。就好像春燕秋虫之类,该叫的时候就叫,过季自然不叫,哪里会构成什么损害或有些什么帮助? 苏轼每每责怪世人太看重我,而您又如此称许,更不符合实际了。

得罪以来,深自闭塞①,扁舟草履②,放浪山水间,与樵渔杂处,往往为醉人所推骂,辄自喜渐不为人识;平生亲友无一字见及,有书与之亦不答,自幸庶几免矣。足下又复创相推与③,甚非所望。木有瘿④,石有晕⑤,犀有通⑥,以取妍于人⑦,皆物之病也。谪居无事,默自观省,回视三十年以来所为,多其病者。足下所见皆故我,非今我也。无乃闻其声不考其情,取其华而遗其实乎⑧? 抑将又有取于此也⑨? 此事非相见不能尽⑩。自得罪后,不敢作文字,此书虽非文,然信笔书意,不觉累幅⑪,亦不须示人。必喻此意⑫!

【注释】

①深自闭塞:自己和外界隔绝得很厉害。

②扁舟草履:或乘一叶小船,或着草鞋漫步。

③创相推与:开始来赞扬我。创,首先。

④木有瘿(yǐng):树木具有病态的肿块,似人肿瘤,故称瘿。有人取以为瓢或玩赏。

⑤石有晕(yùn):石头具有斑纹。晕,日旁的云轮。

⑥犀有通：犀牛具有通纹。

⑦取妍于人：博得人们喜爱。妍，美丽。

⑧无乃闻其声不考其情，取其华而遗其实乎：岂不是只听到流传的声誉而不查究真实情况，只撷取其花而遗弃其果实吗？

⑨抑：或。此：指上文的"病"。

⑩尽：尽言，说透彻。

⑪累幅：不止一张纸。

⑫喻：明白，懂。此意：指"不须示人"的原因。

【译文】

从获罪以来，自己就独处隔绝，扁舟一叶，草鞋一双，放浪漂游在山水之间，与樵夫、渔夫混在一起，常常被醉酒之人推搡辱骂，于是心中自喜自己已不为人所认识；平生亲友不给我寄信，我寄信给他们，他们也不作答，我自己也庆幸这样就差不多可以免于与世人的交往纷争了。您又来赞扬我，实在不是我所希望的。树木有赘瘤，石头有斑纹，犀牛角有通孔，这些诗人喜欢的独特之处，其实正是它们的缺陷。谪居无事可做，默默自我观察、反省，回顾三十年来所做之事，也多是这样一类缺陷。您所看到的我是以前的我，而不是现在的我啊。莫非是只听到流传的声誉，而没有去考究真实情况，只撷取其花而遗弃了果实吗？或者又是把我的缺陷也当成了优点吗？此事若非相见难以说清楚。自获罪以来，不敢作文章，这封信虽非文章，然而信笔抒怀，不觉已好几张纸了。这个也不要给别人看，一定要明白我的意思！

岁行尽①，寒苦，惟万万节哀强食②！不次③。

【注释】

①行尽：行将完结。

②节哀：节制悲哀。这是唁慰居丧人的话。强（qiǎng）食：努力多

吃些。

③不次:不一一详叙。

【译文】

快到年底,太寒冷了,记住:您千万要节哀,多吃些东西! 不细述了。

苏辙

苏辙(1039—1112),字子由,宋朝眉州眉山(今四川眉山)人,号栾城,苏洵之子,苏轼之弟,宋代著名散文家,与父兄同称"三苏"。宋仁宗嘉祐二年(1057),苏辙十九岁,与苏轼同中进士。哲宗即位时官至尚书右丞、门下侍郎。其政治态度与苏轼一样趋于保守。由于反对王安石变法,屡遭贬谪。徽宗时又被逐出京师,罢居颍川(今河南许昌),筑室于颍滨,自号颍滨遗老。死后追复端明殿学士,谥号"文定"。苏辙诗文师法苏轼,议论文虽不如父兄,记叙文却纡徐曲折,饶有情致。苏轼评其文章"汪洋澹泊,有一唱三叹之声,而其秀杰之气,终不可没"。著有《栾城集》。

上枢密韩太尉书

【题解】

这是苏辙考中进士后写给韩琦的一封信。韩琦,字稚圭,历仕仁宗、英宗、神宗三朝,仁宗时曾任检校太傅、枢密使。枢密使执掌全国兵权,颇似秦汉时的太尉,故称韩太尉。

韩琦为当时位尊权重的长辈,又是武将,所以此信开篇先表明自己是个文人,从"文"与"气"的关系谈起,以孟子、司马迁为例,说明自己不是舞文弄墨、追逐名利的庸俗文人。并以欧阳修作陪衬，表露自己治文目的在于政治上有所作为的愿望。文章在结构与修辞上，既不落俗套，又一气呵成，显露出一个新科进士的才华。

太尉执事①：辙生好为文，思之至深。以为文者，气之所形②，然文不可以学而能，气可以养而致。孟子曰："我善养吾浩然之气。"今观其文章，宽厚宏博，充乎天地之间，称其气之小大。太史公行天下③，周览四海名山大川，与燕、赵间豪俊交游④，故其文疏荡，颇有奇气。此二子者，岂尝执笔学为如此之文哉？其气充乎其中而溢乎其貌，动乎其言而见乎其文，而不自知也。

【注释】

①执事：供人驱使的人。古时书信为表敬，不直呼其人。

②形：显，显现。

③太史公：即司马迁，《史记》作者。

④燕：春秋战国时的燕国，现址在河北省中、北部。赵：战国时赵国，相当于今河北省、河南省、山西省交界地区。

【译文】

太尉阁下：我生性喜欢作文章，曾经很认真地思考过作文章的奥妙。我认为，文章就是精神气质的外在表现，但是，文章并非只学文辞就能够作好的，而人的精神气质却是可以通过修养获得的。孟子说过："我善于修养我的浩然之气。"现在看他的文章，宽阔、浑厚、宏大、广博，充溢于苍天与大地之间，这正是与他的浩然之气相符合的。太史公司马迁周游天下，遍览全国的名山大川，和燕、赵之地的豪杰志士、圣贤名流交往，所以他的文章疏朗洒脱，很有独特的气质。这两位先生难道曾专门执笔学过写这样的文章吗？他们的气质充盈于他们的心中，而显露在他们的外表上，反映在他们的言谈中，表现在他们的文章里，而他们自己却没有注意到。

　　辙生十有九年矣。其居家所与游者，不过其邻里乡党之人，所见不过数百里之间，无高山大野可登览以自广。百氏之书，虽无所不读，然皆古人之陈迹，不足以激发其志气。恐遂汩没①，故决然舍去，求天下奇闻壮观，以知天地之广大。过秦、汉之故都②，恣观终南、嵩、华之高③；北顾黄河之奔流，慨然想见古之豪杰；至京师④，仰观天子宫阙之壮，与仓廪、府库、城池、苑囿之富且大也，而后知天下之巨丽。见翰林欧阳公⑤，听其议论之宏辩，观其容貌之秀伟，与其门人贤士大夫游，而后知天下之文章聚乎此也！

【注释】

①汩（gǔ）没：埋没。

②秦、汉之故都：秦都咸阳，西汉都长安，东汉都洛阳。

③终南：山名，在陕西南部。嵩：山名，在今河南登封。华：山名，在今陕西华阴。

④京师：京城。北宋建都汴京，在今河南开封。

⑤欧阳公：即欧阳修。仁宗至和元年（1054）迁翰林学士。

【译文】

　　我已经十九岁了。在家中平时所交往的，不过是左邻右舍本乡本土的人，所见到的不过是方圆几百里的地方，没有高山大川可以攀登远眺来开阔自己的胸襟。诸子百家的著作，虽然无所不读，但这些都是古人遗留下来的陈旧的东西，不足以激发自己的志气。我担心这样下去一事无成,因此,毅然决然舍弃这一切,以探求天下的奇闻壮观,来获知天地的广阔。途经秦汉的都城,尽情领略了终南山、嵩山、华山的壮丽雄姿;向北远眺奔腾的黄河水,情不自禁地想起古代的豪杰英雄;来到京城后仰观皇帝宫殿的雄伟壮观,以及仓廪、府库、城池、苑囿的富足和广大,然后才知道天下的广大和壮丽。我还有幸见到翰林学士欧阳公,听到他那宏辩的议论,看到他那秀伟的容貌,又与他门下的名人贤士交游,然后才知道天下的精美文章都集中在这里呀!

　　太尉以才略冠天下,天下之所恃以无忧,四夷之所惮以不敢发。入则周公、召公①,出则方叔、召虎②。而辙也未之见焉。

【注释】

①周公:姓姬,名旦,周武王之弟,他使周朝政治制度得以完备。召公:姓姬,名奭(shì),周文王之庶子,周成王时为三公。

②方叔:周宣王时武将。召虎:召公的后代,周宣王时武将。

【译文】

　　太尉的才能武略名冠天下,国家仗着您才没了忧患,四夷各邦对此有所畏惧才不敢前来侵扰。阁下在朝廷里就如同周公、召公为股肱之臣,镇守边关时就如同方叔、召虎是国之长城,可是我却未能有幸见到您。

　　且夫人之学也,不志其大,虽多而何为?辙之来也,于山见终南、嵩、华之高,于水见黄河之大且深,于人见欧阳公,而犹以为未见太尉也!故愿得观贤人之光耀,闻一言以自壮,然后可以尽天下之大观而无憾者矣!

【译文】

　　况且，一个人在学习的时候，如果没有远大的抱负，即使学得再多又有什么用呢？我这次出门，说起山，见识了终南山、嵩山、华山的高；说起水，见识了黄河的大和深；说到人，见识了欧阳先生，就是还没有见到太尉您呢！因此，希望能够目睹像您这样贤人的丰采，聆听您的教诲，以此来激励自己，这才算得上看完了天底下的洋洋大观，而再没有什么遗憾的了！

　　辙年少，未能通习吏事。向之来，非有取于升斗之禄，偶然得之，非其所乐。然幸得赐归待选，使得优游数年之间①，将以益治其文，且学为政。太尉苟以为可教而辱教之，又幸矣！

【注释】

　　①优游：闲暇自得的样子。

【译文】

　　我还年轻，未能了解、学习从政事务。当初来到京师，并不是为了获取一官半职，偶然得到它，也不是我所乐意做的事情。但是有幸得到回去等候朝廷选用的机会，让我能够从容自得地度过几年光阴，我将更加努力地研究提高我的文学水平，并学习如何治理政事。如果太尉认为我值得教诲，并能屈尊指教我，那我就更荣幸了！

王安石

王安石简介参见卷九。

答韶州张殿丞书

【题解】

王安石的这封答书，通过对古今史官的对比，指出古时史官能够秉笔直书，而当今的执笔者，却常因个人的好恶，不能客观公正地记录时事，丧失了起码的史德。正因为他看到了当时的种种弊病，所以对于自己故去的父亲，虽然颇有政绩，却不一定能列于史官的记录，表示出了一种比较达观的态度。文中虽然没有直接的指斥，但通过古今的对比，对现今史官中的丑恶现象的鞭挞，仍是十分有力的。

　　某启：伏蒙再赐书①，示及先君韶州之政，为吏民称诵，至今不绝，伤今之士大夫不尽知，又恐史官不能记载，以次前世良吏之后。此皆不肖之孤，言行不足信于天下，不能推扬先人之功绪余烈，使人人得闻知之，所以夙夜愁痛、疚心疾首而不敢息者，以此也。

【注释】

①再:两次。

【译文】

安石启:承蒙您两次给我来信,提到先父在韶州任职时的政绩,受到官吏百姓的称赞颂扬,至今不绝于耳。感伤当今士大夫们不能完全了解,又担心史官不能够记录下来,把他编次在前代良吏之后(以使他的事迹流传下去)。这都是我这个不肖遗孤,言行不足以取信于天下,不能推崇传播先父的功劳和事迹,使每个人都能听到知道。我之所以昼夜发愁内疚、痛心疾首而不敢停歇,正是因为这个缘故。

先人之存,某尚少,不得备闻为政之迹。然尝侍左右,尚能记诵教诲之余。盖先君所存,尝欲大润泽于天下,一物枯槁以为身羞。大者既不得试,已试乃其小者耳,小者又将泯没而无传,则不肖之孤,罪大衅厚矣,尚何以自立于天地之间耶?! 阁下勤勤恻恻①,以不传为念,非夫仁人君子乐道人之善,安能以及此?

【注释】

①勤勤:忧虑的样子。恻恻:悲伤的样子。

【译文】

先父在世的时候,我年龄还小,未能全部听到他为政的事迹。但是我曾经侍奉在他的身边,还能够记得他对我的谆谆教诲。大概先父在世时,曾经想要对国家有较大的贡献,像雨露滋润大地一样,(如果)一样东西(因没有受到滋润而)枯萎,便认为是终身的耻辱。重要职务没有能够担任,担任的只是低级职务。而这低级职务的事迹又要泯灭而无法流传下去,那么我这个不肖遗孤的罪过,可就太大了,还能凭什么自立于天地之间呢?! 阁下您殷勤慈悲,以(先父事迹)难以流传为念头,如果不是仁人君子喜欢谈论别人的善行好事,又怎么能够做到这一点呢?

　　自三代之时①,国各有史,而当时之史,多世其家,往往以身死职,不负其意。盖其所传,皆可考据。后既无诸侯之史,而近世非尊爵盛位,虽雄奇俊烈,道德满衍②,不幸不为朝廷所称,辄不得见于史。而执笔者又杂出一时之贵人,观其在廷论议之时,人人得讲其然不,尚或以忠为邪,以异为同,诛当前而不慄③,讪在后而不羞,苟以餍其忿好之心而止耳④。而况阴挟翰墨⑤,以裁前人之善恶,疑可以贷褒⑥,似可以附毁,往者不能讼当否,生者不得论曲直,赏罚谤誉,又不施其间,以破其私,独安能无欺于冥昧之间邪?

【注释】

①三代:指夏、商、周三朝。

②满衍:形容满溢。满,充盈。衍,溢出常态之外。形容满溢。

③诛:惩罚。

④餍:满足。

⑤翰墨:笔墨。

⑥贷:施予,给予。

【译文】

　　从夏、商、周三代开始,各国就有了史官。当时的史官,多数是家族世袭的,常常(因秉笔直书而)以身殉职,却不愿背弃自己的意志,他们所记载的历史都值得查考引征。后来便没有了诸侯各国那样的史官,而近代以来,如果不是爵高位显,即使雄奇俊烈,道德崇高,如果不幸得不到朝廷的称许,也往往无法见于史册。而执笔修史者又是出自当时的高官显贵之门,看看他们在朝廷议论国政的时候,人人都可以讲出他们的是与非,有时尚且还以忠为邪,以异为同,惩罚临头而不颤栗,诽谤在后而不羞愧,也只不过是以此姑且满足了他们忿憎和喜好的心理需求后才会消停一会儿了。更何况暗中依仗手中的笔墨,来裁定前人的善恶,有疑点的人可以给予褒扬,同样有疑点的人也可以附带着加以诋毁,(结果是)死去的人无法争辩(其记载)适当与否,活着的人不能议论曲直(是非),加上奖赏和惩罚、诽谤和赞誉,又不会在史书中记载,以揭破他们的伎俩,怎么能对死去的人会没有欺侮呢?

善既不尽传,而传者又不可尽信如此,唯能言之君子,有大公至正之道,名实足以信后世者,耳目所遇,一以言载之,则遂以不朽于无穷耳。伏惟阁下①,于先人非有一日之雅②,余论所及,无党私之嫌,苟以发潜德为己事,务推所闻,告世之能言而足信者,使得论次以传焉,则先君之不得列于史官,岂有恨哉③?

【注释】

①伏惟:俯伏思惟,下对上的敬词。

②雅:平素的交情。

③恨:遗憾,后悔。

【译文】

善事美德既然不能都记载下来,而记录下来的又完全不可信到如此程度,(因此)只有善于言谈的君子,他们有着光明正大正直无私的品质,名望和实际足以取信于后代,他们耳闻目睹的事情,全部用语言记录下来,那么就可以流传无穷而不朽了。我想,先生对于先父并没有一天的交情,所谈论到的,没有结党营私的嫌疑,如果能以宣扬默默无闻的德行为己任,全力举荐已知有德之人,告诉给天下善于言辞又完全可靠的人,使他们能得以议论编次事实使之流传下来,那么先父(的事迹)即使未能编列于史官的笔下,又有什么遗憾呢?

答司马谏议书

【题解】

　　宋神宗熙宁二年(1069)春,王安石任参知政事,积极推行新法,遭到激烈反对,在朝廷引起新党、旧党之争。熙宁三年,作为守旧派领袖的右谏议大夫司马光先后三次写信给王安石,要求罢新法,复旧制,给王安石的变法列出四条罪状:侵官、生事、征利、拒谏。王安石针对司马光的指责,回信逐条加以反驳,既表现出作者对守旧派的鄙视,也表明了他坚定不移、变法到底的决心。文章理足气盛,矫健有力,给人以无懈可击之感。

　　某启①:昨日蒙教,窃以为与君实游处相好之日久,而议事每不合,所操之术多异故也。虽欲强聒②,终必不蒙见察,故略上报③,不复一一自辨。重念蒙君实视遇厚,于反覆不宜卤莽④,故今具道所以⑤,冀君实或见恕也。

【注释】

　　①某启:古时给人写信的格式,可译成"安石启"或"安石陈言"。

　　②强聒(guō):勉强作解释。强,勉强。聒,喧哗,嘈杂,此处是谦词,指自己所作的解释。

　　③上报:复信。敬词,给别人回信时用,以示尊敬。

④反覆：书信往来。

⑤具道：详细说明。

【译文】

安石启：昨日承蒙赐教。我私下以为跟君实您同游共处、彼此友善的时间已经很长了，而议论问题常常看法不一致，这是我们彼此所持的政治主张多有不同的缘故。即使我强作解释，最终也一定不会被您理解，所以只简略地给您回信，不再一一加以辩解。可是又想到您以厚意待我，在书信往来时不宜简慢草率，所以今天我详细地说明自己这样做的理由，希望君实您或许能够原谅我。

　　盖儒者所争①，尤在于名实。名实已明，而天下之理得矣。今君实所以见教者，以为侵官、生事、征利、拒谏，以致天下怨谤也。某则以为：受命于人主，议法度而修之于朝廷②，以授之于有司③，不为侵官；举先王之政，以兴利除弊，不为生事；为天下理财，不为征利；辟邪说④，难任人⑤，不为拒谏。至于怨谤之多，则固前知其如此也。

【注释】

①儒者：此处指读书人。

②法度：法令制度。

③有司：有关部门。

④辟：驳斥。

⑤难：斥责，责难。

【译文】

　　大凡读书人所争论的，最主要的是名义和实际是否相符合的问题。如果名义和实际的关系明确了，那么天下的道理也就可以认识清楚了。

现在您用来指教我的,是说我侵夺官吏职权、自专行事、与百姓争财夺利、不接受批评,因而招致天下的怨恨和指责。我却认为:接受皇帝的命令,议订法令制度而在朝廷上讨论修正,再交给有关部门去执行,不能算是侵夺官吏职权;施行先王的政治主张,用以兴利除弊,不能算作自专行事;替国家理财,不能算是与百姓争财夺利;驳斥荒谬的言论、诘责巧辩的小人,不能算是不接受批评。至于埋怨和指责的人很多,那是我本来就预料到会这样的。

　　人习于苟且非一日,士大夫多以不恤国事、同俗自媚于众为善①。上乃欲变此,而某不量敌之众寡,欲出力助上以抗之,则众何为而不汹汹然?盘庚之迁②,胥怨者民也,非特朝廷士大夫而已。盘庚不为怨者故改其度,度义而后动,是而不见可悔故也。如君实责我以在位久,未能助上大有为,以膏泽斯民③,则某知罪矣。如曰今日当一切不事事,守前所为而已,则非某之所敢知。无由会晤,不任区区向往之至。

【注释】

①恤:关心,顾念。

②盘庚:殷商君主,商汤九世孙祖丁之子,继兄阳甲即位。当时王室衰乱,盘庚率众自奄(今山东曲阜)迁都于殷(今河南安阳)。商复兴,史称殷商。

③膏泽:比喻恩惠、造福。

【译文】

　　人们习惯于得过且过已经不是一天两天了,士大夫们多以不关心国家大事、附和流俗、讨取众人的欢心为高明之举。皇上却要改变这种状况，我也没去考虑反对者是多是少，想出力帮助皇上对付他们，那么他们怎么会不大吵大闹呢？盘庚迁都的时候，怨恨反对的还有百姓，并不仅仅是朝廷的士大夫。盘庚并不因为有人怨恨的缘故就改变他的计划，这是因为他考虑这样做适宜，然后采取行动，认定做得对，所以看不出有什么可以后悔的缘故。如果君实您责备我在位当政的时间长了，却未能帮助皇上大有作为，以造福于百姓，那么我是知罪的了。假如说今天应当什么事情也不做，只是墨守前人的陈规旧法，那就不是我所敢领教的了。没有机会见面，内心的仰慕难以表述。

书

《书》简介参见卷一。

金縢册祝之辞

【题解】

《金縢·册祝之辞》，即《尚书·金縢》篇（收入本书卷二十二）中周公姬旦为患病的周武王祝祷之辞，表现了周公的忠诚。

惟尔元孙某，遘厉虐疾①。若尔三王是有丕子之责于天②，以旦代某之身。予仁若考能③，多材多艺，能事鬼神。乃元孙不若旦多材多艺，不能事鬼神。乃命于帝庭，敷佑四方，用能定尔子孙于下地。四方之民罔不祗畏④。呜呼！无坠天之降宝命，我先王亦永有依归。今我即命于元龟⑤，尔之许我，我其以璧与珪归俟尔命；尔不许我，我乃屏璧与珪⑥。

【注释】

①遘（gòu）：生，遭遇。

②丕：奉，遵行。

③若考：指有先人一样的德行。考，死去的父亲。

④祗（zhī）：恭敬。

⑤元龟：大龟。古代用龟甲以占卜。

⑥屏（bǐng）：排除，屏弃。

【译文】

（列位先王）你们的元孙身患重病。假如三位先王的在天之灵有何不适，需要做子孙的去服侍，那就让我姬旦代替他去服侍列位吧！我有仁德又巧捷，身负各种才能技艺，能够侍奉鬼神。你们那位元孙既不像我这样具有多方面的才艺，又不能奉事鬼神。他从天帝那里接受天命，正对天下实行统治，在这大地之上安定三位先王的子孙后代。各地的臣民对他既恭敬又畏惧。唉！只要不丧失上天所赐的天命，那么我朝的列祖列宗也就永远有所归依了。现在，我就要受三王之命用大龟甲占卜吉凶，如果先王们能答应我的请求，我就献上玉璧、玉珪，等候列位的命令；如果先王们不能答应我的请求，我就把这玉璧、玉珪带回去。

诗

《诗》简介参见卷三。

黄鸟

【题解】

　　选自《秦风》。秦穆公死后，以"三良"，即子车氏三兄弟奄息、仲行、鍼虎殉葬。秦人痛惜，做此诗悼之。全诗三章，分别哀悼"三良"。诗句重叠回环，反复咏唱，充满了惶惑与悲愤之情。

　　交交黄鸟①，止于棘②。谁从穆公③？子车奄息④。维此奄息，百夫之特⑤。临其穴⑥，惴惴其栗⑦。彼苍者天，歼我良人⑧！如可赎兮⑨，人百其身⑩！

【注释】

　　①交交：鸟叫声。黄鸟：黄雀。

　　②止：栖息。棘：酸枣树。

　　③从：跟随，此处指殉葬。穆公：秦穆公。

④子车:姓。奄息:人名。

⑤特:匹敌。一说杰出。

⑥临:视,到。穴:墓穴。

⑦惴惴:恐惧的样子。栗:战栗,发抖。

⑧歼:灭尽。良人:平民、国人,区别于奴婢,此处义为勇士。

⑨赎:替换。

⑩人百其身:用百人赎他一人。

【译文】

　　黄鸟声声叫,落在枣树上。是谁陪葬秦穆公? 子车奄息把命丧。这个奄息,一人能把百人敌。走近他的坟穴,浑身战栗心哀伤。苍天在上,为何杀尽我们的勇士! 如果可以赎他命,愿以百人来抵偿!

　　交交黄鸟,止于桑。谁从穆公? 子车仲行①。维此仲行,百夫之防②。临其穴,惴惴其栗。彼苍者天,歼我良人! 如可赎兮,人百其身!

【注释】

①仲行:人名。

②防:比并,相当。

【译文】

　　黄鸟声声叫,落在桑树上。是谁陪葬秦穆公? 子车仲行把命丧。这个仲行,一人能将百人敌。走近他的坟穴,浑身战栗心哀伤。苍天在上,为何杀尽我们的勇士! 如果可以赎他命,愿以百人来抵偿!

　　交交黄鸟,止于楚①。谁从穆公? 子车铖虎②。维此铖虎,百夫之御③。临其穴,惴惴其栗。彼苍者天,歼我良人!

如可赎兮,人百其身!

【注释】

①楚:丛木。

②铖(zhēn)虎:人名。

③御:抵挡。

【译文】

黄鸟声声叫,落在荆树丛。是谁陪葬秦穆公?子车铖虎把命丧。这个铖虎,一人能挡百人敌。走近他的坟穴,浑身战栗心哀伤。苍天在上,为何杀尽我们的勇士!如果可以赎他命,愿以百人来抵偿!

春秋

《春秋》是我国现存最早的编年史。相传孔子根据鲁国史官编写的《鲁春秋》加以整理修订而成，记述了自鲁隐公元年（前722）至鲁哀公十四年（前481）间共二百四十二年的历史，内容为周王室及各诸侯国的政治、军事活动及一些自然现象。《春秋》文字简练，然而文字中常寓有褒贬意，后世称为"春秋笔法"。《春秋》本为史书，自西汉以来，被儒家奉为经典，列为五经之一。

卫太子蒯聩祷神之辞

【题解】

《春秋》以阐明"微言大义"为宗旨，记事简洁，《卫太子蒯聩祷神之辞》充分体现了这一点。蒯聩是卫灵公的太子，因欲杀灵公夫人南子未获成功，逃至晋。鲁哀公二年（前493），卫灵公死，晋执政大夫赵鞅送其归国，在戚遇到了为晋的另一个大夫范氏押运粮食的郑国军队，双方准备作战。蒯聩在战前祈求祖先保佑自己，所以有了这篇祷神之辞。

曾孙蒯聩敢昭告皇祖文王、烈祖康叔、文祖襄公①：郑胜乱从②，晋午在难③，不能治乱，使鞅讨之④。蒯聩不敢自佚⑤,备持矛焉。敢告无绝筋,无折骨,无面伤,以集大事,无作三祖羞。大命不敢请⑥,佩玉不敢爱。

【注释】

①蒯聩(kuǎi kuì):卫太子,参见题解。皇祖文王:周文王。烈祖康叔:周成王同母幼弟,卫国的始封祖。文祖襄公:卫献公之子,蒯聩的祖父。

②郑胜:当时在位的郑国君主郑声公,名胜。

③晋午:当时在位的晋国国君晋定公,姓姬,名午。

④鞅:赵鞅。

⑤佚:安逸。

⑥大命:生死之命。

【译文】

后世子孙蒯聩昭告皇祖文王、烈祖康叔、文祖襄公:郑胜顺从作乱的晋国臣子范氏,晋国国君处于危难之中,不能平定祸乱,派赵鞅来讨伐。蒯聩不敢自己贪图安逸,准备拿起武器参加战斗。谨祈求:不要让我断筋,不要让我折骨,不要让我脸部受伤,让我成就大事,不给三位祖先带来羞辱。我不敢请求生死大事,如幸免于死,一定献祭佩玉,绝不吝惜。

宋玉

宋玉简介参见卷三。

招魂

【题解】

《招魂》是一篇辞赋作品。有人认为此文是宋玉为招屈原魂而作，也有人认为此文是屈原为招楚怀王魂而作，还有人认为此文是屈原为招自己的魂而作。

《招魂》首段是作者自叙之辞，篇末之"乱"是总结的文字，中间正文则是作者假托受命的巫阳对离魂进行召唤，以表达作者的怀念、抚慰、哀怜之情。

招魂是流行于古楚国民间的一种风俗。作者借用招魂辞这种民间艺术形式来表达自己的思想感情，并且以自己的艺术才华对之进行了发展。《招魂》中的铺陈和描写及其结构形式，都对汉代辞赋产生过重大影响。

朕幼清以廉洁兮，身服义而未沫①。主此盛德兮②，牵于俗而芜秽③。上无所考此盛德兮④，长离殃而愁苦⑤。帝告

巫阳曰⑥："有人在下，我欲辅之。魂魄离散，汝筮予之⑦。"巫
阳对曰："掌梦。上帝其命难从。""若必筮予之，恐后之谢⑧，
不能复用巫阳焉。"以上不必筮问而直招之。

【注释】

①服：践行，履行。沬（mèi）：昏暗不明。

②主：以……为原则。盛德：美好的品德。

③芜秽：借喻污浊混乱的现实环境。

④考：明察。

⑤离：遭逢。

⑥帝：指天帝。巫阳：古代神话中的神巫，天帝之女。

⑦筮（shì）：占卦。

⑧后：在……之后，后于。谢：败，这里指尸体腐烂。

【译文】

我小时候便清明廉洁，亲身践行道义未曾蒙昧。以这种美德为做人的原则，却被鄙俗所牵连而污浊荒废。上天没有明察这些美德，因此我长久地遭受祸殃而忧愁痛苦不堪。天帝诏告神巫巫阳说："有一个人在下界，我想帮助他。他的魂魄已经离散，你赶快占卦把他召回！"巫阳回答说："这是掌梦官的事！天帝您的这个命令实难听从！""你必须卜筮还魂给他，晚了它们就要消散，那时再用你巫阳也无济于事了。"以上讲不需要占卦而直接招魂。

乃下招曰：魂兮归来！去君之恒干①，何为兮四方些②？舍君之乐处③，而离彼不祥些④。魂兮归来，东方不可以托些。长人千仞⑤，惟魂是索些。十日代出，流金铄石些⑥。彼皆习之⑦，魂往必释些⑧。归来归来，不

可以托些。魂兮归来，南方不可以止些⑨。雕题、黑齿⑩，得人肉而祀，以其骨为醢些⑪。蝮蛇蓁蓁⑫，封狐千里些⑬。雄虺九首⑭，往来倏忽，吞人以益其心些。归来归来，不可以久淫些⑮。魂兮归来，西方之害，流沙千里些⑯。旋入雷渊⑰，靡散而不可止些⑱。幸而得脱，其外旷宇些⑲。赤蚁若象，玄蜂若壶些⑳。五谷不生，丛菅是食些㉑。其土烂人，求水无所得些。彷徉无所倚㉒，广大无所极些。归来归来！恐自遗贼些㉓。魂兮归来！北方不可以止些。增冰峨峨㉔，飞雪千里些。归来归来，不可以久些。魂兮归来，君无上天些。虎豹九关㉕，啄害下人些㉖。一夫九首，拔木九千些。豺狼从目㉗，往来侁侁些㉘。悬人以嬉，投之深渊些。致命于帝㉙，然后得瞑些㉚。归来归来，往恐危身些。魂兮归来，君无下此幽都些㉛。土伯九约㉜，其角䜪䜪些㉝。敦脄血拇㉞，逐人驱驱些㉟。参目虎首㊱，其身若牛些㊲。此皆甘人㉔。归来归来，恐自遗灾些。以上四方上下皆不可往。

【注释】

①恒：常。干：躯干。

②些：句末语助词。

③乐处：安乐之所。

④离：遭逢。

⑤长人：巨人。

⑥流金铄石：把金属熔化为液体流动，把石头销毁。

⑦习：习惯于。

⑧释：解化。

⑨止：停留。

⑩雕题：此指南方蛮夷国度。雕，描画。题，额头。在额头上描画花纹图案是南方民族的习俗。黑齿：东南、华南一带民族有将牙齿染黑的风俗。

⑪醢（hǎi）：肉酱。

⑫蝮蛇：一种毒蛇，体色灰褐，有斑纹，口内有毒牙。蓁蓁（zhēn）：草木茂盛。这里指蝮蛇盘聚在一起的样子。

⑬封狐：大狐。

⑭雄虺（huǐ）：大毒蛇，传说长有九头。

⑮淫：淹留。

⑯流沙：流动不止的沙土，神话中指西方沙漠之地。

⑰旋入：卷进。雷渊：神话传说中的深渊。

⑱糜（mí）散：像粉末那样被碾碎。

⑲旷宇：空无一人的荒野。

⑳壶：通“瓠”。葫芦。

㉑菅（jiān）：草名。

㉒彷徉：飘荡不定。

㉓遗（wèi）：给予。贼：祸害。

㉔增：通“层”。峨峨：高耸貌。

㉕虎豹九关：九重天门皆有虎豹把守。

㉖啄：吃。

㉗从目：眼睛竖长。从，同“纵”。直竖。

㉘侁侁（shēn）：众多貌。

㉙致命：复命，报告。

㉚瞑：闭上眼睛睡觉。

㉛幽都：这里指阴曹地府。

㉜土伯：统治地府的君主。九约：曲曲折折。约，有"屈"之意。

㉝觺觺（yí）：角锐利貌。

㉞敦脄（méi）：厚实的脊背。拇：这里泛指手脚的指头。

㉟駓駓（pī）：快跑貌。

㊱参目：长着三只眼。参，通"叁"。

㊲甘人：以人肉作为美食。

【译文】

于是巫阳来到下界招魂道：魂魄啊，您回来吧！为什么离开您常在的躯体，四处游荡？抛却您的安乐之所，会遭遇那些不吉祥。魂魄啊，您回来吧！东方不可以安身。巨人有千仞高，专门寻索那些离魂。十个太阳交替而出，使金属变水流淌，使石头成粉飞扬。那里的巨人都已习惯高温，您去必定被熔解。回来回来快回来！那里不能落脚。魂魄啊，回来吧！南方不可以停留。那里的人都是额头刺纹，牙齿漆黑的野人，他们用人肉来祭祀，用人的骨头做成肉酱。蝮蛇成堆盘曲，巨狐遍地都是。大毒蛇长有九个头，来去极其迅速，以吞吃活人来满足它们的贪欲。回来回来快回来！那里不能久留。魂魄啊，回来吧！西方险恶，有千里沙漠。卷入深渊，就会粉身碎骨，很难避免。即使侥幸逃脱，外面也是旷宇茫茫，没有边际。红色的蚂蚁像大象一样，黑色的胡蜂如同葫芦一般。五谷不能生长，那里的人只能靠吃丛生的菅草为生。那里的土壤使人皮肤腐烂，没有地方能找到水。飘荡不定，无所依靠，地域广大无边。回来回来快回来！恐怕会给自己带来祸害！魂魄啊，回来吧！北方也不能停留。冰山层叠，高耸入云，大雪飘飞，千里之地，白茫茫一片。回来回来快回来，那里不可以久留！魂魄啊，回来吧！您不要登上天去。九重天门，皆有虎豹在把守，它们专门吞噬、伤害下界的人。那里有一个人长了九个头，一天就要拔掉九千棵大树。豺狼眼睛直竖，成群结队，窜来窜去。它们把人倒挂起来玩弄,再把他们投进深渊。它们向天帝复命,之后才能小睡一会儿。回来回来快回来! 去了恐怕会危及生命啊。魂魄啊,回来吧!您不要下到阴曹地府去! 地府的君主土伯身体曲曲折折,头上长的角是如此锐利。厚实的背脊,染血的指爪,他会飞快地把人追逐。他有虎头三只眼睛,身体像牛一样粗壮。他们都是以人为美食。回来回来快回来! 恐怕自己招致祸灾。以上论述四方、上下都不可去。

魂兮归来,入修门些^①。工祝招君^②,背行先些^③。秦篝齐缕^④,郑绵络些^⑤。招具该备^⑥,永啸呼些^⑦。魂兮归来,反故居些。天地四方,多贼奸些^⑧。像设君室^⑨,静闲安些。高堂邃宇,槛层轩些。层台累榭,临高山些。网户朱缀,刻方连些^⑩。冬有突夏^⑪,夏室寒些。川谷径复^⑫,流潺湲些^⑬。光风转蕙^⑭,氾崇兰些^⑮。经堂入奥^⑯,朱尘筵些^⑰。砥室翠翘^⑱,挂曲琼些^⑲。翡翠珠被,烂齐光些。蒻阿拂壁^⑳,罗帱张些^㉑。纂组绮缟^㉒,结琦璜些^㉓。以上官室。

【注释】

①修门:指楚郢都南关的一个门。

②工祝:有本领的男巫。招:引领。

③背行:以背在前行走,即退着走。

④秦篝(gōu):秦地所产的竹笼。齐缕:齐地出产的线。

⑤郑绵络:郑地产的织物,这里指笼衣。古代招魂,一般用竹笼装上被招者的衣服,以示其魂附着在衣服上,竹笼上再系上一些装饰用的彩线,再盖上笼衣。

⑥该备：齐备。

⑦永：长，这里指拉着长调。

⑧贼奸：指凶恶害人的东西。

⑨像：遗像，一说仿照。

⑩方连：方格图案。

⑪突(yào)夏：深房重屋。突，深密。

⑫川：指浅水。谷：指深水。径：指水直流。复：指水环流。

⑬潺湲(chán yuán)：水流动的样子。

⑭光：阳光。转：流转。

⑮氾：同"泛"。洋溢。崇：通"丛"。聚，丛生。

⑯奥：房屋深处，即内室。

⑰尘：即承尘，顶棚。筵：本指竹席，这里形容连成一片。

⑱砥室：平整的屋室，有如砥石、磨刀石一般。翠翘：翠鸟尾巴上的
　长羽。

⑲曲琼：玉钩，用来挂衣物。

⑳蒻(ruò)：本指柔嫩的蒲草，这里用其柔软之意。阿：古代一种轻
　细的丝织物。拂壁：遮于墙壁上。

㉑帱(chóu)：帐。

㉒纂：红色的宽丝带。组：杂色的宽丝带。绮(qǐ)：有花纹的丝织
　物。缟(gǎo)：未经染色的丝织物。

㉓琦璜(qí huáng)：玉器。琪，美玉。璜，半圆形玉璧。

【译文】

　　魂魄啊，回来吧！从修门进来。本领高强的男巫工祝引导您，在前面倒退着走。秦地产的竹笼，系着齐地的丝线，盖上郑地产的笼衣。招魂用的器具皆已齐备，拉起长调把您呼唤。魂魄啊，回来吧！返回您的故居。天地四方，多是凶恶害人的东西。您的画像设立在您的居室，是那样娴静安宁。高堂深院，楼房层叠，有栏杆

围住。层层楼台，重重水榭，傍依着高山。如网之门，漆成朱红颜色，镂刻连方图案。冬有深房重屋，夏有寒凉之室。浅水、深水，或穿或绕，潺潺流淌。阳光灿烂，微风吹拂，蕙草之香流转飘荡，丛生的兰花芬芳洋溢。经过厅堂，进入内室，里面有红色隔尘的竹席。房子里的地板和墙壁都经过打磨，到处饰有翠鸟的长羽，墙上有挂衣物的玉钩。色如翡翠缀有细珠的被子，闪闪发光，灿烂耀眼。柔软轻细的丝织物遮于墙上，绫罗做成的帷帐张开。各种璧玉上系着各色丝带。以上讲宫室。

　　室中之观①，多珍怪些。兰膏明烛②，华容备些③。二八侍宿④，射递代些⑤。九侯淑女，多迅众些⑥。盛鬋不同制⑦，实满宫些。容态好比⑧，顺弥代些⑨。弱颜固植⑩，謇其有意些⑪。姱容修态⑫，絙洞房些⑬。蛾眉曼睩⑭，目腾光些。靡颜腻理⑮，遗视矊些⑯。离榭修幕⑰，侍君之闲些。翡帷翠帱，饰高堂些。红壁沙版⑱，玄玉梁些⑲。仰观刻桷⑳，画龙蛇些。坐堂伏槛，临曲池些㉑。芙蓉始发，杂芰荷些㉒。紫茎屏风㉓，文缘波些㉔。文异豹饰，侍陂陁些㉕。轩辌既低㉖，步骑罗些。兰薄户树㉗，琼木篱些㉘。魂兮归来，何远为些？以上女色。

【注释】

①观：指室内之物。

②兰膏：加有香料的油脂。

③华容：美好的容貌，即美女。

④二八：各有八人的两列。

⑤递代：更替。

⑥迅：敏捷。

⑦鬋（jiǎn）：下垂的鬓发。制：式样。

⑧好比：可以相比，即差不多。

⑨顺：顺次。弥：久。

⑩固：健壮。植：身体。一说通"志"。

⑪謇（jiǎn）：语助词。

⑫姱（kuā）容：美好的容貌。姱，美好。修态：美好的仪态。

⑬亘（gèn）：绵延，这里指往来不绝。洞房：深邃的内室。

⑭蛾眉：女子细长而好看的眉毛。曼：柔婉貌。睩（lù）：目明貌。

⑮靡、腻：皆细腻之意。理：肌理，肌肤。

⑯遗视：目光停留。眄（mián）：远视貌。

⑰离榭：正式住所之外的台榭等建筑物。修幕：游猎时用的大帐篷。

⑱红壁：用红色垩土粉刷墙壁。沙版：用丹砂涂饰隔板。沙，通"砂"。即丹砂。版：堂宇间的隔板。

⑲玄玉梁：用黑玉装饰的屋梁。

⑳桷（jué）：方形椽子。

㉑曲池：堂前因地建池，形制曲回，故称曲池。

㉒芰（jì）：菱角。

㉓屏风：水生植物名，即荇菜、水葵。

㉔文缘波：紫茎屏风的纹理随着水波上下摇曳。文，这里指水纹。缘，因。波，波动。

㉕侍：侍卫。陂陁（pō tuó）：宫殿的台阶上。

㉖轩：一种曲辕有幡的车，为卿大夫及诸侯夫人所乘。辌（liáng）：卧车。低：通"抵"。

㉗薄：草木丛生。

㉘琼木：玉树，泛指名贵之木。

【译文】

　　室内可供观赏的物品，多是一些贵重奇异的东西。掺有香料的油脂，更使灯光明亮，美女们在烛光中已经准备妥当。妙龄女子侍候您晚上歇宿，您选中的人儿将轮流来把您服侍。各诸侯国选送来的佳丽，大多比一般人敏捷。浓密的鬓发，式样各不相同，充满了整个宫殿。容貌姣美，各擅胜场，可供依次长久轮换。柔心弱骨而坚贞不渝，情意绵绵。美容好态，在卧室中往来不绝。蛾眉传情，美目顾盼，熠熠生光。容颜光洁肌理细腻，凝视远方久久不移。离宫别墅，狩猎帐篷，无论走到哪里，都有美人们侍候您度过闲暇时光。翡翠般的帷帐，装饰着高高的厅堂。朱砂漆遍墙壁、隔板，屋梁饰以黑色的美玉。抬头仰望精雕细刻的方橡，上面镂刻着飞龙透蛇。坐在中堂凭栏远望，目下正是庭院曲池啊。荷花初开，菱叶荷叶交错而陈。紫色茎干的屏风草随风摇曳，荡起阵阵波纹。侍从们穿着豹皮，饰着异彩，守卫在宫殿的台阶上。轻便的轩车、卧车已经抵达，骑兵、步兵也列队待命。丛生的兰草栽种在门口，种上玉树作为篱笆。魂魄啊，回来吧！为何要去远行？以上讲女色。

　　室家遂宗①，食多方些②。稻粢穱麦③，挐黄粱些④。大苦咸酸⑤，辛甘行些。肥牛之腱⑥，臑若芳些⑦。和酸若苦，陈吴羹些⑧。胹鳖炮羔⑨，有柘浆些⑩。鹄酸臇凫⑪，煎鸿鸧些⑫。露鸡臛蠵⑬，厉而不爽些⑭。粔籹蜜饵⑮，有餦餭些⑯。瑶浆蜜勺⑰，实羽觞些⑱。挫糟冻饮⑲，酎清凉些⑳。华酌既陈㉑，有琼浆些。以上饮食。

【注释】

①室家：家族。遂宗：闾里宗族。

②多方：多种多样。

③粢（zī）：稷，粟米。穱（zhuō）：早熟麦。

④挐（rú）：杂糅。黄粱：黄米。

⑤大苦：特别苦的味道。

⑥腱（jiàn）：牛蹄筋。

⑦臑（ér）：通"胹"。煮烂。若：和，与。

⑧吴羹：按吴地的方法做的汤。

⑨胹（ér）：煮。炮：烧烤。

⑩柘浆：蔗浆，糖浆。柘，通"蔗"。

⑪腼（juǎn）凫：用少量汁水烹制凫肉。

⑫鸿：大雁。鸧（cāng）：鸟名，即白顶鹤。

⑬露鸡：即"卤鸡"。臛蠵（huò xī）：把大龟做成羹汤。臛，肉羹。蠵，大龟。

⑭爽：伤，败。

⑮粔籹（jù nǔ）：古代一种用米面和蜜油煎成的点心。饵：糕饼。

⑯帐惶（zhāng huáng）：古代的一种点心，类似于现在的麻花。

⑰蜜勺：甜酒。勺，通"酌"。

⑱羽觞（shāng）：耳杯，雀形，有羽翼。

⑲挫糟：在酒糟中钻眼取酒。冻饮：喝冷酒。

⑳酎（zhòu）：醇酒。

㉑华酌：华美的酒斗。酌，酒斗。

【译文】

　　您的九族枝繁叶茂，人人能享受各类美食。稻谷稷麦，杂掺着黄灿灿的粟麦啊。苦、咸、酸味道醇正，加以甜、辣两味调和而成啊。煮得烂熟的肥牛蹄筋，再在上面放上香喷喷的佐料。用酸味和苦味调制、按吴地方法做的羹汤已经端上。把大鳖炖上，将羊羔烤熟，再浇上甘蔗的甜汁。将天鹅肉做成酸味，将野鸭子熬成浓羹,把大雁和白顶鹤肉煎炸。将鸡卤上,把大龟炖成汤,味道浓烈但并不伤胃口。各种各样的点心,一起摆上。琼浆玉酿蜜制甜酒,斟满雕刻羽纹的酒杯。抉别糟粕将酒冷却,美酒甘醇清冽。摆好华美的酒器,里面盛满晶莹透亮的酒浆啊。以上讲饮食。

　　归来归来反故室,敬而无妨些。肴羞未通①,女乐罗些②。陈钟按鼓,造新歌些。《涉江》《采菱》,发《扬荷》些③。美人既醉,朱颜酡些④。娭光眇视⑤,目曾波些⑥。被文服纤,丽而不奇些⑦。长发曼鬋,艳陆离些⑧。二八齐容,起郑舞些⑨。衽若交竿⑩,抚案下些⑪。竽瑟狂会,搷鸣鼓些⑫。宫庭震惊,发《激楚》些⑬。吴歈蔡讴⑭,奏大吕些⑮。以上乐舞。

【注释】

①羞:味美的食物。通:遍,齐。

②女乐:歌妓乐舞。

③《涉江》《采菱》,发《扬荷》些:《涉江》《采菱》《扬荷》,皆楚曲名。发,唱出。

④酡(tuó):喝酒使脸发红。

⑤娭(xī)光:目光、眼神俏皮的意思。娭,嬉戏。眇视:微视,偷看。

⑥曾波:眼波频送、眉目多情的意思。

⑦奇:单一,单调。

⑧陆离:形容美艳的样子。

⑨郑舞:郑地舞蹈。

⑩衽(rèn):衣襟。

⑪抚案:指有节奏的动作。案,通"按"。

⑫摊(tián)：急击。

⑬《激楚》：楚国的舞曲名，调子比较激越紧张。

⑭吴歈(yú)：吴地歌曲。蔡讴：蔡地歌曲。

⑮大吕：古代乐律律调名。

【译文】

灵魂啊回来，返回您过去的居室，人们都尊敬您，您没有什么可害怕的。佳肴美味还未上齐，歌妓乐舞已经准备停当。摆好乐钟，安放乐鼓，将表演新编的歌舞。奏响《涉江》《采菱》，一曲《扬荷》清扬。美人酒醉，红颜配色。目光俏皮，含情脉脉，秋波流转，十分动人。披着丝衣穿着绸服，花纹美丽而大方。长发飘飘，鬓角柔曼，艳丽无比。十六位一样容貌服饰的美人，分成两列，一列八人，跳起郑国的舞蹈。衣襟交接翩翩飞舞，随着有节奏的动作慢慢退下。这时竽瑟交相狂奏，乐鼓也急促地响起。整个宫廷被震动惊扰，原来是跳起了激昂的《激楚》舞。吴地之歌、蔡地之曲，都用大吕调来演唱。以上讲乐舞。

士女杂坐，乱而不分些。放陈组缨①，班其相纷些②。郑、卫妖玩，来杂陈些。《激楚》之结③，独秀先些④。篦蔽象棋⑤，有六簙些⑥。分曹并进⑦，遒相迫些⑧。成枭而牟⑨，呼五白些⑩。晋制犀比⑪，费白日些。铿钟摇簴⑫，揳梓瑟些⑬。娱酒不废，沉日夜些。兰膏明烛，华镫错些⑭。结撰至思⑮，兰芳假些⑯。人有所极，同心赋些。酎饮尽欢，乐先故些。魂兮归来，反故居些。以上杂戏。

【注释】

①放陈:随便放置。

②班:排定的次序。纷:乱。

③结:指结尾的大合唱。

④秀、先:皆出色之意。

⑤琨(kūn):通"琨"。美玉。蔽:赌博用的筹码。象棋:用象牙制作的棋子。

⑥六簿(bó):古代的一种博戏。

⑦曹:伙伴。

⑧遒:紧张地。

⑨枭、牟:皆博戏中的术语。枭,邀。牟,倍胜。

⑩五白:亦博戏中的术语。

⑪犀比:用犀牛角制作的带钩,用于博戏时做赌注。

⑫铿钟:击钟。铿,敲击。簴(jù):支持簨的两根立柱。古代悬钟、磬、鼓的木架,其横木称簨,簨旁所立二柱称簴。

⑬搷(jiá):弹奏。梓瑟:梓木制作的瑟。

⑭镫:古代一种用青铜制的灯。错:用金涂饰。

⑮结撰:构思棋局。

⑯兰芳:比喻贤人。假:借助。

【译文】

　　男女交杂而坐,混乱不分。衣带冠帽随便陈放,原来排定的位次早已打乱。郑、卫的淫声丽曲,都夹杂着唱出。《激楚》舞姬发髻特异,奇特秀美独一无二啊。有用美玉做成的筹码,有用象牙制作的棋子,大家开始来玩"六簿"这种游戏。两两对局齐头并进,厉声催促分毫不让啊。到了要成绝杀而获倍胜之际,更急切地呼喊"五白"。晋地用犀牛角做的带钩赌具堆积在一起,旷日持久欲罢不能啊。用力敲击铿锵作响的编钟,使钟架都摇晃,再弹奏用梓木做的琴瑟。娱乐饮酒不止，没日没夜。用兰香油膏制作的灯烛映出明亮的灯光，雕刻神禽猛兽的青铜灯具错落有致。专心致志构思棋局，以芳洁兰花借喻斯人啊。人们欢乐至极，一起咏诵，相互唱和。痛饮美酒尽情欢娱，使先辈的灵魂也得到欢乐。魂魄啊，回来吧！返回您的故居。以上讲杂戏。

乱曰：献岁发春兮①，汨吾南征②。菉蘋齐叶兮③，白芷生。路贯庐江兮④，左长薄⑤。倚沼畦瀛兮⑥，遥望博⑦。青骊结驷兮⑧，齐千乘⑨。悬火延起兮⑩，玄颜蒸⑪。步及骤处兮⑫，诱骋先⑬。抑骛若通兮⑭，引车右还。与王趋梦兮⑮，课后先⑯。君王亲发兮⑰，惮青兕⑱。朱明承夜兮⑲，时不可淹。皋兰被径兮⑳，斯路渐㉑。湛湛江水兮㉒，上有枫。目极千里兮，伤春心。魂兮归来，哀江南。

【注释】

①献岁：意指新的一年又到。

②汨（yù）：水疾流貌，这里指疾行。

③菉：通"绿"。蘋：植物名。生浅水，叶有长柄，夏秋开小白花。叶：生长出叶子。

④庐江：江河名。

⑤长薄：连绵不断的丛林。

⑥沼：小池。畦：一块块的水田。瀛（yíng）：大泽。

⑦博：广阔，这里指旷野无边。

⑧骊：纯黑色的马。结驷：一车四马谓之驷，结驷即车乘相连。

⑨齐：整齐。

⑩悬火：火把。

⑪玄颜：黑里透红。蒸：火气上升。

⑫步：徒步的行猎者。及：跟上。骤：马奔驰。

⑬诱：指向导。

⑭骛：奔驰。若：顺。

⑮梦：云梦泽。

⑯课：比试。

⑰发：发射。

⑱惮(dàn)：通"殚"。尽，毙命。兕(sì)：犀牛一类的野兽。

⑲朱明：日出貌。

⑳皋兰：生长在水边的兰草。

㉑渐：慢慢地变化，这里指水边的路慢慢地被水所淹没。

㉒湛湛：江水平稳深广貌。

【译文】

乱辞称：春气勃发，一年复始，我将匆匆南下。水中绿苹叶已长齐，路旁白芷也已萌芽。南行道路直通庐江，庐江左岸树木成林，连绵似带。沿路沼泽一片一片，远远望去无边无垠。青黑色马一起驾车，千辆车子整整齐齐。火把连绵点起照明，黑中透红火气升腾。徒步行者追赶奔马，狩猎前导，驰骋先行。或徐行，或追逐，或奔驰，或逼止啊，向导们一马当先，指挥进退通畅自如啊，向右掉转车头胜利而还。跟着君王奔向云梦，大家竞驰争先恐后。君王亲自发射弓箭，青色犀牛早已毙命。红色太阳破晓而出，时间如流，不可或止。水边兰草布满路径，春水上涨淹没道路。清清深水往前流淌，江岸之上长有枫树。极目远眺，千里之外，一望无垠啊，充满春愁的心低落伤感。魂魄回来，为如今的江南故地而哀叹！

景差

景差,《汉书》的"古今人表"中作景瑳,生卒年不详,战国末期楚国人,楚襄王时做过大夫。《史记》载:"屈原既死之后,楚有宋玉、唐勒、景差之徒者,皆好辞而以赋见称,然皆祖屈原之从容辞令,终莫敢直谏。"可见景差是稍后于屈原的、与宋玉等人齐名的辞赋作家,是楚辞的作者之一。但景差的作品一般认为早已失传了,只有《大招》一篇,朱熹认定是他的作品,而更多的人认为不是他的作品。

大招

【题解】

《大招》是一篇辞赋作品,因和《招魂》有着太多的相似之处,一般被认为是模仿之作。形式上与《招魂》相似,只是去了《招魂》的首尾;手法上的铺陈描写和《招魂》相差无几,所表现的思想内容也不出《招魂》之意。

青春受谢①,白日昭只②。春气奋发,万物遽只③。冥凌浃行④,魂无逃只。魂魄归来! 无远遥只。

【注释】

①青春:春天,春天色青,故名青春。受:承接。谢:凋谢,代指冬季,一说指冬天谢去。

②只:句末语助词。

③遽(jù):迅疾,快速。一说"遽"为"竞"之意。

④冥:即玄冥,北方之神。凌:疾驰,急行。浃(jiā):通,遍。

【译文】

　　春天承续着谢去的冬天,带着太阳光明灿烂地来了。春天的气息使万物奋发向上,迅速生长。北方之神迅疾地四方周游,魂魄啊,您无处可逃。回来吧,不要到遥远的地方!

　　魂乎归来! 无东无西,无南无北只。东有大海,溺水浟浟只①。螭龙并流②,上下悠悠只③。雾雨淫淫④,白皓胶只⑤。魂乎无东! 汤谷寂寥只⑥。魂乎无南! 南有炎火千里,蝮蛇蜒只⑦。山林险隘,虎豹蜿只。鳀鳙短狐⑧,王虺骞只⑨。魂乎无南! 蜮伤躬只⑩。魂乎无西! 西方流沙,漭洋洋只⑪。豕首纵目,被发鬤只⑫。长爪踞牙⑬,诶笑狂只⑭。魂乎无西! 多害伤只。魂乎无北! 北有寒山,逴龙赪只⑮。代水不可涉⑯,深不可测只。天白颢颢⑰,寒凝凝只。魂乎无往! 盈北极只。以上言东西南北之不可往。

【注释】

①溺水:很深的水。浟浟(yóu):水流迅疾貌。

②螭(chī)龙:传说中一种没有角的龙。

③悠悠:游动、行走貌。

④淫淫:连续不断貌。

⑤皓胶：形容烟雨濛濛，天地间白茫茫一片之貌。

⑥汤（yáng）谷：即旸谷，古代传说中的日出之处。

⑦蝮（fù）蛇：大蛇。

⑧鳎（yú）：一种有花纹的鱼。鳙（yōng）：鱼名，即黑鲢，胖头鱼。短狐：古代传说中一种能含沙射人、使人发病的动物，也叫"蜮（yù）""射工"。

⑨王虺（huǐ）：大蛇。骞（qiān）：抬头，昂首。

⑩蜮：即短狐。

⑪漭（mǎng）洋洋：广阔无边貌。

⑫被：同"披"。纕（ráng）：毛发乱貌。

⑬踞牙：锋利的牙齿。踞，通"锯"。

⑭诶（xī）笑：强笑，一说"笑乐"。

⑮逴（chuō）龙：传说中的山名，是一座阴不见日的常寒之山。一说为神名，即《山海经》中所载的"烛龙"。艳（xì）：赤色。

⑯代水：古代神话传说中的江河名。

⑰颢颢（hào）：白貌。

【译文】

魂魄啊，回来吧。不要去东方，也不要去西方，不要去南方，也不要去北方。东边有大海，水深流急。还有螭龙在其中，上下浮沉于滔滔的海水。大雾阴雨，连绵不断，天地间白茫茫的一片。魂魄啊，不要去东方！日出的旸谷非常寂寥。魂魄啊，不要去南方！南方有蔓延千里的烈火，还有长长的蝮蛇逶迤而行。山林中有很多险要之地，虎豹在那里徘徊。在水中有带花纹的鱼、大头的鱼，还有能含沙射人的短狐，巨大的蛇高高扬起它的身体。魂魄啊，不要去南方！短狐会伤害您的身体。魂魄啊，不要去西方！西方有无边无际的沙漠在流动，那里的怪物长着猪脑袋，眼睛直竖，披头散发。爪子很长，牙齿像锯子，它们会狂笑不止，让人胆寒。魂魄啊，不要去西方！那里有太多害人之物！魂魄啊，不要去北方！北方有寒冷的山岭，阴不见日，了无草木，颜色为赤。伐水不能渡过，深不可测。苍天白雪，一片银光，寒气凛冽。魂魄啊，不要去那里！那里是最北的边极，冰天雪地。以上讲东西南北俱不可往。

　　魂魄归来！闲以静只。自恣荆楚，安以定只。逞志究欲，心意安只。穷身永乐，年寿延只。魂乎归来！乐不可言只。五谷六仞，设菰粱只①。鼎臑盈望②，和致芳③。内鸧鸹鹄④，味豺羹只。魂乎归来！恣所尝只。鲜蠵甘鸡⑤，和楚酪只⑥。醢豚苦狗，脍苴蒪只⑦。吴酸蒿蒌⑧，不沾薄只⑨。魂乎归来！恣所择只。炙鸹烝凫⑩，煔鹑陈只⑪。煎鳍臛雀⑫，遽爽存只⑬。魂乎归来！丽以先只⑭。四酎并熟⑮，不涩嗌只⑯。清馨冻饮，不歠役只⑰。吴醴白蘗⑱，和楚沥只⑲。魂乎归来！不遽惕只⑳。以上饮食。

【注释】

①菰（gū）：植物名，俗称茭白，可作蔬菜，果实像米，可作饭食。

②鼎臑（ér）：指用鼎煮好食物。

③和：调和，调味。致：放佐料。

④内：通"肭"，肥。鸧（cāng）：一种形似雁与鹤，青黑色的鸟。鹄：天鹅。

⑤蠵（xī）：一种大龟。

⑥酪：乳浆。

⑦脍（kuài）：细切。苴蒪（jū pò）：草名，即荷蘘。多年生草本植物，根状茎淡黄色，有辛辣味。

⑧蒿蒌（lóu）：两种草本植物的名称。

⑨沾：浓。薄：淡。

⑩鸹(guā)：鸟名，俗称乌鸦。

⑪炶(qián)：煮肉。鹑：鸟名，即鹌鹑。

⑫鰿(jì)：鲫鱼。臛(huò)：肉羹。

⑬遽：遂，于是。

⑭丽：美，这里指美味。

⑮酎(zhòu)：反复多次酿成的醇酒。

⑯嗌(yì)：咽喉。

⑰歠(chuò)：饮，喝。役：仆役。

⑱糵(niè)：做酒的曲。

⑲沥：清酒。

⑳遽惕：戒惧，一说迅疾，即很快喝醉。

【译文】

　　魂魄啊，回来吧！这里闲适又安静。在荆楚大地上自在遨游，是多么安定。可以随心所欲，心满意足。一生长乐，延年益寿。魂魄啊，回来吧！欢乐之极，妙不可言。五谷堆积如六仞之山，有菜有粮。用鼎煮好的食物，满眼皆是，由芳香的佐料调配而成。肥美的鸧、鸽、鹄，用豺肉熬的肉汤调配。魂魄啊，回来吧！随意品尝饱餐。鲜美的大龟，甘嫩的仔鸡，用楚地的乳浆调配。猪肉做成的肉酱，苦味的狗肉，和荷蘘一起脍炒。吴地的人善调酸咸，调制蒿、蒌，味道不浓也不淡。魂魄啊，回来吧！您可以随意选取。火烤的乌鸦，清蒸的野鸭，水煮的鹌鹑，都陈列上。煎鲫鱼，煮雀肉，让你口齿留香。魂魄啊，回来吧！美味请您先尝。四种酿造的美酒都熟了，喝着喉咙不会觉得干涩。清香的美酒冰镇后再喝，不是奴仆有福享用的啊。吴地的醴曲用白白的谷芽酿制，再掺入楚地的清酒一起饮用。魂魄啊，回来吧！不要担心酒会醉人。以上讲饮食。

　　代、秦、郑、卫①，鸣竽张只。伏戏《驾辩》②，楚《劳商》

只③。讴和《扬阿》④,赵箫倡只⑤。魂乎归来! 定空桑只⑥。二八接武,投诗赋只⑦。叩钟调磬,娱人乱只⑧。四上竞气⑨,极声变只。魂乎归来! 听歌撰只⑩。朱唇皓齿,嫭以姱只⑪。比德好闲⑫,习以都只⑬。丰肉微骨,调以娱只⑭。魂乎归来! 安以舒只。以上歌舞。

【注释】

①代、秦、郑、卫:皆古代国名,此处指四国音乐。

②伏戏:即伏羲,一说古曲名。《驾辩》:古曲名,传说为伏羲所制。

③《劳商》:古曲名。

④《扬阿》:古楚曲名。

⑤倡:领唱,这里指先行奏乐。

⑥定:定调。空桑:古瑟名。

⑦投:相投,投合,这里指舞蹈与所歌诗赋的节奏相合。

⑧乱:乐曲结尾时的合乐,一说乱为理之意,指有节度。

⑨四上:指上面提到的代、秦、郑、卫四国的雅乐。

⑩撰:具备。

⑪嫭(hù):美好。

⑫闲:通"娴"。文静。

⑬习:熟悉,通晓。都:优美。

⑭调:和柔。

【译文】

有代、秦、郑、卫的音乐,竽吹得很响亮。有伏羲制的《驾辩》,楚曲《劳商》。一起合唱起《扬阿》,由赵国的箫来领唱。魂魄啊,回来吧! 来定空桑瑟的调。十六位舞女分成两组,交替起舞,节拍正好合着诗赋的节律。敲钟击磬,乐曲结尾时的合奏更是让人愉悦。代、秦、郑、卫的音乐互相竞赛比美，极尽声音的变化。魂魄啊，回来吧！各种乐曲和歌曲都在这里。美女们朱唇皓齿，漂亮又美丽。才德不相上下，仪态娴静，熟悉通晓礼节，风度高雅。肌肤丰腴，骨相纤秀，性情温顺，让人赏心悦目。魂魄啊，回来吧！这里安定而又舒心。以上讲歌舞。

　　嫮目宜笑^①，蛾眉曼只。容则秀雅，稚朱颜只。魂乎归来！静以安只。姱修滂浩^②，丽以佳只。曾颊倚耳^③，曲眉规只^④。滂心绰态^⑤，姣丽施只。小腰秀颈，若鲜卑只^⑥。魂乎归来！思怨移只。易中和心^⑦，以动作只。粉白黛黑，施芳泽只。长袂拂面，善留客只。魂乎归来！以娱昔只^⑧。青色直眉，美目媔只^⑨。靥辅奇牙^⑩，宜笑嘕只^⑪。丰肉微骨，体便娟只^⑫。魂乎归来！恣所便只。以上美色。

【注释】

①嫮（hù）：同"嫭"。美好，这里形容眼睛。

②姱（kuā）修：美好。滂浩：广大貌。

③曾：通"层"。倚耳：耳朵和面颊相连。

④规：圆形。

⑤滂心：心胸阔大。绰态：姿态柔美。

⑥鲜卑：衣带，衣带钩。

⑦易：和悦，安稳。

⑧昔：晚上。

⑨媔（mián）：眼睛美丽。

⑩靥（yè）辅：面颊上的酒窝。

⑪嘕（xiān）：笑的样子。

⑫便娟：轻盈美好貌。

【译文】

美人儿长着一双美丽的眼睛,笑靥迷人,蛾眉又细又长。容貌秀丽清雅,肌肤稚嫩,面容红润。魂魄啊,回来吧! 美女可让你静养精神。她们身材秀美高挑,性情柔顺,是天生的佳丽。面颊丰满,两耳精巧,弯弯的眉毛像圆规画成。心胸阔大风姿绰约,举止姣好美丽。细腰美颈,就像是衣带约束而成一样。魂魄啊,回来吧! 美女可以让您忘掉那些忧愁、怨恨。这些美人儿能用她们的歌舞、优美的动作和悦您的内心,使您心气平和。她们玉面施粉,蛾眉擦黛,经过一番修饰打扮,更加芳香迷人。她们用长袖拂拭人面,善于用自己的略带羞涩的柔情挽留客人。魂魄啊,回来吧! 可以和她们欢度夜晚。美女们青色的眉毛细直,美丽的眼睛光彩动人。脸上一对深深的酒窝,牙齿长得奇特又漂亮,嫣然之笑妩媚动人。身形丰满,骨架小巧,体态轻盈美妙。魂魄啊,回来吧! 您可以随心所欲。以上讲美色。

夏屋广大①,沙堂秀只②。南房小坛③,观绝霤只④。曲屋步櫩⑤,宜扰畜只⑥。腾驾步游,猎春囿只⑦。琼毂错衡⑧,英华假只⑨。茝兰桂树⑩,郁弥路只⑪。魂乎归来! 恣志虑只。孔雀盈园,畜鸾皇只⑫。鵾鸿群晨⑬,杂鹙鸧只⑭。鸿鹄代游,曼鹔鹔只⑮。魂乎归来! 凤皇翔只。以上园囿禽兽。

【注释】

①夏屋:高大的屋子。

②沙堂:用丹砂涂饰的厅堂。沙,指丹砂。

③南房:向南的偏房。坛:通"堂"。

④观:楼观。绝:超越。霤(liù):屋檐滴水之处。

⑤步櫩:走廊。

⑥扰：驯养。畜：家养之兽。

⑦囿（yòu）：畜养禽兽的园林，有围墙。

⑧琼：美玉。毂（gǔ）：车轮中心的圆木，周围与车辐的一端相接，中有圆孔，可以插轴。错：用金银装饰。

⑨假：嘉，美，一说"大"。

⑩茝（zhǐ）：香草名，即"芷"。

⑪郁：树木丛生，茂盛。

⑫鸾：古代传说中的一种神鸟。皇：通"凰"。古代传说中的鸟王。

⑬鹍（kūn）：鹍鸡。群晨：清晨时一起飞翔鸣叫。

⑭鹙鸧（qiū cāng）：鸟名，即秃鹙。

⑮鹔鹴（sù shuāng）：水鸟名，是雁的一种。

【译文】

这里的房子又高又大，用丹砂涂饰的厅堂显得非常秀丽。朝南的偏房，旁边的小堂和楼观也超过了正屋的屋檐。楼房之间架空的阁道和下面的走廊曲折相连，适宜饲养马匹。驾车奔驰，行游打猎，春天的园囿便是猎场。美玉装饰的车轮，金银装饰的车衡，就像花儿开放美丽异常。白芷、兰草和桂树，布满了道路两旁。魂魄啊，回来吧！您想怎么玩就怎么玩。孔雀满园，还养着鸾鸟和凤凰。早晨鹍鸡和大雁成群和鸣，其中还夹杂着秃鹙的啼声。天鹅在湖中往来游动，鹔鹴在那里盘旋低翔。魂魄啊，回来吧！神鸟凤凰在飞翔啊。以上叙述园囿和禽兽。

曼泽怡面①，血气盛只。永宜厥身，保寿命只。室家盈庭，爵禄盛只。魂乎归来！居室定只。接径千里，出若云只。三圭重侯②，听类神只。察笃夭隐③，孤寡存只④。魂乎归来！正始昆只⑤。以上家庭福禄。

【注释】

①曼泽怡面：脸色滋润，光泽细腻，形容保养很好。

②三圭：指公、侯、伯，古制公执桓圭，侯执信圭，伯执躬圭。重侯：
　陪臣，指子、男爵。

③笃：厚，优待。夭：儿童。隐：痛苦，这里指病人。

④存：抚慰。

⑤始昆：先后。

【译文】

　　脸色滋润，光泽细腻，血气旺盛。这里永远适合您的身心，可以保
您益寿延年。家族成员布满朝廷，封爵福禄兴盛。魂魄啊，回来吧！安
定地住在家里。楚国的道路千里相连，地域广大，楚国的人口众多，出
门护卫侍从聚集如云啊。朝廷大员、君臣股肱，听审狱讼，明察秋毫，有
如神明啊。能看到并且优待儿童和病人，能抚慰孤儿和寡妇。魂魄啊，
回来吧！来确定施行仁政时次序的先后啊。以上叙述家庭成员与福禄。

　　田邑千畛①，人阜昌只②。美冒众流③，德泽章只④。先
威后文，善美明只。魂乎来归！赏罚当只。名声若日，照四
海只。德誉配天⑤，万民理只。北至幽陵⑥，南交趾只。西薄
羊肠⑦，东穷海只。魂乎归来！尚贤士只。发政献行⑧，禁苛
暴只。举杰压陛⑨，诛讥罢只⑩。直赢在位⑪，近禹麾只⑫。
豪杰执政，流泽施只。魂乎来归！国家为只。雄雄赫赫，天
德明只。三公穆穆，登降堂只。诸侯毕极⑬，立九卿只。昭
质既设⑭，大侯张只⑮。执弓挟矢，揖辞让只⑯。魂乎来归！
尚三王只⑰。以上德政威名。

【注释】

①畛（zhěn）：田中道路。

②阜昌：炽盛，昌盛。

③美：指美好的教化。冒：覆，遍及。

④章：通"彰"。

⑤配：相匹配，比得上。

⑥幽陵：古代地名，今河北北部与辽宁南部一带。

⑦羊肠：山名，在今山西静乐境内。

⑧发政：发布政令。献行：进用仁义之行。

⑨压：镇守，立于。陛：宫殿、祭坛的台阶。

⑩讥：受人讥刺指责。罢：能力有限，不堪大任的庸人。

⑪直赢：指行为端直而有才能的人。

⑫禹麾：君王车旗名，代指君王。

⑬极：至。

⑭质：射箭的地方。

⑮侯：布做的箭靶。

⑯揖（yī）：拱手行礼。

⑰三王：指夏禹、商汤、周文王。

【译文】

　　楚国的田地广阔，阡陌相通，人丁兴旺。美好的教化遍及大众，君王的德泽广扬四海。先用严政，后施仁政，政治清明，善美无比。魂魄啊，回来吧！这里赏罚分明。楚王的威名美声就像太阳，光辉照耀四方。仁德和声誉足以和天帝相媲美，楚国万民都得到了治理。北到边远的幽州，南抵极远的交趾。西近羊肠山，东尽大海滨。魂魄啊，回来吧！这里崇尚尊重贤能之士。楚王已发布政令，起用仁义之行，禁绝苛刻的法律和暴虐人民。用杰出的人才坐镇朝廷，无能不称职的人将被大家讥诮而罢免。行为端直、贤能之士都官居高位，辅佐君王，豪杰们执政掌权,君王的恩泽会流布天下。魂魄啊,回来吧! 为国效力将大有可为。楚国君王威名赫赫,德配天地。三公严肃静穆,和睦相处,共同出入辅佐朝政。诸侯们都来朝贡,于是九卿也都设立。射箭的场地已经画好,大大的靶子已经竖起。大家拿起大弓和箭矢,互相谦让。魂魄啊,回来吧! 大家都崇尚古代三王的风范。以上叙述的是楚国君主的德政威名。

贾谊

贾谊简介参见卷一。

吊屈原赋

【题解】

贾谊因力倡改革,遭权贵排挤,被谪往长沙。本文是他赴长沙途中经过湘水时所作,借凭吊古人来抒发个人的感慨。抑郁不平之气,溢于言表,名为悼往,实乃伤今。

　　恭承嘉惠兮①,俟罪长沙②。侧闻屈原兮,自沉汨罗。造托湘流兮,敬吊先生。遭世罔极兮③,乃陨厥身④。呜呼哀哉! 逢时不祥。鸾凤伏窜兮,鸱鸮翱翔⑤。阘茸尊显兮⑥,谗谀得志;贤圣逆曳兮⑦,方正倒植⑧。世谓随、夷溷兮⑨,谓跖、𫏋廉⑩;莫邪为钝兮⑪,铅刀为铦⑫。吁嗟默默,生之无故;斡弃周鼎兮⑬,宝康瓠⑭。腾驾罢牛兮⑮,骖蹇驴⑯;骥垂两耳兮⑰,服盐车⑱。章甫荐屦兮⑲,渐不可久。嗟苦先生兮,独离此咎!

【注释】

①恭承：恭敬地接受。嘉惠：指皇帝的命令。犹言"圣旨"。

②俟罪长沙：指贾谊不容于周勃、灌婴等勋旧大臣，被贬为长沙王太傅事。俟，等待。

③罔极：不正，不合中正之道。

④陨：通"殒"。死亡。厥身：其身，指屈原的生命。

⑤鸱枭（chī xiāo）：猫头鹰。古人认为是不祥之鸟，喻指恶人。

⑥阘（tà）茸：喻指小人。阘，小门。茸，小草。

⑦逆曳：倒拖着走，即不能顺正道而行。

⑧倒植：同"倒置"。

⑨随：卞随。夏末商初人。相传商汤打算传天下于他，他不受，投水而死。夷：伯夷。商末孤竹国君长子，与弟叔齐互让君位而出逃，后又谏阻周武王伐商，不听，愤不食周粟，饿死首阳山。二人被古人视为贤士的典范。溷（hùn）：糊涂。

⑩跖：春秋时鲁人。蹻：庄蹻，战国时楚人。二人都曾领导反对统治者的运动，被诬称为盗。

⑪莫邪（yé）：古代传说中最锋利的宝剑。

⑫铦（xiān）：锋利。

⑬斡（wò）弃：抛弃。

⑭康瓠（hú）：空壶，破瓦器。

⑮罢（pí）：同"疲"。

⑯骖（cān）：车前三或四匹驾马中辕马边上的马。这里用作动词，即驾车之意。蹇（jiǎn）：跛足。

⑰骥：良马。

⑱服：拉车。

⑲章甫：商代的一种礼帽。荐屦（jù）：用作鞋垫。屦，鞋子。

【译文】

我恭敬地接受圣旨,待罪长沙。我曾听说过屈原投汨罗江而死的悲惨故事。于是来到湘江之滨,恭敬地悼念屈原。屈原生逢乱世,因而丧失了生命。呜呼哀哉,他生活的时代是多么不祥。鸾凤般的君子隐藏、躲避,猫头鹰样的坏人却得意高升。没有才能的人反而显贵,专讲别人坏话、奉承上司的人往往得以满足;圣贤处于逆境,君子、小人的地位颠倒。世上都说卞随、伯夷这样的君子糊涂,而说盗跖、庄蹻之类的强盗清白;说莫邪剑太钝,却说铅刀锋利。不得志啊!先生(屈原)无缘无故地遭此大祸啊!扔掉宝贵的周鼎,却把空壶当宝贝。用老牛、瘸驴拉战车,千里马却只能垂着耳朵拉盐车。华丽的帽子当做鞋垫,这样的事情发展下去国运不能长久。可叹屈原,偏偏遭受这种大难!

讯曰:已矣!国其莫我知兮,独壹郁其谁语①?凤漂漂其高逝兮②,固自引而远去。袭九渊之神龙兮③,沕深潜以自珍④;偭蟂獭以隐处兮⑤,夫岂从虾与蛭螾⑥?所贵圣人之神德兮,远浊世而自藏;使骐骥可得系而羁兮,岂云异夫犬羊?般纷纷其离此尤兮⑦,亦夫子之辜也⑧。瞝九州而相君兮⑨,何必怀此都也?凤凰翔于千仞兮,览德辉而下之;见细德之险征兮⑩,遥增击而去之。彼寻常之污渎兮⑪,岂能容夫吞舟之鱼?横江湖之鱣鲸兮⑫,固将制于蚁蝼。

【注释】

①壹郁:同"抑郁"。

②漂漂:同"飘飘"。高飞的样子。逝:往。

③袭:因袭,效法。

④沕(mì):潜藏。

⑤偭（miǎn）：避开。蟂（xiāo）：一种像鳄鱼一样的水中动物。獭（tǎ）：水獭。

⑥蛭（zhì）：水蛭。螾（yǐn）：蚯蚓。

⑦般纷纷：长期乱纷纷。般，久。尤：祸患。

⑧辜：它本亦作"故"。

⑨瞝（chī）：遍看，环视。它本作"历"。九州：据《尚书·禹贡》，九州指冀州、兖州、青州、徐州、扬州、荆州、豫州、梁州和雍州。

⑩细：小。险征：危险的征兆。

⑪寻常：长度单位。八尺为寻，倍寻为常。污渎：死水沟。

⑫鱣（zhān）：鲤。指大鱼。

【译文】

尾声：算了吧，举国上下没人能理解我，我独自抑郁，能和谁去说？凤凰飘然而去，远走高飞，我也要远远地离开。学那深潭里的神龙，深潜入水来保护自己；躲开像鳄鱼、水獭之类的小人而隐蔽，难道会去追随蚂蚁、水蛭吗？崇尚的是圣贤的精神，远离污浊的社会以隐藏自己。假如千里马也能捆绑，那和狗、羊有什么不同！流连在这纷扰的世间而遭受诽谤，这也是屈原自身的缘故。游遍天下，选择明君而辅佐，何必留恋这个国都？凤凰翱翔于九天之上，看见君主道德的光辉就降落下来。要是看见无德的君主，又有灾祸的征兆，就会直上云霄，远远地飞走。那短短的死水沟，怎能容得下吞舟的大鱼？纵横江湖的大鱼一旦离开了水，落入水沟就会被蝼蛄、蚂蚁伤害。

汉武帝

汉武帝简介参见卷十。

悼李夫人赋

【题解】

　　李夫人是乐师李延年之妹,凭美丽的容貌和能歌善舞得汉武帝宠幸,但不幸早逝。汉武帝对李夫人生前宠爱有加,情深意笃。李夫人死后,武帝思念不已,为寄托哀思,自制诗歌,命乐官配曲广为传唱,并且写下了这篇凄婉动人的《悼李夫人赋》。

　　美连娟以修嫮兮①,命樔绝而不长②。饰新宫以延伫兮③,泯不归乎故乡④。惨郁郁其芜秽兮,隐处幽而怀伤。释舆马于山椒兮,奄修夜之不阳。秋气憯以凄泪兮⑤,桂枝落而销亡。神茕茕以遥思兮⑥,精浮游而出疆。托沉阴以圹久兮⑦,惜蕃华之未央。念穷极之不还兮,惟幼眇之相羊⑧。函荾荴以俟风兮⑨,芳杂袭以弥章⑩。的容与以猗靡兮⑪,缥飘姚乎愈庄⑫。燕淫衍而抚楹兮⑬,连流视而娥扬⑭。既激感而心逐兮,包红颜而弗明^⑮。骓接狎以离别兮^⑯，宵寤梦之芒芒^⑰。忽迁化而不反兮，魄放逸以飞扬。何灵魄之纷纷兮，哀裵回以踌躇^⑱。执路日以远兮，遂荒忽而辞去。超兮西征^⑲，屑兮不见^⑳。浸淫敝克^㉑，寂兮无音。思若流波，怛兮在心^㉒。

【注释】

①连娟：形容体态柔弱优美的样子。修嫭(hù)：高挑美丽。

②檄(jiǎo)：截断，中道夭亡。

③延伫：久立等待。

④泯：消失，无影无踪。

⑤憯：同"惨"。悲痛。凄泪：寒凉。

⑥茕茕(qióng)：形容孤孤单单、无依无靠。

⑦沉阴：言夫人处居地下，阴间。旷：同"旷"。持久。

⑧惟：思念。幼眇：窈窕。相羊：徘徊。

⑨荽(suī)荴(fū)：言夫人美貌如含苞待放。荽，花穗。荴，散发，舒放。

⑩杂袭：层层重叠，言其盛。

⑪的：的确，确实。容与：安逸自得的样子。猗(yī)靡：婉顺。

⑫飘姚：即"飘摇"。庄：端庄，庄重。

⑬燕淫衍而抚楹兮：追忆李夫人生前燕饮时的容止。燕，通"宴"。淫衍，本指行为淫佚，此处似用为褒义，形容体态轻盈美丽。楹，房中的柱子。

⑭娥扬：扬起蛾眉。

⑮包红颜：言李夫人已葬入墓中，不能再见。

⑯骓：同"欢"。

⑰芒芒：同"茫茫"。看不清楚的样子。

⑱裵回：同"徘徊"。

⑲超：遥远。

⑳屑：疾速，快速的样子。

㉑浸淫：逐渐地。敞芫（huǎng）：模糊不清，不真切的样子。芫，同"恍"。

㉒怛（dá）：痛苦，忧伤。

【译文】

　　身材修长亭亭玉立啊，谁知中道天亡命不长。我筑起了等待你灵魂的殿堂啊，你却无影无踪不回故乡！到处是一片愁惨荒芜的景象，我独自一人在这幽静的地方充满忧伤。放开我的车马由它去到高高的山上，长夜漫漫天总是不亮。秋天的气候也助人悲伤啊，桂花树的枝叶在秋风中纷纷飘落。孤独的灵魂在悠悠长想啊，连同我的精神也离开了身躯不知去往何方。你现在托身在阴间太久太久，痛惜你美好的年华早早逝去。我无限思念你啊你却永不回还，你美丽的身影不知在何处徘徊。在世时你美丽的容貌在春风里如含苞待放，那重重的芬芳沁人心脾。你安详而又柔顺，虽在风中飘摇但又是那样的端庄。宴席间你面若桃花倚柱而立，深情的眼神儿频频回视秀眉飞扬。我感情激荡一心把你寻访，但只见一堆黄土把你深深埋藏。欢情戏耍时忽然别离啊，大梦醒来却不见你的踪影。霎时间你腾空而去啊，魂魄飞散不见踪影。我的精神恍惚，忧郁地徘徊不定。你我的距离一天比一天遥远，你终于无奈地永远离开我的身旁。你远远地奔向西方，很快就无影无踪。你的形象渐渐模糊，到处沉寂杳无音信。我思念之情如滚滚波涛啊，内心里是无尽的悲伤。

　　乱曰：佳侠函光①，陨朱荣兮②。嫉妒阘茸③，将安程兮④！方时隆盛，年夭伤兮。弟子增欷⑤，洿沐怅兮⑥。悲愁于邑，喧不可止兮。向不虚应⑦，亦云已兮。嫶妍太息⑧，叹稚子兮。恻慄不言⑨，倚所恃兮。仁者不誓，岂约亲兮？既往不来，申以信兮。去彼昭昭，就冥冥兮。既下新宫，不复故庭兮⑩。呜呼哀哉，想魂灵兮！

【注释】

①佳侠：犹言"佳丽"。

②朱荣：红花。

③阘（tà）茸：品行低贱之人。

④程：程式，相比。

⑤弟子：李夫人的兄弟和儿子。

⑥涴沫（wū huì）：言泪流太多，积在面下，以泪洗面。

⑦向：通"响"。回声，回音。

⑧嫶妍：因忧愁而面部消瘦。

⑨恻（liú）慄：悲怆。

⑩故庭：旧日所住的宫殿。

【译文】

尾声：你的娇美如明媚的春光，却早早枯萎不见红花开放。那些心怀嫉妒的小人，又怎么能和你相比。正当如花的美好季节，你却过早地夭亡。你的兄弟和儿男极度悲伤，禁不住泪如雨下。满城一片哭声，人们无法克制悲痛。以往一有声音你必然有回音，如今他们的痛哭却唤不回你还阳。过分的悲愁使人消瘦，又长长叹息你丢下的幼儿实在凄惶。你哀怆不已，心中必有所希冀。仁者不必发誓，难道亲戚之间还需要誓言？你既然已经走了永不见回，对你的灵魂也只有再次重申我的信念。对你的深情我至死不忘。你离开这光明的世界，去往那不见阳光的地方。你去那新建的楼台，不再回生前所居住的殿堂。实在令人悲痛伤心，我多想和你的魂魄相聚一晌！

司马相如

司马相如简介参见卷十。

哀二世赋

【题解】

这是一篇即兴小赋。司马相如随武帝游猎于长杨宫,返回时路过秦二世墓地,心有所动,遂写此赋献给武帝。赋作篇幅很短,含义却很丰富,在指责二世的信谗不悟、亡国失势中暗寓对武帝的颂扬和警诫。

登陂陀之长阪兮①,坌入曾宫之嵯峨②。临曲江之隑州兮③,望南山之参差。岩岩深山之谾谾兮④,通谷𧯆乎谽谺⑤。汩淢噏习以永逝兮⑥,注平皋之广衍⑦。观众树之蓊薆兮⑧,览竹林之榛榛⑨。东驰土山兮,北揭石濑⑩。弭节容与兮⑪,历吊二世。

【注释】

①陂陀(pō tuó):倾斜不平的样子。阪(bǎn):山坡。

②垄(bèn)：一起，并。嵯峨：高峻的样子。

③曲江：曲江池，为天然沼池。以池水曲折得名，故址在今西安东南。隑(qí)州：曲折的堤岸。州，同"洲"。水中陆地。

④岩岩：高峻的样子。谾谾(hōng)：山深的样子。

⑤谽谺(hān xiā)：山谷空洞貌。

⑥汩淢(yù)：水流得快的样子。噏(xī)：舒缓的样子。

⑦平皋：平原沼泽。广衍：低而平坦之地。

⑧蓊薆(wěng ài)：草木繁盛的样子。

⑨榛榛(zhēn)：草木丛杂的样子。

⑩揭(qì)：提衣渡河。濑：从沙石上流过的急水。

⑪弭(mǐ)节：按节缓行。弭，停止。容与：迟缓不前的样子。

【译文】

登上起伏不平的长坡啊，一起进入那重重巍峨的宫殿。靠近曲江那曲折蜿蜒的堤岸小洲啊，遥望南山的参差重岩。山势险峻而幽远啊，幽谷深深遍布山峦。溪水汩汩远逝时急时缓啊，注入宽阔平坦的沼泽平原。欣赏那树木的郁郁葱葱啊，游览那竹林的草木纷繁。驱马急驰上那东边的土山啊，撩衣跃过石上的急流走向那北面。暂且留步而踯躅迟缓啊，途经二世的陵墓把他悼念。

　　持身不谨兮，亡国失势；信谗不寤兮，宗庙灭绝。呜呼哀哉！操行之不得兮，墓芜秽而不修兮①，魂亡归而不食。夐邈绝而不齐兮②，弥久远而愈休。精罔阆而飞扬兮③，拾九天而永逝④。呜呼哀哉。

【注释】

①芜秽：荒废而多杂草。修：整治。

②夐（xiòng）：远，辽远。

③精：神怪，精灵。罔阆（wǎng liǎng）：同"魍魉"。传说中的精怪名。

④拾：通"涉"。涉历。九天：天空，以九言其高。

【译文】

只因他持身不谨慎啊，才落得国亡权丧丢了皇冠；听信谗言而不醒悟啊，宗庙灭绝社稷路断。唉，可悲啊可悲！他品行不端失去人心啊，坟墓荒芜而无人照看，魂魄飘渺无归而得不到祭奠。绝远而没有定限啊，愈久愈远而愈加昏暗。神怪精灵凌空飞扬啊，涉历九天而一去不返。唉，可悲啊可悲！

匡衡

匡衡简介参见卷十二。

祷高祖孝文孝武庙文

【题解】

汉元帝后期时常有病,匡衡撰此文,祷告于汉高祖、汉文帝、汉武帝宗庙,希望得到先帝在天之灵的护佑,让元帝身体早日恢复健康,永保社稷江山,永远祭祀宗庙。

嗣曾孙皇帝恭承洪业①,夙夜不敢康宁,思育休烈,以章祖宗之盛功。故动作接神,必因古圣之经。往者有司以为前因所幸而立庙,将以系海内之心,非为尊祖严亲也。今赖宗庙之灵,六合之内莫不附亲②。庙宜一居京师,天子亲奉,郡国庙可止毋修。皇帝祗肃旧礼③,尊重神明,即告于祖宗而不敢失。今皇上有疾不豫④,乃梦祖宗见戒以庙,楚王梦亦有其序。皇帝悼惧,即诏臣衡复修立。谨案:上世帝王承祖祢之大义⑤,皆不敢不自亲。郡国吏卑贱⑥,不可使独承。又祭祀之义以民为本。间者岁数不登,百姓困乏,郡国庙无以修立。《礼》"凶年则岁事不举",以祖祢之意为不乐,是以不敢复。如诚非礼义之中,违祖宗之心,咎尽在臣衡,当受其殃,大被其疾,队在沟渎之中⑦。皇帝至孝肃慎,宜蒙祐福。唯高皇帝、孝文皇帝、孝武皇帝省察,右飨皇帝之孝,开赐皇帝眉寿亡疆⑧,令所疾日瘳⑨,平复反常⑩,永保宗庙,天下幸甚!

【注释】

①曾孙皇帝:指汉元帝。

②六合:天地四方。

③祗(zhī):恭敬地。肃:恭敬。

④不豫:古代皇帝有病称不豫。

⑤祢(nǐ):古代对已死去的父亲在宗庙中立牌位之后的称呼。

⑥郡国:汉代行政区划。秦统一六国,分全国为三十六郡,下设县,确立郡县制度。汉代又分国内为郡与国,郡由朝廷直辖,国以封同姓及异姓诸侯,下设县、乡。

⑦队:同"坠"。

⑧眉寿:颂祝语,长寿之意。亡:无。疆:边界,极限。

⑨瘳(chōu):病好了。

⑩反:同"返"。此指身体康复。

【译文】

后嗣曾孙皇帝自继承先帝遗留的洪大基业以来,日日夜夜不敢享受平安之福,而是感念先辈的养育之恩,思索大汉盛美的事业,来显示列祖列宗建国立家的功勋。所以依据上古圣贤的规范用自己的一举一动来迎接神灵。以前,负责皇家宗庙的官员们认为,往常皇帝巡行狩猎到各地修立宗庙,为的是收服天下众人之心,并不是尊崇祖先。现在依赖宗庙先皇帝的在天之灵,普天之下没有一个不归服亲近的。但天子宗庙只应有一座,适宜在京都修建,让天子亲自奉祀,郡国内建立的宗庙可以停修。皇上恭奉流传下来的礼制,尊重神明,随时向祖宗祈祷而不敢有失礼的举动。现在皇上生病,梦中有祖宗在宗庙显示告诫的征兆,楚王也做梦梦见祖宗告诫。皇上既感到哀伤又惊恐不安,立即命令臣下匡衡重新修复宗庙。臣下匡衡谨按:古代帝王继承祖宗大义大礼,都是不敢不亲自祭奉祖先。而郡国官吏卑下低贱,不可使之独自承担。祭祀的意义,最终是要把百姓作为根本。这几年来,农业连年歉收,百姓困苦贫穷,郡国没有力量修建宗庙。《仪礼》讲:"饥馑荒年不举办大事",为了不违背祖宗的心愿,惹得祖灵不欢悦,所以在郡国不再修立宗庙。如果说这个决定不合乎礼仪,违背祖宗意愿,那就把所有罪过落在臣匡衡一人身上,让匡衡独自承受上天怪罪下来的祸殃,承受大灾大疾,甚至坠落到污泥沟水中也心甘情愿。如今的皇上非常有孝道,而且恭敬谨慎,应该受到祖宗神灵的保佑和祝福。诚恳地请求高皇帝、孝文皇帝、孝武皇帝在天之灵明察,接受当今皇上至诚至孝的祭祀,望祖宗开恩赐给皇上高寿洪福,让皇上的疾病得以有效治疗,早日康复,永远保护宗庙,这样天下万幸!

告谢毁庙文

【题解】

　　这是一篇按照封建正统思想提出对皇家宗庙进行整饬的祭告文。根据《汉书·贡禹传》和《韦玄成传》记载,大臣贡禹首制汉宗室宗庙迭毁之礼。后韦玄成等复议其事,认为宗庙宜在京师,在郡国的宗庙不合《春秋》大义。元帝采纳这个建议,于永光五年(前39)毁元帝祖、父寝庙陵园,罢郡国所立高祖、文帝、武帝庙陵。匡衡在本文中强调元帝当祭祀最亲近的五庙,而把疏远的远祖宗庙加以毁除,以顺应天命,下达民情,竭尽孝道。

往者大臣以为,在昔帝王承祖宗之休典①,取象于天地②,天序五行③,人亲五属④。天子奉天,故率其意而尊其制。是以禘尝之序⑤,靡有过五。受命之君躬接于天,万世不堕。继烈以下,五庙而迁⑥。上陈太祖,间岁而祫⑦,其道应天,故福禄永终。太上皇非受命而属尽⑧,义则当迁。又以为孝莫大于严父,故父之所尊子不敢不承,父之所异子不敢同。礼,公子不得为母信,为后则于子祭,于孙止,尊祖严父之义也。寝日四上食⑨,园庙间祀,皆可亡修。皇帝思慕悼惧,未敢尽从。惟念高皇帝圣德茂盛,受命溥将⑩,钦若稽古,承顺天心,子孙本支,陈锡无疆。诚以为迁庙合祭,久长之策,高皇帝之意,乃敢不听? 即以今日迁太上、孝惠庙,孝文太后、孝昭太后寝,将以昭祖宗之德,顺天人之序,定亡穷之业。今皇帝未受兹福,乃有不能共职之疾。皇帝愿复修立承祀,臣衡等咸以为礼不得。如不合高皇帝、孝惠皇帝、孝文皇帝、孝武皇帝、孝昭皇帝、孝宣皇帝、太上皇、孝文太后、孝昭太后之意,罪尽在臣衡等,当受其咎。今皇帝尚未平,诏中朝臣具复毁庙之文⑪。臣衡、中朝臣咸复以为天子之祀义有所断⑫,礼有所承,违统背制,不可以奉先祖,皇天不祐,鬼神不飨。六艺所载皆言不当⑬,无所依缘以作其文。事如失指,罪乃在臣衡,当深受其殃。皇帝宜厚蒙祉福,嘉气日兴,疾病平复,永保宗庙,与天亡极,群生百神,有所归息。

【注释】

①休:完美的。

②取象：获取……现象，即指观察事物。

③天序：指帝王的世系。五行：指五种行为。《礼记·乡饮酒义》："贵贱明，隆杀辨，和乐而不流，弟长而无遗，安燕而不乱，此五行者，足以正身安国矣。"

④五属：同族中的最近亲属，即五服内的亲属，五服即斩衰、齐衰、大功、小功、缌麻，是旧时丧服制度。

⑤禘（dì）：天子诸侯宗庙的大祭。尝：秋天祭祀称为"尝"，这里泛指祭祀。

⑥五庙：古代诸侯有五庙，即二昭二穆和太祖庙。又古代宗法制度，宗庙或墓地的辈次排列，以始祖居中，二世、四世、六世位于始祖左方，称昭；三世、五世、七世位于始祖右方，称穆。用来分别家族内部的长幼亲疏和远近。

⑦祫（xiá）：祭祀名。集合远近祖先神主于太庙合祭。原在天子诸侯丧事完毕时举行，通常三年举行一次。

⑧太上皇：皇帝的父亲，这里指汉高祖刘邦的父亲。元帝时大臣们奏议说，祖庙世世不毁，继祖以下五庙而交替迁除。时太上皇、孝惠帝庙都已疏远，应当毁。

⑨寝：古代帝王宗庙的后殿，是放置祖先衣冠的地方。

⑩溥：广大。

⑪中朝：汉代朝官有中朝、外朝之分。

⑫断：禁绝，戒除。

⑬六艺：指《易》《诗》《书》《礼》《春秋》及《乐》。《乐》在秦亡，汉补《论语》。

【译文】

过去朝臣们认为，昔日帝王们继承祖先流传下来的完美法典，研究天下万事万物：帝王世系、五种德行、宗族关系。天子承应天命而继位，所以要服从上天的意愿，遵循遗留的制度。因此，天子在宗庙进行的大型祭祀活动，没有超过五年的。受天命而立的君王，亲自接受上天之命，万世不绝。先帝开创大业之后，有了二昭二穆和太祖庙后就要变易。最上陈设太祖灵位，每三年祭祀一次，他们的做法顺应天意，所以永远享受上天降予的大福大禄。太上皇本非受命于天而且亲奉已尽，他的庙理当迁除。大臣们又议论说尽孝道莫过于尊敬父辈，所以父亲所敬从的，做儿子的不敢不敬从，对父亲所反对的，做儿子的不敢赞同。按照礼制：为人子的不能够替母亲做祭祀，作为后代只有儿子祭祀母亲，到孙子辈则停止，为的是要遵守尊重祖辈父辈的礼仪规范。对祖宗的祭礼，在后殿上要一日四次奉上食物，对陵园庙的祭礼间隔一段时间再举行，可以不再重修。但皇上思念祖先，心中悲伤担心，所以未敢全部听从群臣建议。思念先皇帝高祖圣明大德，承接天命，恭敬地依据古礼，顺应天意，所以我朝子孙和族人永远得到上天的福佑。因此，我确实认为迁移宗庙进行合祭，才是长久之策，先皇帝高祖的旨意，哪一个敢不遵从呢？应当下诏令择吉日迁移太上皇、孝惠帝庙，迁移孝文太后、孝昭太后的寝园，来发扬祖宗圣德，顺应天人次序，巩固大汉朝无穷基业。现在皇上没有得到祖宗的保佑，患了疾病以致不能理朝政。皇上希望复修宗庙承接祭祀之礼，臣匡衡等都认为这个礼数不能遵从。如果不符合高祖皇帝、孝惠皇帝、孝文皇帝、孝武皇帝、孝昭皇帝、孝宣皇帝、太上皇、孝文太后、孝昭太后的心意，那把全部罪过归在臣匡衡等身上，愿意承受祖宗的惩罚。现在皇上的疾病没有痊愈，诏令中朝大臣完整地陈述毁庙祭文。臣匡衡及中朝大臣都认为，天子的祭祀应当有所限制，传统的礼制应当传承，违背了祖宗遗留下来的纲常制度，就没有办法祀奉祖先，那样上天就不会保佑我们，鬼神也不会犒赏我们。六经的大义都记载说祭祀所有列祖列宗不合礼数，即使想做也没有依据。如果做事不周，那将罪责全部降在匡衡身上，让我匡衡独承大灾大难。祈愿皇帝承受大福大贵，嘉瑞之气日益兴起，疾病得以治疗，永保江山社稷天长地久，普天之下的百姓臣民有所归附，全部神灵有所栖息。

张衡

张衡简介参见卷四。

大司农鲍德诔

【题解】

本文以流畅的文笔,追述并颂扬了鲍德一生的功业、德行及其显赫的家世,并对国家失去这样一位德才俱高的股肱之才深表哀痛。

昔君烈祖[1],丕显奕世[2]。敬叔生牙[3],姜、管交赖[4]。至于中叶,种德以迈[5]。种德伊何?去虚适参[6]。建旄屯留[7],其茂如林。降及我君,总角有声[8]。遗蒙万谷[9],宠禄斯丁[10]。守约勤学,克劳其形。濬哲之资[11],日就月成。业业学徒[12],童蒙求我。舍厥往著,去风即雅。济济京河[13],实为西鲁。昔我南都[14],惟帝旧乡。同于郡国,殊于表章。命亲如公,弁冕鸣璜[15]。若惟允之,实耀其光。导以仁惠,教以义方[16]。习射矍相[17],飨老虞庠[18]。羌髳作虐[19],艰我西邻。君斯整旅,耀武月频[20]。蠢蠢戎虏[21],是慑是震。知德者鲜,惟君克举。既厌帝心㉒,将处台辅㉓。命有不永,时不我与。天实为之,孰其能御。股肱或毁㉔,何痛如之! 国丧遗爱㉕,如何无思。

【注释】

①烈祖:对祖先的敬称。烈,功业显赫。

②奕世:累世,一代接一代。

③敬叔:鲍叔牙之父周敬叔。牙:鲍叔牙,春秋时齐大夫。

④姜:齐国姓氏。管:管仲。

⑤种德:布行德惠。

⑥虚、参:星宿名,虚是齐地的分野,参是魏地的分野。鲍德的曾祖父宣原,渤海高城人,哀帝时为司隶校尉,因摧辱丞相孔光,得罪,徙于上党。文意大概是指此事。

⑦旄:古代用牦牛尾做竿饰的旗子。屯留:县名,今属山西。

⑧总角:古代男女未成年前,束发为两结,形状如角,故称总角。

⑨谷:善。

⑩丁:当,犹相值。

⑪濬哲:深邃的智慧。濬,深。

⑫业业:强壮的样子。

⑬济济:盛仪的样子。京河:京,指东京。河,指河南郡。概指洛阳。

⑭南都:后汉以南阳郡为南都,鲍德曾为南阳太守。

⑮弁(biàn)冕:弁、冕皆古代男子冠名,吉礼之服用冕,通常礼服用弁。

⑯义方:做人的正道。

⑰矍(jué)相:地名,在今山东曲阜。《礼记·射义》:"孔子射于矍相之圃。"

⑱飨（xiǎng）：赐赏，犒赏。虞庠（xiáng）：周学校名。《礼记·王制》："周人养国老于东胶，养庶老于虞庠。"

⑲羌：我国古代西部民族之一。髡（kūn）：剃发。

⑳月频：地名。

㉑蠢蠢：骚乱的样子。

㉒厌：满足。

㉓台辅：指三公宰相之位。

㉔股肱：大腿和胳膊，此喻辅佐君主的大臣。

㉕遗爱：仁爱遗留于后。

【译文】

从前您的祖先，代代显赫。周敬叔生鲍叔牙，姜氏齐国与管仲交相依赖。到了中叶，开始布行德惠。情形怎样？离开齐地，前往魏地。在屯留竖立起旄旗，旄旗猎猎，繁茂如林。到了您这儿，尚未成年，就已美名远扬。从祖先那儿继承了万般优秀品质，优厚的俸禄正与此相当，受之而无愧。恪守规矩，学习勤奋，吃苦耐劳。聪明智慧一天天地有所成就。强壮的小伙，无知的孩童，纷纷向您求学。舍弃往日的粗俗，趋向礼仪与高雅。盛仪的京师，实已成为西方的鲁国。我们南都，是光武帝的故乡。地位与郡国等同，但却远比郡国显赫。命亲如公，礼服缤纷，佩璜琤琤。若能诚信他们，他们就能脱颖而出，大放光辉。以仁惠之德加以引导，再教给他们做人的正道。在矍相练习射技，在乡校犒赏长老。西羌作乱，蹂躏我西部边邻。您便整顿军旅，在月频一带大显声威。骚动不安的西戎，因此而深受震慑。知德的人很少，而您却能够加以推举。皇帝深感称心如意，调您就职于台辅。只叹命不久长，时不待人。天命如此，谁能阻挡？股肱之才，溘然逝去，什么样的痛苦能与此相比！国家失去了一个仁爱之德与日月永存的人，怎能让人不悲思？

蔡邕

蔡邕简介参见卷六。

拟迁都告庙文

【题解】

汉献帝初平元年(190)三月,董卓专权,挟献帝从洛阳迁都长安,在长安祭祀高祖刘邦庙陵。蔡邕代撰此文,说明迁都原委,并以"应运变通,自古有之"为由,为这一举动辩解。

嗣曾孙皇帝某①,敢昭告于皇祖高皇帝,各以后配。昔受命京师,都于长安②,享国十有一世,历年二百一十载。遭王莽之乱③,宗庙堕坏。世祖复帝祚④,还都洛阳,以服中土,享国一十一世,历年一百六十五载。予末小子,遭家不造,早统洪业,奉嗣无疆。关东吏民⑤,敢行称乱,总连州县,拥兵聚众,以图叛逆。震惊王师,命将征服。股肱大臣,推皇天之命,以已行之事,迁都旧京。昔周德缺而《斯干》作⑥,应运变通,自古有之。于是乃以二月丁亥,来自雒,越三月乙巳,至于长安。饬躬不慎,寝疾旬日。赖祖宗之灵,以获有瘳⑦。吉旦斋宿⑧,敢用洁牲:一元大武、柔毛、刚鬣、商祭、明视、芗合、嘉蔬、香萁、咸醝、丰本、明粢、醴酒⑨,用告迁来。尚飨!

【注释】

①曾孙皇帝某:指汉献帝,189—220 年在位。

②都于长安:指西汉王朝建立,定都长安,从公元前 206 年到公元 8 年,享国 214 年。

③王莽:新朝建立者,8—23 年在位。

④世祖:指东汉光武帝刘秀,25—51 年在位,定都洛阳。帝祚(zuò):皇位。

⑤关东:指函谷关以东中原地区。

⑥《斯干》:《诗经·小雅》篇名。

⑦瘳(chōu):病愈。

⑧斋宿:古代帝王祭祀前整洁身心,沐浴更衣,不饮酒,不吃荤,不与后妃同寝,表示恭敬。

⑨一元大武:古代祭祀所用的牛。柔毛:祭祀用的肥羊。刚鬣(liè):祭祀用的猪。商祭:祭祀用的干鱼。明视:祭祀用的兔子。芗(xiāng)合:黍类。嘉蔬:稻。香萁:高粱。咸醝(cuó):盐。丰本:韭菜。明粢(zī):稷。

【译文】

后嗣曾孙皇帝刘协,诚恳恭敬地向皇祖高皇帝以及列位祖先告知。昔日皇祖受命于天,定都长安,立国传帝位十一世,历二百一十年。遭王莽变乱后,宗庙受到极大破坏。世祖皇帝重新登位,定都城于洛阳,统治中国,立国传帝位十一世,历一百六十五年。我辈属幼子稚童,正在经受国家动荡不安,盼望能早日统一大汉洪业,世世代代继承大汉江山社稷。然而关东吏民,胆大妄为,.拥兵聚众倡乱,祸殃连郡遍县。致使王师震惊,将帅受命平息。朝中得力大臣遵从皇天之命,做出重大决定,把都城迁回长安。过去周厉王被放逐,宣王即位,建筑宫室,作《斯干》一诗以纪之,顺应时运有所变通,是自古以来就有的事情。于是在二月丁亥日从洛阳迁出,三个月后的乙巳日到达长安。因为忙于事务,身心劳累而患疾病,已有十几日了。幸赖祖宗在天之灵的佑助,让我逐渐恢复了健康。选择吉日斋戒数日,恭恭敬敬地用干净的牲畜隆重祭祀宗庙,祭品是:牛、羊、猪、干鱼、兔、黍、稻、高粱、盐、韭菜、谷子、酒等。郑重地向皇祖、高皇帝们祷告迁都之事。请祖先神灵们享用吧。

汉昭烈帝

汉昭烈帝刘备（162—223），字玄德，涿郡涿县（今河北涿州）人，汉景帝子中山靖王之后。少时贫孤，以贩履织席为业。后因征讨黄巾军有功，迁至高唐令。建安十三年（208）与孙权联合，在赤壁大破曹军，为与孙权、曹操成三足鼎立之势奠定了基础。曾被群下推为荆州牧，又领益州牧，建安二十四年（219）得汉中，称汉中王。二十六年（221），曹丕废汉献帝自立为魏帝，刘备乃在成都称帝，国号汉，建元章武。章武三年（223）病逝，谥昭烈。刘备善知人待士，能得人死力，少言语，喜怒不形于色，好结交豪侠，所以有许多人归附他。

成都即位告天文

【题解】

本文是刘备建安二十六年（221）在成都称帝时对天地神灵的告祭之文。文中陈述汉天下不当废替，天意民心都希望自己能继承汉家大业，因此祷告天地神灵加以护佑。

惟建安二十六年四月丙午，皇帝备敢用元牡①，昭告皇天上帝后土神祇：汉有天下，历数无疆。曩者王莽篡盗②，光武皇帝震怒致诛，社稷复存。今曹操阻兵安忍③，戮杀主后，滔天泯夏，罔顾天显④。操子丕载其凶逆，窃居神器。群臣将士以为社稷堕废，备宜修之，嗣武二祖，龚行天罚⑤。备惟否德⑥，惧忝帝位⑦。询于庶民，外及蛮夷君长，佥曰："天命不可以不答，祖业不可以久替，四海不可以无主。"率土式望⑧，在备一人。备畏天明命，又惧汉邦将湮于地，谨择元日，与百僚登坛，受皇帝玺绶⑨，修燔瘗⑩，告类于天神。惟神飨祚于汉家，永绥四海！

【注释】

①元牡：又作"玄牡"。天子祭祀用的黑色的公畜。

②曩（nǎng）者：以往，以前。

③阻兵：依仗着军队。阻，恃，依仗。安忍：习惯于残忍。

④罔（wǎng）顾：不顾及，没有顾及。天显：上天显示的道理，天理。

⑤龚：通"恭"。

⑥否（pǐ）德：鄙劣之品德。这里是刘备的谦辞。

⑦忝（tiǎn）：辱没，使……蒙羞。

⑧式望：仰望，仰赖。

⑨玺绶（shòu）：古代印玺上所系的彩色丝带。借指印玺。

⑩燔（fán）：通"膰"。祭肉。瘗（yì）：埋，将祭品埋在地下祭地神。

【译文】

建安二十六年四月丙午日，汉皇帝刘备冒昧地用祭品，禀告天地神灵：汉朝统治天下，将传承万万年而无疆。以前王莽篡夺盗取帝位，光武皇帝刘秀义愤填膺进行讨伐诛杀，国家得以保全。如今曹操把持兵权，残暴凶狠，杀害汉朝少帝皇后，罪恶滔天，不顾及天理。曹操的儿子曹丕继承了他父亲的凶残本性和叛逆之心，盗居皇帝之位。群臣和将士们都认为国家社稷已被毁坏,刘备我应该修复它,学习高祖皇帝与光武帝的榜样,恭敬地代替上天对他们进行惩罚。我考虑我不具备好的品德,担心不够格身居皇帝之位。向百姓征求意见,甚至询问了少数民族的君主,都说:"天神的旨意不能不答应,祖先的基业不能长期被霸占,四海之内天下百姓不能没有君主。"天下臣民都在企盼,并且把希望集中在我身上。我敬畏明晓上天的命令,又担心汉朝的天下将湮没于地下,所以才认真地选择了吉日良辰,和全体大臣登上祭坛,接受皇帝的大印,并准备一系列的仪式,把我的心情禀告上天神灵。希望天神一直享用汉家皇帝的祭祀,永远护佑安抚天下!

曹植

曹植简介参见卷七。

王仲宣诔

【题解】

本文是一篇悼念文章。作者通过对亡友先辈的颂扬，对亡友才华的赞美，对亡友经历的叙述，对亡友和自己友情的追忆，表达了对亡友深深的哀悼和怀念之情。王仲宣，即王粲，仲宣是王粲的字，山阳高平（今山东邹城）人，出身世家，少有文名，是建安七子的代表人物，文学成就颇高。他们与曹氏父子，特别是曹植交情甚厚。

建安二十二年①，正月二十四日戊申，魏故侍中关内侯王君卒。呜呼哀哉！皇穹神察②，哲人是恃。如何灵祇③，歼我吉士④？谁谓不痛，早世即冥；谁谓不伤，华繁中零。存亡分流，夭遂同期⑤。朝闻夕没⑥，先民所思⑦。何用诔德？表之素旗；何以赠终？哀以送之。遂作诔曰：

【注释】

①建安二十二年:217 年。建安,汉献帝的第五个年号。

②皇穹:指天。

③灵:天神。祇(qí):地神。

④吉士:古代对男子的一种美称。

⑤夭:夭折,早逝。遂:指终其天年。

⑥朝闻夕没:出自《论语·里仁篇》。子曰:"朝闻道,夕死可也。"

⑦先民:这里指孔子。

【译文】

　　汉献帝建安二十二年正月二十四日戊申,我魏原侍中、关内侯王粲君病逝。呜呼哀哉! 苍天有眼,明察秋毫,贤明的人是众生的依靠。为什么神灵们要灭掉王粲这样的好男儿? 谁人能不悲痛? 那么年轻就去世;谁人能不哀伤? 正值枝繁叶茂花儿盛开的大好年华,却中途凋零。生死分离,短命和长寿最后相归为一。早晨听明白了做人的道理,晚上即便死去也没有什么遗憾,这是孔老先生所想的。用什么来表彰王粲你的德行? 我要用白色的旌旗来使其显扬;用什么来作为对你临终的赠别? 我将我无限的哀思送给你。于是我写下了这篇悼念文章:

　　　　猗欤侍中①,远祖弥芳。公高建业②,佐武伐商。爵同齐、鲁③,邦祀绝亡④。流裔毕万⑤,勋绩惟光。晋献赐封,于魏之疆。天开之祚,末胄称王⑥。厥姓斯氏,条分叶散,世滋芳烈,扬声秦、汉⑦。会遭阳九⑧,炎光中曚⑨。世祖拨乱⑩,爰建时雍⑪。三台树位⑫,履道是钟⑬,宠爵之加,匪惠惟恭⑭。自君二祖⑮,为光为龙⑯。金曰⑰:"休哉⑱! 宜翼汉邦。"或统太尉,或掌司空。百揆惟叙⑲,五典克从⑳。天静人和,皇教遐通。伊君显考㉑，奕叶佐时㉒。入管机密，朝政以治；出临朔、岱㉓，庶绩咸熙㉔。以上粲之先世。

【注释】

① 猗欤(yī yú)：叹词。

② 公高：即毕公高，据《史记·魏世家》载，毕公高与周同姓，毕公高之后便是魏之先祖，因助武王伐纣有功而被封于毕。

③ 齐、鲁：这里分别代指太公吕望、周公旦，二人在周武灭商后分别被封于齐和鲁。

④ 邦祀绝亡：指子孙失去祖上的爵位，降为庶人，不能再进行大规模的祭祀活动。

⑤ 毕万：毕公高的后代，因在晋献公灭耿、霍、魏的过程中有功，被赐封魏地，命为大夫。事见《左传·闵公元年》。

⑥ 胄(zhòu)：后代。称王：以王为姓。史载，毕万被封于魏之后，到魏文侯时开始兴盛，其子孙于是以王相称，后来便以王为姓。

⑦ 扬声秦、汉：秦有著名将领王翦，汉有丞相王陵。

⑧ 阳九：厄难。

⑨ 炎光：代指汉室。中矇(méng)：这里特指王莽之乱。矇，不明。

⑩ 世祖：指汉光武皇帝刘秀。

⑪ 雍：和，安定。

⑫ 三台：魁下六星，两两相对，谓之"三台"。古代认为天人相应，天有"三台"，人有"三公"，因此这里的"三台"实际是指三公。

⑬ 履道：施行正道。钟：专心一意。

⑭ 匪惠惟恭：指(宠爵)不是出于皇上的私人恩惠，而是自己勤勉尽职的结果。

⑮ 二祖：指王粲的曾祖父王龚和祖父王畅，王龚在汉顺帝时为太尉，王畅在汉灵帝时为司空。

⑯尨:同"宠"。

⑰佥:皆,都。

⑱休:美。

⑲百揆(kuí):即百官。叙:秩次,有秩序。

⑳五典:五常。即:父义、母慈、兄友、弟恭、子孝。克从:能够顺从执行。

㉑显考:对别人先父的敬称。

㉒奕:重。叶:通"世"。

㉓朔:北方,这里指河北一带。岱:即泰山,这里指山东一带。

㉔庶:众。

【译文】

王粲侍中令人赞叹,他的远祖很是贤德。从毕公高始建立功业,辅佐周武王讨伐商纣。他的封爵与姜太公尚及周公旦相同,其后子孙失去了爵位。他的后代到毕万时,功勋业绩才又显扬。晋献公赐给封邑,就在魏地。上天开眼降赐福祥,后世子孙以王为姓。这个姓氏枝繁叶茂,美名世代相传,秦有王翦,汉出王陵,美名更是远扬。汉室不幸,遭王莽作乱。光武皇帝平定祸乱,天下于是又归安宁。三公大臣各就其位,施行正道,专心一意,荣宠爵位加于身上,并非是皇上出于私恩,而是自己尽职所得。从您曾祖到您祖父,获得了几多荣光,几多恩宠。人们都说:"美哉善哉!确实适宜辅佐汉室。"一为太尉,一作司空。百官有序,五常能遵。天下安宁,人民和睦,国家礼教传播远方。一直到了您的父亲,历代历世辅佐当朝。进入内宫管理机密,朝廷政务因此而治;出京为官,在河北山东任职,各种政绩光耀当世。以上叙述王粲的先世。

君以淑懿,继此洪基。既有令德,材技广宣,强记洽闻①,幽赞微言②。文若春华,思若涌泉,发言可咏,下笔成篇。何道不洽③？何艺不闲④？棋局逞巧，博弈惟贤。皇家不造⑤，京室陨颠⑥，宰臣专制⑦，帝用西迁⑧。君乃羁旅⑨，离此阻艰⑩，翕然凤举⑪，远窜荆蛮⑫。身穷志达，居鄙行鲜。振冠南岳，濯缨清川⑬。潜处蓬室，不干势权⑭。以上粲之身世。

【注释】

①洽：博。

②赞：解。微言：精妙之言。

③道：学问。洽：遍及。

④闲：同"娴"。熟习。

⑤皇家：指汉室。不造：指不能继续成就统治天下的大业。

⑥京室：即指汉朝。

⑦宰臣：这里指董卓。

⑧帝：指汉献帝。西迁：指在山东豪杰并起的情况下，董卓在汉初平元年（190）二月将汉都由洛阳迁至长安（今陕西西安）。

⑨羁（jī）旅：做客异乡的人。

⑩离：遭遇。

⑪翕（xī）然：升腾而起貌。凤举：如凤高飞。

⑫远窜荆蛮：指王粲因长安混乱而赴荆州依附刘表一事。窜，走。

⑬振冠南岳，濯缨清川：振冠、濯缨，语本《楚辞·渔父》："新沐者必弹冠，新浴者必振衣。""沧浪之水清兮，可以濯我缨。"有洁身自好之意。岳，山。

⑭干：求。

【译文】

　　您因贤德，继承您家洪大基业。既有美德，才华技能广为人知,博闻强记,能从微言中阐明大义。文章笔墨似春之花,思维敏捷犹如泉涌,出口之言可以咏诵,下笔作文随即成篇。哪种学问,没有涉及? 哪种技艺,您不熟悉! 棋局对弈,显示出您的高明。汉室中道衰落,几近颠覆,董卓专权挟制帝王西迁。您也只能作客他乡,遭遇险阻,升腾而起,如凤高飞,远行荆楚。身虽处困顿,心志却显扬,居于鄙俗之中,行为高洁。在南山下振衣弹冠,在清水中洗您帽缨。深藏在蓬屋之中,不求权势。以上叙述王粲的身世。

　　我公奋钺[①],耀威南楚,荆人或违,陈戎讲武。君乃义发,算我师旅,高尚霸功[②],投身帝宇[③]。斯言既发[④],谋夫是与[⑤]。是与伊何? 飨我明德[⑥]。投戈编鄀[⑦],稽颡汉北[⑧]。我公实嘉,表扬京国,金龟紫绶[⑨],以彰勋则[⑩]。勋则伊何? 劳谦靡已,忧世忘家,殊略卓峙。乃署祭酒[⑪],与军行止,算无遗策,画无失理。

【注释】

①我公:指作者之父曹操。钺(yuè):大斧。
②高尚:尊重。霸:指曹操。
③帝:指汉献帝。
④斯言:指王粲劝刘琮归降的建议。
⑤谋夫:指刘琮的谋臣们。是与:即赞同。
⑥飨:仰慕之意。
⑦编鄀(ruò):地名,在今湖北宜城东南。
⑧稽颡(sǎng):以头触地表示屈服。汉北:地名,即现在的襄阳,在汉水之北。
⑨金龟紫绶:指王粲劝刘琮归降有功而被辟为丞相掾、赐关内侯一

事。按汉制,列侯都是金印、龟纽、紫绶。

⑩勋则:奖功的制度、法则,这里指功绩的等级。

⑪署:给予官名。祭酒:古代官名。

【译文】

我的父亲奋勇扬威,在南方楚地征讨刘表。刘表府中有人主张陈兵习武进行抵抗。您于此时阐明大义,估算我军力量,推崇我父功业,力劝刘琮归降大汉。话一说出,谋臣同赞。为何同赞?仰慕朝廷,法度明正,德化流行。于是刘琮在编郢,命令士兵放下武器;又在汉北,俯首称臣。我父亲大加赞赏,并在京城对您进行表彰,赐关内侯,金印龟纽与紫绶,以此彰扬您的功绩。您的功绩,到底如何?勤勉谦逊,没有止境,忧国忧民,忘了家庭,谋略出众,贡献卓越。于是又赐给祭酒之职,与军同行,与军共止,出谋划策,从不失算,亦无失理。

我王建国,百司俊乂①。君以显举,秉机省闼②。戴蝉珥貂③,朱衣皓带④。入侍帷幄,出拥华盖⑤。荣曜当世⑥,芳风晻蔼⑦。以上粲见用于魏。

【注释】

①百司:百官。俊乂(yì):贤德之人。

②秉机:执掌机要之事。省闼(tà):禁中,宫中。

③蝉珥貂:古代侍从之人的官帽以貂尾蝉文为饰。

④皓带:玉带。

⑤华盖:华丽的车篷。因以华盖为车的别称。

⑥曜:同"耀"。

⑦芳风:美好的名声。晻蔼(ǎn ǎi):盛貌。

【译文】

　　我的父王建立魏国，所用百官皆有贤德。您以您的美好名声，被举为侍中，在宫禁中执掌机密。戴的官帽附有蝉纹，插有貂尾，身着红衣，腰横玉带。魏王在朝，您侍帷幄，魏王出征，您随华盖。荣光显耀于当今时世，美好名声越来越盛大。以上叙述王粲被魏国重用。

　　　嗟彼东夷①，凭江阻湖②，骚扰边境，劳我师徒。光光戎路③，霆骇风徂。君侍华毂④；辉辉王涂⑤。思荣怀附，望彼来威⑥。如何不济，运极命衰，寝疾弥留，吉往凶归。呜呼哀哉！翩翩孤嗣，号痛崩摧。发轸北魏⑦，远迄南淮⑧，经历山河，泣涕如颓⑨。哀风兴感，行云徘徊，游鱼失浪，归鸟忘栖。以上粲从征吴而亡。

【注释】

①东夷：即东吴。

②江：指长江。湖：指巢湖。

③光光：勇武貌。戎路：兵车。路，也作"辂"。

④华毂（gǔ）：华美的车子。

⑤涂：通"途"。道。

⑥彼：这里指东吴。来威：畏武威而前来归附。

⑦轸（zhěn）：车。北魏：地名，即邺，魏建都于此。

⑧南淮：地名，即淮水之南的居巢，在今安徽巢县东北。

⑨颓：水下流。

【译文】

　　可叹可气，那个东吴，凭借依仗江湖之险，骚扰我魏边境，有劳我军出兵相击。兵车队伍威武雄壮,势如雷霆,速如风卷。您又随侍在魏王身旁,想起王道光辉灿烂。于是就想让魏王使用荣宠对吴怀柔,使其归顺,希望东吴能畏惧武威前来归附。但为什么您却命运不济,好运已尽,生命衰竭,染疾途中,久治不愈最终死去,吉祥而出,凶祸而归。呜呼哀哉!您的孤儿在您灵前,往来哭号,悲痛之情崩山摧陵。从魏都随车出发,不远万里到了南淮,一路上越山涉水泪水如流。风也哀痛,云也徘徊,鱼儿伤怀忘了游动,鸟儿落泪忘了归栖。以上叙述王粲跟随出征吴时病亡。

  呜呼哀哉!吾与夫子,义贯丹青①,好和琴瑟,分过友生②。庶几遐年③,携手同征。如何奄忽④,弃我夙零⑤。感昔宴会,志各高厉。予戏夫子,金石难弊;人命靡常,吉凶异制。此驩之人⑥,孰先陨越⑦?何寤夫子⑧,果乃先逝。又论生死,存亡数度⑨。子犹怀疑,求之明据。傥独有灵⑩,游魂泰素⑪,我将假翼,飘飘高举,超登景云⑫,要子天路⑬。以上子建与粲交谊。

【注释】

①贯:中穿。丹青:两种颜色名。古人常用来比喻坚贞不渝。

②分:情分,情感,友情。友生:朋友。

③庶几:希望之意。

④奄忽:迅疾之貌。

⑤夙(sù):早。零:落,这里指死。

⑥驩:同"欢"。

⑦陨越:死亡。

⑧寤:知晓。

⑨数度：命运的法则。

⑩傥：同"倘"。

⑪泰素：指天，一作"太素"。

⑫景云：庆云。

⑬要：相会。天路：天衢，天街。

【译文】

　　呜呼哀哉！我和您啊感情深厚，坚贞不渝合乎道义，亲密和洽如同琴瑟，交情胜过普通朋友。原来希望能够长久，一起携手共度人生。为何突然弃我而去。感慨我们曾经欢聚一堂，慷慨激昂地各陈心志。我曾和您开玩笑说，金银玉石很难毁坏；人的命运无常，吉祥凶灾各有不同。在此一块欢乐之人，谁会先死呢？怎么能想到，王粲您呀果然先去。又谈论到人的生死，命运的法则。您还怀疑，一定让我拿出真凭实据。倘若真有灵魂，人死之后魂游西天，我将借一双翅膀，随风飘荡高升入天，进到云端，在天街上和您相会。以上叙述曹植与王粲的交情。

　　丧枢既臻，将反魏京①，灵輀回轨②，白骥悲鸣。虚廓无见，藏景蔽形③。孰云仲宣，不闻其声。延首叹息，雨泣交颈。嗟乎夫子，永安幽冥。人谁不没，达士徇名。生荣死哀，亦孔之荣④。呜呼哀哉！

【注释】

①反：同"返"。

②灵輀(ér)：灵车，丧车。

③景：同"影"。

④孔：很，甚。

【译文】

　　灵柩已到，您将返回魏国京城，灵车掉头，听到了白马的悲鸣声。旷野茫茫，再也见不到您的身影。谁说仲宣您听不见我的哀声。引颈远眺叹息不已，泪如雨下洒满脖颈！哎，夫子您永远安息在幽冥中。人谁不死？只不过通达之人为名舍身。生时光荣，死让人悲，这也是极大的荣耀。呜呼哀哉！

潘岳

潘岳简介参见卷五。

世祖武皇帝诔

【题解】

本文是一篇对死者进行称颂并致哀悼的诔文。世祖武皇帝,指西晋的开国皇帝司马炎。作者在这篇诔文中,歌颂了晋武帝创建西晋的伟业,追念了他治理天下的德政,并对他的去世表达了悲恸。晋武帝建西晋,实现了汉末天下大乱以来中国的短暂统一,算得上一个较有作为的皇帝,同时他也能任用一些贤人,且几次拒绝封禅泰山,确是难能可贵。正是这些,为诔文中悲情和颂意找到了依托。

粤若稽古①,帝皇诞受休命②,作我晋室。赫赫文皇③,配命并日。大行龙飞④,创制改物。沉恩汪濊⑤,流泽洋溢。上齐七政⑥,下绥万邦⑦。四门穆穆⑧,五典克从。惟清缉熙⑨,于变时雍。爱尽事亲,教加百姓。于丧过哀,在祭余敬。后蚕冕服,躬籍粢盛⑩。六代毕奏⑪,九功咸咏⑫。行敦

醇朴,思贯玄妙。莅政端位⑬,临朝光曜。胄子入学⑭,辟雍
宗礼⑮。国老恂恂⑯,贵游济济。莫孝匪子,莫悌匪弟。化自
外明,训法以礼。以上德政。

【注释】

①粤:发语词,无实义。

②休:美好。

③文皇:指司马昭,司马炎之父,魏封晋王,司马炎称帝后追谥其为
晋文皇帝。

④大行:皇帝初丧。龙飞:比喻帝王登基。

⑤汪涉(huì):深广辽远。

⑥七政:日、月、水、火、金、土、木七星。

⑦绥:安定。

⑧四门:通往四方之门。

⑨缉熙:光明。

⑩后蚕冕服,躬籍粢盛:皇后亲自养蚕以供衣物,皇帝亲自耕田以
供米粮。为古代劝课农桑的一种形式。

⑪六代:黄帝、尧、舜、禹、商、周。

⑫九功:六府三事之功。六府指水、火、金、木、土、谷,三事指正身
之德,利民之用,厚名之生。

⑬莅:临。

⑭胄子:指长子。

⑮辟雍:学宫。

⑯恂恂(xún):信实忠厚的样子。

【译文】

考察上古的帝皇,承受伟大美好的天命,创造我大晋的基业。伟大

的文皇帝,德配天命,与日同辉。武皇帝登基,创改名物制度。他们的恩泽无边无际,四海之内无不受赐。上敬日月七星的神灵,下定万方的黎民百姓。通往四方的大门庄严肃穆,各种操守人们能够遵从。太平而又光明,天时变得和畅。恩宠隆盛,孝敬父母,教化百姓。在丧事期间保持无尽的哀戚,在祭祀大典中保持足够的恭敬。皇后亲手缝制皇帝的冠冕,皇帝亲自示范下田耕种。六代圣王都得到宣扬,各种功德无不被歌颂。行为敦厚纯朴,思维深远玄妙。亲临政事端正官位,每次临朝都布满光辉。长子们都进入学校,学习以知礼仪为宗旨。国家元老信实忠厚,贵族贤士人才济济。不孝顺父母不能算是儿子,不尊敬兄长不能算作弟弟。教化在外显明,用礼仪来度量一切。以上讲德政。

犷彼吴、楚①,称乱三代②,世历五伪③,年几百载。边垂虏刘④,王化阻阂。羽檄星驰⑤,钲鼓日戒⑥。帝御群帅,奉辞奋旅。腹心庭争,爪牙疑沮⑦。天监独照,圣策乃举。朝服济江,止戈曜武。野无交兵,役不淹月。僭号归命⑧,稽颡晋阙⑨。邪界蛮流⑩,傍纳百越⑪。表闾旌善,德音爰发。以上平吴。

【注释】

①犷:粗暴恶劣。

②三代:指汉末、魏、晋三朝。

③世历五伪:指从孙坚割据江东至孙皓出降,共五代。

④虏刘:诛杀,消灭。

⑤羽檄(xí):古代军事文书,插鸟羽以示紧急,必须迅速传递。

⑥钲(zhēng)鼓:指古代行军或歌舞时用以指挥进退、动静的两种乐器。

⑦爪牙：指武将。疑沮：因疑虑而劝阻。指晋武帝咸宁中，羊祜请
　　伐吴，议者多以为不可。

⑧僭（jiàn）号：冒用帝王的称号。

⑨稽颡（qǐ sǎng）：古代的一种礼节，屈膝下跪，双手朝前，以额触地，
　　表示极度的虔诚。

⑩蛮流：《尚书·夏书·禹贡》上称："三百里蛮"，"二百里流"。

⑪百越：古浙江等地。

【译文】

　　那残暴的吴国逆贼，叛乱汉末、魏、晋三代，盘踞江东历世五代，总
共几百年。边陲动乱，圣王教化被阻隔。皇帝的檄文像流星一样飞传，
大军严阵以待。皇帝统领群将，以谨敬的言辞激励军队。心腹大臣在
朝廷争论，大将们心怀疑虑犹豫不安。圣明的上天慧眼独具，皇帝的圣
智策略终于实施。大军衣甲齐整一朝渡江，平定战乱成就了武德。旷
野再无交战，兵役从不超过月份。篡夺帝号的吴逆称臣效命，奸邪之地
的乱匪拱手交纳百越之地。表彰各地的贤仁颂扬良善，德行被发扬光
大。以上讲平吴。

　　虞人献箴①，《周书》垂诰②。酒惧其彝③，兽戒其冒④。
于我大行，从心所好，动不逾矩，性与道奥。厌厌醑饮，乐不
辨颜。桓桓振旅⑤，田无游盘⑥。我德如风⑦，民应如兰。靡
不夙夜，无敢宴安。务农望岁，时或不稔⑧，小心翼翼，恤民
以甚⑨。御坐不怡，撤膳赈廪。西流垂精，南金抑施。永言
孝思，天经地义。问谁赞事，英彦髦士⑩；问谁翼侍，博物君
子。潜明神鉴，从众屈己。道济群生，为而不恃。先天弗
违，后天降时⑪。万物熙熙，怀而慕思。颙颙搢绅⑫，不谋同
辞。岩岩岱宗⑬，想望翠旗。恭惟大行，功成不居。议寝封

禅,心栖冲虚。策告不足,太平有余。七十二君⑭,方之蔑如。以上虚己恭让。

【注释】

①虞人:掌管山泽的官。献箴:古代周辛甲命令百官为箴谏之辞。虞人因以田猎为箴,献之。

②诰:酒诰。

③彝:常,这里指饮酒无度。

④冒:贪。

⑤桓桓:威武的样子。

⑥盘:乐,游玩。

⑦我德如风:君子之德如风,小人之德如草,风行而草必偃伏。

⑧稔(rěn):庄稼成熟。

⑨恤:忧怜抚慰。

⑩髦(máo)士:英雄之士。

⑪先天弗违,后天降时:语出《周易·乾·文言》:"先天而天勿违,后天而奉天时。"

⑫颙颙(yóng):温良的样子。

⑬岱宗:泰山。

⑭七十二君:语出《史记·封禅书》:"古者封泰山、禅梁父者七十二家。"

【译文】

虞人呈献田猎之建议,《周书》流传下来的酒诰得到实现。饮酒绝不过度,田猎绝不贪纵。我们已故的皇上,从心所欲,却从不逾越规矩,性情与大道契合。每当饮酒,沉酣和悦,娱乐时间,从来不超过天明。指挥军队威武雄壮,田野没有游荡贪玩的人。我皇的德行像春风一样,百姓受感化就像兰草随春风催发。没有不早起晚睡的,谁也不敢耽迷于游逸安乐。致力于农事期望年年五谷丰登,遇到歉收,皇上就小心翼翼,极力抚恤赈济百姓。皇上心情沉重,减省膳食来救济黎民。不论哪里都能受到恩泽。不忘孝道,以为是天经地义。问是什么人辅佐?是英明俊杰之士;问谁侍奉圣上?是博学广识的君子。深藏明智,洞鉴万事如神,虚心待下,顺从众人之心。随从天道周济苍生,勤勉于治理天下而无私虑。替天行道从不违忤,追随天道小心谨慎。天下万物都怀念而仰慕您。恭谨笃实的士大夫,意见不谋而合。高高的泰山啊,也向往陛下的圣驾光临。恭敬端庄的先皇帝啊,功高无比却从不倨傲。推辞了封禅之举,胸怀如此谦虚。祷告上天时自责有所欠缺,实际上天下太平万民安乐。古代封禅泰山的七十二个君主,又怎能比得上我大晋武皇帝。以上讲武皇帝谦虚礼让。

思乐天德,等寿嵩、华。如何寝疾,背世登遐①。迁幸梓宫②,孤我邦家。龟筮既袭,吉日惟良。永指太极,宁神峻阳③。群后擗踊④,长诀辒辌⑤。望灵斯顾,岂伊不伤?家无远迩,邦靡小大。四海供职,同轨毕会。茫茫原野,亭亭素盖。缟辂解驾⑥,白虎弭斾⑦。龙輴即定⑧,元闳载扃⑨。如天斯崩,如地斯倾。哀哀庶寮,茕茕自愍⑩。彼苍者天,胡宁斯忍!圣君不返,我独旋轸。以上述哀。

【注释】

①登遐:喻帝王之死。

②梓宫:指皇帝、皇后或重臣的棺材。

③峻阳:地名。晋武帝葬此。

④擗踊(pì yǒng):形容极度悲哀。擗,捶胸口。踊,顿足。

⑤辒辌(wēn liáng):灵车。

⑥缟辂（gǎo lù）：天子的白色灵车。

⑦旆（pèi）：泛指旌旗。

⑧辒（chūn）：车载的灵柩。

⑨元闶：墓门。扃（jiōng）：门窗。

⑩茕茕（qióng）：孤独的样子。

【译文】

　　只想享用上天的恩德，皇帝会寿比嵩山、华山。怎么就一病不起，遗弃天下而远离我们呢？遗体迁入梓宫，从此使国家孤单无所依赖。用龟甲卜筮，推算吉利的日子。灵魂归依不朽，遗体长眠于峻阳。嫔妃们抢天呼地、捶胸顿足，与灵柩永别了。瞻望着灵柩，谁能够不悲恸！无论家远家近，不管国大国小。四海之内的官吏，都会集一处。茫茫的原野，高高的白色车盖。白色的绢笼罩着车驾和旗帜。天子的灵柩放稳，墓门缓缓打开。好像苍天坍塌，又好像大地倾倒。悲恸的庶民百官，个个心中哀伤。上天啊，为什么这样忍心？圣明的君王再也不可能回来了啊，只有我悲痛地走上回去的路。以上陈述哀痛。

杨荆州诔

【题解】

　　本文是作者哀悼其岳父杨肇病逝的文章。杨肇，字秀初，荣阳（今属河南）人，曾任晋荆州刺史、折冲将军，被封为东武伯，死后谥为戴侯。

　　潘岳善为哀诔之文，本文虽是俗套，但作者以其驾驭语言的深厚功力，将他对岳父赏识、信任自己的无限感激和自己对岳父含恨早逝的哀情真切地表达了出来，读来令人感动。

维咸宁元年夏四月乙丑①，晋故折冲将军、荆州刺史、东

武戴侯、荥阳杨使君薨②。呜呼哀哉！夫天子建国，诸侯立家，选贤与能，政是以和。周赖尚父③，殷凭太阿④。矫矫杨侯⑤，晋之爪牙⑥。忠节克明，茂绩惟嘉。将宏王略，肃清荒遐。降年不永，玄首未华，衔恨没世，命也奈何？呜呼哀哉！自古在昔，有生必死；身没名垂，先哲所舓⑦。行以号彰⑧，德以述美⑨，敢托旒旗⑩，爰作斯诔⑪。其辞曰：

【注释】

①咸宁元年：275 年。咸宁，西晋武帝司马炎的年号。

②使君：也称"史君"，州郡长官的尊称。薨（hōng）：古代用以称诸侯去世。

③尚父：姜太公吕望，佐周武王灭商。

④太阿：指商代的伊尹，他曾辅佐太甲，位至阿衡。

⑤矫矫：勇武貌。杨侯：即指杨肇。

⑥爪牙：古代指武将。

⑦舓（wěi）：是，首肯，赞同。

⑧号：谥号。

⑨述：记述，表述。

⑩旒（liú）旗：出殡时在灵柩前的幡旗。

⑪诔（lěi）：哀悼死者的文章。

【译文】

　　咸宁元年夏四月乙丑日，我晋原折冲将军、荆州刺史、东武伯戴侯、荥阳人杨使君去世。真让人哀伤悲痛！天子建立国家，诸侯设置采邑，选用贤明和有才能的人，政事因此而和顺。周朝依靠姜尚从而兴盛，殷商凭借伊尹得以强大。威武勇猛的杨侯您，是我晋得力的大将。忠诚节义，明明白白；丰功伟绩，着实可嘉。能将君王的谋略发扬光大，能把遥远的边陲治理得清明和安宁。只可惜寿命不长,黑头发没有变白,就含恨谢世,这是命运啊,又能怎么样?真让人悲痛哀伤!自古以来,有生一定有死;肉体消失了,但英名永传,这是先辈圣哲所赞同的。善行因为谥号而得以彰扬,美德因为文章的述说而得以赞颂,我冒昧地借托幡旗,写下这篇诔文。文辞是这样的:

> 邈矣远祖,系自有周,昭穆繁昌①,支庶分流②。族始伯乔,氏出杨侯③。奕世丕显④,允迪大猷⑤。天厌汉德,龙战未分⑥,伊君祖考,方事之殷⑦。鸟则择木,臣亦简君⑧,投心魏朝,策名委身⑨。奋跃渊涂⑩,跨腾风云⑪,或统骁骑,或据领军⑫。以上先世。

【注释】

①昭穆:按照古代的宗法制度,宗庙或墓地的位次都是依辈分排列的,始祖居中,二、四、六世位于始祖的左方,叫"昭",三、五、七世位于始祖的右方,叫"穆"。昭穆在这里指先辈祖先。

②支庶:旁支,支系。

③族始伯乔,氏出杨侯:伯乔、杨侯,见扬雄《反离骚》注。

④奕:重,累。丕显:显赫,高贵。

⑤允:诚信。迪:实行,遵循。大猷(yóu):大道。

⑥龙战未分:指群雄割据交战,胜负未定。

⑦殷:旺盛。

⑧简君:选择君王。

⑨策名:指出仕。

⑩渊涂:深潭,泥泞。

⑪风云:代指地势高远,喻指地位高。

⑫或统骁(xiāo)骑，或据领军：骁骑、领军，皆古代武官名。

【译文】

　　您的远祖始于周代，家族繁盛，支系众多，各自流传。您的家族始于伯乔，姓氏来自受封的杨侯。累代累世高贵显赫，忠诚履行光明大道。上天厌恶汉室宗庙，藩王割据纷战不休，您的祖父以及父亲，正好有了用武之地。正如鸟儿择木而栖，作为大臣也可选君加以辅佐。他们于是诚心归附魏国朝廷，名录官策，出仕效力。他们奋斗腾跃，走出深谷，走出泥泞，取得高位，一个获得骁骑头衔，一个占据领军位置。以上讲杨肇的先世。

　　笃生戴侯①，茂德继期，纂戎洪绪②，克构堂基。弱冠味道③，无竞惟时。孝实蒸蒸④，友亦怡怡⑤。多才丰艺，强记洽闻，目睇毫末，心算无垠。草隶兼善，尺牍必珍。足不辍行，手不释文。翰动若飞，纸落如云。以上才德。

【注释】

①笃生：一出生就得天独厚，不平凡。

②纂：继承。戎：发扬光大。

③弱冠：古时男子二十而加冠，但因年少，故称弱冠。味：体味，体察。

④蒸蒸：通"烝烝"。淳厚，盛美。

⑤怡怡：和顺貌。

【译文】

　　戴侯您啊，降生便得天独厚，盛德延续有了希望，继承发扬鸿基家统，能够承接前辈事业。年少之时便已开始体察事理，不与时人争名逐利。对待父母恭敬孝顺,对待朋友和颜悦色。多才多艺博闻强记,明察秋毫决胜千里。草书隶书都是行家,与人信札定被珍藏。脚不停行,手不释卷。运笔如飞,文章写作如行云流水。以上讲杨肇才德。

　　学优则仕,乃从王政。散璞发辉,临轵作令①。化行邑里,惠洽百姓。越登司官②,肃我朝命③。惟此大理④,国之宪章。君莅其任,视民如伤,庶狱明慎⑤,刑辟端详⑥,听参皋、吕⑦,称侔于、张⑧。改授农政,于彼野王⑨,仓盈庾亿⑩,国富兵强。煌煌文后⑪,鸿渐晋室⑫,君以兼资,参戎作弼⑬。用锡土宇⑭,膺兹显秩⑮,青社白茅⑯,亦朱其绂⑰。魏氏顺天,圣皇受终,烈烈杨侯,实统禁戎。司管闉阇,清我帝宫,苛慝不作⑱,穆如和风⑲。谓督勋劳,班命弥崇⑳。茫茫海岱,玄化未周㉑;滔滔江汉,疆场分流㉒。秉文兼武,时惟杨侯,既守东莞㉓,乃牧荆州㉔,折冲万里㉕,对扬王休㉖。闻善若惊,疾恶如仇。示威示德,以伐以柔。以上历官封爵。

【注释】

①轵(zhǐ):古县名。

②司官:三司属官。

③肃:恭敬。

④大理:古代掌管刑法的官。

⑤庶狱:各种狱讼之事。

⑥刑辟:刑法。

⑦皋：皋陶，舜时掌刑狱之事。吕：吕侯，周穆王时作司寇，掌管刑律。

⑧侔(móu)：比而同之。于、张：汉代的两个著名廷尉于定国和张释之。《汉书·于定国传》载，于定国为廷尉，民自以不冤；张释之为廷尉，天下无冤民。

⑨野王：地名，在今河南沁阳。

⑩庾：露天仓库。亿：本是一个巨大的数字，代指盈满。

⑪文后：指晋文帝司马昭。

⑫鸿渐：飞鸿渐进至高位。

⑬弼：辅正。

⑭锡：通"赐"。

⑮膺：当，受。秩：指官职的品位、等级。

⑯青社：祭祀东方土神的地方，过去只有受封诸侯才能立社祭祀，所以这里的"青社"实际是指受封于东方。白茅：植物名，古代常用其包裹祭祀之物。

⑰绂(fú)：缝于长衣之前的蔽膝，是一种祭服的装饰。周代制度，帝王、诸侯以及诸国上卿的绂才能是红色的。

⑱苛慝(tè)：暴虐邪恶。

⑲穆：和善。

⑳班：颁布。

㉑玄化：至德的教化。

㉒疆埸(yì)：边界。

㉓东莞：古郡名，在海、岱之间。

㉔牧：古代指州官。

㉕折冲：指冲击折还敌军的战车，即抵御敌人。

㉖王休：君王的美德。

【译文】

　　才学优异就能做官，于是杨侯出来从政。犹如璞玉发出光芒，杨侯您啊,到了轵县作了县令。王德教化传遍乡里,各种恩惠施予百姓。因此杨侯越级升迁司官之职,恭敬听从朝廷之命。您来担任大理廷尉,掌管刑法与典章制度。您到任后体恤百姓,谨慎处理各种诉讼,秉公端直,决断时参考皋陶、吕侯,被人称扬与于定国、张释之比肩。后来杨侯改管农政,在河内郡仓廪殷实,国富兵强。辉煌文帝,使晋昌盛渐至霸位,您因天资文武兼备,在军队中成为辅佐。得到土地、屋宇等封赐,官位显赫,有资格身着红绂立社祭祀。曹魏宗世顺应天命让出帝位,我晋武帝接受禅让,勇武杨侯,统帅禁军。管理宫门,清理禁宫,暴虐邪恶不敢抬头,行为和善如同春风。都说杨侯功绩显著,又被皇上再行赐封。茫茫东海泰山,至德教化尚未周遍;滚滚长江汉水,各分疆界不听朝命。只有杨侯能文能武,已经担任东莞郡守,又到荆州作了刺史。抵御顽敌,征战万里,弘扬光大君王美德。听到赞美,更加警觉;痛恨恶行,如同仇敌。征讨罪孽,显示武威;安抚良民,显示恩德。以上陈述杨肇历任官职和封赏。

　　　吴夷凶侈①,伪师畏逼②,将乘仇衅,席卷南极。继塞粮尽③,神谋不忒④。君子之过,引曲推直。如彼日月,有时则食,负执其咎,功让其力。亦既旋旆⑤,为法受黜⑥,退守邱茔⑦,杜门不出。游目典坟⑧,纵心儒术。祁祁搢绅⑨,升堂入室,靡事不咨,无疑不质。位贬道行,身穷志逸。弗虑弗图,乃寝乃疾,昊天不吊⑩,景命其卒⑪。以上伐吴无功,贬退而卒。

【注释】

①吴夷:东吴。

②畏:通"威"。

③褰(qiān):缩。

④不忒:没有差错。

⑤旋旆(pèi):回师。

⑥黜(chù):罢免,废贬。

⑦邱茔:祖宗的坟墓,这里代指家乡。邱,通"丘"。

⑧典坟:即三坟五典,指各种书籍。

⑨祁祁:众多貌。

⑩昊天:上天,苍天。吊:怜悯,体恤。

⑪景命:上天所给予的寿命。

【译文】

　　东吴之人凶残放纵,军队狡诈,威逼我晋,趁机挑衅想占南部。您率军队打击东吴,神妙计谋没有差错,只是粮草供应不上,于是造成最终失手。君子有过,勇于承担。如那日月,有时也会出现蚀缺,您负起责任,不讲功劳,不谈尽力。回师后被罢官撤职,您退居故里闭门不出。在此期间您浏览典籍,潜心儒学。众多官绅登门拜访,什么事情都来请教,什么疑问都来求解。您虽职位受贬,但学说得以通行,虽身处困顿,仍心存高远。没有想到却染上疾病,苍天不怜,天年终尽。以上讲杨肇伐吴无功而返,遭贬退后辞世。

　　呜呼哀哉!子囊佐楚①,遗言城郢②;史鱼谏卫③,以尸显政。伊君临终,不忘忠敬,寝伏床蓐,念在朝廷,朝达厥辞,夕殒其命。圣王嗟悼,宠赠衾襚④,谥德策勋,考终定谥⑤。群辟恸怀⑥,邦族挥泪,孤嗣在疚⑦,寮属含悴⑧。赴者同哀,路人增欷。呜呼哀哉!

【注释】

①子囊:春秋时楚国的忠臣。

②遗言城郢:留下遗嘱说,一定要建都郢。《左传·襄公十四年》载
有"楚子囊还自伐吴,卒,将死,遗言谓子庚,必城郢"云云。

③史鱼:春秋时卫国大夫。据《韩诗外传》卷七载,他去世前对他儿
子说他自己多次说蘧伯玉贤能但不能使其得到进用,多次说弥
子瑕无能但不能使其被黜退,作为人臣,活着的时候不能进贤而
退不肖,死了也就不应当在正堂治丧。他的儿子照着他的话做
了。卫王知道后便问缘由,他的儿子便把其父临终前的话告诉
了卫王。于是卫王召用了蘧伯玉,把弥子瑕黜退,让史鱼的儿子
为父在正堂治丧。

④衾:用来覆盖尸体的单被。襚(suì):别人赠给死去者的衣被。

⑤考终:指死。

⑥辟:古代对天子、诸侯王的通称。

⑦在疚:因丧事而伤痛、忧病。

⑧憭:通"僚"。悴(cuì):忧伤。

【译文】

　　真是让人悲痛哀伤!春秋子囊辅佐楚国,临死之前留下遗言,
寄予希望建都在郢;卫国史鱼劝谏卫王,他的意见不被采纳,史鱼
死后以尸行谏,终于使得卫王听从。您也一样,临终之时不忘忠君
敬业,卧病在床时,心里思虑的仍是朝廷,您的进言早晨到达,您的
性命晚上完结。圣明皇上叹息哀悼,施予恩宠,赠赐衣被,赞扬您
的功德业绩,并且命令载于史册,在您死后赐予谥号。各地侯王悲
痛怀念,封邑家族人人落泪,孤儿哀痛,僚属悲伤。奔丧之人一起
哀悼,路上行人更为悲伤。呜呼哀哉!

余以顽蔽①,覆露重阴②。仰追先考,执友之心③;

俯感知己,识达之深。承讳忉怛^④,涕泪沾襟。岂忘载奔?忧病是沉。在疾不省,于亡不临。举声增恸,哀有余音。呜呼哀哉! 以上述哀。

【注释】

①顽:愚昧。蔽:弱小。

②覆露:庇护。重阴:本指密云浓雨,这里用以喻指作者的父祖。

③执友:志同道合的朋友。

④讳:忌讳,这里是指人们忌讳说的死。忉怛(dāo dá):悲痛。

【译文】

我这个人愚昧弱小,靠父祖得以成长。回忆过去,您和先父是志同道合的好朋友;特别感激您了解赏识并信任我。哀痛您的去世,泪流满面,沾湿衣裳。难道是我忘了奔丧吗? 其实我是忧伤染病不能前往。您生病的时候,我没去探望,您去世时,我又不在场。说起这些就泣不成声,哀悼之情了无止境。呜呼哀哉! 以上叙述哀痛。

杨仲武诔

【题解】

这是一篇作者哀悼妻侄的诔文,表达作者对妻侄过早去世的痛惜之情,赞美了妻侄的操守,叙说了俩人之间的亲情,读来令人动容。杨仲武,即杨经(一说杨绥),仲武是他的字。

杨经,字仲武,荥阳宛陵人也^①。中领军肃侯之曾孙^②,荆州刺史戴侯之孙^③,东武康侯之子也^④。八岁丧父。其母郑氏，光禄勋密陵成侯之元女⑤。操行甚高，恤养幼孤，以保乂夫家⑥，而免诸艰难。戴侯、康侯多所论著，又善草隶之艺。子以妙年之秀，固能综览义旨而轨式模范矣。虽舅氏隆盛，而孤贫守约，心安陋巷，体服菲薄，余其奇之。若乃清才隽茂，盛德日新，吾见其进，未见其已也。既藉三叶世亲之恩，而子之姑，余之伉俪焉⑦。往岁卒于德宫里⑧，丧服周次⑨，绸缪累月⑩。苟人必有心，此亦款诚之至也。不幸短命，春秋二十九，元康九年夏五月己亥卒⑪。呜呼哀哉！乃作诔曰：

【注释】

①宛陵：古县名，今安徽宣城。

②中领军肃侯：即杨暨，杨经的曾祖父，做过统领禁军的中领军，并被赐封肃侯。

③荆州刺史戴侯：即杨肇，详见作者《杨荆州诔》一文。

④东武康侯：即杨潭，受封康侯，因其父杨肇曾受封东武伯，故称东武康侯。

⑤光禄勋密陵成侯：即郑默，光禄勋为官名，又称光禄卿。元女：长女。

⑥保乂（yì）：治理，安定。

⑦伉俪（kàng lì）：指夫妻。

⑧往岁：去岁，去年。德宫里：地名。

⑨丧服：居丧时的服制，这里代指居丧。

⑩绸缪：情意殷勤貌。

⑪元康九年：299年。元康，晋惠帝司马衷的年号。

【译文】

杨经，字仲武，荥阳宛陵人。他是中领军肃侯杨暨的曾孙，荆州刺史戴侯杨肇的孙子，东武康侯杨潭的儿子。他八岁时死了父亲。他的母亲郑氏，是光禄卿密陵成侯郑默的长女。操守行为很是高洁，顾惜抚养年幼的孤儿，以便管理、安定夫家，而使家庭避免艰险和苦难。戴侯、康侯，都有很多著述，又工于草书、隶书。他少壮之时便才华出众，所以理所当然能够博览群书，领略其要旨，并以此作为法度规矩加以效法和模仿。虽然舅爷家家势兴隆昌盛，但他甘愿孤寂贫困执守俭约，安居于陋巷，衣食之用十分微薄，这使我感到他与众不同。他操行清高，才华过众，盛美之德日新月异，我只见他常有进步，而没有见过他停止不前。我们已有三代世亲通婚的情谊，他的姑姑是我的妻子。他的姑姑去年在德宫里去世，治丧过程中他始终在场，辛勤操持了几个月。如果人必定有一颗真心，那么他的心就是最真诚的那一颗了。不幸的是，他的生命竟如此短暂，才二十九岁，便在元康九年夏季的五月己亥日去了。真让人悲痛哀伤！于是我做了这篇诔文来叙说我的哀思：

伊子之先，奕叶熙隆，惟祖惟曾，载扬休风。显考康侯，无禄早终，名器虽光①，勋业未融②。以上先世。笃生吾子，诞茂淑姿，克岐克嶷③，知章知微④。钩深探赜⑤，味道研几⑥，匪直也人⑦，邦家之辉⑧。子之遘闵⑨，曾未龀髫⑩，如彼危根，当此冲飚⑪。德之休明，靡幽不乔⑫，弱冠流芳，隽声清劭⑬。尔舅惟荣，尔宗惟瘁⑭。幼秉殊操，违丰安匮⑮，撰录先训，俾无陨坠⑯。旧文新艺，罔不毕肄⑰。以上幼慧安贫。潘、杨之穆⑱，有自来矣。朔乃今日⑲，慎终如始，尔休尔戚⑳，如实在已。视予犹父，不得犹子。敬亦既笃，爱亦既深，虽殊其年，实同厥心。日昃景西㉑,望子朝阴㉒,如何短折,背世湮沉。
以上潘、杨亲谊。呜呼哀哉!

【注释】

①名器:表示爵位等级的称号和车服仪制。

②融:明亮,显著。

③岐、嶷:峻茂貌,这里用以形容杨经幼年聪慧。

④章:通"彰"。显明。

⑤赜(zé):幽深。

⑥几:通"机"。细微,隐曲。

⑦匪:同"彼"。

⑧邦家:国家。

⑨遘(gòu)闵:遭遇父母之丧。

⑩龀髫(chèn tiáo):也作"髫龀"。童年。龀,为儿童换牙。髫,为童
　子下垂之发。

⑪冲飚(biāo):急风,暴雨。

⑫靡:没有。乔:高大的乔木,这里指明显。

⑬劭(shào):自强,勤勉。

⑭瘁(cuì):劳累,疾病。

⑮违:避开,离开。

⑯俾(bǐ):使。

⑰肄(yì):学习,练习。

⑱穆:通"睦"。和睦相亲。

⑲矧(shěn):何况,况且。

⑳休:喜乐。戚:忧虑。

㉑日昃(zè)、景西:皆指太阳偏西,景为日光之意。

㉒阴:日影。

【译文】

你的先祖世代兴盛，你祖父曾祖的丰功大业、美好遗风，屡被称颂。你的父亲受封康侯，未得官禄，过早命终，爵号仪制虽然光彩，但是功业却未显出。以上说杨经先世。你一出生就不平凡，幼年聪慧，具备美德，所有或大或小的事理，你都知道。研究探讨精深奥秘，微言大义，体味道理，考察隐曲，你确实是正直之人，是国家的荣光。你未成年父亲就已去世，如同危崖之根，恰恰碰上狂风巨浪。美善明德，不会不显，你刚成年便美名流传，才智超群，高洁自强。你的舅家无限荣耀，你的家族穷苦困顿。你从小操守特别，避开丰饶，安于匮乏，收录编纂先辈遗训，使之无损无失。各种艺文，不管新旧，你都学习。以上说杨经幼时聪慧，能安于贫困。潘家与杨家和睦相亲，由来已久。何况至今，彼此谨慎，还如当初，喜忧相关如同先辈。你对待我如同父亲，我也希望有子如你。你尊敬我感情真挚，我怜爱你亲情深厚，我们虽然年龄有悬殊，思想情操却是一样。我人已老如日偏西，看你面目就像朝阳，为何突然夭亡，离世沉没。以上叙述潘、杨的情谊。真是让人悲痛哀伤！

　　寝疾弥留，守兹孝友[1]，临命忘身[2]，顾恋慈母。哀哀慈母[3]，痛心疾首，嗷嗷同生[4]，凄凄诸舅。春兰擢茎[5]，方茂其华，荆宝挺璞[6]，将剖于和[7]。含芳委耀[8]，毁璧摧柯[9]。呜呼仲武，痛哉奈何！德宫之艰[10]，同次外寝[11]，惟我与尔，对筵接枕。自时迄今，曾未盈稔[12]，姑侄继陨，何痛斯甚？呜呼哀哉！

【注释】

①孝友：孝指孝顺父母，友指友爱兄弟。

②临命：临死之时。

③哀哀：悲伤不止。

④嗷嗷（jiào）：悲哭声。

⑤擢茎：拔节，指正在生长。

⑥荆宝：荆山的宝玉。

⑦和：卞和，春秋时楚人，识玉。

⑧委：累积。

⑨柯：草木的枝茎。

⑩艰：丧，忧。

⑪外寝：治丧者所居的中门外的房屋。

⑫盈稔（rěn）：满一年。谷物一年一熟称作"稔"。

【译文】

　　你染疾在床，弥留之际，还守着孝悌之德；临终之时，忘记自身，顾惜眷恋可敬慈母。想着慈母操劳辛苦，你的痛苦到了极点，不能自已；想着兄弟，不禁悲哭；想着舅舅，悲从中来。你就像春天兰草正在成长，正当鲜花盛开；你就像荆山宝石，未雕璞玉，即将被卞和剖开。饱含芬芳，充满光芒，最终却璧玉被毁，枝条被折。可叹仲武，令人痛惜！德宫治丧，你我一起同住外寝，竹席相对，枕头相接。自那时起到今天，不满一年，姑妈侄儿相继离世，何其痛苦！呜呼哀哉！

　　披帙散书①，屡睹遗文，有造有写②，或草或真。执玩周复，想见其人，纸劳于手，涕沾于巾③。龟筮既袭④，埏隧既开⑤，痛矣杨子，与世长乖！朝济洛川⑥，夕次山隈⑦。归鸟颉颃⑧，行云徘徊。临穴永诀，抚榇尽哀⑨，遗形莫绍⑩，增恸余怀。魂兮往矣，梁木实摧⑪。呜呼哀哉⑥！以上述哀。

【注释】

①帙（zhì）：书套。

②造：创造，著作。写：注释。

③巾：巾箱，装书的箱子。

④袭：合。

⑤埏（shān）隧：墓道。

⑥洛川：水名，即洛水。

⑦山：指坟墓。隈（wēi）：山水弯曲处。

⑧颉颃（xié háng）：鸟上下飞貌。

⑨榇（chèn）：棺材。

⑩绍：承继，延续。

⑪梁木：栋梁之材。

【译文】

　　打开书套，翻开书页，多次阅读你的遗作，有你的著作，也有注疏，既有草书，也有楷书。拿着文稿一遍一遍仔细品味，看你文章如见你本人，书纸在手，泪水滴于书箱。卜占已合，墓道已开，痛心啊，杨子你与世长辞。早晨渡过洛水，晚上歇于山间。回巢之鸟，上下飞翔不肯停栖；流涌之云，徘徊浮动不愿前行。靠近坟墓和你永别，抚摸棺柩尽我哀情，你的身形无法再现，又增我心之痛。魂魄已去，栋梁之材实已被摧。呜呼哀哉！以上叙述哀痛。

夏侯常侍诔

【题解】

本文是作者用来哀悼其好友夏侯湛的诔文。夏侯湛，据《晋书·夏侯湛》载，出身世家，幼有盛才，文章宏富，善构新词，与潘岳友善，每行止同舆接茵，时谓"连璧"。夏侯湛官至散骑常侍，所以题中称夏侯常侍。

作者和夏侯湛同是才貌双全，趣味有所相投，所以文中赞美之情、哀悼之情，由衷而发，自有感人之处。

夏侯湛，字孝若，谯人也[1]。少知名。弱冠辟太尉府掾[2]，贤良方正[3]，征为太子舍人、尚书郎、野王令、中书郎、南阳相[4]。家艰乞还[5]。顷之，选为太子仆[6]，未就命而世祖崩[7]。天子以为散骑常侍[8]，从班列也[9]。春秋四十有九，元康元年夏五月壬辰，寝疾，卒于延喜里第[10]。呜呼哀哉！乃作诔曰：

【注释】

①谯（qiáo）：古县名，今安徽亳州。

②辟：被官府征聘。太尉：古代官名。掾（yuàn）：副官佐贰吏的通称。

③贤良方正：古代汉至宋科举的一个名目。

④太子舍人：古代官名，为太子属官。尚书郎：古代官名，为尚书属官。野王令：野王县令，野王为古县名，在今河南沁阳。中书郎：古代官名，即中书侍郎。南阳：古郡名，辖域包括今河南、湖北的一些地方。相：百官之长。

⑤艰：指遭遇父母之丧。

⑥太子仆：古代官名，为太子属官。

⑦世祖：指晋武帝司马炎。

⑧天子：指晋惠帝司马衷。散骑常侍：古代官名。

⑨从班列：按部就班，依次升任。

⑩延喜里：地名。第：府第，府宅。

【译文】

　　夏侯湛，字孝若，谯县人。少年时期便已出名。刚刚成年，便被征聘为太尉府的属官，后又在贤良方正科对策中第，先后被征召为太子舍人、尚书郎、野王县令、中书郎、南阳相。因为家中父母去世，请求回家。不久，又被选取为太子仆，还没有到任，世祖武帝就驾崩了。惠帝按照惯例把他提升为散骑常侍。他只活了四十九年，元康元年夏季五月壬辰日因病在延喜里的家中去世。真让人悲痛哀伤！于是我写了这篇诔文，文辞是这样的：

　　禹锡玄珪①，实曰文命②，克明克圣，光启夏政③。其在于汉，迈勋惟婴④。思弘儒业，小大双名⑤。显祖曜德，牧兖及荆。父守淮、岱，治亦有声。英英夫子⑥，灼灼其俊⑦，飞辩摛藻⑧，华繁玉振⑨。如彼随和⑩，发彩流润；如彼锦缋⑪，列素点绚⑫。以上叙湛先世少时。

【注释】

①禹锡玄珪：夏禹因为治水有功，被尧赐给黑色的玉。锡，同"赐"。

②文命：文德教化。

③光启：大开。

④迈勋：勤勉而建立功勋。迈，通"劢"。婴：夏侯婴，为汉朝开国功臣，随刘邦征战各地，官至太仆，受封汝阴侯。

⑤小大：指夏侯建和夏侯胜。两人都是西汉宣帝时著名的今文尚书学家，胜以其学问被立为博士，官至太子太傅，其学称"大夏侯学"；建受业于胜，也被立为博士，官至太子少傅，其学称"小夏侯

学"。

⑥英英：俊美貌。

⑦灼灼：神采飞扬、精神焕发貌。

⑧摛（chī）：舒展。

⑨玉振：击磬之声。

⑩随和：指随侯珠、和氏璧。

⑪缋（huì）：绣。

⑫素：白绢。绚：指绚丽的图案。

【译文】

　　夏禹治水功勋显赫，唐尧叙功赐给黑玉，夏禹在位贤明伟大，文德教化流布天下，夏之基业由此发扬光大。夏之宗族，到了汉代有夏侯婴建功立业。小大夏侯，双双闻名，一心想着弘扬儒学。你的祖父辉煌显达，品德高尚，曾经做过兖州刺史、荆州刺史。你的父亲曾经做过淮南太守、山东太守，治理政事也有美名。你英俊潇洒，神采飞扬，才华出众，奋笔疾书，下笔成章，文辞优美，文气通畅，如花盛开，如击磬声。你就像随侯宝珠、和氏美璧，光泽温润；你又像漂亮锦绣上的绚丽图画。以上叙述夏侯湛祖上和夏侯湛幼时的情形。

　　人见其表，莫测其里，徒谓吾生，文胜则史。心照神交，唯我与子，且历少长，逮观终始。子之承亲①，孝齐闵、参②；子之友悌，和如瑟琴。事君直道，与朋信心，虽实唱高，犹赏尔音。

【注释】

①承亲：奉养双亲。

②闵、参：闵损和曾参。皆孔子弟子，以孝著称。

【译文】

　　人们只见你的外表，并不知你的内心，只是说你文辞华美胜过内容。彼此相知的只有你和我，从小到大一起成长，所以能够全面了解。你的孝行，如同闵损、曾参；你待兄弟，如同琴瑟和睦相亲。事奉君王，正直端行，交往朋友，真心实意，你虽然操守清高，我还是要欣赏赞美。

　　弱冠厉翼，羽仪初升①，公弓既招②，皇舆乃征。内赞两宫③，外宰黎蒸④，忠节允著，清风载兴。泱彼乐都⑤，宠子惟王⑥，设官建辅，妙简邦良⑦，用取喉舌⑧，相尔南阳。惠训不倦⑨，视民如伤。以上湛之懿行历官。

【注释】

①羽仪：本指鸿羽可作物之仪表，可贵可法，后世用以喻指为人尊重，可做表率。

②公弓既招：指被朝廷征召。古代招士，使用弓和车，故有"公弓既招"之说。

③赞：辅助。两宫：皇宫和太子东宫。

④宰：掌管。黎蒸：百姓。

⑤泱：大貌。乐都：指南阳。

⑥王：指南阳王。

⑦简：选取。良：优秀人才。

⑧喉舌：指中书省，因其负责上传下达，故称。

⑨惠：仁爱。

【译文】

　　刚刚成年，奋翼飞翔，渐至高位，为人尊重，朝廷下诏将你征召。在京城内辅助两宫，京城之外管理百姓，忠诚节义确实著名，你的仁德如同清风。泱泱大城是南阳，南阳王最宠信你，因要设置郡国之官辅佐郡政，于是精心选择良材，将你调离中书做南阳相。为相期间，你仁爱广施，训教不倦，体察民情唯恐伤民。以上讲夏侯湛的美好德行和历任官职。

　　乃眷北顾，辞禄延喜；余亦偃息，无事明时。畴昔之游①，二纪于兹②，班白携手③，何欢如之！居吾语汝："众实胜寡，人恶隽异，俗疵文雅，执戟疲扬④，长沙投贾⑤，无谓尔高，耻居物下。"子乃洗然⑥，变色易容，慨然叹曰："道固不同！为仁由己，匪我求蒙⑦。谁毁谁誉？何去何从？"莫涅匪缁⑧，莫磨匪磷⑨。子独正色，居屈志申。虽不尔以⑩，犹致其身⑪。献替尽规⑫，媚兹一人⑬。以上交谊箴规。

【注释】

①畴昔：往昔，以前。

②纪：十二年为一纪。

③班白：指鬓发斑白。班，同"斑"。

④执戟：代指负责皇帝警卫工作的官职。扬：指扬雄，西汉末期著名的辞赋家。

⑤贾：指贾谊，西汉初年著名的政治家和文学家，官至太中大夫，因力主改革为大臣们所忌，贬为长沙王太傅。

⑥洗然：神情变化貌。

⑦蒙：指蒙昧无知的人。

⑧涅：泥。缁：黑色。

⑨磷：薄。

⑩以：用。

⑪致：献上，送上。

⑫献替：献可替否，即诤言进谏之意。尽规：尽规谏之职。

⑬一人：指皇上。

【译文】

　　你因父母丧，眷念家里，辞官北上，回到延喜；我这时也正好无官在家。回忆过去，你我俩人，同在此地一起度过二十四年，鬓发斑白携手共行，哪种欢乐能够如此！对坐之时我曾劝你："一己之力难敌众人，世人厌恶英才，当下时俗排斥文雅，扬雄厌做黄门警卫，贾谊俊才被贬长沙，不要说你资质很高，屈居人下觉得耻辱。"你听此话后变了脸色，叹息着说："思想观念因人而异！我行仁德出于我心，没必要请教那些愚昧之人。管他诋毁，管他赞誉，我的去从，谁人能定？"没有什么入泥不黑，没有什么磨而不薄。你独独身处委屈心志却展。当时朝廷虽不用你，但你自己还是效忠。诤言相谏尽职尽责，一心一意爱戴皇上。以上讲与夏侯湛的交游情谊和规劝箴言。

　　谠言忠谋①，世祖是嘉，将仆储皇，奉嚳承华②。先朝末命③，圣列显加④，入侍帝闼⑤，出光厥家。我闻积善，神降之吉，宜享遐纪，长保天秩⑥。如何斯人，而有斯疾？曾未知命⑦，中年陨卒。以上将显而卒。

【注释】

①谠（dǎng）言：正直的言论。

②承华：太子东宫的宫门名。

③先朝：已故皇帝，这里指世祖武帝。末命：遗命。

④圣列：同圣烈，这里指晋惠帝。

⑤帝闼（tà）：帝宫，皇宫。

⑥天秩：上天赐予的福禄。

⑦知命：知命之年，即五十岁。《论语·为政》有云："五十而知天命。"

【译文】

　　你的正直之言，忠心之谋，终于得到了世祖的嘉许，于是召你做太子仆，在太子宫辅助太子。惠帝敬遵世祖遗命，提升你做散骑常侍，进入帝宫事奉皇上，你的家族无限荣光。我曾听说，积善之家神将降予幸福吉祥，能够享有悠长寿命和天赐福禄。为何你却染上这种疾病？未到知命之年就去世了！以上叙述夏侯湛将显耀时不幸去世。

　　鸣呼哀哉！唯尔之存，匪爵而贵，甘食美服，重珍兼味。临终遗誓，永锡尔类。敛以时袭①，殡不简器②。谁能拔俗，生尽其养？孰是养生，而薄其葬？渊哉若人③，纵心条畅，杰操明达，困而弥亮④。以上遗令之善。

【注释】

①时袭：平时所穿的衣服。

②器：指寿器，即棺材。

③渊：深沉。若人：你这个人。

④困：指困于疾病。

【译文】

　　真是让人悲痛哀伤！你在世时，不是因为有了官爵才显尊贵，你的家族世代美食和丽服,拥有各种珍奇和美味。临终之时你有遗嘱,永远可以作为榜样。入殓只穿平时衣服,不要选择贵重寿器。谁人能够像你这样超凡脱俗,虽然在生享尽厚养?谁人能够在世之时养尊处优,去世之后如此薄葬?你这个人真是深沉,心胸开阔,明理通达,操行杰出,身被困于疾病,心境却更豁达。以上叙述夏侯湛遗言之美好。

枢辂既祖①,容体长归,存亡永诀,逝者不追②。望子旧车,览尔遗衣,愊抑失声③,迸涕交挥。非子为恸,吾恸为谁?呜呼哀哉!

【注释】

①枢辂(lù):灵车。祖:出行时祭祀路神,代指出行。

②不追:不能追及。

③愊(bì)抑:因哀伤而中气郁结。

【译文】

灵枢既已出门上路,容颜肉体长眠地下,生死两别,逝者难追。望着你用过的旧车,看着你留下的衣裳,痛哭失声,泪水挥洒。我的悲痛如果不是因为你,还能为谁?呜呼哀哉!

日往月来,暑退寒袭,零露沾凝,劲风凄急。惨尔其伤,念我良执①,适子素馆②,抚孤相泣。前思未弭,后感仍集,积悲满怀,逝矣安及。呜呼哀哉!以上述哀。

【注释】

①良执:好友。

②适：去，到，往。素馆：故馆，故居。

【译文】

日来月往，暑热退去寒冷袭来，零落露珠渐为凝霜，凛冽寒风凄冷急吹。想起你啊，我的良友，我心怀伤感来到你生前故居，抚着孤儿相与哭泣。前面悲思还未止住，后起伤感又已郁集，悲哀积满整个心怀，你已逝去，怎能再见？呜呼哀哉！以上叙述作者之哀伤。

马汧督诔

【题解】

本文是一篇内容较特殊的诔文，所悼之人既非作者的亲戚朋友，又非作者的相识故知。作者是有感于马敦的动人事迹和冤屈而写作这篇诔文的。因此，作者在文章中着力叙说了马敦临危不惧、想尽办法保卫汧城（在今陕西陇县）的艰难与伟大，尽情抒发了自己对马敦遭诬受屈死于狱中的不平和愤慨。赞美之意、哀叹之感、同情之心，通过深切的文辞、多样的手法，跃然纸上。

马敦是雍州属下的汧地的督守，故作者在题中称之为马汧督。

惟元康七年秋九月十五日①，晋故督守关中侯扶风马君卒②。呜呼哀哉！初雍部之内属羌反③，未弭，而编户之氏又肆逆焉④。虽王旅致讨，终于殄灭⑤，而蜂虿有毒⑥，骤失小利。俾百姓流亡，频于涂炭⑦。建威丧元于好畤⑧，州伯宵遁乎大溪⑨。若夫偏师褊将之陨首覆军者⑩，盖以十数；剖符专城、纡青拖墨之司奔走失其守者⑪，相望于境。秦、陇之僭⑫，巩更为魁⑬，既已袭汧而馆其县⑭。子以眇尔之身⑮，介乎重围之里，率寡弱之众，据十雉之城⑯。群氏如猬毛而起⑰，四面雨射城中。城中凿穴而处,负户而汲⑱。木石将尽,樵苏乏竭⑲,刍荛罄绝⑳,于是乎发梁栋而用之。罝以铁镰机关㉑,既纵礌而又升焉㉒。爨陈焦之麦㉓,柿栒桷之松㉔,用能薪刍不匮㉕,人畜取给,青烟傍起,枥马长鸣。凶丑骇而疑惧㉖,乃阙地而攻㉗。子命穴浚堑㉘,寘壶镭瓶瓾以侦之㉙。将穿响作,内焚矿火薰之㉚,潜氏歼焉。久之,安西之救至㉛,竟免虎口之厄,全数百万石之积,文契书于幕府㉜。

【注释】

①元康七年:297 年。元康,西晋惠帝年号。

②扶风:古代郡名,在今陕西凤翔一带。

③雍部:雍州下属的一个地区。部为古代的一种区域单位,比郡小,一郡分为二至五部。属羌:已经归顺的羌人。

④氐:即西戎,我国西北的一个少数民族。

⑤殄(tiǎn)灭:灭亡。

⑥虿(chài):虫名,蝎子一类的毒虫。

⑦涂炭:非常苦的处境。涂为泥淖之意,炭指炭火。

⑧建威:指周处,他被朝廷命为讨伐氐族的建威将军。丧元:丧命,牺牲。好畤(zhì):地名,在今陕西乾县东部。

⑨州伯:一州之长,这里指雍州刺史解系。大溪:地名。

⑩偏师:非主力部队。裨将:副将。

⑪剖符专城:指持有帝王所授予的符节信物,主宰一方的州牧、太守等官员。纡(yū)青拖墨之司:比喻地位显贵。

⑫僭(jiàn):僭越,超出规定范围。

⑬巩更:人名,为氐人首领。

⑭馆:以……为馆,以……为宿止之地。

⑮眇尔：微弱貌。

⑯雉：古代度量单位，城墙长三丈高一丈为一雉。

⑰猬：刺猬。

⑱户：门，这里指门板。

⑲樵苏：指柴草。

⑳罄（qìng）：器中空，引申为完、尽。

㉑罥（tiāo）：吊起。鏁：同“锁”。

㉒礧（lèi）：推石从高处往下击，这里指推栋梁往下击。

㉓爨（cuàn）：燃火煮饭。陈焦：存放时间过久而发黑。

㉔柹（fèi）：削下的木屑，这里用为动词。梠（lǚ）：屋檐。桷（jué）：椽子。

㉕用：因之，因此。

㉖凶丑：指氐人。

㉗阙：通“掘”。挖。

㉘浚壍（qiàn）：深的壕沟或护城河。

㉙寘（zhì）：同“置”。罃：像瓶、壶一类的器具。瓿（wǔ）：瓦制的酒器。

㉚穬（kuàng）：去壳的大麦。

㉛安西：指夏侯骏，为安西将军。

㉜幕府：指将帅办公的地方。

【译文】

元康七年秋季九月十五日，我晋原督守、关中侯，扶风人马敦君去世。真让人悲痛哀伤！起初，雍州辖城内已经归附的羌人造反，还没有平息下去，已经编入户籍的氐人又疯狂地暴乱。虽然我晋军队出动征讨，最后把叛乱平定，但就像胡蜂、蝎子一类毒虫也能伤害人一样，羌、氐的屡次暴虐，也给我晋造成了不少的损失。使当地的老百姓流离失所，生活在水深火热的边缘，处境极其艰难。建威将军周处在好畤丧生,作为一州之长的雍州刺史解系在大溪趁着黑夜逃遁。覆灭的非主力部队,牺牲的副将,算起来得以十计;执有朝廷符节信物、系着青色或黑色绶带的官员们,丢掉他们所管之地逃跑的,在那个地方随处可见。在陕、甘一带僭越称王的,是氐人的首领巩更,他们袭击汧县并在那里驻扎下来。您以弱小之躯,处于重围之中,率领的部众人少势弱,占据的只是一个小小的城池。而氐人却像刺猬竖起毛刺一样密集,从四面八方射向城内的箭矢,就像下雨一样。城里的人只能挖掘地洞住下,背着门板去打水。当武器用的木头和石块即将用光,柴草缺乏,喂马的草料更是早已断绝,这时候,您命令拆下房屋的梁和栋来当武器用。把它们安上铁链和机关,使其既可以从高处冲击敌人,又能在击后收回。用多年积存的已经发黑的大麦当柴烧,从屋檐和椽子上削下木屑充当马料,因此使柴草马料不再缺乏,人和牲畜都能吃上东西,青烟缕缕升起,战马在食槽边嘶鸣。残暴凶恶的氐人大为惊恐,迷惑不解,于是就挖掘隧道攻城。您命令挖深壕,并在壕沟边壁上装上壶、瓶等器物,用以侦察氐人的动静。这些器物在沟壁将被氐人挖通的时候发出了响声,于是您就命令焚烧去壳的大麦,用烟火熏他们,从地下进攻的氐人被歼灭了。时间过了很久,安西将军率领的救兵到了,终于使汧城避免落于虎口的厄运,城里储藏的百万石积粮,全数保全下来,您的功劳已写在文书上,放在征西大将军司马肜的幕府中。

圣朝畴咨,进以显秩,殊以幢盖之制①。而州之有司②,乃以私隶数口,谷十斛,考讯吏兵,以榀楚之辞连之③。大将军屡抗其疏曰④:"敦固守孤城,独当群寇。以少御众,载离寒暑⑤。临危奋节,保谷全城。而雍州从事忌敦勋效⑥,极推小疵,非所以褒奖元功⑦。宜解敦禁劾,假授⑧。"诏书遽许,而子固已下狱发愤而卒也。朝廷闻而伤之,策书曰:"皇帝咨故督守关中侯马敦,忠勇果毅,率厉有方⑨,固守孤城,危逼获济。宠秩未加,不幸丧亡,朕用悼焉。今追赠牙门将军印绶,祠以少牢⑩。魂而有灵,嘉兹宠荣。"然洁士之闻秽,其庸致思乎⑪?若乃下吏之肆其噤害⑫,则皆妒之徒也。嗟乎!妒之欺善,抑亦贸首之仇也⑬。语曰:"或戒其子,慎无为善⑭。"言固可以若是,悲夫!

【注释】

①幢盖:用作仪仗的旗帜等物,为将军、刺史一级的仪仗所用。

②州之有司:这里指雍州掌管刑法的官员,即下文的"雍州从事"。

③榎(jiǎ)楚:也作"夏楚",一种木制的刑具。

④大将军:指梁王肜,为征西大将军。

⑤离:遭逢。

⑥勋效:勋劳,功劳。

⑦元功:大功。

⑧假授:假借名义授予官职。

⑨厉:鼓励。

⑩祠:春祭,泛指祭祀。少牢:祭祀时使用猪、羊。

⑪庸:用。

⑫噤害:口里不说可心存害人之意。

⑬贸首之仇:不共戴天、欲取敌之首级的深仇大恨。

⑭或戒其子,慎无为善:《淮南子·说山训》载:"人有嫁其子而教之曰:'尔行矣,慎无为善。'"

【译文】

　　圣明的皇上访知后,将进封您显要的官阶,并特别赐予将军、刺史一级的仪仗礼遇。但雍州掌管刑法的官吏,却以您私自用了几个奴仆、十斛粮食为借口,拷问审讯您属下的官员和士兵,用逼供之辞来把您牵连。征西大将军屡次上疏为您辩护说:"马敦坚守孤立无援的汧城,独自抵抗众多的来犯之敌。用很少的守兵抵御了极多的侵犯之敌,寒来暑往历经一年。身临危险,奋扬忠节,保护了粮食,保全了城池。而雍州掌管刑法的官吏却嫉妒马敦的功劳,将一点小小的过失扩大到极致,这不是奖赏大功之臣的做法。应该解除对马敦的囚禁和追查,并以正当的名义授予他更高的官职。"皇上很快下达诏书,许可这样做,但您这时已经因被捕下狱心中激愤而去世了。朝廷听说后,很是哀痛,下达策书说:"皇帝访知原督守、关中侯马敦,忠心耿耿,英勇果敢,率领和鼓励士卒颇有方法,坚守孤城,在敌人进逼的危险境况中,使城池得以保全。荣宠官爵还没加封,就不幸逝去,朕因此表示哀悼!今追赠马敦牙门将军的金印和绶带,并用少牢的礼节祭享。魂魄有灵,特赠以这些恩宠荣誉。"然而,高洁之士听到对自己的恶意中伤,还用去多想吗?如果说到那些下级官吏,他们虽然口中不语,却心中存有害人之意,都是些嫉贤妒能的下流之辈!可叹啊!嫉妒者欺侮有善行德能的人,或许也像对待他们的不共戴天的仇敌一样吧!《淮南子》中说道:有一个人告诫他将要出嫁的女儿说:"你一定要十分小心,千万不要去做好事。"居然能说出这样的话,太可悲了!

　　昔乘丘之战①,县贲父御鲁庄公②。马惊,败绩③。贲父曰:"他日未尝败绩,而今败绩,是无勇也。"遂死之。圉人浴马④,有流矢在白肉⑤。公曰:"非其罪也。"乃诔之。汉明帝时,有司马叔持者⑥,白日于都市手剑父仇,视死如归,亦命史臣班固而为之诔⑦。然则忠孝义烈之流,慷慨非命而死者,缀辞之士,未之或遗也。天子既已策而赠之,微臣托乎旧史之末⑧,敢阙其文哉?乃作诔曰:

【注释】

①乘丘:地名,春秋时为鲁国之地,在今山东兖州西北。

②县贲父:人名,鲁庄公的御夫。

③败绩:军队溃败。

④圉(yǔ)人:养马的仆人。

⑤白肉:指马的大腿深处。

⑥司马叔持:人名。

⑦班固:东汉著名史家,《汉书》的作者。

⑧史:指史官。

【译文】

以前在乘丘之战中,县贲父给鲁庄公驾车。因为马受惊,而使鲁庄公打了败仗。县贲父说:"从前未曾打过败仗,而今天却失败了,这都是因为我不勇敢的缘故啊。"于是就冲入敌阵,直到战死。后来,养马的人在给马洗澡时发现马的大腿深处有箭头。鲁庄公知道后,说:"打败仗,不是贲父他的过错。"于是就作了一篇诔文来赞美县贲父。汉明帝时,有一个叫司马叔持的人,大白天在都市中手握利剑,杀掉父亲的仇敌,把死亡看做像回家一样,明帝也命令史臣班固为司马叔持写作诔文加以表彰。这样看来,尽忠、孝顺、节义、刚烈的人,慷慨激昂为了特殊目的牺牲生命的人,那些文学之士是不会把他们忘掉的。皇上已经颁布策书对马敦进行追赠加封,微臣我托身在以往史官的末列,有他们的记载作基础,我敢缺文不为吗?于是写下了这篇诔文:

　　　知人未易,人未易知。嗟兹马生,位末名卑。西戎猾夏①,乃奋其奇。保此汧城,救我边危。以上八句总挈纲领。彼边奚危? 城小粟富。子以眇身,而裁其守②。兵无加卫,堳不增筑③。嫠嫠群狄④,豺虎竞逐。巩更恣

睢⑤,潜跱官寺⑥;齐万虓阚⑦,震惊台司⑧。声势沸腾,
种落煽炽⑨。旌旗电舒,戈矛林植,彤珠星流⑩,飞矢雨
集。惴惴士女,号天以泣。爨麦而炊,负户以汲。累卵
之危,倒悬之急。以上汧事危急。

【注释】

① 猾:扰乱。

② 裁:决定。

③ 墉:城墙。

④ 婪婪:极贪婪貌。狄:古代汉人对西部少数民族的一种称呼。

⑤ 恣睢:放肆、暴戾貌。

⑥ 跱(zhì):止,这里是占据之意。官寺:官署,衙门。

⑦ 齐万:人名,即齐万年,羌族的另一个首领。虓阚(xiāo hǎn):老
　 虎发怒咆哮,这里用以表示羌人发怒逞凶。

⑧ 台司:朝廷重臣。台是三台之省,古以三台指三公。

⑨ 种落:部落。煽炽:大火越燃越旺呈燎原之势。

⑩ 彤珠:火红的铁珠。

【译文】

　　要了解人并非易事,要人了解也非易事。这个马敦,令人感
慨,职位很低,名分卑微。西戎凶顽扰乱中原,马敦于是展示奇才。
有谋有勇保全汧城,解救国家边地之危。以上八句总括了马敦之事迹。
那个边城有何危险? 城池虽小,储粮却多。您用自己卑微身份,决
定指挥坚守孤城。士卒数量没有增加,城墙高度没有增筑。众多
狄人贪婪无比,就像虎狼追逐猎物。氐王巩更放肆暴戾,偷袭官府
将其占据;羌王齐万年就像猛虎发怒咆哮,我晋重臣也感震惊。声
势浩荡,羌、氐部落纷纷反叛,如同大火就要燎原。羌、氐之旗飘扬

飞舞如同电闪；羌、氐利戈长矛林立，烧红的铁珠，如星飞流；射来的箭矢，似雨在下。汧城之中乱成一片，男男女女心惊胆战，哭天喊地泪流满面。燃烧焦麦用来煮饭，背起门板才去取水。整个城池异常危急，就像鸡蛋垒成高堆，就像有人被倒挂。以上叙述汧城事态危急。

　　马生爱发，在险弥亮。精贯白日，猛烈秋霜，棱威可厉，懦夫克壮，沾恩抚循①，寒士挟纩②。蠢蠢犬羊③，阻众陵寡④，潜隧密攻，九地之下。惬惬穷城⑤，气若无假⑥。昔命悬天，今也惟马。惟此马生，才博智赡⑦。侦以瓶壶，劂以长堑⑧。锸未见锋⑨，火以起焰，薰尸满窟，搯穴以敛⑩。木石匮竭，其稈空虚，睸然马生⑪，傲若有余。枵梁为礌，柿松为刍，守不乏械，枥有鸣驹。以上马敦守汧方略。

【注释】

①抚循：即"抚巡"。抚慰巡视。

②纩（kuàng）：丝棉絮。

③蠢蠢：蠕动貌。

④阻：恃，依仗。陵：侵侮。

⑤惬惬（qiè）：忧惧。

⑥气若无假：气像是不长了，即活不了多久。假，有"不能稍稍借以时日"意。

⑦赡：丰足，充足。

⑧劂（liè）：割裂，这里指挖掘。

⑨锸（chā）：插地起土用的锹。

⑩掊（póu）：以手扒土。

⑪箕秆：豆秆，代指燃料。秆，同"秆"。

⑫睴（xián）然：英武貌。

【译文】

　　马敦于是站了出来，危险时刻越显高风亮节。精诚可通白日，勇猛刚烈犹如秋霜，凛凛气魄可以激励所有士卒，就连懦夫也变坚强，关怀安抚将士百姓，犹如寒冬送来棉衣。羌、氐之人，如同犬羊蠢蠢而动以多欺少，暗挖隧道秘密进攻。围困之城充满忧惧，就像人气息若无，在世之时已经不长。过去这城命运由天，今天全靠马敦。这个马敦才学广博，足智多谋。命令士卒挖好壕沟，在壕沟壁上放好瓶壶，用来侦察敌人动静。未等敌人铁锹露出，壕沟之中火焰已起，挖地之敌逃脱不及，熏死之人尸体满洞，扒开穴土草草埋葬。到后来木头石块极为缺乏，柴草马料也将断绝，马敦英勇无畏，傲然不惧。吊起屋梁作为礌石，削下屋檐和椽子上的木屑喂马，这样就使守卫城池不缺武器，食槽旁边马儿嘶鸣。以上叙述马敦守汧城的方略。

　　哀哀建威，身伏斧质①，悠悠列将②，覆军丧器。戎释我徒③，显诛我帅，以生易死，畴克不二④。圣朝西顾，关右震惶⑤，分我汧、陇⑥，化为寇粮。实赖夫子，思谟弥长⑦，咸使有勇，致命知方⑧。以上功勋。

【注释】

①质：通"锧"。古时杀人时使用的锧垫。

②悠悠：使人忧伤貌。

③戎：即西戎，氐人。

④畴：谁。

⑤关右：关西。关，指函谷关。

⑥分：料想。

⑦谟：谋划。

⑧方：地方，所在。

【译文】

　　让人悲痛啊，建威将军竟被杀害，很多将官全军覆灭丢盔弃甲。西戎之人释放我兵，大肆杀掳我军将帅，您还能够将己生命置于死地，谁能像您坚贞不二。圣明朝廷向西顾望，函谷关以西的局势令人惊慌，料想汧城所积之粮将为敌据。实靠马敦深谋远虑，使勇敢者死得其所。以上讲述马敦的功勋。

　　我虽末学，闻之前典：十世宥能①，表墓旌善②。思人爱树，甘棠勿翦③。矧乃吾子，功深疑浅④。两造未具⑤，储隶盖鲜⑥，孰是勋庸⑦，而不获免。猾哉部司⑧，其心反侧⑨，斫善害能，丑正恶直。牧人逶迤，自公退食⑩，闻秽鹰扬，曾不戢翼⑪。忘尔大劳，猜尔小利，苟莫开怀⑫，于何不至？慨慨马生⑬，硍硍高致⑭，发愤图圄⑮，没而犹眠。以上因冤狱引决。呜呼哀哉！

【注释】

①宥：谅宥，宽恕。能：指有才能的人。

②表墓：修坟追赠，表彰死者。

③思人爱树，甘棠勿翦：典出《诗经·召南·甘棠》，中有"蔽芾甘棠，勿翦勿伐，召伯所茇"句。甘棠，植物名，即棠梨。翦，通"剪"。

④疑：指似是而非、尚无定论的罪过。

⑤两造：指诉讼双方，即原告和被告。

⑥储：指储存的粮食。鲜：少。

⑦庸：功劳。

⑧部司：即前文所说的"州之有司"。

⑨反侧：不正。

⑩牧人逶迤，自公退食：出自《诗经·召南·羔羊》："委蛇委蛇，自
　公退食。"牧人，为官之人，这里指马敦。委蛇，即"逶迤"。公正
　貌。自公退食，从办理公务、退出公门，到返回家中吃饭。

⑪戢（jí）翼：收敛翅膀，停止飞翔。

⑫开怀：心胸开阔，能容纳别人。

⑬慨慨：愤激貌。

⑭硍硍（láng）：坚强貌。

⑮囹圄（líng yǔ）：监狱。

【译文】

　　我这个人学陋思浅，但也听过前典所载：修其坟墓给以封赠以
表彰美德，其后十代都予宽恕。思念其人，与之相关之树也加爱
护，召伯歇息甘棠树下，"甘棠不剪"以纪念召伯。何况马敦功劳很
大，所疑之罪极其微小。诉讼双方未曾对质，粮食奴仆数量很少，
哪个功臣不能赦免？雍州刑官心术不正，残害忠良打击贤能，丑化
君子中伤好人。马敦为官，在公在私，堪称表率，疾恶如仇，就像雄
鹰闻到臭味就会立即高飞，一刻也不会收翅停飞。忘记您的巨大
功绩，猜疑您的施人恩惠，如果有人心胸狭窄，还有什么事情会做
不出来？马敦慷慨激昂，他的高风亮节不容污蔑，由于心中激愤死
在狱中，虽死不能瞑目。以上讲马敦因冤狱自杀。呜呼哀哉！

安平出奇①，破齐克完；张孟运筹②，危赵获安。汧

人赖子，犹彼谈、单，如何吝嫉，摇之笔端？倾仓可赏，矧云私粟？狄隶可颂③，况曰家仆？剔子双龟④，贯以三木⑤，功存汧城，身死汧狱。凡尔同围，心焉摧剥，扶老携幼，街号巷哭。鸣呼哀哉！

【注释】

①安平：安平君田单，战国时齐人，因破燕复齐有功，受封于安平，故称安平君。

②张孟：张孟谈，战国时赵国谋臣，事见《战国策·赵策一·张孟谈既固赵宗章》。

③颂：分赏。

④剔：消除，夺去。双龟：双印。马敦因既是汧督又是关中侯，故有双印。龟为龟纽，马敦所掌之印以龟为纽，故以龟代指。

⑤三木：古代的一种刑具，用来加在犯人的颈、手、足上。

【译文】

安平之君曾出奇策，使得残齐能够保全；张氏孟谈运筹帷幄，使得赵国重获安全。汧城人民依靠您，就像齐、赵依靠田单、张孟谈，为什么如此小气，如此嫉妒，抓住小过大书特书置人于死地！倾仓公粮可作奖赏，何况只是私人之粟？所获之狄全可为奴，下赏士卒，何况只是几个家仆？夺去您的龟纽双印，加您身上三木刑具。有保全汧城的功勋，却死在了汧城的狱中。那些同被围困者，心崩情摧，悲痛欲绝，扶老携幼来到街巷，哀号哭泣。鸣呼哀哉！

明明天子，旌以殊恩，光光宠赠，乃牙其门。司勋颁爵①，亦兆后昆②。死而有灵，庶慰冤魂③。鸣呼哀哉！

以上哀荣。

【注释】

①司勋：掌管功赏之事的官员。

②兆：开始，延续，这里指爵位可以承袭下去。后昆：后代子孙。

③庶：希望。

【译文】

　　圣明皇上洞察秋毫，为表彰您施以殊恩，赠予牙门将军的爵号，何等荣耀，何等宠幸。司勋之官爵封颁授，使您子孙世代承袭。人死之后也有灵气，希望这些能够慰藉您的冤魂。呜呼哀哉！以上叙述死后得到的荣誉。

哀永逝文

【题解】

　　本文是作者用来悼念亡妻的哀文，通过对妻子逝世后安葬过程的叙述，来抒发作者的哀伤和思念之情。文章作者在对永别的动态叙述中，诉说着自己不变的哀思，最后用"庶无愧兮庄子"含蓄然而坚定地表达出"永不变心"的意味。看来刘勰对潘岳"巧于序悲，易入新切"的评价（见《文心雕龙》）是实事求是的。文章语言的骚体形式，又使作者的哀思更显凄婉。

　　启夕兮宵兴①，悲绝绪兮莫承②。俄龙辒兮门侧③，嗟俟时兮将升。嫂侄兮惝惶④，慈姑兮垂矜⑤。闻鸣鸡兮戒朝，咸惊号兮抚膺⑥。逝日长兮生年浅，忧患众兮欢乐尠⑦。彼遥思兮离居，叹河广兮宋远⑧；今奈何兮一举，邈终天兮不反？

【注释】

①启夕：出殡的前夜。

②宵兴：夜起。绝绪：思想失去了头绪。

③俄：倾侧。龙辒：绘有龙形图案的丧车。

④惝（zhāng）惶：慌张，忙乱。

⑤慈姑：妻子对丈夫母亲的称呼，即婆婆。矜：哀怜。

⑥抚膺：捶胸，形容痛苦、悲伤、郁抑等情感的发泄。

⑦尟（xiǎn）：同"鲜"。

⑧河广、宋远：引自《诗经·卫风·河广》："谁谓河广？一苇杭之；谁谓宋远？跂予望之。"以表达当初妻子思念父母之情。

【译文】

出殡的前夕，我悲伤之极，思绪混乱，无法理清相接。将那绘有龙形图案的灵车放在大门边，哀叹着等待将灵柩放上灵车的时刻。嫂子侄儿们，慌张忙乱不知所措，你的婆婆满怀着哀怜。听到了鸡叫声，天色渐明，大家全都悲哀地号哭捶胸。你永远地去了，你的有生之年是这样短暂，遭受的忧患很多，得到的欢乐极少。想起当年你刚嫁我，还总是想着你遥远的父母亲，舍不得和他们分开，感叹着黄河太宽，宋地太远；而如今，你一下飞到天极，不再返回。

尽余哀兮祖之晨，扬明燎兮援灵辒①。彻房帷兮席庭筵②，举酹觞兮告永迁③。凄切兮增欷，俯仰兮挥泪，想孤魂兮眷旧宇，视倏忽兮若仿佛。徒仿佛兮在虑，靡耳目兮一遇。停驾兮淹留，徘徊兮故处。周求兮何获？引身兮当去。

【注释】

①燎：大烛。辒（chūn）：装载灵柩的车子。

②房帷：房中的丧幛。

③酹(lèi)：以酒洒地表示祭奠。

【译文】

　　我倾尽我的哀思，又在早晨祭祀了路神，举着明亮的火烛，拉起送你的灵车。撒下房中的丧幛，围上你的灵柩，再在庭院中铺上席子，摆上祭品将你祭奠，举起酒杯，将酒洒地，和你永远地告别。凄惨悲切，又是一番抽泣；抬头低头，都忍不住泪挥如雨。想起你孤独的灵魂，还眷念着旧居，眼前仿佛忽然闪过你的身影。在我的脑海中，你形影飘忽，我未曾再亲耳听到过你的一声言语，未曾再亲眼看见过你的一次容颜。停住车驾，滞留一会，我在你过去常在的地方徘徊；到处寻找，又能有何收获？只能转身离去。

　　去华辇兮初迈^①，马回首兮旋旆^②。风泠泠兮入帷，云霏霏兮承盖。鸟俯翼兮忘林，鱼仰沫兮失濑^③。怅怅兮迟迟，遵吉路兮凶归^④。思其人兮已灭，览余迹兮未夷。昔同涂兮今异世，忆旧欢兮增新悲。

【注释】

①华辇：即前文所谓的"龙辒"。

②旆(pèi)：旗帜的通称。

③濑(lài)：湍急之水。

④凶归：怀着遭受灾祸的心情回来。

【译文】

　　灵柩已从华丽的灵车上卸下，刚刚往回走，马儿就回首眷望，旌旗也纷纷掉头。清冷之风吹入车帷，阴云密布沉压车盖。鸟儿低旋忘了归林，鱼儿仰游跃进急流。心情怅惘，行步缓缓，走着平常的吉路，却有遭遇灾祸而归的感觉。想念你却人已经辞世,看你留下的遗迹,仍然依旧。忆往昔,我们曾同途携手,想今日,我们已身处异世,回想旧日欢乐,更增新的悲哀。

　　谓原隰兮无畔①,谓川流兮无岸。望山兮寥廓,临水兮浩汗②。视天日兮苍茫,面邑里兮萧散③。匪外物兮或改,固欢哀兮情换。嗟潜隧兮既敞④,将送形兮长往。委兰房兮繁华⑤,袭穷泉兮朽壤⑥。

【注释】

①原隰(xí):广平低湿之地。

②浩汗:即浩瀚。

③萧散:萧条零落。

④潜隧:指墓道。

⑤委:弃。

⑥袭:及,至。穷泉:九泉,地下。

【译文】

　　我的悲痛哀伤像平远广阔的低洼沼泽没有边际,像长江大河没有涯岸。仰望群山,群山空旷;临水而望,水面浩瀚。仰视九天和太阳,苍茫一片;面对乡土故里,顿觉萧条暗淡。不是各种景物有了什么改变,原来是心情由欢乐变成了悲哀。让人哀叹啊,墓道已经打开,就要送你的形骸与世长辞。抛弃了兰草之房的似锦繁花,到了九泉之下的腐土之中。

　　中慕叫兮擗摽①,之子降兮宅兆②。抚灵榇兮诀幽房,棺冥冥兮埏窈窈③。户阖兮灯灭,夜何时兮复晓?

【注释】

①中慕：内心思念。擗（pǐ）漂：拊心而悲。

②之：语助词。子：指作者亡妻。宅兆：坟墓四周，代指坟墓。

③埏（yán）：墓道。窈窈：深暗貌。

【译文】

内心思念抚心悲号，你就要进到你的坟墓。抚摸灵柩和你在幽深的墓穴前永别，棺木沉沉墓道深深。墓门关闭，地灯熄灭，漫漫长夜，何时才会再天明？

归反哭兮殡宫①，声有止兮哀无终。是乎非乎何遑②？趣一遇兮目中③。既遇目兮无兆④，曾寤寐兮弗梦⑤。既顾瞻兮家道，长寄心兮尔躬。

【注释】

①殡宫：临时停柩的地方。

②遑（huáng）：闲暇。

③趣：求。

④兆：见于形状。

⑤寤寐（wù mèi）：睡梦。

【译文】

回来后又到殡宫哭号，哭声会停止，而哀情没有终了。是真是幻，哪有时间去管它？我只求再亲眼见你一次。但终于没有再见到你的形体，就是在睡眠中也没有梦见和你相逢。我既要照顾家庭的生活，同时又总是把你记挂。

重曰：已矣！此盖新哀之情然耳。渠怀之其几何①？庶无愧兮庄子②。

【注释】

①渠：他。

②无愧兮庄子：《庄子·至乐》载有这样一个故事，庄子妻死，惠子吊之，庄子正好"箕踞鼓盆而歌"。惠子说："与人居，长子老身，死不哭亦足矣，又鼓盆而歌，不亦甚乎？"庄子回答说："不然。是其始死也，我独何能无概然？察其始而本无生，非徒无生也而本无形，非徒无形也而本无气。……人且偃然寝于巨室，而我嗷嗷然随而哭之，自以为不通乎命，故止也。"这个故事说明庄子达观超脱，作者这里说"无愧兮庄子"，是想表明自己希望从痛苦悲伤中解脱出来。

【译文】

多说一句：算了吧！这大概只是新遭丧之后的哀伤之情罢了。他能怀念她到什么时候？希望不要在通达超脱的庄子面前感到愧疚！

金鹿哀辞

【题解】

本文是作者哀悼夭亡之女的一篇短小韵文。文章虽仅七十二字，但却很得"哀辞"这种文体的精髓。晋人挚虞《文章流别论》中说："哀辞之体，以哀痛为主，缘以叹息之辞。"南朝梁人刘勰《文心雕龙·哀吊》中论："哀辞大体，情主于痛伤，而辞穷乎爱惜。……必使情往会悲，文来引泣，乃其贵耳。"本文所表达的摧心之痛，正是哀辞的本色。

嗟我金鹿①，天姿特挺②。鬒发凝肤③，蛾眉蛴领④。柔情和泰,朗心聪警。呜呼上天,胡忍我门? 良嫔短世,令子夭昏⑤。既披我干,又翦我根。块如瘣木⑥,枯荄独存⑦。捐子中野⑧,遵我归路⑨。将反如疑⑩,回首长顾。

【注释】

①金鹿:潘岳的女儿。

②特挺:出众,超群。

③鬒(zhěn)发:发黑而多。凝肤:肤如凝脂。

④蛴(qí)领:《诗经·卫风·硕人》中有"领如蝤蛴"。比喻脖颈乳白。

⑤夭:不到成年而死。昏:昏冥,死地。

⑥瘣(huì)木:木干肿大而无枝,光秃病残的样子。

⑦荄(gāi):树根。

⑧中野:旷野之中。《周易·系辞下》:"葬之中野,不封不树。"即不起坟不植树,草草掩埋了事。

⑨遵:循,沿。

⑩将反如疑:将要回去,却总疑心亡人犹在。反:同"返"。

【译文】

让人悲哀啊,我亲爱的金鹿,你天生貌美出类拔萃。黑黑的头发,洁白润泽的肌肤,眉毛如卧蛾而脖颈像蝤蛴。温柔的神情平和沉静,明朗的心思聪明机警。哎呀老天,你怎么这么忍心对待我的家室? 我贤淑的妻子活得那么短,我可爱的女儿又夭折了! 既摧折了我的树干,又剪除了我的树根。像一根光秃老病的木头,我像干枯的树根一样孤单地活在世界上。把爱女草草掩埋在旷野里,慢慢走上我的归家之路。将要返回去了却总疑心亡人犹存,一次又一次回过头来久久凝望。

陆机

陆机简介参见卷二。

吊魏武帝文 并序

【题解】

魏武帝即曹操。他生前只封称魏王,其子曹丕称帝后才追尊为太祖武皇帝。元康八年(298),陆机出任著作郎,得以出入秘阁,见到了曹操的遗嘱,颇有感慨,于是写了这篇吊文。他对曹操的雄心壮志和一生伟业予以肯定,但对其临终前的儿女情长则不以为然。陆机的序充满悲泣之情,感叹即使是具有超人资质的伟人也不得不对死亡让步。文章很有哲理,正文却嫌冗长繁杂。

元康八年①,机始以台郎出补著作②。游乎秘阁③,而见魏武帝遗令,怃然叹息④,伤怀者久之。客曰:"夫始终者⑤,万物之大归⑥;死生者,性命之区域。是以临丧殡而后悲⑦,睹陈根而绝哭⑧。今乃伤心百年之际,兴哀无情之地⑨,意者无乃知哀之可有⑩,而未识情之可无乎?"

【注释】

①元康八年：298年。元康为晋惠帝司马忠年号。

②台郎：晋时将尚书郎称为台郎。补：委任官职。著作：官名，著
　作郎。

③秘阁：官署名。国家藏书籍和档案的地方。

④忾（xì）：叹息。

⑤始终：生死。

⑥大归：最后归宿。

⑦临丧殡：来到停柩吊祭之处。

⑧陈根：隔年的枯草。绝哭：不再哭泣。

⑨无情之地：秘阁不是动情的地方。

⑩意者：估计，猜测。无乃：岂不是。

【译文】

　　元康八年，我陆机开始以尚书郎的身份担任著作郎。得以出入国
家收藏书籍和档案的秘阁，看到了魏武帝的遗嘱，叹息感伤了很久。有
人说："始终，这是万物的归宿；死生，是生命所在的区域。所以来到停
柩吊祭之处就会悲痛，看到墓地隔年的荒草就不再哭泣。今天却为一
个百年前去世的人伤心，在秘阁这不该动情的地方悲哀，料想是只知道
此事值得伤感，而不知道不该如此动情。"

　　机答之曰："夫日食由乎交分①，山崩起于朽壤，亦云数
而已矣②。然百姓怪焉者，岂不以资高明之质③，而不免卑浊
之累；居常安之势，而终婴倾离之患故乎④？"夫以回天倒日
之力，而不能振形骸之内⑤；济世夷难之智⑥，而受困魏阙之
下⑦。已而格乎上下者⑧，藏于区区之木⑨；光于四表者⑩，翳
乎蕞尔之土⑪。雄心摧于弱情⑫，壮图终于哀志⑬。长算屈

于短日^⑭,远迹顿于促路^⑮。呜呼!岂特瞽史之异阙景^⑯,黔黎之怪颓岸乎^⑰?观其所以顾命冢嗣^⑱,贻谋四子^⑲,经国之略既远,隆家之训亦弘^⑳。又云:"吾在军中,持法是也。至于小忿怒,大过失,不当效也。"善乎达人之诡言矣^㉑。持姬女而指季豹以示四子曰^㉒:"以累汝。"因泣下。伤哉! 曩以天下自任^㉓,今以爱子托人。同乎尽者无余,而得乎亡者无存^㉔。然而婉娈房闼之内^㉕,绸缪家人之务^㉖,则几乎密与^㉗?又曰:"吾婕好伎人^㉘,皆著铜爵台^㉙。于台堂上施八尺床^㉚,张缞帐^㉛,朝晡上脯糒之属^㉜,月朝十五^㉝,辄向帐作伎^㉞。汝等时时登铜爵台,望吾西陵墓田^㉟。"又云:"余香可分与诸夫人。诸舍中无所为^㊱,学作履组卖也^㊲。吾历官所得绶^㊳,皆著藏中^㊴。吾余衣裘,可别为一藏。不能者,兄弟可共分之。"既而竟分焉。亡者可以勿求,存者可以勿违,求与违不其两伤乎^㊵?悲夫! 爱有大而必失,恶有甚而必得。智慧不能去其恶,威力不能全其爱。故前识所不用心^㊶,而圣人罕言焉。若乃系情累于外物^㊷,留曲念于闺房^㊸,亦贤俊之所宜废乎?于是遂愤懑而献吊云尔。

【注释】

①交分:交指日月相会,分指日月分离。

②数:命运。

③资:凭。

④婴:遭逢。

⑤振:振作。形骸:人的躯壳。

⑥夷:平定。

⑦魏阙：指魏王府第。

⑧已而：最后。格乎上下：上至天下至地,指功劳巨大。格,至,到。

⑨区区之木：小小的棺木。

⑩光于四表：光辉普照四方。

⑪翳(yì)：掩盖。蕞(zuì)尔：小小的样子。

⑫弱情：疾病。

⑬哀志：将死。

⑭长算：高超的谋略。短日：寿命短促。

⑮远迹：远大的功业。顿：困。促路：短促的人生历程。

⑯特：只是。瞽(gǔ)：盲人,指乐官,古代常以盲人担任乐官。史：史官,古代史官兼掌历法。阙景：指日食。

⑰黔黎：百姓。颓岸：山崩。

⑱顾命：遗嘱。冢嗣：嫡长子。冢,长。

⑲贻：留下。谋：所交代的事情。

⑳隆：兴盛。弘：远。

㉑达人：明智通达之人。谠(dǎng)言：正直之言。

㉒姬女：妾所生之女。季豹：幼子曹豹。

㉓曩(nǎng)：往昔。

㉔同乎尽者无余,而得乎亡者无存：人死精神也就不存在了,身亡意识就没有了,曹操和众人一样,所以感到悲伤。

㉕婉娈(luán)：缠绵的样子。房闼(tà)：房室,内室。

㉖绸缪(móu)：情意殷殷的样子。

㉗几：近。密：仔细。

㉘婕妤(jié yú)：宫中女官。伎人：歌舞艺人。

㉙著：安置。铜爵台：即铜雀台,建安十五年(210),曹操筑于邺城(今河北临漳西南)。

㉚施：致。

㉛繐(suì)帐：设在灵前用稀疏麻布作的幔帐。

㉜朝晡(bū)：早晨和下午。脯：干肉。糒(bèi)：干饭。

㉝月朝：每月初一。

㉞作伎：表演歌舞。

㉟西陵：因在邺城西，故名。

㊱诸舍：各房夫人。无所为：没事做。

㊲履组：有丝带饰物的鞋。组，丝带。

㊳绶：丝带，用来拴玉和印。

㊴藏：柜子类的东西。

㊵两伤：曹操的要求有亏于廉，众子违背他的意愿有害于义，所以说"两伤"。

㊶前识：有先见的人。

㊷情累：感情上的牵累。

㊸曲念：缠绵悱恻的情念。

【译文】

　　我回答说："日食是由于日月交会分离而产生的，山崩是源于土壤的朽坏，这不过是天命罢了。然而百姓却感到奇怪，难道不是因为以太阳这样高明的资质却仍不能摆脱卑浊的牵累，以高山那样的居常安之势却终究会遭遇分崩离析的灾祸的缘故吗？"有着回天倒日的强大力量，却不能让自己的躯体长久健康；有着救世平乱的大智慧却受困于委王府中。立下显赫功劳的人最后卧于小小的棺木之中，曾经光辉普照四方的人终被掩埋于一抔黄土之中。雄心为疾病所摧折，壮志因死亡而终结。高超的计谋不得不屈服于短促的寿命，远大的功绩受困于短暂的人生。唉！难道只有史官惊异于日食，百姓惊异于山崩吗？看魏武帝临终嘱咐长子曹丕，交代四个儿子的事情，不仅离治理国家的方针大计相去甚远，离隆盛永道的教训也差距很大。又说："我在军中，按军法办事是对的。至于发的小脾气，犯的大过失，你们都不准效法。"说得好！这是一个明智超达的人的正直之言。怀中抱着妾所生之女,指着小儿子曹豹对四个儿子说:"拖累你们了。"说着就流下了眼泪。可悲啊! 过去以天下为己任,今天将爱子托付他人。人死精神就不存在了,身亡意识就没有了,曹操和平常人在死亡面前是一样的。但他情意缠绵于内室之中,殷勤留意于家中事务,则有些过于仔细了。又说:"我的女官和歌舞艺人,都安排在铜雀台上。在台上正堂中放一张八尺床,挂上灵幔,早晚供上肉、饭之类的祭品;每月初一、十五,向着灵帐表演音乐歌舞。你们兄弟时时登上铜雀台,瞭望我的西陵墓地。"又说:"剩下的熏香可分给各房夫人。夫人们如无事可做,可以学做有丝带饰物的鞋出卖。我一生做官所得的绶带,都藏在柜子中。我剩下的衣物,可另外收藏。如果不能的话,你们兄弟可以共同分掉。"过后他的儿子们竟然真的分了。死者可以不要求收藏起来,活着的人可以不违背死者的嘱托,死者的要求有亏于廉,众子违背他的意愿有害于义,因而两方面都有缺陷。太可悲了! 爱这种感情过于深厚了最终必然会有所失落,厌恶很深反而会有所收获。智慧不能去掉厌恶的东西,威力不能保全所爱之物。所以有先见之明的人不在这种问题上用心,圣人孔子也极少提到这个问题。像这样感情受身外之物的牵累,缠绵悱恻的感情留在闺房之中,即使是俊贤之士也是应当避免的吧? 于是感到激愤郁闷而献上这篇祭吊之文。

　　接皇汉之末绪①,值王途之多违②。伫重渊以育鳞③,抚庆云而遐飞④。运神道以载德⑤,乘灵风而扇威⑥。摧群雄而电击,举勍敌其如遗⑦。指八极以远略⑧,必翦焉而后绥⑨。厘三才之阙典⑩,启天地之禁闱⑪。举修网之绝纪⑫,纽大音之解徽⑬。扫云物以贞观⑭,要万途而来归⑮。丕大德以宏覆⑯,援日月而齐晖。济元功于九有⑰,固举世之所推⑱。以上言魏武经营八极、牢笼万有之概。

【注释】

①末绪:末世。

②王途:国家政治状况。违:不正,混乱。

③伫:久立,停留。鳞:指龙。

④抚:摸,这里是依托的意思。庆云:五色云,祥瑞之云。

⑤载:行。

⑥扇:显示。

⑦勍(qíng):强劲。如遗:像扔掉废弃的东西一样。

⑧八极:八方极远之地。远略:建立武功于远方。

⑨翦:消灭。绥:安抚。

⑩厘:整理。三才:天、地、人。阙:同"缺"。典:典章制度。

⑪禁闱:本指官禁之地,此处比喻不合理的典章。

⑫修网:国家纲纪。绝纪:断绝的纲纪。

⑬纽:系上。大音:高尚的音乐,这里比喻礼乐。徽:琴徽,系琴弦
的绳子。系琴弦的绳子散了,比喻礼崩乐坏。

⑭云物:天象云气,比喻群凶。贞观:指清明的政治。

⑮要:通"邀"。拦截。万途:各地的割据势力。来归:来归顺曹操,
指统一北方。

⑯丕:扩大。大德:最高尚的品德。覆:庇荫。

⑰济:成。元功:大功。九有:九州。

⑱推:推崇。

【译文】

上承汉朝末世,正当国家一片混乱之际。在九重深渊之中培植龙
鳞,依托祥云而高飞。借助高明的方法以施行德政,顺应有效的时尚显
示其声威。摧毁群雄似电闪雷击,歼灭强敌像丢弃垃圾。剑指八方极
远之地开疆拓土,必定先剪除劲敌再加以安抚。整理国家缺失的典章,
敢于触动不合理的旧规。重整朝廷败坏的纲纪,力改礼崩乐坏的大局。

扫除群凶以实现清明的政治,招致各方势力归顺。弘扬高尚的品德为百姓庇荫,日月与之同辉。在中原成就伟大的功业,因而得到了世人的推崇。以上叙述魏武帝曹操经营八方极远之地、笼络万物的气概。

　　彼人事之大造①,夫何往而不臻②？将覆篑于浚谷③,挤为山乎九天④。苟理穷而性尽,岂长算之所研⑤？悟临川之有悲⑥,固梁木其必颠。当建安之三八⑦,实大命之所艰⑧。虽光昭于曩载⑨,将税驾于此年⑩。

【注释】

①人事:人力所能及之事。大造:大功劳。

②臻:至。

③覆篑(kuì):倒一筐土。浚谷:深谷。

④挤:即"跻",升高。

⑤苟理穷而性尽,岂长算之所研:事物的义理,人的本性都已进行了追究。

⑥临川之有悲:孔子看到水流不止,感叹道:"逝者如斯夫。"

⑦三八:汉献帝建安二十四年(219)。

⑧大命:上天赋予的权力和使命。艰:艰难,曹操因病而行使权力艰难。

⑨曩载:过去的年代。

⑩税(tuō)驾:卸下驾车的马,指曹操去世。

【译文】

　　尽最大努力去建立丰功,一切目的都能达到。雄心勃勃往深谷倒土,堆土成山要达九天。义理、人性都可暂且研究,虽有雄心谋略却无法将死亡研讨。感悟孔子临川生悲,明白了栋梁之材也有倾颓的一天。

建安二十四年,你行使上天赋予的权力和使命产生了困难。虽然过去的年代曾光彩夺目,这一年却要将驾车的马卸到一边。

　　惟降神之绵邈①,眇千载而远期②。信斯武之未丧③,膺灵符而在兹④。虽龙飞于文昌⑤,非王心之所怡。愤西夏之鞠旅⑥,溯秦川而举旗⑦。逾镐京而不豫⑧,临渭滨而有疑。冀翌日之云瘳⑨,弥四旬而成灾⑩。咏归途以反旆⑪,登崤渑而揭来⑫。次洛汭而大渐⑬,指六军曰念哉⑭。以上叙武帝归自关中,死于洛阳。

【注释】

①降神:天生圣人。绵邈:遥远的样子。

②千载而运期:圣人千年才会有一个。

③斯武:这一功业。

④膺:接受。灵符:上天的符命。

⑤龙飞:帝王即位。文昌:官殿名。

⑥西夏:指刘备。鞠:誓师。

⑦溯秦川而举旗:指建安二十四年三月,曹操率军自长安沿渭水西行讨伐刘备。溯,逆流而上。秦川,陕西渭水西岸,因是秦故地,所以称秦川,这里指渭水。

⑧镐京:周代都城。在今陕西长安西北,这里指长安。不豫:帝王有病称不豫。

⑨冀:希望。翌日:第二天。瘳(chōu):病好。

⑩弥:长,这里指历经之意。

⑪咏:长叹。反旆(pèi):还军。建安二十四年十月,曹操回师洛阳。

⑫崤渑:即崤山,在今河南洛宁北,西北接陕西界,东接渑池县界。

揭（qiè）来：回来。

⑬次：至，到。洛汭（ruì）：洛水转弯处，指洛阳。大渐：病危。

⑭六军：曹操率领的军队。念哉：临死前对军士们的嘱咐。

【译文】

天降神灵并非容易，出一个圣人要一千年。诚然曹操的功业不会丧失，上天的符命仍在曹氏。虽然未来的天子会出自文昌，魏王内心并不高兴。恨刘备而誓师出兵，逆渭水而上高举战旗。过长安而觉生病，到渭水而产生疑虑。希望很快能够病愈，过了四十天却大病成灾。长声叹息挥师而返，登上崤山往回来。至洛阳而病危，指着六军做最后的嘱托安排。以上叙述魏武帝从关中归来，病死在洛阳。

伊君王之赫奕①，寔终古之所难②。威先天而盖世，力荡海而拔山。厄奚险而弗济③？敌何强而不残？每因祸以提福④，亦践危而必安。讵在兹而蒙昧⑤，虑噤闭而无端⑥。委躯命以待难，痛没世而永言⑦。抚四子以深念，循肤体而颓叹⑧。迨营魄之未离⑨，假余息乎音翰⑩。执姬女以嗚瘁⑪，指季豹而濒焉⑫。气冲襟以呜咽，涕垂睫而汍澜⑬。违率土以靖寐⑭，戢弥天乎一棺⑮。以上言托姬女、季豹之非。

【注释】

①伊：发语词。赫奕：盛大的样子，指曹操功劳很大。

②终古：永远。

③厄：困顿，灾难。奚：何。弗济：不能克服。

④提（zhī）：安。

⑤兹：这时。蒙昧：病重不晓事。

⑥噤闭：开口说话困难。

⑦永言:长言,指临死前为身后叮嘱不已。

⑧颓叹:昏倒。

⑨迫:及。营魄:魂魄。

⑩假:借着,趁着。音翰:指发表遗令。

⑪颦(pín):皱眉。瘁:悲伤。

⑫漼(cuǐ):流泪。

⑬汍(wán)澜:流泪的样子。

⑭违:离开。率土:一统天下。靖寐:死去。靖,同"静"。

⑮戢(jí):收敛。弥天:满天,指天大的志向。

【译文】

君王要完成伟大的功业,自古就很艰难。曹操威势为天下先,才德高于世人,勇气一鼓足可掀海撼山。什么样的危难不能渡过,什么样的敌人不能打败?每每因祸得福,常常转危为安。如今病重人已昏昧,开口说话都困难。奄奄一息等着死亡降临,痛感将死而交代遗言。抚摸着四个儿子深深地眷念,抚遍身体昏倒一侧。趁魂魄还没离开躯体,余息尚存留下遗言。拉着幼女皱眉悲伤,指着幼子涕泪涟涟。气冲胸襟呜咽不止,涕泪滂沱流满面颊。抛下功业永远安眠,远大的志向也都埋没进棺木。以上叙述曹操托付妾所生女儿和幼子曹豹的不合适的地方。

咨宏度之峻邈①,壮大业之允昌②。思居终而恤始,命临没而肇扬③。援贞吝以基悔④,"虽在我而不臧"⑤。惜内顾之缠绵⑥,恨末命之微详⑦。纡广念于履组⑧,尘清虑于余香⑨。结遗情之婉娈,何命促而意长?陈法服于帷座⑩,陪窈窕于玉房⑪。宣备物于虚器⑫,发哀音于旧倡⑬。矫戚容以赴节⑭,掩零泪而荐觞⑮。物无微而不存,体无惠而不亡⑯。庶圣灵之响像⑰,想幽神之复光⑱。苟形声之翳没⑲,虽音景其必藏⑳。徽清弦而独奏㉑,进脯糒而谁尝? 悼缥帐之冥漠㉒,怨西陵之茫茫。登爵台而群悲,眝美目其何望㉓? 既晞古以遗累㉔,信简礼而薄葬。彼裒绂于何有㉕,贻尘谤于后王㉖。嗟大恋之所存,故虽哲而不忘㉗。览遗籍以慷慨㉘,献兹文而凄伤。以上言作伎、进脯、分香、卖履、别藏裒绂之非。

【注释】

①咨:叹。峻邈:高远。

②壮:惊叹大业宏伟。允:诚然。

③肇:开始。

④贞:王道。惎(jì)悔:教之悔悟。

⑤臧:善。

⑥内顾:对于家事的顾念。

⑦末命:遗命。微详:细致详明。

⑧纡:迂回萦绕。

⑨尘:烦劳。清虑:清醒的头脑。

⑩法服:礼服。

⑪窈窕:指曹操的各房夫人。玉房:指铜雀台。

⑫宣:布置。虚器:虚设的器物。

⑬旧倡:旧日的歌伎。

⑭矫:举,带着。赴节:按节拍歌舞。

⑮荐觞:向灵帐献祭物。

⑯物无微而不存,体无惠而不亡:物虽微但有长存的,人虽有思想,却没有不亡的。

⑰庶:希望。圣灵:指曹操。响像:音容笑貌。

⑱幽神:指曹操。

⑲翳没：淹没。

⑳虽音景其必藏：意指音随声，影随形，形声都已淹没，影响也必然消失了。景，同“影”。身影。

㉑徽：弹奏。独奏：无人欣赏。

㉒冥漠：晦暗。

㉓眝(zhù)：远望。

㉔晞(xī)古：仰慕古人薄葬之风。遗累：免得留下牵累。

㉕绂(fú)：即绶。

㉖尘谤：世俗的谤议。

㉗哲：圣哲。

㉘遗籍：指曹操的遗嘱。

【译文】

感叹曾有恢宏的气度，曾立下宏伟功业。临终时忧虑身后之事，濒死时一一叮咛。援引成败得失加以教诲，“即使是我也有做得不好的地方”。可惜对家事顾念过于缠绵，遗憾的是遗嘱过于细微明详。悠悠思绪萦绕于做鞋做带的杂事，清醒的头脑却在考虑余香这样的俗务。一腔遗情深挚殷切，何以生命如此短促情意却那样深长！生前的礼服陈放于帷座之上，姬妾仍陪侍在旁。摆设着一应物品，旧日的歌伎在哀婉地吟唱。面带悲戚踏着节拍歌舞，擦着眼泪将祭物供上。物虽微但能长存，人虽有思想却没有一个不死亡。希望能再现曹操的音容笑貌，企盼他能重现容光。如果形声俱已淹没，其影响也必定消亡。琴声悠扬无人欣赏，供上的祭品有谁品尝？哀痛帐幕晦暗不明，怨恨西陵渺渺茫茫。登上铜雀台众人皆悲，纵目远眺不知望向何方？既仰慕古人不愿留下牵累，也确实精简礼仪实行了薄葬。那皮衣绶带何在呢？自遭谤议于后王。可以对家人深存眷恋，即使是圣贤不能淡忘。阅读遗令慷慨异常，献上这篇吊文心中凄伤。以上叙述曹操安排伎妾、进脯、分香、卖履、找地方存储裘绶的不合适的地方。

陶潜

陶潜简介参见卷五。

自祭文

【题解】

这是陶渊明为自己写的一篇祭文。作者在文中回忆了自己坎坷的一生，自己的清正不阿、磊落光明；自己的闲适自得、娱乐自然；自己的清贫生活等。文章清幽隽永中含一份孤独与悲冷，在朴素中有一种深厚之韵致。

　　岁惟丁卯①，律中无射②，天寒夜长，风气萧索，鸿雁于征，草木黄落，陶子将辞逆旅之馆③，永归于本宅。故人凄其相悲，同祖行于今夕④。羞以嘉蔬⑤，荐以清酌。候颜已冥，聆音愈漠。呜呼哀哉！

【注释】

①丁卯：丁卯年。时当南朝宋元嘉四年(427)。

②无射：十二律之一，这里指九月。

③逆旅之馆：旅馆，此指人世间。

④祖行：送行，指临终前探视。

⑤羞：同"馐"。美味的食物。这里作动词用，指进献供菜。

【译文】

现时为丁卯年九月，天冷夜长，万物萧瑟，大雁匆匆在天空飞过，草木枯黄凋落，我即将辞别寄居的人生，永归故里地下安眠。亲戚朋友悲伤哀婉，今晚一同来为我送行。他们用鲜美的水果作供品，用清淡的水酒当陈献。见我脸色黯淡无光，听我的声音淡漠邈远。哎，悲伤之至啊！

茫茫大块，悠悠高旻①，是生万物，余得为人。自余为人，逢运之贫，箪瓢屡罄②，绤绤冬陈③。含欢谷汲，行歌负薪，翳翳柴门④，事我宵晨。春秋代谢，有务中园。载耘载籽，乃育乃繁。欣以素牍，和以七弦。冬曝其日，夏濯其泉⑤。勤靡余劳，心有常闲。乐天委分，以至百年。

【注释】

①悠悠：遥远的样子。高旻（mín）：指上天。旻，天，天空。

②罄：空。

③绤绤（chī xì）：葛布的统称。绤，细麻布。绤，粗麻布。陈：陈列。
　绤绤都是夏天穿的，在冬天拿了出来，说明没有御寒的衣服。

④翳翳（yì）：昏暗的样子。

⑤濯（zhuó）：洗。

【译文】

茫茫大地，悠悠高天，你们孕化万物，我得生在人间。我到人间，家境贫寒，无衣无食，夏衣冬穿。然而，从谷涧取水我乐而忘忧，背负柴薪我且歌且行，身处昏暗陋室我自得其乐，日夜忙碌我心满意足。春秋交替，园中事多。除草培土，作物繁衍。喜读书牍，乐奏琴瑟。冬晒太阳，夏浴清泉。勤劳全无杂念，心静常有余闲。安守本分，以享天年。

惟此百年，夫人爱之。惧彼无成，愒日惜时^①。存为世珍，没亦见思。嗟我独迈，曾是异兹。宠非己荣，涅岂吾缁^②？捽兀穷庐^③，酤饮赋诗。

【注释】

①愒（kài）：贪爱。

②涅：黑色染料。缁（zī）：黑色。

③捽（zuó）兀：傲然挺立的样子。

【译文】

想人一生，人人爱惜。总怕一事无成，所以惜时如金。人们活着时想功成名就得人艳美，死去时想留名青史为人思念。而我却我行我素，与众不同。受人尊崇并非我的荣耀，世俗的黑染缸怎能改变我的本色？意气傲然住茅屋，酣畅饮酒赋诗篇。

识运知命，畴能罔眷？余今斯化，可以无憾。寿涉百龄，身慕肥遁。从老得终，奚所复恋？寒暑逾迈，亡既异存。外姻晨来，良友宵奔。葬之中野，以安其魂。窅窅我行^①，萧萧墓门。奢耻宋臣^②，俭笑王孙^③。

【注释】

①窅窅（yǎo）：深远的样子。

②宋臣:指春秋时宋国的桓魋。他为自己制造了一具雕镂精工的
　石椁,工匠用了三年不能完成。

③王孙:指西汉杨王孙。他临终时,命其子为他裸葬。

【译文】

五十知命而身亡,谁能浑然不恋生? 我现在死去,可以无遗恨。我
已是迟暮之年,早就羡慕隐居生活。老而死去,有何留恋? 冬夏交替变
更,死亡人生快事。外姻亲戚清晨赶来奔丧,旧朋老友连夜前来吊唁。
把我葬在野外,让我的魂灵安息。我远远离开了,墓门前阴风萧瑟。以
桓魋墓葬奢侈为耻,以杨王孙葬礼过俭为辱。

　　廓兮已灭,慨焉已遐。不封不树①,日月遂过。匪贵前
誉,孰重后歌。人生实难,死如之何。呜呼哀哉!

【注释】

①封:聚土成堆。树:种树。

【译文】

万事俱灭而寂寥,我已远去而感喟。不起高坟不种树,顺其自然岁
月流。不得生前赞誉,哪顾死后歌颂? 人生确是艰难,死了又有什么
呢? 哎,让人悲伤啊!

祭从弟敬远文

【题解】

这是一篇纪念从弟敬远的祭文。文章回忆了自己与敬远的亲情、
相交、相知,赞美了敬远的才华与人格,大有惋惜之情。文章情意真挚,
语言平朴自然,笔随意走,自然天成。

岁在辛亥①,月惟仲秋,旬有九日,从弟敬远②,卜辰云窆③,永宁后土。感平生之游处,悲一往之不返。情恻恻以摧心,泪愍愍而盈眼④。乃以园果时醪⑤,祖其将行⑥。呜呼哀哉!

【注释】

①辛亥:东晋义熙七年(411)。

②从(zòng)弟:堂弟。

③窆(biǎn):下棺安葬。

④愍愍(mǐn):伤心的样子。

⑤醪(láo):浊酒。

⑥祖:饯行的一种隆重仪式,祭路神后,在路上设宴为人送行。

【译文】

辛亥年仲秋八月,时十九日,堂弟敬远,择吉时下葬,永眠地下。感怀一生交游,悲叹一去而不返。情绵延而肠寸断,泪涓涓而满眼。用果品醇酒来为他送行吧。哎,多么悲痛啊!

於铄吾弟①,有操有概。孝发幼龄,友自天爱②。少思寡欲,靡执靡介。后己先人,临财思惠。心遗得失,情不依世。其色能温,其言则厉③。乐胜朋高,好是文艺。

【注释】

①於铄:赞叹词。《诗经·周颂·酌》:"於铄王师,遵养时晦。"铄,美。

②友自天爱:天性与人友爱。

③其言则厉:说话严肃。

【译文】

吾弟敬远令人敬佩,既有操守又有气度。从小孝敬父母,天性与人为善。清心寡欲,为人随顺,性情开朗。先人后己,有钱分人。心中不计得失,感情不趋时俗。他态度温和,谈话严肃。喜结亲朋好友,爱好文学艺术。

遥遥帝乡,爰感奇心。绝粒委务,考槃山阴①。淙淙悬溜②,暧暧荒林③。晨采上药,夕闲素琴。曰仁者寿,窃独信之。如何斯言,徒能见欺！年甫过立,奄与世辞。长归蒿里,邈无还期。

【注释】

①考槃(pán):快乐。《诗经·卫风·考槃》:"考槃在涧,硕人之宽。"

②悬溜:倾泻的小股水流。

③暧暧(ài):昏昧不明貌。

【译文】

遥遥仙境佳地,才知吾弟之心。辟谷不食远时世,清心乐在山水间。瀑布淙淙流,山林暗暗生。晨起采好药,晚夕弹素琴。孔子说仁者长寿,我心中曾默信此言。如今想起这话,才知道受了欺骗！刚过而立之年,忽然与世长辞。永远去到荒芜坟地,永无回还之日！

惟我与尔,匪但亲友,父则同生,母则从母。相及龆龀①,并罹偏咎②。斯情实深,斯爱实厚。念畴昔日,同房之欢。冬无缊褐③,夏渴瓢箪④。相将以道,相开以颜。岂不多乏,忽忘饥寒。

【注释】

①龆龀(tiáo chèn)：垂髫换齿之时，指童年。龆，"髫"之俗字。

②罹：遭受。偏咎：偏丧，这里指父亲丧亡。

③缊(yùn)褐：犹缊袍。泛指贫者所服粗陋之衣。缊，乱麻，旧絮。

④瓢箪(dān)：《论语·雍也》："一箪食，一瓢饮，在陋巷，人不堪其忧，回也不改其乐。"后以"瓢箪"喻指安贫乐道。箪，古代盛饭的圆竹器。

【译文】

我与你，不只是至亲朋友，父亲为同一父母所生，母亲是亲姐妹。我们都是七八岁时，父亲故亡。相互感情真挚，友爱深厚。想起以前，同室玩耍。冬天无粗布衣服，夏天缺饮少食。相互用道义劝勉，相互以开颜解忧。哪里是不贫穷呢？只是因友爱而忘掉了饥寒。

　　余尝学仕，缠绵人事。流浪无成，惧负素志，敛策归来，尔知我意。尝愿携手，寘彼众议①。每忆有秋，我将其刈②，与汝偕行，舫舟同济。三宿水滨，乐饮川界，静月澄高，温风始逝。抚杯而言，物久人脆。奈何吾弟，先我离世！

【注释】

①寘(zhì)：放置，安置。众议：世俗的议论。

②刈(yì)：收割庄稼、除草。

【译文】

我曾进入仕途，人事烦扰。四处流动一事无成，害怕失去本性，悬崖勒马回归田园，你知道我的心意。总愿与我携手共处，置世俗意见于不顾。每到秋季，我将收割庄稼之时，和你同行，两船并驶。常在水边歇宿，喜欢在江边畅饮，月亮静悬高空，天空一片澄明，温润和风飘逝。

把盏自语,慨叹事物长久而人生短暂。为什么我的贤弟,先我而逝。

　　事不可寻,思亦何极? 日徂月流①,寒暑代息。死生异方,存亡有域。候晨永归,指涂载陟②。呱呱遗稚,未能正言;哀哀嫠人③,礼仪孔闲。庭树如故,斋宇廓然。孰云敬远,何时复还?

【注释】

①徂(cú):消逝。

②涂:走向墓地的道路。载:则。陟:登。

③嫠(lí)人:寡妇。

【译文】

　　事情往往无迹可寻,想它又哪里有个终极? 月流日逝,寒暑交替。死者与生者在不同的地方,存者与亡者有不同的区域。等着下棺时,你就永归地下,被指引着走向墓地。遗留的呱呱幼子,还不能说出完整的句子;撇下的哀哀寡妇,非常贤惠知礼。庭树依然如故,屋宇空阔寂然。谁能知道敬远,何时返归回来?

　　余惟人斯,昧兹近情。蓍龟有吉①,制我祖行。望旐翻翻②,执笔涕盈。神其有知,昭余中诚。呜呼哀哉!

【注释】

①蓍(shī)龟:指卜筮。蓍草和龟均为古时卜筮用具。筮用蓍草,卜用龟甲。

②旐(zhào):魂幡。出丧为棺柩引路的旗。

【译文】

　　我揣想人们啊，不会理解我们间的亲近之情。可是卜卦有吉兆，让我送你远行。看着灵柩前的魂幡飘扬，我手握笔管泪水已充满了眼眶，倘若你的灵魂有知，你应该明白我的一片至情啊。哎，多么令人悲伤！

颜延之

颜延之(384—456),字延年,南朝宋临沂(今属山东)人。少孤贫,博览群籍,善为文章,吴国内史以为行参军、秘书监、太常,后官至光禄大夫。《宋书·颜延之传》说他"好酒,疏诞不能斟酌当世,……每犯权要","居身清约,不营财利"。主要诗文有《五君咏》《北使洛》《还至梁城作》《陶征士诔》《祭屈原文》等。当时有"颜、谢(灵运)"之称。钟嵘《诗品·中品》中评其作品:"体裁绮密,情喻渊深,动无虚散,一句一字,皆致意焉。又喜用古事,弥见拘束。虽乖秀逸,是经纶文雅才。"

陶征士诔

【题解】

诔是我国古代的一种哀祭文体,用来对死者表示哀悼,对死者的德行事迹进行表彰。这篇诔文是作者用来哀悼陶潜的,表达了作者对陶潜的深切哀悼和尊敬、景仰之情。

陶潜,一名渊明,字元亮,魏晋南北朝时期著名的田园诗人,曾入仕途,后弃官隐居,以诗酒自娱,不受朝廷征召。古代称被朝廷征召而不肯受职的人为征士,所以本文称陶潜为陶征士。

颜延之做始安郡守时,途经浔阳,常常到陶潜处饮酒,两人诗酒相投,相交至深。

　　夫璿玉致美①,不为池隍之宝②;桂椒信芳③,而非园林之实,岂期乐深而好远哉? 盖云殊性而已④。故无足而至者,物之藉也⑤;随踵而立者⑥,人之薄也⑦。若乃巢、高之抗行⑧,夷、皓之峻节⑨,故已父老尧、禹⑩,锱铢周、汉⑪。而绵世浸远,光灵不属⑫,至使菁华隐没⑬,芳流歇绝⑭,不其惜乎? 虽今之作者⑮,人自为量⑯,而首路同尘⑰,辍涂殊轨者多矣⑱。岂所以昭末景⑲,泛余波。

【注释】

①璿(xuán):同“璇”。美玉。

②池隍:城池。

③信:确实。

④盖:大体,大概。殊性:本性不同。

⑤物之藉:凭借外物。藉为凭借之意。

⑥随踵:跟随别人的脚后跟,追随别人。

⑦薄:鄙薄。

⑧巢:巢父,尧时隐士,传说尧曾以天下让他,不受。高:伯成子高,禹时放弃作诸侯而耕。抗行:高尚的德行。

⑨夷:伯夷,商末隐士,商纣王无道,避而居东海之滨。皓:即商山四皓。秦末,天下大乱,夏黄公、东园公、绮里季、甪里先生都隐居商山。四人皆白须眉,故称四皓。峻节:高尚的节操。

⑩父老尧、舜:把尧舜看做一般的父老,即轻视尧舜。

⑪锱铢:古代重量单位,六铢为一锱,四锱为一两,这里作动词用,轻视之意。

⑫属（zhǔ）：连，继。

⑬菁（jīng）华：精华，这里指品德优秀的人物。

⑭芳流：这里指行为芳洁的人物。

⑮作者：才智超群的人。

⑯量：计量，打算。

⑰首路同尘：一开始踏上仕途便随波逐流。

⑱辍涂殊轨：走到半途就停止不前而另辟他路。辍，中止之意。涂，同"途"。

⑲末景：将落下的太阳。

【译文】

　　一块美玉，质地极好，而不做殿堂庙宇的宝物；桂树和椒树，确实芳香，但不栽种在皇家园林之中，难道是它们愿意藏在深山密林、喜欢远离人烟吗？大体说来，只是因为它们的本性不同罢了。所以，没有脚而能到处去的，是凭借了外物；跟在别人脚后跟立身，是人们所鄙薄的。具有像巢父、伯成子高那样的高尚德行和伯夷、隐居商山的四位老人那样的高风亮节的人，已经把尧舜看做一般的父老，把成周盛汉也不放在眼里。而因时代久远，先贤圣达们的光华灵气不能得到继承，以致精华人物湮没无闻，行为芳洁的人再也不能出现，难道不可惜吗？当今出类拔萃、才智超群的人，人人为自己打算，刚一踏上仕途便随波逐流、同流合污或走到半路便改弦易辙的人太多了。难道这就是落日余晖、余波泛滥吗？

　　有晋征士浔阳陶渊明①，南岳之幽居者也②。弱不好弄③，长实素心。学非称师，文取指达④，在众不失其寡，处言愈见其默⑤。少而贫病，居无仆妾，井臼弗任⑥，藜菽不给⑦，母老子幼，就养勤匮⑧。远惟田生致亲之议⑨，追悟毛子捧檄之怀⑩,初辞州府三命⑪,后为彭泽令。道不偶物⑫,弃官从好。遂乃解体世纷⑬,结志区外⑭,定迹深栖,于是乎远。灌畦鬻蔬⑮,为供鱼菽之祭;织绚纬萧⑯,以充粮粒之费。心好异书,性乐酒德⑰,简弃烦促⑱,就成省旷⑲。殆所谓国爵屏贵、家人忘贫者与⑳?有诏征为著作郎㉑,称疾不到。春秋若干,元嘉四年月日㉒,卒于浔阳县之某里㉓。近识悲悼,远士伤情,冥默福应㉔,呜呼淑贞㉕。

【注释】

①有:发语词,常放在朝代名称前。浔阳:今江西九江。

②南岳:南山,指庐山。幽居:隐居。

③弱:年幼时。弄:卖弄。

④指达:达意。

⑤处言:在大家高谈阔论之时。

⑥井臼:汲水舂米,指日常生活。

⑦藜(lí):草名,初生时可食用。菽(shū):豆类的总称。

⑧就养勤匮:供养辛劳而仍缺乏。

⑨惟:思,想到。田生:田过,战国时人。致亲之议:典出《韩诗外传》,指为了父母而事奉君王的议论。

⑩毛子:毛义,后汉人。捧檄之怀:典出《后汉书》,指毛义以被征召做官而喜,是因为屈从父母的缘故。

⑪命:征召。

⑫道不偶物:主张和世俗不合。

⑬解体:使肉体解脱。

⑭区外:指世俗之外。

⑮鬻(yù):"育"的借字,培养,种植。

⑯绚(qú)：鞋头的饰物。纬萧：纺织蒿草为席。

⑰酒德：指酒，源自刘伶《酒德颂》。

⑱简弃：抛弃。烦促：繁杂狭促的俗物。

⑲就成：养成。省旷：简易旷达的性格。

⑳国爵屏贵：国家给的封爵也觉得不贵重。

㉑著作郎：古代的一种官职，负责编撰国史。

㉒元嘉四年：427年。元嘉为南朝宋文帝年号。

㉓某里：指栗里。

㉔冥默福应：寂寂无闻地获得善终。

㉕淑贞：美好方正。

【译文】

西晋征士、浔阳郡的陶渊明，是一位庐山的幽居者。年幼时就不好卖弄，长大成人后更是增加了朴素之心。好学但不为人师，为文但求达意，虽立身众生之间，却不失自己的独特个性，大家高谈阔论之时，更见出他的静默无争。从小就贫病交加，生活起居没有仆人侍妾，汲水舂米无法胜任，饭菜时有短缺，母亲老了，孩子年幼，辛勤供养但仍缺乏。想起远古时代的田过为了父母而事奉君王的议论，追思毛义为了屈从父母以被征召做官而喜的情怀，先推辞了州府的多次征聘，后还是做了彭泽县令。主张和世俗不合，因此便辞掉官职，随从自己的喜好。于是超脱于纷乱的世事之外，明了自己的志向于世俗之外，隐居深山，远离尘嚣。浇灌菜园、种植菜蔬，为的是供给祭祀之用；编织东西，为的是赚几个买粮食的钱。内心喜好奇书，性格爱好喝酒，抛弃繁杂狭促的俗物，养成旷达的性格。这大概就是国家给的封爵也不觉贵重，家人都忘掉了贫穷是何物的境界吧？后又征他做著作郎，他借身体有病不去。许多年以后，南朝宋元嘉四年某月某日，死于浔阳县栗里。附近认识的人悲痛地追悼，远方的高士们伤痛悲哀，寂寂无闻地获得善终，美好方正的品德值得哀叹。

夫实以诔华，名由谥高，苟允德义①，贵贱何算焉②？若其宽乐令终之美，好廉克己之操，有合谥典，无愆前志③。故询诸友好，宜谥曰靖节征士。其辞曰：

【注释】

①苟：假如。允：符合。

②算：计较。

③愆（qiān）：违背。

【译文】

朴实无华的品质由诔文增添光彩，名声因为谥号而增高，假如行为符合道德之义，贵贱又何必计较呢？而他有宽怀欢乐死去的美好结局，又有行为方正能约束自己的节操，符合谥典的规定，没有违背自己以往的志向。所以向诸多朋友交好询问请教后，我认为适宜谥为"靖节征士"。诔辞是这样说的：

物尚孤生，人固介立①，岂伊时遘②，曷云世及？嗟乎若士③，望古遥集，韬此洪族④，蔑彼名级。睦亲之行，至自非敦⑤，然诺之信，重于布言⑥，廉深简洁，贞夷粹温，和而能峻，博而不繁。依世尚同，诡时则异⑦，有一于此，两非默置。岂若夫子⑧，因心违事⑨，畏荣好古，薄身厚志⑩。世霸虚礼⑪，州壤推风⑫。孝惟义养⑬，道必怀邦⑭。人之秉彝⑮，不隘不恭⑯。爵同下士，禄等上农。度量难钧⑰，进退可限⑱，长卿弃官⑲，稚宾自免⑳。子之悟之，何悟之辩㉑？赋诗归来㉒，高蹈独善㉓。亦既超旷，无适非心㉔，汲流旧巘㉕，葺宇家林㉖，晨烟暮霭，春煦秋阴,陈书缀卷㉗,置酒弦琴。居备勤俭,躬兼贫病,人否其忧㉘,子然其命㉙。隐约就闲㉚,迁延辞聘㉛,非直也明㉜,是惟道性㉝。纠缠斡流㉞,冥漠报施㉟,孰云与仁㊱,实疑明智㊲。谓天盖高,胡訾期义㊳?履信曷凭㊴?思顺何寘㊵?年在中身㊶,疢维痁疾㊷,视死如归,临凶若吉,药剂弗尝,祷祀非恤㊸,傃幽告终㊹,怀和长毕㊺。

【注释】

①介:特出。

②遘(gòu):遭遇。

③若:此。

④韬:深藏不露。

⑤至自:自古以来。敦:厚,重视。

⑥布:季布,西汉初人,为人任侠重信,当时有"得黄金百斤,不如季布一诺"的说法。

⑦诡:违背。

⑧夫子:古代对男子的尊称,这里指陶渊明。

⑨因心违事:平心静气、悠然自得而又不同流合污。

⑩薄身:轻视物欲,甘于贫贱。厚志:重视精神、节操。

⑪世霸:当世权贵。虚礼:谦虚而以礼待人。

⑫州壤:即州郡。推风:为世推崇。

⑬义养:以正道来供养。

⑭道:指洁身自好的主张。

⑮秉:同"禀"。禀受。彝:品德。

⑯隘:偏激,狭隘。恭:严肃。《孟子·公孙丑》载:"伯夷隘,柳下惠

不恭。隘与不恭,君子不由也。"

⑰钧:衡量,品评。

⑱进退:指出仕和退隐。可限:可以做榜样。

⑲长卿:司马相如。

⑳稚宾:邰相,汉代清高之人。

㉑辩:清楚,透彻。

㉒归来:指陶渊明辞去彭泽令归隐田园时作的《归去来辞》。

㉓高蹈:远行,即隐居。独善:指独善其身。

㉔无适非心:随心所欲。

㉕巘(yǎn):山峰。

㉖葺(qì)宇:修造房屋。

㉗陈书:把书摆出来。缀卷:补缀断简残篇。

㉘人否其忧:别人认为不好而甚感忧虑。

㉙然:安。

㉚隐约:生活在穷困中。

㉛迁延:徘徊。

㉜非直:非只,非但。明:明哲。

㉝道性:指无求无欲的本性。

㉞纠缠:指祸福相互纠缠在一起。斡(wò)流:运转,指祸福相互转化。贾谊《鹏鸟赋》云:"斡流而迁兮,或推而还。"

㉟冥漠:渺茫难测。报施:对善人善举的善报。

㊱与仁:指天赞助好人。《老子》:"天道无亲,常与善人。"

㊲明智:代指老子。

㊳胡:何,为什么。僭:古"愆"字,差错。

㊴履:践,实行。

㊵顺:六顺。《周易·系辞》上:"履信思乎顺。"《左传·隐公三年》:"君义,臣行,父慈,子孝,兄爱,弟敬,所谓六顺也。"寘:通"置"。

㊶中身：中年。

㊷疢（chèn）：病。疝（shān）疾：疟疾。

㊸恤：顾到。

㊹愫（sù）：向，素。

㊺怀和：平生之志。

【译文】

物以稀为贵，人崇尚耿介。难道运济，他遇佳世？可敬啊此人，来自洪族大家，深藏不露，蔑视名位，不求闻达。和睦亲族本是美德，自古以来却未受到重视。承诺之后必重守信，季布一诺重于千金。方正深沉简朴洁净，正直平和本性温厚，与世无争，律己苛严，博学多闻却不显繁杂。依世而立必须认同流俗，违背时代必定标新立异，二者取一这是无法逃避的事情。哪像先生这样顺同心志，不媚流俗，畏惧荣名，好求古风，淡然贫贱重守心志。当今权贵自谦有礼，州郡百姓推崇备至。孝敬长老，以正道来供养，洁身自好，引得国人怀念。人之品德贵在中庸，不偏不倚，不狂不张。爵位俸禄，同于下士、上等农夫。气度之大实难估量，仕进退隐可做榜样。司马相如弃官不做，郇相清高主动辞职。您之悟道是何其透彻啊，赋《归去来辞》一诗，归隐田园独善其身。超然旷达心远地偏，山下汲水整理家园。晨烟暮霭，春明秋暗，陈书于案补缀残卷，放酒于琴拨弦奏乐。勤俭度日，贫病交加，别人看到很是担忧，而您自己却认为是命中注定。身处穷困悠闲自得，再三徘徊后辞掉延聘，此等行为不仅明哲，实属无欲无求的天性。祸福相依，周而复始，善恶报应，渺茫难料，谁说天道总是助善，老子之说让人怀疑。说天至高至圣至明，为何会出现错误的报应问题？践行诚信的凭据在哪里？六顺德行，放于何处？人到中年后染上疟疾，视死如归，临凶若吉。不服用药剂，不祷告神灵，向着幽隐告别一生，带着志向长眠地下。

呜呼哀哉,敬述靖节,式尊遗占^①,存不愿丰,没无求赡^②。省讣却赙^③,轻哀薄敛^④,遭壤以穿^⑤,旋葬而窆^⑥。呜呼哀哉!

【注释】

①式:句首语气助词。占:自己口述叫别人书写。

②赡:富足。

③赙(fù):拿财物帮助人办丧事。

④敛:同"殓"。

⑤穿:打洞,这里指挖墓穴。

⑥旋:旋即,随即。窆(biǎn):埋葬。

【译文】

真诚哀悼,我的良师,崇敬述说,遵照您的遗嘱,活着勤俭度日,死后丧事不必奢华。减少讣告,不受祭礼,节哀薄殓,随地挖墓,旋即下棺。呜呼哀哉!

深心追往,远情逐化^①。自尔介居^②,及我多暇,伊好之洽^③,接阎邻舍^④,宵盘昼憩^⑤,非舟非驾。念昔宴私^⑥,举觞相诲。"独正者危^⑦,至方则阂^⑧。哲人卷舒^⑨,布在前载^⑩。取鉴不远,吾规子佩^⑪。"尔实愀然,中言而发^⑫。"违众速尤^⑬,迕风先蹶^⑭,身才非实^⑮,荣声有歇。"徽音永矣^⑯,谁箴余阙^⑰?呜呼哀哉!仁焉而终,智焉而弊^⑱。黔娄既没^⑲,展禽亦逝^⑳。其在先生,同尘往世。旌此靖节^㉑,加彼康惠^㉒。呜呼哀哉!

【注释】

①远情:渺茫的情感。化:指死,古人认为生是化,死也是化。这里代指死者。

②介居:独住,隐居。

③洽:和谐。

④阎:街巷。

⑤盘:同"般"。宴乐。

⑥宴私:用家宴招待客人,施与私恩。

⑦独正:独立刚直。

⑧至方:极方正。阂:阻隔不通。

⑨卷舒:屈伸。

⑩布:散布,记载。前载:过去的典册。

⑪佩:服膺不忘。

⑫中言:指有针对性、有的放矢的话。

⑬尤:通"忧"。祸患。

⑭蹶:倒下。

⑮身才:指自身的才能。

⑯徽音:明达的声音。

⑰阙:通"缺"。缺点。

⑱弊:即"毙"。

⑲黔娄:春秋时人,他虽食不果腹,衣不蔽体,却不愿做相国,甘天下之淡味,安天下之卑位,不戚戚于贫贱,不遑遑于富贵。

⑳展禽:即柳下惠。

㉑旌:旌表,表彰。

㉒康惠:指黔娄和展禽,黔娄死后其妻谥之曰康,展禽死后谥曰惠。

【译文】

　　我满怀深情追忆往昔,幽远之思追随死者。自您隐居到我赋闲这段时间,您我之间相处和谐,作为邻里更是亲近,我们晚上宴乐,白天睡觉,不用舟船和车驾。想起从前去您家做客,举杯畅谈,颇受教益。您说过:"独立刚直会处于危险之中,过于方正会受到阻碍。圣哲之人应能屈能伸,典籍之上常见记载。前车之鉴尚未久远,我所规劝您当谨记。"您的话语实为心声,乃有感而发。"违背众人招致祸患,逆风而立,草木会倒。自身才能若不坚实的话,美好名声迟早会丢掉。"您的明达之言,我永志不忘,您已谢世,谁能再劝我? 呜呼哀哉! 仁爱如此,也会死去,智慧如此,也会终结。黔娄已死,展禽也逝。他们两人虽生在先,却能与您同眠。您的靖节,值得表彰,超迈黔娄,得谥为康,超迈展禽,得谥为惠。呜呼哀哉!

阳给事诔

【题解】

这是一篇彰扬阳给事的德行、事迹,并对其表示哀悼的文章。

阳给事即阳瓒,因死后被追赠为给事中,故称阳给事(事见《宋书》)。宋武帝永初三年(422)十月,北魏跎跋氏率大军进攻滑台。当时主持滑台防务的是宁远将军、东郡太守王景度,阳瓒被任命为他的司马。十一月,滑台城陷落,王景度逃走,阳瓒坚守阵地,最终抗节不降,被敌军杀害。本文赞扬了他这种临危不惧、英勇就义的献身精神。

惟永初三年十一月十一日①,宋故宁远司马、濮阳太守、彭城阳君卒②。呜呼哀哉! 瓒少禀志节,资性忠果,奉上以诚,率下有方。朝嘉其能,故授以边事。永初之末,佐守滑台③。值国祸荐臻④,王略中否⑤,獯虏间衅⑥,劘剥司兖⑦,

幽、并骑弩[8]，屯逼巩、洛[9]。列营缘戍，相望屠溃。瓒奋其猛锐，志不违难，立乎将卒之间，以缉华裔之众[10]。罢困相保，坚守四旬，上下力屈，受陷勍寇[11]。士师奔扰[12]，弃军争免。而瓒誓命沉城，佻身飞镞[13]，兵尽器竭，毙于旗下。非夫贞壮之气，勇烈之志，岂能临敌引义，以死徇节者哉！景平之元[14]，朝廷闻而伤之。有诏曰："故宁远司马、濮阳太守阳瓒，滑台之逼，厉诚固守，投命徇节，在危无挠[15]。古之烈士，无以加之，可赠给事中。振恤遗孤[16]，以慰存亡。"追宠既彰，人知慕节，河、汴之间[17]，有义风矣。逮元嘉廓祚[18]，圣神纪物[19]，光昭茂绪，旌录旧勋[20]。苟有概于贞孝者[21]，实事感于仁明。末臣蒙固，侧闻至训，敢询诸前典而为之诔。其辞曰：

【注释】

①永初三年：422年。永初，南朝宋武帝刘裕的年号。

②宁远、濮阳、彭城：皆地名。

③滑台：地名，在今河南滑县东。

④荐臻：反复到来。

⑤否(pǐ)：闭塞，不通。

⑥獯(xūn)虏：即匈奴，古代北方少数民族。

⑦劘：同"摩""磨"。司、兖：古州名。

⑧幽、并：古州名。骑弩：骑弩相加，即武装侵犯。

⑨巩：宋时的巩县，属河南郡。洛：即洛阳。

⑩缉：会聚。

⑪勍(qíng)：强。

⑫士师：掌管军纪的军官。

⑬佻(tiáo)身飞镞(zú)：只身射箭杀敌。形容杀敌英勇，视死如归。
　　镞，箭头。

⑭景平：南朝宋少帝刘义符年号。元：始，初。

⑮挠：屈服。

⑯振恤：救济。

⑰河、汴(biàn)：黄河和汴河。

⑱元嘉：南朝宋文帝刘义隆的年号。

⑲纪：理，治理。

⑳旌：表彰。

㉑慨：同"慨"。感慨，系念。

【译文】

永初三年十一月十一日，宋原宁远司马、濮阳太守、彭城人阳瓒君去世。呜呼哀哉！阳瓒年少时就有志气节操，天性忠诚果敢，事奉上君至诚至真，率领下属有法有方。朝廷赞赏他的才能，所以任命他去管理边防事务。永初末年，辅佐守卫滑台。当时正值国家接连遭受灾祸，因此朝廷治理边务的大计被停顿下来，匈奴乘机进犯司州、兖州，从幽州、并州来的骑兵，也武装进逼巩县、洛阳一带。沿边境驻防的营垒，眼看着一个个被击溃。阳瓒振奋其勇猛的锐气，斗志并不因困难而被消磨，他屹立于官兵之间，集合起一支由汉族及边地民族组成的军队。他们在疲惫困乏中保卫滑台，坚持了四十天，全军上下，最后都精力耗尽，终于被匈奴攻破了城池。军官们受到惊吓，丢下军队争相逃命。而阳瓒却誓死保卫城池，他只身射箭杀敌，终于用尽了武器，最后倒在大旗下死去。如果没有坚贞壮烈的气概、勇猛英烈的志守，哪能面对敌人大义凛然、以死殉节呢？景平元年，朝廷听到这件事后很是悲伤。皇上于是颁下诏书说："原宁远司马、濮阳太守阳瓒，在滑台被围逼之时，以无比的忠诚顽强坚守，以生命殉节，于危险之时而不屈服，即使是古代的忠烈之士，也不过如此，可以追赠给事中。抚恤赈济他遗留下来的孤儿，以此慰藉阳瓒和他的遗属。"皇上对阳瓒的追恩传开后，人们都仰慕他的气节。在黄河、汴河一带，形成了崇尚节义的风气。到元嘉年间，国运重开，圣明如神的皇上亲理朝政，国家呈现出兴旺发达的气象，皇上于是命令记载、表彰过去建立功勋的人。如果事迹合于贞孝，就会使皇上仁慈圣明之心感动。末臣我虽蒙昧不开化，但恭闻圣上训诲后，也冒昧地根据过去的典册，为阳瓒写诔文。文辞是这样的：

> 贞不常祐，义有必甄①。处父勤君，怨在登贤②。苦夷致果，题子行间③。忠壮之烈，宜自尔先。旧勋虽废，邑氏遂传④。惟邑及氏，自温徂阳⑤。狐、续既降⑥，晋族弗昌。之子之生⑦，立绩宋皇。拳猛沉毅，温敏肃良。如彼竹柏，负雪怀霜；如彼骓骊⑧，配服骖衡。

【注释】

①甄：表，彰明。

②处父勤君，怨在登贤：处父是个勤勉的君子，勤勉地事奉君王，对他的怨恨来自他的进贤。事见《春秋穀梁传》："晋将与狄战，使狐夜姑为将军，赵盾佐之。阳处父曰：'不可。古者君之使臣也，使仁者佐贤者，不使贤者佐仁者。今赵盾贤，夜姑仁，其不可乎。'襄公曰：'诺。'谓夜姑曰：'吾始使盾佐女，今女佐盾矣。'……处父主竟上之事，夜姑使人杀之。"

③苦（shān）夷致果，题子行间：苦夷（又叫苦越）极其决断，在行军打仗时给孩子命名。《左传·定公》载："苦越生子，将待事而名之，阳州之役获焉，名之曰阳州。"

④邑氏：封地和宗族的称号。

⑤温、阳：皆地名，处父先封于温，后改封阳。

⑥狐：即狐夜姑。续：指续鞠居，即被狐夜姑所指使杀处父的人。

⑦子：这里指阳瓒。

⑧騑：驷车中两旁拉车的马，又叫骖。

【译文】

　　忠贞的人并不是常常能得到保佑，但道义上肯定会受到表彰。处父勤勉地事奉他的君王，怨恨产生于他选人唯贤。苫越极其果断，在行军打仗的途中给孩子起名。这样的忠壮烈士，当然就是您的祖先。旧的功勋虽然没有继续绵延，而姓氏却流传下来。由封邑得来的姓氏，反映了阳处父封于温再封于阳的历史。狐夜姑和续鞠居的降生，使氏族在晋代不再昌盛。到了您出世后，氏族才又在宋皇面前建立了功勋。您强壮勇猛，沉着果敢，温和通达，恭敬善良。就像那松柏翠竹，裹着白雪怀抱寒霜；又像那驷车的边马，配合着中间的马拉车向前。

　　边兵丧律，王略未恢。函、陕堙阻，瀍、洛蒿莱①。朔马东骛②，胡风南埃③。路无归輤④，野有委骸。帝图斯艰，简兵授才，实命阳子，佐师危台⑤。憬彼危台，在滑之坰⑥，周、卫是交，郑、翟是争⑦。昔惟华国⑧，今实边亭。凭巇结关⑨，负河萦城。金柝夜击⑩，和门昼扃⑪。料敌厌难⑫，时维阳生。

【注释】

①瀍（chán）：河名，在今河南。

②朔：北方。骛：马奔驰。

③胡：古代汉族对北方少数民族的称呼。

④輤（wèi）：小而薄的棺材。

⑤台：指滑台城。

⑥滑：周代国名。垌（dòng）：郊野。

⑦周、卫是交，郑、翟是争：周、卫、郑、翟，皆周代国名。

⑧华国：中原之国。

⑨巘（yǎn）：山。

⑩金柝（tuò）：打更用的器具。

⑪和门：营门。昼扃（jiōng）：门白昼关闭。

⑫厌难：即压难，定乱。厌，通“压”。

【译文】

边防士兵丧失了法纪，王朝治理边防的谋略得不到施展。函谷关和陕西一带因为兵乱而阻隔不通，瀍、洛地区的田地里长满了野草。北方的敌人向东南进犯，战马奔驰，尘埃飞扬。道路上见不到载我阵亡战士的灵柩，郊野外只见被委弃的尸骸。皇上了解到这里局势的艰难，于是挑选精兵委任良才，任命阳瓒您去辅佐防守处于危急中的滑台。遥想那危险的滑台，在周代滑国的郊外，周、卫为了它而联合与郑交战，郑国为它和翟国发生战争。过去是中原之地，而今却变成了边陲。依山设下关隘，又因着河流用水把城池环绕。金柝之声彻夜敲击，营房大门白天也用心关闭。能通晓敌情阻挡敌军的，当时就只有阳瓒您一人。

凉冬气劲，塞外草衰。遏矣獯虏①，乘障犯威。鸣骥横厉，霜镝高翚②。轶我河县③，俘我洛畿④。攒锋成林，投鞍为围。翳翳穷垒，嗷嗷群悲。师老变形⑤，地孤援阔⑥。卒无半菽⑦，马实拑秣⑧。守未焚冲⑨，攻已濡褐⑩。烈烈阳子，在困弥达。勉慰痍伤⑪，拊巡饥渴。力虽可穷，气不可夺。义立边疆，身终锋栝⑫。呜呼哀哉！

【注释】

①逖(tì):远。

②镝:箭。翚(huī):飞。

③轶:侵犯。河县:黄河边上的县。

④洛畿:洛阳,因洛阳多次为都城,所以有此称呼。

⑤老:时间久。

⑥阔:远。

⑦菽:豆类。

⑧马实拑秣:用木横塞马口中。

⑨冲:攻城用的战车。

⑩濡(rú)褐:沾湿马衣。濡,沾湿。

⑪痍伤:创伤。

⑫锋栝(kuò):刀箭。

【译文】

在寒气逼人的隆冬季节,塞外野草早已枯萎。远方的匈奴,凭着天然的屏障竟敢冒犯我大宋的威严。嘶鸣的战马恣意横行,带霜的箭羽遍地高飞。他们侵犯我黄河边的县邑,以致掳掠到了洛阳地区。他们人多势众,兵器集中起来可以成林,马鞍丢到一起可以堆成围墙。他们层层围住滑台,使城里的百姓悲号连天。守城的军队因为被围太久而日渐疲愈,城池因为被切断了与外界的联络而孤立无援。士卒们吃不到半粒豆子,马嘴只好用横木塞着。守城一方还没有开始焚烧用来攻城的冲车,攻城一方已经打湿了他们的褐衣。刚烈的阳瓒,在困境中越发显得豁达。勉励慰问受伤的士兵,安抚巡视饥渴的百姓。力量虽可用完,但气节不可夺去。节义挺立于边疆,生命终结于刀箭。呜呼哀哉!

贲父陨节①,鲁人是志;汧督效贞②,晋策攸记③。皇上嘉悼,思存宠异④,于以赠之,言登给事。疏爵纪庸⑤,恤孤表嗣。嗟尔义士,没有余喜⑥。呜呼哀哉!

【注释】

①贲父:县贲父,战国时鲁庄公的御者。乘丘之战时,县贲父为鲁庄公驾车,因马受惊而导致这次战斗失利,贲父于是冲入敌阵战死。后来养马的人发现马腿中箭,鲁庄公才知道原来并不是贲父的过错,于是写诔文哀悼他。

②汧督:晋代汧地的督守马敦。《晋书》载:"汧督马敦,立功孤城,为州司所枉,死于图圄。"

③攸:所。

④宠异:特殊的恩宠。

⑤疏:分。庸:功。

⑥没:死,逝去。

【译文】

　　贲父以身殉节,鲁庄公记下了他的高尚品德;汧督马敦效法贲父的贞操,事迹被《晋书》记载。皇上对您加以赞许哀悼,并想着给予特别的恩宠,以此为追赠,说是赠给给事。分封爵位,记录功劳,抚恤遗孤,表彰后代。节义之士令人赞叹啊,去世之后还有余喜。呜呼哀哉!

祭屈原文

【题解】

本文是颜延之出任始安太守,途经汨罗江,应湘州刺史张邵之命而作的一篇祭文。文章用高度洗练的笔墨,简要地概括了屈原的遭际,歌颂了屈原的高贵品质,表现了作者对屈原的深切怀念。

惟有宋五年月日①,湘州刺史吴郡张邵②,恭承帝命,建
旐旧楚③,访怀沙之渊④,得捐佩之浦⑤。弭节罗潭⑥,舣舟汨
渚⑦,乃遣户曹掾某⑧,敬祭故楚三闾大夫屈君之灵⑨。

【注释】

①惟:发语词。有宋:即南朝的宋。

②湘州:西晋永嘉元年(307)分荆、广二州置,治所在临湘县(今湖
　南长沙)。后几经废置,南朝宋永初三年(422)复置。

③旐(yú):行军所用的旗子。

④怀沙:屈原被放逐湘楚后,作《怀沙赋》,然后自沉于汨罗江而死。

⑤捐佩:屈原《楚辞》中有"捐余玦兮江中,遗余珮兮澧浦"。

⑥弭节:徘徊。罗潭:指汨罗江。

⑦舣(yǐ):船靠岸。

⑧户曹:过去掌管户籍、祀祠、农桑的官署。掾(yuàn):分管某事的
　属官。三国魏以后有户曹掾。

⑨三闾大夫:官名,屈原曾在楚怀王时做过此官。

【译文】

南朝宋五年某月某日,湘州刺史吴郡人张邵,恭敬地承接了皇帝的
诰命,带着随从队伍来到汨罗江,寻访怀沙渊和捐佩浦。在岸边停船,
在江边漫步,并派户曹掾主持敬祭故楚三闾大夫屈原的在天之灵。

兰薰而摧,玉缜则折①。物忌坚芳,人讳明洁。曰若先
生,逢辰之缺。温风怠时,飞霜急节。嬴、芊遘纷②,昭、怀不
端③。谋折仪、尚④,贞蔑椒、兰⑤。身绝郢阙⑥,迹遍湘干⑦。

比物荃荪⑧，连类龙鸾⑨。声溢金石⑩，志华日月。如彼树芳，实颖实发⑪。望泪心欷⑫，瞻罗思越⑬。藉用可尘⑭，昭忠难阙。

【注释】

①缜（zhěn）：细密。

②嬴：秦国祖姓。芈（mǐ）：楚国祖姓。遘（gòu）纷：遭乱。

③昭：指秦昭王。怀：指楚怀王。

④仪：指张仪。尚：上官靳尚。

⑤椒：楚国大夫子椒。兰：楚怀王的少弟司马子兰。

⑥郢（yǐng）：楚国国都，在今湖北江陵北部。

⑦干：江岸。

⑧荃荪（quán sūn）：香草名。

⑨龙鸾（luán）：龙与凤。

⑩金石：指音乐，金指钟，石指磬。

⑪实颖实发：生机勃勃，开花结果。实，语助词。颖，带芒的谷穗。

⑫欷（xī）：抽咽之声。

⑬思越：精神不能集中，思绪混乱使人茫然。

⑪藉用：可以凭靠、使用。《周易·系辞上》："藉用白茅，无咎。"尘：同"陈"。即放在身边，也就是任用。

【译文】

兰草因为太芳香而容易摧折，玉石因为太细密而容易断裂。物品忌讳过于坚硬芬芳，做人忌讳过于洁净明智。说到先生您，就像日月碰上蚀缺一样。温暖之风姗姗来迟，寒凉之霜早早飞临。秦楚两国纷争不断，两王交往心怀不端。您的谋略让张仪、靳尚折服，诚信足以蔑视子椒和子兰。离开郢都的宫阙，足迹遍布湘江沿岸。以香草自比，和神龙、鸾鸟为伍。声名美胜金石之音,志节辉同日月之光。就像那芳香之树,开花结果流传后世。望着汨罗江,不胜感慨,几欲抽泣;望着汨罗江,神情恍惚,心中茫然。如同白茅,本可以放在身边随时调用,但一颗忠心需要明君来发现。

谢惠连

谢惠连(397—433),南朝宋文学家。祖籍陈郡阳夏(今河南太康),世居会稽(今浙江绍兴),曾任彭城王刘义康法曹参军。谢惠连幼有才悟,十岁能文,及长,尤工诗赋,和其族兄谢灵运一起,被时人称为"大小谢"。但诗文存留不多,其中的《雪赋》较有影响。明人辑有《谢法曹集》。

祭古冢文

【题解】

本文是一篇祭奠文字,但不同于一般的祭文,它是对一座古墓中无名死者的祭奠。作品对古墓从发现、发掘的过程,到迁、祭奠,条分缕析,写得颇为精致。语言简练流畅,更增强了它的美感。

东府掘城北堑,入丈余①,得古冢。上无封域,不用砖甓②,以木为椁。中有二棺,正方,两头无和③。明器之属④,材瓦、铜漆,有数十种,多异形,不可尽识。刻木为人,长三尺可,有二十余头。初开,见悉是人形,以物拢拨之⑤,应手灰灭。棺上有五铢钱百余枚^⑥，水中有甘蔗节及梅李核、瓜瓣，皆浮出，不甚烂坏。铭志不存，世代不可得而知也。公命城者改埋于东冈^⑦，祭之以豚酒^⑧。既不知其名字、远近，故假为之号，曰冥漠君云尔。

【注释】

①东府：东晋南朝时扬州刺史的治所，在今江苏南京东。这里代指彭城王刘义康。

②甓（pì）：砖。

③和：棺材两头的木板。

④明器：指古代人们下葬时带入地下的随葬器物，即冥器。

⑤枨（chéng）：以手触物。

⑥五铢钱：汉武帝元狩五年（前118）始铸的一种钱币，后来魏晋六朝都有铸造。

⑦公：指彭城王刘义康。

⑧豚（tún）：小猪。

【译文】

东府在城北挖护城河，挖到一丈多深的时候，发现一个古墓。上面没有聚土和墓限，没有砖砌，用木作棺椁。里面有两个棺材，正方形，两头没有棺题。随葬器物有木器、瓦器、铜器、漆器几十种，它们大多形状怪异，难以全部辨识。用木刻成的人形，长三尺左右，有二十多个。刚开棺木时，看见它们都是人形，用东西触弄它们，便即刻成为灰土。棺材上有五铢钱一百多枚，水里有甘蔗节和梅、李的果核以及瓜瓣，都浮在水面，还没有特别腐烂变坏。墓志铭已不存在，时代已经无从得知了。彭城王刘义康让挖河的人将坟改埋在东冈，用酒肉祭奠。既然不知道死者的名字和埋葬时间，所以姑且用"冥漠君"的称号。

元嘉七年九月十四日^①，司徒御属、领直兵令史、统作城录事、临漳令、亭侯朱林^②，具豚醪之祭^③，敬荐冥漠君之灵：

【注释】

①元嘉七年：430 年。元嘉，南朝宋文帝刘义隆的年号。

②司徒御属、领直兵令史、统作城录事、临漳令：为朱林官称。亭侯：为朱林爵名。

③醪（láo）：浊酒。泛指酒。

【译文】

宋元嘉七年九月十四日，司徒御属兼直兵令史、统作城录事、临漳令、亭侯朱林，置备了酒肉祭品，敬祭于"溟漠君"的灵前：

忝总徒旅^①，版筑是司^②。穷泉为塾，聚壤成基。一椁既启，双棺在兹。舍畚凄怆^③，纵锸涟洏^④。刍灵已毁^⑤，涂车既摧^⑥，几筵糜腐，俎豆倾低^⑦。盘或梅李，盎或醯醢^⑧，蔗传余节，瓜表遗犀^⑨。追惟夫子，生自何代？曜质几年^⑩？潜灵几载？为寿为夭？宁显宁晦？铭志湮灭，姓字不传。今谁子后？曩谁子先？功名美恶，如何蔑然？

【注释】

①忝（tiǎn）：愧。谦词。

②司：主管。

③畚（běn）：簸箕。

④锸（chā）：铁锹。涟洏（ér）：流泪貌。

⑤刍灵：茅草扎成的人马，为殉葬用品。

⑥涂车：泥车，以彩色涂饰，以象金玉。

⑦俎（zǔ）：放肉的几。豆：盛干肉之类食物的器皿。

⑧盎（àng）：一种腹大口小的盛器。醢（hǎi）：肉酱。醯（xī）：醋。

⑨犀：瓠果排列如花瓣，一说即瓜瓣。

⑩曜（yào）质：寿命。曜，光照，指在阳世。

【译文】

　　率领众人，前来挖护城河。深挖成河，聚土成墙。棺椁已经打开，里面有两个棺材。放下畚箕感到凄然，扔下掘铲，泪水涟涟。陪葬的草扎人马和彩色泥车已经坏损，桌子上的餐筵已经腐烂，盘子等器物倾斜。有的盘中放着梅李，有的杯中装有肉酱和酸醋，还有几节甘蔗，瓜籽像花瓣一样散落于水。追思这个先生，生于什么年代？在世活了多少年？死去已经多少载？是寿终还是夭亡？是显名还是隐匿？墓志铭已消失，姓名字号失传。现在谁是他的后代？从前谁是他的祖先？功名美丑，为何全然不见？

　　百堵皆作，十仞斯齐，墉不可转①，堑不可回。黄肠既毁②，便房已颓③，循题兴念，抚俑增哀。射声垂仁④，广汉流渥⑤，祠骸府阿，掩骼城曲⑥。仰羡古风，为君改卜，轮移北隍，窀穸东麓⑦，圹即新营⑧，棺仍旧木。合葬非古，周公所存，敬遵昔义，还袝双魂⑨。酒以两壶，牲以特豚，幽灵仿佛，歆我牺樽⑩。呜呼哀哉！

【注释】

①墉（yōng）：城墙。

②黄肠：以柏木黄心制的外棺，称为黄肠。

③便房：古代帝王和贵族坟墓中供吊祭者休息用的小室。

④射声：官名，射声校尉的简称。

⑤广汉：指广汉太守陈宠。渥：沾润。指恩泽。

⑥髂（qià）：腰骨。

⑦窀穸（zhūn xī）：安葬。

⑧圹（kuàng）：墓穴。

⑨祔（fù）：合葬。

⑩歆（xīn）：鬼神来享受祭品的香气。牺樽：状似卧牛的酒杯。

【译文】

　　许多墙垣已修好，许多深壕已挖成，城墙不可回转，深沟无法回避。柏树棺木已经腐坏，墓中便房已经倒塌，棺前思绪万千，抚弄陪葬的木人，无限悲哀。射声校尉仁德淳厚，广汉一带广传美名，他们掩埋弃骸，先是祭祠了墓中亡魂，又掩埋枯骨在城墙转弯处。他们仰慕古人美风，为先生改葬占卜，迁墓于北城，在东山挖墓，建造新坟，仍用原来的棺木。合葬之事并非自古就有，从周以来才存此礼，我敬遵古人的风俗，合葬双魂。用两壶酒，用一头猪做祭品，仿佛见到幽灵正在享用祭品。呜呼哀哉！

王僧达

王僧达（423—458），南朝宋人。琅玡临沂（今属山东）人。曾为宣城太守，但不务政事，唯以游猎为乐。孝武帝时，迁征虏将军、护军将军、吴郡太守。王自负出身名门，又在讨刘劭之役中有功，希图获得更高的官职，未如愿后颇多怨艾，又因其他原因，被孝武帝借故赐死。王僧达今存诗五首、文五篇。

祭颜光禄文

【题解】

颜光禄，即颜延之，字延年，南朝宋孝武帝时官至金紫光禄大夫，故称。古人言，读《陈情表》不掉眼泪的人不是孝子，读《出师表》不掉眼泪的人不是忠臣。那么，读《祭颜光禄文》不掉眼泪的人，就不是挚友了。这篇文章全由一个"情"字生发开来，选取物象，营造气氛，莫不情之使然。在情的背后，寄寓着深深的惜才怜才之意。

惟宋孝建三年九月癸丑朔^①，十九日辛未，王君以山羞野酌，敬祭颜君之灵^②：

【注释】

①孝建三年:456 年。孝建,南朝宋孝武帝刘峻年号。

②颜君:即颜延之。

【译文】

宋孝武帝孝建三年九月十九日,王僧达用山野间的酒菜,恭敬地祭奠于颜君的灵前:

　　呜呼哀哉! 夫德以道树,礼以仁清。惟君之懿,早岁飞声。义穷几象①,文蔽班、扬②。性婞刚洁③,志度渊英④。登朝光国,实宋之华。才通汉、魏⑤,誉浃龟沙⑥。服爵帝典⑦,栖志云阿⑧。清交素友,比景共波⑨。气高叔夜⑩,严方仲举⑪。逸翮独翔⑫,孤风绝侣。流连酒德,啸歌琴绪。游顾移年⑬,契阔宴处⑭。春风首时,爰谈爰赋;秋露未凝,归神太素⑮。明发晨驾⑯,瞻庐望路,心凄目泫,情条云互。凉阴掩轩,娥月寝耀⑰。微灯动光,几筵谁炤⑱? 衾衽长尘⑲,丝竹罢调⑳。揽悲兰宇㉑,屑涕松峤㉒。古来共尽,牛山有泪㉓,非独昊天㉔,歼我明懿。以此忍哀,敬陈奠馈,申酌长怀㉕,顾望歔欷㉖。呜呼哀哉!

【注释】

①几象:《周易》。

②班、扬:班固、扬雄。

③婞(xìng):固执,任性。

④渊英:深厚明慧。

⑤汉、魏：汉代、魏晋。

⑥浃(jiā)：湿透。龟：指龟兹，汉西域国名。沙：漠北不毛之地，属今蒙古。

⑦服爵帝典：遵守职分，依帝王法制。

⑧云阿：高远。

⑨比景共波：身影并列、波水相连，谓紧随、密合。

⑩叔夜：嵇康的字。魏人。

⑪仲举：汉代人陈蕃的字。

⑫逸翮(hé)：疾飞的鸟。

⑬游顾：游乐顾眄。

⑭契阔：离合聚散，此指久别重逢。

⑮太素：本初状态，即无形。

⑯明发：天将明。

⑰寝耀：收起了光照，谓无光。

⑱几牍：桌上的书籍。炤：同"照"。

⑲衾衽：被子和席子。

⑳丝竹：弦乐器和竹管乐器，泛指音乐。

㉑揽悲：忍住悲痛。

㉒松峤：指墓所。

㉓牛山有泪：《晏子春秋·内篇谏上》说："景公游于牛山，北临其国城而流涕曰：'若何滂滂去此而死乎？'"

㉔昊天：苍天。昊为元气博大之意。

㉕申酬：申述表达。

㉖歔欷(xū xī)：哀叹抽泣声。

【译文】

　　呜呼哀哉！德行要以思想来建立，礼教要靠仁义来倡明。颜君美德，早年就声名远扬。精研《周易》的道理，文章超过班固和扬雄。禀性正直而廉洁,志向器量深远而明智。入仕朝廷为国增光,确实是我宋朝的精英。才气贯通汉、魏两代,声誉传遍偏远之地。遵守职分依照帝王法制,心志高深远大。和朋友交往情谊纯洁,携手并肩,流连唱和。胸中气概高于嵇康,严肃庄重仿佛陈蕃。欲上九霄的翅膀独自翱翔,桀骜不群曲高和寡。在美酒中流连忘返,长啸歌吟于琴瑟之间。游乐顾盼之间时间流逝,久别重逢,相聚宴欢。春天的时候,我们曾一起谈诗作赋;秋露未干的时候,你却已经去了无形世界。天将亮时便驾好灵车,看看寄居的房子再远望前面的道路,心底凄凉,眼中落泪,情绪纷乱啊如云交错。天气凉阴掩关着门窗,而月亮也收起了它的光辉。微暗的灯烛摇动着光焰,书案空空,它在为谁照明?被席长久地被灰尘掩埋,而丝竹乐器也不再有人调弄。在屋中我强忍悲痛,而现在眼泪纷纷又洒在坟墓之上。古往今来生命都要完结,牛山上也有人流过眼泪呀,并非老天爷独独夺去了我明慧德美的朋友。因此忍住哀痛,敬献上酒食以作奠祭,申述我永远的思念,回望时仍是热泪纵横。呜呼哀哉!

齐高祖

齐高祖萧道成（427—482），字绍伯，南朝南兰陵（今属山东临沂）人。南朝刘宋时任职中领军，驻军淮阴，遥控朝政，宋废帝刘昱即位，朝野怨恨，萧道成乘机杀刘昱，立顺帝刘準，自任太傅兼领扬州牧，不久任相国，封齐公。异明三年（479），废宋自立，建齐，在位三年。

即位告天文

【题解】

本文是齐高祖废宋称帝时祭祀祷告上天的祭文。

皇帝臣某敢用元牡[1]，昭告皇皇后帝。宋帝陟鉴乾序，钦若明命，以命于某。夫肇自生民，树以司牧，所以阐极则天[2]，开元创物，肆兹大道。天下惟公，命不于常。昔在虞、夏，受终上代[3]；粤自汉、魏，揖让中叶[4]，咸炳诸典谟，载在方册。水德既微[5]，仍世多故，实赖某匡拯之功，以宏济于厥艰。大造颠坠，再构区宇，宣礼明刑，缔仁缉义。暑纬凝象[6]，川岳表灵，诞惟天人，罔弗和会。乃仰协归运，景属与能,用集大命于兹。辞德匪嗣,至于累仍。而群公卿士、庶尹御事,爰及黎献,至于百戎,佥曰:"皇天眷命,不可以固违;人神无托,不可以旷主⑦。"畏天之威,敢不祗顺鸿历?敬简元辰,虔奉皇符,升坛受禅,告类上帝,以永答民衷,式敷万国。惟明灵是飨⑧!

【注释】

①皇帝臣某:皇帝于人民为"君",于天神则为"臣"。故称。元牡:又作"玄牡",祭祀用的黑公畜。

②则:法,效法。

③昔在虞、夏,受终上代:虞,虞舜。夏,夏禹。相传虞舜受禅让于唐尧,夏禹受禅让于虞舜,故有是说。

④粤自汉、魏,揖让中叶:汉献帝将帝位禅让给魏文帝,魏元帝又将帝位禅让给晋武帝。揖让,禅让的委婉表述,实际上均为篡位的托词。

⑤水德:古代方士以五行之德为王者受命之符。王朝建立必自称具五行中的一德。南朝刘宋自称以水德王。这里指代刘宋。

⑥晷(guǐ)纬:日与星。

⑦旷:缺少。

⑧飨(xiǎng):饮食享用。

【译文】

我作为天神的臣子、人间的皇帝,冒昧地用这洁净的祭品,在这里明白禀告上天之神。宋朝天子禀承天意,十分恭敬地把天下大任交付给我。天下自从有了人民,便要建立主管他们的首领,靠这样的人来执行上天的旨意,建立朝代,创立万物,弘扬天道。天下是公家的天下,并不是固定不变地由一个人统治。上古时代的虞舜、夏禹,就是通过禅让接受天命；近世的汉、魏两代，也曾依礼让出皇位，前代天子的事迹都记载在典籍书册之中。刘宋朝廷的仁德一天天隐微，世间反反复复有太多的变故，实在是有赖于我的匡扶拯救，在此艰难岁月之中广泛救助世人。天下已经颠覆混乱，需要重新建立新的天下，以便弘扬礼教，整顿法律，恢复建立仁义之道。天象表现出预兆，山川也现出灵异，应该诞生新的仁者，没有与之不相合的征兆。于是我十分恭敬地依照天意，把自己勉强归入能人之类，将天命集中到自己一身。但凭我的德行却实在不能承担，所以一拖再拖，下不了决心。但朝廷公卿大臣、各地的官员以及众多的百姓甚至四周的少数民族，都说："上天的旨意，不能够固执地违背；天下的百姓和众多的神灵不能没有依托，缺少主宰。"我敬畏上天之神灵的威势，哪里敢不恭谨地顺随天意？所以恭敬地选择了吉日良辰，虔敬地手捧着皇帝的信符，登上祭坛进行祭祀受命，并敬告伟大的天神，以便报答百姓的拥戴，安抚天下万国。希望明达的天神来享用我的祭祀！

陆贽

陆贽简介参见卷十。

拟告谢昊天上帝册文

【题解】

本篇为陆贽代唐德宗拟写的祭祀天神的祭文。文章先述自己的过失，表明自己的诚心，以告谢苍天，请求皇天保佑。行文多用骈对排偶，与祭文文体相适。

维贞元元年①，岁次乙丑②，十一月癸巳朔，十一日癸卯，嗣天子臣某，敢昭告于昊天上帝③：顾惟寡昧，不克明道，丕膺眷命④，俾作神主。常恐获戾上下⑤，而播灾于人，兢兢业业，夙夜祗畏。居位五祀，德馨蔑闻⑥，皇灵不歆⑦，是用大儆⑧！殷忧播荡⑨，逾历三时，诚惧烈祖之耿光坠而不耀⑩，侧身思咎⑪，庶补将来。上帝顾怀⑫，诱衷悔祸，剿凶慝之凌暴⑬，雪人神之愤耻，旧物不改⑭，神心载新。兹乃九庙遗休，兆人介福，以臣之责，其何解焉？间属寇虞，久稽告谢。今近郊甫定,长至在辰⑮,谨以玉帛牺牲,粢盛庶品⑯,冀凭禋燎⑰,式荐至诚。太祖景皇帝配神作主。尚飨⑱!

【注释】

①贞元元年:785 年。贞元,唐德宗年号(785—804)。

②岁次:每年岁星所值的星次与其干支叫岁次。

③昊:元气博大的样子。

④膺:承受。眷命:爱念并委以重任。

⑤戾:罪。

⑥蔑:没有。

⑦歆:欣羡,悦服。

⑧儆:警惕。

⑨播荡:流亡,流离失所。

⑩耿光:光明,光辉。

⑪侧身:处身反侧,忧不自安。

⑫顾怀:关心爱惜。

⑬凶慝(tè):犹凶恶,亦指凶恶的人。

⑭旧物:先代的典章制度。

⑮辰:时运。

⑯粢(zī)盛:祭品。黍稷为粢,在器曰盛。

⑰禋(yīn):升烟祭天。

⑱尚飨(xiǎng):希望死者享用祭品之意。尚,庶几。

【译文】

贞元元年十一月十一日,即乙丑年癸巳月癸卯日拂晓时分,我作为继位的天子,向苍天上帝禀告:我见识不广蒙昧糊涂,不能通晓治国之道,却过多地承受上天垂爱并赋以重任,使我成为一国之主。我时常担心得罪上天和下民,而给人民带来灾难,所以谨慎小心,早晚戒惧。即位五年以来,未曾听说德惠流芳,皇威神灵未曾使人悦服,没有使人悦服,这足以引起我高度警惕!朱泚叛乱,使我流离失所,内心忧患深切,历时三个季节,我确实担心先祖的光辉受到遮蔽而不能显耀,处身反侧,不敢自安,追思过错,戒慎恐惧,希望在将来有所补救。上帝给予关心爱护,引导我深深地追悔造成的祸乱,剿除凶险邪恶的欺凌暴虐之徒,雪洗人间与神灵的怨愤与耻辱,恢复先代的典章制度,让天神的心目中重新充满清新美好。这是先祖留下的福祉,也是人民的造化,凭我的职责,那怎么能解脱呢?在仍有敌寇进犯的忧患中,我叩首祭拜,以致谢意。现在近郊刚刚安定,要达到长久太平还在于时运,谨置备玉器、丝帛,各种牲畜,盛装谷米等人间祭品,希望借助香火祭祀,表明自己的诚挚之心。太祖大皇帝做主陪天神进享。请昊天上帝享用。

拟告谢代宗庙文

【题解】

本文系为唐德宗祭祀先祖拟写的祭文。全篇述自己继承皇位后的诸多过失,表示立志雪洗前耻,改过从新,永续李氏基业,请求先祖降灵保佑。文章用句工整对仗,显得肃穆庄严,合于祭文文体。

维贞元元年,岁次乙丑,十一月癸巳朔,十一日癸卯,孝子嗣皇帝臣①,敢昭告于皇考代宗睿文孝皇帝:

【注释】

①孝子:子居父母之丧称孝子,多用于祭称。

【译文】

贞元元年十一月十一日,即乙丑年癸巳月癸卯日拂晓,孝子嗣皇

帝,在此向皇父代宗睿文孝皇帝禀告:

　　伏惟元德广运①,重光盛业②,武平多难③,仁育群生,谓臣克堪④,付以大宝⑤。臣自底不类⑥,再罹播迁⑦,宗祧乏享⑧,亿兆靡依。下辜人心,上负先顾。敢爱陨越⑨,苟全眇身? 大惧社稷阽危⑩,以增九庙之愧。由是忍耻誓志,庶补前羞。列圣在天,鉴臣精恳,敷锡丕祐,俾之缵承,凶渠殄夷⑪,都邑如旧。

【注释】

①广运:广大深远。

②重光:日光重明。喻后王继承前王的功德。

③武:勇武地。难:仇敌。

④克堪:能够承当。

⑤大宝:最宝贵的事物,通指帝位、君权。

⑥底:招致。不类:坏,不善。

⑦播迁:指遭朱泚之乱奔奉天,又遭李怀光之乱奔梁州。

⑧宗祧(tiāo):宗庙。

⑨陨越:颠坠,跌倒。

⑩阽(diàn)危:面临危险。阽,临近。

⑪凶渠:元凶。殄(tiǎn)夷:杀绝。殄,尽,绝。

【译文】

　　皇父恩德广大深远,日光重明,大业兴隆,勇猛地平定了敌人的骚乱,仁爱地化育一切生命,认为我能够承担重任,赐予帝位。我自己招致不善,一再遭受变乱而流亡,宗庙缺少祭祀享用,亿万人民无所依靠。对下辜负了人民的期望,向上对不起先人的关怀。

在此情况下，我怎敢只顾四处奔命，苟且保全自己的小命？我害怕国家濒于危难，而让祖先蒙受更多的羞辱。因此忍辱含垢，发誓立志，希望能雪洗前耻。各位圣贤在天之灵，鉴于我精诚恳切之心，请布化、惠赐福佑，使我能够永续大业，我将杀绝元凶，使都城像原来一样安宁。

　　兹臣获执牺牲珪币①，载见于庙廷②。感慕惭惶，若罔攸厝③，谨以云云。陈诚待罪，式奉严禋。尚飨！

【注释】

①珪币：玉帛祭品。

②载：始。

③厝（cuò）：安置，放置。

【译文】

　　现在，我拿来牺牲玉帛等，祭奠于庙堂之上。感思往事，内心惭愧，惶惶不安，手足无措，谨记如此。虔诚地恭候皇父责备，举行肃穆的香火祭祀。请皇父享用。

韩愈

韩愈简介参见卷二。

祭田横墓文

【题解】

田横是齐王田儋(dān)从弟,数度自立齐王。汉高祖刘邦一统天下,自田横避居的海岛召请他,田横和两名门客同往,行到尸乡(今河南洛阳偃师)厩置,田横自杀。二客与其海岛徒众五百人随而自杀。田横墓在尸乡。

韩愈借田横能得士来讽刺当时宰相失人。以古比今,感己之遇,措辞甚为激烈愤慨。文章虽短,所叙所抒却俨然有序,足见韩愈文章之风骨。

贞元十一年九月①,愈如东京②,道出田横墓下,感横义高能得士,因取酒以祭,为文而吊之。其辞曰:

【注释】

①贞元:唐德宗年号(785—804)。

②如：往。东京：洛阳。

【译文】

贞元十一年九月，韩愈前往洛阳，路经田横的墓冢，感慨田横义气崇高能够获得有才之人，就拿酒祭奠他，又写文章表示凭吊。祭文是这样的：

事有旷百世而相感者①，余不自知其何心？非今世之所稀②，孰为使余歔欷而不可禁③！今既博观乎天下，曷有庶几乎夫子之所为④？死者不复生，嗟余去此其从谁⑤！

【注释】

①旷百世：旷，空旷，隔离。百世，三十年为一世，百世三千年。田横之死至贞元十一年，千年左右，此仅喻时之长久。

②非今世之所稀：今世不崇尚之意。稀，希。

③孰：谁，此指田横。歔欷（xū xī）：悲泣气咽，在鼻中抽息。不可禁：止不住。

④曷：何。作"何人"解。庶几：相近，差不多。夫子：尊称，指田横。

⑤去：离开。此：这里，指田横墓。

【译文】

有些事情虽然远隔百世仍然能让人有所感念，我不知道这是出于什么样的心情啊？如果不是当代不崇尚这样高节大义，又怎会让我流泪叹息不能自持！现在我已纵观天下人事，有谁能做得和先生一样？您早已逝去难以再生，可叹我离开这里又能去追随谁！

当秦氏之败乱①,得一士而可王,何五百人之扰扰②,而不能脱夫子于剑铓③?抑所宝之非贤④,亦天命之有常⑤。昔阙里之多士⑥,孔圣亦云其遑遑⑦。苟余行之不迷,虽颠沛其何伤⑧?自古死者非一⑨,夫子至今有耿光⑩。跽陈辞而荐酒⑪,魂仿佛而来享⑫。

【注释】

①当秦氏之败乱:指赵高立二世胡亥,杀二世之兄扶苏,及二世元年(前209)七月陈胜、吴广起义之时际。

②扰扰:烦扰多乱。此指数目众多。

③剑铓(máng):剑锋。铓,指刃的尖锐部分。

④抑:疑问词,表选择。宝:爱重。

⑤有常:固定而不可更改的趋势。

⑥阙里:指鲁陬邑昌平乡阙里,代称"孔门"。多士:据称孔门有三千弟子,通六艺者七十余众。

⑦遑遑:同"皇皇"。心绪不安定的意思。

⑧苟余行之不迷,虽颠沛其何伤:以行路喻。如果我所走方向不错,即使力竭跌倒,又有什么关系!

⑨自古死者非一:"非"字误,当作"皆"字。取《论语·颜渊》"自古皆有死"意。

⑩耿光:光明之意。耿,"炯"的假借字。光。

⑪跽(jì):长跪。双膝着地,上身挺直。陈辞:读祭文。

⑫仿佛:看不大清楚,似有似无,似真似假。享:通"飨"。饮食享用之意。

【译文】

当秦朝败亡,天下大乱的时候,获得一个智者才士就可以一统天下,为什么先生拥有五百多人,却终究难免一死? 是您所爱重的没有贤人,还是由于天命确实已经确定了啊? 过去孔子圣人门下有那么多贤人,可他也说难以安定。如果我行走的方向不会有错,即使遭遇苦难又有什么? 自古人都要死,但先生您到现在还光明可鉴。韩愈我跪诵祭文并敬上美酒,请您的魂魄飘忽而来享用它。

祭张员外文

【题解】

张员外,即张署,河间人,唐贞元中任监察御史,后贬谪为临武令。历任刑部员外郎、虔、澧二州刺史,终职于河南令。卒年六十。

张署是韩愈半生患难之交,情同手足,故祭文通篇文字如出肺腑,感人至深。全文详略得当,伸繁缩简,读来井然有序;用字造语奇崛特出,令人称奇。

维年月日①,彰义军行军司马、守太子右庶子兼御史中丞韩愈谨遣某乙②,以庶羞清酌之奠祭于亡友故河南县令张十二员外之灵③。

【注释】

①维年月日:祭文格式,临事时详填时间。

②彰义军:唐方镇名,唐于蔡州置淮西节度使,后改彰义军,治所在今河南汝南。行军司马:官名。从四品下,战时掌弼戎政,平时习屯狩练兵。韩愈时任此职。太子右庶子:东宫春坊属官,正四品下,掌侍从、献纳、启奏诸事。御史中丞:御史台属官,为御史大夫佐贰官,正四品下。

③张十二员外：应作张十一员外。韩愈与署赠和诗皆以十一相称，
　如《洞庭湖阻风赠张十一署》等。

【译文】

　　某年某月某日，彰义军行军司马、守太子右庶子兼御史中丞韩愈郑
重派遣某人，把众多美味清冽好酒等祭品祭在亡友故河南县令张十一
员外的灵前。

　　　　贞元十九，君为御史；余以无能，同诏并峙①。君德
浑刚，标高揭己②，有不吾如，唾犹泥滓③。余懝而狂，年
未三纪④，乘气加人，无挟自恃。以上同为御史。彼婉娈
者⑤，实惮吾曹⑥，侧肩帖耳，有舌如刀⑦。我落阳山，以
尹鼯猱⑧；君飘临武，山林之牢⑨。岁弊寒凶，雪虐风
饕⑩，颠于马下，我泗君咷⑪。夜息南山，同卧一席，守隶
防夫，牴顶交趾⑫。洞庭漫汗⑬，粘天无壁⑭，风涛相
豗⑮，中作霹雳⑯。追程盲进⑰，驷船箭激⑱。南上湘
水⑲，屈氏所沉⑳。二妃行迷，泪踪染林㉑。山哀浦思，
鸟兽叫音。余唱君和，百篇在吟㉒。以上同南迁。

【注释】

①同诏并峙(zhì)：朝廷同时下命。贞元十九年(803)冬，韩愈与署
　并任监察御史。峙，置，立。

②君德浑刚，标高揭己：谓署品德天性刚直，表现出高风亮节。

③泥滓(zǐ)：沉淀的杂质污垢。

④年未三纪：韩愈代宗大历三年(768)戊申生，至德宗贞元十九年
　(803)癸未，恰三十六年。按古以十二年岁星一周为一纪。

⑤婉娈：《诗经·齐风·甫田》："婉兮娈兮。"毛传云："婉娈，少好

貌。"此借比群小。

⑥惮(dàn)：惧怕。曹：辈。

⑦侧肩帖耳，有舌如刀：谓群小谀上谗忠，其唇舌鼓动有如利刃。韩愈、张署、李方叔同为御史，时方旱饥，上疏乞请宽民徭赋，为李实所谗，俱贬南方，署贬郴州临武令，愈贬连州阳山令。二人同赴贬所。

⑧尹：县主。此处用为动词。鼯(wú)：鼠类。俗称飞鼠，别名夷由。猱(náo)：兽名，猕猴。此谓赴蛮夷之地任职县令。

⑨君飘临武，山林之牢：谓署漂泊临武这样一个覆林未垦之地。临武，唐江南道郴州临武县，今湖南临武县治。牢，狱，圈。

⑩岁弊寒凶，雪虐风饕(tāo)：意指值逢岁末天气恶寒，雪大风骤。弊，尽。虐，残暴。饕，狠贪。

⑪泗(sì)：流泪的样子。咷(táo)：哭声。

⑫牴顶交趾(zhǐ)：头抵着头，脚压着脚。

⑬漫汗：广大。

⑭粘天无壁：水天相连，中无间隔。

⑮豗(huī)：相击而生喧闹之声。

⑯霹雳：暴雷声音。

⑰盲：傍晚时分。

⑱帆(fān)：船帐。箭激：如箭射出。

⑲湘水：此指湘江支流汨罗江。

⑳屈氏：指屈原。

㉑二妃行迷，泪踪染林：《博物志》："尧之二女、舜之二妃曰湘夫人，舜崩，二女啼，以涕挥竹，竹尽斑。"即指此事。

㉑余唱君和，百篇在吟：韩愈有《湘中诗》，张署有《赠韩退之》诗，大概作于此时。百篇，言多，非确指。

【译文】

　　贞元十九年的时候，您被任命做御史；我凭着无能之才，也得以与您同职。您的品德天性刚正，示现出高风亮节，那些不属我辈的小人，对此唾骂不屑一顾。我性戆直并且狂傲，年纪尚未到三十六，凭着年轻气盛，没有可以倚恃的只能依靠自己。以上叙述二人同为御史。那些卑鄙小人，实在是惧怕我们，他们倾斜肩膀，垂下耳朵，唇舌鼓动有如利刃。我被贬落到阳山，到蛮夷之地当县令；您飘泊去往临武，那里山林茂密得就像牢狱。正值年终酷寒时际，大雪暴虐狂风凶残，自马背跌落下来，我和您流泪痛哭。晚上歇息在南山，同睡一张床上，和兵卒衙役一样，头抵脚压在一起。洞庭湖浩荡广阔，天水相接没有间隙，大风大浪互相拍击，时而发出暴雷一样的巨响。兼程赶路黄昏疾行，张帆的船如箭离弦行走如飞。向南沿着湘水上溯，到了屈原自沉的地方。两位湘妃行踪迷离，留下来的泪迹沾染了竹林。山岭悲哀江水怀思，鸟兽时时啼叫无休。我吟出诗后您就唱和，百篇诗文即景赋出。以上叙述二人一同南迁。

　　　君止于县，我又南逾①。把盏相饮，后期有无？期宿界上，一夕相语②。自别几时，遽变寒暑。枕臂欹眠，加余以股③。仆来告言，虎入厩处，无敢惊逐，以我骢去。君云是物，不骏于乘，虎取而往，来寅其征④。我预在此，与君俱膺⑤，猛兽果信，恶祷而凭。以上在阳山、临武时两人相约会于界上。

【注释】

①君止于县，我又南逾：临武属郴州，在阳山以北，故云。

②期宿界上，一夕相语：贞元二十年（804）冬韩愈与张署会宿临武界上，古代地方官不得私自离开辖地。期，满一年。一夕相语，交谈了一夜。

③枕臂欹眠,加余以股:隐用严光事典。《后汉书·严光传》:"因共
　偃卧,光以足加帝腹上。"喻二人交深情重。

④"仆来告言"几句:樊汝霖注云:"公贞元十九年与张俱令南方,明
　年冬会宿临武界上,虎入公厩取骤去。骤,驴子也。虎,寅属也,
　公载张语云云,已而顺宗即位,皆改江陵府掾,公法曹,张功曹。"
　此八句概述岭南北归事。

⑤膺:受。

【译文】

　　您停留在临武县,我则又向南翻越山岭。手把酒盏彼此对饮,
以后是不是还能相见呢? 一年以后会宿界上,整夜一起谈话不止。
从分别经历了多长时间,寒暑这样快地相互递变。相互枕着胳膊
斜身而睡,您又把腿压在我身上。仆人前来报告说,有虎进了马
厩,不敢惊吓驱逐,叼着我们的驴子走了。您说这驴子,骑起来走
得太慢,老虎取食归去正好,来年寅月应当有所征验。我在这里参
与了这事情,所以和您一起接受这个预示。孟春首月果然证实如
此,如果不是以德祷祝于天,还能凭借什么呢? 以上讲阳山、临武时二
人相约在边界相会。

　　余出岭中①,君俟州下②。偕掾江陵③,非余望者。
郴山奇变④,其水清写⑤,泊沙倚石,有遄无舍⑥。衡阳
放酒⑦,熊咆虎嗥⑧。不存令章,罚筹狷毛⑨。委舟湘
流⑩,往观南岳。云壁潭潭⑪,穷林攸擢⑫。避风太湖⑬,
七日鹿角⑭。钩登大鲇⑮,怒颊豕犳⑯。犳,豕鸣也,怒也。
裔盘炙酒⑰,群奴余啄⑱。走官阶下,首下尻高⑲。下马
伏涂,从事是遭。以上同掾江陵,同游南岳、洞庭。

【注释】

①岭：指五岭之骑田岭（腊岭），愈由阳山北归至郴州经此。

②俟：等待。州：即郴州，因在衡山之阳，也称衡阳。

③掾：属官通称。江陵：江南道荆州地，上元年改江陵府。

④郴山：郴州南有黄岑山，郴江之源于此。

⑤写：同"泻"。

⑥遌（è）：偶遇。

⑦衡阳：唐江南道衡州治衡阳县，今湖南衡阳县。放酒：纵情饮酒。

⑧熊咆虎噑（háo）：咆、噑原谓熊虎声，此指韩愈等猜拳行令。

⑨不存令章，罚筹猬毛：唐人会饮，以章为酒令，违令者罚，以筹计
　　数，此谓违令罚酒，多如刺猬之毛，无法筹计，故令章难察。

⑩委舟：坐船。湘流：湘水。

⑪云壁：岩高如壁。潭潭：山涧深邃。

⑫穹：喻树木之大。擢（zhuó）：挺拔。

⑬太湖：指洞庭湖。

⑭鹿角：即鹿角山，处巴陵县南五十里洞庭湖滨。

⑮鲇（nián）：鲇鱼。

⑯豕豞（hòu）：猪叫声。

⑰脔（luán）盘：切成块状的鱼肉。

⑱啄：吃。

⑲首下尻（kāo）高：低下头，翘起屁股，鞠躬叩首貌。韩愈与署皆属
　　僚，见长官需行礼叩头。后句"下马伏途"也指为长官行礼避道。
　　尻，屁股。

【译文】

　　我调离岭南，您候命在郴州。我们同任江陵属官，这简直是我
想都不敢想的。郴山雄奇变幻，山上水流清澈而泻，停留倚靠在大
小石头上，偶遇行人却看不到有村舍人家。在衡阳纵酒畅饮，猜拳

行令的喊叫声如虎啸熊吼。违令罚酒，多如刺猬之毛，纵有令章也无从筹计。乘船沿着湘水而行，前往观赏南岳山峰。衡山山岩高耸入云，山涧幽深难测，树木高大而又挺拔秀丽。在洞庭湖遭遇狂风，避于鹿角山七日。放钩钓起大鲇鱼，鲇鱼鼓腮如猪叫。豞，猪叫声，发怒。一块块鱼肉放在盘中用来下酒，剩下的都被众仆分享吃光。赴江陵官位低卑，脑袋冲下屁股朝上时时叩头。下了马趴在路中，经常碰到这样的事情。以上讲二人同任江陵属官，同游南岳、洞庭。

　　予征博士，君以使已①，相见京师，过愿之始。分教东生②，君掾雍首③。两都相望④，于别何有？解手背面⑤，遂十一年。君出我入，如相避然，生阔死休⑥，吞不复宣。以上自在京别后遂不复见。

【注释】

①予征博士，君以使已：元和元年(806)六月，韩愈被召还京授国子博士。贞元二十一年(805)八月路恕为邕管经略使，上表请署为判官，改殿中侍御史，不行。

②分教东生：指元和二年，韩愈分司东都，为博士教东都太学生。

③君掾雍首：署为京兆府司录参军，乃京兆尹李鄘僚属。雍首，关中为雍州地，当要害之地。

④两都：唐以京兆府长安为西京，亦称上都，河南洛阳为东京，亦称东都。

⑤解手：分手。背面：以面相逆，意同解手。

⑥生阔死休：谓生离死别。阔，疏远。休，停止。

【译文】

　　我被征召做了博士，您因为邕管经略使仍然停留原地，相见于京师,开始成为奢望。我在东都教授生徒,您在京兆府担任官职。两地彼此遥相对望,除了分别又有何为?分手各去再不相逢,就这样过去了十一年。您离开京城去往东都,我又从那里重归了京城,就好像是在彼此躲避一般,生时阔别难聚,到您逝去更是从此永离,勉强吞声就不再提了。以上讲自京师离别后再没有会面。

　　刑官属郎①,引章讦夺②,权臣不爱,南康是斡③。明条谨狱,氓獠户歌④。用迁澧浦⑤,为人受瘥⑥。还家东都,起令河南,屈拜后生,愤所不堪⑦。屡以正免,身伸事蹇⑧,竟死不伸,孰劝为善?以上张之末路潦倒而死。

【注释】

①刑官属郎:张署曾任尚书刑部员外郎。

②讦(jié)夺:受攻讦而被夺官。讦,攻击别人短处或揭人阴私。

③南康:唐虔州南康郡治赣县,今江西赣县。斡(wò):旋转。

④氓:民。獠:指西南少数民族。

⑤澧浦:澧水。指张署迁任澧州刺史。

⑥瘥(cuó):疾病。

⑦屈拜后生,愤所不堪:指张署为河南令,年老,恶于逢迎拜走,以病辞官,闭门而死。

⑧身伸事蹇:品格修养得以成全,一生仕途却不顺利。蹇,坎坷。

【译文】

　　就任刑部员外郎,您刚正不阿被人攻击,以致权臣不喜,将您又调任到了南康。您明确律条严整狱律,百姓家家欢歌。再次迁任到了澧浦,为了他人自己承受痛苦。带领家室又回东都,诏命起用任做河南令,含屈受辱迎拜后辈,心中愤懑难以忍受。多次由于忠正遭受罢免，品格得以伸张，仕途却不顺利，到了死也没有升迁，谁还能勉励人们去做善事？*以上叙述张署晚年潦倒而死。*

　　丞相南讨，余辱司马，议兵大梁①，走出洛下。哭不凭棺，奠不亲斝②，不抚其子③，葬不送野。望君伤怀，有陨如泻。铭君之绩，纳石壤中，爰及祖考④，纪德事功。外著后世，鬼神与通。君其奚憾⑤，不余鉴衷⑥。呜呼哀哉！尚飨。*以上述哀。*

【注释】

①议兵：指韩愈出洛适汴，劝说韩弘协助平定吴元济叛乱事。大梁：汴州。

②斝(jiǎ)：古盛酒之具，圆口，三足。

③不抚其子：不能安抚您的子女。

④祖考：祖先。考，称亡父。

⑤奚：何。

⑥不余鉴衷：即不鉴余衷。

【译文】

　　丞相征讨南方，我蒙爱做了司马，前往大梁商量出兵之事，匆匆忙忙出离洛下。哀悼您却不能凭依您的棺木，祭奠您也不能亲自向您献酒，不能安抚您的孩子，埋葬您时也不能随送您去野外。想念您使我心中伤痛，禁不住泪流满面有如水泻。在石碑上刻下您的功绩，把它放入土壤之中，上及您先辈的功德事业，一并刻之于石。向外昭明于后世，鬼神与之相互交通。您还有什么遗憾呢？只是不审察我的心意。悲伤啊！请享用祭品。*以上叙述哀痛。*

祭柳子厚文

【题解】

本文是韩愈为纪念柳宗元作的一篇祭文。文章笔势恣肆挥洒，起伏跌宕。起笔处率性自然，痛惜之情溢于言表。其后慨叹人生如梦，有由人及己之想，时扬时抑，得其全体，语意真挚，似淡而实深。柳子厚，即柳宗元，因为参加王叔文集团谋求政治改革，事败，贬任柳州刺史。元和十四年(918)病卒。

维年月日①，韩愈谨以清酌庶羞之奠②，祭于亡友柳子厚之灵。

【注释】

①维年月日：祭文一般事先写好，临事时填明日期。

②谨：郑重。清酌庶羞：清冽之酒和众多美味。羞，即"馐"。奠：祭品。

【译文】

某年某月某日，韩愈郑重把清酒以及家常菜肴祭献在亡友柳子厚的灵前。

嗟嗟子厚，而至然邪？自古莫不然，我又何嗟①？人之生世，如梦一觉②，其间利害，竟亦何校③？当其梦时，有乐有悲，及其既觉，岂足追维④！

【注释】

①自古莫不然，我又何嗟：从古以来人都要死，我叹息悲哀又有

何用？

②人之生世，如梦一觉(jiào)：出自《庄子·齐物论》："方其梦也，不
　知其梦也，梦之中又占其梦焉，觉而后知其梦也。"一觉，一次
　睡眠。

③校：计较。

④惟：思。

【译文】

　　唉，子厚啊，竟然也人到百年！从古以来无不如此，我又有什
么好叹息呢？人生一世，如梦一场，这当中的利害得失，最终又能
如何计较呢？做梦的时候，有快乐有悲哀，等梦醒以后，哪里能够
追回什么？

　　凡物之生，不愿为材，牺樽青黄①，乃木之灾。子之
中弃，天脱絷羁②，玉珮琼琚③，大放厥辞④。富贵无能，
磨灭谁纪⑤？子之自著⑥，表表愈伟⑦。不善为斫，血指
汗颜⑧，巧匠旁观⑨，缩手袖间。子之文章，而不用世，乃
令吾徒，掌帝之制。子之视人，自以无前，一斥不复⑩，
群飞刺天⑪。

【注释】

①牺樽青黄：牺，酒器，以木为之，青黄其饰。《庄子·天地》："百年
　之木，破为牺尊。"

②天脱絷羁(zhí jī)：上天脱去你所有羁绊。

③琼琚(jū)：华美的佩玉。

④大放厥辞：谓极力铺陈辞藻。此以玉佩琼琚状其铺陈之华美。
　厥，其，他的。辞，亦作"词"，文辞，言辞。

⑤富贵无能,磨灭谁纪:此用以标注对比柳宗元。富贵然而无能之
　辈,在历史中被磨灭有谁会记载他们?

⑥自著:自己标榜显明自己。

⑦表表:伟异之称。伟:高大而美。

⑧不善为斫(zhuó),血指汗颜:此处韩愈自指。不善于雕饰木器,使
　得指头出血满面流汗。斫,雕饰。

⑨巧匠:比柳宗元。

⑩一斥不复:被贬斥以后再未复起。柳宗元于"永贞革新"失败后,
　被贬为永州司马,后徙柳州刺史。

⑪群飞刺天:飞,一作"非"。言非者众。刺,犹责也。

【译文】

　　大凡万物生长,都不愿做成使用之材,制成酒尊、纹上青黄花
饰,是树木的灾难。您到中期时候,上天脱去您的一切羁绊,您将
您那美如玉佩琼琚的文辞大力铺扬发表。自古以来,富贵然而无
能之辈,磨灭万千有谁记得?您努力标榜自显,卓尔不群身姿高
美。那些手笨无能的人们,忙得指头流血满头大汗,您分明是个巧
匠却在一旁闲观,把手缩在袖子里面。您写文章条理分明,可惜没
有为世所用,而让我们这些人,执掌皇帝的法令制度。您自认为本
领无人能比,有谁会料到一下子被贬斥再没有复升,只使得流言蜚
语四处蔓延。

　　嗟嗟子厚,今也则亡。临绝之音,一何琅琅①?遍
告诸友,以寄厥子,不鄙谓予②,亦托以死。凡今之交,
观势厚薄,余岂可保③,能承子托④?非我知子⑤,子实
命我⑥,犹有鬼神,宁敢遗堕⑦?念子永归,无复来期⑧,
设祭棺前,矢心以辞⑨。呜呼哀哉!尚飨。

【注释】

①琅琅(láng)：金石撞击声。谓声音清脆或不绝于耳。

②不鄙：不轻视。

③保：担保，保证。

④承：承蒙，担负。

⑤知子：与子相知。

⑥命：指命，托命。

⑦遗堕：忘记丢弃。意谓临绝之托。

⑧期：约定，约会。

⑨矢心：发誓。

【译文】

唉，子厚啊！现在您逝去了。临终的遗言，至今犹在耳边。告诉所有的朋友，拜托他们照顾您的孩子，不鄙弃于我，就照死后之事相托吧。大凡现在人们交往，都是视势力大小而变，我哪里就一定能保证，能够担负您的重托？并非我与您相知，实在是您指命于我，加上还有鬼神的督察，我怎敢弃置您的信任不顾？哀念您永远归去，不再能够相期再会，在棺柩前陈列祭品，以文辞向您发誓不负所托。悲伤啊！请享用祭品。

独孤申叔哀辞

【题解】

独孤申叔，字子重，年二十二举进士，举博学宏辞，为校书郎。

这篇哀辞感于时命不公，生命无常。虽然短小，实际蕴含了韩愈自己许多悲愤之情。同时，又富祭吊哀情，算得上是韩愈祭文中的精悍之品。

众万之生，谁非天邪？明昭昏蒙①，谁使然邪？行何为而怒②，居何故而怜邪③？胡喜厚其所可薄，而恒不足于贤邪④？将下民之好恶⑤，与彼苍悬邪⑥？抑苍茫无端，而暂寓其间邪⑦？死者无知，吾为子恸而已矣⑧！如有知也，子其自知之矣！

【注释】

①明昭昏蒙：指世事的光明善良和黑暗奸诈。

②行：谓欲有所为。

③居：谓安居自足。

④恒：长久，总是。

⑤将：抑，或。

⑥悬：相隔很远。

⑦暂寓其间：比人生在世如居逆旅。寓，寄居。

⑧恸（tòng）：极度悲伤。

【译文】

万物生灵的成长，哪一个不是天意？世事的清明昏昧，究竟由谁支配？积极进取为什么反遭迁怒，安居自乐为什么偏被怜惜？何故喜爱厚待那些应该被鄙薄的，却常常使贤良之士受到亏待？也许百姓的好恶和上天相差太远？还是天地宇宙浩荡没有尽头，人们本就是暂时寄居在其间？死去的人没有知觉，我为你悲伤到了极点啊！如果你地下有知，你该了解我的心情！

濯濯其英①，晔晔其光②，如闻其声，如见其容。呜呼远矣，何日而忘③！

【注释】

①濯濯（zhuó）：明亮光洁。英：比喻美好之人。此处指独孤申叔。

②晔晔（yè）：火光灿烂耀目。

③何日而忘：什么时候能够忘怀忧伤。

【译文】

明亮光洁的英华，闪动耀目光彩，好像又听到你的声音，好像又见到你的面容。唉！你逝去远走了，我什么时候才能把忧伤忘怀！

欧阳生哀辞

【题解】

欧阳生，即欧阳詹，字行周，泉州晋江（今福建泉州晋江）人。

据《欧阳生哀辞·题哀辞后》，韩愈作哀辞本意为"哀欧阳生之不显荣于前，又惧其泯灭于后"。因为欧阳生当时并不显荣，所以文辞大多陈述他事亲交友，词旨恳恻、缠绵。此篇文风很有些效仿詹文的"切深喜往复"。

　　欧阳詹，世居闽越①，自詹以上，皆为闽越官②，至州佐、县令者③，累累有焉。闽越地肥衍④，有山泉禽鱼之乐，虽有长材秀民、通文书吏事与上国齿者⑤，未尝肯出仕。

【注释】

①世居闽越：欧阳詹系泉州晋江人，属古闽越地。

②皆为闽越官：唐制闽中郡县官不由吏部选用，派京官五品以上一人为专使，就地选补，并派御史一人监督，每四年一选，称"南选"，因此詹之上世得在本地做官。

③州佐：州刺史的属官，如长史、司马之类。

④肥衍：指土地肥沃平衍。

⑤长材：有过人的才能。秀民：民众中的秀出者。文书：指官府文书、典章制度。吏事：指做官执行种种法令措施。上国：指京师、中原一带文化较高的地方。齿：等列。

【译文】

欧阳詹祖祖辈辈居住在闽越之地，从欧阳詹以上的先祖都是闽越官员，做到州佐和县令的也颇有一些。闽越之地肥沃平衍，又多山泉禽鱼可遣兴为乐，即便是那些具特殊才艺的优秀者和精通官府文书往来、政治之事与中原之地等列的人才，也没有愿意担任官职的。

今上初①，故宰相常衮为福建诸州观察使②，治其地。衮以文辞进③，有名于时，又作大官，临莅其民④，乡县小民有能诵书作文辞者，衮亲与之为客主之礼⑤，观游宴飨，必召与之。时未几，皆化翕然⑥。詹于时独秀出，衮加敬爱，诸生皆推服。闽越之人举进士，繇詹始⑦。

【注释】

①今上：指当时皇帝唐德宗（李适）。

②常衮：京兆（陕西西安）人。于代宗（李豫）大历十二年（777）至十四年（779）任宰相。德宗建中元年（780）时，任福建观察使。

③衮以文辞进：《旧唐书·常衮传》：衮文章峻拔，当时推重，与杨炎同为舍人，时称"常杨"。

④临莅其民：管理统治民众。

⑤衮亲与之为客主之礼：意思是说常衮常亲自接待他们。

⑥翕（xī）然：形容和洽的样子。

⑦繇:同"由"。闽越之人举进士最早并非欧阳詹,而是长溪薛令
　　之,薛于中宗神龙二年(706)擢第,早于欧阳詹八十年多。此处
　　韩愈有误。

【译文】

　　当今皇上刚刚登基之时,曾任宰相的常衮被任为福建各州郡的观
察使,管理这块土地。常衮以文章写得好得获官职,在当代有名气,又
居高位,统领他手下的百姓,凡乡、县能够读书写文章的人,常衮都亲自
招待他们,赏景游乐,大小宴请,一定告诉让他们参加。过了不久,彼此
之间变得非常和谐融洽。欧阳詹在那时单独挺秀而出,常衮尤其敬重
爱惜,其他人也都尊重佩服他。闽越的人考进士做官,从欧阳詹开始。

　　建中、贞元间,余就食江南①,未接人事②,往往闻詹名闾
巷间,詹之称于江南也久。贞元三年,余始至京师举进士③,
闻詹名尤甚。八年春,遂与詹文辞同考试登第,始相识④。
自后詹归闽中⑤,余或在京师他处,不见詹久者,惟詹归闽中
时为然。其他时与詹离,率不历岁⑥,移时则必合,合必两忘
其所趋⑦,久然后去⑤。故余与詹相知为深。

【注释】

①建中、贞元间,余就食江南:建中元年(780)至贞元元年(785),时
　　韩愈十三到十八岁。江南,指宣城。
②未接人事:指求学而未交友求仕。
③贞元三年,余始至京师举进士:韩愈十九岁到京师,见《祭十二郎
　　文》,"三年"应作"二年"。
④"八年春"几句:时陆贽主试,登榜二十三人,有崔群、王涯、李观、
　　冯宿等,多一时知名之士,号称"龙虎榜"。

⑤詹归闽中：詹及第后，归闽省亲，留住二年返京。

⑥率（lǜ）：大致。

⑦两忘所趋：指两人皆脱略形迹，忘其所以。趋，同"趣"。意趣。

【译文】

建中、贞元年间，我居住在江南，还未交友求官的时候，就常常在街头巷尾听到欧阳詹的名字，欧阳詹在江南有名气已经很久了。贞元三年，我到京城去考进士，听到欧阳詹的名字的机会更多。贞元八年春天，和欧阳詹一起应试考中，我们从此相识。后来欧阳詹回闽中，我有时在京城别的地方，和欧阳詹很长时间没有见面，只有他回闽中这一段时间是这样。别的时候即使分离，大约也不会超过一年就又相见，两人相会时必然会脱略形迹、忘乎所以，很久以后才离开。所以我和欧阳詹相互了解，彼此相知很深。

詹事父母尽孝道，仁于妻子，于朋友义以诚。气醇以方①，容貌嶷嶷然②。其燕私善谑以和③，其文章切深喜往复，善自道。读其书，知其于慈孝最隆也④。十五年冬，余以徐州从事朝正于京师⑤，詹为国子监四门助教⑥，将率其徒伏阙下举余为博士⑦，会监有狱⑧，不果上⑨。观其心，有益于余，将忘其身之贱而为之也⑩。呜呼！詹今其死矣！

【注释】

①醇：同"淳"。厚。方：有义方，有正义的原则。

②嶷嶷（nì）然：嶷嶷，原指小儿有知，此指端庄厚重。

③其燕私善谑以和：指平常休闲时候詹爱说温和、不讽刺伤人的笑话。燕、私，同义，闲暇自便的时候。谑，笑语。

④最隆：最厚，最重。

⑤朝正：向皇帝朝贺元旦。一说指拜见皇帝，报告本州政务并听受指示。

⑥国子监四门助教：四门馆的助教，属国子监辖。

⑦伏阙下：跪于宫阙之下向皇上上书。阙，台门。

⑧会监有狱：会，适逢。监，国子监，它本作"誊"。有狱，有讼事，其事不详。

⑨不果上：上书未成。

⑩身之贱：四门助教，从八品上，官位很低。

【译文】

　　欧阳詹事奉父母极尽孝道，对妻子儿女很仁爱，对朋友诚挚、讲义气。他气质淳厚又有道德原则，形貌看上去端庄厚重。他平常闲暇休息时候爱说些温和不过分的笑话，他的文章极其喜好铺陈，曲折致意，善于自叙。读他的文章，就能了解他对慈孝是最看重的。贞元十五年冬，我做徐州节度使推官，到京城汇报请示，欧阳詹正做国子监四门助教，将要率领他的门生向朝廷举荐我为博士，碰上国子监有讼狱事，上书最终作罢。看他的心意，只要对我有好处，他可以忘掉自己职位低贱而去做这样的事。哎呀！欧阳詹现在已经死去了！

　　詹，闽越人也。父母老矣，舍朝夕之养以来京师，其心将以有得于是而归为父母荣也①，虽其父母之心亦皆然。詹在侧，虽无离忧，其志不乐也；詹在京师，虽有离忧，其志乐也。若詹者，所谓以志养志者与②！詹虽未得位③，其名声流于人人，其德行信于朋友，虽詹与其父母皆可无憾也。詹之事业文章，李翱既为之传④，故作哀辞以舒余哀，以传于后，以遗其父母而解其悲哀，以卒詹志云。

【注释】

①有得:指仕途与交友有成就。于是:在京师。

②以志养志:以父母的意志为意志奉养父母。

③未得位:没得到高官。

④李翱既为之传:现行《李文公集》无詹传,已散佚。

【译文】

欧阳詹,家在闽越。父母年事已高,放弃在父母身边朝夕服侍的机会而来到京城,他心里是想在这里有所获得,然后回去为父母增添荣耀,即使他父母的心也都这样。欧阳詹在身边,虽然没有别离的忧苦,但父母心中因为对儿子的期望没有实现而觉得不快乐;欧阳詹在京都,虽然有别离的忧苦,但父母心中愉悦。像欧阳詹这样,正是所说的"以我的志向来满足实现父母的期望"吧!欧阳詹虽然没有获得高官,但美名四扬,德行也在朋友那里得到确认,欧阳詹和他的父母都可以没有遗憾了。欧阳詹的生平事迹和文章,李翱已经为之作了传,我因此再写哀辞来纾解我的哀痛,传于后世,并赠给他父母,缓释他们的悲伤,算是完成欧阳詹的心意吧。

　　求仕与友兮,远违其乡;父母之命兮,子奉以行。友则既获兮,禄实不丰①;以志为养兮,何有牛羊②?事实既修兮,名誉又光;父母忻忻兮③,常若在旁。命虽云短兮,其存者长;终要必死兮④,愿不永伤。友朋亲视兮,药物甚良;饮食孔时兮⑤,所欲无妨⑥。寿命不齐兮,人道之常;在侧与远兮,非有不同。山川阻深兮,魂魄流行;祀祭则及兮,勿谓不通。哭泣无益兮,抑哀自强⑦;推生知死兮,以慰孝诚⑧。呜呼哀哉兮,是亦难忘!

【注释】

①禄实不丰：四门助教，月俸十六贯文，岁禄米六十二斛。

②何有：何有于，有没有没关系。牛羊：肉食。

③忻忻(xīn)：同"欣欣"。

④终要：归结总计。

⑤孔：甚。时：时新。

⑥所欲无妨：所需要的都办到了，没有妨碍。

⑦抑哀：抑制悲痛。自强：自己努力自强加餐，爱惜身体。

⑧以慰孝诚：以慰欧阳詹的孝顺诚爱之心。

【译文】

　　求官求友啊，远离家乡；父母愿望啊，儿子遵行。朋友得到了，官俸不高；满足父母心愿啊，何必用肉食？事业确实很好啊，名声又远扬；父母心里愉快，好像儿子常在身旁。生命虽然短促啊，流传下来的将会永存；人终究要死去，不要总是伤心。朋友都来探视，药物精良；饮食时新啊，想要的没有得不到的。寿命不一样啊，是人生常事；在身边和远方啊，没有不同。山川险阻深远啊，魂魄沿流飘行；祭奠您的时候就来啊，别说阴阳不通。哭泣没有用处啊，抑制哀伤多保重；知道生死一定啊，平安生活慰藉孝诚之心。悲伤啊！唉，难以忘怀！

祭十二郎文

【题解】

本文是韩愈于唐德宗贞元十九年(803)，在长安(今陕西西安)任监察御史时，为祭他侄子十二郎(名老成)而写的一篇祭文。此篇文章虽仍沿用四言，但其刻画曲折，气势恢宏，一反传统祭文为死者歌功颂德的固定格套，破骈为散，用笔自由，以抒悼念亡侄的真情实感，这在祭文中是不多见的。所以这篇文章一向被人们称为"祭文中千年绝调",是古代抒情散文中的不朽名篇。

年月日,季父愈闻汝丧之七日,乃能衔哀致诚①,使建中远具时羞之奠②,告汝十二郎之灵③。

【注释】

①衔哀致诚:含着悲哀的心情向死者表达诚意。衔,同"含"。怀着。

②建中:人名。远具:从远地备办携往。时羞之奠:应时新鲜的祭品。奠,这里作名词,祭品。

③十二郎:名老成,韩愈之侄。韩愈父亲韩云卿有三子:韩会、韩介、韩愈。韩会无子,以韩介次子老成为嗣子。老成以族中排行第十二,故称十二郎。

【译文】

某年某月某日,叔父韩愈我,得知你已去世七日,才能怀着悲痛的心情向你表达我的诚意,让建中从远地备办了应时新鲜食物作祭品,告慰你十二郎在天之灵。

呜呼！吾少孤①,及长,不省所怙②,惟兄嫂是依③。中年,兄没南方④,吾与汝俱幼,从嫂归葬河阳⑤。既又与汝就食江南⑥,零丁孤苦,未尝一日相离也。吾上有三兄⑦,皆不幸早世⑧,承先人后者,在孙惟汝,在子惟吾。两世一身,形单影只。嫂尝抚汝指吾而言曰:"韩氏两世,惟此而已！"汝时尤小,当不复记忆;吾时虽能记忆,亦未知其言之悲也。

【注释】

①少孤：韩愈三岁丧父，故曰"少孤"。

②怙(hù)：依靠，凭恃。

③兄嫂：指韩会及其妻郑氏。

④兄殁南方：指韩会死于韶州(唐属岭南道，治所在今广东曲江)刺史任内，年四十一岁。殁，死，去世。

⑤河阳：今河南孟州，是韩氏老家，其祖坟在此地。

⑥就食江南：唐德宗建中二年(781)，韩愈因中原地区战乱不休，随嫂迁居宣州(今安徽宣城)。

⑦三兄：指韩会、韩介以及一位死时尚幼，未及命名的兄弟。

⑧早世：早死。

【译文】

　　唉！我年纪尚幼时父亲就亡故了，等长大了，不知道还能依靠谁，只有仰仗兄嫂照顾。兄长中年就死于南方，我和你都年幼，跟从嫂子归葬到河阳。不久又和你一起随嫂迁居江南，生活伶仃孤苦，却一天也没有分开过。我的前面有三位兄长，都不幸早死，能够继承我父亲这一族，孙辈中只有你，子辈中只有我。这两世都仅只一人，确实孤单无助。嫂子常常抚摸着你并指着我说："韩氏两代人，只有这两个了。"你那时很小，可能记不起来了；而我那时虽然能记忆，也未能明白她言语之中的悲切心情啊！

　　吾年十九，始来京城。其后四年，而归视汝。又四年，吾往河阳省坟墓，遇汝从嫂丧来葬①。又二年，吾佐董丞相于汴州，汝来省吾，止一岁，请归取其孥②。明年，丞相薨③，吾去汴州，汝不果来。是年，吾佐戎徐州④，使取汝者始行，吾又罢去⑤，汝又不果来。吾念汝从于东⑥，东亦客也，不可以久。图久远者，莫如西归，将成家而致汝。呜呼！孰谓汝遽去吾而没乎⑦！吾与汝俱少年，以为虽暂相别，终当久与相处，故舍汝而旅食京师，以求斗斛之禄⑧。诚知其如此，虽万乘之公相⑨，吾不以一日辍汝而就也！

【注释】

①"又四年"几句：韩愈嫂郑氏死于贞元九年（793）。贞元十一年
　（795）韩愈往河南扫墓，恰逢老成奉其母郑氏的灵柩来河南
　安葬。

②孥(nú)：指妻子和儿女。

③薨(hōng)：唐代称二品以上官员之死为薨。

④佐戎：助理军务。贞元十五年（799），韩愈到徐州，入武宁节度使
　张建封幕，任推官。

⑤吾又罢去：贞元十六年（800）五月，张建封死，韩愈罢职，离开徐
　州赴洛阳。

⑥东：这里指汴州、徐州，均在韩愈老家河阳之东。

⑦遽(jù)：急，骤然，突然。

⑧斗斛(hú)之禄：微薄的俸禄。斗斛，容量单位。

⑨万乘：古代兵车一乘（即一车）四马，万乘即万辆车，极言其多。
　公相：指宰相，唐代的宰相都封为国公。此句极言高官厚禄。

【译文】

　　我年纪十九时，才来到京城。四年以后，回去看望你。又过了四年，我前往河阳扫墓，恰逢你奉你母亲的灵柩来河阳安葬。又过了两年，我辅佐董丞相到汴州，你来看望我，住了一年，你请求回宣州把家眷接来。第二年，丞相死了，我随丧西行离开了汴州，你最

终没有再来。这一年,我在徐州助理军务,安排接你的人刚要去,我却罢职离开徐州赴洛阳,你还是没能来。我考虑你跟我到家乡以东的地方,但是东边那些地方只能客居,不是久留之地。要打算得比较长远,还不如西归河阳,等将来安好家以后再接你同住。唉!谁能想到你突然离开我去了呢?我和你都是少壮之年,总以为即使暂时相互离别,最终应当能长久地相处在一起,所以就离开你寄食京都,以求微薄俸禄。如果知道会是这样,即使有高官厚禄,我也不会离开你一天去就职!

去年,孟东野往①,吾书与汝曰:"吾年未四十,而视茫茫,而发苍苍,而齿牙动摇。念诸父与诸兄,皆康强而早世,如吾之衰者,其能久存乎?吾不可去,汝不肯来,恐旦暮死,而汝抱无涯之戚也。"孰谓少者殁而长者存,强者夭而病者全乎!呜呼!其信然邪?其梦邪?其传之非其真邪?信也,吾兄之盛德而夭其嗣乎?汝之纯明而不克蒙其泽乎?少者强者而夭殁,长者衰者而存全乎?未可以为信也,梦也,传之非其真也?东野之书②,耿兰之报③,何为而在吾侧也?呜呼!其信然矣。吾兄之盛德而夭其嗣矣,汝之纯明宜业其家者,不克蒙其泽矣!所谓天者诚难测,而神者诚难明矣!所谓理者不可推,而寿者不可知矣!虽然,吾自今年来,苍苍者或化而为白矣④,动摇者或脱而落矣⑤。毛血日益衰,志气日益微,几何不从汝而死也!死而有知,其几何离;其无知,悲不几时,而不悲者无穷期矣!汝之子始十岁,吾之子始五岁,少而强者不可保,如此孩提者,又可冀其成立邪⑥? 呜呼哀哉! 呜呼哀哉!

【注释】

①孟东野:即孟郊(751—814),唐代著名诗人,韩愈好友,湖州武康(今浙江武康)人。

②东野之书:孟东野在溧阳将老成的死讯信告韩愈。

③耿兰:人名,似是韩家宣城的管家人。

④苍苍者或化而为白矣:指发色由青变白。

⑤动摇者或脱而落矣:指牙齿脱落。

⑥冀:期望,指望。

【译文】

去年孟东野前去,我托他捎信给你说:"我年纪不到四十,但是眼睛昏花,头发斑白,而牙齿松动。想起父辈与兄弟辈,都是身强体壮却年纪轻轻就去世了,像我这样身体衰弱的,难道能长寿吗? 我不能离开,你不肯前来,只怕我忽然离世,那时你就会怀抱无边的悲哀。"谁知道年少的死了而年老的却生存下来,强壮的夭折了而有病的人却保全下来! 唉! 难道真的是这样吗? 难道是梦吗? 传来的消息不是真的吧? 真的这样,以我哥哥的大德竟会夭亡其子吗? 以你如此纯洁聪明的品性竟不能承受你父亲的恩惠吗? 年少体强的人却夭折了,年长体弱的却保存下来了吗? 不能相信啊,是梦吧,传来的消息不是真的吧? 孟东野的书信,耿兰来的报丧信,为何却都在我的身边呢? 唉! 确实如此,我哥哥虽有大德他的儿子还是夭亡了,你这样纯洁聪明,应该继承先人家业的人,却没能承蒙先人的恩泽。所谓天意确实难以猜度,神机确实难以明白。所谓命运难以推测,寿夭难以预知啊! 虽然这样,我从今年以来,头发由黑变白,牙齿脱落。血气一天比一天衰愈,精神越来越微弱,为什么不跟着你离开人世! 死后倘若有灵知,那么我们的分离也没有多久时间了；如果没有灵知，能悲哀的时间并不长了，而不悲哀的时间将永无尽头。你的儿子才十岁，我的儿子才五岁，年少而强壮的却会不保性命，又怎么能够希望这些孩子长大成人有所作为呢？呜呼哀哉！呜呼哀哉！

　　汝去年书云："比得软脚病^①，往往而剧。"吾曰："是疾也，江南之人常常有之。"未始以为忧也。呜呼！其竟以此而殒其生乎？抑别有疾而至斯乎？汝之书，六月十七日也。东野云："汝殁以六月二日。"耿兰之报无月日。盖东野之使者，不知问家人以月日，如耿兰之报，不知当言月日。东野与吾书，乃问使者，使者妄称以应之耳。其然乎？其不然乎？

【注释】

①比：近来。软脚病：脚气病。

【译文】

　　你去年来信说："近来得脚气病，时时病情加重。"我说："这种病，江南的人经常有。"开始并不为此担心。唉！难道你竟因此而丧了命？还是因为别的疾病而导致这样？你的来信，是六月十七日。东野在信中说："你死于六月二日。"耿兰的报丧信没有具体日期。大概东野的使者，不知道问你家里的人过世的时间，就像耿兰的报丧信，不知道写上你去世的时间一样。东野给我来信时，当时就询问使者，使者信口胡说以应付东野罢了。是这样的吗？或者不是这样的？

　　今吾使建中祭汝，吊汝之孤与汝之乳母。彼有食可守以待终丧①，则待终丧而取以来；如不能守以终丧，则遂取以来。其余奴婢，并令守汝丧。吾力能改葬，终葬汝于先人之兆②，然后惟其所愿。呜呼！汝病吾不知时，汝殁吾不知日；生不能相养以共居，殁不得抚汝以尽哀③；敛不凭其棺④，窆不临其穴⑤。吾行负神明，而使汝夭，不孝不慈，而不得与汝相养以生，相守以死。一在天之涯，一在地之角，生而影不与吾形相依，死而魂不与吾梦相接，吾实为之，其又何尤？彼苍者天，曷其有极！

【注释】

①终丧：古礼，人死三年，守孝期满，称为终丧。

②先人：指韩氏祖先。兆：墓地。

③抚汝以尽哀：抚着你的遗体痛哭、哀悼。

④敛：同"殓"。旧俗为死者换衣称小殓，安置尸体入棺称大殓。

⑤窆（biǎn）：下棺入穴。

【译文】

现如今我让建中来祭奠你，慰问你的孤儿与乳母。他们那边有食物可以守孝到期满，期满就接他们过来；如果没法守孝到期满，就马上接他们来。其余奴婢，让他们一并守丧。我争取能为你改葬，最终把你安葬到祖坟中来，等安葬好你以后，其余奴婢的去留，就听其自愿。唉！你病的时间我不知道，你死的日子我不知道；活时不能互相供养一起生活，死时不能抚着你的遗体哀悼；入殓时不能扶着你的棺材，下棺入穴时不能亲临你的坟墓。是我的行动辜负了神明，而使你夭死，是我不孝敬不慈爱，而不能和你相互供养着生活，相互陪伴着老死。现在一人在天涯，一人在海角，生时你不能和我形相依偎，死后鬼魂也不到我梦中来，原因过错全在于我，又能怨恨谁呢？那悠悠苍天，究竟哪里是尽头！

　　自今已往，吾其无意于人世矣。当求数顷之田，于伊、颍之上①，以待余年，教吾子与汝子，幸其成②；长吾女与汝女③，待其嫁，如此而已。呜呼！言有穷而情不可终，汝其知也邪？其不知也邪？呜呼哀哉！尚飨。述哀之文究以用韵为宜，韩公如神龙万变，无所不可，后人则不必效之。

【注释】

①伊、颍：即今河南省境的伊水和颍水。

②教吾子与汝子，幸其成：韩湘与韩昶后来分别中穆宗长庆三年（823）和长庆四年进士。

③长：养育。

【译文】

　　从今以后，我也无意留恋人世间。应在伊水和颍水求取田地数顷，以度过所剩的岁月，教诲我的儿子和你的儿子，让他们能幸运地有所成就；养育大我的女儿与你的女儿，直到她们出嫁，仅此而已。唉！言已尽而哀痛之情没有终止，你知道这些吗？还是没有听到？呜呼哀哉！希望你前来享受祭品。陈述哀痛的文章终究以用韵为宜，然韩公笔如神龙恣肆变化多端，没有什么不可以的，后人写文章则不必仿效。

祭郑夫人文

【题解】

郑夫人，韩愈兄韩会之妻，韩愈之嫂。韩愈早孤，由嫂抚养成人。

此篇作于贞元九年(793)九月,详细陈述郑氏抚育之恩,从"三岁而孤"到"年在成人",其中曲折之事一一言及。以所历辗转悲苦表露兄嫂对自己的至情厚爱,在描述回忆的文辞间又自然流出哀痛之情。文章情意真挚但不过度悲伤,比较符合儒道"哀而不伤"的准则。

维年月日,愈谨于逆旅①,备时羞之奠②,再拜顿首,敢昭祭于六嫂荥阳郑氏夫人之灵③。

【注释】

①逆旅:客舍,旅店。逆,迎。

②时:适时的,应时的。羞:即"馐"。美味。奠:祭品。

③敢:谦辞,表冒犯而为。昭:彰明,显示。

【译文】

某年某月某日,韩愈在途中客舍,恭恭敬敬置备下时鲜美味,反复施礼叩拜,斗胆祭于六嫂荥阳郑氏夫人灵前。

呜呼!天祸我家,降集百殃。我生不辰①,三岁而孤。蒙幼未知,鞠我者兄②;在死而生,实维嫂恩③。未龀一年④,兄宦王官,提携负任⑤,去洛居秦。念寒而衣,念饥而飧⑥,疾疹水火⑦,无灾及身。劬劳闵闵⑧,保此愚庸⑨。年方及纪⑩,荐及凶屯⑪。兄罹谗口⑫,承命远迁;穷荒海隅⑬,夭阏百年⑭。万里故乡,幼孤在前;相顾不归,泣血号天。微嫂之力⑮,化为夷蛮⑯。水浮陆走,丹旐翩然⑰。至诚感神,返葬中原。既克返葬,遭时艰难⑱。百口偕行⑲,避地江濆⑳。春秋霜露,荐敬蘋蘩㉑,

以享韩氏之祖考曰㉒:"此韩氏之门㉓。"视余犹子,诲化
谆谆㉔。

【注释】

①辰:时机。

②鞠:养育,抚养。

③维:以,由于。

④龀(chèn):指七八岁乳齿变为永久齿,常以指年幼者。

⑤提携负任:率领妻子,身负重任。

⑥念寒而衣,念饥而飧(sūn):念,惦念。衣、飧,用作动词。提供衣
　食之意。

⑦疢(chèn):热病,泛指病。

⑧劬(qú)劳:劳苦,劳累。泛指父母长辈育子之辛苦。闵闵:辛劳
　的样子。

⑨愚庸:韩愈自指。

⑩纪:十二年曰一纪。

⑪荐及:接连到来,多指不幸。屯(zhūn):艰难,祸乱。

⑫罹(lí):遭受。

⑬穷荒海隅:偏僻荒凉的海角。

⑭夭:不尽天年谓之夭,犹言夭折。阏(è):遏止。

⑮微:无。

⑯夷蛮:指少数民族。

⑰丹旐(zhào):祭祀或丧礼中用的铭旗。翩然:舞动貌。此谓郑氏
　扶韩会棺返葬河阳。

⑱遭时艰难:建中二年(781),中原多故,韩愈从嫂避难于宣州。

⑲百口:言全家,未必实指。

⑳江濆(fén):水涯,堤岸,指江南。

㉑荐：上供祭品。蘋蘩(pín fán)：草名，蒿类，此指祭品。

㉒祖考：亡祖，亡父。泛指先祖。

㉓门：家，家族。

㉔谆谆：善导貌。

【译文】

　　唉！上苍有意为祸我家，集中降临各种灾难。我的出生时运不佳，年方三岁父亲亡故。蒙昧幼小不知世事，抚育成人全由长兄；濒临死地苟全生命，实在有赖嫂子恩典。刚刚换齿不曾一年，兄长担任皇家官员，携妻带子身负重任，离开洛阳定居长安。惦念我寒时添我衣，惦念我饿常加我餐，疾病水火诸种患难，从无半点殃及我身。含辛茹苦整日操劳，保养我这平庸之辈。年岁方将至于十二，接连到来不幸祸难。兄长遭受谗言陷害，秉承王命谪迁贬官；偏僻荒凉海角天涯，夭折他乡不尽天年。故乡万里遥遥不见，眼前幼儿尚未成年；彼此相望逝者难还，痛哭流涕呼号上天。若无嫂子竭尽气力，全家就地化为夷蛮。沿流船运顺路车行，鲜红旌旗翩然舞动。至诚之心感应神灵，兄长棺枢得返中原。才将兄长归葬祖坟，又逢时事变乱多艰。全家老小相偕而行，避乱移家居于江南。春秋霜露祭祀时节，上献蘋蘩祭品不断，用以供奉韩姓祖先，告诉说："这是韩姓家族。"嫂子待我犹如亲子，教化引导谆谆不倦。

　　爰来京师①，年在成人。屡贡于王②，名乃有闻。念兹顿顽③，非训曷因④。感伤怀归，陨涕熏心。苟容躁进⑤，不顾其躬⑥；禄仕而还，以为家荣。奔走乞假⑦，东西北南。孰云此来⑧，乃睹灵车⑨！有志弗及，长负殷勤⑩。呜呼哀哉！

【注释】

①爰：于是。

②贡：举荐。

③兹：此。顿：钝。

④非训曷因：谓以钝顽之器有闻于京师，是郑氏谆谆诲化之故。训，教导。曷，何。

⑤苟：苟且。

⑥躬：亲身。

⑦假：假期。

⑧孰云：谁知道。

⑨灵车：指郑氏已逝。

⑩殷勤：深厚恳切的情意。

【译文】

　　于是游学来到京师，已是成人自立之年。多次求举皇家考试，名声由此天下有闻。回想如我愚钝蠢笨，若非嫂训何能成器。感念伤悲时时欲归，涕泗陨落心如烤焚。苟且容忍急于求进，努力进取不顾性命；获得官职想要回返，衣锦而往家族荣耀。奔走各处告假探亲，东西南北全部跑遍。哪料这番终于前来，所睹竟是嫂子灵车！有心报答不能实现，从此长负殷勤之心。悲伤啊！悲伤啊！

　　昔在韶州之行，受命于元兄曰①："尔幼养于嫂，丧服必以期②！"今其敢忘？天实临之③。呜呼哀哉！日月有时，归合茔封④，终天永辞⑤，绝而复苏⑥。伏惟尚飨。

【注释】

①元兄：疑即韩会。前称郑氏为六嫂当以谱系一辈为序，此称韩会

　　元兄则以自家长幼论。

②丧服必以期：叔嫂旧制不服丧，贞观魏徵、令狐德棻等始有议，长
　　年老嫂遇养孩提之叔，情同所生，其亡，叔服小功五月，制可。韩
　　愈即以此期报嫂恩。

③天实临之：谓苍天在上，诸事不敢欺瞒。临，监视，统治。

④茔（yíng）：葬地。封：堆土使高，此处用为名词。

⑤终天：谓如天之久远无穷。

⑥绝：绝命。

【译文】

　　过去在韶州的时候，听从长兄吩咐说："你自小由嫂子抚养，以
后嫂子过世一定要服丧一年。"现在哪里敢忘记，上天一定在督察
我的行为。悲伤啊！人的生命有如日月的起落，将您归葬墓冢，从
此往后永远相别，多希望您能够苏醒再生！叩请您前来享用祭品。

吊武侍御所画佛文

【题解】

　　武侍御，名讳、生平不详。就吊文内容可知，武原来是个儒士，后因
丧配偶，伉俪情深，悲哀过度，无以自止，所以转信佛陀。

　　韩愈详述其事佛原委，断言是"以妄塞悲"，又以"呜呼奈何"作结尾
之语。深惜武不能以理自遣，而致入于迷途。

　　御史武君，当年丧其配①，敛其遗服、栉、珥、鞶、帨于
箧②，月旦十五日③，则一出而陈之④，抱婴儿以泣。

【注释】

①当年：即丁年，壮年之意。配：配偶。

②敛：收藏。栉：梳篦。珥（ěr）：耳饰。鞶（pán）：革制衣带。帨
　　（shuì）：佩巾。匧：箱箧。

③月旦：每月初一，月朔。

④一出而陈之：陈列全部遗物以为祭奠。

【译文】

　　武御史大人，正当壮年时候死了妻子，于是收拾整理起她遗留下来的衣服、梳篦、耳饰、衣带、佩巾，装到箱箧里面，每逢初一、十五，就一件件陈列出来，然后抱着小孩子哭祭。

　　有为浮屠之法者，造武氏而谕之曰①："是岂有益耶？ 吾师云：'人死则为鬼，鬼且复为人，随所积善恶受报，环复不穷也②。' 极西之方有佛焉③，其土大乐。亲戚姑能相为图是佛而礼之④，愿其往生，莫不如意。"武君怃然辞曰⑤："吾儒者，其可以为是！"既又逢月旦十五日，复出其箧实而陈之⑥，抱婴儿以泣，且殆⑦，而悔曰："是真何益也？ 吾不能了释氏之信不⑧，又安知其不果然乎？"于是悉出其遗服、栉、佩，合若干种，就浮屠师请图前所谓佛者⑨。浮屠师受而图之。韩愈闻而吊之曰：

【注释】

①造：至，到。谕：以道理晓谕。

②环复不穷：轮回转世，没有终极。

③极西之方有佛焉：指阿弥陀佛，即无量寿佛，又称无量光佛或甘
　　露佛。

④姑：且，如果。为：帮助，指为亡者谋福。

⑤怃（wǔ）然：茫然自失的样子。

⑥箧实：箧中所盛的东西。指前遗服、栉、珥、肇、悦等。

⑦且殆：说武君悲痛过度，几于危殆。殆，危殆。

⑧了：了解。释氏：佛教。不：同"否"。

⑨浮屠师：僧人。

【译文】

有信仰佛教的人，造访武氏并且告诉他说："这样做有什么好处呢？我师父说：'人死就成了鬼，鬼将再转化成人，随着这人生前积累的善恶事情在下一辈子受报应，如此这般，流转轮回没有结束。'西方尽处有一佛，他的国土纯净极乐。死者的亲属如果能帮助死者，图画出佛像再礼拜他，求让死者转生到那里，就一定会如心所愿的。"武大人茫然恍惚地推辞说："我们儒士怎么可以做这样的事呢？"后来再到初一、十五，武氏仍然拿出箧里的东西陈列，抱着小孩子哭祭，悲痛过度的时候，武氏后悔起来："这样做真有用吗？我不明白认识佛教确实与否，又怎能肯定事实不会果真像他所说的那样呢？"于是把亡妻的遗服、梳篦、佩巾等都拿出来，前往寺庙僧人处请他画前面奉劝者所说的佛。僧人接受了那些东西然后画出佛来。韩愈听说这事于是哀悼说：

　　皙皙兮目存①，丁宁兮耳言②，忽不见兮不闻，莽谁穷兮本源③？图西佛兮道予懃④，以妄塞悲兮慰新魂⑤。呜呼奈何兮，吊以兹文⑥。

【注释】

①皙皙（zhé）：明亮意，指死者形貌清晰宛如眼前。

②丁宁兮耳言：死者的声音仿佛还能在耳边听到。宁，同"咛"。

③莽谁穷兮本源：死后之事，渺茫谁知的意思。莽，同"茫"。

④道予懃（qín）：表达我的殷勤之意。予：指武侍御。

⑤妄：虚妄，荒诞。塞悲：止住悲哀。新魂：指武妻。

⑥呜呼奈何兮，吊以兹文：无可奈何啊，用这篇文章来哀悼。
　兹，这。

【译文】

　　形貌清清楚楚还在眼前，仿佛还悄悄地叮咛耳语，转瞬却音容俱亡，这生死的事情谁能够探究明白？画出西方之佛来表示我悼亡者的殷勤，用这虚诞的东西填塞我悼亡者的悲哀，再安慰刚刚逝去的亲人。无可奈何啊，用这文章来凭吊！

祭穆员外文

【题解】

　　此文乃代崔懹作。崔懹官侍御史，无传。韩集晁本篇首另有题首："维年月日，故人博陵崔懹，谨以清酌之奠，祭于亡友穆六端公之灵。"可为代作之证。

　　《旧唐书·穆员传》称穆员卒于检校员外郎任上，杜亚留守东都时被辟为从事，都和此文相合，穆员外当为穆员无疑。另外《新唐书·穆员传》提到穆员终职于侍御史，所以晁本称"穆六端公"。

　　穆员，字与直，怀州河内人，宣州观察使穆宁之子，工为文。

　　於乎①！建中之初②，予居于嵩③，携扶北奔，避盗来攻。晨及洛师④，相遇一时。顾我如故，眷然顾之⑤。子有令闻⑥，我来自山⑦；子之畯明⑧，我钝而顽⑨。道既云异，谁从知我？我思其厚，不知其可。

【注释】

①於乎：感叹词。

②建中：唐德宗年号（780—783）。

③嵩：即嵩山，今河南登封北。其东曰太室山，西曰少室山。

④洛师：今河南洛阳。

⑤顾我如故，眷然顾之：像以前一样关照我，时常来眷顾于我。前一"顾"，关注，照料。后一"顾"，眷顾，访问。

⑥令闻：美好的名声。令，美，善。

⑦我来自山：我从山野鄙所而来。

⑧畯：通"俊"。才智过人意。

⑨钝而顽：迟钝而且愚笨。

【译文】

　　唉！建中初年的时候，我居住在嵩山一带，举家相互携扶逃到北方，躲避盗寇的攻袭。清晨到达东都洛阳，和您偶然相逢；您对待我像过去一样，眷爱我光顾我的住处。您有美好的名声，我只是来自山野的鄙夫；您才智高明过人，我却愚钝并且蠢笨。您我的差异既然这样多，谁又能够了解我呢？我思念您的淳厚，却不知道您的心意如何。

　　于后八年，君从杜侯①，我时在洛，亦应其招。留守无事②，多君子僚，罔有疑忌③，维其嬉游。草生之春，鸟鸣之朝，我辔在手④，君扬其镳⑤。君居于室，我既来即⑥，或以啸歌，或以偃侧⑦。诲余以义，复我以诚⑧，终日以语，无非德声。

【注释】

①杜侯：杜亚。贞元五年（789）十二月以杜亚为东都留守，亚辟穆

　　员为从事检校员外郎,崔翙亦为之所征召。

②留守:古代帝王巡幸出征,以亲王、重臣镇守京师,得便宜行事,
　　称京城留守。其他行都、陪都亦有常设、间设留守者,多以地方
　　长官兼任。此谓崔翙从杜亚留守。

③罔:即"无"。疑忌:怀疑,忌恨。

④辔(pèi):缰绳。

⑤镳(biāo):马勒旁铁。

⑥来即:相近相就。

⑦偃(yǎn):仰卧。

⑧诲余以义,复我以诚:用道义来教导我,用诚信来回复我。

【译文】

　　此后经历八年,您跟随杜侯做事,我当时正在洛阳,也应命他的征
召。留守东都少有官事,同事多是翩翩君子,彼此之间没有猜疑忌妒,
只是一味从游嬉戏。新草初绿的春天,群鸟啼鸣的早上,我手牵缰绳,
您挥扬马镳。您居留在室时,我就前来寻访,有时长啸高歌,有时相伴
同眠。教导我道义之事,回复我诚信之心,每天所讲所论,都是道德修
养之语。

　　主人信谗,有惑其下。杀人无罪,诬以成过。入救不
从,反以为祸①。赫赫有闻,王命三司②,察我于狱,相从系
缧③。曲生何乐,直死何悲④!上怀主人⑤,内闵其私⑥,进退
之难,君处之宜⑦。

【注释】

①"主人信谗"几句:令狐运为东京牙门将,杜亚对之心存不满,适
　　逢强盗在城近郊劫走了运绢车,杜亚认为是令狐运所为,命穆员

及从事张弘靖处理。穆、张查无此事。杜亚大怒,拘禁穆员等。

有惑,有疑惑,不信任,婉语。成过,现成的过错。

②三司:此指理狱之官。唐以御史、中书、门下为三司,受理刑狱诉讼之事。

③缧(léi):捆绑囚犯的绳索。

④曲生何乐,直死何悲:委曲苟生有何乐趣,但若就这样死去又何其可悲。

⑤怀:安抚以使归顺的意思。

⑥闵:即"悯"。怜悯。其私:意指其心怀私情,行为不公正。

⑦处:处理。宜:恰当,适合。

【译文】

主人相信谗言,有疑于他的下属。想要杀害下属又不愿承担罪名,所以用现成的过失作诬陷。您前往相救却未被听从,反而使灾祸殃及自身。此事因故广闻四方,帝王诏命三司审理,在狱中查办于我,随同您被拘押捆缚。委曲苟活有何乐趣,但若就这样死去又何其可悲?皇上心欲安抚主人,怜悯他不公正的行为,在这样进退两难的时候,您采取了恰当的解决办法。

既释于囚①,我来徐州,道之悠悠,思君为忧。我如京师,君居父丧,哭泣而拜,言词不通。我归自西,君反吉服②,晤言无他,往复其昔③。不日而违,重我心恻④。

【注释】

①释:释放。

②反:即"返"。

③晤言无他,往复其昔:会面所谈论的没有别的,只是追忆过去的

时光。

④不日而违,重我心恻:没有多久就分别了,使我的心再次感受悲
　伤哀痛。

【译文】

从狱中释放出来以后,我到了徐州,与您相隔路途遥远,常常怀念
您而暗自忧伤。我前去京师,您正居守父丧,痛哭流涕相互施礼,哽咽
难以言谈。我从西方回来,您重换回常服,会面所语没有其他,只是追
忆过去的时光。没有多久就分别了,使我的心再次感受悲伤哀痛。

　　自后闻君,母丧是丁①。痛毒之怀,六年以并②。孰云孝
子,而殒厥灵! 今我之至,入门失声。酒肉在前,君胡不
餐③? 升君之堂,不与我言。於乎死矣,何日来还?

【注释】

①丁:遭逢,遇到。

②六年以并:守父母之丧各三年。

③胡:为何。

【译文】

以后听说您的事情,得知您遭逢母亲的丧亡。您的心怀惨痛之至,
两亲之丧守服六年。谁料像您这样的孝子,竟然会灵殒魂去。现在我
到这里,刚进门就失声痛哭。酒肉摆好在这里,您为什么不来吃? 登临
您的堂厅,却不和我说话! 唉,死了,什么时候还会再来?

祭郴州李使君文

【题解】

韩愈于唐德宗贞元十九年(803)冬,出任阳山县令,路过郴州,结识

李使君。愈之律诗《李员外寄纸笔》《叉鱼招张功曹》就录载了和他过从交好之事，此文也有提及，"获纸笔之双贶，投叉鱼之短韵"。其人生平契分，全部著于祭文，除此外无传可考。

维年月日，将仕郎、守江陵府法曹参军韩愈①，谨以清酌庶羞之奠，敬祭于故郴州李使君之灵②。

【注释】

①将仕郎：九品下，文散官。江陵府：属今湖北江陵县地。法曹参军：官名。唐宋之制，在府称法曹参军，在州称法曹司法参军事，在县称司法，掌刑法狱讼事。

②使君：汉以后对州郡长官之尊称。

【译文】

某年某月某日，将仕郎、守江陵府法曹参军韩愈，郑重把清酒以及众多美味等祭品，恭恭敬敬地献在已故郴州李使君的灵前。

古语有之："白头如新，倾盖若旧①。"顾意气之何如，何日时之足究②。当贞元之癸未③，惕皇威而左授④；伏荒炎之下邑⑤，嗟名颣而位仆⑥。历贵部而西迈⑦，逐清光于暂觐⑧；言莫交而情无由，既不贾而奚售⑨。哀穷遐之无徒⑩，挈百忧以自副⑪；辱问讯之绸缪⑫，恒饱饥而愈疢⑬。接雄词于章句⑭，窥逸迹于篆籀⑮；苞黄甘而致贻⑯，获纸笔之双贶⑰。投《叉鱼》之短韵⑱，愧韬瑕而举秀⑲。俟新命于衡阳⑳，费薪刍于馆候㉑；空大庭以见处㉒，憩水木之幽茂㉓。逞英心于纵博㉔，沃烦肠以清酎㉕；航北湖之空明㉖，觑鳞介之惊透㉗。宴州楼之豁达，众管啾而并奏；得恩惠于新知㉘，脱穷愁于往陋㉙。辍行谋于俄顷㉚，见秋月之三彀㉛；逮天书之下降㉜，犹低回以宿留㉝。念睽离之在期㉞，谓此会之难又㉟；授缟纻以托心㊱，示兹诚之不谬㊲。傥后日之北迁㊳，约穷欢于一昼㊴；虽掾俸之酸寒㊵，要拔贫而为富。何人生之难信，捐斯言而莫就㊶；始讶信于暂疏，遂承凶于不救㊷。见明旌之低昂㊸，尚迟疑于别袖㊹；忆交酬而迭舞㊺，奠单杯而哭柩。美夫君之为政，不桡志于谗构㊻。遭唇舌之纷罗，独陵晨而孤雊㊼。彼憸人之浮言㊽，虽百车其何诟㊾？洞古往而高观㊿，固邪正之相寇(51)。幸窃睹其始终，敢不明白而蔽覆(52)。神乎来哉，辞以为侑(53)。尚飨。

【注释】

①白头如新，倾盖若旧：此汉邹阳之语。谓朋友之交有至老尚如新识，亦有路遇便成知己。倾盖，车路相遇而盖相切下倾。

②顾意气之何如，何日时之足究：谓朋友主要在于“意气”而非“时日”。

③贞元之癸未：叙贞元十九年(803)韩愈迁连州阳山县令事。

④惕：小心谨慎，提心吊胆。左授：贬官迁谪。

⑤荒炎：荒远炎热。下邑：相对“上都”言，指连州阳山(今广州阳山东)。

⑥嗟：嗟叹，感慨。位仆：此谓降职。仆，倒下。

⑦贵部：指郴州。

⑧迩(ěr)：接近。清光：喻指李氏之德行。暂觏(gòu)：偶然遇到。觏，遭逢，遇到。

⑨奚：什么。

⑩遐：远。徒：指志同道合者。

⑪挐：等同于"挐"。纷乱。副：相符，相称。

⑫辱：表敬词。绸缪：绵密，谓问讯之多且勤。

⑬恒：通"亘"。连续。饱饥：使饥者饱食。

⑭接：接触。

⑮篆籀(zhòu)：即大篆，周太史籀所造。

⑯苞：通"包"。韩愈曾送柑橙于李，有诗句云"今之新会橙"。致贻：赠送。

⑰获纸笔之双贶：李曾寄纸笔于韩愈。《李员外寄纸笔》诗云："莫怪殷勤谢，虞卿正著书。"

⑱《叉鱼》之短韵：韩愈在郴州有《叉鱼招张功曹》诗。

⑲韬：藏，掩。瑕：缺点。

⑳俟：候。新命：即以顺宗赦事。贞元二十一年(805)，韩愈徙掾江陵，待命于郴州。衡阳：即郴州，郴处衡山之阳。

㉑刍：喂牲口的草料。

㉒见：用动词前后，无实义。处：置身，停留。

㉓憩：稍做休息。

㉔逞：逞能，争强。纵博：纵情博戏。博，古赌输赢之游戏，类于棋弈。

㉕沃：滋润。清酎(zhòu)：醇酒。

㉖北湖：湖名，在郴州。空明：喻水之清澈透明。

㉗觑(qù)：伺视意。鳞介：鱼。透：跳跃。

㉘新知：指李使君。

㉙往陋：过去的孤陋。

㉚辍：停止，中止。

㉛三彀(gòu)：指三次月圆，即一月半时间。彀，弓满也。

㉜逮：及，到。天书：诏书。

㉝低回：徘徊流连。宿留：停留不行。

㉞暌(kuí)离：分别离开。在期：日子马上就到了。

㉟此会：如现在一样的聚会。难又：难再。又，再，复。

㊱缟纻(zhù)：白色绢麻。纻，通"苎"。麻类。春秋吴季札与子产缟带，子产献纻衣，事见《左传·襄公二十九年》。后朋友馈赠多以此语。

㊲谬：假，错，虚妄。

㊳傥：倘使。

㊴约穷欢于一昼：相约尽欢相贺一整天。

㊵掾：法曹。

㊶捐斯言而莫就：谓穷欢一昼之言终未得实现。捐，舍弃。

㊷凶：噩耗。

㊸低昂：起伏升降。

㊹尚：仍。

㊺酬：交往敬酒。迭舞：交替起舞。

㊻桡(náo)：弯曲。构：害，设计陷害。

㊼陵：近，到。雊(gòu)：雄野鸡之鸣。

㊽憸(xiān)人：奸险邪妄之徒。浮言：无根之说。

㊾百车：《后汉书》冯衍《出妻书》有"词语百车"之言，意词语之多。诟：玷辱。

㊿洞：洞察明彻。

(51)相寇：相互为敌。

(52)明白：昭明言白意。蔽覆：使掩盖颠倒而致无人知晓。

(53)侑(yòu)：劝食劝饮。

【译文】

古话说:"白头如新,倾盖若旧。"交朋友重在彼此意气是否投合,何必追究交往的时日。正值贞元癸未年间,提心吊胆惶恐悲哀地被谪官贬职;蜗居在荒凉炎热的县邑,嗟叹声名颓落职务跌降。经历您的辖区向西迈进,偶然之间接触了解到您光洁的德行;没有交谈了解情谊也就没有来由,这就像没有人来买,又有什么可卖呢? 可怜这荒远的地方没有同道知己,种种忧烦缠绕心中;承蒙您频频问候于我,一直使饥者得饱,让我更添惭疲。书信文字中认识了您雄辩的言论,篆籀书法中窥见了您飘逸的笔迹;我封包好黄柑赠送给您,从您那里获得双份纸笔。我投送《叉鱼招张公曹》这样的短诗,掩藏缺陷标榜自己的长处而甚感惭愧。居衡阳等候转职命令,在客舍耗费柴禾草料;腾开庭院大家相聚欢处,小歇于水深林密的地方。逞强争胜纵情博赌,用清酒来滋润烦躁心肠;驾船行于空明一片的北湖,偷望鱼儿在水中惊跳。宴于州楼心胸开朗,弦管啾啾声乐齐奏;从新识知己那里得到恩惠,使我从往日孤陋穷愁中脱离。顷刻间放弃告别的打算,就这样看见月亮圆了三回;到帝诏颁布抵达,还仍旧徘徊流连不愿上路。心想离别就在眼前,认为此般聚会难以再有;相赠缟纻表我心意,以示诚挚真情并不虚妄。约定倘使日后北迁升职,一定极尽欢宴整整一天;虽然微官薄俸很是酸寒,也要尽力而为充一次富豪。可为何人生难有定言,您抛弃了这约定不来相就;接到诏命,刚刚确信要暂时分手,却又得到这样难以挽救的噩耗。目睹明旌高低飞舞,还恍惚以为是小别挥袖;回忆当初相互敬酒交替起舞,现在我祭献杯酒痛哭在您灵柩前。您做官为政刚正清明,不为谗言构害而改变自己的心志。遭逢小人谗言攻陷,却仍旧独自引吭高鸣。那些奸佞之徒的无根之说,即使多至百车又怎么可能玷辱您的道德? 洞察古代俯瞰世事,向来是邪恶正直相互为敌。所幸我暗自见您为人始终,怎么敢不昭明

讲清免让您被谗言中伤。您的神灵请来吧,用祭文为您祭祀。请
您来享用祭品。

祭马仆射文

【题解】

马仆射,即马十二,名总,字会元,扶风人。官至银青光禄大夫、检
校尚书、右仆射兼户部尚书,故称"马仆射"。韩愈长庆三年(823)冬自
京兆尹复任兵部侍郎,又迁升吏部侍郎,于是举荐马总代为京兆尹,有
《举马总自代状》。本文自称吏部侍郎,则马总应该是这一年冬日亡故。

　　维年月日,吏部侍郎韩愈,谨以清酌庶羞之奠,敬祭于
故仆射马公十二兄之灵①。

【注释】

①仆射:官名。唐代为尚书省长官。分左、右仆射,左仆射领吏、
　　户、礼三部,右仆射领兵、刑、工三部,与中书省、门下省长官同为
　　宰相之职。

【译文】

　　某年某月某日,吏部侍郎韩愈,郑重地把清酒美味等祭品,恭献在
故仆射马公十二兄的灵前。

　　惟公弘大温恭①,全然德备,天故生之,其必有意。
将明将昌,实艰初试。佐戎滑台②,斥由尹寺③。适彼瓯
闽④,觤厬跋踬⑤,颠而不踬⑥,乃得其地。于泉于虔⑦,
始执郡符。遂殿交州⑧,抗节番禺⑨。去其蟆蠱⑩,蛮越

大苏⑪。

【注释】

①弘大：谓心胸博大。

②佐：助理，任从事。滑台：古地名，在今河南滑县东。

③尹寺：指监军。寺，寺人，即宦官。

④瓯（ǒu）闽：指泉州一带。瓯，汉初温州地有东瓯国，故称。

⑤髋虺（niè wù）：动摇不定貌。跋踬（zhì）：挫折，进退不得。草行称跋，羁绊称踬。

⑥踒（wō）：折，跌伤。

⑦虔：虔州。在今江西境内。元和初，马总为虔州刺史。

⑧殿：镇抚。交州：今两广及越南（唐时称"安南"）地，马总于元和四年（809）为安南都护。

⑨抗节：坚持节操不屈。番禺：今广州，元和八年（813）马总为岭南节度使。

⑩螟（míng）：食禾害虫。蟊：蛀虫。

⑪大苏：谓其民自困厄中解脱。

【译文】

    由于先生您心胸广博、温和恭让，各种德行都完全地具备，所以上天才会把您降生世间，它一定是想让您担负某种重要的使命啊。在使您的德行、事业光显昌盛之际，第一次考验确实是艰难备至。在滑台助佐幕府，却被监军斥退。前往瓯闽一带地区，劳累不安、跌跌绊绊，颠沛行进，总算没有损伤，平安到达了那里。在泉州、虔州时候，才开始执掌政事。然后镇抚交州，又在番禺边地坚守您高尚的节操。除灭了各种灾难祸害，蛮越之民从困厄境遇中得以解脱。

擢亚秋官①，朝得硕士②。人谓其崇，我势始起。东
征淮、蔡，相臣是使③。公兼邦宪，以副经纪④。歼彼大
魁⑤，厥勋孰似⑥？丞相归治，留长蔡师⑦。茫茫黍稷，昔
实棘茨⑧。鸠鸣雀乳，不见枭鸱⑨。惟蔡及许，旧为血
仇，命公并侯⑩，耕借之牛，束其弓矢，礼让优优。始诛郓
戎，厥墟腥臊⑪，公往涤之⑫，兹惟乐郊。惟东有猘，惟西
有𪃨⑬，颠覆朋邻⑭，我余有几。崒崒中居⑮，斩其脊尾。
岱定河安⑯，惟公之毗⑰。

【注释】

①擢：升任。亚：次。秋官：指刑部。马总自岭南入为刑部侍郎。

②硕士：有美德大才之士。

③东征淮、蔡，相臣是使：指征讨吴元济时，裴度任宣慰使事。

④公兼邦宪，以副经纪：指马总兼御史大夫，又充宣慰副使。

⑤歼：尽，灭。大魁：谓吴元济。

⑥勋：功劳。

⑦留长蔡师：吴元济诛，马总留蔡州为彰义留后。奏改彰义为淮
　　西。十二月，以马总检校工部尚书蔡州刺史充淮西节度使。

⑧茫茫黍稷，昔实棘茨：意指自马总节度淮西，荒原变为良田。茨，
　　蒺藜。

⑨枭鸱(chī)：猫头鹰。古以此为不祥。

⑩命公并侯：元和十三年(818)五月，以马总为许州刺史，忠武军节
　　度陈、许、溵等州观察处置等使。溵旧属淮西，故称并侯。

⑪始诛郓戎，厥墟腥臊：指诛东平节度使李师道事。郓戎，即李
　　师道。

⑫公往涤之：元和十四年(819)三月，以马总检校刑部尚书、郓州刺

史、天平节度使、郓曹濮等州观察等使。涤,荡除,清洗整理。

⑬惟东有猘(zhì),惟西有虺(huǐ):以猘虺借指沂州、卢龙、成德军先后叛乱事。猘,狂犬。虺,毒蛇。

⑭颠覆朋邻:唐宪宗元和十四年七月,沂州军乱,杀节度使王遂。穆宗长庆元年(821)七月,卢龙军乱,囚节度使张弘靖。成德乱,杀节度使田弘正。二年正月,魏博节度使田希自杀。三月,武宁军节度使崔群为军中所逐。

⑮崒崒(lù zú):山峰高耸险峻的样子。谓马总如山峰巍峨不动,使叛乱诸地难以连成一气。

⑯岱:泰山。河:黄河。

⑰韪(wěi):善。

【译文】

　　后来擢拔升任为刑部侍郎,朝廷获得了您这样德美才大的贤士。人们都说您的地位已经很尊崇了,事实上您的运势亦刚刚起来。东往征伐淮、蔡叛逆,丞相裴度担任宣慰使。先生您兼任朝邦御史大夫,又充当宣慰副使的职务。剿灭叛军首领,谁的功劳能有您大?丞相返回州治,由您留作淮、蔡军队的长官。田野到处都种着黍稷稻谷,这儿过去可全是荆棘蒺藜。只见斑鸠四鸣鸟雀生养,没有枭鸱这样不祥的东西。蔡州和许州,过去是血仇之敌,任命先生您一并管理以后,两州人民耕种之时互借耕牛,平时里弓箭都捆扎搁置起来,彼此礼貌恭让,态度和善。刚刚诛伐完郓戎的时候,那地方腥臊肮脏,先生您前去清理它,就变成了幸福和平的乐土。东面有狂犬,西面有毒蛇,它们颠覆侵扰四周邻地,我们的属地还余有多少?幸亏您如高峻之峰稳居中流,截开诸地叛军的首尾。泰山安定黄河平静,全在您的善才大能。

帝念厥功,还公于朝,陟于地官①,且长百僚②。度彼四方,孰乐可据;顾瞻衡钧,将举以付③。惟公积勤,以疾以忧,及其归时,当谢之秋④。贺门未归,吊庐已萃⑤;未燕于堂⑥,已哭于次⑦。昔我及公,实同危事⑧;且死且生,誓莫捐弃。归来握手,曾不三四;曾不濡翰⑨,酬酢文字⑩;曾不醉饱,以劝酒胾⑪。奠以叙哀,其何能致?呜呼哀哉!尚飨。

【注释】

①地官:此指户部尚书。

②且长百僚:马总任职仆射,乃宰相之职,故曰"长百僚",为百官之首。

③顾瞻衡钧,将举以付:指马总经常于国事上掂量轻重,权衡利弊,欲求随时投身以报。

④谢:凋落,衰亡。

⑤贺门未归,吊庐已萃:指人尚前往庆其升职归朝,马总却已病忧而逝。萃,草丛生貌。

⑥燕:宴饮。

⑦次:泛指所在处,此指墓所。

⑧实同危事:韩愈曾随裴度为行军司马,赴淮西。

⑨濡翰:即濡毫,以笔蘸墨,指写作。濡,浸渍,湿润。翰,羽毛,后指毛笔。

⑩酬酢(zuò):朝聘应享之礼,主客相互敬酒。

⑪酒胾(zì):酒肉。胾,切成大块的肉。

【译文】

皇帝感念您如此显赫的功劳,请您回到朝廷,升任您当了户部尚书,同时还为百官之首。仔细忖度天下四方,哪里可以安然乐居;前瞻后顾反复盘衡,随时想要投身报国。正因您日日兢兢业业,忧劳成疾,到您返朝的时候,已是生命凋落的秋天了。庆贺升职归朝的人尚未离开,守墓的小屋已经杂草丛生了;没来得及在大堂上宴饮相贺,就已失声痛哭于您的墓所。过去我和先生您,确曾一同从事危险的事情;将死将生的那个时候,彼此发誓互不捐弃。您归朝以后两人握手言谈,还未曾有三四次呢;还未曾蘸湿毛笔,酬唱文字;未曾宴饮醉饱,酒肉相劝。祭奠您叙述我的哀伤,究竟怎样才能使您知道? 悲伤啊! 请来享用祭品。

祭张给事文

【题解】

张给事,名彻,字某,以进士累官至范阳府监察御史。牛僧孺上奏任为真御史,节度使张弘靖密奏皇上请留幕府,于是半途遣还,且迁升为殿中侍御史。数日军中兵乱,张彻慷慨骂贼,被杀。事详见本书卷二十韩愈《给事中清河张君墓志铭》。全篇追叙张彻一生,而以骂贼就义为重点,突出表现了彻之"松贞玉刚",令人油然生敬。

维年月日,兵部侍郎韩愈,谨以清酌之奠,祭于故殿中侍御史、赠给事中张君之灵①。

【注释】

①殿中侍御史:唐御史中丞属官。给(jǐ)事中:官名,唐属门下省,掌封驳。

【译文】

某年某月某日,兵部侍郎韩愈郑重地把清酒等祭品供奉在故殿中侍御史、赠给事中张君的灵前。

　　惟君之先，以儒名家。逮君皇考①，再振厥华②。乡贡进秀③，有司第之④。从事元戎⑤，谨职以治。遂拜郎官⑥，以职王宪。不长其年，飞不尽翰⑦。乃生给事，松贞玉刚。干父之业⑧，纂文有光⑨。屡辟侯府，亦佐梁师⑩。前人是似，蠚吏嗟咨。御史阙人，夺之于朝⑪。大厦之构，斧斤未操，府迁幽都⑫，顽悖未孚⑬。繄君之赖⑭，乃奏乞留。乃迁殿中，朱衣象版⑮。惟义之趋，岂利之践？

【注释】

①皇考：指张君之亡父，名休。

②厥：相当"其"，指代"君之先"。

③乡贡：唐取士，由州县选举，不由学馆者曰乡贡。进秀：进士之秀者，即谓进士。

④第：科第。以次第名之。

⑤元戎：即主将。

⑥郎官：侍郎，郎中，汉世皆称郎官。唐以后专指郎中、员外郎。

⑦翰：高飞。

⑧干：办，做。彻先为宣武从事。

⑨纂文有光：纂文修书文采飞扬。

⑩屡辟侯府，亦佐梁师：长庆元年（821）三月，以张弘靖为卢龙节度使，彻自宣武从事累迁监察御史。至是，弘靖乃辟彻为卢龙判官。梁师，卢龙节度辖地处古梁州境内。

⑪御史阙人，夺之于朝：时牛僧孺在朝，奏彻为真御史，弘靖遣之，

而密奏:"幽州不廷日久,今臣始至,须强佐乃济。"行半道,有诏以彻还之。

⑫幽都:旧县名,唐建中二年(781)置,今北京属地。唐时幽州领郡时有变迁。

⑬未孚:尚不为人所信服。

⑭繄(yì):句首语气词。

⑮乃迁殿中,朱衣象版:指张彻迁升殿中侍御史,赐绯衣银鱼,仍为卢龙判官。

【译文】

　　您的先祖前辈,因为事儒而家世有闻。等到您的父亲,重扬了他们的光芒。通过乡贡进取求仕,被有司选拔中举。跟随军队主将做事,恪尽职守整顿治理。于是拜授为郎官,执掌国家法令。只可惜寿年不够长久,展翅飞翔,没能飞得足够高。生下给事您,像松树玉石一样贞洁刚正。从事父亲的职务,修书纂文文采飞扬。多次在侯府任职,又佐助卢龙地区的军队。行事立身和古人一样,连老吏都嗟叹不已。御史缺少有才之人,在朝上奏请要您辅佐他。大厦初建,还没有操拿斧斤,州府刚刚迁往幽都,凶顽悖逆之徒还没能使他们信服。这些都依赖于您,于是主将上奏乞请皇上将您留下。升迁您为殿中侍御史,赐绯衣银鱼象牙手版。您这是趋向于道义,哪里是踏足于利益?

　　虺豹发衅①,阖府屠割。偿其恨犯,君独高脱。露刀成林,弓矢穰穰②。千万为徒,噪欢为狂③。君独叱之:"上不负汝,为此不祥,将死无所!"虽愚何知,惭屈变色④。君义不辱,杀身就德。天子嘉之,赠官近侍⑤。归于一死,万古是记。

【注释】

①虺(huǐ)豺：毒蛇豺狼。发衅：挑起事端。

②穰穰：多。

③噪：众人喧哗。

④虽愚何知，惭屈变色：谓即便那些蒙昧无知的家伙，听到这样言辞也因惭愧心屈而变色。

⑤天子嘉之，赠官近侍：幽州监军以事闻于朝，遂赠给事中。

【译文】

　　毒蛇豺狼挑起事端，幕府上下惨遭屠杀。只有您高节脱众，回复了那些怨恨犯难的家伙。拔出的刀剑像丛林一般，弓箭也拥挤纷扰很多很多。千千万万的恶徒凶众，喧哗叫嚣狂乱不止。只有您厉声喝叱他们："皇上没有亏待你们，做这样悖逆不善的事，将会死无葬身之地！"即使那些愚昧无知的家伙，也因惭愧心屈面容变色。您保全大义不肯受辱，牺牲生命来成就道德。天子嘉许您的行为，赠封您做朝中近侍。您虽然归于一死，但今后万代都将记住您。

　　我之从女，为君之配①。君于其家，行实高世。无所于葬，舆魂东归。诔以赠之，莫知我哀。呜呼哀哉！尚飨。

【注释】

①我之从女，为君之配：彻妻开封尉俞之女，为韩愈从子婿。

【译文】

　　我的侄女，是您的配偶。您居处家中时候，行为也确实高出世俗。没有办法安葬您，车舆载着您的魂灵向东归来吧。作这篇诔文赠送于您，没有人知道我的哀伤。悲伤啊！请来享用祭品。

祭女挐女文

【题解】

元和十四年（819）正月，韩愈以论佛骨事贬潮州，女挐年仅十二，跟随远行。到了商南层峰驿，因病而亡。元和十五年，愈自袁州入朝为国子祭酒，路经女儿葬所，著文以祭之。至长庆三年（823）十月四日，愈任京兆尹，方才得以掘发其骨，归葬河阳。

祭文哀怨婉转，读来使人泪下。字字句句满含父亲的悲痛、自责和怜女之心，父女之情满篇皆现，令人不觉为之叹息。

维年月日，阿爹阿八①，使汝奶以清酒时果庶羞之奠②，祭于第四小娘子挐子之灵③。

【注释】

①阿爹阿八：荆土方言。

②羞：即"馐"。

③挐（ná）：挐或从奴。古本《祭文》与《圹铭》皆作"女挐"。董彦远曰："'挐'字传写之误，盖古文如'纷挐'等字，无从'奴'者。公最好古，且名其女，不应用俗字也。"今按：挐、挐相通。

【译文】

某年某月某日，阿爹阿八让你的奶妈把清酒、鲜果，众多美味祭品祭在第四小娘子挐子的灵前。

呜呼！昔汝疾极，值吾南逐①。苍黄分散②，使汝惊忧。我视汝颜,心知死隔;汝视我面,悲不能啼。我既南行,家亦随谴③。扶汝上舆,走朝至暮④。天雪冰寒⑤,伤汝羸肌⑥。撼顿险阻⑦,不得少息⑧。不能食饮,又使渴饥。死于穷山,实非其命。不免水火,父母之罪。使汝至此,岂不缘我⑨? 草葬路隅,棺非其棺。既瘗遂行⑩,谁守谁瞻? 魂单骨寒,无所托依。人谁不死? 于汝即冤。我归自南⑪,乃临哭汝。汝目汝面,在吾眼傍;汝心汝意,宛宛可忘⑫。逢岁之吉,致汝先墓⑬。无惊无恐,安以即路⑭。饮食芳甘,棺舆华好。归于其丘,万古是保⑮。尚飨。

【注释】

①南逐:元和十四年(819)正月,韩愈因论佛骨事被贬往潮州。

②苍黄:同"仓皇"。匆忙而慌张。

③随谴:随同被贬谪。谴,贬谪,放逐。

④走朝至暮:从白天走到夜晚。

⑤雪:下雪,动词。

⑥羸(léi)肌:病弱的身体。

⑦撼顿:摇动颠仆。

⑧不得少息:不能略做休息。

⑨缘:因为,由于。

⑩瘗(yì):深埋入地。凡埋尸体、祭品、随葬物均称瘗。

⑪我归自南:元和十五年(820)九月,韩愈自袁州入为国子祭酒。

⑫宛宛:坐见貌。忘:遗忘,忘记。

⑬致汝先墓:将你归葬祖坟。长庆三年(823)十月四日,公尹京兆,发其骨,归葬河阳。

⑭即路：上路。

⑮归于其丘，万古是保：回归到祖坟，万年都会被保护抚爱。

【译文】

　　唉！当时你病得那么厉害，却正碰上我被放逐南方。仓皇之间分离四散，让我的女儿担心害怕。我看着你的面容，心中明白从此要与你诀别；你望着我的脸，悲伤欲绝以致难以哭出。我既然被放逐到南方，家人也就随着被贬谪。扶着你上了车，从早晨走到傍晚。落着雪花天寒地冻，侵伤着你病弱的身体。摇撼颠仆于险途，不能略略休息一会儿。你本来就难以进食，条件恶劣更使你又饿又渴。死在这荒僻偏远的山野，实在不该是你应有的命运。不使儿女脱免水火之灾，是父母的罪过。让你到这样一种地步，难道不是由于我的缘故吗？草草埋葬在路旁一角，棺木糟糕得不成样子。葬罢又匆忙继续赶路，谁守护着你谁顾望着你？你孤孤单单忍受着寒冷，没有什么可以依托。人们有谁会不死，但你的生命消亡就是不公！我从南方回归朝廷，于是来这里哭悼你。你的眼睛你的面貌，依然在我眼前闪现；你的心性你的情意，宛然若在怎么会被忘记？等到吉利时岁，就迁你回到祖坟。到时候不要害怕不要惊慌，安安心心启程上路。饮食会很芳香可口，棺木车马都华丽美好。归葬到祖坟以后，千万年都会被保护抚爱。请来享用祭品吧。

祭薛助教文

【题解】

　　薛助教，名达，字大顺。助教，官名，即国子助教，掌助国子博士授生徒。

　　此文作于元和四年（809），时韩愈以国子博士分司东都。

维元和四年,岁次己丑,后三月二十一日景寅①,朝议郎守国子博士韩愈、太学助教侯继②,谨以清酌之奠,祭于亡友国子助教薛君之灵。

【注释】

①景寅:即"丙寅"。

②朝议郎:唐文散官,列于大夫之下。守:古以品级较低人任职较高官职为守某官。国子博士:唐国子监下属的教授官。

【译文】

元和四年己丑,三月二十一日丙寅,朝议郎守国子博士韩愈、太学助教侯继,恭恭敬敬以数杯淡酒,祭在亡友国子助教薛君的灵前。

呜呼! 吾徒学而不见施设①,禄又不足以活身,天于此时,夺其友人。同官太学,日得相因②,奈何永违③,只隔数晨! 笑语为别,恸哭来门。藏棺蔽帷,欲见无缘。皎皎眉目,在人目前。酌以告诚④,庶几有神⑤。呜呼哀哉! 尚飨!

【注释】

①施设:施行部署,指参政谋事。

②得:能够,可以。相因:相互倚靠。

③永违:从此诀别。

④告:告知。

⑤庶几:也许可以。表示希望。

【译文】

唉! 我们治学却不参时政,俸禄也不足以维持生存,上天又在这个时候，强夺去我们的朋友。一起在太学为官，每天相互扶持，怎奈从此诀别，只是几个早晨以后的事！彼此方才高高兴兴地道说再见，哪料竟会哀伤痛哭来到你家门。在棺木、帷帐的遮藏下，想再见你也不能够啊！你那美好的面貌，宛然在人眼前。倒酒给你表达我们的心意，也许你神灵犹在可以感知。哀伤啊！请来享用祭品。

祭虞部张员外文

【题解】

张员外，名季友，字孝权。贞元八年（792）与韩愈同在陆贽主试上举进士。曾任河南府文学，后被徐州观察使延请为判官，授协律郎，季友诈疾不往。后任鄂县尉、荆南判官、监察御史、御史大夫，而后分司东台殿中侍御史，以事迁留司虞部员外郎。

此文作于元和十年（815），韩愈时于京师，以考功郎知制诰。

维年月日，愈等谨以清酌庶羞之奠①，敬祭于亡友张十三员外之灵。

【注释】

①谨：郑重。表恭敬。

【译文】

某年某月某日，韩愈等人郑重地把清冽美酒众多佳肴作为祭品，敬祭在亡友张十三员外的灵前。

呜呼！往在贞元，俱从宾荐①，司我明试，时维邦彦^②。各以文售，幸皆少年。群游旅宿，其欢甚焉。出言无尤^③，有获同喜，他年诸人，莫有能比。

【注释】

①宾荐：犹宾贡。古州郡地方向朝廷推举人才，以宾礼对待，贡于京师。

②邦彦：指陆贽。

③尤：过错。

【译文】

　　唉！记得贞元年间，你我都被举荐，主持科举考试的，当时正是陆贽。各以文章得选，所幸都是少年。大家群游同宿，您尤其欢乐。讲话少有过错，有得便共人享，当年诸位同伴，无人能与相比。

　　倏忽逮今^①，二十余岁，存皆衰白^②，半亦辞世。外缠公事，内迫家私^③，中宵兴叹^④，无复昔时。如何今者，又失夫子^⑤。懿德柔声^⑥，永绝心耳^⑦。

【注释】

①倏忽：迅速、忽然之意。逮：及，到。

②衰白：衰老。

③迫：被逼，挤迫。

④中宵：半夜。

⑤夫子：指张季友。

⑥懿德：美好的德行。

⑦绝：与……隔绝。

【译文】

转眼已到现在,过去二十多年,活着的全都衰老,一半已经去世。在外公务缠身,在家私事烦扰,半夜坐起长叹,不再像往昔一般。哪想到了今天,又失去先生您。您那美德柔声,永远与我隔绝。

庐亲之墓,终丧乃归①,阳瘖避职②,妻子不知。分司宪台③,风纪由振,遂迁司虞,以播华问④。不能老寿,孰究其因?托嗣于宗⑤,天维不仁⑥。酒食备设,灵其降止。论德叙情,以视诸诔。尚飨。

【注释】

①庐亲之墓,终丧乃归:谓季友母卒,为母守墓,三年而后归。终丧,丧期结束。

②阳瘖(yīn):即佯瘖。瘖,通"喑"。哑口不言。

③分司宪台:即分管东台殿中侍御史。

④播:传播,颂扬。问:通"闻"。名誉,名声。

⑤托:委托,托付。宗:同族。

⑥维:语助,无义。

【译文】

守于母亲墓边,丧期结束方返,假装哑病避职,妻子儿女不知。分司宪台殿中,风纪随之振兴,于是迁任司虞,美名到处播扬。不能终老长寿,谁知其中原因?后代托付同族,苍天实在不公。酒饭全都摆好,请您魂灵下降。议论您的德行,叙述我俩情谊,就看看这篇祭文吧。请来享用祭品。

李翱

李翱简介参见卷十五。

祭韩侍郎文

【题解】

韩侍郎，即韩愈，因韩愈官至吏部侍郎，故称。本文是李翱悼念韩愈的祭文。文章抓住韩愈的主要事迹：提倡古文运动、一扫六朝奢华之文风，犯颜直谏、刚直不阿，对韩愈一生做了高度概括，并回顾了死者与自己的友情，表达了深深的悼念之情。

呜呼！孔氏云远，杨、墨恣行①，孟轲距之，乃坏于成②。戎风混华，异学魁横③，兄常辩之，孔道益明。建武以还④，文卑质丧，气萎体败，剽剥不让，俪花斗叶，颠倒相上。及兄之为，思动鬼神，拨去其华，得其本根。开合怪骇，驱涛涌云，包刘越嬴，并武同殷⑤。六经之风，绝而复新，学者有归，大变于文。

【注释】

①杨：杨朱。战国初思想家。相传他反对墨子的"兼爱"和儒家的伦理思想，主张"贵生"和"重己"。墨：墨翟。春秋战国之际思想家，墨家学说的创始人。

②成：当指成周。东周敬王四年（前516），因王子朝之乱，乃自王城迁都于成周城（今河南洛阳白马寺东），至赧王时复还都王城。成周时期大体上为战国时期。

③魁横：横行。

④建武：东汉光武帝年号（25—55）。

⑤包刘越赢，并武同殷：刘、赢、武、殷代指汉、秦、周、商。这里是称颂韩愈文章直追商周秦汉。

【译文】

呜呼，孔子之后，杨朱、墨子的学说横行一时，虽然有孟子力排众议，提倡儒学，但到战国时期，文风还是开始败坏了。外来的文化影响了传统儒学，各种异端邪说横行，您常常细加分辨，发扬光大孔子的学说。而自东汉光武帝建武年间以后，文风大坏，只追求外表，丧失了文章的正气，只知从前人那里剽窃些词句，不知道真正去钻研作文之法，主次颠倒，以末为本。您登高一呼，文风为之一变，鄙弃华丽的外表，去追寻文章的精粹。使文风返璞归真、直追秦汉时的风格。"六经"的真谛，终于重新发出光辉，学习的人有了明确的目标，一代文风至此一变。

兄之仕宦，罔辞于艰，疏奏辄斥，去而复迁，升黜不改，正言呕闻①。贞元十二②，兄在汴州③，我游自徐，始得兄交。视我无能，待予以友，讲文析道，为益之厚。二十九年，不知其久。兄以疾休，我病卧室。三来视我，笑语穷日，何荒不耕？会之以一。人心乐生，皆恶言凶，兄之在病，则齐其终④。顺化以尽,靡惑于中,欲别千古,意如不穷。

【注释】

①亟:频。

②贞元十二:796 年。贞元,唐德宗年号(785—805)。

③汴州:今河南开封。

④则齐其终:意为愿同生死。

【译文】

您在职时,从来不避艰难,奏表常遭训斥,动辄被贬到外地,但无论是升迁还是被贬,您都未改变那种刚直的作风,人们时常能听到您的意见。贞元十二年,您在开封,我从徐州到开封,与您认识结交。虽然我是无能之辈,您对我仍以好友相待,为我讲解文章,分析为人之道,我从中受益匪浅。相交已二十九年,却并不觉得长。您因病而辞官,我则卧病在床。您曾三次来看我,整日谈笑风生,没有您不知道的事情,聪颖智慧俱聚于您一身。人的本性都喜欢健康地活,而忌讳说死,您在病中却坦然说虽不能同生、但求同死。对死的看法非常豁达,丝毫没有被迷惑其中,临分别时您再三致意,使我深受感动。

临丧大号,决裂肝胸。老聃言寿,死而不忘①。兄名之垂,星斗之光。我撰兄行,下于太常②。声殚天地,谁云不长?丧车来东,我刺庐江③,君命有严,不见兄丧,遣使奠斝④,百酸搅肠,音容若在,曷日而忘?呜呼哀哉!

【注释】

①老聃言寿,死而不忘:老子有言:“死而不能忘,乃为寿。”

②太常:旗名。

③庐江：今安徽合肥。

④斝（jiǎ）：酒器。

【译文】

　　听到您突然去世的消息，我悲痛不已，痛不欲生。老子说所谓长寿，就是人死了，后人们还不会忘记他，您正是如此。您的名字如星月一样永远在闪光。我撰写您的一生伟绩，如同那画着日月的旗帜一样。悲痛之声直震天地，谁能说您不是长寿？丧车东来时，我正好要去庐江，君王之命，不敢有违，未能参加您的丧礼。派人去祭奠，百感交集，您的音容笑貌，如同就在眼前，什么时候也忘不了。呜呼哀哉！

欧阳修

欧阳修简介参见卷二。

祭资政范公文

【题解】

资政范公即范仲淹（989—1052），字希文，曾任宋资政殿学士，故称。死后谥文正，故又称其为范文正。范仲淹为人刚直，积极进取，宋仁宗庆历年间（1041—1048）任参知政事时，施行新政，锐意改革，深为作为后学和挚友的欧阳修所推崇，欧阳修为其辩护多次遭贬而无悔。因此，范氏死后欧阳修献上一篇祭文，也就不足为怪。

文章虽不长，但感情起伏跌宕，倾注了作者对范仲淹的仰慕之情，与此同时也表达了作者对世态、政治的自我见解。

呜呼公乎！学古居今，持方入员①；丘、轲之艰②，其道则然。公曰彼恶，谓公好讦③；公曰彼善，谓公树朋④；公所勇为，谓公躁进；公有退让，谓公近名。谗人之言，其何可听！先事而斥，群讥众排；有事而思，虽仇谓材⑤！毁不吾伤，誉不吾喜，进退有仪，夷行险止。

【注释】

①员：通"圆"。圆通，豁达。

②丘：指孔子，孔子名丘。轲：指孟子，孟子名轲。二位都是儒家的宗师。

③讦(jié)：揭发别人的阴私，攻讦。

④树朋：结党，互相勾结。

⑤虽仇谓材：仁宗时吕夷简为相，仲淹任开封府知府，多次揭露吕的短处，因而被罢职。之后复旧职，知永兴，适值吕夷简复相位，吕言于仁宗："仲淹长者，朝廷将用之，岂可只除旧职。"

【译文】

让人哀叹呀范公！生于当世而效仿古风，性执方正，却必须生活在世俗圆滑的环境中；孔丘、孟轲行道之艰难，恐怕也是这样的吧。您说那是恶的，有人说您喜揭人短；您说那是善的，有人说您为结党朋；您若勇于做事，有人说您急于升迁；您若辞让，有人说您邀取名声。小人的言论，怎么能够听啊！在事前预料到问题直言相谏的，就会遭到群小讥讽愚众排斥；出了事才想起你，即使是仇敌，也称道此才。听到诋毁我不伤心，听到赞誉也不沾沾自喜，您举止进退有节，在平夷之处前行，到危险地方就停止。

　　呜呼公乎！举世之善，谁非公徒？谗人岂多①，公志不舒。善不胜恶，岂其然乎？成难毁易，理又然欤？

【注释】

①岂多：怎么那么多。

【译文】

　　让人哀叹呀范公,世上的善人,哪个不是您的学生门徒? 那些小人可也太多了,使您的志向未能得以展现。正义不能战胜邪恶,难道应该这样吗? 干一件事要成功很难,要摧毁它却极容易,道理就是这个样子吗?

　　呜呼公乎! 欲坏其栋①,先摧桷榱②;倾巢破縠③,披折旁枝。害一损百,人谁不罹④? 谁为党论,是不仁哉!

【注释】

　　①栋:主梁,指房屋的脊檩。
　　②桷榱(jué cuī):方形的椽子叫桷,屋椽叫榱。
　　③縠(kòu):待母哺食的幼鸟。
　　④罹:遭受困难和不幸。

【译文】

　　让人哀叹呀范公! 要想毁掉房梁,就要先毁掉椽子;要想拆毁巢穴弄死小鸟,就要分开折断附近的枝条。害一伤百,谁不遭难? 认为您是结党营私之人的,都是那些奸佞之人!

　　呜呼公乎! 易名谥行,君子之荣。生也何毁,没也何称? 好死恶生,殆非人情,岂其生有所嫉,而死无所争? 自公云亡,谤不待辨,愈久愈明,由今可见。始屈终伸,公其无憾! 写怀平生,寓此薄奠。

【译文】

　　认人哀叹呀范公! 名声有变,谥号行于世,这是品德高尚人的一种荣誉。活着时为何要诋毁它？死后为何又是那么称颂？喜欢死,厌恶活,绝非是人之常情,难道因为人活着的时候为人妒嫉,可死后就没有人和他相争了吗？自从您去世之后,毁谤无须再辨,时间愈长,是非就愈明,从现在起已经显现出来了。开始您受到了冤屈,最终得以伸张,您可以无恨了！写出我平生看法,寄寓于此,作为菲薄的祭奠。

祭尹师鲁文

【题解】

本文是欧阳修为悼念亡友尹师鲁所做的一篇祭文。尹师鲁,名洙,字师鲁。河南人,曾任太子中允等职,名重当时,世称"河南先生"。和欧阳修既是朋友,又有师生之谊。两人之间过从甚密,对于"庆历新政"的观点一致。在"庆历新政"主要领导人范仲淹落职时,两人都上书解救范仲淹,结果双双被贬。尹师鲁去世后,欧阳修献上了对好友的祭奠之辞。

全文行笔平实,对师鲁生平给予了高度评价,通过对师鲁一生"不遇"的悲愤,表露了作者在"庆历新政"失败后的不平心情。

嗟乎师鲁！辩足以穷万物①,而不能当一狱吏②;志可以狭四海,而无所措其一身。穷山之崖,野水之滨,猿猱之窟③,麋鹿之群④,犹不容于其间兮,遂即万鬼而为邻。嗟乎师鲁！世之恶子之多,未必若爱子者之众,而其穷而至此兮,得非命在乎天而不在乎人？

【注释】

①辩:言辞,才华。

②狱吏：这里指御史刘�湜。师鲁曾被董士廉所诬讼。朝廷下诏遣
　御史刘湜审讯，之后刘湜上书陈师鲁罪，因而贬师鲁监均州酒
　税。师鲁因气患病而终。

③猱（náo）：古书上说的一种猴。

④麋：野兽名，鹿的种属，亦称"四不象"。

【译文】

　　唉！师鲁啊！你的口辩之才能够抵御万物，可是却不能战胜一个小小的狱卒；你的志向可以挟制四海宇宙，但却不能安置你自身。深山峰峦之中，人迹不到的沟壑，猿猴出没的洞穴，鹿群藏身之所，仍然不能够让你存身吗？置你于阴曹地府，使你同众鬼为邻。唉！师鲁啊！人世间恨你的人虽多，未必有爱你的人那样多，为何你却窘迫到这种地步，莫非命运由上天而非人来掌握吗？

　　方其奔颠斥逐，困厄艰屯，举世皆冤，而语言未尝以自及，以穷至死，而妻子不见其悲忻①。用舍进退，屈伸语默。夫何能然，乃学之力。至其握手为诀②，隐几待终，颜色不变，笑言从容，死生之间，既已能通于性命、忧患之至，宜其不累于心胸。自子云逝，善人宜哀；子能自达，余又何悲！惟其师友之益，平生之旧，情之难忘，言不可究。

【注释】

①忻（xīn）：同"欣"。欢乐。

②诀：辞别，多指不再相见的分别，永诀。

【译文】

　　当你奔波潦倒受人呵斥被人驱逐，穷困得无法存身的时候，全社会的人都认为你是冤屈的，可是你自己不能为自己辩白，最后穷困而至

死,可是你的妻室孩儿,没有看见你的痛苦与欢乐。被任用也罢,遣退也罢,升迁也罢,贬谪也罢,委屈也罢,舒志也罢,你都默然处之。为什么你能做到这样呢?这是学业的功力。等到和你握手诀别的时候,你隐忍无语默默地等候自己的终期,面容没有丝毫的改变,言谈笑语,从容不迫,在生与死相接的攸关时刻,能够在心灵上通达,不让任何忧患拖累自己的心胸。自从你讲过将要死去,好人都感到悲哀;你能这样豁达,我也没有什么悲痛的了。只是师生之间的情分,我们俩一生的友情,难以忘却,这是用语言所不能表达的。

嗟乎师鲁!自古有死,皆归无物,惟圣与贤,虽埋不没;尤于文章,焯若星日①,子之所为,后世师法。虽嗣子尚幼,未足以付予,而世人藏之,庶可无忧于坠失②。

【注释】

①焯(zhuō):显明,明白。

②庶可:或许,可能是。表示希望的意思。

【译文】

唉!师鲁,自古以来,死去的都回归到了那虚无的境界里去了,只有圣贤虽死而名声不会被埋没;文章作品尤其如此,明朗得同日月星辰一样,你的诗文,一定会被后世所效法学习。只是你的孩子还太小,诗文不足以交给他们,但由于有世人收藏,该是不会丢失的。

子于众人,最爱余文,寓辞千里,侑此一尊①,冀以慰子,闻乎不闻?尚飨。

【注释】

①侑（yòu）：劝人吃喝，侑食。

【译文】

在许多人中，你最喜欢我的文章了，就将此文寄寓千里之外的你吧，以此向你敬酒一杯，希望能使你得到安慰，你听到了吗？望你来享用这些祭品。

祭石曼卿文

【题解】

本文是欧阳修在其好友石曼卿去世二十六年之后写的一篇祭文。

石曼卿（994—1041），名延年，先世为幽州人，后迁居宋州宋城（今河南商丘）。他谙于边事，文才亦好，《宋史》本传称其"为文劲健，于诗最工，而善书"。为人率直豪放，愤世嫉俗，蔑视礼法。曾做过大理寺丞、太子中允。

本文手笔奇特。作者既没有写曼卿生前事迹，亦未写二人生前的交往，却将重笔落在对生死、身名、盛衰等的议论和对墓地的景物描写上，借此表达对亡友的怀念。此外，用散文句法写韵文，文势连贯，一气呵成；笔墨简练，抒情气氛浓厚；感情凄婉而不消沉等也是本文的特点。总之，本文是一篇声情并茂的佳作。

本文可与作者《石曼卿墓表》一文互参。

　　呜呼曼卿！生而为英①，死而为灵②。其同乎万物生死而复归于无物者③，暂聚之形④；不与万物共尽而卓然其不朽者，后世之名。此自古圣贤，莫不皆然，而著在简册者⑤，昭如日星。

【注释】

① 英:杰出人物。

② 灵:神灵。

③ 归于无物:即归于死亡。

④ 暂聚之形:暂时形成的形体,古人认为万物都是由天地间的精气暂时聚合而成,万物死亡,其暂时形成的形体也就不会存在了,人亦然。

⑤ 简册:指史书。晋以前,以竹片或木片为书写材料,单者称简,缀起称策(册)。

【译文】

让人悲伤的曼卿,你生前既是英杰,死后定化为神灵。人与万物一样有生有死而重归消亡的,是他那暂时由精气而凝聚成的躯体;不同万物一起消亡并高高耸立而不朽的,是他流传于后世的名声。在这一点上,从古代圣贤开始没有谁不是如此的,那些载入史册的姓名,就像日月星辰一样明显。

　　呜呼曼卿! 吾不见子久矣,犹能仿佛子之平生。其轩昂磊落、突兀峥嵘而埋藏于地下者①,意其不化为朽壤,而为金玉之精②。不然,生长松之千尺,产灵芝而九茎③。奈何荒烟野蔓,荆棘纵横,风凄露下,走磷飞萤④。但见牧童、樵叟,歌吟而上下,与夫惊禽骇兽,悲鸣踯躅而咿嘤⑤。今固如此,更千秋而万岁兮,安知其不穴藏狐貉与鼯鼪⑥? 此自古圣贤亦皆然兮,独不见夫累累乎旷野与荒城⑦!

【注释】

① 突兀:高耸特出的样子。峥嵘:山势高峻的样子,这里系形容石

曼卿生前超脱不凡的品格。

②金玉之精：金玉中的精华。

③九茎：菌类植物，古人把灵芝视为祥瑞之物，能使人长生不老，据说此仙草一丛九茎。

④走磷：指磷火飘散（俗称鬼火）。飞萤：萤火虫飞动。

⑤踯躅（zhí zhú）：踏步不前。咿嘤（yī yīng）：鸟兽悲鸣声。

⑥貉（hé）：一种生长在山林中的哺乳动物。鼯（wú）：鼠的一种，像松鼠。鼪（shēng）：黄鼠狼。

⑦累累：相连不绝的样子。荒城：荒坟。

【译文】

唉！曼卿！我没有见到你已经很长时间了，可是还能依稀想象出你昔日的音容笑貌。你仪表堂堂，气宇轩昂，心胸坦率，品格有如山岳一样高峻挺拔，如你这般的人即便埋于地下，我认为它也不会变作腐土，而是要成为金玉的结晶。如其不然，也会长出挺拔千尺的青松，或者生出一株九茎灵芝。为什么在这荒野里烟笼雾绕，藤蔓牵连，荆棘丛生，霜风凄厉，露珠飘零，磷火闪烁，星星点点的萤火虫四处飞蹿？但见那牧童与打柴的老人唱着山歌在墓地来回走动，还有那些受惊的禽鸟和惊慌的野兽，在这里徘徊惨叫，发出咿咿嘤嘤的声音。现在就是这样的光景了，经过千秋万代以后啊，哪能知道墓穴不会藏匿狐狸、狗獾、大飞鼠及黄鼠狼呢？自古圣人贤士，情况无一不是这样的啊，难道就没看见那一座座的墓堆与荒茔接连不断地排列在荒郊野外吗？

　　呜呼曼卿！盛衰之理，吾固知其如此，而感念畴昔①，悲凉凄怆，不觉临风而陨涕者，有愧乎太上之忘情②。尚飨。

【注释】

①畴昔：往日。

②太上：上圣之人，即圣人。忘情：指对喜怒哀乐之事毫不动情。

【译文】

　　唉，曼卿！由事物自盛至衰的道理来看，我原来早就知道是这种情景的了，可我深深地怀念着过去，心中凄凉悲伤，不觉临风而落泪，与圣人能够超越于情感之外相比较，我是有羞愧之感的。希望你来享用我的这些供品。

祭苏子美文

【题解】

　　苏子美，即苏舜钦，子美是字。梓州铜山（今四川中江）人，生于开封，二十七岁中进士，官至大理评事、集贤校理，与欧阳修一样，同是"庆历新政"的支持者。新政失败后遭贬，后郁闷而逝。有《苏学士文集》流于世。

　　本文采用传统方式，运用韵文的形式来表达，起到了一咏三叹的效果。文中评价了苏的为人和文采，对他的遭遇予以同情，并告慰逝者，评论一个人不在一时，要看后世。表现了作者对时势不平的愤慨之情。

　　哀哀子美！命止斯耶？小人之幸，君子之嗟①！

【注释】

①君子之嗟：当时范仲淹和富弼想革除旧弊以解除百姓之苦，王拱辰等人极力反对。因宴神事诬陷苏子美，因而苏子美被除名为民，继而有很多贤良被逐出朝。王拱辰等喜不自胜，称"吾一网尽之矣"。即指此事。

【译文】

　　让人哀伤啊，子美，难道你的生命就在这儿停止了？对于你的死，小人庆幸,君子喟叹!

　　子之心胸,蟠屈龙蛇①。风云变化,雨雹交加,忽然挥斧,霹雳轰车。人有遭之,心惊胆落,震仆如麻;须臾霁止②,而四顾百里,山川草木,开发萌芽。子于文章,雄豪放肆,有如此者,吁可怪邪!

【注释】

①蟠:屈曲,环绕。

②霁(jì):雨、雪停止,天放晴的景象谓霁。

【译文】

你的胸怀,如藏龙蛇。风云变幻,骤雨飓风,时而雹雨齐下,时而霹雳雷鸣,如滚滚车行。若人见到,会心惊胆战,倒仆如麻;一旦雨过天晴,环看四野,山河树木,生机勃发。你在文章创作上,就是这种景象,真让人可叹可怪,惊奇不已!

　　嗟乎世人,知此而已,贪悦其外,不窥其内。欲知子心,穷达之际。金石虽坚,尚可破坏,子于穷达,始终仁义。惟人不知,乃穷至此。蕴而不见,遂以没地,独留文章,照耀后世。嗟世之愚,掩抑毁伤,譬如磨鉴①,不灭愈光。一世之短,万世之长,其间得失,不待较量。哀哀子美,来举予觞②。尚飨。

【注释】

④鉴:镜子。

②觞(shāng)：古代喝酒用的器具。

【译文】

可叹的是，社会上的那些世俗之人，只了解这些罢了，他们只贪图喜爱你的外表，并没有真正看到你的内心。要想懂得你的内心世界，那要看你在困厄与显达的时候。金玉、石头即使再坚硬，还可以摧毁，可你在困厄与显达的时候，始终保持高尚的情操。只是世人不知道罢了，以致潦倒到了这种地步。但你仍然含而不露，终于溘然逝去，只留下文章，光芒照耀后代。感叹世人愚钝，那掩蔽、压抑、摧毁、中伤，犹如打磨镜子一样，不会使镜子灭亡，只会使镜子更亮。人生一世短暂，身后万世久长，它们之间的得与失，不用谁去衡量，而自会明。唉！子美啊，请拿起酒杯。望你来享用这些祭品。

祭梅圣俞文

【题解】

本文是欧阳修为其好友梅圣俞写的祭文。在文中，作者叙述了二人的交往，评价了梅氏的才学、性格和人品，并为其遭遇鸣不平。梅圣俞(1002—1060)，名尧臣，宣州宣城(今安徽宣城)人。在任河南县主簿时与尹洙(师鲁)、欧阳修一道发起诗文革新运动。曾参与欧氏主编的《新唐书》的编写工作。欧氏对梅尧臣在诗文革新中的诗评观点极为推崇，乃至将其作为自己评诗的一个重要准则。

昔始见子，伊川之上①，予仕方初，子年亦壮。读书饮酒，握手相欢，谈辨锋出②，贤豪满前。谓言仕宦，所至皆然，但当行乐，何有忧患？

【注释】

①伊川：今河南伊川，因伊河经过而得名。

②辨：通"辩"。指口才。

【译文】

忆往昔在伊川刚结识你时，我初入仕途，你也是壮年。我们同读书、共饮酒，握手欢聚，施展辩才，总是群贤会集，豪士满堂。谈论为官之道，在哪儿都是一样，只当及时行乐，何必考虑那么多？

子去河南，余贬山峡①，三十年间，乖离会合②。晚被选擢，滥官朝廷③，荐子学舍，吟哦六经④。余才过分，可愧非荣，子虽穷厄，日有声名。予狷而刚⑤，中遭多难，气血先耗，发须早变。子心宽易，在险如夷，年实加我，其颜不衰。谓子仁人，自宜多寿，予譬膏火⑥，煎熬岂久？事今反此，理固难知，况于富贵，又可必期。

【注释】

①山峡：指夷陵。宋时为县，治所在今湖北宜昌东南。

②乖：不和谐。

③滥官：未加选择而被任官，这是欧阳修自谦之词。滥，不加选择。

④六经：指《诗经》《尚书》《礼记》《易经》《春秋》《乐经》。后《乐经》失传，被称为"五经"。

⑤狷（juàn）：急躁。

⑥膏火：灯火。

【译文】

后来你去了河南，我遭贬谪到了夷陵，三十年来，你我之间有相聚也有离散。我晚年被选拔在朝廷充任官职，曾屡次推荐你去学馆领颂六经。论才情你胜任有余，这推荐并非你的荣幸，你虽穷困，但名声日增。而我的性情急躁，刚有余，柔不足，曾多少次遭受磨难，精力消耗，发须已变白。你心胸宽畅，遇险如平，因此，你年龄虽比我大，但看起来却不老。人都说你是仁人，理当高寿，我的性情如火，根本禁不住煎熬。现在的情形却完全颠倒，可见天理难以预料，更何况对于富贵，更不必期望。

念昔河南，同时一辈，零落之余，惟予子在。子又去我，余存兀然，凡今之游，皆莫余先。纪行琢辞，子宜余责，送终恤孤①，则有众力，惟声与泪，独出余臆②。

【注释】

①恤孤：救助孤寡。

②臆：胸，发自内心的。

【译文】

追忆过去在河南，我们的那一些人，大都零落逝去，只有你我还活着。现在你又离开了我，让我一人孤零零留在世上，现在我所交往的人，没有一个比我大的。为你送行斟酌祭文当是我的职责，为你送终抚恤你的儿女，还有众人的力量，惟有我的话和眼泪都是发自内心的。

苏轼

苏轼简介参见卷二。

祭欧阳文忠公文

【题解】

这是苏轼为欧阳修写的祭文。当时任杭州通判的苏轼以感情至深的笔墨表达了对欧阳修逝世的悲痛和哀悼之情,通过叙述人民、朝廷、学者、君子、小人在欧阳修生前死后的不同表现,描述了欧阳修深受爱戴的事实,显示了欧阳修在人们心中的重要地位,同时讲述了自己与欧阳修的私人交情,将其伤悼先师的幽咽哀恸之情抒发得淋漓尽致。

呜呼哀哉!公之生于世,六十有六年。民有父母,国有蓍龟①;斯文有传②,学者有师。君子有所恃而不恐③,小人有所畏而不为。譬如大川乔岳④,不见其运动⑤,而功利之及于物者,盖不可以数计而周知⑥。今公之没也⑦,赤子无所仰庇⑧,朝廷无所稽疑⑨,斯文化为异端,而学者至于用夷⑩。君子以为无为为善,而小人沛然自以为得时⑪。譬如深渊大泽,龙亡而虎逝,则变怪杂出,舞鳅鳝而号狐狸⑫。

【注释】

①蓍(shī)龟:决疑的神物,本文中用来比喻可以为国家大事做出决策的人。蓍,蓍草茎,古代常用以占卜,用其占卜称为筮(shì)。龟,占卜用的龟甲,烧钻龟甲称卜。

②斯文:《论语·子罕》中有"天之未丧斯文也"的说法。斯,指示代词,指周文王遗留的典制礼乐等文化,后来正统的儒家学说、儒家所传的文化知识常用"斯文"表示。

③恃:依靠,依赖。

④乔:高。

⑤运动:川岳出云兴雨,云雨滋润万物,是山川的功利。

⑥周:周遍,遍及,全部。

⑦没:去世,死亡。

⑧赤子:婴儿,文中意同"民有父母"的"民"。

⑨稽疑:考问所疑的事,解决疑难。

⑩夷:古代对边疆少数民族的称呼,原特指东部的少数民族。

⑪时:时运。

⑫舞鳅鳝而号狐狸:鳅鳝起舞,狐狸号叫,比喻小人得意。

【译文】

呜呼哀哉! 欧阳文忠公生活在这个世界上共有六十六年。百姓有自己的父母官,国家有为大事决策的人才;儒道文章得以传延,学习的人都有老师。贤良有才识的人都有所依靠而不恐惧,无能而品德低下的人有所畏惧而不敢轻举妄动。比如大川高山,我们看不见它们出云兴雨,但这些功利却施于万物,大概是不能用数字计算但又是众所周知的。现在先生去世了,百姓没有了可以依赖和庇护的人,国家没有了能解答疑难的人,正统大道篡为邪说,甚而有些学者发展到用夷狄文化改造华夏文化的地步。贤良的人认为不做事就是做善事,而品德低下的人洋洋得意自己认为这是交了好时运。比如在深渊大泽中,龙虎都死去了,于是各种怪物都纷纷出现,鳅鳝起舞,狐狸号叫。

　　昔其未用也①,天下以为病②;而其既用也,则又以为迟。及其释位而去也③,莫不冀其复用④;至其请老而归也,莫不惆怅失望而犹庶几于万一者⑤。幸公之未衰,孰谓公无复有意于斯世也,奄一去而莫予追⑥?岂厌世溷浊洁身而逝乎?将民之无禄而天莫之遗⑦!

【注释】

①未用:欧阳修没掌权。

②病:忧虑。

③释位:指被解除职务,撤职。

④冀:希望。

⑤庶几:表示可能或期望。

⑥奄:匆匆地,突然地。莫予追:"予莫追"的倒装表达,即我们无法挽回。

⑦将:或者。禄:福分。

【译文】

　　过去先生没有执政的时候,天下百姓为此而忧虑;到了您执政的时候,人们又认为晚了。他因被撤职而离去的时候,没有人不希望他能再次被起用;到了他年纪大了请求退休回去的时候,又没有人不为此情绪低沉失望,还对他的继续任职抱着一线的希望。既然有幸先生身体还没有衰弱,那么谁说您会不再留恋于这个世界呢?却不料您竟匆匆地离去了,让我们都无法挽回。难道是厌恶这世上的混浊为了保持自身的清正廉洁而离去吗？或者是人民没有福分所以上天不把您留给他们！

　　昔我先君①，怀宝遁世②，非公则莫能致③，而不肖无状④，因缘出入受教于门下者⑤，十有六年于兹⑥。闻公之丧，义当匍匐往救⑦，而怀禄不去⑧，愧古人以忸怩⑨，缄词千里⑩，以寓一哀而已矣！盖上以为天下恸，而下以哭其私。呜呼哀哉！

【注释】

①先君：指苏轼的父亲苏洵。

②怀宝：才华横溢，胸怀大才大略。

③致：致身。

④不肖：不贤。

⑤缘：机缘。

⑥兹：指示代词，此，这里。

⑦匍匐：两手伏地爬行，恭敬的样子。救：应为"吊"，吊唁之意。

⑧禄：俸禄，指官职。

⑨忸怩：羞惭的样子。

⑩缄（jiān）：封寄。

【译文】

　　原来我已故的父亲，胸有才识却隐遁世外，如果不是您，他不会致身朝廷，而我不贤，没有什么优良的地方可言，却因为机缘而能出入您的门下，在您门下接受教育有十六年。听说您去世了，理应赶去奔丧吊唁，但因为留恋职位而没有去，与古人高义相比实在太惭愧了，只好封寄祭词到千里之外，以它来寄托我的哀思吧！它上可以代表天下百姓的悲痛心情，下可以哭出我对您的私情。呜呼哀哉！

祭柳子玉文

【题解】

这是苏轼为悼念亡友柳子玉作的一篇祭文。文章开篇叙述柳子玉的身世经历，然后叙及两人的相交相识，最后对老友逝去表达了痛苦的思念之情。全文一气呵成，自始至终贯穿着一个"情"字，令人感泣。

猗欤子玉①，南国之秀，甚敏而文②，声发自幼。从横武库③，炳蔚文囿④，独以诗鸣，天锡雄咮⑤。元轻白俗⑥，郊寒岛瘦⑦。嘹然一吟⑧，众作卑陋。

【注释】

①猗欤：叹词，表示赞美。

②敏：聪敏。

③从横武库：子玉在武略方面亦出类拔萃。从，通"纵"。

④囿(yòu)：事物聚集的地方。

⑤锡(cì)：通"赐"。赐给。咮(zhòu)：鸟口。

⑥元轻白俗：元，元稹。白，白居易。均为唐代著名诗人。元稹和
　　白居易的诗文有轻俗的特点。

⑦郊寒岛瘦：郊，孟郊。岛，贾岛。均为唐代著名诗人。孟郊和贾
　　岛的诗文有寒瘦的特点。

⑧嘹：鸟鸣声。

【译文】

啊！子玉其人，南国之秀杰，非常聪敏，文章写得好，其名声从小就

已闻于远近。不仅武学上极有研究,文学方面更是造诣不低,子玉以其诗而闻名,如天赐一雄健的鸟口发出婉转悦耳的声音。您的诗,既有元稹和白居易诗文的轻灵通俗,又有孟郊和贾岛诗文的寒劲峻瘦。您的诗文一吟诵,众诗就显出其卑陋处。

凡今卿相,伊昔朋旧,平视青云,可到宁骤。孰云坎轲①?白发垂脰②,才高绝俗,性疏来诟③。谪居穷山,遂侣猩狖④,夜衾不絮⑤,朝甑绝馏⑥。慨然怀归,投弃缨绶⑦,潜山之麓⑧,往事神后。道味自饴,世芳莫嗅,凡世所欲,有避无就。谓当乘除,并畀之寿⑨,云何不淑,命也谁咎?

【注释】

①坎轲:不得志之意。

②脰(dòu):即脖子。

③诟:辱骂。

④猩:大猿。狖(yòu):长尾猿。

⑤絮:盖被子。

⑥甑(zēng):蒸器。馏(liù):蒸熟为馏。

⑦缨绶:即丝绦,用以承受印环。

⑧潜山:在今安徽潜山西北。麓:山脚。

⑨畀(bì):给予。

【译文】

大凡当今的卿相,多为您往昔的旧友,他们都如此快地得到升迁。谁知您一生坎轲,白发垂肩,才高而出于俗世,性情内向疏于交际,以致遭到某些人的闲言。于是谪居于荒凉的山间,与猿猴为伴,晚上睡觉不盖被子,早晚吃的极少,以此明其心志。昂昂然归去,抛弃绶印,住于潜山山脚之下,任思维神驰于古往今来。在体验道义中而自觉心旷神怡,却不闻俗世中的芳香,凡为俗世之所欲,则避之唯恐不及。本来以为会时来运转,并且会延年益寿,为何结果却不好,命运是由谁来决定的?

　　顷在钱塘①,惠然我觏②,相从半岁,日饮醇酎③。朝游南屏④,莫宿灵鹫⑤,雪窗饥坐,清阕闲奏⑥。沙河夜归⑦,霜月如昼,纶巾鹤氅⑧,惊笑吴妇。会合之难,如次组绣,翻然失去,覆水何救?

【注释】

①钱塘:今浙江余杭。

②觏(gòu):遇见。

③醇:酒名。据《西京杂记》,汉制以正月旦造酒,八月成,名曰九醇,一名醇酎(zhòu)。

④南屏:山名,在今浙江余杭。

⑤莫:暮。灵鹫:寺名,在今浙江余杭的飞来峰上。

⑥阕(què):量词,乐曲每一次终止为一阕。

⑦沙河:在余杭区外,唐时钱塘江时常挟海潮冲击陆地,以为灾患,刺史崔彦曾乃开外沙、中沙、裹沙三河而决之,称之为沙河塘。

⑧纶巾:青丝所做的缓巾,为三国时诸葛亮所创。氅(chǎng):用羽毛制成的衣服。

【译文】

　　忆起那一段与您在钱塘的时日,我见到您时,您一副充满仁爱、安然的样子,相处约有半年,每日里对杯饮酒。早起游览南屏山,领略其秀美,夜晚就宿于灵鹫寺,空着肚子临窗而坐,闲奏阕阕曲调。从沙河在夜晚赶回,皎月朗照如白昼,披纶巾穿鹤氅,使吴妇惊异发笑。然那次离别，再想会合竟是那样的难，不料这期间您竟撒手西去，如同流出水又怎能收回？

维子耆老，名德俱茂，嗟我后来，匪友惟媾①。子有令子，将大子后，顾然二孙②，则谓我舅。念子永归，涕如悬霤③，歌此奠诗，一樽往侑④。

【注释】

①媾（gòu）：婚姻。

②顾（qí）然：长貌。

③悬霤（liù）：屋檐水。

④侑（yòu）：劝人（吃、喝）。

【译文】

您虽已老，但声名德行著于天下，慨叹后来者，都是您的朋友亲戚。您有出息的儿子，必将发扬光大您的品格，膝下又有两个端正的孙子，称我为舅。我怀念您永远地归去，眼泪禁不住像屋檐下的雨水般流淌，这里我吟诵这篇奠诗来纪念您，献上一樽苦酒来表达我对您的思念之情。

苏辙

苏辙简介参见卷十五。

代三省祭司马丞相文

【题解】

司马丞相,即司马光。司马光在宋哲宗初年官拜尚书左仆射兼门下侍郎,主持朝政,与秦汉丞相同,故称。

本文是苏辙代三省撰写的一篇祭文。文章没有追叙司马光一生的生平事迹,而只是讲述了元丰八年(1085)哲宗即位,太皇太后高氏临朝后,司马光作为旧党领袖被重新起用,主持朝政,废除新法这一短暂历史过程中的史事。苏辙与司马光同属守旧派,或许在苏辙看来,元祐更化正是司马光一生中最辉煌的一页。于此可见苏辙强烈的守旧意识。

三省为中书省、门下省、尚书省的合称,是当时的最高行政机关。

呜呼! 元丰末命①,震惊四方,号令所从,帷幄是望。公来自西,会哭于庭,搢绅咨嗟②,复见老成。太任在位③,成王在左④,曰予惇惇⑤,谁恤予祸? 白发苍颜,三世之臣⑥,不留相予，孰左右民？公出于道，民聚而呼，皆曰"吾父"，归欤归欤！公畏莫当，遄返洛师⑦，授之宛丘⑧，实将用之。

【注释】

①元丰末命：指元丰八年宋神宗去世后，哲宗即位，太皇太后高氏听政，召司马光自洛阳入京师一事。

②搢绅：士大夫。搢，通"缙"。

③太任：周文王母亲的名字。于周成王则为太祖母。这里喻指太皇太后高氏。高氏为英宗皇后，于哲宗则为祖母。与太任同成王的亲缘关系并不完全对应。

④成王：周成王。这里喻指宋哲宗。

⑤惸惸(qióng)：孤独的样子。

⑥三世之臣：司马光自仁宗宝应年间中进士，始入仕途。中经仁宗、英宗、神宗三朝，故称三世之臣。

⑦遄(chuán)：快，迅速。

⑧宛丘：地名。哲宗初诏司马光知陈州。宋陈州治所在宛丘县，即今河南淮阳。

【译文】

哎呀！元丰末年诏命，震惊四面八方，皇上诏命所至，寄寓朝廷希望。公从洛阳入京，哭悼先帝于庭，缙绅无不嗟叹，又见稳重老臣。太皇太后在位，年幼新君在旁，看我孤立无援，谁能怜我忧伤？看您白发苍苍，先代三朝旧臣，不留京师辅我，谁来治理人民？丞相走在路上，百姓聚集欢呼，都说我的老人，归来快快归来！您言惧不敢当，急速回还洛阳，皇上授知陈州，实是准备起用。

公之来思，岌然特立①，身如槁木，心如金石。时当宅忧^②，恭默不言，一二卿士，代天斡旋。事棼如丝^③，众比如栉^④，治乱之几，间不容发。公身当之，所恃惟诚，吾民苟安，吾君则宁。以顺得天，以信得人，锄去太甚^⑤，复其本原。白叟黄童，织妇耕夫，庶几休焉，日月以须。公乘安舆，入见延和^⑥，裕民之言，之死靡他。

【注释】

① 岌（jí）然：很高的样子。

② 宅忧：天子居丧。

③ 棼（fén）：紊乱。

④ 栉（zhì）：梳子，篦子。喻指排列细密的样子。

⑤ 锄去太甚：当指元祐更化，司马光等当政后，废除熙宁、元丰新法之事。

⑥ 延和：宋宫中便殿名。

【译文】

您来这里之后，巍然立于公堂，身如枯槁朽木，心如金玉磬石。当时天子居丧，您总恭谨不语，几位朝中大臣，代理处置政事。政务纷繁如丝，桩桩排列如梳，治乱兴亡时刻，真是间不容发。您来以身担当，所恃只是忠诚，百姓如若安定，君上自然安宁。顺天得到天助，守信赢得民心，除去苛酷法令，恢复本来面目。白发老人儿童，农家妇女男儿，将得休养生息，且待时间延续。您乘坐着安车，入宫叩见皇上，除了富民之言，至死不谈其他。

　　将享合宫^①，百辟咸事^②，公病于家，卧不时起。明日当斋，公讣暮闻，天以雨泣，都人酸辛。礼成不贺，人识君意，龙衮蝉冠，遂以往禭^③。

【注释】

①合宫：即明堂。古代帝王宣明政教的地方。凡朝会、祭祀、庆赏、选士、养老等大礼均在此举行。后宫室渐备，另在都城近郊东南建明堂，以存古制。

②百辟：本为周朝诸侯国君的统称。这里用为官吏的总称。

③襚（suì）：赠予死者的衣服。古代除敛衣外，别有庶襚。亲属僚友所致衣服，陈而不用，大敛后加于尸上。

【译文】

将要祭享明堂，百官各司其职，不意公病在家，卧床不能起行。明日就要斋戒，讣告傍晚传来，天公降雨哭泣，京师百姓悲伤。明堂礼成不贺，人人能识君心，各色华贵衣物，赠予您做衣裳。

　　公之初来，民执弓矛，逮公永归，既耕且耰①。公虽云亡，其志则存，国有成法，朝有正人。持而守之，有一毋陨，匪以报公，维以报君。天子圣明，神母万年②，民不告勤③，公志则然，死者复生，信我此言。呜呼哀哉！

【注释】

①耰（yōu）：农具名。形如大木榔头，用来捣碎土块，平整土地。此处用作动词，即播种后用耰来平土，掩盖种子。

②神母：当指太皇太后高氏。

③勤：忧虑，担心。扬雄《法言》："民有三勤……政善而吏恶，一勤也；吏善而政恶，二勤也；政吏骈恶，三勤也。"

【译文】

当初您回京师，百姓群情激昂，待您永远逝去，百姓勉力耕稼。您虽已经逝去，遗志却是永存，国有完备法制，朝有正直大臣。维护遵守成法，不让一项废坠，不必报答丞相，唯须报答君恩。天子神圣英明，太后万寿无疆，百姓没有忧愁，您的遗志如此，如若死者复生，必定信我此言。哎呀，好不令人伤心！

王安石

王安石简介参见卷九。

祭范颍州文

【题解】

本文是为范仲淹所写的一篇祭文。范仲淹一生宦途曲折,但始终百折不挠。他所力倡的"庆历新政"成为后来王安石变法的先声,功不可没。本文写得感情真挚,不但可看成是后辈对前辈的缅怀,更可视为是对志同道合者的赞美。

"知颍州"是范仲淹生前所任的最后一个官职(实际未到任即已病逝),故文中称为"范颍州"。

    呜呼我公,一世之师! 由初迄终,名节无疵。明肃之盛①,身危志殖。瑶华失位②,又随以斥。治功亟闻,尹帝之都。闭奸兴良,稚子歌呼。赫赫之家,万首俯趋。独绳其私,以走江湖。士争留公,蹈祸不慄。有危其辞,谒与俱出。风俗之衰,骇正怡邪。謇謇我初③,人以疑嗟。力行不回,慕者兴起,儒先酋酋④,以节相佹。

【注释】

①明肃:宋真宗皇后刘氏,谥号章献明肃。真宗去世后,为皇太后,专国政。天圣七年(1029),仁宗率百官为皇太后上寿,范仲淹力言其非,不纳。这句话说的就是这件事。

②瑶华失位:是说郭氏被废黜。瑶华,指宋仁宗皇后郭氏。当时中丞孔道辅与谏官御史范仲淹、段少连等人伏阁而争。因此范仲淹等人被斥逐出外。

③謇謇:正直。

④酋酋:聚会。

【译文】

哎呀先生,您真是一代的宗师!从始至终,您的名誉节操就没有一点瑕疵。明肃太后当政时,您身处困境而志节不改。郭氏皇后失位,您又随而被贬斥。您治理帝都开封,治绩名闻天下。打击奸邪扶持良善,就连幼儿稚子都为之歌唱欢呼。那些显赫的权贵,也都俯首前趋表示顺服。对私行不轨者绳之以法,人们可以放心地在外行走。读书人争着挽留您,冒着危险也不惧怕。有人以危言相倾,您让他带着名片一同退出。世风败坏,让正人君子寒心而使奸邪小人得意。您从开始就是忠心耿耿,竟然有人怀疑嗟叹!您身体力行以正世风,仰慕者纷至沓来,您尊重读书人,以克制自己为美德。

公之在贬,愈勇为忠,稽前引古,谊不营躬。外更三州,施有余泽,如釂河江①,以灌寻尺②。宿赃自解,不以刑加,猾盗涵仁,终老无邪。讲艺弦歌,慕来千里,沟川障泽,田桑有喜。

【注释】

①醽（shī）：分流，引导。

②寻尺：寻尺之地。指很小的地方。

【译文】

您在被贬斥的日子里，以更加的勇敢作为忠诚，常常稽引古人前贤的事迹以自我勉励，而不费心于交结朋友。出外任职经历过三州，在那里都给人民带去恩泽，就好像引导江河之水去浇灌寻尺之地。不用严刑峻法，昔日的贪赃枉法者都能投案自首，就是大奸大滑者也能讲仁义，到老也不再邪恶。那些说书卖艺者，也慕名前来而不远千里，就是山沟河边田里的百姓也都欢欢喜喜。

戎犟猘狂①，敢齮我疆②，铸印刻符，公屏一方。取将于伍，后常名显；收士至佐，维邦之彦。声之所加，虏不敢濒，以其余威，走敌完邻。昔也始至，疮痍满道，药之养之，内外完好。既其无为，饮酒笑歌，百城晏眠，吏士委蛇③。

【注释】

①猘（zhì）：疯狗，凶猛。

②齮（yǐ）：侵犯。

③委蛇：雍容自得的样子。

【译文】

胡虏凶猛猖狂，竟然敢侵犯我们的边疆，先生接受印符领兵前往，成为一方的屏障。您从士兵中选拔将才，他们后来都名扬内外；您收揽士人作为辅佐，他们都成为国家的英才。名声所到，胡虏不敢前来，就凭您的余威，吓跑了敌人保证了边境的完备。当先生刚到的时候，满路都是破败景象，一片疮痍，于是便尽力修复它治理它，最终使它变得完整而美好。事情完毕之后，全境一片欢歌笑语，百城平静安稳，吏士们安闲自得。

上嘉曰材，以副枢密，稽首辞让，至于六七。遂参宰相，厘我典常①，扶贤赞杰，乱冗除荒。官更于朝，士变于乡，百治具修，偷堕勉强②。彼阏不遂③，归侍帝侧。卒屏于外，身屯道塞。谓宜耇老④，尚有以为，神乎孰忍，使至于斯！盖公之才，犹不尽试，肆其经纶⑤，功孰与计？

【注释】

①厘：修正。

②偷堕勉强：苟且怠惰的人也能勉励向上。

③阏(è)：阻塞。

④耇(gǒu)：高龄，长寿，年老。

⑤经纶：治理国家的才能。

【译文】

皇上称赞说您是人才，让您出任了枢密副使，您却顿首推辞，次数不下六七。于是便做了宰相，修正制度典章，扶持贤能奖助英杰，治理冗乱的官场。于是朝廷的官员更换了，乡野的读书人也有了变化，众多的事情置办了，就是那些苟且怠惰的人也能自我勉励坚持向上。那些人终于没能阻住您，您回到了皇帝的身旁。最后您却被摈斥在外，身经厄难道路不畅。我以为您应该高龄长寿，还能有所作为，谁想上天竟是这样忍心，竟使事情到了这般模样！先生的才能，还没有完全发挥，如果能让您尽展才智，那功绩有谁能比得上？

自公之贵，厩库逾空。和其色辞，傲讦以容①。化于妇妾,不靡珠玉,翼翼公子,敝绨恶粟。闵死怜穷,惟是之奢,孤女以嫁,男成厥家。孰埋于深? 孰锲乎厚? 其传其详,以法永久。

【注释】

①讦(jié):责难。

【译文】

自先生尊贵以后,当时国库已经空虚,您和颜悦色的言辞,使那些桀骜不驯的人也不得不宽谅含容。教化施于妇人,她们不再以珠玉为华丽,那些贵族公子,也能俭朴得穿旧食粟。同情死者怜悯窘迫,在这些事情上您最舍得,您使得多少孤女得以出嫁,又使多少孤男能有室家。谁能比您埋得更深? 谁的墓碑能比您的雕刻得更厚? 详尽地留下您的事迹,让世人效法到永久。

硕人今亡,邦国之忧,矧鄙不肖①,辱公知尤。承凶万里,不往而留,涕哭驰辞,以赞醪羞②。情强酷似韩公,特诙诡天然之趣不及尔。

【注释】

①矧(shěn):况且,何况。

②醪(láo):浊酒。

【译文】

伟人现在死了,这可以说是国家的忧患,像我这样的不肖之人,真怕让先生的名誉受到羞辱。万里之外接到了凶讯,我没有前往而在原地停留,痛哭流涕,我写下了这篇悼词,让它作为祭礼去配那祭祀的醪馐! 情感强烈酷似韩公,但诙诡天然之趣不及韩公。

祭欧阳文忠公文

【题解】

欧阳修是北宋初期文坛领袖。欧氏去世后,时人写过不少祭文。在这篇祭文中,王安石盛赞了欧阳修的学识文章,及"果敢之气、刚正之节",并寄以仰慕、怀念之情。文章以议论张本,文笔简洁,情韵绵邈。

夫事有人力之可致,犹不可期①,况乎天理之溟溟,又安可得而推②? 惟公生有闻于当时,死有传于后世,苟能如此足矣,而亦又何悲? 如公器质之深厚③,智识之高远,而辅学术之精微④,故充于文章⑤,见于议论,豪健俊伟,怪巧瑰琦。其积于中者⑥,浩如江河之停蓄;其发于外者⑦,烂如日星之光辉。其清音幽韵⑧,凄如飘风急雨之骤至;其雄辞闳辩,快如轻车骏马之奔驰。世之学者,无问乎识与不识,而读其文则其人可知。

【注释】

①期:指望,期盼。

②安:怎么。

③器质:气度和品质。

④学术:学问和道术。

⑤充:充斥。

⑥积:积淀。

⑦发:流露,抒发。

⑧清:清亮,清澈。音:声音。幽:悠长。韵:韵调。

【译文】

对世事中人力可为的事情,尚且不可有太多的期盼,更何况是渺茫的天理，又怎么可以去推断呢？先生生前能闻名当代，死后又为后世传颂，如果能够这样就行了，又有什么值得悲伤的呢？像先生这样具有深厚的气度和品质、高远的智慧和学识，又辅之以精微的学问道术，所有这一切充斥于文章，见之于议论，更显得豪迈刚健俊伟，奇思妙想精妙而又瑰丽。积淀于内部的，如同蓄满水的江河那样浩荡；散发在外部的，好像日月的光辉那样灿烂。那清激的音色优美的韵调，就像飘忽的风急速的雨突然来到，是那样的凄迷；那雄辩的措辞宏阔的论辩，如同轻车骏马在奔跑前驰，是那样的快捷。世间的读书人，无论是认识还是不认识先生的，读了他的文章就一定会了解他的为人的。

呜呼！自公仕宦四十年，上下往复，感世路之崎岖，虽屯邅困踬、窜斥流离而终不可掩者①，以其公议之是非，既压复起，遂显于世。果敢之气，刚正之节，至晚而不衰。方仁宗皇帝临朝之末年，顾念后事，谓如公者，可寄以社稷之安危。及夫发谋决策，从容指顾②，立定大计，谓千载而一时。功名成就，不居而去。其出处进退，又庶乎英魄灵气，不随异物腐散③，而长在乎箕山之侧与颍水之湄④。然天下之无贤不肖，且犹为涕泣而歔欷⑤，而况朝士大夫、平昔游从，又予心之所向慕而瞻依！

【注释】

①屯邅（zhūn zhān）：难行不进的样子，喻处境不利，进退两难。困踬（zhì）：窘迫，受挫。窜斥：贬窜斥逐。掩：遮掩。

②指顾：手指目视，比喻迅速。

③异物：尸体。

④箕山之侧、颍水之湄：指欧阳修有隐士的气节。

⑤歔欷(xū xī)：哀叹抽泣声。

【译文】

唉！自从先生走上仕途四十年，其间上下往复，感慨世路的坎坷不平，虽然曾经历尽艰险挫折，遭受贬逐而辗转流离，但终于还是遮掩不住，是因为先生所议的是非，虽然可以一时压住而终能重新起来，最终显示于世人。果断勇敢的意气、刚健正直的气节，到晚年而不衰减。当仁宗皇帝的末年，考虑到身后的大事，认为像先生这样的人可以将社稷的安危寄托给他。等到定计决策，从从容容手指目视，立定大计，一时之间可以论定千载之事。功成名就之后，不居功而离开。他无论出处进退，其英魄灵气将不随尸体腐朽而消散，而长存于箕山之侧与颍水之滨。天下不贤、不肖之人，尚且都为他流泪而叹息，更何况朝廷士大夫、平时同游共处的人，像我这样一直心怀敬慕而希望能够仰仗依托他的人，就更不用说了。

　　呜呼！盛衰兴废之理，自古如此，而临风想望不能忘情者①，念公之不可复见，而其谁与归？

【注释】

①想望：思念。

【译文】

唉！盛衰兴废的道理，从古都是这样，然而临风思念，不能忘怀的，是不能再与先生相见，我将归心于谁呢？

祭丁元珍学士文

【题解】

丁元珍，生平事迹不详。本文追念丁氏对自己的护爱之情，对他的死致以哀辞。

　　我初闭门,屈首《书》《诗》①,一出涉世,茫无所知。援挈覆护②,免于阽危③;雍培浸灌④,使有华滋⑤。微吾元珍,我殆弗殖⑥,如何弃我,陨命一昔⑦! 以忠出恕,以信行仁,至于白首,困厄穷屯⑧。又从挤之⑨,使以踬死⑩,岂伊人尤? 天实为此。有槃彼石⑪,可志于丘,虽不属我,我其徂求。请著君德,铭之九幽⑫,以驰我哀⑬,不在醪羞⑭。

【注释】

①屈首《书》《诗》:埋头攻读《尚书》《诗经》等儒经。

②援挈:提携帮助。覆护:保护。

③阽(diàn)危:危险。

④雍培浸灌:栽培浇灌。

⑤华滋:鲜花的生长。华,同"花"。滋,生长。

⑥殖:同"植"。成长。

⑦陨命:死。

⑧困厄穷屯:困苦顿厄窘迫,指不得志。

⑨挤:排挤。

⑩使以踬(zhì)死:这句话意思是说丁元珍一生坎坷,最后困厄而死,这其中不仅仅是人为因素所致,好像上天也在跟他过意不去。踬,跌倒,比喻失败、挫折。

⑪槃:同"磐"。

⑫九幽:指阴间。

⑬驰:奔腾,这里是表达的意思。

⑭醪羞:珍馐,美味佳肴。醪,美酒。羞,同"馐"。

【译文】

当初我闭门读书，埋头攻读《尚书》《诗经》，刚踏入社会涉世不深，对人事茫茫然一无所知。是您提携保护，我才免于危难；是您的栽培浇灌，才有鲜花的生长。如果没有元珍先生，大概我是不会成才的，为什么您却抛下我，殒命于一夕！您以忠诚宽恕行事，以信用推行仁义，一直到白发苍苍，困苦厄难窘迫重重。又有别人排挤，使您窘迫而死，难道只是人为吗？上天实在难辞其咎！有磐石，可以立于墓前，虽然石头不属于我，我可以把它取来。就让我在那磐石上著录先生的德行，让九泉之下也能铭记，以此来表达我的哀思，用不着美酒和珍馐。

祭王回深甫文

【题解】

王回，字深甫，宋理学家，是王安石的挚友。本文深寓哀情，笔意飘忽，极为灵动。

嗟嗟深甫[①]，真弃我而先乎？孰谓深甫之壮以死，而吾可以长年乎[②]？虽吾昔日，执子之手，归言子之所为，实受命于吾母，曰："如此人，乃与为友。"吾母知子，过于予初，终子成德[③]，多吾不如。呜呼天乎！既丧吾母，又夺吾友，虽不即死，吾何能久？搏胸一痛[④]，心摧志朽，泣涕为文，以荐食酒。嗟嗟深甫，子尚知否？

【注释】

①嗟嗟：叹词，"哎呀"。
②长年：年岁长久。

③成德：成就的道德。

④搏：捶打。

【译文】

哎呀深甫，真的就弃我而去了吗？谁说深甫以英年早逝，而我就能长寿呢？我当年曾拉着您的手和您成为朋友，回家后谈起您的所作所为，实际上我是从母亲那儿接受的命令，因为母亲曾对我说："像这样的人，你应该同他做朋友。"我母亲了解您，胜过当初我对您的了解，终于您成就了德行，多数是我赶不上的。唉，是天意吗？我的母亲刚刚过世，又夺去我的挚友！虽然现在我不会马上就死，我还能活多久？捶胸顿足的悲痛，使我的心志已经崩摧腐朽，我是泪流满面为您写作铭文，为您敬献酒食。哎呀深甫，您是否知道？

祭高师雄主簿文

【题解】

作者与高师雄交往深厚。为好友做祭文，感情自是极为沉痛。文笔简练，又使老友形象跃然纸上，读来倍觉亲切有味。

我始寄此，与君往还①，于时康定、庆历之间②。爱我勤我，急我所难。日月一世，疾于跳丸。南北几时，相见悲欢！去岁忧除③，追寻陈迹，淮水之上，冶城之侧④，握手笑语，有如一昔。屈指数日，待君归舻⑤，安知弥年⑥，乃见哭庭？维君家行，可谓修饬⑦，如其智能，亦岂多得！垂老一命，终于远域，岂惟故人，所为叹惜！抚棺一奠，以告心恻⑧。

【注释】

①往还：交往。

②康定：宋仁宗年号（1040—1041）。庆历：宋仁宗年号（1041—1048）。

③忧除：指居丧期满。

④冶城：今南京秦淮区朝天宫一带，是春秋末年吴王夫差在今南京城西的一个小土山上筑起的一座土城。

⑤舲（líng）：有窗的小船。

⑥弥年：经年。

⑦修饬：修整严饬。

⑧恻：悲伤。

【译文】

从我寄居此地，开始与你交往，当时是在康定、庆历年间。你关心我劝励我，急我所难。岁月易逝，快如跳动的弹丸。你我南北异地，几时能够相见一面，那时又有多少的悲喜！去年我居父母丧期满后，追寻过去的足迹，仿佛看到当年你我在淮水之上、冶城之侧，握手笑语的情景，那场面就好像发生在昨天。我屈指计算日期，等待你归来的船帆，怎会知道经年以后，竟见到了哭声满庭的场景？你的家风整饬，可谓治家有方，像这样的才智能力，又怎么会多见！以你垂老一命，竟客死远域，难道只有故旧，才会为你叹惜！抚棺祭奠，以告诉你我心中的悲凄。

祭曾博士易占文

【题解】

曾易占，北宋天圣年间（1023—1032）进士，历任太子中允、大常丞，后任知县。为官中正不阿，有治绩。后病卒。本文祭奠曾氏，极为其命运不济哀叹。

呜呼！公以罪废，实以不幸；卒困以夭，亦惟其命^①。命与才违，人实知之；名之不幸，知者为谁？公之闾里，宗亲党友，知公之名，于实无有。呜呼公初，公志如何？孰云不谐，而厄孔多^②？

【注释】

①命：命运，命数。

②孔：很。

【译文】

唉！先生被冠以罪责而废黜，实在是不幸；最终还是在困顿中早逝，也只能说是命了。命运与才能不相符合，大家实际上都知道的；而先生名誉不幸受辱，又有谁知道呢？先生的邻里、宗族、亲戚、朋友，都知道先生的名望，加于您的罪名实在是莫须有。唉，先生当初的志向是怎样的呢？谁说那是不相宜的？只是厄运特别多罢了。

地大天穹，有时而毁；星日脱败，山倾谷圮^①。人居其间，万物一偏，固有穷通，世数之然^②。至其寿夭，尚何忧喜？要之百年，一蜕以死^③。方其生时，窘若囚拘；其死以归，混合空虚^④。以生易死，死者不祈，惟其不见，生者之悲。公今有子，能隆公后^⑤，惟彼生者，可无甚悼。嗟理则然，其情难忘，哭泣驰辞，往侑奠觞^⑥。

【注释】

①"地大天穹"几句：用自然界也会发生巨变，来比喻人生不会平坦如砥，因此对待人生中的悲欢离合，要能有一个释然的情怀。圮

（pǐ），毁坏，坍塌，倾覆。

②"人居其间"几句：紧承上文，意思是人只不过是自然界万物的一部分，本来就存在着窘迫与显达两种命运，这也是运数的必然。偏，部分，种类。固，本来。穷，窘迫，与"通"相对。通，显达。世数，命数，运数。

③蜕（tuì）：道家认为修道者死后留下形骸，魂魄散去成仙，称为尸解，也称"蜕"。后用以为死的讳称。

④混合：合并，融合。空虚：佛教指超乎色相现实的境界。

⑤隆：使兴旺，振兴。

⑥侑（yòu）：配享。觞（shāng）：酒器。

【译文】

天地广大空阔，经过一段时间也不免有巨大的破坏发生；星日会脱轨崩坏，山体将倾斜滑坡。人居于天地之间，只是万物的一个种类，本来就有窘迫与显达之分，这也是命数的必然。至于说到人的长寿与短命，还有什么可忧和可喜的呢？就是您寿过百岁，也不免一死。当他活着的时候，窘迫得像被囚拘的犯人；等到他死而魂归阴间，一切都化为空虚乌有。以活着去换取死亡，这并非死者所愿，只是人们看不到罢了，这才是活着的人的悲哀。先生您现在已有了儿子，能够兴旺您的家族，希望那些活着的人，不要太过于悲伤。论道理应该是这样，然而感情上却难以忘怀，哭泣着写下这篇辞章，作为祭奠的配享。

祭李省副文

【题解】

李省副，生平事迹不详。本文虽然短小，但包含了强烈的感情。由于作者同李省副交情很深，所以当听到他的死讯时，开始还有点不大相信。寥寥数语，我们却可以了解到李省副在士大夫中享有一定的名望。

呜呼！君谓死者必先气索而神零①，孰谓君气足以薄云汉兮②，神昭晰乎日星③，而忽陨背乎不能保百年之康宁！惟君别我，往祠太一④，笑言从容，愈于平日。既至即事，升降孔秩⑤，归鞍在途，不返其室。讣闻士夫，环视太息，矧我于君⑥，情何可极！具兹醪羞⑦，以告哀恻⑧。

【注释】

① 气索：气息萧索，气息奄奄。神零：精神凋零。

② 薄：迫近。

③ 神：神态。昭晰：清晰，清楚。

④ 祠：春祭。太一：此处指太一真神。亦作"泰一"。

⑤ 孔：非常，很。秩：官秩，级别。

⑥ 矧（shěn）：况且，何况。

⑦ 具：准备。醪羞：酒菜。

⑧ 告：告慰。哀恻：悲哀的心情。

【译文】

唉！您曾说过将死的人一定先是气息奄奄，精神凋落，谁会想到您气息充足上逼霄汉，精神清醒超过太阳星辰的光曦，却忽然殒命黄泉不能保持健康长寿！记得您与我握别，前去祭祀太一真神，言谈笑语，比平时还要从容不迫。事情完毕之后，即将提升官位，已经踏上归途，没想到却没有来得及返回家里。士大夫们听到这个讣闻，顾望四周发出长长的叹息，何况是我和您，那种感情又有什么能比得上！准备了这些酒菜来祭奠，告慰您在天之灵还有我愁哀的心情。

祭周几道文

【题解】

王安石与周几道从小就相识，并成为好友。在生活中，周几道处处关心、爱护他，因此对这样一位老友的突然死去，虽然事实上能接受，但感情上却还难以接受，当周几道的儿子来报丧时，"举屋惊呼"。

初我见君，皆童而帻①，意气豪悍，崩山决泽。弱冠相视②，隐忧困穷，貌则侔年③，心颓如翁。俯仰悲欢，超然一世，皓发黧馘④，分当先毙⑤。孰知君子⑥，赴我称孤⑦，发封涕洟，举屋惊呼！行与世乖，惟君缱绻⑧，吊祸问疾，书犹在眼。序铭于石，以报德音。设辞虽褊⑨，义不愧心。君实爱我⑩，祭其知歆⑪！

【注释】

①帻（zé）：头巾。

②弱冠：古时男子二十成人，初加冠，体还未壮，故称弱冠。

③侔（móu）：相当。

④黧（lí）：灰黑色。馘（guó）：面，脸。

⑤分当先毙：大意为按说应当是我先死。

⑥君子：您的儿子。

⑦称孤：说父亲死了。丧父曰孤。

⑧缱绻（qiǎn quǎn）：情深意厚。

⑨褊（biǎn）：褊狭。

⑩爱：爱护。

⑪歆（xīn）：古时称祭祀时鬼神享受祭品的香气。

【译文】

当我第一次见到你时，我们都还是童稚之年，当时你意气豪迈，仿佛能使山崩泽决。等到弱冠之年再相互看一看，隐隐觉得忧伤而又窘迫，从面貌上看虽然和年龄相当，而心境却已颓唐如同老翁。俯仰人间悲伤和欢乐,超然独处世外,白发黑脸,按说应该是我先死。谁想到你的儿子,赶到我这儿说你已过世,看到他头发纷乱泪流满面,整个屋里的人都吃惊号呼! 我的行事与世不同,只有你对我情深意厚,对我的关心问候,那些书信还近在眼前。就让我在碑石上写下铭文,去回报你的恩德。措辞可能有些偏狭,意义却无愧你心。你确实是爱护我,希望你能知道我在祭祀你!

祭束向原道文

【题解】

本文是为了祭奠友人束向原道(《临川文集》作“元道”)。作者同墓主曾经同学共事,来往密切,友情笃厚。本文回忆了束向求学入仕的一生,称赞了他的治绩,也表达了对他的深切怀念。

呜呼束君! 其信然耶①? 奚仇友朋,奚怨室家? 堂堂去之②,我始疑嗟。惟昔见君,田子之自,我欲疾走,哭诸田氏。吾縻不赴③,田疾不知,今乃独哭,谁同我悲?

【注释】

①信:消息。

②堂堂:公然地。

③縻:为……缠扰,为……羁绊。

【译文】

唉,束先生,那消息是真的吗? 你是对朋友有仇怨,还是对家里有怨气? 怎么就这样公然离开了我们,我真的开始有点怀疑和感慨了。记得当年碰见你,是因为田氏的儿子来报丧,我本想赶快去哭祭田氏。

可是后来因为被他事羁绊没有去，田氏那么快就离我们而去并不能了解这个原因，现在轮到我一个人哭泣，有谁来同我一道伤悲？

　　始君求仕，士莫敢匹，洪洪其声，硕硕其实。霜落之林，豪鹰俊鹯①，万鸟避逃，直摩苍天②。踬焉仅仕，后愈以困，洗藏销塞③，动辄失分④。如羁骏马，以驾柴车，侧身堕首⑤，与塞同刍⑥。命又不祥⑦，不能中寿。百不一出，孰知其有？

【注释】

①鹯（zhān）：鹞属鸟名。又名"鹯风"。凶猛，捕食小鸟、野兔等。

②摩：迫近，接近。

③洗、销：洗去、消融，这里都是揭开、除去之意。藏、塞：隐蔽着的、不通的。

④辄：就。失分：不恰当。比喻束向在处理社会关系上，由于不通人情世故，所以举措失宜。这里是用来赞誉束向不同流合污。

⑤堕：低下。

⑥塞：指劣马。刍：反刍，食。

⑦祥：吉祥。

【译文】

　　当年你刚开始踏上仕途，没有哪个仕人能与你匹敌，声势是那么浩大，成绩是那样的丰硕。就好像是秋霜打过的树林，雄鹰健鹯在振翅高飞，直冲苍天，小鸟们都纷纷逃避。刚出仕不久，你就受到了挫折，后来愈加困窘，因为你不通人情世故，所以一举一动都不合时宜。就好像骏马被套住去拉柴车，侧着身子低着头，与那些劣马同槽而食。你的命又不好，连中寿都没有达到。百人当中也不会有一个像你这样的人，谁又能知道会有这样的事出现？

　　能知君者,世孰予多^①? 学则同游,仕则同科。出作扬官,君实其乡,倾心倒肝,迹斥形忘。君于寿食,我饮鄞水^②,岂无此朋? 念不去彼。既来自东,乃临君丧,闷闷阴宫^③,梗野榛荒。东门之行,不几日月,孰云于今,万世之别? 嗟屯怨穷,闵命不长,世人皆然,君子则亡。予其何言? 君尚有知,具此酒食,以陈我悲。

【注释】

①世孰予多:"孰予",古汉语中常用句式,意思是"谁比我……"。

②君于寿食,我饮鄞水:你在寿州吃饭,我喝的是鄞州的水。意即你在寿州任职,我在鄞州做官。寿,寿州。鄞,鄞州。

③闷闷(bì):幽深的样子。

【译文】

　　这个世界上还有谁比我更了解你? 想当年我和你共同游学,又是同一科中举。后来你到扬州做官,那儿是你的家乡,你在那儿真是呕心沥血,废寝忘食,是那样的尽心尽职! 再后来你到寿州任职,我则在鄞州做官,难道那里没有朋友? 可我们彼此思念着。我从东面赶来,参加你的丧礼,我想那幽幽的阴间,一定荒榛遍地。想想不久以前,我们还在一起作东门之行,谁会想到今天,却成了万世的永别? 感伤你经历的艰难,悲叹你的窘迫不堪,又惋惜你没能长寿,世人都还是老样子,你却就这样死去。我还有什么可说的呢? 如果你亡灵有知,就看看我为你准备的酒食,还有我满腔的伤悲。

祭张安国检正文

【题解】

　　张安国是王安石儿子的好朋友,又是他的下属。作为上司,王安石尤其欣赏他的才能与政绩，因此对他的英年早逝，王安石感到很悲哀，其中既有对人才的惋惜，也有长辈对于晚辈的呵护之情。所谓"白发人送黑发人"，令人心伤。

呜呼！善之不必福，其已久矣，岂今于君始悼叹其如此？自君丧除，知必顾予①，怪久不至，岂其病欤？今也君弟，哭而来赴。天不姑释一士②，以为予助！何生之艰，而死之遽③！

【注释】

①顾：看，顾望。

②姑：姑且。释：放过。

③遽：迅速，快速。

【译文】

唉！好人不一定能得到幸福，这种事已经是由来已久了，为什么现在才会因为你的去世而感叹世事如此呢？自从你居父母丧期已满，我料想你一定会来看我，我正奇怪为什么那么长时间你还没有来，难道是你病了吗？今天你的弟弟突然哭着来到我家报丧。上天为什么不姑且放过一个读书人，以让他做我的助手！为什么活着是那么的艰难，而死去又是那么的急速！

君始从我，与吾儿游，言动视听，正而不偷①，乐于饥寒，惟道之谋。既掾司法②，议争谳失③，中书大理，再为君屈。遂升宰属，能挠强倔，辩正狱讼，又常精出。岂君刑名，为独穷深？直谅明清，靡所不任④。人恌莫知⑤，乃恻我心⑥。君仁至矣，勇施而忘己；君孝至矣，孺慕以至死⑦。能人所难，可谓君子。

【注释】

①偷：苟且，怠惰。

②掾司法：即任司法掾。掾，属员。

③谳（yàn）：案件。

④任：担当，胜任。

⑤佻（tiāo）：轻佻，轻薄。

⑥恻：让……悲伤。

⑦孺慕：幼稚，少小。

【译文】

你从跟随我开始，就与我的儿子同游共处，言行举止，正派而不苟且，在饥寒中依然很乐观，一心只为了谋求道义。被任用为司法掾以后，对于案件的失误之处常常辩争改正，使得中书省大理寺的官员，两次为你而改变判决。于是提升为宰相府的僚属，又能够改变当权人物固执的观点，争辩纠正案件诉讼，常常有很精深的见解。难道你是专门研究刑名之学的，所以才能独自达到如此高深的程度？你正直宽容光明正大而又廉洁，没有什么职务不能胜任。但是世人都轻佻无知并不能了解你，这实在让我很伤心。你的仁义可谓到了顶点，勇敢施为时忘记了自己的安危；你的孝道可谓到达了极点，从少小时节一直到你去世，始终如一。你能够做到别人难以做到的事情，可以称得上是君子了。

呜呼！吾儿逝矣，君又随之，我留在世，其与几时？酒食之哀，侑以言辞①。

【注释】

①侑（yòu）：配享，从祀。

【译文】

　　唉！我的儿子死了，你又随他而去，我孤单地留在这个世上，又能有多少时间呢？我以酒食寄托哀思，并用文辞表达悼念。